EVA VÖLLER

Die Dorfschullehrerin – Was die Hoffnung verspricht

Weitere Titel der Autorin:

Die Ruhrpott-Saga:
Ein Traum vom Glück
Ein Gefühl von Hoffnung
Eine Sehnsucht nach morgen

Die Dorfschullehrerin:
Was die Hoffnung verspricht
Was das Schicksal will

Über die Autorin:

Geboren und aufgewachsen am Rande des Kohlenpotts, hat Eva Völler sich schon als Kind gern Geschichten ausgedacht. Trotzdem verdiente sie zunächst als Juristin ihre Brötchen, bevor sie ihr Hobby zum Beruf machte. Nach dem Erfolg der RUHRPOTT-SAGA wendet sie sich nun einem Gebiet Deutschlands zu, das seit vielen Jahren ihre Heimat ist und für dessen bewegte jüngste Geschichte ihr Herz schlägt.

EVA VÖLLER

Die Dorfschullehrerin

Was die Hoffnung verspricht

ROMAN

lübbe

Dieser Titel ist auch als E-Book erschienen.

Die Bastei Lübbe AG verfolgt eine nachhaltige Buchproduktion. Wir verwenden Papiere aus nachhaltiger Forstwirtschaft und verzichten darauf, Bücher einzeln in Folie zu verpacken. Wir stellen unsere Bücher in Deutschland und Europa (EU) her und arbeiten mit den Druckereien kontinuierlich an einer positiven Ökobilanz.

MIX
Papier | Fördert gute Waldnutzung
FSC® C014496
FSC www.fsc.org

Vollständige Taschenbuchausgabe
der bei Bastei Lübbe erschienenen Paperbackausgabe

Textredaktion: Anna Hahn, Trier
Umschlaggestaltung: Christin Wilhelm, www.grafic4u.de
unter Verwendung von Illustrationen von © arcangel: Elisabeth Ansley; © shutterstock: Jeka | grop | Quick-Sale.de | PushAnn
Satz: hanseatenSatz-bremen, Bremen
Gesetzt aus der Adobe Caslon Pro
Druck und Verarbeitung: GGP Media GmbH, Pößneck

Printed in Germany
ISBN 978-3-404-18945-8

2 4 5 3 1

Sie finden uns im Internet unter:
luebbe.de
Bitte beachten Sie auch: lesejury.de

Für Lioba

Teil 1

KAPITEL 1

Februar 1961

Ein beißend kalter Windstoß trieb Helene eine Ladung Schnee ins Gesicht. Sie zog sich die Mütze fester über die Ohren und sprach sich innerlich Mut zu. Weit konnte es nicht mehr sein. Zweieinhalb Kilometer, höchstens drei, hatte die Frau gemeint, die sie bis zur letzten Abzweigung mitgenommen hatte. Als Helene vor gut zwanzig Minuten aus dem Wagen ausgestiegen und losmarschiert war, hatte allerdings noch freie Sicht geherrscht, und auch die Straße war, obschon bereits ziemlich verschneit, noch passierbar gewesen. Doch mittlerweile hatte der Wind orkanartige Züge angenommen, und die Luft schien nur noch aus peitschendem Schneefall zu bestehen. Die Fahrbahn, auf der sie ging, war unter der weißen Decke kaum noch auszumachen. Einmal geriet sie versehentlich in den Straßengraben und versank fast bis zur Hüfte in einer Schneewehe. Unter Mühen und zahlreichen Flüchen kämpfte sie sich wieder frei und stapfte gegen den Wind gestemmt weiter.

Frühmorgens, bei ihrem Aufbruch in Frankfurt, hatte nichts auf einen derart massiven Wintereinbruch hingedeutet, es hatte dieselbe regenfeuchte, ungemütliche Witterung geherrscht wie die ganze letzte Woche über. Allerdings war es erst Anfang Februar, da war der Winter noch lange nicht vorbei, und in diesen Höhenlagen musste man natürlich auch vermehrt mit Schneefall rechnen.

Bis Hünfeld war sie noch gut mit dem Zug durchgekommen, doch von dort fuhren bei ihrer Ankunft wegen der einsetzenden Schneefälle bereits keine Busse mehr zu den Dörfern der Umgebung. Helene hatte sich schon auf eine längere Wartezeit eingerichtet, notfalls sogar eine Übernachtung, aber dann war ihr am Bahnhof eine Frau über den Weg gelaufen, die ebenfalls in die Rhön wollte und ihr anbot, sie ein paar Kilometer mitzunehmen.

Wenigstens trug sie einen gefütterten Mantel und warme Stiefel, dazu Wollmütze und Fäustlinge, und der Rucksack war auch nicht besonders schwer. Außerdem war es ja nur noch ein kurzes Stück, kaum mehr als ein Spaziergang. Angeblich. Inzwischen konnte sie durch den dicht fallenden Schnee fast nichts mehr sehen. Immer wieder kam sie vom Weg ab und landete im Graben. War das überhaupt noch die richtige Straße, oder hatte sie sich verlaufen, auf irgendeinen Feldweg, der ins Nirgendwo führte? Dann würde sie womöglich noch stundenlang hier herumwandern, weit entfernt von jeder menschlichen Behausung.

Trotz ihrer warmen Kleidung begann sie zu frieren. Die Temperatur musste stark unter den Gefrierpunkt gefallen sein, ihre Nasenspitze fühlte sich taub an, und auch ihre Hände in den Fäustlingen spürte sie kaum noch. Gerade als sie überlegte, ob es vielleicht besser sei, einfach hinter dem nächstbesten Baum Schutz zu suchen und auf ein Nachlassen dieses Wintersturms zu warten, tauchten vor ihr aus dem Zwielicht des Schneetreibens zwei Lichtkegel auf. Ein Wagen kam ihr entgegen, und Helene entwich ein erleichterter Seufzer – sie befand sich noch auf der regulären Straße! Und die Gegend war auch nicht so menschenleer und einsam, wie es vorhin noch den Anschein gehabt hatte, denn die sich nähernden Autoscheinwerfer erhellten ein Gehöft ganz in der Nähe. Beim Haus schien die Straße allerdings zu enden, jedenfalls soweit es durch das

Schneegestöber zu erkennen war – die gesamte Umgebung bestand aus einer durchgehenden Schneedecke.

Der Wagen hielt neben ihr an, die Scheibe wurde herabgekurbelt. Ein Mann sprach sie durch das offene Fenster an. »Isabella?«

Sie wandte sich zu ihm um, damit er sehen konnte, dass er sie verwechselt hatte. »Ist das hier die Straße nach Kirchdorf?« Sie musste beinahe schreien, um den heulenden Wind und das Brummen des Motors zu übertönen.

»Nein, da sind Sie wohl vom Weg abgekommen«, sagte der Mann, womit sich Helenes eben noch gehegte Befürchtungen zu ihrem Schrecken bestätigten. Er wies auf das Bauernhaus. »Ich hab da vorn zu tun, aber wenn ich fertig bin, fahre ich zurück nach Kirchdorf und kann Sie mitnehmen. Zu Fuß kommen Sie bei dem Wetter nicht weiter. Steigen Sie ein.«

Das ließ Helene sich nicht zweimal sagen. Obwohl das Gehöft schon in Sichtweite war, nahm sie ihren Rucksack ab und warf ihn auf die Rückbank, ehe sie auf der Beifahrerseite einstieg.

»Danke«, sagte sie aus tiefstem Herzen. Sie zog ihre von Schnee und Eis schon ganz steifen Fäustlinge aus und blies sich in die kalten Hände. »Ich dachte schon, ich müsste hier draußen in der Einöde erfrieren!«

»Das hätte leicht passieren können«, gab der Mann zurück. »Ist jedenfalls hier in der Gegend schon vorgekommen.« Es klang nicht so, als würde er scherzen, und Helene musterte ihn verstohlen von der Seite. Sein sandfarbenes Haar war zu einem Bürstenschnitt gestutzt, fast so militärisch kurz wie bei den GIs, denen man in Hessen an jeder Ecke begegnete. Er war um die vierzig und sah mit seinen kantigen, wettergegerbten Gesichtszügen attraktiv, aber auch erkennbar besorgt aus. Nach einer Unterhaltung stand ihm offenbar nicht der Sinn, was ihr nur recht war.

Als er nach kurzer Fahrt vor dem Gehöft anhielt und ausstieg, blieb Helene im Auto sitzen, in der Annahme, dass sie hier auf ihn warten sollte, bis er in dem Haus fertig war, womit auch immer. Doch er streckte den Kopf durch die geöffnete Wagentür und sah sie ungeduldig an. »Nun kommen Sie schon, worauf warten Sie?« Dann holte er eine große abgewetzte Ledertasche aus dem Kofferraum und rannte damit auf den Hauseingang zu. Irritiert stieg Helene ebenfalls aus und folgte ihm zögernd. Jemand im Haus riss die Tür auf, und Helene hörte einen erleichtert klingenden Ausruf.

»Herr Doktor! Endlich!«

Eine alte Frau ließ sie ein, und Helene betrat hinter dem Fremden, bei dem es sich offensichtlich um den für diese Gegend zuständigen Landarzt handelte, das Haus. Bullige Wärme drang aus der Küche neben dem Flur, und wie schon vorhin im Wagen war Helene zutiefst dankbar, nicht länger der eisigen Kälte ausgesetzt zu sein. Bei allem, was ihr im Laufe des vergangenen Jahres widerfahren war, hatte die Kälte zu den Dingen gehört, die am schwersten zu ertragen waren.

Aus dem Obergeschoss des Hauses drang der lang gezogene Schmerzensschrei einer Frau. Helene zuckte erschrocken zusammen.

»Jetzt douerts höchstens zwä Minutte, doss Keind is fast do! Die Isabella kömmt wohl net mee durch bei dämm Schnee: De Eugen is mitem Bulldog los un wollt se hol, äbber dos wird nüscht mee. Muss es ebe ohne se geh«,[1] erklärte die Alte aufgeregt im breiten Platt der hiesigen Rhön. Sie warf Helene einen fragenden Blick zu. »Oder senn Sie die Vertretung?«

»Nein, ich bin nur zufällig hier und fahre später mit dem Herrn Doktor weiter nach Kirchdorf«, sagte Helene höflich. »Ich bin die neue Lehrerin, mein Name ist Werner. Helene Werner.«

[1] Einige Platt-Wendungen werden am Ende des Romans erklärt

»Mir senn die Wiegands.« Die alte Frau zeigte durch die offene Küchentür auf einen großen, blankgescheuerten Holztisch. »Do is Mellich un Brot und Griebeschmaalz un off em Härd is noch Sopp. Ich honn genunk gekocht. Naahme Se sich, bann Se Honger honn.«

Der Arzt war bereits die hölzerne Stiege hinaufgeeilt, und die Alte folgte ihm, wobei sie um einiges länger brauchte als er, zumal sie beim Aufstieg eine Reihe von Kindern zur Seite scheuchen musste. Wie die Orgelpfeifen hockten sie auf den Stufen und starrten Helene neugierig an, zwei Jungen und drei Mädchen unterschiedlichen Alters – das jüngste Kind war vielleicht drei, das älteste höchstens zehn Jahre alt.

Das kleinste Mädchen weinte, augenscheinlich hatte es Angst. Es saß auf der untersten Stufe und schniefte erbärmlich. Spontan ging Helene vor der Kleinen in die Hocke.

»Wie heißt du denn?«

»Gabi.« Die Antwort kam von der nächstgrößeren Schwester, die eine Stufe höher saß.

»Ah. Und du?«

»Renate.«

Helene fasste die Geschwisterschar ins Auge.

»Wisst ihr eigentlich, wieso ich hier bei euch zu Hause bin?«, wandte sie sich erneut an Gabi, die immer noch weinte.

Stumm schüttelte die Kleine den Kopf.

»Na, ich hab mich im Schneesturm verlaufen, und da fand mich der Herr Doktor und hat mich gerettet.«

Gabi hörte auf zu weinen, und um sie weiter abzulenken, fragte Helene: »Wünschst du dir eine kleine Schwester oder lieber einen Bruder?«

Der älteste Junge mischte sich ein. »Mir müsse naahm, bos mer krieche!«

Helene unterdrückte ein Grinsen. »Gehst du in Kirchdorf zur Schule? Wie ist dein Name?«

»Ich bin Ernst und geh in die vierte Klasse.« Nun um eine hochdeutsche Ausdrucksweise bemüht, wies er auf zwei seiner Schwestern. »Renate geht in die erste und Rita in die zweite.«

»So ein Zufall. Dann krieg ich euch ja vielleicht alle drei im Unterricht! Da würde ich mich aber freuen!« Sie musste die Stimme erheben, um einen weiteren Schmerzensschrei von oben zu übertönen. Es klang schaurig, sie schluckte beklommen.

Immerhin, einen Teil ihrer künftigen Schulkinder kannte sie nun bereits, und sie prägte sich gleich die Namen ein. Ernst, Renate und Rita Wiegand.

Hauptsächlich die unteren Klassen, hatte der für den Landkreis zuständige Schulrat gesagt, dem sie sich in der vergangenen Woche vorgestellt hatte. Vielleicht auch noch zeitweise die Klassen fünf bis acht, aber höchstens mal vertretungshalber, wie er in beinahe entschuldigendem Ton hinzugefügt hatte. Helene hatte mit keinem Wort protestiert, im Gegenteil. Sie wolle sich, das hatte sie umgehend bekräftigt, allen Herausforderungen stellen. Bloß nichts äußern, das gegen sie sprach. Nur keine Zweifel aufkommen lassen, schon gar nicht an ihrer Kompetenz und ihrer Einsatzbereitschaft.

Die kleine Gabi wischte sich mit dem Ärmel das nasse Gesichtchen ab, die Tränen waren versiegt. In einer spontanen Aufwallung mütterlicher Gefühle strich Helene dem Kind übers Haar und musterte es dabei unauffällig. Wie seine Geschwister war es ärmlich gekleidet. Der Pullover war vom häufigen Waschen verfilzt, die Latzhose vielfach geflickt. Doch es fanden sich keine äußeren Anzeichen von Vernachlässigung – alle Kinder waren ordentlich gekämmt, sie hatten saubere Gesichter, und die Kleidungsstücke waren, obschon abgetragen, weder löchrig noch übermäßig schmuddelig. Und sie waren gut genährt. Es mochte in diesem Haushalt an allen Ecken und Enden das Geld für Anschaffungen fehlen, aber die Familie hatte satt zu essen.

Bei diesem Gedanken erinnerte sich Helene unwillkürlich an die Einladung der alten Frau und blickte durch die offene Küchentür zum Esstisch hinüber. Das aufgeschnittene Brot sah lecker aus, und vom Herd duftete es einladend nach der warmen Suppe. Vielleicht sollte sie wirklich eine Kleinigkeit essen, wer wusste schon, wann es die nächste Mahlzeit gab. Sie hatte zwar vor ihrem Aufbruch in Frankfurt reichlich gefrühstückt, aber das war lange her.

Großtante Auguste hatte sich wie immer in den letzten Wochen selbst überboten. Milchreis mit Zucker und Zimt und eingemachten Pflaumen, Toast mit Marmelade, Orangensaft, dazu eine ganze Kanne echter Bohnenkaffee – Helene hatte fast andächtig den Duft eingeatmet, sie hatte sich immer noch nicht daran gewöhnt, dass sie jetzt jeden Tag Kaffee trinken konnte.

Aus dem Obergeschoss erklang ein weiterer durchdringender Schrei, und Helene schlug sich auf der Stelle jeden Gedanken an Essen aus dem Kopf. Die auf der Treppe versammelten Kinder waren genau wie sie entsetzt zusammengefahren – und brachen im nächsten Moment in Jubel aus. Das Quäken eines neugeborenen Babys war zu hören.

Helene atmete erleichtert aus. Es war geschafft! Das war doch sehr viel schneller gegangen als gedacht, sie hatte sich bereits auf stundenlanges Warten gefasst gemacht.

Doch im nächsten Moment tönte das laute Rufen des Arztes durchs Haus. »Ich brauch hier sofort Hilfe!«, brüllte er.

Da er kaum die Kinder gemeint haben konnte, rannte Helene ohne nachzudenken die Treppe hinauf und durch den engen Flur zu dem Raum, aus dem gerade weitere Schreie der Frau drangen. Unter dem niedrigen Türbalken stand die alte Frau, die zur Seite wich, als Helene ins Zimmer trat. Sie hatte das greinende Neugeborene in ein blutbeflecktes Tuch gewickelt und hielt es in ihren Armen. Ihre faltigen Gesichtszüge waren von Angst verzerrt, und im selben Augenblick erkannte Helene den Grund – die

Mutter des Babys verlor Unmengen von Blut. Mit angezogenen Beinen lag sie im Bett, die Schultern gegen das Kopfteil des Bettes gelehnt, zwischen ihren Schenkeln die Nachgeburt. Der Arzt kniete dicht neben ihr und drückte mit beiden Händen auf ihren Bauch. Er fluchte unterdrückt vor sich hin.

»Was kann ich tun?«, fragte Helene voller Entsetzen.

»Ich brauche Schnee. Eis. Möglichst viel davon! Schnell!«

Helene rannte die Treppe hinunter, stürzte zur Haustür hinaus. Der kalte Wind fuhr ihr schneidend ins Gesicht, und während sie versuchte, den Schnee mit bloßen Händen vom Boden aufzuklauben, wurde ihr klar, dass sie auf diese Weise nicht genug davon ins Haus befördern konnte. Sie nahm ihre Mütze aus der Manteltasche und stopfte sie in hektischer Eile mit Schnee voll. Dabei sah sie neben dem Haus eine volle Regentonne stehen. Kurz entschlossen zog sie einen ihrer Stiefel aus und schlug mit dem Absatz die Eisschicht auf dem Regenwasser entzwei. Sie ergriff einige der größeren Bruchstücke, um auch diese mitzunehmen.

Mit der prall gefüllten Mütze hetzte sie an den Kindern vorbei wieder nach oben. Verängstigte Ausrufe begleiteten sie auf ihrem Weg zur Schlafkammer, das älteste Mädchen wollte ihr folgen, doch oben an der Treppe erschien die alte Frau und scheuchte das Kind zurück.

Helene rannte weiter in die Kammer und reichte dem Arzt die Mütze mitsamt Schnee und Eis. Der presste das ganze Ding so, wie es war, mit aller Kraft gegen den Unterleib der frisch entbundenen Frau. Dabei verharrte er in angespannter Haltung. Seine Schultern zitterten vor Anstrengung. Die Muskeln an seinem Nacken traten hervor, und Helene sah an seiner Schläfe eine Ader pochen.

Mit angehaltenem Atem beobachtete sie die Frau, die mit bleichem Gesicht dalag und vor sich hin stöhnte, während der Arzt um ihr Leben kämpfte. Die eisige Kompresse entfaltete

Wirkung. Zwischen den Beinen der Frau quoll immer noch Blut hervor, aber nicht mehr schwallweise wie eben noch, sondern in deutlich geringerer Menge, bis es schließlich versiegte.

Nach scheinbar endlosen Augenblicken entspannte sich der Arzt und lockerte seinen Griff. Seine Schultern sanken herab, die bedrohliche Situation war gemeistert.

»Verflucht, Liesel, das war knapp«, sagte er zu der Frau. »Jetzt hörst du aber auf mit dem Kinderkriegen, oder?«

»Sag das dem Eugen«, gab die Frau mit schwacher Stimme zurück, und obwohl sie gerade um Haaresbreite dem Tod entronnen war, lächelte sie schwach. Helene lehnte mit wackligen Knien am Türrahmen und holte tief Luft.

Der Arzt drehte sich zu ihr um und musterte sie besorgt. »Geht's? Nicht, dass Sie mir noch umkippen.«

»Alles in Ordnung«, behauptete Helene, obwohl sie drauf und dran war, sich zu übergeben. Das viele Blut, der Hauch des Todes, der eben noch durch das Zimmer geweht war – wie gut, dass sie vorhin trotz des Angebots nichts gegessen hatte, denn das hätte sie in diesem Moment zweifelsohne alles wieder ausgespuckt. So musste sie nur ganz kurz würgen und ein paarmal durchatmen. Mit zitternden Händen zog sie ihren Stiefel wieder an.

»Das Kind?«, fragte die Frau auf dem Bett mit banger Miene.

Die Alte stand mit dem Baby in der offenen Tür. Es hatte aufgehört zu weinen und lugte mit großen Augen aus der Decke hervor, in die es eingewickelt war.

»Dem geht's gut«, erklärte die alte Frau.

»Gib es mal her«, sagte der Arzt. Er nahm das Neugeborene entgegen, wickelte es aus der Decke, untersuchte es und prüfte einige Reflexe, ehe er mittels eines Skalpells aus seinem Arztkoffer die Reste der Nabelschnur entfernte und den Stumpf mit einer Kompresse versah.

»Alles wie es sein soll«, sagte er. »Ein hübsches kleines Mädchen.«

Das Kind hatte wieder angefangen zu krähen, und der Arzt lachte, was eine erstaunliche Veränderung bei ihm bewirkte. Sein eben noch so grimmiger Gesichtsausdruck verschwand, mit einem Mal sah er Jahre jünger aus, beinahe lausbubenhaft.

Mit schwachem Schaudern schaute Helene zu, wie er die Nachgeburt begutachtete. Das Ergebnis schien ihn zufriedenzustellen, er nickte erleichtert.

»Wie soll das Kind denn heißen?«, fragte er anschließend die Frau auf dem Bett.

Diese richtete ihre dunkel umflorten Augen auf Helene.

»Wie heißen *Sie* denn?«

»Helene«, erwiderte Helene verdutzt.

»Dann soll das Kind auch so heißen.«

»Ein schöner Name.« Der Arzt reichte der frischgebackenen Mutter das Baby und stand vom Bett auf. Er dehnte den verspannten Rücken und wandte sich dann zu Helene um.

»Danke übrigens.«

»Ach, das war doch nichts Besonderes«, wehrte sie ab.

»Doch, das war's, es ging buchstäblich um Sekunden.« Sein Lächeln war verflogen, er sah wieder ernst aus und deutete eine etwas steife Verbeugung an. »Ich fürchte, ich habe mich noch nicht vorgestellt, es ging vorhin alles so schnell. Entschuldigen Sie das Versäumnis. Tobias Krüger.« Er streckte Helene die Hand hin, riss sie jedoch sofort wieder zurück, als Helene sie ergreifen wollte. Erneut entschuldigte er sich bei ihr. »Tut mir leid, aber ich sollte mir wohl besser erst mal die Hände waschen.«

Das musste er in der Tat; seine Hände und Unterarme waren bis zu den aufgekrempelten Hemdsärmeln blutbesudelt.

Während er sich wieder der Frau auf dem Bett zuwandte und ihr für die kommenden Tage Anweisungen gab, ging Helene zurück nach unten und erzählte den wartenden Kindern, dass sie ein neues Schwesterchen hatten. Sie schmierte ihnen in der Küche Schmalzbrote und fütterte die kleine Gabi mit Suppe, und als Tobias Krüger nach einer Weile ebenfalls von oben herunterkam und zum Händewaschen an den Spülstein trat, hatte sie das Gefühl, die Lage bestens im Griff zu haben.

Dies war der erste Tag ihres neuen Lebens. Es würde sich alles wieder zum Guten wenden. Natürlich nicht sofort; ihr war bewusst, dass es nicht heute und nicht morgen passieren würde. Aber gewiss sehr bald. Und bis dahin würde sie das tun, womit sie sich die ganzen letzten Monate am Leben gehalten hatte – mit aller Kraft hoffen.

*

Tobias konzentrierte sich schweigend aufs Fahren. Etliche andere Fahrzeuge, die vor ihm hier entlanggekommen waren, hatten breite Spurrillen im Schnee hinterlassen, sodass der Verlauf der Straße problemlos zu erkennen war. Dank der Schneeketten ging es recht gut voran. Im Winter gehörten die Ketten hier auf dem Land quasi zur ärztlichen Grundausrüstung.

Mittlerweile schneite es nicht mehr. Die Wolkendecke war an manchen Stellen aufgerissen und der Himmel dahinter erstaunlich klar, aber das Blau war bereits von purpurnen Schatten durchzogen. Es würde bald dunkel werden. Die Sonne war vor ein paar Minuten hinter den Bergen verschwunden. Flammendes Abendrot umriss die schneebedeckten Hügel und schuf eine malerische Silhouette vor dem leuchtenden Horizont.

Kegelspiel, so nannte man diesen von prägnanten Basaltformationen gekennzeichneten Gebirgsausläufer im Nordwesten der Rhön. Einer Sage zufolge hatten einst Riesen in dieser Gegend eine Kegelbahn besessen, daher der Name.

Tobias widerstand dem Drang, häufiger als nötig den Blick auf die Beifahrerin neben ihm zu richten. Was hatte eine Frau, die so aussah und auftrat wie diese Helene Werner, hier am Ende der Welt verloren? Schon ihre körperliche Erscheinung war ungewöhnlich. Groß, gertenschlank, das helle Haar zu eigenwilligen kurzen Locken gestutzt – sie stach von allen Frauen ab, die Tobias kannte.

Was erhoffte sie sich davon, eine Arbeit auf dem Land anzunehmen? Sicher, sie war Volksschullehrerin, und Leute wie sie wurden hier dringend gebraucht. Im Zonenrandgebiet herrschte ein geradezu verzweifelter Mangel an Lehrkräften, nur ein Teil der Planstellen konnte längerfristig besetzt werden. Vereinzelt wurde versucht, dem Missstand mit unerfahrenen Junglehrern abzuhelfen, doch die waren von den Zuständen in den Dorfschulen zumeist heillos überfordert. Klassenstärken jenseits des Erträglichen, dazu regelmäßig unterschiedliche Altersgruppen in einem Raum – das hielten nur erfahrene Pädagogen auf Dauer durch, und die konnten sich bessere Stellen aussuchen. In Kirchdorf gaben sich folglich seit Monaten die Vertretungskräfte die Klinke in die Hand. In permanent wechselnder Folge versuchten sie mehr schlecht als recht, den Schulbetrieb irgendwie aufrechtzuerhalten. Kaum waren sie aufgetaucht, verschwanden sie auch schon wieder und wurden durch andere ersetzt, es herrschte ein einziges Kommen und Gehen.

Diese vom Landkreis entsandten Aushilfslehrer stammten allerdings alle aus der Gegend. Helene Werner hingegen kam aus Berlin, und das war wahrhaftig weit weg.

Tobias hatte versucht, eine unverbindliche Unterhaltung in Gang zu bringen. Aber auf die zwei, drei beiläufigen Fragen, die er Helene bisher gestellt hatte, waren nur einsilbige und erschöpft klingende Antworten gekommen, und ehe sie ihn für aufdringlich halten konnte, hielt er lieber den Mund. Bisher hatte er folglich nur in Erfahrung gebracht, dass sie aus Berlin kam, seit gut sechs Jahren im Beruf stand und fürs Erste im *Goldenen Anker* logierte.

Eine Aura von Unnahbarkeit schien sie zu umgeben, und

er hätte schon ein Volltrottel sein müssen, um nicht zu merken, dass sie sich nicht unterhalten wollte.

Außer vielleicht mit den Wiegand-Kindern. Mit denen hatte sie gescherzt, ihnen Brote geschmiert und beim Essen Geschichten erzählt. Zum Beispiel die über die kegelnden Riesen in der Rhön, woher auch immer sie die kannte.

Als sie dort mit den Kindern am Tisch gesessen hatte, war er drauf und dran gewesen, ihr zu sagen, dass sein achtjähriger Sohn Michael ebenfalls auf die Schule ging, an der sie unterrichten würde. Doch bevor er darauf zu sprechen kommen konnte, war von draußen das Knattern von Eugen Wiegands Trecker ertönt, und Isabella war endlich doch noch eingetroffen. Während Eugen sogleich wie ein Verrückter nach oben gestürmt war, um nach seiner Frau und dem jüngsten Töchterchen zu sehen, hatte Tobias die Hebamme kurz mit Helene bekannt gemacht und sie dann über alle Einzelheiten der Entbindung ins Bild gesetzt. Isabella besaß eine Menge Erfahrung, er konnte ihr guten Gewissens die Nachsorge überlassen.

Liesel Wiegand würde sich bei entsprechender Umsicht rasch erholen, auch wenn es für kurze Zeit ziemlich schlecht um sie ausgesehen hatte, eine Uterusatonie, die ihm den Angstschweiß auf die Stirn getrieben hatte. Es war aus seiner Sicht reiner Dusel, dass die Kältekompresse auf Anhieb gewirkt hatte und dass er nicht zu anderen, wesentlich invasiveren und blutigeren Interventionen gezwungen gewesen war. Er hatte zwar in der Geburtshilfe notgedrungen einiges dazugelernt, seit er vor knapp acht Jahren die väterliche Praxis übernommen hatte, aber von Haus aus war er Internist, kein Gynäkologe. Wenn die Hebamme ihn in schwierigen Fällen hinzurief, ließ er lieber oft gleich den Rettungswagen kommen, der die Frauen zügig ins Krankenhaus beförderte. Sicher war sicher. Er war ohnehin kein Freund von Hausgeburten, da konnte einfach zu viel schiefgehen, wie er heute wieder festgestellt hatte.

Sie waren fast da. Im schwindenden Tageslicht tauchte das Dorf vor ihnen auf, überragt vom spitzen Turm der mittelalterlichen Kirche.

»Da wären wir«, sagte er ein wenig hölzern, während er vor dem *Goldenen Anker* anhielt. Das Gasthaus lag ebenso wie die Kirche, das Rathaus und die Schule an dem lang gestreckten Dorfplatz, der unter der Schneedecke wie ein weites weißes Feld wirkte.

Tobias stieg aus und wollte um den Wagen herumgehen, um Helene Werner die Tür zu öffnen, doch sie war bereits ausgestiegen und holte ihren Rucksack aus dem Fond.

»Vielen Dank, dass Sie mich mitgenommen haben«, sagte sie.

»Ich habe *Ihnen* zu danken«, erwiderte Tobias, und es war sein voller Ernst. »Ohne Sie hätte das kleine Mädchen jetzt vielleicht keine Mutter mehr.«

In ihren Zügen zeigte sich eine Andeutung von Schmerz, aber vielleicht spielten seine Augen ihm auch einen Streich, weil es allmählich dunkel wurde. Trotzdem blieb er nach der Verabschiedung noch für einige Sekunden stehen und blickte ihr nach, als sie hinüber zum Gasthof ging.

*

Helene hatte mit der Inhaberin vom *Goldenen Anker* bereits vorab telefonisch einen monatlichen Pauschalpreis für Kost und Logis vereinbart. Es war nicht ganz billig, aber sie würde zurechtkommen. Sie stellte keine großen Ansprüche.

Die Gastwirtin hieß Martha Exner und war eine füllige Frau mittleren Alters, die Helene in breitem Rhöner Platt willkommen hieß und ihr sofort eine gewaltige Abendmahlzeit auftischte, bestehend aus Unmengen von Bratkartoffeln mit Spiegeleiern und eingelegter rote Bete.

»Es wärd Ziet, däss e neu Lehrerin kömmt«, meinte sie aufgeräumt, während sie sich vergewisserte, dass Helene auch tüchtig zulangte. »Hoffentlich blinn Se länger als di annere. On mimm Ässe solls net lei.«

Nein, an dem wirklich leckeren Essen würde es gewiss nicht liegen, wenn Helene hoffentlich früher als erwartet ihre Zelte im Dorf wieder abbrach, aber das behielt sie lieber für sich.

Sie bedankte sich höflich für die reichhaltige Mahlzeit und ging anschließend mit Martha Exner nach oben, um sich ihre neue Bleibe zeigen zu lassen.

Ihr Zimmer lag unterm Dach und wurde noch mit einem alten Ofen beheizt. Die Kohle musste Helene sich selbst aus dem Keller holen, aber daran störte sie sich nicht – sie hatte schon als Kind täglich in den Kohlenkeller runtergemusst.

Die Einrichtung der Dachkammer bestand aus einem Sammelsurium alter Möbel, es sah aus, als wäre bei diversen Haushaltsauflösungen immer mal ein Teil übrig geblieben, das hier im Mansardenkämmerchen des Gasthauses noch Verwendung fand. Das Bett quietschte erbärmlich, das Gestell war uralt. Die Matratze war ziemlich durchgelegen, aber die Laken waren peinlich sauber, und Martha Exner hatte auch für frische Handtücher gesorgt.

Für Schreibarbeiten stand ein wurmstichiger kleiner Sekretär zur Verfügung. Die Klappe ließ sich zwar nur mit Gewalt öffnen und hing leicht durch, aber das Ding würde seinen Zweck erfüllen.

Helene konnte das Badezimmer der Inhaberfamilie mitnutzen, zu der außer Martha Exner nur deren kriegsversehrter Vater gehörte. Albert Exner hatte nur noch einen Arm und ein Auge, war aber dessen ungeachtet meist bester Laune und riss gern Witzchen über seine eigene Behinderung.

»Mer konn aa mit äm Aach de schönne Weiber zugezwinker«, sagte er bei der ersten Begegnung zu Helene und führte es ihr prompt vor.

Helenes Pläne, die Gegend auszukundschaften, lagen in den beiden Tagen nach ihrer Ankunft fürs Erste auf Eis. Draußen türmte sich immer noch der Schnee. Martha Exner hatte erzählt, dass man kaum aus dem Ort herauskam, und die Fußwege abseits des Dorfs waren erst recht nicht passierbar. Folglich kam Helene in den ersten zwei Tagen nur zum Essen aus ihrem Zimmer. In der großen, verräucherten Gaststube saß sie für sich allein und versuchte, die neugierigen Blicke der übrigen Anwesenden zu ignorieren, ebenso deren lärmende Unterhaltungen, das laute Lachen, den Zigarettenqualm. Meist ging sie erst zu Tisch, wenn der Andrang nachgelassen hatte und die Leute schon wieder gegangen waren. Sie redete nicht viel, nur das Nötigste. Wenn sie schlief, hatte sie wirre Träume, aus denen sie oft hochschreckte. Häufig war sie in Gedanken versunken und versuchte, Pläne zu schmieden. Pläne, auf deren Verwirklichung sie kaum Einfluss nehmen konnte. Mehr als hierherzukommen hatte sie bisher nicht tun können, und wie alles weiterging, stand in den Sternen.

KAPITEL 2

Der dritte Tag war ein Sonntag, folglich überwand sie notgedrungen ihre Scheu vor der Öffentlichkeit und ging zur Kirche, wie es sich für die Lehrerin einer katholischen Dorfschule gehörte. Ein Spalier neugieriger Menschen aller Schichten und Altersklassen säumte ihren Weg, und im ersten Moment kam es Helene so vor, als müsse sie einen Spießrutenlauf absolvieren. Doch dazu kam es nicht, denn fast sofort trat ein Mann auf sie zu und begrüßte sie mit festem Handschlag. In ungezwungenem Ton stellte er sich als Bürgermeister des Ortes vor.

Sein Name war Brecht. »Wie der andere Brecht, nur ohne Bertolt, dafür mit Harald«, erklärte er, und diesen nur mäßig witzigen Kalauer quittierte Helene pflichtschuldigst mit einem Lachen. Für einen Amtsträger seiner Funktion erschien er ihr erstaunlich jung, er war höchstens Mitte dreißig. Und er sah recht gut aus – auf eine entfernte Art ähnelte er mit seinem schmalen Schnurrbart und dem offenen Lächeln dem Schauspieler Clark Gable.

»Gefällt es Ihnen denn hier in unserem schönen Kirchdorf?«, wollte er wissen, und weil eine andere Antwort kaum zur Debatte stand, bejahte sie die Frage.

Umgehend stellte er sie diversen anderen Honoratioren vor, Helene kam sich vor wie das Schaustück einer Ausstellung. Harald Brecht machte sie mit dem Pfarrer bekannt, dem Apotheker, dem Inhaber des örtlichen Kolonialwarenladens, dem Eigentümer des Sägewerks, dem Besitzer der Autowerkstatt, und danach noch mit einigen mehr. Die meisten Männer hatten ihre Ehefrauen dabei, es war ein reges Händeschütteln. Helene bemühte sich derweil redlich, die genannten Namen und Funktionen im Kopf zu behalten, und fragte sich, wie sie wohl auf die Leute wirken mochte. In manchen Blicken meinte sie es lesen zu können.

Zu groß. Zu dünn. Zu schäbig gekleidet. Typisch Ostzone, die armen Schweine, denen man Päckchen schicken muss, weil es die guten Sachen da nicht gibt. Kaffee, Nylons, richtige Schokolade – davon können die nur träumen.

Dabei lebten auch hier im Dorf eine Menge Menschen, die sich all das kaum leisten konnten. Schon an der Kleidung der Betreffenden war zu erkennen, dass sie zum ärmeren Teil der Bevölkerung gehörten. Von ihnen war in den Augen des Bürgermeisters anscheinend niemand wichtig genug, um an dieser Vorstellungsrunde teilzuhaben.

»Da vorn wartet schon unsere hiesige Lehrerschaft«, erklärte Harald Brecht launig, während er Helene zu einer weiteren Gruppe dirigierte, die aus drei Männern und einer Frau bestand.

Er wandte sich an den ältesten der Männer. »Herr Rektor, hier bringe ich Ihnen unsere langersehnte neue Lehrerin!«

Der Rektor war ein stattlicher Mann Mitte sechzig, der Helene mit herzhaftem Händedruck und breitem Lächeln willkommen hieß. »Gestatten, Ignaz Winkelmeyer, Rektor.«

»Helene Werner«, stellte sie sich vor.

»Ich weiß, steht ja in den Personalunterlagen. Wie sehr es mich freut, Sie endlich hier begrüßen zu dürfen! Sie ahnen nicht, wie dringend Sie hier gebraucht werden, Fräulein Werner!«

»*Frau* Werner, bitte«, sagte Helene.

»Ach, Sie haben einen Ehemann?«, fragte der Rektor erstaunt. Er sah sich suchend um. »Ist er hier?«

»Ich bin verwitwet«, erklärte Helene wahrheitsgemäß. Die kurze Aufwallung von Freude über die herzliche Begrüßung verflog. Sie fragte sich, warum er sich das nicht gemerkt hatte, schließlich war auch ihr Personenstand in ihren Unterlagen vermerkt.

Sie verdrängte das ungute Gefühl und konzentrierte sich auf die anderen drei Lehrer, die der Rektor ihr der Reihe nach vorstellte.

Der Kollege Wessel war ein hagerer Mittfünfziger mit leidendem Gesichtsausdruck. Er lispelte stark beim Sprechen, und Helene ahnte, dass er in der Schule schlimm unter diesem Sprachfehler zu leiden hatte. Wahrscheinlich war er ein Opfer ständigen Spotts. Nachdem er ihr die Hand geschüttelt hatte, rieb er sich unauffällig die Finger an der Hosennaht ab. Er versuchte, es zu verbergen, aber Helene sah es trotzdem. Ein wenig pikiert wandte sie sich der einzigen Frau des Lehrerkollegiums zu. Fräulein Meisner war eine korpulente Person Ende vierzig, sie wirkte verkniffen und ablehnend.

Der letzte Lehrer des Kollegiums wurde ihr als Herr Göring vorgestellt, ein Mann mit akkurat gescheiteltem Haar, makellos glatt rasiertem Gesicht und sorgfältig manikürten Händen. Er war jünger als die anderen, etwa Ende dreißig, doch Helene fand auch ihn nicht sonderlich sympathisch. Sein Lächeln wirkte gekünstelt, der Blick unstet, der Händedruck schlaff.

Rektor Winkelmeyer unterbreitete einen Vorschlag. »Frau Werner, was halten Sie davon, wenn ich Ihnen heute noch die Schule zeige? Sagen wir, direkt nach dem Mittagessen, um zwei Uhr? Dann haben Sie alles schon mal gesehen, ehe es morgen mit dem Unterricht losgeht! Und bei der Gelegenheit kann ich Ihnen auch gleich die Stundenpläne und die Lehrberichte Ihres Vorgängers mitgeben. Dann müssen wir morgen vor dem Unterricht gar nichts mehr groß besprechen.«

»Gern«, stimmte Helene höflich zu. Sie atmete auf, als die Vorstellungsrunde endlich abgeschlossen war. Von den künftigen Kollegen war ihr nur der Rektor mit offener Freundlichkeit gegenübergetreten, nicht gerade ein guter Schnitt. Doch sie war ja nicht hergekommen, um neue Freunde zu finden.

In der Menge entdeckte sie ein bekanntes Gesicht – es war der Arzt, Tobias Krüger, der auf dem Weg zur Kirche näher kam und bei ihr stehen blieb. Er war in Begleitung einer älteren Frau sowie eines Jungen erschienen, ein rothaariger Knirps mit Sommersprossen und verträumter Miene.

»Meine Tante Beatrice Krüger, mein Sohn Michael«, stellte er die beiden vor. »Er ist acht Jahre alt und geht in die dritte Klasse. Michael, das ist die neue Lehrerin, Frau Werner. Sag ihr bitte guten Tag.«

Der Kleine machte brav einen Diener. »Guten Tag, Frau Lehrerin.«

Auch die ältere Frau schüttelte Helene kurz die Hand. Sie war um die siebzig und hatte ein fröhliches rundes Gesicht. Unter dem Kapotthut quollen graue Löckchen hervor.

Aus der Kirche ertönte Orgelspiel, es war Zeit, hineinzugehen. Tobias steuerte auf eine freie Bank zu und ließ seiner Tante sowie seinem Sohn den Vortritt, und Helene, die direkt hinter ihm ging, nahm ohne groß nachzudenken zu seiner anderen Seite Platz. Als nach ihr weitere Leute in die Bank drängten, musste sie aufrücken, bis sie unversehens Schulter an Schulter mit Tobias saß. Die unbeabsichtigte Berührung war ihr unangenehm und machte sie nervös. Sie war eine solche körperliche Nähe nicht mehr gewöhnt, erst recht nicht zu einem Mann. Das Ende der Messe empfand sie daher als Erlösung, und sie gehörte zu den Ersten, die aufstanden und nach draußen strebten, wo sie eilig hinüber zum Gasthaus lief.

Für den restlichen Vormittag vergrub sie sich in ihrem Zimmer und ging auch nicht zum Mittagessen hinunter.

*

Rektor Winkelmeyer erschien erst eine Viertelstunde nach der vereinbarten Zeit. Helene, die vorsorglich ein paar Minuten früher eingetroffen war, stand vor dem Schulgebäude und stampfte frierend von einem Fuß auf den anderen. Die Temperaturen waren gegenüber den Vortagen zwar merklich gestiegen, aber die feuchtkalte Luft machte das Warten nicht angenehmer.

Rektor Winkelmeyer begrüßte sie mit derselben Jovialität wie am Morgen vor der Kirche. Strahlend schüttelte er ihr die Hand. Dass er sie hatte warten lassen, schien ihn nicht weiter zu stören.

»SBZ-Lehrkräfte hatten wir hier noch nicht«, bemerkte er, während er Helene in das Schulgebäude führte. So, wie er den Begriff benutzte, klang es unvoreingenommen, sogar interessiert und freundlich, doch wie immer, wenn Helene diesen Ausdruck hörte, versetzte es ihr einen Stich.

SBZ. Sowjetisch besetzte Zone. Es war eine amtliche Bezeichnung, doch zugleich spiegelte es auch wider, wer sie war – ein Flüchtling, eine Davongekommene. SBZ, das war hierzulande ein subtiler Hinweis darauf, dass es von ihrer Sorte eigentlich schon viel zu viele gab, mehr als das Land brauchte. Und täglich kamen neue dazu, Hunderte, zuletzt Tausende, und die Willkommensfreude hielt sich in Grenzen. Das war Helene schon in dem von Menschen überquellenden Aufnahmelager klar geworden.

»Wie schön, dass Sie ab morgen zum Kollegium gehören!«, sagte Rektor Winkelmeyer, und es klang so aufrichtig begeistert, dass Helene es kaum fassen konnte. Hier musste ja wirklich Not am Mann herrschen!

»Ich freue mich ebenfalls sehr auf meine Arbeit hier«, antwortete sie. »Und ich verspreche, mein Bestes zu geben!«

Dasselbe hatte sie bei ihrem Einführungsgespräch auch zum Schulrat gesagt. Indessen taugte ihr Bestes ohnehin nur begrenzt für den bundesdeutschen Schuldienst, wie man ihr zu verstehen gegeben hatte. Ihre Qualifikation, so hatte der Schulrat freimütig erläutert, sei leider nur ausreichend für eine befristete Anstellung als Hilfslehrerin. Dass sie an einer richtigen Universität studiert hatte und keine aus irgendwelchen DDR-Schnellkursen hervorgegangene Neulehrerin war – geschenkt.

»Mit Verlaub, junge Frau, ein Universitätsstudium in der Ostzone will nicht viel heißen, da besteht der Lehrplan ja hauptsächlich aus politischer Agitation, das ist eine allseits bekannte Tatsache.«

Aber natürlich sei sie nicht chancenlos, auch als SBZ-Lehrerin winke ihr ein Aufstieg – lediglich zwei Semester Zusatzstudium an einer Pädagogischen Hochschule des Landes Hessen, und schon könne man sie ins Beamtenverhältnis übernehmen!

Rektor Winkelmeyer riss sie aus ihren Gedanken.

»Ich gehe übrigens zu Ostern in Pension«, informierte er sie leutselig. »Vom Schulamt soll noch eine Vertretung kommen, aber das kann dauern. Die haben ja niemanden. Einstweilen wird dann wohl Herr Wessel als Konrektor die Schulleitung übernehmen.«

Helene musste schlucken. Wie sollte das funktionieren? Der gesamte Lehrkörper bestünde nach der Pensionierung des Rektors nur noch aus vier Personen, sie selbst mitgezählt.

Die Schule war jedoch fünfklassig, wie sie aus dem Gespräch mit dem Schulrat wusste. Erstes und zweites Schuljahr in einer Klasse zusammengelegt, drittes und viertes in der nächsten, desgleichen das fünfte und sechste. Lediglich das siebte und achte war, wie der Schulrat ihr berichtet hatte, seit ein paar Jahren auf zwei Klassen verteilt.

»Die beiden oberen Klassen müssen nach meiner Pensionierung bis zum Eintreffen einer neuen Lehrkraft zwangsläufig wieder zusammengelegt werden«, fuhr Rektor Winkelmeyer fort. »Und wenn mal Not am Mann ist und jemand ausfällt, auch die anderen Klassen. Das tun wir sowieso andauernd. Zum Glück sind die Klassenräume groß genug, und der Hausmeister und seine Frau haben schon Übung im Umhertragen der Tische und Bänke.« Es klang fast vergnügt, als wäre das alles überhaupt kein Problem.

»Fällt denn oft jemand aus?«, erkundigte Helene sich vorsichtig.

»Sehr oft. Fräulein Meisner – nun ja, sie ist von einer etwas schwächlichen Konstitution. Und Herr Wessel nicht minder, der hat's am Rücken. Nur, dass Sie schon mal Bescheid wissen.«

Helene musste nicht nachfragen, was das für sie bedeutete. Fräulein Meisner war wie Herr Göring für die unteren und mittleren Klassen zuständig. Und Herr Wessel unterrichtete wie der Rektor in den Jahrgangsstufen sieben und acht. Wenn er wegen seiner Rückenprobleme krankgeschrieben war, musste jemand anderes aus dem Kollegium einspringen. Zusätzlich und neben dem eigenen Unterricht.

»Deshalb waren wir so froh über Ihre Bewerbung, da Sie in allen Jahrgangsstufen Erfahrung haben«, meinte Rektor Winkelmeyer in lockerem Plauderton, während er Helene mit einem sonnigen Lächeln bedachte. Sie lächelte automatisch zurück. Er schien ein wirklich umgänglicher Mensch zu sein, aber irgendetwas an ihm kam ihr seltsam vor, ohne dass sie hätte sagen können, was es war.

»Einen Ehemann haben Sie wohl nicht, oder?«, fragte er. Die Frage klang arglos. Dann hielt er inne und furchte grübelnd die Stirn. »Darüber sprachen wir schon, oder? Na, egal, wir wollen uns ja noch die Schule ansehen, deswegen sind Sie schließlich hier, nicht wahr?«

Helene nickte stumm, sie wusste jetzt, was sie an ihm irritiert hatte. Das war nicht nur einfache Gedankenlosigkeit oder Vergesslichkeit. Offensichtlich ließen seine geistigen Kräfte nach. Der arme Mann! Seine Pensionierung kam für ihn sicher gerade zur rechten Zeit. Dass man ihn nicht längst vorzeitig aus dem Schuldienst entfernt hatte, war bestimmt nur auf die extreme Lehrerknappheit zurückzuführen; man wollte ihn wahrscheinlich so lange auf seinem Posten halten wie irgend möglich. Wie er unter diesen Umständen wohl seinen Unterricht und die erforderliche Verwaltungsarbeit bewältigte? Ob ihm dabei die Routine half?

Doch anscheinend beschränkten sich seine Ausfälle auf vereinzelte Aussetzer. Als er erneut sprach, klang es wieder durchaus sachlich.

»Die meisten Lehrkräfte mit jahrelanger Unterrichtserfahrung wollen in die Stadt. Sie sind die Erste, die sich direkt hierher beworben hat. Ich meine – jemand wie Sie, der aus Berlin kommt! Die Gegend hier an der Zonengrenze muss Ihnen doch hinterwäldlerisch erscheinen!« Er hatte es nicht als Frage formuliert, schien aber eine Erklärung zu erwarten.

»Die Rhön habe ich schon als Kind sehr geliebt«, sagte sie, und das war die reine Wahrheit.

Zu ihrer Erleichterung gab er sich damit zufrieden und stellte keine weiteren Fragen. Stattdessen führte er sie in der Schule herum und zeigte ihr die einzelnen Räume. Dabei legte er einen merkwürdigen Besitzerstolz an den Tag. Sein Blick für die Realität war jedoch eindeutig getrübt, es gab nichts zu sehen, was man hätte bewundern können.

Das Gebäude hatte etliche Jahrzehnte auf dem Buckel, ebenso wie die Einrichtung. In den Klassenzimmern standen ramponierte Tische und Bänke. Der Wandanstrich war verschrammt, die Schränke wurmstichig, der Belag der Schiefertafeln an manchen Stellen abgeplatzt.

Auch die Ausstattung im Lehrmittelraum war alles andere als gepflegt, wie Helene mit einem Blick erkannte. Die Landkarten waren zerfleddert, Globen und Atlanten stammten noch aus Vorkriegszeiten. Einige technische Gerätschaften wie ein Mikroskop, ein Radio oder ein Diaprojektor waren zwar vorhanden, aber von einer dicken Staubschicht überzogen, folglich wurden sie wohl nur selten genutzt. Weiterer Unterrichtsbedarf war wie Kraut und Rüben in den Regalen verteilt, als hätte niemand sonderliches Interesse daran, hier Ordnung zu halten.

Wenigstens die Heizung war irgendwann vor nicht allzu langer Zeit erneuert worden, in den Räumen gab es moderne Heizkörper, die mit Öl betrieben wurden.

Nur mit halbem Ohr lauschte Helene dem unaufhörlichen Redestrom des Rektors, der ihr während der Besichtigung alle möglichen – teils sehr privaten – Informationen über den Rest des Kollegiums zuteilwerden ließ, ehe er sich in lauter nebensächlichen Einzelheiten über stattgefundene und noch bevorstehende dörfliche Ereignisse erging. Der runde Geburtstag des Herrn Pfarrer. Die Fastnachtsfeier des Schützenvereins. Die Sitzung des Gemeinderats zur Modernisierung der Kanalisation. Die Einweihung des neuen Löschwagens der Feuerwehr. Nichts davon interessierte sie wirklich, doch zugleich war sie froh, dass er sie nicht mit Fragen behelligte.

Der Rundgang führte weiter in den Werkraum, gefolgt vom Nähzimmer für den Handarbeitsunterricht. Wie üblich wurden Jungen und Mädchen in diesen Fächern getrennt unterrichtet – Mädchen lernten den Umgang mit Nadel und Faden, Jungen den mit Hammer und Säge. Die Handarbeitslehrerin war eine im Ort lebende Schneiderin, was Helene mit einiger Erleichterung erfüllte; das Fach war nie ihre Stärke gewesen.

Das Lehrerzimmer wirkte, obschon etwas zeitgemäßer eingerichtet, nicht sonderlich einladend. Um einen großen Resopaltisch standen fünf Stühle, für jede Lehrkraft einer. Auf einer Anrichte konnte man sich mittels eines Tauchsieders Tee oder Kaffee zubereiten. In der Ecke war ein Waschbecken angebracht, darüber ein schlichter Spiegel. An den Wänden hingen

Dienstpläne und ein paar vergilbte Zeitungsausschnitte mit Berichten über vergangene Schulfeiern. Auf der Fensterbank fristete ein Gummibaum sein kümmerliches Dasein.

Eine Aula oder eine Turnhalle gab es nicht, nur eine Abstellkammer mit einem unsortierten Sammelsurium an Sportzubehör – unter anderem einige Bälle, Staffelhölzer, ein uraltes Reck, eine abgewetzte Turnmatte.

Der Unterricht im Fach Leibeserziehung, so erfuhr Helene von dem Rektor, fand bei gutem Wetter draußen auf der Wiese statt, bei schlechtem Wetter gar nicht.

Vervollständigt wurde der Rundgang schließlich durch eine kurze Besichtigung der Sanitärbereiche. Für die Lehrerschaft stand eine eigene Toilette im Schulgebäude zur Verfügung, während die Schülertoiletten sich in einem eingeschossigen Nebengebäude befanden, in dem es durchdringend nach Desinfektionsmitteln stank und von allen Seiten eiskalt hereinzog.

Helene dachte bei sich, dass man den Schulen in der DDR einiges Schlechte nachsagen konnte, aber ganz sicher nicht, dass sie wesentlich schäbiger und armseliger ausgestattet waren als die im Westen. Natürlich abgesehen von jenen, die man in der BRD seit dem Krieg neu erbaut hatte – was das anging, würde der Westen den Osten zweifelsohne bald abgehängt haben. Allein schon deshalb, weil es hier, anders als im Osten, nicht an allen Ecken und Enden am nötigen Baumaterial fehlte.

Rektor Winkelmeyer sprach immer noch ohne Punkt und Komma, was bei Helene die Vermutung festigte, dass er auch im Unterricht überwiegend schwadronierte und auf diese Weise nicht nur die Stunden füllte, sondern auch seine beginnende Demenz kaschierte. Seine Worte rauschten an ihr vorbei wie ein dahinplätschernder Bach. Zwischendurch verlor er mehrmals den Faden. Dann besann er sich kurz und knüpfte an einer gänzlich anderen Stelle an.

Nach der Besichtigung musste Helene ihn an die Stundenpläne und die Lehrberichte erinnern, die er ihr noch mitgeben wollte. Es dauerte eine Weile, bis er die Mappe mit den Unterlagen im Schrank des Lehrerzimmers gefunden hatte. Nach minutenlangem Herumkramen überreichte er sie ihr mit feierlicher Gebärde, ehe er sich verabschiedete und ihr noch einen schönen Tag wünschte. Von Mitleid erfüllt drückte sie ihm die Hand und war froh, dass sie für heute hier fertig war.

*

Als sie anschließend wieder draußen auf dem weitläufigen Dorfplatz stand, sah sie auf ihre Uhr. Höchste Zeit, sich endlich die Umgebung genauer anzuschauen. Inzwischen waren die Wege rund um das Dorf wieder einigermaßen begehbar.

Ein Räuspern ertönte hinter ihr, sie fuhr herum. Tobias Krüger stand vor ihr.

»Tut mir leid«, meinte er. »Ich wollte Sie nicht erschrecken.«

»Haben Sie nicht. Ich war nur … in Gedanken.«

Sie musterte ihn unauffällig. Er trug eine dicke Cordjacke mit Lammfellfutter, die besser zu ihm passte als der förmliche dunkle Wintermantel, den er am Morgen in der Kirche getragen hatte. Zum ersten Mal nahm sie bewusst die Farbe seiner Augen wahr – sie waren von einem seltenen Goldton, eine Mischung zwischen Braun und Bernstein.

Er wies auf die Mappe unter ihrem Arm. »Vorbereitung für morgen?«

Sie nickte, und er räusperte sich erneut. Anscheinend hatte er was auf dem Herzen.

Ihr Gefühl hatte sie nicht getrogen.

»Ich sah Sie zufällig hier stehen und dachte, ich frage Sie einfach mal, ob Sie vielleicht kurz mit mir über meinen Sohn sprechen können. Da gibt es eine Sache, von der ich denke, dass

Sie darüber Bescheid wissen sollten. Natürlich nur, wenn Sie ein paar Minuten Zeit haben«, schloss er einschränkend.

»Sicher«, sagte sie widerstrebend. Schließlich gab es keinen vernünftigen Grund, ihm den Wunsch nach einer Unterredung mit der neuen Lehrerin seines Sohnes abzuschlagen. Außerdem wollte sie vor dem geplanten Spaziergang sowieso noch zurück in den *Goldenen Anker,* um die Mappe aufs Zimmer zu bringen, da konnte sie genauso gut auch noch eine Viertelstunde für ein Gespräch abzweigen.

»Wollen wir uns kurz zusammensetzen?« Er deutete auf den *Goldenen Anker.* »Vielleicht bei einer Tasse Kaffee?«

Sie nickte nur wortlos.

Im Gasthaus half Tobias Krüger ihr aus dem Mantel, rückte ihr am Tisch den Stuhl zurecht und fragte sie, was er für sie bestellen dürfe. Seine Manieren ließen nichts zu wünschen übrig.

Sie wählte Kaffee und *Breite Koche,* so nannte man hier den Kuchen vom Blech; Martha Exner buk ihn regelmäßig selbst, mit unterschiedlichem Obstbelag, mal mit, mal ohne Streusel. Schon am frühen Morgen waren verheißungsvolle Düfte durchs Haus gezogen, und da Helene nicht zu Mittag gegessen hatte, kam ihr ein Stück Kuchen als Ersatz gerade recht.

»Sie haben es hier bei Martha gut getroffen, oder?«, fragte Tobias Krüger, erkennbar um einen leichten Konversationston bemüht.

»Ja, es ist nett hier.« Sie wünschte, er würde endlich zur Sache kommen.

Ein hübsches junges Mädchen servierte Kaffee und Kuchen.

»Möchten die Herrschaften sonst noch etwas?«, fragte es mit ausgesuchter Höflichkeit.

»Danke, Agnes, alles bestens«, sagte Tobias.

Helene blickte dem Mädchen nach, während es durch die Schwingtür hinter der Theke zurück in die Küche ging. Martha

Exner beschäftigte mehrere Aushilfen, aber das Mädchen hatte Helene vorher noch nicht hier gesehen.

»Die Kleine sieht nicht so aus, als wäre sie schon alt genug zum Arbeiten«, bemerkte sie.

»Agnes ist vierzehn«, sagte Tobias Krüger. »Sie geht noch zur Schule, letzte Klasse. Aber arbeiten muss sie auch, und das nicht zu knapp. Wenn sie nicht gerade auf dem Hof ihrer Eltern mit anpackt oder auf ihre jüngeren Geschwister aufpasst, hilft sie stundenweise hier im Gasthaus aus, mal zum Putzen, mal beim Bedienen. Bei den Hahners gibt's eine Menge Mäuler zu stopfen, die brauchen jeden Pfennig. Hier oben in der Rhön leben viele arme Familien, und die Zonengrenze macht es nicht besser. Die jungen Leute zieht es in die Städte. Umgekehrt kommt zum Arbeiten kaum jemand freiwillig in die Gegend. Sie sind seit Langem die Erste.« Er sah sie fragend an, als erwarte er eine Erklärung, doch Helene ging nicht darauf ein. Inzwischen wussten hier alle, dass sie aus der Ostzone kam, er eingeschlossen. Sollte er doch dasselbe glauben wie die anderen – dass sie als SBZ-Lehrerin froh und dankbar war, überhaupt eine Anstellung bekommen zu haben, und sei es auch im hintersten Zonenrandgebiet.

Er nahm einen der auf dem Tisch liegenden Bierdeckel und spielte damit herum, eine Geste der Verlegenheit. Es schien ihm nicht ganz leicht zu fallen, mit seinem Anliegen herauszurücken. Helenes Blick wurde automatisch auf seine Hände gelenkt. Es waren kräftige Hände, an ihnen war nichts Zartes, sie wirkten kantig und stark wie der ganze Mann. Hastig hob sie den Kopf und sah ihn an. »Hat Ihr Sohn Probleme in der Schule?«, fragte sie geradeheraus.

Er atmete hörbar aus, sichtlich erleichtert, dass sie es an seiner Stelle aussprach und damit zum eigentlichen Thema kam.

»Ja, das kann man so sagen«, gab er zurück. »Michael kann sich schlecht konzentrieren, das Aufpassen fällt ihm schwer, und er vergisst manchmal seine Hausaufgaben, wenn man nicht hinterher ist. Die Noten sind nur noch mittelmäßig, und wenn das so weitergeht, kann er das Gymnasium vergessen.« Ihm war anzumerken, wie sehr ihm diese Aussicht zu schaffen machte. Helene konnte seine Empfindungen nur allzu gut verstehen. Die berufliche Zukunft eines Kindes hing davon ab, welche Bildungschancen man ihm einräumte. In der DDR hatte sie häufig ohnmächtig mit ansehen müssen, dass glänzend begabte Kinder vom Besuch der Oberschule ausgeschlossen wurden, nur weil die Eltern keine überzeugten Sozialisten waren.

Sie sah Tobias Krüger fragend an. »Und wie schätzen Sie Ihren Sohn selbst ein?«

»Als intelligentes und wissbegieriges Kind«, entgegnete er prompt. Bedrückt fügte er hinzu: »Leider spiegeln seine schulischen Leistungen das nicht wider.«

»Er ist jetzt in der dritten Klasse, nicht wahr? War es denn vorher mal besser?«

»Ich denke schon. Mir ist jedenfalls nichts Gegenteiliges bekannt.« Auf Helenes fragenden Blick hin erklärte er das näher. »Der Junge hat bis vor einem halben Jahr bei seiner Mutter in Wiesbaden gelebt und ging da auch zur Schule. Bei mir war er nur ab und zu, entweder übers Wochenende oder in den Ferien. Er wohnt erst seit dem Tod seiner Mutter bei mir.«

»Tut mir leid, dass Ihre Frau verstorben ist«, sagte Helene betroffen.

»Wir waren schon lange geschieden, sie hatte sich bereits vor Jahren neu verheiratet.« Tobias bog den Bierdeckel so stark zusammen, dass er in der Mitte durchbrach. Achtlos warf er ihn zurück auf den Tisch. »Gudrun hat sich von mir getrennt, als ich hier die Praxis übernahm, da war Michael noch ein Baby. Sie ist mit dem Jungen in Wiesbaden geblieben, dort hatten wir vorher gewohnt. Mitte letzten Jahres ist sie zusammen mit ihrem zweiten Mann auf einer Urlaubsreise ums Leben gekommen. Verkehrsunfall. Michael war zum Glück nicht mit im Wagen, er verbrachte zu der Zeit gerade seine Ferien bei mir.«

Helene dachte an den rotschopfigen Knirps, der heute Morgen so artig seinen Diener vor ihr gemacht hatte. Ihr Herz schnürte sich schmerzhaft zusammen. »Ihr Sohn hat einen schlimmen Verlust erlitten. In Verbindung mit einer so plötzlichen Veränderung der Lebenssituation kann das bei Kindern zu starker seelischer Belastung und damit auch zu Schulproblemen führen.« Sie sprach betont sachlich.

»Verdammt, denken Sie, das weiß ich nicht?«, entfuhr es ihm. Sofort hielt er inne. »Tut mir leid«, entschuldigte er sich. »Es ist alles nur so … Mir geht die ganze Situation in der Schule gehörig auf die Nerven. Ich habe mit dem Rektor gesprochen, doch der kann nicht mehr richtig …« Wieder besann er sich, offenbar darauf bedacht, nichts zu äußern, was man als Verstoß gegen seine ärztliche Schweigepflicht hätte auslegen können. »Mit Michaels letzter Lehrerin habe ich natürlich ebenfalls geredet, aber die war nur drei Monate da, dann wurde sie schwanger und hat aufgehört. Die davor war auch nicht viel länger an der Schule. Wie ich schon sagte, hier hält es kaum jemand auf Dauer aus. Und die paar Lehrer, die hier hängen geblieben sind …« Er unterbrach sich erneut, offensichtlich musste er sich eine wenig schmeichelhafte Bemerkung über das hiesige Lehrerkollegium verkneifen. Ein Ausdruck mühsam gezügelten Ärgers stand in seinem Gesicht. Dann fuhr er mit beherrschter Stimme fort: »Ich will bestimmt keine Extrawurst für meinen Sohn, schließlich gibt es auf der Schule genug andere Kinder, die ebenfalls ihre Probleme haben. Außerdem ist mir völlig klar, dass sich in den paar Wochen, die bis zum Ende des Schuljahrs noch bleiben, an den Noten so kurzfristig nicht mehr viel ändern lässt. Mir war nur wichtig, dass Sie über Michael Bescheid wissen. In der Zwischenzeit werde ich versuchen, eine Lösung zu finden. Nachhilfe, Unterricht zu Hause, irgendwas, das ihn fördert und wieder ins Gleis bringt.«

Helene bemühte sich um eine pädagogisch einfühlsame und zugleich professionelle Antwort. »Das klingt sehr gut! Wenn demnächst das neue Schuljahr anfängt, schlagen wir sozusagen ein neues Kapitel auf. Ich werde ein Auge darauf haben, wie Ihr Sohn zurechtkommt.«

»Danke. Damit wäre ihm schon ein großes Stück geholfen. Und mir auch.«

»Wer kümmert sich denn um Michael, wenn Sie arbeiten?«, fragte sie in einer Aufwallung von Neugier.

»Meine Tante, die haben Sie ja heute Morgen schon kennengelernt. Sie ist vor drei Jahren nach dem Tod meiner Mutter bei mir eingezogen und führt mir den Haushalt. Tante Beatrice liebt Michael heiß und innig, aber mit ihren dreiundsiebzig ist sie nicht mehr die Jüngste. Und sie neigt dazu, alle nur erdenklichen kindlichen Probleme mit Schokolade lösen zu wollen.«

»Hm«, machte Helene unverbindlich. Bei sich dachte sie, dass Schokolade manchmal nicht das Schlechteste war. Vor allem nicht für Kinder, die sonst davon nur träumen konnten.

Geflissentlich ignorierte sie Tobias' forschenden Blick und aß hastig den Rest von ihrem Kuchen auf. Anschließend trank sie ihren Kaffee aus und stellte die leere Tasse ab. Mit einem raschen Blick auf ihre Armbanduhr meinte sie: »Jetzt muss ich aber los … Ich werde sehen, was ich für Ihren Sohn tun kann. Aber Sie sollten etwas mehr Vertrauen in ihn haben. Manche Dinge brauchen einfach nur Zeit.« Sie zog ihr Portemonnaie hervor. Kaffee und Kuchen am Nachmittag waren in ihrer Pauschalvereinbarung mit Martha Exner nicht inbegriffen.

Doch sofort gebot Tobias Krüger ihr Einhalt.

»Nicht doch! Sie sind selbstverständlich eingeladen!«

»Danke vielmals«, sagte sie höflich. »Und einen schönen Sonntag noch.«

Eilig holte sie an der Garderobe ihren Mantel und verschwand über die Treppe nach oben.

*

In ihrem Zimmer angekommen, zog sie die Tür hinter sich zu, lehnte sich mit dem Rücken dagegen und schloss die Augen. Würde das jemals aufhören? Dieses Gefühl, vor irgendwas oder irgendwem davonlaufen zu müssen? Letztes Jahr vor den Zwängen eines Regimes, das nicht ohne Parolen und Einschüchterung auskam. Und hier vor neugierigen Blicken und möglichen Fragen, die ihr Geheimnis aufdecken könnten, wenn sie bei ihren Antworten nicht genug achtgab.

Helene zog ihren Mantel wieder an, streifte sich Mütze, Schal und Handschuhe über und nahm das Fernglas aus ihrem Rucksack. Sie verließ das Gasthaus über den Hintereingang, um nicht gesehen zu werden und weitere unvorhergesehene Begegnungen und Gespräche mit irgendwelchen Einheimischen zu vermeiden.

Während sie durch die Gassen des Dorfs in Richtung Ortsausgang marschierte, spürte sie die harten Konturen des Fernglases an ihrem Brustkorb. Es war ein altes, aber noch präzise funktionierendes Gerät, Tante Auguste hatte es vom Dachboden geholt, wo sie die Hinterlassenschaften ihres Mannes aufbewahrte, der schon vor dem Krieg verstorben war. Bereitwillig hatte sie das Fernglas Helene überlassen, wohl wissend, wofür diese es brauchte, aber zugleich hatte sie aus ihrer Besorgnis keinen Hehl gemacht.

»Lenchen, du musst gut auf dich aufpassen, versprich mir das!«, hatte sie in ihrer melodiösen Frankfurter Mundart gemahnt. »Sonst schnappen sie dich und sperren dich wieder ein, und dann vielleicht für immer!«

Sie nannte Helene stets Lenchen, so wie damals schon, als sie einander noch hatten besuchen können. Doch das war lange her. Als Kind war Helene mit ihren Eltern mindestens einmal im Jahr zu Großtante Auguste nach Frankfurt gefahren, und manchmal war Auguste auch zu ihnen nach Weisberg gekommen und ein paar Tage geblieben, Helene hatte diese Besuche noch in schöner Erinnerung.

Diese Treffen hatten mit der Scheidung ihrer Eltern aufgehört. Auguste war die Tante von Helenes Vater und somit Teil seiner Familie, zu der Helenes Mutter nach der Trennung keinen Kontakt mehr gehabt hatte. Helene war zehn Jahre alt gewesen, als ihre Mutter mit ihr in den Zug nach Berlin gestiegen war. Sie erinnerte sich noch daran, wie sie ihrem Vater zum Abschied durchs Fenster zugewinkt und dabei vergeblich versucht hatte, nicht zu weinen. Es war ihr vorgekommen, als würde man ihr das Herz herausreißen. Das war mitten im Krieg gewesen, sie hatte zuerst geglaubt, dass es irgendwie damit zusammenhing, aber ihr Aufbruch hatte andere Ursachen gehabt.

Ihre Mutter hatte versucht, ihr alles zu erklären. »Manchmal geht es eben nicht anders«, hatte sie gesagt. »Dann heiraten zwei Menschen und merken erst viel später, dass sie nicht zusammengehören. Jedenfalls nicht so, dass es für den Rest des Lebens reicht. Dann muss man von vorn anfangen. Und du siehst deinen Vater ja noch. In den Ferien und zwischendurch. Er ist nicht aus der Welt, Leni.«

Für die Eltern war sie *Leni* gewesen, auch später für den Stiefvater in Berlin, der überraschend schnell im Leben ihrer Mutter aufgetaucht war. Sogar ein zehnjähriges Kind musste merken, dass er bereits im Hintergrund darauf gewartet hatte, in Erscheinung treten zu können. Aber er war ein anständiger Mensch gewesen, lieb und fürsorglich und immer für sie und ihre Mutter da. Mittlerweile war er seit acht Jahren tot, viel zu jung gestorben. Herzinfarkt, mit nur sechsundfünfzig. Und die

Mutter war ihm bloß ein Jahr später gefolgt, natürlich auch viel zu früh, nur ein paar Wochen nach ihrem fünfzigsten Geburtstag. Doch der Krebs hatte nicht nach dem Alter gefragt.

Der Vater lebte noch. In ihrem alten Elternhaus in Weisberg. Sie musste kurz überlegen, wann sie das letzte Mal dort gewesen war, vor drei Jahren oder vor vier? Jedenfalls war es viel zu lange her, so wie eigentlich immer, wenn sie ihn in den vergangenen Jahren besucht hatte. Die Abstände waren jedes Mal größer geworden. Er hatte sich bemüht, den Kontakt aufrechtzuerhalten, genau wie sie, doch da war seine Arbeit gewesen, und dann gab es auch noch Christa, mit der er in zweiter Ehe verheiratet war. Helene wiederum hatte sich schon in jungen Jahren mit Jürgen zusammengetan. So hatte jeder sein Leben gehabt, ihr Vater und auch sie selbst.

Dessen ungeachtet hatte sie immer gewusst, dass er sie liebte. Dass er sie nie verlassen hatte, dass er an sie dachte. Und wenn sie bei ihren seltenen Besuchen vor ihm stand und ihn umarmte, war sie wieder zehn und die goldenen Erinnerungen an ihre Kindheit kehrten unvermittelt zurück.

Sie wäre jetzt am liebsten zu ihm rübergelaufen, so weit war es gar nicht von hier aus.

Der Gedanke ließ sie ihre Schritte beschleunigen, fast rennen. Der Weg, der vom Dorf nach Osten führte, endete schon vor der eigentlichen Zonengrenze in Gestrüpp und Geröll. Helene blieb in einiger Entfernung zu den Sperranlagen stehen und betrachtete aus dem Schutz einer kleinen Baumgruppe heraus mithilfe des Fernglases die Umgebung.

Das Land jenseits der Grenze erstreckte sich in schneebedeckter Weitläufigkeit bis zum Horizont, die thüringischen Höhenzüge lagen teils im Nebel verborgen. Hier waren alle Verbindungslinien zum Osten hin radikal durchschnitten. Die einstige Landstraße hatte sich in eine Sackgasse verwandelt.

In den ersten Jahren nach ihrer Entstehung war die Grenze

zwischen West und Ost lediglich eine Demarkationslinie gewesen, die jeder für einen Plausch im Nachbarort oder eine gemeinsame Familienfeier noch ohne große Umstände hatte überschreiten können. Inzwischen war sie ein sechsfach gesichertes, scharf bewachtes Hindernis, bestehend aus Stacheldraht, Kontrollstreifen, Balkensperre, Wall, Graben und noch einmal Stacheldraht. Der innerhalb der Sperranlagen befindliche Kontrollstreifen war ein zehn Meter breiter Gürtel aus nackter Erde, sorgfältig geeggt und akribisch von allem Grün befreit. Jeder, der einen Fuß daraufsetzte, war weithin sichtbar.

Helene spähte durch das Fernglas über die Sperranlagen hinweg. Mit ihren Blicken suchte sie das verschneite Gebiet jenseits der Grenze ab, so weit ihre Sicht reichte. Der Nachbarort im Osten war gut zu erkennen. Einige Bereiche von Weisberg, darunter auch der Stadtteil, in dem sie aufgewachsen war, schienen fast zum Greifen nah. Die Silhouette des mittelalterlichen Städtchens mit seinen schneebedeckten Dächern und Kirchtürmen war schmerzlich vertraut.

Ihr einstiges Elternhaus konnte sie von hier aus nicht sehen, es war hinter anderen Gebäuden verborgen und lag in einer Senke. Wie beinahe der gesamte Ortsteil befand es sich im sogenannten Schutzstreifen, einem mit Schlagbäumen und Kontrollposten besonders gesicherten, fünfhundert Meter breiten Bereich entlang der Zonengrenze. Dieser Schutzstreifen war wiederum Teil des fünf Kilometer breiten Sperrgebiets, das die dort lebenden Menschen nur mit Passierscheinen verlassen durften, jeweils penibel registriert mit Ausweis und Stempel. Ähnlich rigiden Einschränkungen waren Reisende aus der übrigen DDR unterworfen, wenn sie Orte in der Sperrzone besuchen wollten.

Diese schikanöse, von Misstrauen geprägte Überwachung war auch einer der Gründe gewesen, warum Helene in den vergangenen Jahren nur noch selten von Berlin nach Weisberg gekommen war. Vielleicht hätte sie ihren Vater nach dem Tod der Mutter häufiger besucht, wenn es nur nicht immer so umständlich gewesen wäre …

Helene zuckte erschrocken zusammen, als wie aus dem Nichts scheinbar direkt vor ihr zwei Wachsoldaten auftauchten. Durch das Fernglas wirkten sie bedrohlich vergrößert, waren tatsächlich aber an die zweihundert Meter entfernt. Dennoch wich Helene mit heftig klopfendem Herzen tiefer in die Schatten des kleinen Wäldchens zurück und fragte sich bange, ob sie von drüben aus zu sehen war. Doch die beiden Männer auf der Ostseite der Grenze unterhielten sich angeregt miteinander, sie schienen nicht sonderlich auf die Umgebung zu achten.

Die Gewehre geschultert, waren sie in ihren khakifarbenen Uniformen kaum von sowjetischen Soldaten zu unterscheiden. Auf ihren Patrouillengängen waren die Grenzpolizisten immer zu zweit unterwegs – für den Fall, dass einer von ihnen vielleicht Fluchtgedanken hegte. Organisatorisch waren sie dem Ost-Berliner Ministerium des Inneren unterstellt, Helene hatte darüber einiges in Erfahrung gebracht. Die Grenzwächter der DDR waren militärisch ausgebildet, mit Panzerspähwagen und Panzerabwehrkanonen ausgerüstet, nutzten Wachtürme und Erdbunker für die strategische Sicherung der Sperranlagen. Verstärkt durch örtliche Polizeikommandos sowie durch Sowjetbataillone, die in allen Bereitschaftsabschnitten entlang der Grenze stationiert waren, hatten sie ein lückenloses Netz der Überwachung und Abschreckung installiert. Um an eine Flucht in den Westen überhaupt nur denken zu können, musste man sich in der Gegend schon sehr gut auskennen. So wie ihr Vater.

Er stand mit Großtante Auguste in Kontakt, sie rief er regelmäßig an und schrieb ihr auch, in dem Wissen, dass sie Helene über alles Wichtige informierte.

Es gab noch keinen richtigen Plan. Keine Überlegungen, wie man es am besten durchführen konnte. Keine Stelle, die sicher genug erschien. All das musste sich erst finden, und Helene blieb nichts anderes übrig, als darauf zu warten. Die Entscheidung würde letztlich ihr Vater allein treffen müssen. Er hielt ihr Leben in seinen Händen.

Und genau das war der Grund, warum sie hierhergekommen war, in dieses gottverlassene Kaff an der Zonengrenze.

Hier wollte ihr Vater ihr Kind über die Grenze bringen. Zu ihr.

Er hatte es versprochen. Hatte es sie über Großtante Auguste wissen lassen. Sein Antrag auf die Übernahme der Vormundschaft war endlich genehmigt worden. Bald wäre Marie bei ihm. Und Helene wartete hier, direkt auf der anderen Seite des Zauns, um ihrer Tochter so nah wie nur irgend möglich zu sein. Um bereit zu sein, wenn es so weit war.

Bei dem Gedanken fing Helenes Herz an zu rasen, sie bekam plötzlich schlecht Luft. So wie anfangs im Gefängnis, als man ihr nicht hatte sagen wollen, was aus ihrem Kind geworden war. Wo man es hingebracht hatte, wie es ihm ging. Ihre vielen verzweifelten Fragen, die man kaltherzig übergangen hatte.

Darüber war sie zum Glück hinaus, inzwischen wusste sie es ja. Aber in ihrer Erinnerung trennte sie nur ein schmaler Grat von dem durchlebten Leid. Doch das würde sie überwinden, mit der ganzen Kraft ihrer Liebe und ihrer Hoffnung. So wie ihr Vater diesen Grenzzaun überwinden würde, um Marie zu ihr zu bringen.

Mit brennenden Augen starrte Helene über die Sperranlagen in die Ferne, nach drüben. Sie warf einen letzten Blick auf die patrouillierenden Uniformierten, ehe sie das Fernglas wieder in der Hülle verstaute und es unter ihrem Mantel versteckte.

Für heute hatte sie genug gesehen.

KAPITEL 3

Am nächsten Tag begann ihr Dienst in der Dorfschule, sie traf mit den besten Vorsätzen dort ein, halbwegs davon überzeugt, dass sie alles einigermaßen hinkriegen würde. Die Schule und das Kollegium kannte sie ja immerhin schon.

Im Lehrerzimmer traf sie auf Rektor Winkelmeyer, der sie freundlich begrüßte und sich dann wieder in seine Morgenzeitung vertiefte, als ginge ihn der Rest der Welt nichts mehr an. Auch Herr Wessel war bereits anwesend. Er wusch sich gerade am Waschbecken die Hände und fuhr verschreckt zu ihr herum, als sie ihm einen guten Morgen wünschte.

»Guten Morgen, Frau Werner«, stieß er stammelnd hervor, dann wandte er sich abrupt wieder ab und fuhr mit dem Händewaschen fort.

Der Kollege Göring traf ein, als sie ihren Mantel an einen der Haken neben der Tür hängte. Er gab ihr zur Begrüßung höflich die Hand. »Frau Werner, wie schön! Einen erfolgreichen ersten Tag!« Sein Lächeln wirkte eigentümlich starr, die dargebotene Hand schlaff wie toter Fisch. Helene verspürte ein unangenehmes Schaudern. Er war ein seltsamer Mensch, so viel stand fest.

Zum Glück ertönte bald die Glocke zum Schulbeginn. Von draußen drängten die Kinder ins Gebäude und füllten die Gänge und Klassenräume. Zeit für Helene, sich ihren Schülerinnen und Schülern vorzustellen! Mit frischer Zuversicht begab sie sich zum Klassenzimmer, doch als sie den Raum betrat, sank ihr Mut ins Bodenlose. Die Kinder brüllten durcheinander und veranstalteten einen Höllenlärm, und schon auf den ersten Blick sah Helene, dass sich deutlich mehr Tische und Bänke im Raum befanden als bei der gestrigen Besichtigung. Es war auch unschwer zu erkennen, dass nicht nur die Klassen drei und vier dort saßen, die sie eigentlich heute unterrichten sollte, sondern auch die Erst- und Zweitklässler und damit die halbe Schülerschaft des Dorfs. Papierbälle flogen hin und her, aus einer der Bänke sogar ein Schuh, gefolgt vom Wutgebrüll des Getroffenen. Bei Letzterem handelte es sich um einen stoppelhaarigen Jungen mit Zahnlücke und Segelohren, der sich sofort daranmachte, den Werfer des Schuhs zu packen und ihn niederzuringen.

Hilfe suchend sah Helene sich um. Keine Lehrkraft weit und breit. Nun ja, streng genommen war das ja sie selbst. Aber irgendwer musste an diesem Morgen bereits hier gewesen sein, um das Mobiliar umzuräumen und die Kinder der unteren Klassen anzuweisen, sich in diesen Raum zu den Dritt- und Viertklässlern zu begeben – sicherlich der Hausmeister und seine Frau, die ja laut Rektor Winkelmeyer bereits Übung darin hatten.

Helene ging zu den beiden Kontrahenten und trennte sie mit festem Griff. Der Junge mit den Segelohren ließ von seinem Widersacher ab, wenn auch eher vor Schreck als aus Überzeugung, wie dem erbosten Blick, mit dem er seinen Gegner bedachte, eindeutig zu entnehmen war. Bei dem Schuhwerfer handelte es sich um ein Kind, das Helene bereits kannte – es war Ernst Wiegand, der älteste Bruder ihrer kleinen Namensvetterin Helene, die während des Schneesturms in der vergangenen Woche zur Welt gekommen war.

»Ab mit euch, hinsetzen!«, befahl Helene.

Während Ernst und der Kleine mit den Segelohren sich zurück auf ihre Plätze trollten, ließ Helene ihre Augen kurz über die voll besetzten Bankreihen schweifen. Ernsts jüngere

Schwestern Rita und Renate waren auch da, sie saßen nebeneinander und steckten kichernd die Köpfe zusammen. In der Bank dahinter leuchtete ein roter Haarschopf, der zu Tobias Krügers Sohn Michael gehörte. Damit kannte sie immerhin ganze vier Kinder in diesem Raum mit Namen, das war ja gar kein so schlechter Schnitt. Bei dem Gedanken gluckste jedoch sofort ein hysterisches Kichern in ihr hoch – ging es denn wirklich noch schlimmer als jetzt? Sechzig lärmende Kinder (nein, es waren wohl noch etwas mehr) in einem Raum, alle aus unterschiedlichen Klassenstufen, und außer ihr war niemand in der Nähe, der Ordnung in dieses Tohuwabohu bringen konnte!

Und ob *sie* es konnte, war keinesfalls ausgemacht. Hier saßen ihr an diesem Montagmorgen doppelt so viele Kinder gegenüber wie erwartet, ein einziges lautstarkes Gewimmel und Gezappel, eine schier unübersehbare Menge, in der Pfiffe und Rufe und Lachsalven hin und her flogen, in der die Jungs in alle Richtungen Kopfnüsse und Püffe verteilten oder den Mädchen die Zöpfe lang zogen, woraufhin diese empört aufkreischten und sich mit Kratzen und Schubsen wehrten.

All das registrierte Helene mehr oder weniger beiläufig in den paar Sekundenbruchteilen, die sie brauchte, um zur Tat zu schreiten

Sie ging mit raschen Schritten zum Lehrerpult, schnappte sich den Zeigestock und schlug damit kräftig auf die Schreibplatte. Das uralte Möbelstück war bereits von unzähligen Scharten übersät, eine mehr würde niemanden stören. Der Knall war gewaltig. Schlagartig kehrte Stille ein, alle Handgreiflichkeiten hörten abrupt auf. Einige Jungs zogen ängstlich die Köpfe ein, offenbar aus Sorge, Helene könnte noch mehr mit dem Stock vorhaben, als nur damit auf den Tisch zu hauen. Hastig legte sie den Zeigestock zur Seite und stellte sich vor die Klasse.

»Guten Morgen, Kinder. Ich bin eure neue Lehrerin, Frau Werner.«

Die Kinder sprangen auf wie von einer Schnur gezogen.

»Guten Morgen, Frau Lehrerin«, schallte es ihr im Chor entgegen. Aus der eben noch so wilden Meute war binnen Augenblicken eine gut gedrillte Kinderschar geworden. Wer auch immer ihnen beigebracht hatte, dass bei Erscheinen der Lehrkraft sofort alle aufstehen und grüßen mussten, hatte seine Sache gründlich gemacht.

»Rita«, sagte Helene zu dem Wiegand-Mädchen in der dritten Reihe. »Kannst du mir sagen, warum ihr heute alle in einem Klassenraum seid?«

»Das ist, weil Fräulein Meisner schon wieder krank ist«, antwortete Rita in holprigem Hochdeutsch. »Der Hausmeister hat mit seiner Frau in der Frühe schon umgeräumt, und vorhin war er da und hat uns alle hier reingeschickt. Das wird immer so gemacht, wenn einer von den Lehrern krank ist.«

Helene gestattete sich ein Stirnrunzeln. Gestern vor der Sonntagsmesse hatte Fräulein Meisner noch recht gesund gewirkt. Aber bekanntlich war sie von schwächlicher Konstitution, da konnte sich eine Krankheit wohl auch über Nacht anbahnen.

Der Lärmpegel stieg schon wieder an, Helene musste mit dem Unterricht beginnen, es half alles nichts, auch wenn sie wohl mehr oder weniger improvisieren musste. Und dabei hatte sie am Vorabend noch so mühsam ausgetüftelt, womit sie heute loslegen wollte! Die Unterlagen ihrer Vorgängerin waren dafür zwar nur von begrenztem Nutzen gewesen, ihre Klaue hatte sich kaum entziffern lassen, und mehr als ein paar Stichpunkte hatte sie sowieso nicht hinterlassen. Doch es gab ja noch den offiziellen Lehrplan, an den man sich halten konnte, damit ließen sich alle verbliebenen Lücken füllen.

Irgendwie würde sie den Vormittag schon herumbringen, und morgen war Fräulein Meisner ja vielleicht schon wieder genesen.

Mit gespielter Fröhlichkeit klatschte Helene in die Hände.

Der Anfang stand sowieso fest, der war, wie sie aus den Unterrichtsmaterialien wusste, in westdeutschen Schulen jeden Morgen gleich, auch wenn es in den Stoffplänen nicht ausdrücklich erwähnt wurde.

»Als Erstes wollen wir gemeinsam beten! Wer von euch kennt ein schönes Gebet?«

Sofort schossen mindestens fünfzig Arme in die Höhe, und Helene nahm den kleinen Raufbold mit den Segelohren dran.

»Ja, du! Wie heißt du?«

»Karl«, erklärte der Kleine. Befangen stand er auf, so wie es sich schickte, wenn man aufgerufen wurde. Anscheinend hatte er nicht erwartet, gleich an die Reihe zu kommen, seine Ohren schimmerten in verlegenem Rot.

»Du darfst das Gebet sprechen, Karl«, sagte Helene und nickte ihm freundlich zu. Die anderen wies sie an: »Und ihr betet natürlich alle mit!«

Sie hätte vielleicht vorher nachfragen sollen, welches Gebet Karl vorzutragen gedachte, dann hätte sie sicher vorgeschlagen, ein anderes auszuwählen, doch er fing schon an, es mit brav gefalteten Händen herunterzurattern.

»Abends, wenn ich schlafen geh, vierzehn Englein um mich stehn …«

Nach anfänglicher Verblüffung und vereinzeltem Kichern stimmten die anderen Kinder ein und beteten fleißig mit. Helene verbiss sich eisern ein Grinsen und lobte Karl für den flüssigen Vortrag.

Danach ging es ans Singen. Singen war zur Einstimmung für den Unterricht immer eine probate Maßnahme, das galt für alle Altersstufen. Auch hier bezog sie die Kinder wieder für die Auswahl ein. Ein Mädchen namens Sabine schlug *Im Frühtau zu Berge* vor, ein Lied, das alle mit Begeisterung herausschmetterten, sogar inklusive zweiter und dritter Strophe, und weil es die Laune der Kinder so sehr zu beflügeln schien, schob Helene gleich noch ein weiteres Lied hinterher, ausgewählt von Ernst Wiegands jüngerer Schwester Renate, die sich für *Wohlauf in Gottes schöne Welt* entschied.

Die Kinder waren bis zum Schluss ziemlich textsicher, sie kannten jede Zeile, anders als Helene, die bei der letzten Strophe leicht ins Schwimmen geriet. Während ihrer eigenen Volksschulzeit hatte sie das Lied häufig gesungen, sie hatte die ganze *Mundorgel* auswendig gekonnt, aber in den letzten Jahren waren zumindest die letzten Strophen teilweise in Vergessenheit geraten.

In der DDR wurde in der Schule morgens auch gern gesungen, da hatte man mit *Unser kleiner Trompeter* oder *Kleine weiße Friedenstaube* zum Unterrichtsauftakt nie was falsch machen können. Hier im Westen kannte das wahrscheinlich kaum jemand.

Wenn Helene noch einen Beweis dafür gebraucht hätte, wie sehr sich so manches hüben und drüben auseinanderentwickelt hatte – in diesem Klassenraum verspürte sie es am eigenen Leib. In den Schulen der DDR wurde morgens vor dem Unterricht nicht mehr gebetet. Frömmigkeit gab es auch im Sozialismus, aber sie war leise geworden, politisch verpönt, nicht zum System passend. Pioniergruß statt Schulgebet, Jugendweihe statt Erstkommunion und Konfirmation, Partei statt Kirche. Kinder wurden auf einen Weg gebracht, auf dem es vorwärtsging. In eine neue Zukunft.

Immerhin, die Gebete kannte Helene alle noch, konnte sie automatisch hersagen, so wie gestern während der Messe in der alten Stiftskirche. Aber das Gefühl dabei, die tiefe innere Überzeugung, der eigentliche Glaube – das alles war so gut wie vergessen. Verblasst und verschwommen, wie ein entferntes Licht, das im Laufe der Jahre immer trüber geworden und schließlich fast verloschen war.

Jürgen und sie hatten damals noch kirchlich geheiratet, aber vor ihrem gestrigen Gottesdienstbesuch war Helene seit Jahren in keiner Kirche mehr gewesen; zuletzt anlässlich der Trauermesse zur Beerdigung ihrer Mutter, danach nicht mehr. Die Frage war nur, ob das wirklich allein am Sozialismus lag oder doch eher an ihrer eigenen Bequemlichkeit. Wahrer Glaube konnte einem schließlich nicht einfach abhandenkommen, oder?

Zum Glück gehörte Religion hier nicht zu ihren Unterrichtsfächern, dafür war an dieser Schule der Pfarrer höchstselbst zuständig, und wie man hörte, war er niemals krank.

Die letzten Takte von *Wohlauf in Gottes schöne Welt* verklangen, es wurde Zeit für den eigentlichen Unterricht. Aber nein, halt, zuerst musste sie ordnungsgemäß die Anwesenheit kontrollieren, was zugleich eine gute Gelegenheit bot, sich mit den Vornamen der Kinder vertraut zu machen. Statt dabei einfach streng nach dem Klassenbuch vorzugehen, beschloss sie, das Ganze etwas aufzulockern. Alle mussten nach Jahrgängen getrennt aufstehen und laut ihre Vor- sowie Nachnamen nennen, die Helene direkt in eine rasch angefertigte Sitzplatzskizze eintrug. Auf diese Weise hatte sie in optischer Anordnung den richtigen Namen zum jeweiligen Kind parat und konnte außerdem im Abgleich mit der Liste im Klassenbuch nachsehen, wer heute fehlte – ein Erstklässler und ein Mädchen aus dem dritten Schuljahr.

Dann sollte sich jedes Kind sorgfältig seine Mitschüler anschauen.

»Das wird ein spannendes Spiel«, erklärte Helene geheimnisvoll. Die Kinder sahen sie mit großen Augen an, sofort setzte erwartungsvolles Raunen ein.

»Nein, ich sage euch nicht vorher, worum es bei dem Spiel geht«, erklärte Helene standhaft, als eines der kleineren Mädchen sie bestürmte, es doch bitte zu verraten. »Schaut euch alle nur ganz genau gegenseitig an!«

Die Kinder musterten einander der Reihe nach, begleitet von einigem Gekicher und Gezappel. Nun ging es mit dem Spiel – das eigentlich eine Rechenaufgabe und somit Teil des Unterrichts war – endlich richtig los. Die Kinder holten ihre Hefte und Bleistifte aus dem Ranzen, die Erstklässler ihre Schiefertafeln nebst Griffeln.

Die Aufgabe der Jüngsten bestand darin, die Anzahl der Kinder in ihrer Reihe zusammenzuzählen und anschließend die Anzahl der dort sitzenden Mädchen mit Zöpfen abzuziehen. Da die Erstklässler schon fast ein Jahr zur Schule gingen – das Schuljahr endete anders als in der DDR nicht im Sommer, sondern zu Ostern, also in knapp sechs Wochen –, beherrschten sie bereits das Rechnen im Zahlenraum von eins bis zehn, die Aufgabe war also leicht zu schaffen.

Für die älteren Kinder stufte Helene den Schwierigkeitsgrad entsprechend herauf, je nach Jahrgang mussten sie sich bei den Aufgaben im höheren Zahlenraum bewegen und dabei multiplizieren oder dividieren, und es gab ja noch andere Frisuren als nur Zöpfe.

Die Kinder waren Feuer und Flamme, es wurde eifrig laut gezählt und gerechnet und gelacht, wobei Helene großzügig darüber hinwegsah, dass ihre Schützlinge sich bei all dem Trubel teilweise eher gegenseitig störten, als einander anzuspornen. Dafür hatten sie jedoch sehr viel Spaß, und es kamen größtenteils richtige Ergebnisse heraus, was wollte sie für die erste Rechenstunde mehr. Das stille Arbeiten, wie es beim Unterricht in mehrstufigen Klassen unerlässlich war, konnte sie auch in der folgenden Stunde noch sinnvoll unterbringen, da stand Schreiben auf dem Lehrplan.

Sie ging durch die Reihen, blickte über Bubiköpfe, Zopfkronen, Ringellocken und glatt gescheiteltes Haar hinweg in die Hefte und auf die Schiefertafeln, ließ sich die Ergebnisse zeigen, lobte und korrigierte und lächelte jedes Kind an, ganz egal, ob es richtig oder falsch gerechnet hatte.

Als sie zu Tobias Krügers Sohn Michael kam, sah sie, dass er nicht nur die Aufgaben der dritten Klasse fehlerfrei ausgerechnet hatte, sondern auch die der vierten; er hatte sogar einzelne

Rechenschritte dabei weggelassen, offensichtlich war er ein guter Kopfrechner. Tobias' Einschätzung, dass sein Sohn ein intelligentes und begabtes Kind sei, traf für diesen Bereich folglich schon mal zu. Allerdings sagte das noch nichts über etwaige Defizite bei der Konzentrationsfähigkeit des Jungen aus, dafür würde sie ihn über einen längeren Zeitraum beobachten müssen.

Sie lächelte ihn voller Wärme an. »Das hast du sehr gut gemacht, Michael!«

Der Junge strahlte vor Freude, er schien bei ihrem Lob regelrecht zu wachsen, was bei Helene den Eindruck weckte, dass er im Unterricht vielleicht allgemein zu wenig Anerkennung erfuhr. Manche Kinder brauchten in der Schule einfach mehr Zuwendung als andere, zuweilen hungerten sie regelrecht danach, dass man sie wahrnahm und würdigte, und wenn die positive Bestärkung ausblieb, schalteten sie auf Durchzug. Oder wurden zum Zappelphilipp, je nach Fach und Veranlagung. Bei Michael kam dazu, dass er neu in die Klasse gekommen war – solche Schüler hatten es ohnehin oft schwerer als die anderen, und wenn sie dann auch noch ein schlimmes Schicksal im Gepäck hatten, waren Schwierigkeiten von der Art, wie Tobias Krüger sie geschildert hatte, nicht wirklich verwunderlich.

Helene stellte den Kindern noch eine Handvoll Rechenaufgaben, wobei sie alle Altersklassen berücksichtigte und abwechselnd Schülerinnen und Schüler aus jedem Jahrgang aufrief.

Als die Schulglocke wenig später zum Ende der ersten Stunde läutete, war sie überrascht, wie schnell die Zeit vergangen war. Und noch etwas anderes erstaunte sie – ein lange nicht mehr gekanntes und fast schon vergessenes Gefühl: Ihre erste Unterrichtsstunde als Dorfschullehrerin hatte nicht nur den Kindern Freude gemacht, sondern auch ihr.

*

Für den nächsten Unterrichtstag bereitete sie sich sorgfältiger vor, sie brütete den ganzen Abend über den Stoffplänen. Ab sofort wollte sie täglich darauf eingestellt sein, mehr als nur zwei Jahrgänge gleichzeitig unterrichten zu müssen. So viele Kinder verschiedener Altersstufen in einem Raum – das bedeutete eine echte Herausforderung, die generalstabsmäßiges Herangehen erforderte. Und ausreichende Planung, um die fehlende Erfahrung wettzumachen. Bislang hatte Helene, abgesehen von einem mehrwöchigen Landschulpraktikum, nur in der Stadt unterrichtet; dort waren – im Osten wie im Westen – viele der Schulklassen wegen des Lehrermangels zwar extrem groß, aber nichtsdestotrotz nach Jahrgangsstufen aufgeteilt. Schulen, in denen Kinder unterschiedlicher Altersgruppen in dieselbe Klasse gesteckt wurden, gab es nur in schwach besiedelten Landstrichen, also auf dem Dorf, auch darin unterschieden sich Ost- und Westdeutschland nicht voneinander.

Helenes Kenntnisse über den Unterricht in einer Landschule waren somit überwiegend theoretischer Natur, und da Theorie und Praxis bekanntlich zweierlei waren, bestand die Schwierigkeit darin, künftig beides irgendwie in Einklang zu bringen.

Sie fing mit einer Umgestaltung des starren Sitzgefüges an. Für eine erfolgreiche Gruppenarbeit taugte die hergebrachte Ordnung mit streng hintereinander aufgereihten Tischen und Bänken nicht viel, ebenso wenig für jahrgangsübergreifenden, themenbezogenen Unterricht.

Den erstaunten Kindern erklärte Helene, wie sie es sich dachte – mehrere zu Karrees angeordnete Tischgruppen in jeder Ecke des Raums. Alle mussten beim Umräumen mit anpacken. Mit vereinten Kräften schoben sie die Tische und Bänke von hier nach da, ein Unterfangen, das von allerlei Scharren und lautem Gekicher begleitet wurde. Die Kinder schienen es als neues Spiel zu betrachten und hatten ihren Spaß daran.

Der Lärm rief jedoch Rektor Winkelmeyer auf den Plan. Ohne anzuklopfen kam er in die Klasse gestürmt – und blieb verdutzt stehen.

»Was ist denn hier los?«

»Ich möchte die Kinder in Gruppen unterrichten. Damit habe ich gute Erfahrungen gemacht.« Helene hielt kurz die Luft an und fragte sich, ob sie nicht zu forsch vorging. Ein falsches Wort von Rektor Winkelmeyer beim Schulrat, und man zog sie vielleicht schneller wieder von dieser Schule ab, als es ihr lieb sein konnte!

Der Rektor runzelte die Stirn, ihm war anzumerken, wie befremdlich er dieses unerwartete Möbelrücken mitten in der Unterrichtsstunde fand. Doch er erhob keine Einwände und verschwand wieder, allerdings nicht ohne erneutes bedenkenvolles Stirnrunzeln.

Mit einem leicht flauen Gefühl im Magen überwachte Helene die restliche Aktion und sagte sich tapfer, dass sie das Richtige tat. Und was machte schon ein weiteres Umräumen, wenn es doch ohnehin ständig vorkam!

Als alle Tische und Stühle so standen, wie sie es sich vorgestellt hatte, verteilte sie reihum Pappkarten, aus denen die Kinder sich bunt beschriftete Namensschilder bastelten. Die Größeren halfen den Kleineren, bis alle mit dem Ergebnis zufrieden waren. Zur allgemeinen Belustigung fertigte Helene für sich selbst auch ein Schild an und stellte es vor sich aufs Lehrerpult.

Danach blieb noch die Hälfte der Stunde für den regulären Deutschunterricht. Für die Jüngsten hatte Helene an der Tafel eine Reihe von einfachen Wörtern zum Abschreiben vorbereitet. Für die zweite Klasse war ein kurzes Diktat über den Garten vorgesehen, und die beiden oberen Stufen sollten in Stillarbeit Texte aus dem Lesebuch abschreiben – auch hier war der Garten das Thema. Danach ging es an die Vertiefung der Aufgaben. Die Kleinen mussten alle *au-* und *ei-*Laute einkreisen, die nächste Stufe alle Hauptwörter und Eigennamen mit dem Lineal unterstreichen, die älteren Kinder Verben und Dativ-Fälle heraussuchen. Helene ging währenddessen von Tisch zu Tisch und begutachtete die Ergebnisse. Nebenher leistete sie Unterstützung, wo immer es nötig war. Einem kleinen Jungen zeigte sie, wie er den Griffel halten sollte, damit es auf der Schiefertafel nicht so quietschte. Einem der Mädchen half sie beim Anspitzen des abgebrochenen Bleistifts, einem anderen beim Wiederherrichten eines in Auflösung begriffenen Zopfs.

An jedem Tisch wurde ihre Aufmerksamkeit benötigt. Verlorene Lineale mussten im Ranzen gefunden und nervöses Gezappel unterbunden werden. Vor sich hin träumende Kinder mussten mit Lob und Aufmunterung motiviert werden, darunter auch der Sohn von Tobias Krüger.

»Das, was du da schon hingeschrieben hast, sieht prima aus, Michael! Ich bin sicher, den Rest kriegst du genauso gut hin!«

Allzu lebhafte Kinder bremste sie, indem sie ihnen zusätzliche Verantwortung übertrug.

»Peter, ich könnte später noch deine Hilfe brauchen. Magst du nach dem Unterricht darauf achten, dass alle Tische und Bänke wieder so hingestellt werden wie vorher? Karl, du könntest für mich mit dem Zollstock den Klassenraum ausmessen. Ich plane ein Projekt in Heimatkunde, für das ich die Maße benötige. Damit würdest du mir einen großen Gefallen tun.«

Einige Kinder, die schneller als die anderen fertig waren, beschäftigte sie bis zum Ende der Stunde mit Zusatzaufgaben. Die Jüngeren malten ein Gartenbild, die Größeren sollten ein Gedicht aus dem Lesebuch auswendig lernen.

So hielt sie die Kinder während der gesamten restlichen Deutschstunde bei der Stange, und sie hatte den Eindruck, dass alle eifrig mitmachten und ihr gern folgten.

Den ersten Teil der nachfolgenden Rechenstunde kombinierte sie zur Auflockerung mit einem Bewegungsspiel. Die

Kinder stellten sich auf ihr Geheiß in Doppelreihen mit dem Gesicht zueinander auf, geordnet nach Altersstufen, und hopsten nach ihren Vorgaben auf und ab. Das eine Kind hüpfte beispielsweise zweimal hoch, das andere doppelt so oft, also viermal. Das Ganze wurde mit wechselnden Zahlen wiederholt, dann wurden die Rollen getauscht. Für die größeren Kinder gestaltete Helene das Spiel schwieriger, ließ sie ein Viertel oder ein Drittel der Sprünge vom Gegenüber absolvieren, während die Kleineren es etwas einfacher hatten, etwa mit Plus- und Minussprüngen. So verbrachten sie eine vergnügliche Viertelstunde miteinander, und die Kinder, die nach einer Weile selbst die Ansage der Aufgaben übernehmen durften, sprangen aus Leibeskräften, so hoch sie konnten. Manche von ihnen hätten gern noch länger weitergemacht, sie maulten, als Helene die Hopserei für beendet erklärte. Lachend versprach sie den Kindern, das bald zu wiederholen.

Sie öffnete zum Lüften eins der Fenster und wollte gerade mit dem Unterricht fortfahren, als die Schreie eines Kindes sie vor Schreck erstarren ließen. Sie kamen durch das offene Fenster, offenbar aus dem Nachbarraum. So schrie ein Kind, das Angst und Schmerzen hatte!

Helene handelte rein instinktiv.

»Ihr bleibt ruhig sitzen«, befahl sie ihrer Klasse, dann eilte sie auf den Gang hinaus, um nachzusehen, was los war. Hier hörte man die Schreie deutlicher, sie kamen tatsächlich aus dem Klassenraum von Herrn Göring. War er etwa nicht da? Heute Morgen vor Schulbeginn hatte Helene ihn noch im Lehrerzimmer gesehen.

Ohne groß nachzudenken riss sie die Tür auf – und wich schockiert zurück. Herr Göring stand halb mit dem Rücken zu ihr neben dem Lehrerpult. Er hielt einen Rohrstock umklammert und schlug hart damit zu. Sein Opfer war ein höchstens elfjähriger Junge, der mit ausgestreckten Händen vor ihm stand.

Mit tränenüberströmtem Gesicht hielt er die offenen, bereits feuerrot verfärbten Handflächen nach oben gekehrt und zitterte am ganzen Körper. Voller Pein schrie er auf, als der nächste Hieb seine Hände traf, und schon hob Herr Göring erneut den Rohrstock.

»Um Himmels willen, was tun Sie denn da?!«, rief Helene entsetzt.

Herr Göring fuhr mit erhobenem Stock zu ihr herum, offenbar hatte er im Eifer das Gefechts gar nicht gemerkt, dass sie hereingekommen war.

»Was führt Sie in meinen Klassenraum?«, fragte er sie mit kühler Höflichkeit, ehe er den Jungen anherrschte: »Du bleibst schön hier stehen. Wir sind noch nicht fertig. Es fehlen noch drei.«

Helene konnte kaum atmen vor Wut. Der Kerl hatte allen Ernstes vor, damit weiterzumachen! Am liebsten hätte sie ihm den Stock entrissen und das Ding auf der Stelle entzweigebrochen. Wie konnte er es wagen! Das, was er da tat, war verboten!

Aber im selben Augenblick dämmerte ihr, dass sie sich irrte. Ja, körperliche Züchtigungen in Schulen *waren* verboten, gleich nach dem Krieg hatte man solche menschenverachtenden Strafen abgeschafft. Aber das galt nur für die DDR.

In der BRD durften Lehrkräfte die ihnen anvertrauten Kinder immer noch auf diese archaische Weise misshandeln.

Dieser Widerling war im Recht. Er konnte mit höchster Erlaubnis einen kleinen Jungen verprügeln, und sie hatte keine Handhabe, ihn dafür zur Rechenschaft zu ziehen!

Es fehlen noch drei.

Ihr wurde beinahe übel, sie musste mehrmals tief durchatmen. In ohnmächtigem Mitleid sah sie den Jungen an, den zitternden Körper, die roten Striemen auf den schmalen Händen, die Angst und die Demütigung in dem kindlichen Gesicht.

Er war der Sohn armer Leute, die Kleidung vielfach geflickt, die Schuhe abgewetzt. Ein Bauernkind, dessen Eltern sich bestimmt nicht über die Schläge beschweren würden, weil sie sich nicht trauten. Oder weil sie dachten, ihr Junge hätte die Strafe verdient.

Ein Kind aus einer besser gestellten Familie hätte Herr Göring ganz bestimmt nicht derartig brutal geschlagen, denn zweifellos wusste er ganz genau, dass er sich damit Ärger einhandeln konnte. Längst nicht alle Eltern nahmen solche Übergriffe tatenlos hin.

Dieser Lehrer war einer von der Sorte, die nach oben buckelten und nach unten traten. Schlimmer noch – vorhin, als er zu ihr herumgefahren war, hatte Helene einen Moment lang seinen Gesichtsausdruck gesehen und instinktiv begriffen, was ihn umtrieb, bevor er es wieder sorgfältig vor ihr verborgen hatte: Es hatte ihm auf perverse Weise Freude bereitet, das Kind zu schlagen. Er war ein Sadist.

Es fehlen noch drei.

Herr Göring wurde nervös, seine Hand mit dem Rohrstock bewegte sich fahrig, seine Blicke huschten hin und her. Er fühlte sich von ihrer Gegenwart bedrängt. Vielleicht sogar bedroht. Helene erkannte es im Bruchteil eines Augenblicks, und genauso blitzartig fasste sie den Entschluss, sich einzumischen.

Sie griff zu einer faustdicken Lüge.

»Es soll demnächst in Hessen einen neuen Schulerlass geben, und ich dachte, das sollten Sie besser wissen. Das Schlagen mit dem Rohrstock wird demzufolge wohl ausdrücklich verboten und disziplinarisch verfolgt.«

»Warum das denn?«, platzte es aus Herrn Göring heraus.

»Weil sich die Fälle behördlicher Strafverfolgung häufen. Erst neulich soll ein Lehrer deswegen wieder vor Gericht gestanden haben. Die Eltern hatten ihn angezeigt.«

»Bei der Schulbehörde?«, fragte Herr Göring. Er war sichtlich blass geworden.

»Nein. Bei der Staatsanwaltschaft. Wegen vorsätzlicher Körperverletzung im Amt.« Helene versah diesen Satz mit unheilvoller Betonung. »Es wurde eine hohe Geldstrafe verhängt. Das gab wohl einen richtigen Wirbel, es ging in Frankfurt sogar durch die Presse. Der Rektor meinte, solchen Ärger möchte er hier an unserer Schule um jeden Preis vermeiden. Hat er noch nicht mit Ihnen darüber gesprochen?«

Herr Göring schüttelte stumm den Kopf.

»Sicher wollte er das tun, hat es dann aber wieder vergessen«, meinte Helene.

Das wiederum schien Herr Göring völlig plausibel zu finden. Verunsichert legte er den Rohrstock zur Seite und befahl dem Jungen, sich an seinen Platz zu begeben.

»Es ist nett von Ihnen, dass Sie mich informiert haben«, sagte er, und es klang tatsächlich ausgesprochen dankbar.

»Aber gern doch. Als Kollegen müssen wir schließlich zusammenhalten, oder?« Helene zwang sich zu einem Lächeln, dann ging sie, immer noch innerlich von Ekel geschüttelt, wieder zurück in ihren Klassenraum.

KAPITEL 4

Am darauffolgenden Sonntag traf Helene sich mit der Dorfhebamme Isabella zu Kaffee und Kuchen im *Goldenen Anker.* Mittlerweile hatten die beiden Frauen sich ein wenig angefreundet, es war bereits das zweite Treffen. Isabella war zwei Jahre jünger als Helene und unverheiratet, sie wohnte im Dorf bei ihren Eltern. Ihr Vater war der örtliche Förster. Häufig sah man sie auf ihrem Motorroller durch den Ort fahren, unterwegs zu Geburten oder Hausbesuchen bei schwangeren oder frisch entbundenen Frauen.

Am vergangenen Mittwoch war sie im *Goldenen Anker* hereingeschneit, während Helene gerade in der Gaststube beim Abendessen saß. Isabella hatte spontan auf Helenes Tisch zugehalten und sie gefragt, ob sie sich dazusetzen dürfe. Überrumpelt von der sympathischen Direktheit hatte Helene zugestimmt – und es seither keine Sekunde bereut. Allein der Anblick dieses lebensfrohen, von widerspenstigen braunen Locken umrahmten Gesichts konnte einen alle möglichen Sorgen vergessen lassen. Wie ein Wirbelwind war Isabella in Helenes Leben geweht und hatte sich dort innerhalb weniger Tage einen festen Platz erobert. Schnell waren sie beim *Du* gelandet, und auch sonst bewegten sie sich auf einer Wellenlänge. Helene fand ihre Gesellschaft erfrischend und zugleich auf unerklärliche Art tröstlich.

»Was gibt's Neues aus der Schule?«, fragte Isabella. »Hast du den Göring noch mal mit dem Rohrstock erwischt?«

»Nein, zum Glück nicht.«

»Man sollte das Prügeln in den Schulen generell verbieten«, sagte Isabella angewidert.

»Ja, das sollte man.«

»Irgendwer müsste sich mal drum kümmern, dass das aufhört. Wer ist denn dafür zuständig?«

»Der Gesetzgeber«, sagte Helene lakonisch.

Isabella seufzte, es klang resigniert. »Da sind wir wohl beide in Rente, bis sich was ändert. Hoffentlich kommt der Göring nicht dahinter, dass du ihn angeflunkert hast.«

Helene grinste. »Ich habe vorgebaut. Gestern habe ich dem Winkelmeyer genau dasselbe erzählt wie zuvor dem Göring. Also von dem angeblichen neuen Erlass und den Strafanzeigen, die man wegen der schlechten Presse unbedingt vermeiden muss. Er war ein bisschen verwirrt, weil er noch nichts darüber gehört hatte, aber er hat es geschluckt. Am Ende war er völlig davon überzeugt, dass der geplante Erlass amtlichen Tatsachen entspricht und dass der Rohrstock ab sofort im Klassenschrank zu bleiben hat. Davon abgesehen glaube ich nicht, dass der Göring ihn überhaupt darauf anspricht. Er ist der geborene Feigling und weiß genau, wie fragwürdig es wäre, wenn er auf der Benutzung des Stocks beharrt. Die anderen Lehrkräfte verpassen den Kindern höchstens mal eine Backpfeife oder eine Kopfnuss. Der Wessel schlägt überhaupt nicht.«

»Sicher hat er Sorge, sich dabei mit Keimen zu verunreinigen«, warf Isabella mit einem Kichern ein.

Helene schwankte zwischen Erheiterung und Mitleid. Alle Welt wusste, dass Herr Wessel unter einem ausgeprägten Waschzwang litt; wenn es irgend ging, vermied er es sorgsam, andere Menschen zu berühren.

Sie hatte das Bedürfnis nach einem Themenwechsel.

»Gestern haben die Kinder mir Wurst mitgebracht«, berichtete sie schmunzelnd. »Und kannenweise frische Brühe.« In gespielter Verzweiflung verdrehte sie die Augen. »In meinem Zimmer riecht's schon wie beim Metzger.«

Isabella grinste. »Wenn geschlachtet wird, machen die Bauern Wurst und Suppe, das ist der Lauf der Welt. Und es ist Sitte, den armen hungernden Lehrern auch was abzugeben. Genauso wie den armen hungernden Hebammen.«

»Du meinst, du kriegst auch Wurst und Brühe, wenn geschlachtet wird?«

»Massenhaft.«

»Isst du das alles auf?«

Isabella lachte. »Du liebe Zeit, nein! Das meiste verdrücken meine Eltern.«

»Ob die vielleicht auch meine Wurst noch möchten? Die Brühe habe ich Frau Exner gegeben, aber Wurst hat sie diese Woche selbst genug, sagt sie.«

Isabella kicherte. »Ich kann ja mal fragen.«

Agnes kam an ihren Tisch. »Alles recht, die Damen? Darf's noch was zu trinken sein?«

»Wir haben alles, danke schön«, sagte Helene freundlich zu dem jungen Mädchen. Die Kleine tat ihr leid, sie schuftete schon wieder seit Stunden hier im Gasthaus, und das am Sonntag. Noch vor dem Gottesdienst hatte sie die Zimmer geputzt und über die gesamte Mittagszeit beim Servieren geholfen.

Sobald sie hier Feierabend hatte, würde sie zu Hause weitermachen müssen, da gab es für sie zweifellos nicht weniger zu tun als hier.

»Das arme Mädchen«, sagte Isabella, als hätte sie Helenes Gedanken gelesen. »Hatte ich dir schon erzählt, dass bei den Hahners diesmal Zwillinge unterwegs sind?«

Helene schüttelte den Kopf. Sie hatte bereits bemerkt, dass die Familie Hahner wieder Nachwuchs erwartete, Agnes' Mutter trug einen enormen Bauch vor sich her, aber dass sie mit zwei Kindern schwanger war, hatte Helene nicht gewusst. Wenn sie richtig informiert war, gab es in der Familie dann sieben Kinder.

Isabella seufzte. »Man könnte meinen, dass bei so vielen Kindern zwei mehr auch nichts ausmachen, und die Hahners sind ja auch wirklich mit Leib und Seele Eltern, die strahlen jedes Mal aus allen Knopflöchern, wenn wieder ein Baby kommt. Aber für Agnes wird die Belastung immer schlimmer, die hat ja jetzt schon keine Minute für sich. Dass sie nach der Schule eine Lehre machen darf, kann sie wohl vergessen.«

»Heißt das, ihre Eltern wollen sie keinen Beruf erlernen lassen?«, erkundigte Helene sich betroffen. »Aber Agnes hat das Zeug dazu, sie ist begabt!« Inzwischen hatte Helene das Mädchen auch schon in der Schule kennengelernt – vorgestern hatte sie die Siebte und Achte übernommen, weil Rektor Winkelmeyer verhindert gewesen war; der Kollege Wessel hatte derweil ihre Dritte und Vierte betreut. Agnes Hahner hatte sich im Unterricht häufig gemeldet, und jedes Mal, wenn sie aufgerufen wurde, hatte sie mit fundierten Antworten geglänzt.

Isabella hob die Schultern. »Hier in der Gegend ist es ganz normal, wenn die jungen Mädchen keinen Beruf lernen, egal wie klug sie sind. Die meisten heiraten früh, kriegen Kinder, kümmern sich um Haus und Hof. Wozu sollen sie noch irgendwas anderes können?«

»Moment mal – *du* hast ja auch einen Beruf erlernt!«, konterte Helene.

Isabella lachte. »Ich sag ja nicht, dass das *meine* Meinung ist, ganz im Gegenteil! Aber so denken hier nun mal die meisten Leute. Und wer weiß, was *ich* jetzt für ein hart schuftendes Hausmütterchen wäre, wenn ich nicht damals nach der Schule so einen Aufstand gemacht hätte!«

»Wollten deine Eltern denn nicht, dass du Hebamme wirst?«

»Nein, das war wochenlange Überzeugungsarbeit.« Isabella

grinste spitzbübisch, und in ihren Wangen erschienen zwei Grübchen. »Wenn überhaupt, hätte ich Köchin oder Schneiderin lernen sollen, weil man das als Frau für sein späteres Leben viel besser gebrauchen kann.«

»Und wie stehen deine Eltern mittlerweile dazu?«, erkundigte sich Helene amüsiert.

Isabella wiegte den Kopf. »Mal so, mal so. Sie finden es ziemlich praktisch, dass ich was verdiene und Kostgeld zahlen kann, aber dass ich mit siebenundzwanzig immer noch unverheiratet bin, betrachten sie als großes Unglück und persönliches Versagen.«

»Wessen Versagen – ihres oder deines?«

»Was glaubst du denn?«, gab Isabella kichernd zurück. »Natürlich ist es *meine* Schuld. Denn ich habe mir ja den besten Fang aller Zeiten durch die Lappen gehen lassen, statt mit beiden Händen zuzugreifen und Frau Bürgermeister zu werden.«

»Heißt das, du warst mal mit Harald Brecht zusammen?«

Isabella zuckte mit den Schultern. »Damals, als er hier im Dorf den Posten als Bürgermeister übernahm, war ich ein paarmal mit ihm aus, das war's. Er ist ein netter Kerl, aber wir passen nicht zusammen.«

»Woran hast du das gemerkt?«, fragte Helene mit ehrlichem Interesse.

»Wir waren einfach nicht auf einer Wellenlänge.« Isabella bedachte sie mit einem neugierigen Blick. »Und was ist mit dir?«

»Was soll mit mir sein?« Helene zog mit gespielter Belustigung die Brauen hoch. »Meinst du etwa Harald Brecht? Das war rein dienstlich«, fügte sie flapsig hinzu. Tatsächlich war der Bürgermeister ihr vor drei Tagen über den Weg gelaufen und hatte sie in ein Gespräch verwickelt, mitten auf dem Dorfplatz und damit quasi auf dem Präsentierteller. Bestimmt hatte sich diese Begegnung bis in den letzten Winkel von Kirchdorf herumgesprochen und bot Anlass zu allerlei Gerüchten. Hier kannte jeder jeden, und Neuigkeiten verbreiteten sich so schnell wie der Schall.

»Ich meinte das bloß allgemein – du und die Männer als solche«, antwortete Isabella. Sie musterte Helene voller Anteilnahme. »Du sprichst nicht gern über dein Leben, oder?«, fragte sie sanft.

Helene bemühte sich um eine ausdruckslose Miene. »In der DDR lief es nicht gut für mich. Ich will hier von vorn anfangen, und dazu gehört, dass ich die Vergangenheit hinter mir lasse.«

Das musste an Auskünften über ihr Leben vorläufig reichen, der Rest ging keinen was an. Den wahren Hintergrund ihrer Fluchtgeschichte kannte im Westen lediglich Großtante Auguste. Außer ihr wusste niemand, was Helene durchgemacht hatte. Offiziell war sie einfach mit der S-Bahn vom Bahnhof Friedrichstraße aus über die Sektorengrenze in den Westen gefahren, so wie die unzähligen anderen Ostberliner, die von drüben abhauten, weil sie die Nase voll hatten.

Wie alle aus dem Ostteil der Stadt Geflohenen hatte sie sich vorschriftsmäßig im Notaufnahmelager Marienfelde angemeldet und das ganze amtliche Prozedere durchlaufen. Sie war mit einem vorgedruckten Laufzettel von Büro zu Büro gewandert, hatte sich strengen Befragungen und Sicherheitsüberprüfungen unterzogen, ärztliche Untersuchungen über sich ergehen lassen, Formulare ausgefüllt und Bescheinigungen beantragt. Nach ihrer Anerkennung war sie schließlich mit dem sogenannten Flüchtlingsbomber von Westberlin nach Frankfurt geflogen.

Das war die einzige amtliche Version ihrer Flucht. Und so hatte sich ja auch tatsächlich alles abgespielt. Die Sektorengrenze, die Berlin in Zonen unterteilte, war offen, Abertausende Pendler fuhren täglich hin und her. Deshalb konnte im Prinzip auch jeder, der sich aus Ostberlin absetzen wollte, mit der

S-Bahn auf Nimmerwiedersehen nach Westen verschwinden. Erwischt wurden nur wenige. Wichtig war dabei nur, dass man sich unauffällig benahm. Sich nicht verdächtig machte, indem man Koffer mitschleppte oder gleich mit Kind und Kegel zum Bahnsteig kam.

Sie und Jürgen hatten all das bedacht. Hatten ihren Plan für perfekt gehalten. Jürgen war als Erster gefahren, nur mit seiner Aktentasche, sie hatte mit Marie nachkommen sollen. Er war gut durchgekommen, völlig problemlos. Aber danach war alles furchtbar schiefgegangen …

Isabella wedelte mit der Hand vor ihrem Gesicht herum. »Huhu, Helene! Willst du diesen Kuchen noch essen oder ihn weiter bloß mit deiner Gabel malträtieren?«

Helene rang um Fassung. Der Kuchen auf ihrem Teller bestand nur noch aus matschigen Krümeln.

»Ich habe keinen Appetit mehr«, sagte sie.

»Tut mir leid, wenn ich dir auf die Nerven gegangen bin«, meinte Isabella zerknirscht. »Ich verspreche dir, dass ich dich nie wieder über dein Privatleben ausfrage!«

»Schon gut«, wiegelte Helene ab. »Ich habe heute einfach einen schlechten Tag, das wird wieder. Ich brauche nur ein bisschen Zeit.«

»Die sollst du haben! So viel du willst! Alles wieder gut? Du bist mir nicht böse?«

Helene lächelte. »Nein, wirklich nicht.«

Sie unterhielten sich noch eine Weile über irgendwelche Belanglosigkeiten. Dorfgeschichten, Klatsch und Tratsch, davon gab es in Kirchdorf mehr als genug, und die Stimmung zwischen ihnen war fast so entspannt und vergnügt wie vorher. Trotzdem war Helene auf unbestimmte Weise erleichtert, als Isabella wenig später zu einer Geburt gerufen wurde. Im Nachbardorf lag eine Frau in den Wehen und brauchte die Hilfe der Hebamme.

»Sehen wir uns morgen auf der Feier?«, fragte Isabella, bevor sie aufbrach.

Morgen war Rosenmontag, und der Schützenverein veranstaltete im Saal des Dorfgemeinschaftshauses ein Fest.

»Ach, ich weiß nicht ...«, sagte Helene.

»Komm schon, gib dir einen Ruck, das wird bestimmt lustig.«

»Aber ich habe ja gar kein Kostüm«, wandte Helene ein.

»Das macht nichts, ich habe genug Zeug zum Verkleiden, ich komme vorher vorbei und bringe dir was mit.«

Helene wollte weitere Einwände erheben, doch Isabella hatte sich bereits mit einem fröhlichen Abschiedsgruß abgewandt und strebte zum Ausgang.

Helene blieb in der Gaststube sitzen, in der Kanne war noch ein Rest Kaffee, den konnte sie nicht umkommen lassen.

Sie wollte nicht schon wieder daran denken, aber wie immer, wenn sie den Erinnerungen Raum gab, verselbstständigten sich ihre Gedanken und wanderten zurück.

*

Der Tag ihrer missglückten Flucht war ein ganz gewöhnlicher Dienstag gewesen. Vielleicht hatte sie auf dem Bahnsteig eine Spur zu aufgeregt gewirkt. Oder irgendwer hatte sie schon vorher im Verdacht gehabt, in den Westen fliehen zu wollen. Jedenfalls war sie geschnappt worden, von zwei Fahndern in Zivil, und prompt war Jürgen, dieser selbstlose, tapfere, todesmutige Idiot, nach Ostberlin zurückgekehrt, weil er sie und Marie nicht im Stich lassen wollte.

Unter anderen Umständen hätte man ihn möglicherweise mit offenen Armen wiederaufgenommen, das kam durchaus vor, Reue war Trumpf. Aber in seinem Fall gab es keine Gnade. In der Aktentasche hatte er seine Forschungsergebnisse des ganzen letzten Jahres dabeigehabt. Es waren *seine* wissenschaftlichen Erkenntnisse gewesen, nicht die von anderen. Doch das hatte keine Rolle gespielt. Er galt als Verräter, und sie selbst als Mittäterin.

Zehn grauenvolle Monate hatte man sie in einer Einzelzelle in Hohenschönhausen verrotten lassen, ehe plötzlich Anselm aufgetaucht war und sie da rausgeholt hatte. Er war ein alter Schulfreund von Jürgen, Helene kannte ihn nur flüchtig. Bis zu jenem Tag hatte sie nicht mal gewusst, dass er einen Posten beim Ministerium für Staatssicherheit bekleidete. In einer ganz anderen Abteilung, wie er ihr versichert hatte.

Anselm hatte sich, wie er ihr an jenem kalten Dezembermorgen erklärte, für ihre Entlassung starkgemacht und sie dank guter politischer Kontakte rausgepaukt. Auf diesem Wege hatte er auch erreicht, dass sie sofort in den Westen durfte. Dementsprechend hatte er sie gleich vom Gefängnis zum Bahnhof Friedrichstraße gebracht.

»Ich wäre viel früher gekommen, wenn ich gewusst hätte, was passiert ist«, sagte er, die Stimme rau von unterdrückten Emotionen. »Ich dachte, ihr wärt schon die ganze Zeit drüben, hättet ein neues Leben angefangen. Jürgen hat … Er hatte sich nach seiner Flucht nicht mehr bei mir gemeldet. Mein Gott, ich hatte keine Ahnung, dass er tot ist!«

Natürlich weigerte sie sich rundheraus, ohne ihre Tochter auszureisen. Inzwischen wusste sie, dass man Marie in ein Heim gesteckt hatte, das passierte regelmäßig mit Kindern von inhaftierten Dissidenten. Nach einer Weile fanden sich dann meist staatstreue Bürger, denen diese Kinder überlassen wurden. Neue Eltern, die es besser machen sollten.

Wie konnte Anselm erwarten, dass sie Marie ihrem Schicksal überließ, das war völlig ausgeschlossen!

Doch Anselm versprach ihr, auch Maries Ausreise zu deichseln, über dieselben vertraulichen Kanäle wie bei ihr.

»Du musst drüben nur die Füße stillhalten, dann klappt das ganz schnell«, beteuerte er. »Du darfst nur keinen Wind machen.«

»Aber …«

Anselm fiel ihr ins Wort. »Glaub mir, es geht nicht anders. Wenn du hierbleibst, wirst du über kurz oder lang wieder hinter Gittern verschwinden. Und sobald du vor Gericht stehst, wirst du nicht einfach nur wegen Republikflucht verurteilt, sondern wegen Hochverrats. Dein Mann war schließlich nicht irgendwer.«

Nein, Jürgen war ein renommierter Atomphysiker gewesen, hatte an hochgeheimen Forschungsprojekten gearbeitet. In den Augen der Staatssicherheit war seine Flucht ein unerträglicher Affront – und Ursache tödlichen Hasses.

Herzversagen, so hatte die offizielle Todesursache gelautet. Jürgen war nur wenige Wochen nach seiner Verhaftung gestorben. Er war erst dreiunddreißig Jahre alt gewesen und die meiste Zeit seines Lebens kerngesund.

Ein Stasibeamter hatte ihr Jürgens Tod ganz beiläufig mitgeteilt, am Ende eines der vielen zermürbenden Verhöre, mit denen man sie kleinkriegen wollte. Er hatte es ihr in beinahe aufgeräumtem Tonfall erzählt, so wie man zu jemandem sagt, dass es gerade draußen regnet. *Ach übrigens, Ihr Mann ist tot.*

»Die werden genug Beweise präsentieren, um dich für immer wegzusperren!«, beschwor Anselm sie, während sie gemeinsam auf dem Bahnsteig standen und auf einen Zug warteten, in den sie ohne ihr Kind nicht einsteigen wollte. »Es könnte auch auf eine Hinrichtung hinauslaufen. Du wärst nicht die Erste. Wenn du nicht sofort gehst, bist du geliefert!«

»Ich *kann* nicht ohne Marie gehen, versteh das doch!«

»Vertrau mir, Helene, ich sorge dafür, dass sie nachkommt!« Anselms Stimme klang bei dieser Erwiderung fast so verzweifelt wie ihre eigene.

Helene sah ihn verwundert an, konnte sich keinen Reim darauf machen, dass er so aufgewühlt war – sie kannten einander doch kaum!

Dann zeigte er ihr die Kopien. Auszüge aus einer Ermittlungsakte, die beim MfS[2] geführt wurde und aus der hervorging, wessen man sie anklagte. Sie konnte schwarz auf weiß sehen, was man ihr unterschieben wollte. Es gab Aussagen von Zeugen, deren Namen sie noch nie gehört hatte. Seitenweise Abhörprotokolle vermeintlicher Gespräche, die Jürgen geführt haben sollte. Sie bewiesen den angeblichen Verrat von Staatsgeheimnissen unter verschwörerischer Teilnahme seiner Frau – das war *sie!* Anselm hatte recht, das reichte für lebenslänglich.

Er offenbarte ihr, was sie zu diesem Zeitpunkt längst begriffen hatte – sie war überhaupt nicht aus der Haft entlassen worden. Anselm hatte lediglich ihre Überstellung in ein anderes Gefängnis vorgetäuscht, mit echtem Formular und echtem Stempel, aber gefälschter Unterschrift.

»Deine Akte konnte ich nicht verschwinden lassen«, sagte er. »Aber dich kann ich retten, und dein Kind auch.«

Er hatte seine Spuren gut verwischt. Es konnte Wochen dauern, bis der Schwindel aufflog und jemand merkte, dass sie weg war. Vielleicht aber auch nur Tage oder gar Stunden. Deshalb musste es jetzt schnell gehen. Sie durfte nicht mehr gesehen werden, unter keinen Umständen.

In Anselms Augen standen Tränen, als er ihr das erzählte, und seine Hände, in denen er immer noch die Aktenauszüge hielt, zitterten heftig.

Erst da begriff sie, warum er das alles für sie und ihre Tochter tat. Warum er sich selbst in Gefahr begab, um ihr zur Freiheit zu verhelfen.

Er musste Jürgen sehr geliebt haben.

Sie hatte schon lange geahnt, dass es noch jemand anderen

---

[2] Ministerium für Staatssicherheit der DDR (Kurzform: Stasi)

in Jürgens Leben gab, und auch, wenn sie bis zu jenem Tag nie darauf gekommen wäre, dass dieser Jemand ein Mann war, kam die Erkenntnis nicht allzu überraschend.

Jürgen war ihr Seelenverwandter gewesen, ihr bester Freund und vertrauter Weggefährte seit Jugendtagen. Ein wunderbarer Mensch, mit dem sie lachen und weinen und dieselben Lieder hören konnte. Aber es gab auch Bereiche, die zwischen ihnen keine große Rolle gespielt hatten. Nicht stürmische Verliebtheit oder gar Leidenschaft hatte sie zusammengebracht, sondern herzliche Zuneigung und gemeinsame Interessen.

Helene hatte es nicht infrage gestellt, es war ihr normal vorgekommen. Als sie ihn mit achtzehn kennengelernt hatte, war sie noch sexuell unerfahren gewesen. Vielleicht lebten Paare so miteinander, und alles andere gab es nur in Romanen und Filmen.

Dort auf dem Bahnsteig verstand Helene zum ersten Mal, dass Jürgen bei Anselm offenbar das gefunden hatte, was ihm in ihrer Ehe gefehlt hatte. Er hatte noch ein zweites Leben gehabt, heimlich und im Verborgenen. Dennoch war in ihrem Herzen keine Bitterkeit. Da war nur ihre Liebe zu ihm, begleitet von quälender Traurigkeit – und Schuldgefühlen. *Sie* war diejenige gewesen, die unbedingt weggewollt hatte, schleunigst und kompromisslos. Und Jürgen hatte sich mitziehen lassen, hatte sich gefügt, so wie er es immer getan hatte. Die treibende Kraft war stets sie gewesen. Sie hatte Lebenspläne geschmiedet und Dinge entschieden und von ihm erwartet, dass er mitmachte.

»Steig in den Zug«, sagte Anselm zu ihr, als schließlich ratternd die S-Bahn einfuhr. Seine Stimme klang flehend. »Es ist deine einzige Chance. Um Marie kümmere ich mich, das schwöre ich dir!«

Und sie war eingestiegen, denn sie wusste, dass sie keine andere Wahl hatte, wenn sie in Freiheit überleben und ihr Kind wiedersehen wollte.

Nachdem sie fast eine Woche im Aufnahmelager Marienfelde festgesessen und nichts von ihm gehört hatte, tauchte er zu ihrem Entsetzen selbst als Flüchtling dort auf. Er hatte sich kurzfristig abgesetzt, in letzter Sekunde – die Stasi war ihm schneller als erwartet auf die Schliche gekommen, und wenn ihn nicht ein Freund gewarnt hätte, säße er jetzt in Haft. Marie war immer noch in dem Heim, er hatte ihretwegen noch nichts unternehmen können. Was jedoch, wie er sagte, bei Licht betrachtet ein Glück sei, so könne man ihn wenigstens nicht mit ihr in Verbindung bringen, womit noch andere Optionen offenstünden, sie rauszuholen.

Helene hatte ihm gar nicht richtig zuhören können. Völlig aufgelöst hatte sie augenblicklich nach Ostberlin zurückkehren wollen, Anselm musste sie fast mit Gewalt daran hindern. Beschwörend hatte er auf sie eingeredet, während sie weinend vor ihm stand, nicht in der Lage, einen klaren Gedanken zu fassen. Sie wollte einfach nur zu ihrer Tochter!

Da hatte er ihr seine Idee erläutert, wie sie das Kind doch noch zu sich holen könne. Ein neuer Plan.

Ein Schritt nach dem anderen, hatte er gesagt, und wie beim letzten Mal hatte er versprochen, ihr zu helfen. Er hatte immer noch seine Kontakte, auch zur Stasi. Sogar dort gab es Leute, die anständig waren und es nur schwer ertrugen, dass man Kindern so was antat.

Und hier war sie nun und wartete. Versuchte, sich in Geduld zu üben, auch wenn es unendlich viel Kraft kostete.

Bald …

*

Marie hatte aufgehört, die Tage zu zählen. Anfangs hatte sie für jeden Tag im Heim eines von ihren Haaren ausgerissen und unter ihrer Matratze aufbewahrt, aber eines Tages waren die Haare beim Bettenmachen entdeckt worden. Es hatte ein fürchterliches Donnerwetter gegeben, die Betreuerin war vor Wut ganz außer sich gewesen, und Marie hatte mindestens zehnmal das Bett neu machen müssen. Immer wieder hatte die Betreuerin das Bettzeug heruntergerissen, sie erneut beschimpft und angebrüllt, ihr Laken und Decke vor die Füße geworfen und befohlen, von vorn anzufangen.

Die anderen Mädchen aus dem Schlafsaal hatten alle antreten und zusehen müssen, sie sollten lernen, wie man richtig Betten machte. Dass man sich nicht wie eine liederliche Schlampe aufführte, die überall ihren Dreck hinterließ. Aber was konnte man schon erwarten von einem Kind, das von Feinden des Sozialismus in die Welt gesetzt worden war?

An dem Tag hatte sie kein Frühstück bekommen, sie hatte im Speisesaal an der Wand stehen und den anderen beim Essen zusehen müssen.

»Wenn du so weitermachst, kommst du nach Torgau«, hatte die Betreuerin sie angeblafft.

In Torgau musste es schrecklich sein. Kein Kinderheim in der DDR war schlimmer als Torgau, immer wieder sprachen die Betreuerinnen davon, dass Marie da hinmüsse, wenn sie sich weiter so aufführte.

»Da musst du dich nackt ausziehen, dir wird der Schädel kahl geschoren, und du wirst in einen dunklen Keller gesperrt!«

Auch in dem Heim, wo sie jetzt war, hatte sie sich nackt ausziehen müssen, aber nur deshalb, weil sie ihre eigenen Sachen nicht mehr tragen durfte. Sie hatte Heimkleidung bekommen, so wie die anderen Kinder. Alle sollten das Gleiche anhaben, damit keiner neidisch werden konnte.

In den Keller wurde man hier nicht gesperrt, aber am Bettpfosten angebunden. Jedenfalls dann, wenn man nachts abhauen wollte, das hatte Marie in den ersten Wochen zweimal versucht. Sie hatte einfach nur nach Hause gewollt. Aber man hatte sie beide Male nur ein paar Straßen weiter geschnappt.

»Dein Zuhause gibt es nicht mehr, und deine Eltern sitzen wegen Staatsverrats im Knast«, hatte man ihr beim zweiten Mal gesagt und sie mit einem Strick am Bett festgebunden, damit sie nicht wieder fortlaufen konnte. »Wenn du noch mal wegläufst, wird man deine Eltern zur Strafe nie wieder rauslassen. Und du kommst sofort nach Torgau.«

Marie hatte es nicht mehr versucht. Dann hatte ihr eins von den größeren Mädchen erzählt, dass ihr Vater tot sei, sie hätte die Heimleiterin darüber reden hören.

Marie war sofort zur Heimleiterin gegangen, obwohl sie eine Heidenangst vor ihr hatte. Ihre Augen waren kalt wie Glas, und wenn sie sprach, schien ihr Mund sich kaum zu bewegen, wie bei einer Puppe, aus deren Gesicht schnarrende Geräusche drangen statt echter Worte.

Ja, es stimmte, ihr Vater war tot. So was passierte nun mal mit Staatsfeinden, und wenn Marie sich nicht endlich zusammenriss und besser benahm, wäre ihre Mutter garantiert auch bald tot.

Seitdem riss Marie sich zusammen und zeigte ein solch mustergültiges Verhalten, dass niemand mehr etwas an ihr auszusetzen fand.

KAPITEL 5

Sonntag für Sonntag versuchte Tobias, sich den Tag für Michael freizuhalten, doch auch diesmal kamen wieder diverse Notfälle dazwischen. Ein neunzigjähriger Greis hatte Fieber bekommen, ein grippaler Infekt, und da er vorher schon extrem schwach und hinfällig gewesen war, stand es nicht gut um ihn. Er hatte Wasser in der Lunge und war kaum noch ansprechbar. Tobias ließ bei seinem Hausbesuch ein Schmerzmittel da, das auch gegen das Fieber half. Mehr konnte er nicht tun, die Tage des Mannes waren gezählt, seine Zeit war gekommen.

Auf die Art ging es bei den sehr alten Menschen häufig zu Ende – die allmählich zunehmende Schwäche, das immer seltener werdende Bedürfnis, an gesellschaftlichen Zusammenkünften teilzunehmen. Alltägliche Notwendigkeiten wie Essen, Trinken, Reden – das alles verlor an Bedeutung, wurde gar zur Last. Ein Rückzug vom Leben, zuerst phasenweise, dann durchgehend, und am Schluss oft der letzte Infekt mit der schon fast obligatorischen Lungenentzündung.

Eine andere, ebenfalls bettlägerige Patientin im Nachbarort hatte ein offenes Bein, das normalerweise von der Gemeindeschwester versorgt wurde, doch an diesem Sonntag waren zusätzliche Beschwerden aufgetreten – Flimmern vor den Augen, heftiges Kopfweh, Schwindel. Der Blutdruck war extrem hoch. Tobias diagnostizierte ein beginnendes Nierenversagen und ließ einen Krankenwagen rufen. Dass die Frau ein Fall für die Klinik sein würde, hatte er bereits kommen sehen.

Der dritte Patient war Eugen Wiegand. Er kam mit blutüberströmtem Gesicht in die Praxis, nur zehn Minuten, nachdem Tobias von seinem letzten Hausbesuch zurückgekehrt war. Ein Stückchen Holz war Eugen ins Auge geflogen, als er Scheite für den Kaminofen gehackt hatte. Die blutige, unförmige Schwellung sah auf den ersten Blick beängstigend aus, aber bei näherer Untersuchung stellte sich die Verletzung zum Glück lediglich als Hautriss im Bereich des Unterlids heraus. Das Auge selbst war nur geprellt. Tobias nähte die Wunde unter örtlicher Betäubung. Danach fertigte er rasch einen Befundbericht an, bevor er zurück nach oben ging und sich wieder zu Michael und Beatrice ins Wohnzimmer setzte.

Im Hintergrund lief das Radio, ein Song von Frank Sinatra. Sie hörten oft den Soldatensender AFN, seit Michael bei ihm wohnte. Der Junge mochte die amerikanische Musik, die seine Mutter und sein Stiefvater bevorzugt hatten, und Tobias hatte nicht das Geringste dagegen. Er tat gern alles, damit Michael sich hier wohlfühlen konnte.

»Hoffentlich war das für heute der letzte Notfall«, sagte seine Tante mitleidig. »Möchtest du noch ein Stück Käsekuchen?«

»Danke, nein.«

»Kaffee?«

»Ja, gerne. Lass nur, ich bediene mich selber.« Er füllte den kalt gewordenen Rest in seiner Tasse mit heißem Kaffee aus der Kanne auf.

»Was ist, spielen wir noch eine Runde Autoquartett?«, fragte er anschließend seinen Sohn. Michael hatte ein Buch vor der Nase, *Die Schatzinsel* von Stevenson, ein Roman, den schon Tobias als Junge begeistert verschlungen hatte. Wenigstens saß der Kleine jetzt ruhig auf seinen vier Buchstaben; bis vor einer Stunde hatte er mit seinen Matchboxautos auf dem Fußboden Rennen veranstaltet und dabei einen Heidenlärm gemacht. Tobias hatte sich weniger an dem Radau und den Schrammen im

Parkett gestört, schließlich war lautstarkes und lebhaftes Spielen für einen achtjährigen Jungen das Normalste von der Welt. Aber der grimmige, fast wütende Ausdruck im Gesicht seines Sohnes, die zusammengepressten Lippen und die abgehackten Bewegungen hatten etwas Erschreckendes gehabt. Tobias hatte ihn dreimal ansprechen und fragen müssen, ob er nicht lieber Karten spielen wolle. Dummerweise war dann Eugen Wiegand mit seiner Verletzung dazwischengekommen.

Aber aufgeschoben war nicht aufgehoben, und nun war er ja wieder da. Tobias fragte seinen Sohn erneut, ob er Lust auf eine Runde Autoquartett habe.

Michael runzelte die Stirn, stimmte dann aber zu und ging das Kartenspiel holen. Tobias lehnte sich zurück und versuchte sich zu entspannen und die – jetzt wieder friedliche – Sonntagsruhe zu genießen. Man wusste nie, was noch alles kam, folglich musste er jede Stunde so gut wie möglich auskosten.

Immerhin war sein Heimweg von der Arbeit denkbar kurz, er brauchte nur die Treppe hochzusteigen, das war ein gewisser Komfort und sparte Zeit. Zugleich schränkte es die Privatsphäre eindeutig ein. Sein Wagen parkte unten vorm Haus, die Leute sahen sofort, wenn er daheim war, und ebenso wussten sie, dass sie zur Not jederzeit an der Haustür läuten konnten, wochentags wie sonntags, in schlimmen Fällen auch nachts.

Zum Glück kam es nicht ständig vor, dass er außerhalb der Sprechstunden rausgeklingelt wurde, aber eine Seltenheit war es auch wieder nicht. Als Landarzt behandelte er nicht nur die Kranken in Kirchdorf, sondern war auch für zwei kleinere Nachbargemeinden zuständig. Glücklicherweise erfreuten sich die meisten Dörfler robuster Gesundheit, und nicht alle, die mal krank wurden oder sich verletzten, gingen gleich zum Arzt. Das Gros der Leute tauchte nur selten in der Praxis auf, manche so gut wie nie. Aber es gab auch jene, die mehrmals pro Quartal erschienen, sei es wegen ernstlicher chronischer Erkrankungen, sei es, weil sie bloß in regelmäßigen Abständen ihr Zipperlein beklagen wollten.

Tante Beatrice saß ihm gegenüber im Sessel und stickte an einem Platzdeckchen.

»Willst du wirklich keinen Kuchen mehr?«, fragte sie.

»Nein, ein Stück ist genug!«, bekräftigte er.

In ihrer mütterlichen Art ließ sie keine Gelegenheit aus, ihn mästen zu wollen. Die Sorge, irgendwer aus der Familie könnte nicht genug gegessen haben, wurde sie nie ganz los, ein typisches Relikt aus der Hungerzeit des Krieges.

Tobias konnte sich selbst noch sehr gut an die mageren Jahre erinnern – wie oft hatte er mit knurrendem Magen in den Vorlesungen gesessen und versucht, sich nicht allzu sehr von profanen Gelüsten nach Jägerschnitzel oder Rahmbraten ablenken zu lassen!

Ansonsten hatte er – jedenfalls im Vergleich zu seinen Altersgenossen – den Krieg schadlos überstanden. Er war zwar wie fast alle seines Jahrgangs eingezogen worden, doch an die Ostfront, wo Millionen Wehrmachtssoldaten elend verreckt waren, hatte es ihn nicht verschlagen, und als Sanitäter hatte er nie auf Menschen schießen müssen.

Unwillentlich machten seine Gedanken einen Sprung.

Wie wohl Helene Werner den Krieg erlebt hatte? Was hatte sie dazu gebracht, aus der Ostzone zu flüchten und alle Brücken hinter sich abzubrechen? Ob sie drüben noch Familie hatte?

Inzwischen hatte Tobias einiges über sie gehört, auf dem Dorf sprachen sich Informationen aller Art rasch herum, und die Mehrzahl seiner weiblichen Patienten war überaus redselig. Ungefragt teilten sie ihm tagtäglich im Behandlungszimmer mit, was ihnen an Gerüchten und Gerede zu Ohren gekommen war. Ganz zu schweigen von dem, was Tante Beatrice so an Klatschgeschichten mit nach Hause brachte – sie war über alles, was sich im Dorf abspielte, immer bestens im Bilde.

Ganz egal, ob Tobias es nun darauf anlegte oder nicht – er erfuhr dauernd alles Mögliche über Helene Werner. Es ergab sich gleichsam wie von selbst. Die Frau war neu im Dorf, eine schöne Fremde, umschwebt von Geheimnissen, es war nicht verwunderlich, dass ihr sofort von allen Seiten brennendes Interesse zuteilgeworden war.

Sie war neunundzwanzig, wie er gehört hatte. Seit etwa einem Jahr Witwe, womit die Trauerzeit, was immer man darunter auch verstehen wollte, nach hergebrachter Meinung wohl hinter ihr lag. Was das betraf, so überschlugen sich bereits die Spekulationen über ihr Liebesleben. Dass sie wieder zu haben war, galt als völlig unstreitig, seit sie einmal bei einer längeren Unterhaltung mit dem Bürgermeister auf dem Dorfplatz gesichtet worden war. Und der Brecht, so hieß es, hätte seinerseits bestimmt auch schon ein Auge auf sie geworfen.

Genau dasselbe unterstellte man jedoch auch in Bezug auf Tobias, wie Beatrice ihm errötend anvertraut hatte. Mehr noch – nach dem gemeinsamen Kaffeetrinken am vergangenen Sonntag im *Goldenen Anker* galt er sogar allgemein als Favorit für eine sich anbahnende Romanze mit Helene Werner, immerhin hatte er sie ja auch am Tag ihrer Ankunft aus dem Schneesturm gerettet.

Die Gerüchteküche kochte jetzt schon über, und dabei war Helene gerade mal zehn Tage da.

In ihrer Funktion als Lehrerin stieß sie offenbar nicht überall auf Zustimmung, zumindest nicht im Kollegium. Fräulein Meisner, die quasi Dauergast in seiner Praxis war, hatte sich mit einem Unterton von Entrüstung bei ihm erkundigt, ob sein Sohn ihm denn schon von der Sauerei in der Schule berichtet hätte. Auf Tobias' Nachfrage, um welche Sauerei es sich handle – er hatte nicht die geringste Vorstellung, was sie meinte –, erzählte sie ihm von dem Sandkasten, den der Hausmeister auf Veranlassung von Helene Werner im Raum der Dritten und Vierten aufgebaut hatte.

Mitten im Klassenzimmer, man stelle sich das mal vor! Dreck und Sand und Wasserlachen überall, und der Lärm, den die Kinder dabei veranstaltet hatten – den sie sowieso *andauernd* während des Unterrichts bei dieser Lehrerin veranstalteten! Da wurde gehüpft und gesprungen und Tische und Bänke umhergeschoben! Wo blieb da die Disziplin, für deren Erhalt sie und der Rest des Kollegiums sich ständig aufopferten! Und wieder mal typisch auch Rektor Winkelmeyer, der ihr zugesagt habe, dagegen einzuschreiten, doch kaum eine Stunde später habe er es wieder vergessen. Und nicht nur das – er hatte sogar mit den Kindern im Sandkasten gewühlt! Keine Spur von Autorität, wo sollte das noch enden!

Tobias hatte den Impuls ignoriert, mehr darüber in Erfahrung bringen zu wollen, er wäre die Meisner sonst ewig nicht mehr losgeworden. Sie tendierte zu einer Rentenneurose und hatte sich schon wieder einen Krankenschein geben lassen wollen, doch diesmal hatte er ihrem Ansinnen widerstanden, auch wenn er damit ihren Groll weckte, den sie dann womöglich in der Schule an den Kindern ausließ.

Mit ihrem Kreislauf sei wieder alles in Ordnung, hatte er ihr versichert, nachdem er sie pflichtschuldigst abgehört und ihren Puls gemessen hatte. Das Herzrasen sei eine rein subjektive Empfindung, es liege nur an nervösen Störungen und Sauerstoffmangel, ein langer Spaziergang an der frischen Luft würde das fürs Erste richten. Und dann ein kurzer Wink an seine Sprechstundenhilfe Frau Seegmüller, damit sie den nächsten Patienten aufrief.

Bei Fräulein Meisners Bericht über besagten Sandkasten waren sofort Erinnerungen an seine eigene Schulzeit erwacht, an jenes ungefüge Ding, das auf Balken ruhte und Ähnlichkeit mit einem Tisch aufwies. Im weitesten Sinne war es das wohl auch gewesen, nur dass sich anstelle einer Tischplatte ebendieser Sandkasten obendrauf befand. In dem Kasten konnte man aus allerlei Materialien Landschaften nachbilden, sei es aus Sand, Kies und Lehm, oder auch mit bemalter Modelliermasse, Holzspänen und Pappmaschee.

Im Heimatkundeunterricht hatten sie unterschiedliche Bodenschichten geformt, Flussläufe eingezogen und mit Wasser gefüllt, Gesteinsformationen zu Höhenzügen aufgetürmt, Dörfer und Wälder nachempfunden – der Fantasie waren kaum Grenzen gesetzt.

Irgendwann zwischen damals und heute war der alte Kasten offenbar weggeräumt und aussortiert worden, vielleicht im Zuge der Anschaffung moderner Unterrichtsmaterialien, oder weil die Lehrkräfte ihn als störende Dreckschleuder empfanden.

Doch Helene Werner hatte einen neuen Kasten aufstellen lassen – zum Ärger von Fräulein Meisner, aber zur Freude der Kinder.

»Zweihundertvierzig Stuckis«, sagte Michael, und Tobias konzentrierte sich wieder auf das Kartenspiel.

»Da hast du mehr als ich. Hier, bitte.« Tobias rückte seine obere Karte heraus, ein Oldtimer, der nur Schneckentempo fuhr. Wäre er mit der Ansage dran gewesen, hätte er mit dem Baujahr punkten können, je älter, desto besser. Doch der Spieler, der die letzte Karte gewonnen hatte, durfte die Kategorie aussuchen.

»Acht Zille!«, trumpfte Michael auf. Wieder musste Tobias seine Karte abliefern, er hatte nur vier Zylinder. Aber dann kam ein fast unschlagbarer Wagen – jede Menge Stundenkilometer, PS, Zylinder und Hubraum, damit würde sich das Blatt zu seinen Gunsten wenden!

Doch schon wieder schlug sein Sohn ihm ein Schnippchen. »Baujahr sechsunddreißig«, meinte Michael in gespielt bescheidenem Ton – und stach Tobias' Auto in der einzigen möglichen Sparte aus.

Tobias tat empört. »Gemeinheit!«

Michael stieß einen Freudenschrei aus, als er die Karte mit

dem Rennwagen der Spitzenkategorie einheimste. Damit hatte er so gut wie gewonnen.

»Sag mal, wie gefällt dir denn der Sandkasten, den ihr jetzt im Klassenzimmer habt?«, erkundigte Tobias sich angelegentlich bei seinem Sohn, nachdem er die letzte Karte losgeworden war.

»Oh, der ist prima!«, antwortete Michael mit leuchtenden Augen. »Sogar der Rektor kam rein und hat mitgemacht! Wir haben das Rhöner Kegelspiel gebaut. Ich durfte auch einen Hügel machen. Es ist klasse geworden. Das musst du dir mal ansehen!«

»Das tu ich gern«, bekräftigte Tobias. Er fuhr seinem Sohn durchs Haar und lächelte ihn an. Michael lächelte zurück, und Tobias floss das Herz über vor Liebe. Heute war einer der besseren Tage, und darüber war er froh. Wenn sein Sohn zufrieden war, war er es auch, und wenn dem Jungen gar die Schule Spaß machte, war es umso besser. Es schien, als hätte die eine Woche Unterricht bei der neuen Lehrerin schon einen positiven Effekt. Manche Menschen waren einfach für diesen Beruf geboren, und das spürten die Kinder sofort.

Ihm wurde bewusst, wie häufig er an Helene Werner dachte. Anscheinend wurde das langsam zur Gewohnheit. Bevor er sich fragen konnte, wo zum Teufel das hinführen sollte, ging er lieber in die Küche und holte sich doch noch ein Stück Käsekuchen.

*

Zum Wochenbeginn wurde das Wetter wärmer, genau richtig für einen vergnüglichen Rosenmontag. Über Nacht waren die noch verbliebenen Schneereste weitgehend weggetaut, und die Sonne tauchte die ganze Umgebung in strahlendes Licht. Auch die Laune im Dorf schien frühlingshaft, die Faschingsstimmung zauberte den Leuten ein Lächeln ins Gesicht.

Scharen von Jungen, die als Cowboys oder Indianer verkleidet waren, rannten johlend über den Dorfplatz und ballerten mit ihren Spielzeugpistolen herum. Überall roch es nach dem Zündpulver, und die Reste der zerschossenen Papierröllchen lagen in rosa Schlangen auf dem Boden herum. Hier und da waren auch Prinzessinnen und Indianerinnen zu sehen, aber die waren ausschließlich in friedlicher Mission unterwegs. Einige von ihnen schoben Puppenwagen vor sich her, manche sogar Kinderwagen mit echten Babys darin.

Die wenigsten Mütter im Dorf hatten genug Zeit, regelmäßig mit den Kleinsten an der frischen Luft spazieren zu gehen, also wurde diese Aufgabe oft den älteren Geschwistern übertragen – genauer gesagt den Mädchen, die konnten es nach allgemeiner Ansicht gar nicht früh genug lernen. Auch Hannelore, ein Mädchen aus der Vierten, schob einen älteren, bereits ziemlich ramponierten Kinderwagen durchs Dorf, darin schlafend ihr kleiner Bruder. Helene, die gerade nach einem raschen Mittagessen aus dem *Goldenen Anker* kam, warf einen Blick in den Wagen und lächelte entzückt, als das Baby sie spontan anstrahlte. Es war in einem Alter, in dem Säuglinge noch jeden anlachten, auch Fremde.

»Du bist eine fabelhafte große Schwester«, sagte sie zu Hannelore, ehe sie weiterging.

Zwei Indianer aus der dritten Klasse sprangen mit Kriegsgeheul um sie herum, und als sie den beiden Rackern scherzhaft androhte, sie an den Marterpfahl zu binden, wollten sie sich schier ausschütten vor Lachen.

Ein paar Schritte weiter raufte der wilde kleine Karl mit einem deutlich größeren Fünftklässler, und Helene nutzte im Vorbeigehen die Gelegenheit, die beiden auseinanderzuscheuchen und ihnen das Versprechen abzunehmen, sich mindestens für den Rest des Tages zu vertragen.

Schulfrei hatten die Kinder an diesem Montag nicht, aber

am frühen Mittag hatten alle heimgehen dürfen, damit noch genug Zeit für den Fastnachtsumzug blieb. Die nötigen Vorbereitungen waren schon getroffen: Diverse Viehgespanne und Kleinlaster waren in bunt geschmückte Karnevalswagen verwandelt worden, bestückt mit lustigen, selbst bemalten Plakaten und Pappfiguren. Auch den neuen Löschwagen der Feuerwehr hatte man mit Luftballons und Girlanden behängt. In mehreren Gruppen hatten sich die Frauen und Männer des örtlichen Elferrats versammelt, angetan mit Clownshüten, Narrenkappen oder überdimensionierten Zylindern. Die Mitglieder des Spielmannszugs waren in Trachtenkleidung erschienen. Sie erprobten gerade ihre Instrumente, der Klang von Trommeln und Trompeten schallte in alle Richtungen.

Helene fühlte sich inmitten des Getümmels ein wenig unwohl und zog bei ihrem Weg über den Dorfplatz unwillkürlich den Kopf ein, aber der spontane Wunsch, sich irgendwie unsichtbar zu machen, legte sich nach einigen Augenblicken. Das Lachen der Leute war ansteckend, ebenso wie die unbeschwerte Freude der Kinder, die überall herumflitzten und ihren Spaß hatten.

Der Bürgermeister, der soeben aus dem Dorfgemeinschaftshaus kam, hatte sie erspäht und eilte sofort auf sie zu, womit ihr jede Chance genommen wurde, sich unauffällig zu verdrücken. Er war als Faschingsprinz kostümiert und von leichtem Bierdunst umgeben.

»Frau Werner, wie schön!«, rief er aus. »Machen Sie auch bei unserem Umzug mit? Sie könnten bei mir auf dem Wagen mitfahren, wenn Sie möchten!«

»Danke für die Einladung, aber heute Nachmittag muss ich noch arbeiten.«

»Wirklich?«, fragte er erstaunt. »Die Schule ist doch schon aus, Sie haben frei!«

»Lehrerinnen und Lehrer haben viel weniger Freizeit, als

man denken könnte«, erwiderte sie trocken. »Da gibt es zum Beispiel Unterrichtsvorbereitungen, Korrekturen von Arbeiten, anstehende Zeugniskonferenzen …«

Er hob in scherzhafter Gebärde die Hand. »Schon gut, ich seh's ein. Erst die Arbeit, dann das Vergnügen. Dafür kommen Sie ja heute Abend zur Feier ins Gemeinschaftshaus.«

Bevor Helene sich herausreden konnte, fuhr er fort: »Isabella hat mir erzählt, dass Sie mitkommen. Widerspruch ist zwecklos.« Ihm schien noch etwas Wichtiges einzufallen. »Bevor ich es schon wieder vergesse – die Wohnung im Lehrerhaus ist nächste Woche bezugsfertig.«

Die Gemeinde besaß ein Haus, in welchem die Lehrkräfte der Dorfschule vergünstigt wohnen konnten. Für Helene war eine möblierte Anderthalb-Zimmer-Wohnung vorgesehen, ein großer Raum mit eigener Küche. Ein Bad gab es zur Mitbenutzung auf derselben Etage.

»Ich habe dafür gesorgt, dass die Handwerker einen Zahn zulegen«, sagte Harald Brecht. »Außerdem lasse ich auch noch ein neues Bett aufstellen. Wir wollen doch alle, dass Sie es gut bei uns haben!« Er bedachte sie mit einem werbenden Lächeln. »Wollen Sie sich Ihr neues Zuhause schon mal ansehen?« Doch sofort besann er sich. »Ach nein, das würde jetzt zeitlich zu knapp, der Umzug geht ja gleich los. Wie wär's mit morgen Nachmittag? Sagen wir, drei Uhr?«

»Ach, also …«

»Wunderbar!«, unterbrach er sie, und im nächsten Moment eilte er auch schon weiter und vertiefte sich in ein Gespräch mit Herrn Pätzold, dem Sägewerksbesitzer, der in voller Jägermontur erschienen war, einschließlich Jagdhorn.

Helene unterdrückte ein Seufzen. Die bestimmende Art des Bürgermeisters ging ihr auf die Nerven. Auf der anderen Seite konnte sie froh sein, dass man ihr eine Wohnung zur Verfügung stellte. Die Miete war lachhaft niedrig, sie könnte nach Abzug aller Kosten den größten Teil ihres Gehalts zur Seite legen. Oder sich was zum Anziehen kaufen, das war dringend nötig.

Bei ihrer Ankunft in Frankfurt hatte sie buchstäblich nichts besessen außer der Kleidung, die sie am Leib trug. Großtante Auguste hatte ihr etwas Geld gegeben, damit sie ihre Garderobe um ein paar Stücke ergänzen konnte, aber ihre Ausstattung war immer noch äußerst dürftig. Neben ihren Winterstiefeln besaß sie nur ein einziges Paar Schuhe – einfache lederne Schnürschuhe, die sie in der Schule trug und Abend für Abend sorgfältig putzte, damit sie am nächsten Morgen wieder ordentlich aussahen. An Oberbekleidung hatte sie eine Hose, einen Rock, zwei Blusen, eine Strickjacke, einen Pulli, alles von schlichter Machart und eher praktisch als hübsch. Dazu zwei Garnituren Unterwäsche, die sie im ständigen Wechsel bis zur nächsten Wäsche trug, sowie zwei Paar Wollstrumpfhosen und ein Paar Stricksocken.

Von modischen Extravaganzen wie Nylonstrümpfen oder Pumps konnte sie nur träumen. Allerdings hatte sie dergleichen auch früher nur in sehr begrenztem Maße besessen, solche Sachen waren einfach zu teuer, ganz abgesehen davon, dass es sie in der DDR nur selten zu kaufen gab. Kam mal irgendwo bessere Ware in die Läden, war immer alles gleich vergriffen, so schnell konnte man sich gar nicht in der Schlange anstellen.

Einmal war sie mit der S-Bahn bis Bahnhof Zoo gefahren und durchs KaDeWe gebummelt, den Konsumtempel des Westens. Die reichhaltige Auswahl an Luxusgütern hatte sie förmlich erschlagen, aber die paar Westmark, die sie sich besorgt hatte, waren schnell ausgegeben – das Geld hatte gerade so für einen Schlips gereicht, den sie ihrem Vater damals zum Fünfzigsten geschenkt hatte. Danach war sie nicht mehr rübergefahren, das wurde nicht gern gesehen, und als Lehrerin hatte sie auf ihren guten Ruf aufpassen müssen.

Vor etlichen Jahren hatte Jürgen ihr zum Geburtstag ein Paar schicke Wildlederpumps organisiert, und sie hatte sich über die Schuhe gefreut wie ein kleines Kind. Ihr eigener Freudenschrei hallte ihr noch in den Ohren, wenn sie daran zurückdachte. Jürgen hatte sie begeistert umarmt und herumgeschwenkt, und Marie, die damals drei oder vier gewesen war, hatte ebenfalls die Schuhe anprobieren wollen. Sie hatte ihre kleinen Füße in die Pumps gesteckt und war damit vor dem Spiegel hin und her gestöckelt. Sie hatten alle drei gelacht, voller glücklichem Überschwang.

Es war einer dieser unwiederbringlichen Momente gewesen, die man gern für immer festhalten wollte, um sie für alle Zeit zu bewahren. Aber der Augenblick war verflogen und nun Teil der Vergangenheit.

Eines würde jedoch niemals vergehen – die Liebe zu diesem kleinen Mädchen mit den viel zu großen Stöckelschuhen. Ihrem Kind, dem man alles genommen hatte. Den Vater, die Mutter, das Zuhause.

»Sie ist natürlich in einem Heim, wo denn sonst?!«, hatte der Beamte, der ihr auch von Jürgens Tod erzählt hatte, sie ungeduldig angeblafft, irgendwann beim dritten oder vierten Verhör, nachdem sie ihn wer weiß wie oft angefleht hatte, ihr doch endlich zu sagen, wo ihre Tochter war.

Er hatte mit ihr handeln wollen.

»Dann müssen *Sie* uns auch sagen, welche Kontakte Ihr Mann im Westen geknüpft hat. Mit irgendwem muss er doch da über seine Arbeit gesprochen haben! Denken Sie nach! Denken Sie an Ihr Kind, das Sie sicher schon sehr vermisst!«

Sie hatte geweint und gebettelt, hätte ihm gern alles offenbart, was er hören wollte, doch sie wusste ja nichts und konnte auch nichts erfinden, und irgendwann im Laufe der vielen Befragungen hatte er es anscheinend eingesehen. Man hatte sie nur noch selten zum Verhör geholt und nach einer Weile gar nicht mehr. Zu jener Zeit hatte sie ernstlich geglaubt, dass man sie nun sicherlich bald rauslassen würde. Nicht im Traum wäre sie auf die Idee gekommen, dass die Verantwortlichen im Hintergrund längst an einer Anklage wegen Hochverrats strickten, vor der Anselm sie am Ende bewahrt hatte.

*

Helene ließ den Faschingstrubel hinter sich und wanderte mit ausgreifenden Schritten Richtung Zonengrenze. Das Fernglas trug sie wie immer bei ihren Spaziergängen unterm Mantel. Mütze und Fäustlinge hatte sie an diesem Tag auf dem Zimmer gelassen, es war warm genug. Bei dem Wäldchen nahe der Zonengrenze machte sie halt und spähte durch das Fernglas nach drüben.

Sie wusste selbst nicht recht, warum sie schon wieder hergekommen war, es war wie ein Zwang, gegen den sie sich nicht wehren konnte. Schlimmer noch: Sie versuchte es gar nicht erst, auch wenn das Gefühl von Hilflosigkeit ihr die Luft abschnürte. Egal wie oft sie mit dem Fernglas hier herumstand – schneller würde ihr Kind dadurch auch nicht zu ihr kommen.

Wenn sie nur irgendwas dazu beitragen könnte! Aber alles hing allein von der Einschätzung und Planung ihres Vaters ab. Sie hatte sich geschworen, ihn nicht zu drängen. Unter keinen Umständen würde sie das Vorhaben durch ihre Ungeduld gefährden. Er war ein tatkräftiger Mann. Sobald der richtige Moment gekommen war, würde er die Sache ohne zu zögern in die Hand nehmen. Er würde alles Menschenmögliche daransetzen, ihre Tochter in den Westen zu bringen. Natürlich nicht über die Ostberliner Sektorengrenze diesmal, um Gottes willen, das war schon einmal grausam schiefgegangen. Außerdem kam er da als Einwohner der Sperrzone nur schwer hin. Wer so lange wie er nicht aus Weisberg rausgekommen war, machte sich mit einer Fahrt nach Berlin sowieso sofort verdächtig. Erst recht mit dem Kind, viel zu riskant. Hier vor Ort in der Rhön würde er eine bessere Möglichkeit finden. In und um Weisberg kannte er nicht nur die Leute, sondern auch jeden Stein und jeden Winkel.

Vielleicht war Marie ja sogar schon bei ihm, es hatte geheißen, sie werde diese Woche nach Weisberg kommen. Dann wäre sie jetzt nur einen kleinen Spaziergang entfernt.

Helene verdrängte den jäh aufflammenden Trennungsschmerz und lenkte sich mit dem Gedanken an Anselm ab. Er hatte Wort gehalten. Irgendwie hatte er es mit Unterstützung seiner Berliner Kontakte hingekriegt, Marie aus dem Heim zu holen und die Sache mit der Vormundschaft zu regeln.

Was er wohl gerade machte? Helene stand mit ihm über Großtante Auguste in Verbindung. Kurz nach ihrer Ankunft in Frankfurt war eine Karte von ihm eingetroffen – er hatte in Köln Fuß gefasst und suchte dort nach Arbeit. Bis jetzt war alles so gekommen, wie er es ihr versprochen hatte. Sie musste ihm wohl dankbar sein.

Meist war sie das auch, aber vereinzelt gab es Momente, in denen sie glühenden Zorn verspürte. Er hatte sich in den Dienst von Menschen gestellt, die für Jürgens Tod verantwortlich waren. Das musste er sich vorhalten lassen, bei aller Loyalität Jürgen und ihr gegenüber. Anselm mochte die ganzen Monate über nicht geahnt haben, dass sie in Hohenschönhausen in Isolationshaft verrottete, ohne Rechtsbeistand, ohne Prozess, gnadenloser Willkür ausgeliefert. Aber *dass* da Menschen eingekerkert waren, die man mittels psychischer Folter in zitternde, gefügige, angsterfüllte Kreaturen verwandelte – das hatte er zweifelsohne gewusst, egal zu welcher Abteilung er gehörte. Er musste gewusst haben, dass man die Häftlinge nachts nicht schlafen ließ. Dass man sie mit grellem Licht weckte, ständig, immer wieder, um sie körperlich und seelisch zu brechen. Dass sie während der Verhöre auf den eigenen Händen sitzen mussten, um nicht gestikulieren zu können und sich dadurch wehrlos und ausgeliefert zu fühlen. Dass sie vor der Einlieferung stundenlang in einem geschlossenen Gefangenentransporter durch die Gegend gefahren wurden, damit sie die Orientierung verloren und glaubten, sich fernab von der vertrauten Umgebung zu befinden, weit weg von allem, was sie liebten. Dass man sie Briefe an geliebte Menschen schreiben ließ, lange, sehnsuchtsvolle Briefe, die man ihnen Wochen später beim nächsten Verhör auf den Tisch knallte, weil sie eine »unpassende Formulierung« enthielten und deshalb nicht abgeschickt werden konnten. Nicht mal dann, wenn es sich um den Brief einer Mutter an ihr neunjähriges kleines Mädchen handelte.

Helene zitterte bei der Erinnerung an das Erlebte, ehe sie die quälenden Gedanken entschlossen beiseiteschob. Jetzt war es an der Zeit, nach vorn zu blicken.

Weisberg lag hinter den stacheldrahtbewehrten Sperranlagen in der Sonne, eine beschauliche Kleinstadt, umgeben von hügeligem Grün. Auch innerhalb des Schutzstreifens wurde Landwirtschaft betrieben, vielfach sogar noch von Einzelbauern, obwohl die Anzahl der LPG[3]-Betriebe ständig zunahm. In den Städten der DDR war die Versorgung mit frischen Lebensmitteln trotzdem – oder gerade deswegen? – weiterhin lückenhaft, keiner schien recht zu wissen, woran es wirklich lag. Helene wollte sich gar nicht erst ausmalen, wie ihre Tochter in den zurückliegenden Monaten in dem Pflegeheim verköstigt worden war – wahrscheinlich auch nicht viel besser als sie selbst im Gefängnis. Aber künftig hatte Marie auf jeden Fall reichlich zu essen. Helenes Vater saß ja sozusagen direkt an der Quelle, als Tierarzt hatte er ständig auf den Bauernhöfen zu tun und konnte sich auf diesem Weg mit frischen und ge-

[3] Landwirtschaftliche Produktionsgenossenschaft

sunden Lebensmitteln eindecken. Eine von mehreren tröstlichen Gewissheiten, die ihr in den letzten paar Tagen das Leben leichter gemacht hatten. Eigentlich sogar fast ein Grund zum Feiern.

Vielleicht sollte sie heute Abend wirklich zu der Rosenmontagsveranstaltung gehen.

Gerade als ihr dieser beiläufige Gedanke durch den Kopf ging, ertönte in ihrer Nähe Motorengeräusch. Erschrocken drehte sie sich um. Ein Geländewagen näherte sich ihr in voller Fahrt. Im ersten Moment glaubte sie, der Wagen hätte irgendwie die Sperranlagen passiert und käme von jenseits der Grenze. Hastig versteckte sie das Fernglas unter ihrem Mantel. Man hatte sie entdeckt, und jetzt ging es ihr an den Kragen!

Doch dann erkannte sie, dass es sich um einen amerikanischen Jeep handelte, der auf Patrouillenfahrt unterwegs war. Ein Soldat der US-Army saß am Steuer. Er bremste den Wagen in der Nähe der Baumgruppe ab und stieg aus. Verschreckt schob Helene sich hinter einen der Bäume, doch das hätte sie sich auch sparen können – der GI hatte sie längst gesehen. Und dass er nur ihretwegen angehalten hatte, wurde spätestens in dem Moment klar, als er mit großen Schritten auf sie zukam und sich gebieterisch vor ihr aufbaute.

»What are you doing here, Miss?«, fragte er sie in scharfem Ton.

»I'm sorry, I don't speak English«, stammelte sie. Das war nicht ganz zutreffend, aber richtig gelogen war es auch nicht. Ihr Schulenglisch war kläglich eingerostet. »Ich habe mich verlaufen«, versuchte sie es auf Deutsch.

Der GI musterte sie skeptisch. »Wo kommen du her?«, fragte er auf Deutsch und mit schwerem amerikanischen Akzent. »Aus Kirchdorf?«

Sie nickte stumm. Bekam sie jetzt Ärger?

»Grenze very dangerous, Miss. Da Iwan.« Er zeigte auf die

Sperranlagen, ehe er radebrechend fortfuhr: »Gewehre. Die schießen. They will kill you, you know. You besser not here.«

»Verstehe. Danke. Ich gehe gleich wieder zurück.« Sie gab sich zerknirscht und lächelte ihn zaghaft an.

In seinen Augen blitzte etwas auf, und sie erkannte, dass er sie attraktiv fand. Er erwiderte ihr Lächeln und ließ dabei zwei Reihen strahlend weißer Zähne sehen.

»Wie du heißen?«, fragte er, jetzt sehr viel freundlicher.

»Helene.«

»Oh, Helen. What a nice Name. I'm Jim.«

Jim war noch ziemlich jung, schätzungsweise Anfang zwanzig, ein baumlanger Bursche in olivgrüner Uniform. Seine Augen unter dem Mützenschirm waren auffallend hell, die Farbe erinnerte Helene an einen See, der in der Sonne schimmerte.

»Ich kann dich fahren home, Helen«, bot er an.

»Danke, aber das ist nicht nötig«, erwiderte sie freundlich, aber bestimmt.

Er nickte ein wenig enttäuscht, machte aber keine Anstalten, zum Jeep zurückzugehen.

»Fahren Sie oft auf Grenzpatrouille?«, fragte sie ihn aus einem Impuls heraus. Das hier war vielleicht eine gute Gelegenheit, mehr über die Grenzsicherung auf der westdeutschen Seite in Erfahrung zu bringen.

Jim wiederum schien es zu gefallen, sich noch ein wenig mit ihr unterhalten zu können. Sie erfuhr, dass er in Hünfeld stationiert war und dass die Soldaten seines Bataillons regelmäßig hier patrouillierten, ebenso wie die Beamten des bundesdeutschen Grenzschutzes.

Die Grenze wurde mitnichten nur von der ostdeutschen Seite aus gesichert, im Gegenteil – entlang der Demarkationslinie wurde seitens der Alliierten eine möglichst lückenlose Überwachung angestrebt, vor allem in diesem Teil der Rhön.

Der Grund dafür, so teilte Jim ihr gestenreich mit, war die

Angst vor einem Überraschungsangriff der Kommunisten, für den das hiesige Territorium zwischen Hessen und Thüringen anscheinend die idealen Bedingungen bot.

»This is a gap for an attack, you know«, sagte Jim, während er mit einer weit ausholenden Armbewegung auf die Grenze und die dahinter befindliche Umgebung von Weisberg zeigte. »Wenn Russen kommen, dann hier.«

Er erklärte es ihr genauer: Weithin offenes DDR-Gelände, das in diesem Teil Thüringens tief in das bundesdeutsche Gebiet hineinragte, ein Einfallstor, durch das die Truppen des Warschauer Pakts in einem unerwarteten Angriff vorstoßen konnten, mit Panzern, die innerhalb weniger Stunden über Fulda direkt bis nach Frankfurt rollen würden, mitten ins Herz Westdeutschlands.

Jims Tonfall machte deutlich, dass er die Möglichkeit eines solchen Angriffs nicht etwa bloß als irgendeine theoretische Gefechtsvariante einstufte, sondern als echte Gefahr. Eine baldige Truppenverstärkung auf hessischer Seite war seiner Ansicht nach unerlässlich, mit deutlich mehr festen Beobachtungsposten an grenznahen Standorten.

In einer drolligen Mischung aus Deutsch und Englisch erklärte er ihr die Gefahrenlage und wie dicht sie alle davorstanden, plötzlich von Kommunisten überrannt zu werden. Er riss ein paar Witze darüber, aber im Grunde schien er es völlig ernst zu meinen.

Helene musste bei seinen Erläuterungen schlucken, weil sie das glatte Gegenteil von dem darstellten, was der Öffentlichkeit in der DDR präsentiert wurde. Dort behaupteten die Staatsorgane seit Jahren gebetsmühlenartig auf allen Kanälen, dass jederzeit mit einem Angriff der westlichen Imperialisten gerechnet werden müsse.

Bisher hatte Helene angenommen, dass es sich bei diesem Schreckensszenario um reine Angstpropaganda des Politbüros handelte. Eine dreiste Lüge, um Panik zu verbreiten und die menschenverachtenden Zäune zu rechtfertigen. Es war ja sogar gegen jede Wahrheit kolportiert worden, der Klassenfeind im Westen habe entlang der Demarkationslinie einen zehn Kilometer tiefen Sperrbezirk errichtet, in welchem DDR-Bürger jederzeit erschossen werden konnten. Diese Behauptung war der Auftakt zu einer Propaganda-Kampagne gewesen, die letztlich zu den jetzt vorhandenen Grenzbefestigungen auf DDR-Seite geführt hatte. Alles unter dem Vorwand, so wörtlich, den *Staat der Arbeiter und Bauern vor Agenten, Spionen und Diversanten* schützen zu müssen.

Aber was, wenn hinter all diesen Phrasen tatsächlich echte Kriegsangst steckte? Soweit seitens der Alliierten ein Angriff aus dem Osten für wahrscheinlich gehalten wurde – warum sollte die gleiche Befürchtung, nur in umgekehrter Richtung, bei den Staaten des Warschauer Pakts nicht ebenso berechtigt sein?

Helene dachte kurz über diese Frage nach und kam zu keinem klaren Ergebnis. Eins war jedoch sicher: Im Falle eines Angriffs, egal von welcher Seite, nützten die Sperranlagen wenig. Anrollende Panzergeschwader würden sich von dem Stacheldraht und den Wachsoldaten gewiss nicht lange aufhalten lassen. Wohl aber flüchtende Menschen. Und zwar jene, die der DDR den Rücken kehren wollten.

Helene blieb bei ihrer Einschätzung: Die Grenze war in erster Linie dazu da, die Abwanderung zu verhindern. Das langsame, aber beständige Ausbluten eines Landes, das einem wachsenden Teil seiner Bevölkerung keine Heimat mehr bot.

Das war die erbarmungslose Wahrheit, und der schlagende Beweis dafür lag auf der Hand, Helene hatte ihn schmerzvoll am eigenen Leib erfahren: Nur in der DDR gab es den Straftatbestand der Republikflucht. Nur dort wurden Menschen, die wegwollten, ins Gefängnis gesteckt.

Jim beendete seine Ausführungen über die Kriegsgefahr aus dem Osten und wollte von Helene wissen, was sie in Kirchdorf so tat.

Sie sei dort Lehrerin an der Dorfschule, antwortete sie, woraufhin er sofort mehr darüber erfahren wollte. Sein Deutsch wurde immer besser, je länger sie miteinander sprachen; anscheinend brauchte er nur etwas Übung. Wenn ihm zwischendurch ein Wort fehlte, half Helene aus und verfiel dabei selbst gelegentlich ins Englische – auch das klappte von Satz zu Satz besser, völlig verlernt hatte sie es anscheinend doch nicht.

Er war seit zwei Jahren in Hessen stationiert, seine Deutschkenntnisse hatte er bei einer Freundin erworben, wie er errötend erklärte, als Helene sich erkundigte, wo er die Sprache gelernt habe. *A girlfriend in Hünfeld*, aber zwischen ihnen war schon seit längerer Zeit Schluss, wie er sofort beteuerte.

Erneut fragte er, ob er sie nicht rasch heimfahren solle, er hätte gerade Zeit. Als Helene abermals ablehnte, wirkte er geknickt, fasste sich dann aber ein Herz und fragte sie geradeheraus, ob sie sich wiedersehen könnten.

Helene war peinlich berührt. Liebe Güte, sah er denn nicht, dass sie viel zu alt für ihn war? Und was sie selbst betraf, so stand ihr ganz sicher nicht der Sinn nach einem Rendezvous.

Sie behalf sich mit einer Notlüge und behauptete, dass sie verheiratet sei, woraufhin er sofort einen Schritt zurücktrat und eine Verbeugung andeutete.

»Ma'am«, sagte er befangen. »Bitte Verzeihung.«

»Nicht doch«, sagte Helene, nun ebenfalls verlegen. »Ich danke Ihnen für das Gespräch.«

Er verabschiedete sich mit höflichem Respekt und ging zurück zum Jeep. Bevor er wegfuhr, winkte er ihr noch einmal zu, und Helene winkte zurück. Jim war ein wirklich netter Kerl, und fast tat es ihr leid, dass sie ihn angelogen hatte. Aber nach Lage der Dinge war das besser so.

Sie wartete, bis der Jeep außer Sichtweite war, und suchte dann mit dem Fernglas vorsorglich nochmals die Grenze ab. Erst als sie sich davon überzeugt hatte, dass drüben auf der DDR-Seite keine Patrouille unterwegs war, verließ sie den Schutz des Wäldchens und machte sich auf den Rückweg.

KAPITEL 6

Als sie im Dorf eintraf, war der Fastnachtsumzug zu Ende, die Menge hatte sich zerstreut. Nur die Kinder liefen nach wie vor in ihren Verkleidungen draußen herum. Einige der größeren Jungs spielten am Bach, der den nördlichen Teil des Dorfs durchfloss. Sie versuchten, auf den wenigen noch vorhandenen Eisschollen zu balancieren, und hüpften von einem schwankenden Bruchstück zum nächsten. Es sah gefährlich aus. Helene überlegte kurz, ob sie einschreiten sollte, ließ es dann aber sein. Sobald sie hinter der nächsten Ecke verschwunden war, würden die Jungs sowieso weitermachen. Außerdem waren sie alt genug und wussten selbst, was erlaubt und verboten war. Zudem war das Wasser an dieser Stelle kaum knietief. Wenn sie abrutschten und hineinfielen, würden sie nicht ertrinken, sondern sich höchstens den Hintern verkühlen.

Helene wich einem vorbeizuckelnden Pferdefuhrwerk aus – vorhin noch ein Faschingsgefährt, jetzt bis auf ein paar schlaffe Luftschlangen wieder ein alter Leiterwagen. Der Bauer auf dem Kutschbock rief ihr einen gut gelaunten Gruß zu.

»No, honn Se Spaß gehatt?«, wollte er im Vorbeifahren von ihr wissen.

Sie nickte lächelnd, obwohl sie ja gar nicht auf dem Umzug gewesen war.

Inzwischen fühlte sie sich längst nicht mehr so fremd wie zu Anfang, und die Leute starrten sie auch nicht mehr an wie ein Kalb mit zwei Köpfen. Manchen schien die neue Lehrerin zwar immer noch suspekt, aber mindestens genauso viele waren ihr wohlgesonnen. Davon zeugte allein schon die ganze Bauernwurst auf ihrem Zimmer.

Mit einigen Menschen war sie sogar bereits ins Gespräch gekommen, beispielsweise mit der Gemeindeschwester, einer Ordensfrau, die im Dorf für die Pflege der Alten und Kranken zuständig war, sowie mit der Schneiderin, die in der Schule den Mädchen Handarbeitsunterricht erteilte. Beide hatten Helene zu dem katholischen Frauenabend eingeladen, der einmal im Monat im Dorfgemeinschaftshaus stattfand, und Helene hatte – wenn auch ein wenig vage – versprochen, dass sie demnächst vorbeischauen werde.

Nach dem Ende des Fastnachtsumzugs lag das Dorf wieder in ländlicher Beschaulichkeit da. In manchen der schmalen, teils abschüssigen Gassen schien die Zeit stehen geblieben zu sein. Einige der alten Fachwerkhäuser wirkten windschief und baufällig, andere waren frisch herausgeputzt, die weißen Flächen neu gekalkt und die Holzbalken schwarz gestrichen. Zwischen und hinter den Häusern erstreckten sich Bauerngärten, jetzt winterlich kahl, aber im Sommer sicher die reinste Farbenpracht.

Zum Ortsrand hin befanden sich Ställe und Ackerflächen, auf denen Getreide und Gemüse angebaut wurde, doch auch im Ortsinneren gab es noch Stallgebäude, aus denen es kräftig nach Dung roch; mancherorts türmten sich in den umfriedeten Höfen dampfende Misthaufen. Pickende Hühner vervollständigten das bäuerliche Idyll, vereinzelt sah man auch Ziegen und Schafe.

Um den Dorfplatz reihten sich größere Gebäude, hier befanden sich neben Kirche und Schule unter anderem auch das Gemeinschaftshaus und die Gastwirtschaft sowie eine Poststelle und ein Kaufhaus. Bei Letzterem handelte es sich entgegen der leicht euphemistischen Bezeichnung über dem Eingang eher um einen etwas größeren Kolonialwarenladen, der jedoch so ziemlich alles führte, was man für den täglichen Bedarf benötigte.

Bei ihren bisherigen Erkundungsgängen hatte Helene auch manch altertümlich anmutende Werkstätte entdeckt – etwa eine Schmiede, einen Stellmacher und einen Holzschuhmacher. In und um Kirchdorf gab es sogar in bescheidenem Umfang Industrie, vornehmlich in Gestalt des Sägewerks und zweier Schreinereien.

Alles in allem bot der Ort den Eindruck eines florierenden ländlichen Gemeinwesens, doch die unmittelbare Nähe der Zonengrenze hinterließ bereits Spuren. Leute zogen weg, Firmen machten dicht, die Sorgen wuchsen. Man hörte es aus den Gesprächen heraus und merkte es den Menschen an.

Die Handelsgeschäfte mit dem benachbarten Thüringen waren weggebrochen, der einst so lebhafte wirtschaftliche Austausch versiegt. Das Zonenrandgebiet hatte sich in abgelegenes, tristes Grenzland verwandelt. Man hatte Förderprogramme aufgelegt, die helfen sollten, doch damit konnte man kaum die Löcher stopfen.

Auf ihrem Weg zum Gasthaus kam Helene auch an der Arztpraxis vorbei, die sich im Erdgeschoss einer Gründerzeitvilla befand – die einzige im Dorf. Das herrschaftlich anmutende Haus wirkte inmitten der schlichten Umgebung seltsam deplatziert.

Es war schon seit Generationen im Besitz der Familie, wie Helene von Isabella erfahren hatte. Früher hatten hier bereits Tobias' Vater und davor sein Großvater als Landärzte praktiziert.

Gerade als Helene dort vorbeiging, öffnete sich die Eingangstür, und ein Mann kam mit schmerzverzerrtem Gesicht herausgehumpelt. Ein Hosenbein war hochgekrempelt, die Wade frisch verbunden. Offenbar hatte er gerade eben ärztliche Hilfe in Anspruch genommen.

»Däm Möller sin Huind«, sagte er ergrimmt im Vorbeihinken zu Helene. »Bem nächste Mool drenn ich däm Viech de Haals röm!«

»Gute Besserung«, sagte Helene perplex.

Sie wollte schon weitergehen, als die Tante des Arztes vors Haus trat. »Warten Sie!«, rief Beatrice Krüger. Sie lächelte Helene mit mütterlichem Wohlwollen an. »Wie gut, dass ich Sie treffe! Ich habe noch was für Sie!«

Rasch ging sie zurück ins Haus, und Helene wartete notgedrungen, bis sie wiederauftauchte.

»Hier, bitte sehr«, sagte Beatrice, während sie Helene ein mit Wachstuch umwickeltes Päckchen reichte, aus dem es verdächtig nach Wurst roch. »Im Dorf wurde die Woche über geschlachtet, wir haben wieder mal viel mehr bekommen, als wir essen können. Und Sie sehen aus, als könnten Sie noch was auf den Rippen vertragen. Lassen Sie sich's schmecken!«

Ehe Helene Einwände erheben konnte, war Beatrice bereits ins Haus zurückgeeilt.

*

»Du kannst die Augen jetzt aufmachen«, sagte Isabella. Vorfreude klang aus ihrer Stimme. Sie standen in Helenes Zimmer unterm Dach. Isabella hatte sie bei den Schultern gefasst und zum Spiegel gezogen.

Gehorsam öffnete Helene die Augen – und hielt überrascht die Luft an. Fast erschrocken sah sie sich an. Wie ein Wesen aus einer fremden Welt erwiderte die blonde Frau im Spiegel ihre Blicke, eine hochgewachsene, langbeinige Gestalt im kniekurzen Fransenkleid und mit tintenblauer Federboa über den Schultern. Die mit Khol umrandeten Augen wirkten verschattet und unnatürlich groß, der mit reichlich Lippenstift nachgezogene Mund wie eine sündige tiefrote Einladung. Ein strassbesticktes samtenes Stirnband mit einer einzelnen langen Feder vervollständigte die kunstvolle Aufmachung im Stil der Goldenen Zwanziger.

»Hier, die gehört auch noch dazu.« Isabella reichte Helene eine lange Zigarettenspitze, inklusive aufgesteckter Zigarette.

»Ich rauche gar nicht«, sagte Helene geistesabwesend, sich immer noch ungläubig im Spiegel betrachtend.

»Ich auch nicht, aber am Rosenmontag kann man mal eine Ausnahme machen«, erklärte Isabella kategorisch.

Sich selbst hatte sie ebenfalls als Schönheit aus den *Roaring Twenties* verkleidet, mit einer locker herabfallenden, hüftbetonten Seidentunika und halbhohen Stöckelschuhen. Ihr Haar hatte sie sorgfältig geglättet und zum Bubikopf mit Sechserlocken frisiert.

Isabella stellte sich neben Helene und lächelte sie herausfordernd an.

»Na, was sagst du?«

»Das ist … unglaublich.«

»Unglaublich doof oder unglaublich klasse?«

»Klasse«, sagte Helene, die den ersten Schock über ihre ungewohnte Erscheinung verdaut hatte. Allmählich machte sich sogar echte Begeisterung in ihr breit. Nie hätte sie gedacht, dass sie so … umwerfend aussehen könnte! Was Make-up und Kleidung doch ausmachten! Sie wirkte auf unbestimmte Weise hoheitsvoll, fast unnahbar, aber zugleich schien ihr etwas zutiefst Sinnliches anzuhaften. Die Frau im Spiegel sah aus, als würde sie sich nehmen, was sie wollte.

Helene musste kurz überlegen, bis ihr wieder einfiel, wie man diese selbstbewussten jungen Gesellschaftslöwinnen einst genannt hatte – Flapper. Besagte Flapper hatten mit ihren avantgardistischen Kleidern und den kurzen Haarschnitten nicht nur die weibliche Mode revolutioniert, sondern auch gesellschaftliche Veränderungen angestoßen. Mit ihrer unbekümmerten, freiheitsliebenden Lebensart hatten sie sich eine Welt erschlossen, die bis dahin den Männern vorbehalten gewesen war. Sie hatten sich ungehemmt in Klubs amüsiert, hatten Charleston getanzt, getrunken, geraucht und gelacht, als gäbe es kein Morgen.

»Das Kleid sieht wunderbar an dir aus«, stellte Isabella zufrieden fest. »Auch wenn du ungefähr einen halben Meter größer bist als ich.«

Es waren höchstens zehn Zentimeter, aber trotzdem passte das Kleid, schon deswegen, weil es keine Abnäher hatte und locker herabfiel. Es war vielleicht eine Idee zu kurz, aber als Helene das anmerkte, lachte Isabella bloß und erzählte ihr von der hiesigen Frauentanztruppe, die heute auf der Feier auftreten würde.

»Denen reicht das Röckchen kaum über den Boppes, dagegen sind wir biedere Omas!« Kichernd legte sie Helene den Arm um die Schultern. »Komm, lass uns endlich feiern gehen!«

Der Festsaal im Dorfgemeinschaftshaus war bereits brechend voll mit bunt kostümierten Menschen. Von der Decke und an den Wänden hingen Girlanden, und in einer Ecke stand eine Konfettikanone, aus der schon tüchtig geschossen worden war.

Isabella zog Helene an der Hand durch das lärmende Gewimmel zu einem Tisch, an dem noch ein paar Plätze frei waren. Es blieb Helene nicht verborgen, dass sie von allen Seiten angestarrt wurden. Isabella und sie bildeten fraglos ein aufsehenerregendes Gespann.

Anfangs verspürte sie den Drang, ständig den Kopf einziehen zu wollen, doch nach ein paar Minuten kehrte ihr Selbstvertrauen zurück. Fast trotzig beschloss sie, der Frau im Spiegel eine Chance zu geben. Wozu war sie denn sonst heute Abend hier, wenn nicht, um sich mal wieder zu amüsieren?

An den passenden Voraussetzungen schien es jedenfalls nicht zu fehlen. Fassbier, Wein und Schnaps flossen in Strömen, und für die musikalische Untermalung war eine überraschend professionell aufspielende Tanzkapelle zuständig. Die hatte der Bürgermeister, wie er Helene erzählt hatte, eigens von auswärts kommen lassen, weil sie nicht nur Volksmusik, sondern auch jede Menge internationaler Hits im Repertoire hatte. Wenn man die jungen Leute im Dorf halten wollte, so hatte Harald Brecht betont, müsse man für Modernisierung sorgen, auch im Freizeitwesen.

Es dauerte keine fünf Minuten, bis er zu Helene und Isabella an den Tisch kam. Wie schon am Mittag trug er sein Prinzenkostüm und war bester Laune.

»Helau!«, rief er strahlend, während er sich ungefragt ihnen gegenüber auf einen freien Stuhl setzte, einen Bierhumpen in der einen und ein bunt bemaltes Zepter in der anderen Hand. »Je später der Abend!« Und schon verstrickte er sie in ein angeregtes Gespräch, in dessen Verlauf er jedoch hauptsächlich mit Helene redete. Er fragte sie nach ihrem Tag, wollte wissen, ob sie mit den Vorbereitungen und sonstigen Arbeiten für die Schule gut fertig geworden sei und ob es bei dem Besichtigungstermin am nächsten Tag bleibe. Inzwischen seien die Handwerker fertig, die Wohnung sei sehr hübsch geworden – wenngleich nicht annähernd so schön wie deren künftige Bewohnerin. Diesen eher plumpen Vergleich unterlegte er mit einem nonchalanten Zwinkern, und Helene brauchte nicht viel Fantasie, um sich Isabellas entnervtes Augenrollen vorzustellen. Gleichzeitig hatte sie den eigenartigen Eindruck, dass Harald Brecht im Grunde gar nicht sie beeindrucken wollte, sondern viel eher Isabella. Helene bemerkte es an seinen flüchtigen Seitenblicken und dem unverkennbar hoffnungsvollen Ausdruck, der sich hin und wieder in seinen Zügen offenbarte. Unwillkürlich fragte sie sich, ob Isabella völlig ehrlich zu ihr gewesen war, was ihre Beziehung mit dem Bürgermeister betraf. Aber ganz gleich, was seinerzeit zwischen den beiden gewesen war – es ging Helene nichts an, und sie hatte gewiss nicht vor, Isabella deswegen auszufragen, auch wenn sie gerade in diesem Moment eine handfeste Neugierde verspürte. Solange sie selbst so sehr darauf bedacht war, ihre Privatangelegenheiten für sich zu behalten, musste sie dasselbe Recht auch ihrer neuen Freundin zugestehen.

Harald Brecht bestand darauf, dass Helene Brüderschaft mit ihm trank, und die lockere Atmosphäre am Tisch hinderte sie daran, Einwände zu erheben. Da sie einander gegenübersaßen, beschränkte sie sich jedoch darauf, lediglich mit ihm auf das Du anzustoßen. So konnte sie seinen halbherzigen Versuch, beim Trinken nach alter Sitte seinen Arm mit dem ihren zu verschränken, direkt abblocken. Es reichte ihr völlig, dass sie ihn auf einmal duzen sollte, da musste sie ihn nicht noch küssen, und sei es auch nur auf die Wange.

»Ich bin der Harald!«

»Helene«, gab sie ein wenig hölzern zurück.

Diesmal brauchte sie sich Isabellas Augenrollen nicht vorzustellen – ein kurzer Seitenblick, und sie sah es deutlich.

Dann wurde die Unterhaltung unterbrochen, weil die Kapelle einen Tusch spielte und die offiziellen Karnevalsdarbietungen begannen. Eine glänzend aufgelegte Laienspieltruppe führte auf der Bühne des Festsaals einen kurzen Schwank in Rhöner Mundart auf, gespickt von spitzfindigem, bäuerlichem Klamauk. Helene lachte genauso herzlich wie die anderen, denn die Darsteller machten ihre Sache großartig, die Gags waren erfrischend komisch.

Danach folgte eine mit zahlreichen Fanfarenstößen angereicherte Büttenrede vom Vorsitzenden des Elferrats, und im Anschluss schwang die von Isabella erwähnte Frauengruppe das Tanzbein, begleitet vom begeisterten Johlen und Klatschen der Zuschauer.

Allenthalben wurde geschunkelt und gesungen und gelacht,

und die Stimmung erreichte einen weiteren Höhepunkt, als die Kapelle zum Tanz aufspielte. Isabella und Helene wurden wiederholt aufgefordert, zumeist von den unverheirateten jungen Burschen aus dem Dorf, aber vereinzelt auch von den etwas gesetzteren Herren, die keine Ehefrau an ihrer Seite hatten, allen voran Harald Brecht, aber auch dem Apotheker, der seit drei Jahren verwitwet war, oder dem Schreinermeister, dessen Frau ihn im vorigen Jahr Knall auf Fall verlassen hatte – sie war mit einem GI nach Amerika durchgebrannt, wie es hieß.

Helene tanzte mit einigen Männern, aber nie öfter als einmal; anschließend erklärte sie jedes Mal, sich ausruhen zu müssen, und ließ sich wieder zum Platz führen. Bot man ihr dort an, sie mit einem frischen Getränk zu versorgen, zeigte sie auf ihr gut gefülltes Glas und lehnte freundlich, aber entschieden ab. Sie hatte immer zwei Gläser an ihrem Platz stehen – eines, aus dem sie trank, und ein anderes, das stets voll war. Ein Trick, mit dem Isabella sie vertraut gemacht hatte, um sich, wie sie es ausgedrückt hatte, die Kerle vom Hals zu halten. Die Devise lautete: tanzen ja, trinken nein.

»Sonst bist du zu schnell festgelegt«, erklärte sie Helene. »Dann macht das Feiern keinen Spaß mehr.«

Isabella ließ keinen Tanz aus. Sie trank den Wein wie Wasser und schien dennoch kaum angeheitert. Das Haar flog ihr im Takt der Musik um das reizende Gesicht, und ihr Fransenkleid schwang wild um ihre wohlgeformten Beine.

Die Kapelle gab neben zünftigen Karnevalsschlagern immer wieder aktuelle Hits zum Besten, die sich für unterschiedliche Tanzarten eigneten, und Isabella erwies sich in jeder einzelnen als absolute Könnerin. Mit den älteren Männern tanzte sie schwungvollen Wiener Walzer oder Foxtrott, mit den jungen Burschen schmissigen Rock 'n' Roll. Lachend warf sie den Kopf zurück und genoss jede Minute, und als Helene einmal einen Blick auf Harald Brechts frustriertes Gesicht erhaschte, ahnte sie, dass der Mann weit davon entfernt war, über Isabella hinweg zu sein.

An einem Tisch in einer entfernten Ecke des Saals saß Rektor Winkelmeyer mit seiner Frau. Einmal sah Helene die beiden in ihrer Nähe tanzen und rief einen freundlichen Gruß hinüber. Der Rest der Lehrerschaft war nicht zur Feier erschienen, worüber Helene insgeheim froh war – man hätte sonst vielleicht von ihr erwartet, mit den Kollegen am selben Tisch zu sitzen, so wie während der großen Pausen im Lehrerzimmer. Das hätte ihr garantiert jede Freude an dem Fest verdorben.

Auch der Pfarrer hatte sich unter die feiernden Gäste gemischt, allerdings hielt er sich von der Tanzfläche fern und beschränkte sich darauf, den Speisen und Getränken zuzusprechen und sich hier und da auf ein Schwätzchen dazuzusetzen. Seine Stimme übertönte mühelos die aller anderen – es war kein Geheimnis, dass er unter Schwerhörigkeit litt und deshalb bei jeder Konversation beinahe schreien musste. Auch bei den Predigten drang seine Stentorstimme regelmäßig bis in den letzten Winkel der Kirche, und bei der Beichte, so hatte Isabella es Helene mit einem Augenzwinkern anvertraut, wollte er immer alles mindestens zweimal hören, und zwar so laut wie möglich. Davon abgesehen vertrat er einige altertümliche, höchst fragwürdige Ansichten – so hatte er beispielsweise Liesel Wiegand ausrichten lassen, sie solle sich während ihres Wochenflusses vom Gottesdienst fernhalten, da Frauen in dieser Zeit unrein seien. Helene hatte es kaum glauben können, als Isabella ihr davon erzählt hatte.

Sie tanzte mit dem alten Albert Exner, der trotz seiner Behinderung eine flotte Sohle aufs Parkett legte und ihr allerlei Komplimente über ihr Aussehen machte.

»In däm Kleid särn Se genau so ous bie mei Fra«, beteuerte er, während er mit dem einen ihm noch verbliebenen Arm ihren Rücken umschlang und dabei seine Hand, scheinbar wie aus

Versehen, ein Stück tiefer rutschen ließ. Sie griff kurz hinter sich und schob seine Finger wieder nach oben, aber sie nahm ihm die kleine Entgleisung nicht krumm, zumal er sich sofort entschuldigte, auf eine Weise, die sie zum Lachen brachte.

»Sie senn ebe ziemlich groß für e Fra. Un Ihrn Rücke konn ich jo net gesehr. Scho goar net mit nür äm Aach.«

Über seine Schulter hinweg sah sie, dass Tobias Krüger den Festsaal betreten hatte, und ihr Herz tat einen Satz. Ein wenig überrascht von dieser körperlichen Reaktion musste sie sich eingestehen, dass sie sich über sein Auftauchen freute. Schon den ganzen Abend über hatte sie sich gefragt, ob er wohl noch kommen würde. Jemand hatte gemeint, dass er noch Hausbesuche mache, wie so oft, wenn er eigentlich frei gehabt hätte. Als Landarzt musste man ständig mit solchen Einsätzen außerhalb der festgelegten Behandlungszeiten rechnen. Helene wusste das selbst noch allzu gut aus ihrer Kindheit; bei ihrem Vater war es ganz ähnlich gewesen, nur mit Tieren als Patienten.

Die Leute formierten sich zu einer Polonaise, und Helene wurde *nolens volens* mitgezogen, in einer langen Reihe lachender, trunkener Frauen und Männer, die durch den Saal stapften und dabei ein Faschingslied grölten. Irgendwo weiter vorn in der Schlange sah sie Isabella, die gerade an Tobias Krüger vorbeikam und mit dem Kopf nach hinten wies, in Helenes Richtung. Er blickte suchend umher, und dann fanden sich ihre Blicke. Er hob die Hand zum Gruß, und Helene winkte zurück, während sie spürte, wie ihr die Röte ins Gesicht schoss. Unsicher stolperte sie weiter, gefangen in der Polonaise und zwischen Nervosität und Verlegenheit schwankend. Wie sie wohl in seinen Augen aussah, als Teil dieser zwanghaft fröhlichen Menschenschlange, in der jeder sich an den Schultern des Vordermanns festhielt, lärmend und kichernd wie eine Horde ausgelassener Kinder?

Dann geriet er außer Sicht. Als sie zu der Stelle gelangte, wo er eben noch gestanden hatte, war er weg, anscheinend wieder zur Tür hinaus. Helene war machtlos gegen das jähe Gefühl von Enttäuschung, das von ihr Besitz ergreifen wollte, aber auch die anderen waren jetzt im Begriff, den Saal zu verlassen. Die Polonaise löste sich auf, die Leute holten ihre Mäntel von der Garderobe, alles strebte ins Freie.

Isabella wartete beim Ausgang auf Helene. Tobias Krüger und Harald Brecht standen bei ihr.

Helene merkte, dass sie abermals rot wurde, weil Tobias sie unverwandt betrachtete. Auf einer instinktiven Ebene wusste sie, dass sie ihm gefiel. Ob er umgekehrt ebenso spürte, wie anziehend er auf sie wirkte? Irgendwer hatte eine Handvoll Konfetti auf ihn geworfen, ein paar bunte Papierpunkte sprenkelten sein kurzes Haar, aber anders als die übrigen Gäste hatte er sich nicht verkleidet. Er trug wieder die Cordjacke, in der seine Schultern noch breiter wirkten als ohnehin schon, und dazu eine blaue Nietenhose, eine von der Art, die es in der DDR höchstens unter der Hand gab, weil sie dort als Hose des Klassenfeindes galt.

»Guten Abend, Frau Werner.« Tobias Krügers sonore Stimme riss sie aus ihren Gedanken.

»Guten Abend, Herr Doktor Krüger«, antwortete sie höflich.

Harald Brecht schüttelte belustigt den Kopf. »Immer noch so förmlich, ihr beiden? Das geht aber nicht!« Sofort organisierte er zwei Gläser Wein, eins für Helene und eins für Tobias Krüger, und er gab nicht eher Ruhe, bis sie miteinander Brüderschaft getrunken hatten. Isabella stand grinsend daneben und meinte, das sei wirklich an der Zeit gewesen.

Helene war ein bisschen verlegen, aber auch beschwipst genug, um sich lächelnd zu fügen, und ähnlich reagierte auch Tobias, als er mit ihr anstieß. Anders als Harald machte er jedoch keine Anstalten, ihr dabei auf die Pelle zu rücken, sondern hielt ausreichend Abstand.

Unterdessen brachen die Leute in Scharen auf. Einige hatten sich mit Taschenlampen bewaffnet und leuchteten den Weg aus.

Isabella reichte Helene Schal und Mantel. Sie selbst hatte auch schon ihren Wintermantel angezogen.

»Wo wollen denn alle auf einmal hin?«, erkundigte sich Helene verwundert.

»Zur Grenze«, sagte Harald. Seine Stimme klang mit einem Mal ernst, beinahe feierlich.

»Was ist denn da?«, fragte Helene. Ihr Herzschlag geriet aus dem Takt, doch diesmal hatte es nichts mit Tobias zu tun.

»Komm mit, dann wirst du es sehen«, sagte Isabella.

Schweigend folgte Helene den anderen in Richtung Ortsausgang. Es war dieselbe Strecke, die sie in der vergangenen Woche schon öfter zurückgelegt hatte. Tobias ging dicht neben ihr, und als sie einmal verstohlen zu ihm hinsah, erschien er ihr ungewohnt traurig.

Der Elferrat postierte sich direkt vor dem Warnschild an der Grenze, und die übrigen Leute aus dem Dorf versammelten sich im Halbkreis darum herum. Jemand hatte eine Gitarre mitgebracht, ein anderer ein Schifferklavier. Der Leiter der Tanzkapelle gab den Takt vor, und die Klänge des bekannten Liedes *Man müsste noch mal zwanzig sein* schallten in die Nacht. Die Mitglieder des Elferrats fingen an zu singen, ein mehrstimmiger Chor, und als der Refrain ertönte, fielen die anderen Dörfler mit ein.

Doch sie sangen nicht den Text, den Helene kannte. Jemand hatte diesen Teil des Lieds umgedichtet.

»Wir möchten noch mal rüber geh'n, so gern noch mal nach Weisberg …«

Die wehmütige Melodie trug die Zeilen weit hinüber in das versperrte Land. Die Mienen der Menschen waren ernst, keiner lachte mehr, und in manchen Augen standen Tränen.

»*Und wenn das Herz dann ebenso entscheiden könnt wie damals – ich glaube, dann entschied es sich, noch mal, noch mal für dich …*«

Alle sangen mit, auch Isabella und Tobias, die Stimmen voller Emotionen, die Gesichter nach Osten gewandt. Und da begriff Helene zum ersten Mal, welche Wunden nach der gewaltsamen Teilung des Landes in den Herzen der hier lebenden Menschen zurückgeblieben waren. Wie tief die Verbundenheit zum Nachbarort immer noch war, wie schmerzlich die Sehnsucht nach dem einstigen Miteinander. Sie war nicht die Einzige, die sich verlassen und beraubt fühlte. Wie viele dieser Menschen um sie herum hatten Verwandte und gute Freunde in Weisberg? Wahrscheinlich nahezu jeder, und diese Erkenntnis erfüllte Helene mit Bestürzung und schmerzlichem Mitleid. Sie hatte die ganze Zeit nur an sich selbst gedacht, an ihren eigenen Verlust. Aber auch anderen hier war vieles von dem genommen worden, was Familien und Freundschaften ausmachte. Liebevolle Begegnungen, persönlicher Austausch, regelmäßige Zusammenkünfte. Blicke, Umarmungen, Berührungen – nichts davon war ihnen geblieben. Es gab nur noch die Zerrissenheit. Stacheldraht und Sperrgebiet. Grenzsoldaten und Gewehre. Und drüben auf der anderen Seite ein Stück verlorenes Leben.

Beim letzten Refrain fiel Helene mit ein, ihre Stimme war laut und klar, so wie immer, wenn sie sang. Wer an einer Volksschule unterrichtete, musste laut singen können, das gehörte zum Beruf. Man merkte ihr das Zittern nicht an, das ihren Körper erfasst hatte. Ihre ganze Seele lag in ihrer Stimme, und tief im Inneren hoffte sie, damit die Menschen zu erreichen, die sie liebte.

Teil 2

KAPITEL 7

Drüben haben sie wieder gesungen«, sagte Christa zu ihrem Mann. »Genau wie letztes Jahr, dasselbe Lied.«

Reinhold nickte nur. Er war gerade erst nach Hause gekommen und sah müde aus – kein Wunder nach diesem Tag. Es war fast, als hätten sich sämtliche Kühe der Umgebung verabredet, heute zu kalben, er war nur noch von einem Stall zum nächsten gehetzt.

Christa hatte unterdessen die liegen gebliebene Arbeit im Büro erledigt, lauter Schriftkram, von dem es in letzter Zeit immer mehr gab. Früher, als Reinhold noch eine herkömmliche Veterinärpraxis betrieben und sie ihm zusätzlich zu ihrer Arbeit als Assistentin auch noch das ganze Organisatorische vom Hals gehalten hatte, war nicht annähernd so viel Papierkrieg angefallen wie mittlerweile in der STGP.[4]

Sie selbst sehnte sich ebenfalls nach ihrem Bett, aber sie hatte nicht ohne ihn schlafen gehen wollen.

»Möchtest du noch was essen?«, fragte sie. »Mutter hat heute was Gutes gekocht – Milchklöße mit Pflaumenkompott.«

Er mochte die böhmische Küche ihrer Mutter, und oft war er auch für einen späten Imbiss noch zu haben, doch an diesem Abend war ihm wohl nicht nach Essen zumute. Erschöpft schüttelte er den Kopf.

»Wie geht's der Kleinen?«, fragte er. »Hat sie gut gegessen?«

---

[4] Staatliche Tierärztliche Gemeinschaftspraxis

»Zwei Portionen. Es hat ihr fabelhaft geschmeckt.«

Seine Enkelin war schon am gestrigen Sonntag gekommen; eigentlich hatten sie erst heute mit ihrer Ankunft gerechnet, aber so hatte es besser gepasst, weil sie sich beide mehr Zeit für das Kind hatten nehmen können.

»Sie schläft jetzt wieder«, sagte Christa. »Vorhin, als die Kirchdorfer drüben gesungen haben, ist sie aufgewacht. Sie ist rausgegangen und hat zugehört, so wie alle hier. Dann kam der neue Kommandant und hat sämtliche Leute wieder reingescheucht. Wir hätten selber genug Karneval, hat er gesagt.«

Reinhold zuckte mit den Schultern, was nur verständlich war – was hätte er auch dazu sagen sollen? Sie waren beide keine großen Karnevalisten. Und mit den Grenzsoldaten hatten sie auch nichts am Hut, die meisten von denen waren nicht von hier.

Christa stand vom Küchentisch auf und holte ihrem Mann doch noch eine Portion von dem Mittagessen. Sie hatte es für ihn warm gehalten, vielleicht kam der Appetit beim Essen.

Er griff nach der Gabel und stocherte lustlos auf dem Teller herum, probierte dann aber einen Bissen, ihr zuliebe. Und wie erwartet schmeckte es ihm, weshalb er eine zweite Gabel nahm und gleich danach eine weitere. Am Ende aß er doch noch alles auf, worüber sie froh war. In der letzten Zeit hatte er Gewicht verloren, und das, obwohl er sowieso immer schon schlank gewesen war. Kein Vater sollte das durchleiden müssen, was er im letzten Jahr mitgemacht hatte. Es hatte ihn fast umgebracht, als er erfahren hatte, was mit Leni passiert war. Ganz zu schweigen davon, wie sehr die Stasi ihn wegen möglicher Mitwisserschaft drangsaliert und ausgeforscht hatte – wobei diese Schikanen im Vergleich zu seiner Angst um Leni und sein einziges Enkelkind kaum ins Gewicht gefallen waren. Zum Glück konnte er nachweisen, dass er seine Tochter jahrelang nicht gesehen hatte, und seit er in die Partei eingetreten war, schien endlich Gras über die Sache gewachsen zu sein. Mehr noch – plötzlich war es mit der Entscheidung über die Vormundschaft ganz schnell gegangen. Jemand in Berlin hatte an übergeordneter Stelle die richtigen Strippen gezogen, Reinhold wusste nicht, wer. Der Mann hatte am Telefon seinen Namen nicht genannt, nur gesagt, dass das Kind nun zu ihnen käme und dass Leni im Westen sei.

Alles in allem war der Parteieintritt in dieser Krisensituation wohl eine vernünftige Entscheidung gewesen, schon wegen Marie, auch wenn Reinhold jedes Mal der Widerwille ins Gesicht geschrieben stand, sobald wieder einer der üblichen Agitationstrupps bei ihm anrückte und seine Mitarbeit einforderte. Als Veterinär hatte er Einfluss auf die Bauern, vor allem auf jene, die sich immer noch weigerten, ihre Höfe in die LPG zu überführen. Da war viel Überzeugungsarbeit zu leisten, und die war dringend nötig, denn die Versorgung der Bevölkerung mit landwirtschaftlichen Produkten war ins Stocken geraten. Die LPGs waren nicht effektiv genug, und sie würden es nie werden, solange nicht endlich die immer noch privat geführten, ertragreicheren Höfe eingegliedert wurden. Es musste mehr Druck ausgeübt werden, und daran sollte Reinhold sich beteiligen. Der Sozialismus lebte von der Solidarität aller.

Er blieb nach solchen Gesprächen immer stumm und in sich gekehrt zurück, und Christa wusste dann, dass er an früher zurückdachte, als er noch ein Tierarzt mit eigener Praxis gewesen war.

Aber die Zeiten ließen sich nicht zurückdrehen. Das Veterinärwesen war im Zuge der Kollektivierung sukzessive in das neue System überführt worden, als Teil einer Ordnung, die alte Strukturen über den Haufen geworfen und dafür neue geschaffen hatte. Selbstständige Tierärzte gab es nicht mehr, sie waren Angestellte des Staates, und als solche sollten sie die Produktivität und Effizienz der Landwirtschaft steigern. Die Massentierhaltung vorantreiben. Die renitenten Bauern dazu bringen, den neuen Weg mitzugehen. An erster Stelle stand der Fünfjahresplan. Leistungssteigerung war das oberste Gebot, sie lag im Interesse aller.

Bei alledem ging es höchstens noch am Rande um das Wohl der Tiere, und das setzte Reinhold sicherlich am meisten zu. Er war immer mit Leib und Seele Tierarzt gewesen, doch mittlerweile lagen die Schwerpunkte seiner Arbeit zu oft woanders.

Schon seit einer Weile fragte Christa sich, wie lange er das noch schaffen würde. Viele seiner Kollegen waren in den letzten Jahren geflüchtet, darunter auch zwei aus dem Bezirk, mit der Folge, dass Reinhold immer mehr Arbeit am Hals hatte.

Auch etliche Bauern hatten ihre Betriebe aufgegeben, waren bei Nacht und Nebel in den Westen verschwunden – was allerdings in der letzten Zeit so gut wie gar nicht mehr vorkam, weil die Grenze inzwischen viel besser gesichert war. Überall Vopos und Soldaten, alle schwer bewaffnet, dazu jede Menge Stacheldraht. Man konnte nicht mehr so einfach rüber.

Außer natürlich von Ostberlin aus, da war die Sektorengrenze ja offen. Aber auch das konnte böse enden, wie man bei Leni gesehen hatte.

Nicht zum ersten Mal musste Christa gegen die aufkeimende Wut ankämpfen. Verdammt noch mal, wie hatte Leni nur so unvernünftig sein können!? Wieso hatte sie keinen Gedanken darauf verwendet, in welche Bredouille sie ihren Vater mit ihrem leichtsinnigen Fluchtversuch brachte? Jeder wusste doch, wie mit den zurückbleibenden Familienangehörigen in der DDR umgesprungen wurde … Wie hatte Leni sich nur darüber hinwegsetzen können?

Und so schlecht hatten sie und Jürgen es in Berlin doch gar nicht gehabt! Eine eigene Wohnung, nach nur drei Jahren Wartezeit! Saubere, ordentlich bezahlte Arbeitsplätze, und sogar Urlaub an der Ostsee!

Aber da war schon immer dieser Drang in Leni gewesen,

nach einer anderen, vermeintlich besseren Art von Freiheit. Sie hatte sich an allem Möglichen gestört. Bei ihren seltenen Besuchen in Weisberg hatte sie nie einen Hehl daraus gemacht, was ihr missfiel. Die staatliche Gängelei der Kultur. Verbot von westlichen Büchern, Filmen, Theaterstücken. Die verklärende Agitation, die man von ihr als Lehrerin erwartete. Die ungerechte Benachteiligung von Schulkindern, deren Eltern nicht in der Partei waren. Die leeren Regale überall, der Mangel an vernünftiger Kleidung, vor allem für die Kleine.

Christa hatte ihr angeboten, was Hübsches für Marie zu nähen, sie konnte ganz gut schneidern, und sie hatte ja immer noch die alte Nähmaschine von Reinholds Mutter. Leni hatte sich freundlich für das nette Angebot bedankt, und dann hatte sie den entscheidenden Satz hinzugefügt, der Christa verdeutlicht hatte, wie wenig Wert auf ihre Unterstützung gelegt wurde.

»Dir ist bestimmt klar, dass das keine Lösung unserer Probleme ist, nicht wahr?«

Christa hatte es vorgezogen, nichts darauf zu erwidern. Das war damals Lenis letzter Besuch hier in Weisberg gewesen, danach war sie nicht mehr hergekommen. Stattdessen hatte sie voriges Jahr versucht, in den Westen zu gehen. Ohne ein einziges Wort.

Sicher, das Schicksal hatte sie dafür grausam gestraft. Aber enthielt diese Strafe nicht vielleicht doch auch ein Stück ausgleichende Gerechtigkeit? Dafür, dass sie ihren Vater nicht nur wegen möglicher Mitwisserschaft in Verruf gebracht, sondern ihn auch in tiefste Verzweiflung gestürzt hatte? Ihretwegen hatte er die schlimmsten Ängste seines Lebens ausgestanden!

Christa hätte nie gewagt, solche Gedanken ihrem Mann gegenüber zu äußern, und genau genommen hasste sie sich selbst dafür. Wie konnte sie auch nur ansatzweise in Erwägung ziehen, dass etwas von alldem, was man Leni angetan hatte, gerecht sei?

Es war grausam und entsetzlich und durch nichts zu entschuldigen! Und nicht etwa das Schicksal war dafür verantwortlich, sondern der Staat, an den Christa viele Jahre lang geglaubt hatte. Von dem sie einst geschworen hätte, dass er für seine Bürger jederzeit nur das Beste wollte. Der ihnen Frieden, Menschlichkeit und Schutz vor Unterdrückung garantierte.

Nicht mal die Ereignisse des 17. Juni 1953 hatten Christas Vertrauen in diesen Staat derartig erschüttern können. Aber das vergangene Jahr hatte alles verändert. Noch nie hatte sie sich so wurzellos und voller Zweifel gefühlt, noch nie so viel Angst vor der Zukunft gehabt, nicht mal in den schlimmsten Zeiten des Krieges.

Sie saß ihrem Mann am Küchentisch gegenüber und blickte ihn beklommen an. Reinhold hatte den Teller zur Seite geschoben und den Kopf in die Hände gestützt. Seine Augen waren geschlossen. Fast sah es so aus, als würde er gleich im Sitzen einschlafen.

Er schien ihre Blicke zu spüren und hob die schweren Lider. Sah sie an, lange und schweigend, und in seinen Augen erkannte sie seine Liebe, so tief und unverbrüchlich wie immer. Ein Gefühl von Erleichterung breitete sich in ihr aus, wie hatte sie auch nur einen Moment daran zweifeln können, dass er zu ihr gehörte? Wie konnte sie seine Sorge um seine Tochter und seine Enkelin zum Anlass nehmen, seine Gefühle für sie, seine Ehefrau, infrage zu stellen? Er würde immer zu ihr halten, egal, was geschah!

»Wir haben es doch gut hier, oder?«, entfuhr es ihr, ehe sie die Worte zurückhalten konnte.

Sie hatten beide von Anfang an daran geglaubt, dass der Sozialismus das Beste für das Land war. Hatten entschieden, sich einzubringen und ein anständiges Leben für alle aufzubauen. Ihnen war klar gewesen, dass es ein hartes Stück Arbeit war. Dass es nicht von heute auf morgen funktionierte, sondern viel

Geduld brauchte. Aber wenn alle mitmachten und zusammenhielten, würde alles gut werden.

Dabei verstand sich von selbst, dass es nur klappen konnte, wenn die Leute nicht reihenweise von der Fahne gingen. Manche Menschen mussten zu ihrem Glück gezwungen werden, das war gewiss nicht optimal. Sicherlich wäre es anders schöner gewesen. Aber manchmal war es eben nötig, Dinge durchzusetzen. Jede Revolution kostete Opfer. Am Ende würden es die Leute schon einsehen. Der Weg mochte von Hindernissen gespickt sein, aber er führte zum Ziel, das war das Wichtigste. Vertrauen, Solidarität und guter Wille, damit war alles möglich!

Sie war so sehr in ihre Gedanken vertieft, dass sie die Gegenfrage ihres Mannes fast überhört hätte.

»Was genau willst du damit sagen?«, fragte er sie. Seine Stimme klang genauso müde, wie er aussah, aber zugleich hörte sie einen Unterton von Schärfe heraus. In Wahrheit hatte er genau verstanden, worauf sie hinauswollte, aber es gefiel ihm nicht, dass er sich dazu äußern sollte.

Sie räusperte sich. »Ich meine … unser Land. Die DDR, der Sozialismus. Daran glauben wir doch noch. Oder nicht?«

Er erwiderte ihren Blick unverwandt. Statt ihr zu antworten, stellte er ihr schon wieder eine Gegenfrage. »Erinnerst du dich noch an die Deportationen vor neun Jahren?«

Unbehagen erfasste sie. Warum verwendete er dieses hässliche, harte Wort, das an die Gräueltaten der Nazis erinnerte? Das, was vor neun Jahren hier in Weisberg passiert war, hatte nicht mal ansatzweise damit zu tun!

»Meinst du die Umsiedlungen?«, fragte sie ein wenig hölzern zurück. »Natürlich weiß ich das noch.«

Wie hätte sie es auch vergessen können? Dutzende Familien waren damals aus Weisberg abgeholt worden, darunter auch Nachbarn von ihnen. Reinhold und sie hatten es selbst mit angesehen, und es war ihnen beiden nicht zu knapp an die Nieren gegangen. Die Menschen hatten alles zurücklassen müssen. Nur das Nötigste hatten sie einpacken dürfen, und dann hatte man sie in Lastwagen gepfercht und weggebracht, sie woanders einquartiert, weit weg von der Grenze. Natürlich nicht grundlos, meist wegen staatsgefährdender Hetze. Auch der Nachbar von gegenüber hatte öfters Reden geschwungen und den Sozialismus schlechtgemacht, war über Partei und Politiker hergezogen. Solche Leute wollte die Staatsleitung verständlicherweise nicht an der Zonengrenze haben.

Die Frau des Nachbarn hatte geweint, die Kinder waren eingeschüchtert gewesen, als man sie aus dem Haus geholt und zu den Lastwagen gescheucht hatte. Keiner hatte ihnen vorher Bescheid gesagt. Sicher, das war ziemlich schlimm gewesen, die Familien hatten sich nicht mal von Freunden und Verwandten verabschieden können und Knall auf Fall ihr Zuhause aufgeben müssen. Aber bestimmt hatten sie es da, wo sie jetzt lebten, auch nicht schlechter als hier.

»Als Parteimitglied erfährt man so manches«, sagte Reinhold mitten in ihre aufgescheuchten Gedanken hinein. »Horst erzählte mir neulich, dass es unter der Hand einen Namen für die Deportationen gab. Man nannte sie *Aktion Ungeziefer.*«

Christa sah ihren Mann erschrocken an. »Woher willst du wissen, ob das stimmt?« Nachdrücklich fuhr sie fort: »Vielleicht wollte er sich nur wichtig machen, der Horst Sperling prahlt für sein Leben gern herum. Und außerdem ist das doch nur eine beliebige dumme Bezeichnung. Die hätten auch irgendeine andere dafür nehmen können.«

»Haben sie aber nicht. Und Horst hat noch was gesagt – dass es höchste Zeit wird, so eine Aktion zu wiederholen. Weil es hier in der Gegend schon wieder viel zu viele Nörgler gibt.«

Sie schluckte, dann holte sie tief Luft. »Worauf willst du eigentlich hinaus?« Noch während sie die Frage stellte, merkte sie, dass sie sich ähnlich verhielt wie vorhin ihr Mann – sie wollte, dass Reinhold seine geheimen Gedanken aussprach, obwohl sie die längst kannte. Sie war seit fünfzehn Jahren seine Frau. Wenn zwei Menschen schon so lange zusammenlebten wie sie beide, war es nicht mehr nötig, bestimmte Dinge in Worte zu kleiden.

Reinhold wusste das genauso gut wie sie, deshalb gab er ihr auch keine Antwort, sondern blickte sie einfach nur weiter an. Stumm und unbewegt. Und in seinen Augen stand eine Frage, vor der sie sich insgeheim schon lange fürchtete.

Ihn trieben nicht mehr bloß irgendwelche diffusen Zweifel um, sondern er steckte mitten in einem Entscheidungsprozess, der sich längst verselbstständigt hatte. Es lief bereits seit einer Weile darauf hinaus, eigentlich seit dem Zeitpunkt, als er von Lenis Inhaftierung und dem Tod seines Schwiegersohns erfahren hatte. Und mit der Ankunft der Kleinen hatte es sich noch stärker herauskristallisiert.

Er spielte ernsthaft mit dem Gedanken, wegzugehen. Rüberzumachen. Genau wie seine Tochter.

Im Westen gab es Menschen, die ihn liebten und ihn gern um sich haben würden. Christa wusste, dass solche Bindungen die Fluchtbereitschaft verstärkten. Tante Auguste, die in ihrer großen, gutbürgerlichen Frankfurter Villa saß und nur darauf wartete, Reinhold zu bemuttern, das einzige Kind ihrer Schwester und ihr geliebter Patensohn. Und seit Kurzem auch Leni, die sich sogar ganz in der Nähe aufhielt, direkt auf der anderen Seite des Zauns. Mit einem sicheren Einkommen als Lehrerin. Ausgebildete Lehrkräfte konnten sie drüben gar nicht genug haben. Ähnliches galt gewiss auch für Tierärzte, vor allem für so erfahrene und versierte wie Reinhold. Den kannten da drüben bestimmt viele Bauern noch von früher.

Mit einem Mal konnte Christa ihren Mann nicht länger ansehen, die Ungewissheit zerriss sie fast. In stummer Hilflosigkeit ließ sie ihre Blicke durch den Raum wandern, fokussierte die vertraute Umgebung, die Einrichtung, bei der alles seinen angestammten Platz hatte. Es war dieselbe Küche, in der schon seine Großeltern und danach seine Eltern gesessen und ihre Mahlzeiten eingenommen hatten. Der Tisch mit den vier Stühlen in der Mitte. An der einen Wand das Büfett, einst aus heller Eiche, aber mit den Jahren stark nachgedunkelt. An der anderen Wand das Fenster mit den Rüschengardinen, die sie vor Jahren selbst genäht hatte, um dem Raum eine persönliche Note zu verleihen, ihm ihren Stempel aufzudrücken. Die Regale mit den Töpfen und Pfannen und dem Geschirr, das noch von Reinholds Mutter stammte.

Die Decke des Raums war niedrig, die Balken verrußt vom Rauch des alten Kohleofens, mit dem sie immer noch kochten und heizten. Sie hätten längst einen neueren Ofen anschaffen können, aber Reinhold hing an dem vorsintflutlichen Ding, und Christas Mutter Else, die meist für sie kochte, kam gut damit zurecht, sie hatten zu Hause in Böhmen auch so einen gehabt.

Gegen ihren Willen musste Christa an damals denken, an den schrecklichen Abend der Vertreibung. Der *wirklichen* Vertreibung. Die Mutter hatte sich geweigert zu gehen, so wie ein paar andere Nachbarn auch. Der Krieg war ja vorbei, endlich konnte man in Sicherheit leben. Aber dann hatte man sie mit vorgehaltenen Gewehren aus ihren Häusern geholt, sie verjagt wie herrenlose Hunde. Einen der Nachbarn hatten sie erschossen, direkt am Abendbrottisch, sein Blut war in den Suppenteller gespritzt, seine Frau hatte es mehrmals erzählt, geradezu zwanghaft hatte sie es wieder und wieder geschildert. Er hatte sich geweigert, vom Tisch aufzustehen und das Haus zu verlassen, da hatten sie ihn umgebracht.

Christa wusste nicht, was aus der Familie geworden war, vielleicht lebte sie irgendwo an der Ostgrenze, da waren viele Sudetendeutsche gestrandet. Sie selbst hatte die Mutter überredet, weiterzuziehen, hierher in die Rhön, wo ein Onkel lebte, der sie aufnehmen konnte.

Wenn er nur ein Dorf weiter gewohnt hätte, wären sie wohl, wie so viele andere, im Westen gelandet. Da wurde immer noch viel über die Vertreibung gesprochen, es gab Verbände und Vereine, die sich um die Betroffenen kümmerten und die Erinnerungen hochhielten. Ihrer Mutter hätte das sicher gefallen, sie kam einfach nicht richtig von früher los und beklagte ständig das erlittene Unrecht. Manchmal verstieg sie sich gar zu der bitteren Behauptung, dass die SED-Funktionäre auch nicht viel besser seien als die anderen Roten aus dem Osten, die sie so gnadenlos verjagt hatten.

Christa zog es vor, nicht über diesen Teil der Vergangenheit zu reden und möglichst auch nicht daran zu denken. Das weckte nur feindselige Gefühle gegenüber den sozialistischen Bruderländern. Daraus wiederum erwuchsen leicht Revanchismus und Revisionismus – eine Bedrohung für den so hart erkämpften Frieden. Es half ja nichts, man musste vergessen und nach vorn blicken. In die Zukunft, die ein besseres Leben bereithielt und den Zusammenhalt gewährleistete. Die ihnen ein sicheres Zuhause bescherte. Hier waren sie nun sesshaft, hier gehörten sie hin, und hier würden sie auch bleiben. Das hier war ihr Heim, ihr Leben, und auch ihre Mutter würde das früher oder später begreifen.

Reinhold stand vom Tisch auf, der Stuhl scharrte über den Boden, ein eigentümlich anklagendes Geräusch. Christa hielt unwillkürlich die Luft an. Würde er jetzt darüber sprechen, dass er wegwollte? Es schien ihr, als hätte er es vor. Genau jetzt, in diesem Augenblick, nachdem er es schon so lange in stummer Absicht mit sich herumgetragen hatte.

Doch er sagte nur mit seiner erschöpft klingenden Stimme: »Ich sehe noch mal nach dem Kind.«

Ohne sie anzuschauen ging er aus der Küche in den Flur und von dort die Treppe hoch ins Obergeschoss, wo sich die Schlafkammern befanden.

In einer davon schliefen sie und Reinhold, in der zweiten ihre Mutter, in der dritten seit gestern die Kleine. Dieses dritte Zimmer war früher Lenis Kinderzimmer gewesen, Reinhold hatte in all den Jahren seit ihrem Auszug nichts daran verändert. Alles war noch wie früher, er hatte lediglich nach Lenis Heirat ein größeres Bett aufgebaut, damit sie und Jürgen ausreichend Platz zum Übernachten hatten, wenn sie mal zu Besuch da waren.

Christa hatte irgendwann davon gesprochen, dass sie sich den Raum doch eigentlich als Nähzimmer einrichten könnte, so selten, wie Leni und Jürgen sich blicken ließen. Doch die Idee hatte sie gleich wieder begraben, denn ihr war nicht entgangen, wie wenig Reinhold davon hielt.

Sie stand auf und räumte den benutzten Teller ab, dann horchte sie nach oben, bevor sie dem Impuls nachgab, Reinhold zu folgen. Er stand in der offenen Zimmertür und betrachtete das schlafende Kind.

Christa stellte sich neben ihn und legte ihren Arm um seine Mitte. Eine fast schmerzhafte Aufwallung von Liebe durchströmte sie, während sie sich an ihn drückte, und als er seinerseits den Arm um sie legte und sie festhielt, kamen ihr fast die Tränen. Er wollte sie gar nicht ausgrenzen! Sie waren einander so nah wie eh und je, nichts hatte sich zwischen ihnen geändert. Er würde niemals zulassen, dass etwas sie entzweite.

Stumm an ihn geschmiegt, sah auch sie zu dem schlafenden Mädchen hinüber.

Marie lag auf dem Rücken und hatte die Decke weggeschoben. Sicher war ihr unter dem Federbett zu warm geworden, obwohl sie nur in ihrer Unterwäsche schlief, graues, steifleinenes Zeug aus dem Kinderheim. Ihre eigenen Sachen hatte man ihr weggenommen und sie in die Einheitskleidung gesteckt, die alle Kinder dort trugen. Christa hatte schon passende Stoffreste zusammengesucht, aus denen sie irgendwas Nettes für die Kleine nähen konnte. Marie sollte nicht länger als nötig in diesen hässlichen Sachen herumlaufen, schon gar nicht in der Schule, wo sie sich in der kommenden Woche einfinden sollte.

Der zartgliedrige kindliche Körper wirkte auf anrührende Weise schutzlos. Mit einem Mal schnürte sich Christas Kehle zu. Ihr eigenes Kind wäre jetzt fast im selben Alter, wenn es nicht zu früh geboren und gestorben wäre. Damals war sie schon zweiundvierzig gewesen, sie hatte gar nicht mehr damit gerechnet, noch schwanger zu werden, nachdem es über Jahre hinweg nicht geklappt hatte. Aber dann war es auf einmal doch passiert, und sie und Reinhold hatten sich wie verrückt auf das Baby gefreut. Es war ein Mädchen gewesen.

Ob es auch so blond und bezaubernd hübsch geworden wäre wie Marie? Dann lägen jetzt vielleicht zwei einander ähnelnde kleine Mädchen in diesem Bett, eins davon Reinholds Töchterchen, und er würde den Gedanken, sein eigenes Kind aus seinem angestammten Zuhause zu reißen, bestimmt weit von sich weisen.

Christa löste sich aus Reinholds Umarmung und ging hinüber zum Bett, um die Kleine zuzudecken. Sacht strich sie dem Mädchen übers Haar.

»Träum was Schönes«, flüsterte sie.

Ein paar Augenblicke blieb sie noch dort stehen und betrachtete das schlafende Kind. Stellte sich vor, die Mutter zu sein. Wie sie sich fühlen würde, wenn eine von Wachsoldaten und Stacheldraht gesicherte Grenze sie von ihrem Kind fernhielte.

Abermals schnürte sich ihre Kehle zu, und diesmal war es viel schlimmer als eben. Sie wandte sich ab und verließ das Zimmer. Im Halbdunkel des Flurs sah sie Reinholds von Sorgen überschattetes Gesicht. Sie strich ihm sanft über die Wange, dann nahm sie seine Hand. Höchste Zeit, dass auch er schlafen ging. Morgen sah die Welt vielleicht schon wieder anders aus.

*

Zu Christas Schreck erklärte Reinhold schon in der Woche nach Karneval aus heiterem Himmel, dass es nun an der Zeit sei, es zu versuchen. Sonst sagte er nichts. Nur, dass er es versuchen wolle.

»Was meinst du damit?«, fragte sie ihn mit klopfendem Herzen. Marie war bereits zu Bett gegangen, auch ihre Mutter schlief schon. Sie saß mit Reinhold am Tisch, jeder ein Glas Wein vor sich. Im Konsum hatten sie mal wieder welchen vorrätig gehabt, und Christa hatte zugeschlagen, bevor er ausverkauft war.

»Soll ich die Kleine wecken?«, fuhr sie panisch fort. »Meine Güte, es ist doch gar nichts gepackt, wir müssen …«

Ihr Mann gebot ihr mit einer Geste Einhalt. »Ich gehe erst mal alleine los.«

Er hatte, wie er ihr erläuterte, einen Grenzabschnitt am Ortsrand genauer erkundet und für eine Flucht ins Auge gefasst. Ein alter Trampelpfad führte dorthin, jetzt endete er wegen der Grenze im Nirgendwo. Keiner benutzte ihn mehr, aber Reinhold kannte ihn gut, er war dort schon als Kind immer zum Spielen gewesen.

»Da ist das Gelände ziemlich unübersichtlich. Und die Wachen sitzen meist nur vor dem Bunker herum, jedenfalls die beiden Russen, die diese Woche Dienst haben. Nachts saufen sie, sagt zumindest Theo Krause, der die beiden gestern und heute früh sternhagelvoll in seiner Scheune liegen hatte. Es könnte also klappen, sobald sie richtig einen in der Krone haben.«

»Und wie?« Christa konnte ihr Entsetzen nicht verbergen. »Es ist doch stockfinster da draußen!«

Natürlich wolle er eine Taschenlampe mitnehmen, wie er als Nächstes lapidar erklärte. Die würde er aber erst anknipsen, wenn er sicher sein konnte, dass keine Wachen in der Nähe waren, abgeschirmt von seinem Hut, zum besseren Sichtschutz. Und er hatte einen Bolzenschneider eingepackt, mit dem er den

Zaun auftrennen wollte. Nicht so, dass man es sofort merkte, sondern unauffällig, sodass es von Weitem aussah, als wäre er noch intakt.

Wenn alles so funktionierte, wie er es sich vorstellte, könnte man ganz leicht durchschlüpfen.

Er hatte »man« gesagt, nicht »die Kleine« oder »wir«. Wollte er sich immer noch nicht festlegen, wer diese Flucht letztlich antreten sollte?

Sie war es leid, im Ungewissen gehalten zu werden, und fragte ihn rundheraus. »Du willst, dass wir alle mitgehen, oder? Noch diese Nacht.«

Er nickte. »Wir können das Kind nicht allein rüberschicken. Das war dir aber längst klar, oder?«

Nun war sie es, die nickte. »Wir hätten darüber reden sollen«, sagte sie.

»Wir sprechen *jetzt* darüber.«

Sie sah ihn nur wortlos an.

Er nahm ihre Hand. »Es tut mir leid.« In diesen Worten lag alles. Seine Hilflosigkeit. Seine Furcht. Seine Entschlossenheit.

»Du könntest dabei sterben«, sagte sie leise. »Wir könnten *alle* dabei sterben!«

»Denkst du, das weiß ich nicht?« Sein ruhiger Tonfall konnte nicht darüber hinwegtäuschen, wie nervös er war. Sie kannte ihn zu lange, als dass ihr das hätte entgehen können. Die ganze Zeit hatte sie gespürt, dass er im Begriff war, irgendeinen Plan auszutüfteln, besonders, seit die Kleine endlich hier bei ihnen in Weisberg war. Vorher hatte er all das noch vor sich herschieben können, weil ja zuerst die Übernahme der Vormundschaft geklärt werden musste.

Jetzt drängte es immer mehr, viel länger würde Leni das nicht ertragen, Reinhold fühlte das Leid seiner Tochter bestimmt von Kirchdorf über die Grenze bis hierher nach Weisberg schwappen. Er war ihr Vater, und die beiden waren immer auf besondere Weise verbunden gewesen, ganz egal, wie oft sie sich in den letzten zwanzig Jahren gesehen hatten. Dieses Band war jetzt enger denn je, es wurde von einer Kraft gestärkt, die sich aus tiefster Verzweiflung speiste. Und aus dem unbezwingbaren Willen, Lenis Wunsch wahr werden zu lassen.

»Du hast deiner Tante gar nichts davon gesagt, oder?«

Er schüttelte den Kopf. »Nur keine falschen Hoffnungen wecken. Es braucht außer uns niemand zu wissen. Wenn's in die Hose geht, wäre es für alle noch schlimmer als jetzt schon.«

»Ich komme mit und helfe dir«, platzte Christa heraus. Sie konnte ihn unmöglich allein losziehen lassen!

Seine Antwort fiel wie erwartet aus, er lehnte ihr Ansinnen kategorisch ab. Mit der Begründung, dass sich jemand um das Kind kümmern müsse, falls irgendwas schiefging.

Irgendwas.

Ihre Kehle war wie zugeschnürt, als er sich die Jacke anzog und den Hut aufsetzte und mit Taschenlampe und Bolzenschneider, beides verstaut in seiner Arzttasche, auf den Weg machte. Im Sperrgebiet war es verboten, bei Nacht draußen herumzulaufen, wenn man keinen triftigen Grund hatte. Aber den hatte er immer, schließlich war er der Veterinär des Orts und musste auch nachts oft raus zu den Ställen. Reinhold besaß eine Sondererlaubnis, die er nur vorzeigen musste, wenn er kontrolliert wurde.

Er stand bereits in der Tür, als sie ihn fragte, ob sie nicht besser doch schon ein paar Sachen einpacken solle. Für das Kind, für sie alle.

Nein, das würde jetzt nur Unruhe ins Haus bringen, dafür sei hinterher noch genug Zeit, und mitnehmen könnten sie sowieso nur das Nötigste. Ausweise, Zeugnisse, das Stammbuch. Auf keinen Fall irgendwelches sichtbares Gepäck.

»Warte einfach, bis ich wieder da bin«, sagte er, und dann küsste er sie. Sie erwiderte den Kuss, als wäre es das letzte Mal.

Nachdem er gegangen war, setzte sie sich wieder an den Küchentisch, vor sich das halb volle Weinglas, und starrte die Uhr an der Wand an. Spätestens in einer Stunde wollte er wieder da sein, eher früher. Sie beobachtete den Minutenzeiger, wie er Strich um Strich vorwärtsschlich. Sie zählte die Sekunden, die dazwischen verstrichen, und es kam ihr vor, als wären es mindestens doppelt so viele, wie es hätten sein dürfen.

Immer wenn sie meinte, es keinen Moment länger auszuhalten, nahm sie einen Schluck Wein. Ihr Glas war rasch leer, ebenso das von Reinhold, von dem er nur genippt hatte und das sie kurzerhand austrank. Sie überlegte, sich nachzuschenken, aber dann wäre am Ende womöglich nichts mehr für ihren Mann übrig. Vielleicht wollte er auf die ganze Aufregung noch einen Schluck trinken, wenn er zurückkam.

Wenn.

Das Wort dehnte sich im Takt der verstreichenden Minuten in ihrem Kopf zu einer unendlichen Vielfalt von Möglichkeiten, was bei seiner nächtlichen Mission alles schiefgehen konnte. Die Russen würden diese Nacht nichts trinken, sondern hellwach an der Grenze patrouillieren, genau in dem Abschnitt, zu dem Reinhold sich vorwagen wollte. Die Taschenlampe funktionierte nicht. Der Bolzenschneider war nicht stark genug für den dicken Stacheldraht. Reinhold würde sich an den mörderisch spitzen Krampen verletzen. Einer der Wachhunde würde Witterung aufnehmen und ihn verbellen oder gar anfallen – die Soldaten nahmen manchmal Schäferhunde mit auf Patrouille; vielleicht waren diese Nacht auch wieder welche dabei.

Und was, wenn er gleich zurückkam und alle Weichen gestellt hatte, den Zaun durchschnitten, keine Wachleute in Sicht? Würden sie es schaffen, in einer Hauruckaktion einfach alles zurückzulassen? Das Haus, den Garten, ihr ganzes Leben …?

An dieser Stelle versagte ihre Vorstellungskraft. Ihr Verstand weigerte sich, daran zu denken. Es war, als hätte jemand in ihrem Kopf einen Riegel vorgeschoben, der sie daran hinderte, alle nötigen Konsequenzen in Betracht zu ziehen und sich bereitzumachen. Sich mental darauf einzustellen, gleich ihre alte Mutter und das Kind aus dem Bett zu holen und sich mit nichts außer ein paar Papieren und den Erinnerungen an ihr bisheriges Leben auf den Weg ins Ungewisse zu machen. Sie konnte es einfach nicht! Noch nicht! Nicht so, nicht so schnell!

Als draußen vor der Tür endlich das Rasseln von Reinholds Schlüsselbund ertönte, war erst eine halbe Stunde vergangen. Sie sprang auf und warf dabei das leere Glas um. Es rollte über den Tisch, fiel zu Boden und zerbrach. Christa achtete gar nicht darauf, sondern rannte zu ihrem Mann in die Diele.

Sie musste gar nicht erst sein Gesicht sehen, um zu erkennen, dass es nicht geklappt hatte. Seine Schultern hingen herab, der Kopf war gesenkt, er bot ein einziges Bild der Enttäuschung. Mit schleppender Stimme berichtete er, was geschehen war. Eine neue Streife hatte ihren Dienst entlang der Grenze aufgenommen, und nicht nur das – es waren doppelt so viele Soldaten im Einsatz wie sonst. Mindestens. Darunter eine neue Hundestaffel, mit zähnefletschenden Bestien, darauf gedrillt, Menschen in Stücke zu reißen, wenn man ihnen das Kommando dazu gab.

Reinhold war schon kontrolliert worden, ehe er auch nur in die Nähe des Trampelpfads gekommen war. Er hatte Glück gehabt, dass man seine Tasche nicht durchsucht hatte. Einer von den Grenzern hatte ihn schon barsch aufgefordert, sie zu öffnen, doch dann hatte ein anderer nach einem Blick in die von der Bezirksleitung ausgestellte Sondererlaubnis abgewinkt und Reinhold weitergescheucht.

Er war am Boden zerstört, und sie sah ihm an, was er dachte: Warum hatte er es nicht schon gestern versucht? Oder vorgestern? Da hätte es bestimmt funktioniert! Jetzt war die Chance vertan. Alles, was er sich so gründlich zurechtgelegt hatte, war auf einen Schlag hinfällig.

All das schoss Christa in einer unkoordinierten Abfolge von Gedanken durch den Kopf, während sie sich ein wenig zittrig nach dem Kehrblech in der Ecke bückte, um die Glasscherben vom Küchenboden aufzufegen.

»Es wird sich bestimmt bald eine andere Möglichkeit ergeben«, meinte sie, und sie hörte selbst, wie wenig Überzeugungskraft in ihren Worten lag. Ihr schwächlicher Versuch, Reinhold zu trösten, lief entsprechend ins Leere. Er ließ sich schwerfällig auf den Küchenstuhl sinken und blickte auf seine Hände. Auch er zitterte, was nur selten vorkam. Ein Zeichen dafür, wie sehr ihn das alles mitnahm. Er war schließlich nicht mehr der Jüngste, und jetzt stand auf einmal sein ganzes Leben auf dem Spiel. Ihrer aller Leben! Verdammt, das lag nur an Leni! *Sie* hatte ihnen das eingebrockt!

Doch der Anflug von Wut verschwand so schnell, wie er gekommen war. Christa schenkte ihrem Mann ein Glas Wein ein.

»Trink. Das beruhigt die Nerven. Wir finden einen Weg, glaub mir!«

Reinhold sah zu ihr auf, und sie merkte, dass sie diesmal zu ihm durchgedrungen war. Er war nicht der Mensch, der sich lange hängen ließ. Er würde sich wieder fangen. Nachdenken, abwägen, neue Pläne machen.

Irgendwann, hoffentlich nicht so bald.

KAPITEL 8

März 1961

Helene atmete kurz durch, ehe sie die Türklingel drückte. Von diesem Besuch hing viel ab, vielleicht die ganze Zukunft eines jungen Mädchens. Sie hatte sich sorgfältig vorbereitet, alle infrage kommenden Einwände gedanklich vorweggenommen, Argumente und Gegenargumente mit sich selbst durchdiskutiert und die ganze Zeit im Stillen gehofft, dass sie mit ihrem Ansinnen auf geneigte Zustimmung treffen würde, auch wenn alle bisherigen Anzeichen auf das Gegenteil hindeuteten.

Die Tür wurde so plötzlich aufgerissen, dass Helene zusammenschrak. Agnes stand vor ihr, das hübsche junge Gesicht blass vor aufgeregter Erwartung, obwohl sie vorher gewusst hatte, dass die Lehrerin kommen würde. Helene hatte dem Mädchen einen Brief für die Eltern mitgegeben, damit sie es sich einrichten konnten. Schließlich hatten sie den ganzen Tag über jede Menge Arbeit, sei es auf dem Feld oder im Stall, und natürlich auch im Haus. Da konnte man nicht einfach unangemeldet hereinschneien und sie überrumpeln.

Im nächsten Moment war das Geheul eines kleinen Kindes zu hören, es klang nach einem ausgewachsenen Trotzanfall. Gleich darauf schrie ein anderes Kind, nicht minder zornig. Vielleicht war es doch eher ein Streit unter Geschwistern, überlegte Helene.

Ihre Vermutung bestätigte sich, als die beiden Kontrahenten im engen Hausflur auftauchten. Ein kleiner Junge war auf der Flucht vor seinem größeren Bruder, der eine vier, der andere fünf Jahre alt. Beide kreischten in höchsten Tönen. Der ältere war schneller und erwischte den jüngeren, bevor dieser zur Haustür hinausflitzen konnte. Helene wich einen Schritt zurück, während die beiden sich direkt vor ihr unter lautstarkem Geschrei um ein Spielzeug balgten, ein ramponiertes kleines Blechauto.

Agnes hatte sich sichtlich versteift, ihre Miene wirkte leicht verzweifelt. Für einen Moment schien sie zu erwägen, sich unbeteiligt zu geben, so, als spiele sich dieser Vorfall außerhalb ihres Einflussbereichs ab. Doch im nächsten Moment brach sich ihre Empörung Bahn.

»Hött ihr amol ouf, ihr verbeinste Säuwäntzt!«, schimpfte sie. Mit raschem Griff schnappte sie sich das umkämpfte Spielzeugauto und hielt es hoch in die Luft, sodass die Kinder es nicht mehr erreichen konnten.

»Ich hats zuerscht, ich wells widderho!«, schrie der eine Bruder.

»Nä, ich!«, heulte der andere auf.

»Nä, ich!«

»Jetzt honn *ichs!*«, erklärte Agnes ungerührt. Anschließend scheuchte sie die zwei in Richtung Hintertür. »Macht euch nous! Und wehe, die Frau Lehrerin und ich hören noch was!«, setzte sie mit einem bedeutungsvollen Blick auf Helene hinzu, jetzt wieder um eine hochdeutsche Aussprache bemüht.

Die verkniff sich ein Grinsen. Agnes' Hinweis auf die soeben eingetroffene Respektsperson entfaltete Wirkung. Die beiden Jungen bedachten sie mit einem kurzen verschüchterten Blick, ehe sie widerspruchslos abzogen. Doch Augenblicke später deutete erneut einsetzendes Wutgeschrei darauf hin, dass sie ihr Gezänk im Garten hinterm Haus fortsetzten.

»Es tut mir leid«, sagte Agnes mit verlegen geröteten Wangen.

»Das macht doch nichts«, erwiderte Helene sofort. Sie streckte dem Mädchen die Hand hin. »Guten Tag erst mal.«

Scheu erwiderte Agnes den Händedruck, und dabei knickste sie, auf jene hastige, mechanische Art, wie es jüngere Mädchen zu tun pflegten, wenn sie Erwachsene begrüßten. Eigentlich war Agnes mit ihren vierzehn Jahren über das Alter hinaus, in dem ein Mädchen noch zu knicksen hatte, doch Helene wusste aus eigener Erfahrung, dass es eine Zeit lang dauerte, bis man es sich abgewöhnt hatte. Die Jungs hatten es da einfacher. Der in früher Kindheit antrainierte Diener hatte Bestand bis ins späte Erwachsenenleben, und gegenüber der Damenwelt war er ohnehin niemals fehl am Platze.

Agnes hatte sich für den Besuch extra fein gemacht, wie schon auf den ersten Blick zu sehen war. Weiße Bluse, karierter Rock, frische Kniestrümpfe und blank gebürstete Halbschuhe statt der zu Hause üblichen Holzpantinen – lauter Sachen, die sie sonst zum Kirchgang trug. Das weizenblonde Haar hatte sie zu einem festen Nackenzopf gebändigt, bis auf ein paar widerspenstige Löckchen, die ihr in die Stirn fielen. Sie sah bezaubernd aus, so herzzerreißend jung und hoffnungsvoll, dass Helene für einen Moment der Atem stockte, weil sie automatisch an ihre Tochter denken musste, die Agnes auf entfernte Weise ähnelte. Beide hatten sanfte, ebenmäßige Gesichtszüge, lockiges helles Haar und strahlend blaue Augen. Vom Wesen her unterschieden sich die Mädchen jedoch, hier machte sich der Altersunterschied bemerkbar. Marie war noch ein richtiges Kind, ein ausgesprochener Wildfang. Sie alberte gern herum und kicherte häufig, auch über ganz belanglose Dinge. Agnes wirkte hingegen schon fast erwachsen und viel zu ernst für ihre vierzehn Jahre – was indessen auch daran liegen mochte, dass es für sie die meiste Zeit nicht viel zu lachen gab. Ihr war schon allzu früh eine Menge Verantwortung aufgebürdet worden.

Helene räusperte sich. »Haben deine Eltern jetzt Zeit?«

Agnes nickte, dann stieß sie verlegen und in einwandfreiem Hochdeutsch hervor: »Ich hole sie sofort. Nehmen Sie doch bitte solange hier Platz.« Sie öffnete die Tür zu einem Wohnraum, der erkennbar besonderen Gelegenheiten vorbehalten war. In den meisten älteren Bauernhäusern gab es so ein repräsentatives Zimmer, das nur selten genutzt wurde. Normalerweise spielte sich das Familienleben der Menschen in der Küche ab, dort saß man regelmäßig zum Essen oder Reden beisammen. Die gute Stube wurde nur selten aufgesperrt, zum einen, um das dort befindliche bessere Mobiliar zu schonen, und zum anderen, um möglichem Besuch jederzeit einen würdigen Empfang bereiten zu können.

In der guten Stube der Hahners gab es ein Sofa mit dunkelrot bespannter Rosshaarpolsterung, dazu passende Lehnstühle, einen Tisch, den man hochkurbeln konnte, und eine eichene Anrichte mit Vitrinenaufsatz. Auf der Vitrine prangte eine Uhr, die an irgendeinem vergangenen Tag kurz vor neun stehen geblieben war. An der Wand über dem Sofa hing ein Ölbild, das die unverkennbare Hügelsilhouette der Rhön zeigte.

Ein kleines Gesteck aus Frühlingsblumen verzierte den Tisch, der sorgfältig für drei Personen zum Kaffeetrinken eingedeckt war – mit dem guten Porzellan, das sonst sicherlich nur zu hohen Festtagen herausgeholt wurde.

Helene nahm auf einem der Lehnstühle Platz und nickte Agnes aufmunternd zu.

»Dann rufe ich mal meine Eltern«, brachte Agnes stammelnd hervor.

Sie kam mit Vater und Mutter zurück, beide wie Agnes in Sonntagskleidung und fast genauso verlegen wie ihre Tochter. Helene schüttelte den Eheleuten lächelnd die Hand und versuchte, die Atmosphäre durch einige freundliche Bemerkungen aufzulockern, ehe das eigentliche Gespräch begann.

»Soll ich den Kaffee holen?«, meldete sich Agnes zaghaft.

»Und den Kuchen«, befahl ihr die Mutter.

Agnes nickte und rannte aus dem Zimmer.

Helene kannte Agnes' Eltern bereits von den sonntäglichen

Kirchgängen, und einmal hatte sie Hilde Hahner im Kolonialwarenladen getroffen, ein anderes Mal Anton Hahner, als er mit dem Trecker aufs Feld gefahren war, während sie selbst gerade zu einem ihrer Spaziergänge aufbrach.

Die Eltern setzten sich auf das Sofa, mit durchgedrücktem Rücken, die Hände auf den Knien, einen Ausdruck unübersehbaren Unbehagens im Gesicht.

Bei näherem Hinsehen bemerkte Helene, wie jung die beiden noch waren, sicher höchstens zwei oder drei Jahre älter als sie selbst. Das von harter Arbeit geprägte Leben hatte vorzeitige Spuren in den Gesichtern hinterlassen. Freizeit war in diesem Haushalt bestimmt ein Fremdwort, besonders jetzt. Die Zwillinge der Hahners, zwei kleine Mädchen, waren gerade mal zehn Tage alt. Hilde Hahner hatte garantiert keine ruhige Minute mehr.

Kaum hatte Helene das gedacht, als im nächsten Moment von irgendwoher im Haus durchdringendes Babygeschrei ertönte. Nur Sekunden später verdoppelte sich das Geplärr, und schon brüllten die Zwillinge aus voller Kehle.

Hilde Hahner sprang auf. Sie wirkte seltsam erleichtert. »Ich muss nach den Kindern sehen.«

Agnes stand mit der Kaffeekanne in der Tür. »Das kann ich doch machen, Mama!«, sagte sie. Es klang flehend, beinahe verzweifelt. »Ich hab die Fläschchen schon fertig!«

Doch ihre Mutter eilte kommentarlos an ihr vorbei.

Anton Hahner sah seiner Frau leicht erschrocken nach. Für einen Moment wirkte er hilflos. Aber dann straffte er sich und reckte das Kinn vor. Sein Blick signalisierte Entschlossenheit.

Helene wusste sofort, welche Wendung das Gespräch nehmen würde, noch ehe sie überhaupt versuchen konnte, es in eine bestimmte Richtung zu lenken. Hilde und Anton hatten zweifellos schon vorher alles ausführlich besprochen, hatten einander in ihrer ablehnenden Haltung bestärkt, sich gegenseitig beteuert, dass es schlichtweg nicht infrage kam, ihrer ältesten Tochter eine Ausbildung angedeihen zu lassen. Wozu auch. Agnes wurde hier viel dringender gebraucht, und wenn sie zwischendurch doch mal für ein paar Stunden entbehrlich war, konnte sie bei Martha Exner im Gasthaus aushelfen, das brachte dringend benötigtes Geld in die Haushaltskasse. Sobald sie heiratete, wäre eh Schluss mit dem Beruf. Die wenigen Jahre, bis es so weit wäre, war sie daheim viel besser aufgehoben, und bis dahin hätte ihre Mutter auch vielleicht die jüngeren Geschwister aus dem Gröbsten raus.

Agnes schenkte vorsichtig zwei Kaffeetassen voll und wechselte dabei einen Blick mit Helene. In ihren Augen stand tiefe Resignation. Die Haltung ihrer Eltern war ihr sicherlich schon vor dem heutigen Tag bekannt gewesen, aber vermutlich hatte sie auf einen nachhaltigeren Effekt von Helenes Erscheinen gehofft. Lehrkräfte waren Respektspersonen, studierte Leute, deren natürliche Autorität sich aus ihrer Bildung und ihrer Klugheit speiste. Allein die Achtung vor dieser besonderen Stellung gebot es, sich ihren Argumenten gegenüber aufgeschlossen zu zeigen und sich anzuhören, was sie zu sagen hatten. So zumindest in der Theorie. Kurzum, Agnes hatte bei ihren Eltern gewiss mehr Entgegenkommen erwartet, als diese tatsächlich aufzubringen vermochten.

»Ich hole noch eben den Kuchen«, sagte sie mit dünner Stimme und verließ die Stube wieder. Ihre Schultern hingen herab, es schien, als hätte sie schon aufgegeben.

Anton Hahner saß stocksteif da. Die Hände, abgearbeitet und voller Schwielen, lagen immer noch in verkrampfter Haltung auf seinen Knien. Die Sonntagshose, versehen mit messerscharfen Bügelkanten, wies dort bereits Schweißflecke auf, Zeichen seiner inneren Unsicherheit und Nervosität. Helene witterte sofort eine ausreichende Angriffsfläche. Sie musste es wenigstens probieren, egal wie dick sie dafür auftragen musste.

»Herr Hahner, sicher haben Sie es schon häufiger gehört, aber einmal mehr kann ja nicht schaden: Ihre Tochter Agnes ist die beste Schülerin, die ich je hatte. Sie ist ein so ungewöhnlich kluges Mädchen, dass unser ganzes Lehrerkollegium immer wieder darüber staunt.«

Anton Hahner sah sie mit großen Augen an. So überdeutlich hatte er es wohl bisher noch nicht gehört. Möglicherweise war es ihm ganz normal vorgekommen, dass Agnes die gesamte Schulzeit über immer nur die besten Noten mit nach Hause gebracht hatte.

Helene setzte noch eins drauf. »Agnes hat einen glänzenden Verstand, ihre Begabung ist in allen Fächern herausragend. Wenn sich je ein Kind in Kirchdorf für eine höhere Bildung geeignet hat, dann ist es Ihre Tochter.«

Anton Hahner wand sich ein wenig. »Als sie in der vierten Klasse war, kam Rektor Winkelmeyer her und sagte, sie soll aufs Gymnasium, weil sie die Jahrgangsbeste an der Schule war. Aber es hätte Geld gekostet, das konnten wir uns nicht leisten.« Er sprach in bemühtem, von osthessischem Dialekt gefärbten Hochdeutsch.

Helene lächelte ihn verbindlich an. »Das Schulgeld ist inzwischen abgeschafft. Und mittlerweile muss man auch nicht mehr unbedingt nach der Vierten wechseln, um einen höheren Abschluss zu machen. Man kann beispielsweise nach der Volksschule eine Aufbauschule besuchen. Es gibt eine in Hünfeld, da kann Agnes mit dem Bus hinfahren. Dort kann sie die Mittlere Reife machen. Danach kann sie ein Aufbaugymnasium besuchen, das bis zum Abitur führt.«

Helene hatte voller Absicht das Wort *kann* statt *könnte* gewählt, damit es nicht bloß nach einer entfernten Möglichkeit klang, sondern nach einer naheliegenden Option.

»Wie gesagt, es wäre völlig kostenlos«, bekräftigte Helene. »Und für die Ausgaben, die beispielsweise für Busfahrkarten und Schulbücher anfallen, gibt es Zuschüsse.«

»Und wie lange würde das dauern?«

»Alles in allem fünf Jahre.«

Genauso gut hätte ihre Antwort *hundert Jahre* lauten können. Anton Hahners Bereitschaft, ihr zuzuhören, erlosch umgehend. Schlimmer noch: Seine Miene spiegelte blankes Entsetzen wider. Fünf Jahre! In fünf Jahren hatte Agnes bestimmt längst einen Mann gefunden, und nur wenig später würde sie eigene Kinder bekommen – wozu um alles in der Welt sollte sie bis dahin noch die Schulbank drücken?

Agnes' Vater sprach diese Gedanken nicht aus, aber sie waren ihm so deutlich vom Gesicht abzulesen, als hätte er sie Punkt für Punkt in Worte gefasst.

»Was soll sie denn mit dem Abitur?«, bemerkte er bloß, und in diesem abfälligen Satz war alles enthalten, was er dazu zu sagen hatte.

Helene seufzte innerlich. Von weiteren Ausführungen zu dem Thema sah sie ab, denn sonst hätte sie als Nächstes erklären müssen, dass das Abitur die Allgemeine Hochschulreife darstellte und folglich die Basis für ein sich anschließendes Universitätsstudium, welches weitere vier bis fünf Jahre beanspruchen würde. Ganz zu schweigen von den Kosten, die während dieser Zeit anfielen. Wie sollte sie ihm begreiflich machen, dass Bildung für sich selbst stand und einen eigenen Stellenwert besaß, jenseits des Zeitrahmens, innerhalb dessen sie erworben wurde? Dass der Mensch gar nicht genug lernen konnte, weil das Wissen den Geist erweiterte und jeden noch so engen Horizont sprengte. Dass es einem half, Dinge zu durchschauen, Zusammenhänge zu verstehen und neue Wege zu beschreiten. Lernen bedeutete Begreifen. Es stand für Fortschritt, Erneuerung und Verbesserung. Es war der Schlüssel, den man brauchte, um sich aus dem Käfig von Armut und Unterprivilegierung zu befreien.

Jemand wie Anton Hahner, der von klein auf in diesem Käfig gesessen und diesen Zustand zu keinem Zeitpunkt infrage gestellt hatte, konnte schwerlich nachvollziehen, was es bedeutete, niemals den Schlüssel zu dieser neuen Freiheit in Händen zu halten.

»In der Schule sitzt die Agnes doch nur herum«, sagte Anton Hahner. »Hier daheim kann sie sich nützlich machen.«

Agnes kam herein und servierte den Kuchen, Apfelkuchen mit Schmand, frisch gebacken und köstlich duftend. Das Gesicht des Mädchens war erstarrt, die Lippen zusammengepresst.

»Herr Hahner, liegt Ihnen das Glück Ihrer Tochter am Herzen?«, fragte Helene geradeheraus. Sie suchte den Blick des Mannes und sah ihm direkt in die Augen.

Er antwortete sofort und voller Überzeugung. »Natürlich! Sie ist unser Kind! Wir haben sie lieb!« Es klang leicht entrüstet, als sei ihm unbegreiflich, wie man daran zweifeln konnte.

»Ist Ihnen denn nicht klar, wie sehr das Glück von Agnes davon abhängt, etwas lernen zu dürfen? Ein so begabtes, wissbegieriges Mädchen wie sie würde regelrecht verkümmern, wenn man ihr sämtliche Möglichkeiten des Weiterkommens verwehrt! Bedenken Sie doch nur mal, wie viele Frauen es allein hier im Dorf gibt, die nach der Schule auch noch was anderes gelernt haben als den Hausfrauenberuf! Die Apothekenhelferin. Die Verkäuferin im Kaufhaus. Die Friseurin. Die Bankangestellte. Die Buchhalterin im Sägewerk. Die Schneiderin.« Sie hätte auch noch die Hebamme nennen können, denn in ihren Augen war Isabella geradezu das Paradebeispiel einer selbstständigen, beruflich erfolgreichen jungen Frau, doch sie ahnte, dass sie damit bloß wieder Anton Hahners Skepsis befeuert hätte. Isabella war als Hebamme unentbehrlich, aber davon abgesehen galt sie als eine Art Paradiesvogel. Deshalb hatte Helene bewusst nur diejenigen Frauen aufgezählt, die Arbeit und Familie perfekt unter einen Hut brachten und nebenher allesamt ehrbare Hausfrauen und Mütter waren. Sie galten was im Dorf und genossen einiges Ansehen, nicht zuletzt dank ihrer Ausbildung.

Nur sehr wenige Frauen übten nach der Heirat weiter ihren Beruf aus, vor allem auf dem Land, aber es gab sie, und das war zugleich der Beweis dafür, dass es möglich war.

»Auch Ihre Tochter könnte sich so ein Leben aufbauen, in dem sie glücklich und zufrieden sein könnte«, warb Helene.

Sie ließ Agnes' Vater nicht aus den Augen. Statt den Kuchen zu probieren, studierte sie eindringlich Anton Hahners Gesicht, während er grübelnd ins Leere starrte. Zum ersten Mal schien er in Betracht zu ziehen, dass Agnes unter dem Leben, das ihr hier zugedacht war, leiden könnte. Das vertrug sich nicht mit seinem Selbstbild als Vater. Natürlich wollte er nicht, dass seine Tochter unglücklich war! Er liebte seine Kinder!

Helene zögerte nicht, den begonnenen Vorstoß fortzusetzen. »Eine berufliche Ausbildung kann ein junges Mädchen immer brauchen! Nach Abschluss der Lehre kann sie ordentliches Geld verdienen. Sogar im ersten Lehrjahr könnte sie sich schon ab und zu was gönnen, was sonst nicht drin wäre.« Leicht erschrocken hielt sie inne, in der Sorge, vielleicht einen Schritt zu weit gegangen zu sein – schließlich zog sie damit seine Fähigkeit als Versorger der Familie in Zweifel. Die Hahners waren arme Leute, sie kamen mit dem Ertrag aus ihrem Bauernhof gerade so über die Runden. Die jüngeren Kinder mussten die Sachen von den großen auftragen. Ausflüge in die Stadt, etwa zum Bummeln oder für einen Kinobesuch, fanden vermutlich so gut wie nie statt.

Helenes Sorge, sie könnte Anton Hahner mit ihrer Bemerkung gekränkt haben, erwies sich jedoch als unbegründet. Er nickte nachdenklich. Logisch, dass ein junges Mädchen unglücklich war, wenn nie genug Geld für neue Schuhe oder ein hübsches Kleid da war. Ein Zustand, an dem sich nichts ändern würde, wenn sie denselben Lebensweg einschlug wie ihre Eltern.

Ihrer bisher geäußerten Einstellung zum Trotz hofften Anton und Hilde Hahner sicherlich im Stillen, dass ihre Kinder es mal besser hatten als sie selbst. Alle Eltern taten das, besonders diejenigen, die sich immer nur das Allernötigste leisten konnten. Für die Töchter wünschten sie sich regelmäßig einen gut gestellten Ehemann. Dass der Weg in ein besseres Leben aber auch über eine eigene Ausbildung führen konnte, musste wohl erst Eingang in die Köpfe finden.

Unwillkürlich dachte Helene daran, um wie viel leichter Agnes es doch in der DDR gehabt hätte. Dort waren begabte Kinder von Arbeitern und Bauern geradezu prädestiniert für den Besuch der höheren Schule und der Universität, und all das kostete keinen Pfennig. Je schlichter der Status der Eltern, desto besser die Aussichten der Kinder. Vorausgesetzt, man war in der Partei. Im Gegensatz dazu spielte hier im Westen die politische Einstellung keine Rolle. Nur die Finanzen der Eltern mussten stimmen, dann stimmten auch die Bildungschancen der Kinder.

»Welche Ausbildung kommt denn für Agnes infrage?«, wollte Anton Hahner wissen.

Der erste Schritt war getan! Er zeigte sich endlich offen! Helene schluckte. Jetzt musste sie Farbe bekennen. Sie konnte unmöglich so was sagen wie *Das wird sich schon finden.* Wenn sie das Gespräch mit so einer Banalität enden ließe, konnte man sich leicht ausrechnen, was danach geschah – es würde alles wieder im Sande verlaufen, denn Anton und Hilde Hahner würden gewiss nicht losmarschieren und für ihre Tochter eine Lehrstelle suchen. Und Agnes würde sich höchstwahrscheinlich auch nicht trauen, so ein Vorhaben selbstständig voranzutreiben. Dafür war sie viel zu schüchtern und zu jung.

Also musste Helene es in die Hand nehmen. Das hier war eine Angelegenheit von überragender Wichtigkeit, Agnes brauchte eine Perspektive, für sie war es eine Frage des Überlebens.

Das Mädchen wartete die ganze Zeit neben der Tür. Sie war auffallend still, so als hätte sie Angst, ein einziges Wort von ihr könne alles ruinieren. Die Mutter hatte ihr zwischendurch eins der Babys gereicht. Agnes hielt die Kleine im Arm und gab ihr die Flasche. Hilde Hahner konnte nicht stillen.

»Schlimme Brustentzündung, es war nicht in den Griff zu kriegen«, hatte Isabella Helene anvertraut. »Die arme Frau, es ist einfach alles zu viel für sie.«

»Für Agnes auch, das Mädchen schläft wahrscheinlich kaum noch«, hatte Helene erwidert; sie hatte am Morgen eine Vertretungsstunde in der Achten gehabt, und Agnes war mitten im Unterricht eingenickt.

Helene beschloss zu improvisieren. »Ihre Tochter würde sich hervorragend für einen medizinischen Beruf eignen!«

Ihre kühne Behauptung versetzte Anton Hahner in Erstaunen.

»Medizinisch?«

»Ja. So etwas wie Krankenschwester oder Apothekenangestellte oder Heb… ähm, Arzthelferin.«

»Arzthelferin?«, echote Anton Hahner. »Sie meinen eine Sprechstundenhilfe beim Doktor?«

»Ja, ganz recht.«

»Aber der hat doch schon die Hertha Seegmüller.«

Helene setzte an, ihm zu erklären, dass sie nicht unbedingt den hiesigen Doktor gemeint hatte, sondern irgendeinen beliebigen, vielleicht in Hünfeld, da gab es mehrere, aber ehe sie sich dazu äußern konnte, erschien Hilde Hahner wieder auf der Bildfläche. Sie hatte das zweite Baby im Arm, es nuckelte ebenfalls an einem Fläschchen. An ihrem Rockzipfel hing eins der anderen Kinder. Der Rotz lief dem Kleinen aus der Nase, und noch während Helene hinsah, putzte er sich die Bescherung am Kleid der Mutter ab.

»Die Hertha is a net me di Jüngst«, warf Hilde Hahner ein. »Un die Ärbet werst ere übern Koop, doss hotse mer selber gesöt.«

»Arzthelferin«, sagte Anton Hahner. Es klang, als müsste er sich mit dem Begriff erst mal vertraut machen.

»So jemand könnt mer schon mal in de Familie gebrouch!«, meinte Hilde Hahner. Fragend wandte sie sich an Helene.

»Wann könnte unsere Agnes denn da anfangen?«, erkundigte sie sich, angestrengt ins Hochdeutsche wechselnd. »Gleich nach den Osterferien, oder geht's auch ein paar Monate später? Wäre gut, wenn sie den Sommer über noch daheim wär, dann hätt ich hier noch ein bisschen Hilfe im Haus.«

»Das werde ich heute noch genau mit dem Doktor besprechen!«, erklärte Helene resolut. Keinesfalls durfte sie sich anmerken lassen, dass der Ausbildungsplatz bisher nur in der Theorie existierte und Tobias Krüger noch nichts von seinem Glück wusste.

Von allen Anwesenden war wohl Agnes selbst am meisten überrascht, in welche Richtung sich das Gespräch entwickelt hatte. Sie sah Helene mit großen Augen an, sagte aber kein Wort.

Helene wandte sich endlich dem Kuchen zu und trank eine Tasse Kaffee. Eigentlich war es noch zu früh für den Nachmittagskaffee, gerade erst halb zwei, doch welche Rolle spielte das schon. Sie lobte den Kuchen ausgiebig und verwickelte Hilde Hahner in eine Unterhaltung über Backrezepte. Anschließend sprach sie über die Frühjahrsarbeit auf den Feldern, um auch Anton Hahner einzubeziehen. Nach anfänglicher Zurückhaltung überwanden beide Eheleute ihre Scheu dem Gast gegenüber, man lachte sogar miteinander.

Als Helene sich schließlich mit warmen Worten verabschiedete, herrschte eine fast herzliche Atmosphäre. Alle Fronten waren geklärt, sämtliche Hemmnisse ausgeräumt.

»Auf ein Wort«, sagte sie im Hinausgehen zu Agnes, die ihr eilig nach draußen folgte.

Vor dem Haus brach das Mädchen in Tränen aus. Sie hielt

das Baby in den Armen und vergrub ihr Gesicht in dem wollenen Einschlagtuch, in das die Kleine eingehüllt war.

Helene erschrak. Sie war zu forsch vorgegangen! Das Mädchen hatte vorhin ja nicht mal seine Meinung zu dem Ganzen sagen können!

Doch im nächsten Moment hob Agnes den Kopf und sah Helene unter Tränen an. Ihre Augen leuchteten glücklich. »Danke, Frau Lehrerin!«

Helene atmete erleichtert aus. »Heißt das, du bist einverstanden?«

»Aber natürlich!«

»Bist du nicht enttäuscht, dass das mit der weiterführenden Schule nicht klappt?«

»Ach, damit hab ich sowieso nicht gerechnet. Nie und nimmer hätten meine Eltern da zugestimmt.« Agnes wischte sich die Wangen mit dem Handrücken ab und lächelte voller Bewunderung. »Es war schlau von Ihnen, mit dem Abitur anzufangen und erst danach auf die Lehrstelle zu kommen.«

Nun ja, das war tatsächlich Teil von Helenes Taktik gewesen. Eine bewährte Verhandlungsregel. Verlange viel, dann kriegst du zumindest etwas. Denn das war immer noch besser als gar nichts. Oder vielmehr: Das wäre es gewesen, wenn sie schon eine Zusage von Tobias in der Tasche gehabt hätte. Dummerweise hatte sie nicht vorausgesehen, dass das Ganze plötzlich derartig konkret wurde.

Helene war drauf und dran, Agnes zu gestehen, dass ihre künftige Lehrstelle noch gar nicht sicher war. Doch nach kurzem Zaudern verkniff sie es sich. Damit konnte sie immer noch herausrücken, wenn diese Hoffnung sich wirklich zerschlagen sollte. Sie verabschiedete sich mit einem aufmunternden Händedruck von dem jungen Mädchen und ließ sich dabei nicht anmerken, wie viele Fragen noch offen waren.

Diese Fragen stellte sie sich dafür während ihres Rückwegs

selbst zur Genüge: Was wäre, wenn Tobias Nein sagte, etwa, weil es irgendwelche bürokratischen Hürden gab? Oder weil er schlichtweg niemanden ausbilden wollte? Lehrherr zu sein, bedeutete Verantwortung und Arbeit. *Zusätzliche* Arbeit, von der er sowieso schon viel zu viel am Hals hatte.

Andererseits hatte er bereits durchblicken lassen, dass Agnes ihm leidtat, weil sie in ihrem Elternhaus derartig eingespannt war und ihr kaum Bildungschancen offenstanden. Vielleicht war er ja doch auf Anhieb gewillt, dabei mitzuwirken, dass sich daran etwas änderte.

Aber setzte sie da nicht zu viel voraus? Nur, weil sie seit Rosenmontag per Du waren, hieß das noch lange nicht, dass er sich deshalb gleich breitschlagen ließ, eine zusätzliche Sprechstundenhilfe auszubilden.

Ihr blieb wohl nichts anderes übrig, als es so schnell wie möglich herauszufinden.

KAPITEL 9

Tobias sah auf die Uhr, die hinter seinem Schreibtisch an der Wand hing. Eigentlich hatte die Mittagspause schon längst angefangen; irgendwann in der letzten halben Stunde war Tante Beatrice runtergekommen und hatte ihn daran erinnert, dass es heute Koteletts geben sollte. Natürlich konnte man die auch kalt essen, aber das war ja bei einem frisch zubereiteten Mittagessen nicht Sinn der Sache. Also wollte Beatrice sie erst braten, wenn er zum Essen hochkam, nicht vorher. In ihrer Stimme hatte die Ankündigung mitgeschwungen, dass auch sie und der Junge solange mit dem Essen warten würden. Nicht, dass sie es vorwurfsvoll gemeint hätte – das tat sie nie, denn sie war das Verständnis in Person. Die Vorwürfe machte er sich schon selber.

»Wie viele noch?«, fragte er Frau Seegmüller, nachdem er eine weitere unangemeldete Patientin untersucht und mit einem Rezept gegen ihre Migräne heimgeschickt hatte.

»Zwei«, sagte Frau Seegmüller. »Armin Hohmann mit seiner Gastritis und die neue Lehrerin, die ist als Letzte gekommen.«

»Helene Werner?«, vergewisserte sich Tobias überrascht. »Was fehlt ihr?«

»Hat sie nicht gesagt.«

»Schicken Sie erst mal den Armin rein. Und sagen Sie Frau Werner, dass es ungefähr zehn Minuten dauert, dann bin ich für sie da.«

Länger hatte er bei Armin Hohmann noch nie gebraucht. Der Mann war früher mit Tobias in die dörfliche Volksschule gegangen. Seine Magenprobleme führten ihn regelmäßig in die Praxis, denn die verordneten Medikamente halfen meist nicht lange. Tobias vermutete hinter den Beschwerden ein fortschreitendes Magengeschwür; er hoffte, dass sich daraus nicht noch was Schlimmeres entwickelte. In letzter Zeit war Armin nur noch ein Schatten seiner selbst, eigentlich brauchte er eine Kur. Aber er konnte und wollte nicht von seinem Hof weg. Seine Frau hatte mit den vier Kindern und dem Haushalt genug um die Ohren, da konnte sie nicht noch die ganze Arbeit in den Ställen und auf den Feldern übernehmen.

»Wir sollten endlich mal eine Magenspiegelung machen«, sagte Tobias. Wie erwartet hatte der Tastbefund ihn auch diesmal nicht wirklich weitergebracht. Armin litt unverändert unter Schmerzen im Abdominalbereich, aber wie es da drinnen aussah, ließ sich nur durch eine genauere Untersuchung herausfinden. Schon vor zwei Monaten hatte er den Mann zu einer Gastroskopie in die Klinik überweisen wollen.

Armin schüttelte sofort den Kopf. »Dos get net. Ich konn off kän Fall fort.«

Das hatte er beim letzten Mal auch behauptet. In Wahrheit hatte er, so Tobias' Vermutung, eine Heidenangst vor der Magenspiegelung; irgendwer hatte Armin wohl die reinsten Schauergeschichten darüber erzählt.

»Es wäre doch nur ein Tag«, sagte Tobias. Er bemühte sich um Geduld, aber Armin machte es ihm nicht leicht.

»Schrieb mer äfach a boar stärkere Tablette ouf.«

Tobias entschied, dass es an der Zeit war, andere Saiten aufzuziehen.

»Du hörst besser auf mich«, erklärte er mit Nachdruck. »Wenn es ein Magengeschwür ist, kann es jederzeit durchbrechen, dann könntest du von jetzt auf gleich tot umfallen. Ich hab daran schon Leute sterben sehen, die hatten auch nicht glauben wollen, dass ihnen so was passiert.« Er wurde noch ernster. »Es kann auch Krebs sein. Wenn man den nicht früh genug entfernt, ist es genauso tödlich, nur dass du dann elendig und unter grausamen Schmerzen verreckst. So oder so, es kann dich umbringen. Dann sitzt deine Frau mit den Kindern alleine da. Du hast es in der Hand.«

Anscheinend war es ihm gelungen, den alten Schulkameraden aufzuschrecken. Armin, der vor ihm auf der Untersuchungsliege lag, sah schockiert zu ihm hoch.

»Ess es so schlöm mit mer? Muss ich bol stär?«

»Nicht, wenn du endlich die Magenspiegelung machen lässt. Ich sag doch, du hast es in der Hand. *Noch*«, betonte Tobias wohlweislich, ehe Armin es sich wieder anders überlegen konnte. Er schrieb die Überweisung fürs Krankenhaus, verordnete ein neues Antazidum und empfahl Armin zum wiederholten Male, besser die Finger von Tabak und Alkohol zu lassen – ein gut gemeinter, aber schwer zu befolgender Rat, denn ein Pfeifchen und ein Schnäpschen in geselliger Runde im Gasthaus gehörten zu den wenigen Freuden, die den Bauern neben der täglichen harten Arbeit blieben.

Bevor Frau Seegmüller die letzte Patientin hereinschickte, prüfte Tobias vor dem Spiegel, der über dem Waschbecken hing, hastig sein Äußeres. Ganz schön viel Bartschatten, befand er. Aber zum Rasieren war die Zeit zu knapp. Wenigstens war er erst vorgestern beim Friseur gewesen, sein stoppelkurzer Haarschnitt sah wie immer ordentlich und gepflegt aus.

Er zupfte seinen Hemdkragen zurecht, strich ein paar Knitterfalten aus dem weißen Arztkittel und lehnte sich in einer Pose, die er für halbwegs lässig hielt, gegen die Kante seines Schreibtischs.

»Ich lasse bitten!«, rief er hinüber ins Vorzimmer.

Er hörte, wie Frau Seegmüller die Tür zum Wartezimmer öffnete und Helene aufforderte, ins Sprechzimmer zu kommen. Unterdessen bemühte er sich, seine Haltung noch ein wenig nonchalanter aussehen zu lassen, indem er ein Bein über das andere schlug und sich mit einer Hand auf der Schreibtischkante abstützte – das wirkte sicher entspannter als die verschränkten Arme.

Dummerweise rutschte er gerade in dem Moment, als Helene ins Sprechzimmer kam, auf einem Stapel Patientenakten ab, die daraufhin mit Getöse zu Boden fielen und dort als zerfleddertes Durcheinander liegen blieben. Tobias selbst wäre fast mit dem Hintern voraus obendrauf gelandet, er konnte sich mit einem sicherlich ziemlich artistisch anmutenden Manöver gerade noch abfangen.

»Ach du je«, sagte Helene. Sie sah perplex aus. »Tut mir leid, ich wollte dich nicht erschrecken.«

»Hast du nicht.« Tobias räusperte sich. Er merkte, wie er rot anlief. »Ich war einfach ungeschickt.« Rasch machte er sich daran, die heruntergefallenen Akten aufzuheben.

»Warte, ich helfe dir!« Sie kam zu ihm geeilt und bückte sich mit gebeugten Knien – leider exakt im selben Augenblick wie er. Sie stießen mit den Köpfen zusammen wie in einer komischen Filmszene. Der Aufprall war nicht allzu hart, aber fest genug, um sowohl sie als auch ihn aus dem Gleichgewicht zu bringen, sodass sie rücklings aus der Hocke nach hinten fielen und beide auf dem Allerwertesten landeten. Einen Moment lang starrten sie einander verblüfft an, dann fingen sie gleichzeitig an zu grinsen, gefolgt von herzhaftem Gelächter. Prustend halfen sie sich gegenseitig beim Aufstehen, wobei er eine Spur schneller auf den Füßen war als sie, weil er sich am Schreibtisch hochzog.

»Gut, dass das keiner gesehen hat«, sagte Helene kichernd.

»Da wär ich mir nicht so sicher«, gab Tobias trocken zurück, mit einem Blick zur Tür, die das Sprechzimmer mit dem Nachbarraum verband. Sie stand offen. Nebenan zog sich Hertha Seegmüller gerade die Jacke an. Es bestand kein Zweifel, dass sie das Geschehen beobachtet hatte, aber sie verzog keine Miene.

»Auf Wiedersehen, Herr Doktor, bis morgen!«, rief sie, bevor sie sich die Handtasche über die Schulter hängte und Richtung Ausgang verschwand.

»Wiedersehen«, rief Tobias ihr nach. Leicht verlegen wandte er sich Helene zu, dann deutete er auf den Stuhl vor seinem Schreibtisch. »Nimm doch bitte Platz. Wo drückt denn der Schuh?«

»Hoffentlich bringe ich deine Arbeitspläne nicht durcheinander«, sagte sie, einen besorgten Ausdruck im Gesicht. »Eigentlich dachte ich, dass du mittwochnachmittags frei hast.«

»Hab ich auch. Jedenfalls theoretisch. Zumindest wenn man nach dem Praxisschild geht. Sprechzeiten von neun bis zwölf.« Er verzog in komischer Verzweiflung das Gesicht. »Und jetzt ist es schon kurz nach zwei.« Er musterte sie fragend. »Hast du ein gesundheitliches Problem?«

Sie schüttelte den Kopf. »Es ist eher was … Geschäftliches.«

»Oh. Dann könntest du mit raufkommen. Ich werde nämlich oben bereits sehr dringend bei Tisch erwartet. Du bist herzlich eingeladen, einen Happen mitzuessen. Oder ein Kotelett, genauer gesagt. Was ist, hast du Appetit?«

»Klar. Zu Kotelett sag ich nicht Nein. Vorausgesetzt, ich esse keinem was weg.«

Tobias lachte. »Da kennst du Tante Beatrice aber schlecht. Sie kocht immer für eine ganze Kompanie.« Er führte Helene die Treppe hinauf in seine privaten vier Wände und konnte sich dabei einer gewissen Nervosität nicht erwehren. Wann hatte er das letzte Mal eine Frau zu sich nach Hause eingeladen? Streng genommen noch gar nicht, seit er von Wiesbaden hierhergezogen war. Die Gerüchteküche würde zweifellos wieder brodeln, obwohl Tante Beatrice als Anstandswauwau zugegen war. Aber wenigstens eine Sorge musste er nicht haben – die Wohnung war zu jeder Tageszeit tadellos sauber und aufgeräumt, Beatrice putzte ihm und Michael ständig hinterher und achtete immer darauf, dass nichts herumlag. Wenn in ihren Augen die Unordnung überhandnahm, schimpfte sie auch schon mal, allerdings meist auf eine eher nachsichtige Art.

Beim Anblick des unvorhergesehenen Besuchs schwankte sie zwischen Verblüffung und Begeisterung.

»Wie schön!«, rief sie überschwänglich, als sie von Tobias erfuhr, dass Helene zum Essen bleiben würde.

Helene lächelte sie an. »Aber wirklich nur, wenn es keine Umstände macht.«

»Ach wo, es ist wie immer genug da!«

»Kann ich Ihnen denn wenigstens noch ein bisschen in der Küche behilflich sein?«

»Nicht doch, ich habe alles vorbereitet. Setzt euch ruhig schon an den Tisch, es dauert höchstens zehn Minuten!«

»Ich freu mich schon!«

In Tobias' Ohren klang Helenes Bemerkung eher höflich als enthusiastisch; bestimmt hatte sie schon gegessen. Seit sie im Lehrerhaus wohnte, nahm sie ihre Mahlzeiten dort ein und ging nur noch selten in den *Goldenen Anker.* Von Beatrice hatte er erfahren, dass die Bauernkinder der neuen Lehrerin alle paar Tage Essbares aus der elterlichen Küche mit in die Schule brachten, sei es Eintopf, Geräuchertes oder frisches Brot, nicht selten sogar Kuchen. Zu Tobias' Erheiterung hatte neulich auch Michael darauf bestanden, für die Frau Lehrerin etwas Leckeres mitzunehmen, worauf Beatrice extra einen Schokoladenkuchen gebacken hatte, um nicht hinter den anderen zurückzustehen.

Mittlerweile hatte sich laut Beatrice ein regelrechter Versorgungsdienst etabliert, bei dem sich die Mütter der Schulkinder reihenweise abwechselten, damit die alleinstehende junge Frau nichts entbehren musste. Auf keinen Fall konnte man hinnehmen, dass sie vom Fleisch fiel. In der Ostzone, so hieß es, müsse sie ganz schön was mitgemacht haben, es werde noch eine Weile dauern, sie richtig rauszufüttern.

Den anderen Lehrern wurde diese Vorzugsbehandlung nicht zuteil – selber schuld, wie Beatrice süffisant angemerkt hatte. Die Schulkinder konnten nun mal nicht alle Pauker gleich gut leiden. Von denen strebten das manche vielleicht auch gar nicht an, weil sie sich für Autoritäten hielten, die man zwar respektieren, aber nicht unbedingt mögen musste. Nicht so Helene, die schaffte offenbar mühelos beides – die Kinder mochten und respektierten sie gleichermaßen. Mittlerweile hatte es sich im Dorf herumgesprochen, wie beliebt die neue Lehrerin war.

Im Wohnzimmer, von dem ein Durchgang ins Esszimmer führte, saß Michael auf dem Fußboden und spielte mit seinen Matchboxautos. Sein Gesicht war ernst, fast verbissen, die Haltung des schmalen Kinderkörpers angespannt. Er hielt in jeder Hand eines der kleinen Autos und ließ sie auf dem Parkett mit Wucht gegeneinanderprallen. Die scheppernden Geräusche, die dabei entstanden, untermalte er durch eigene Laute, mit denen er die lärmenden Zusammenstöße noch verstärkte. Das Haar fiel ihm in die Stirn, während er sich völlig versunken über das simulierte Unfallgeschehen beugte. Einer seiner Hausschuhe war ihm vom Fuß gerutscht und lag unbeachtet neben ihm, inmitten weiterer Matchboxautos, die ähnlich ramponiert aussahen wie die beiden, die er gerade im Spiel umklammerte.

Helene ging neben dem Kleinen in die Hocke.

»Grüß dich, Michael. Was spielst du denn da?«

Ein wenig erschrocken hob der Junge den Kopf. Offenbar hatte er nicht mitbekommen, dass sein Vater und seine Lehrerin den Raum betreten hatten.

Tobias hätte Helenes Frage beantworten können, aber an ihrer mitleidigen Miene sah er, dass sie es bereits ahnte – Michael stellte das tragische Unglück nach, bei dem seine Mutter und sein Stiefvater ums Leben gekommen waren. Anfangs hatte er es ständig getan, wie unter einem Zwang, doch nach einer Weile war es besser geworden. Trotzdem kam es noch gelegentlich vor, es ließ sich kaum verhindern. Wann immer es Tobias möglich war, versuchte er dann, seinen Sohn abzulenken, etwa indem er ihn zu einem gemeinsamen Spiel überredete, beispielsweise Autoquartett oder Mensch ärgere dich nicht oder Halma. Neulich hatte er angefangen, Michael Schach beizubringen; der Kleine zeigte sich dabei sehr gelehrig und schlug sich für einen so jungen Anfänger erstaunlich gut.

Michael schluckte, dann antwortete er leise auf Helenes Frage: »Ich spiele mit Autos. Es sind Matchboxautos.«

Helene lächelte, und es war fast, als würde der Raum um sie herum dadurch heller werden, so wie manchmal an einem regnerischen Tag die Sonne unerwartet durch die Wolken blitzte und jeden wärmte, der diesen seltenen Anblick wahrnahm.

Bei Tobias löste es noch mehr aus. Ihr Lächeln fuhr ihm direkt in den Magen, und plötzlich war er nervös wie vor seiner ersten Tanzstunde.

Verdammt, dachte er. Wo soll das hinführen?

Ein wenig befangen ließ er den Blick durch seine Wohnung gleiten. Ob Helene es hier wohl sehr altmodisch fand? Die schweren Eichenmöbel stammten noch von seinen Eltern, er hatte sich vor seinem Einzug vor acht Jahren nicht extra neu einrichten wollen. Lieber hatte er alles verfügbare Geld in die Modernisierung der Praxis gesteckt. Außerdem war das Mobiliar hochwertig, von Hand getischlert, so wie es hier auf dem Dorf auch heute noch üblich war; es gab gar keinen Grund, irgendwas davon auszurangieren. Die Brokatbespannung der Polstermöbel war stellenweise ein klein wenig abgewetzt, aber bei Weitem nicht so sehr, dass es schäbig gewirkt hätte. Davon abgesehen hatte Tobias sein Elternhaus immer als wohltuend anheimelnd empfunden, einschließlich der Samtportieren und der Perserbrücken.

Jüngeren Menschen wie Helene mochte das Ambiente allerdings ziemlich ... unmodern vorkommen.

Sofort wies er sich in Gedanken selbst zurecht. *So* alt war er mit seinen einundvierzig Jahren nun auch wieder nicht!

»Hast du schon mal versucht, für die Autos eine Rampe zu bauen?«, fragte Helene.

Der Junge blickte sie fragend an. »Eine Rampe?«

»Ja, das geht ganz leicht. Man braucht dazu nur Schere, Pappe, Papier und etwas Klebstoff.«

»Das habe ich noch nicht probiert. Wie geht es denn?«

»Ich kann es dir zeigen, wenn du möchtest.«

»Aber erst nach dem Essen«, warf Tante Beatrice fröhlich ein. Sie kam gerade mit einer Platte voller Koteletts aus der Küche und platzierte sie auf dem Esstisch. »Setzt euch doch bitte!«

Helene ließ es sich jedoch nicht nehmen, Beatrice beim Hereintragen der Beilagen zu helfen. Zu den Koteletts gab es Salzkartoffeln und Bohnensalat. Mit Argusaugen wachte Beatrice darüber, dass Helene sich reichlich von allem auftat. Sie bestand sogar darauf, dass der Gast sich zwei Koteletts auf den Teller lud statt nur eins, und Tobias bemerkte Helenes leicht entsetzten Blick, als Beatrice selbst Hand anlegte und kurz entschlossen ein weiteres der knusprig gebratenen Fleischstücke von der Platte nahm und es auf Helenes Teller packte.

»Sie sind so schlank, Liebes, Sie können das vertragen!«

Helene schien zu einem Protest ansetzen zu wollen, schluckte dann aber die Worte, die ihr wohl bereits auf der Zunge lagen, mit sichtlich ergebener Miene wieder herunter.

Das Essen war wie immer köstlich, sie langten alle tüchtig zu, auch Helene, obwohl sie häufiger mit dem zur Mahlzeit gereichten Apfelsaft nachspülen musste. Von dem zweiten Kotelett schaffte sie allerdings nur einen einzigen Bissen.

»Tut mir leid, ich kann nicht mehr«, sagte sie entschuldigend zu Beatrice. Die zog die Brauen zusammen, ließ sich aber von

Helenes Beteuerung, wie großartig es ihr geschmeckt habe, sofort besänftigen.

»Ich packe Ihnen einfach den Rest ein. Das Fleisch kann man auch sehr gut kalt essen.«

Helenes Lächeln fiel in Tobias' Augen ein wenig angestrengt aus. »Vielen Dank, das ist sehr nett.«

»Ach wo, das gehört sich doch so! Ich hole dann mal den Nachtisch.« Beatrice stand auf und eilte in die Küche.

Jetzt blickte Helene eindeutig entsetzt drein. »Es gibt noch Nachtisch?«

Tobias musste lachen, er konnte nicht anders. »Du hattest überhaupt keinen Hunger, oder? Hast du schon vorher zu Mittag gegessen?«

Sie nickte ergeben. »Daheim nach der Schule. Und dann vorhin noch ein Stück Kuchen bei den Hahners. Ein *großes* Stück Kuchen«, fügte sie erklärend hinzu. Mit einem Mal wirkte sie schuldbewusst. »Eigentlich bin ich nur hergekommen, um mit dir über eine bestimmte Sache zu sprechen.«

»Aha, und worüber?«, erkundigte Tobias sich trocken, aber zugleich voller Neugierde.

»Wir wollten doch eine Rampe bauen«, mischte Michael sich ein.

Tobias rief den Jungen zur Ordnung. »Man redet als Kind nicht einfach dazwischen, wenn Erwachsene sich unterhalten.«

»Lass nur«, meinte Helene. »Wir können doch beides machen. Also zuerst eine Autorampe bauen und hinterher reden.« Fragend blickte sie Tobias an. »Oder hast du keine Zeit?«

In die Praxis musste er an diesem Tag nicht mehr, mittwochnachmittags hielt er keine Sprechstunden ab. Es standen zwar noch einige Hausbesuche an, aber zu denen konnte er auch etwas später aufbrechen.

»Ein Stündchen hätte ich schon noch«, sagte er.

Beatrice kam mit dem Nachtisch zurück, Schokoladenpudding mit untergehobener Schlagsahne und Kirschen aus dem Glas, und wieder bestand sie darauf, dass Helene wenigstens davon probierte. Helene ergab sich in ihr Schicksal, und Tobias wandte sich leicht belustigt an seine Tante.

»Siehst du denn nicht, dass sie pappsatt ist und wirklich nichts mehr runterkriegt?«

»Was? Aber hier wird doch keiner zum Essen gezwungen«, erwiderte Beatrice entrüstet.

Tobias lachte nur. Nach ein paar Sekunden stimmte Beatrice reumütig mit ein. »Na gut, ich packe Ihnen auch vom Nachtisch was ein, dann sind alle zufrieden. Sie müssen jetzt wirklich nichts davon essen.«

Helene lächelte, dankbar und zugleich verlegen.

Sie bestand darauf, Beatrice beim Abwasch zu helfen, und Tobias suchte unterdessen die Bastelutensilien zusammen, die laut Helene benötigt wurden.

Bei der Konstruktion besagter Rampe hatten sie viel Spaß. Zu dritt hockten sie im Wohnzimmer auf dem Fußboden, schnitten Papp- und Papierstücke zurecht, klebten die Einzelteile zusammen und konnten sich am Ende über ein Ergebnis freuen, das eher einer komplizierten Rennbahn als einer einfachen Rampe glich. Diverse Hilfsgegenstände waren in die Streckenführung eingebunden – auf der einen Seite ein Bücherstapel, auf der anderen eine Reihe leerer Klopapierrollen, die geschickt zusammengeklebt und mit Leukoplaststreifen am Tischbein befestigt waren. In waghalsigen Kurven, Tunnelstrecken und teils steilem Gefälle sausten die kleinen Metallautos vom Start zum Ziel.

Während der ganzen Aktion wurde viel gekichert und gelacht, und Michael jauchzte zwischendurch immer wieder vor Begeisterung. Tobias ging das Herz auf, als er seinen Sohn beim Spiel beobachtete – so viel Spaß hatte der Junge lange nicht gehabt. Eigentlich noch nie, seit er hier bei ihm in Kirchdorf lebte.

Bei diesem selbstkritischen Gedanken wanderte Tobias' Blick zu Helene, die selbstvergessen neben Michael auf dem Boden saß, den Rock sittsam über die unterschlagenen Knie gezogen, und mit dem Jungen um die Wette strahlte.

Wieder fühlte er sich von einer unerwarteten, aber bereits fast vertrauten Wärme durchflutet, und mit unvermittelter Klarheit erkannte er, dass er im Begriff war, Gefühle für diese Frau zu entwickeln, wie er sie seit Urzeiten nicht empfunden hatte. Wann war er überhaupt das letzte Mal verliebt gewesen? Er konnte sich kaum erinnern. Während seiner Zeit als Assistenzarzt hatte er sich in Betty verknallt, eine gleichaltrige Kollegin, doch die hatte in ihm nur einen guten Kumpel gesehen und sich mit einem anderen verlobt, einem angesehenen Lungenfacharzt mit eigener Praxis. Tobias hatte sich eine Weile mit dem schmerzlichen Gefühl von Unzulänglichkeit und unerfüllter Liebe herumschlagen müssen, und darüber war er immer noch nicht richtig hinweg gewesen, als er Gudrun kennengelernt hatte. Sie war als neue Krankenschwester auf die Station gekommen, bildhübsch und lebenslustig und mehr als bereit, mit ihm anzubandeln. Für ihn war es rückblickend kaum mehr als eine Bettgeschichte gewesen, und dasselbe galt höchstwahrscheinlich für sie, aber dann war sie schwanger geworden – ungeplante Folge eines geplatzten Kondoms. Natürlich hatten sie sofort geheiratet, das gehörte sich nun mal so. Etwas anderes hätte nie für ihn zur Diskussion gestanden.

Die ersten Monate waren sie sogar beinahe glücklich gewesen. Vater, Mutter, Kind, ein hübsches Zuhause in Wiesbaden, er selbst in gesicherter Stellung, zuerst noch als Assistenz- und dann schon bald als Oberarzt. Aber nicht mal ein halbes Jahr nach der Heirat war schon ein neuer Mann in ihrem Leben aufgetaucht, auch ein Arzt, wieder einer mit eigener Praxis, diesmal ein Augenarzt. Anscheinend war Tobias dazu verdammt, Frauen an besser situierte Kollegen zu verlieren.

Gudrun hatte ihm unter Tränen geschworen, das mit dem anderen sei bloß eine Affäre, sie habe bereits Schluss gemacht, doch Tobias ahnte, dass das nur Lippenbekenntnisse waren. Die Ehe zerbrach endgültig, als er sich ein paar Wochen später entschied, nach Kirchdorf zurückzukehren, um nach dem Tod seines Vaters dessen Praxis weiterzuführen. Da hatte Gudrun Knall auf Fall die Koffer gepackt und war zusammen mit dem Kleinen ausgezogen, zuerst zu ihren Eltern, wo sie bis zur Scheidung gewohnt hatte, und später zu jenem Augenarzt, der ihr unmittelbar nach der Rechtskraft des Scheidungsurteils einen neuen Ehering an den Finger gesteckt hatte.

Der Neubeginn auf dem Dorf war hart gewesen, in der ersten Zeit hatte Tobias sich mit Arbeit betäubt, um nicht ständig daran denken zu müssen, dass er nun seinem Sohn kein richtiger Vater mehr sein konnte. Er hatte den Kleinen so sehr vermisst, anfangs hatte er sich wie amputiert gefühlt. Dabei hatte Gudrun stets alle Besuchs- und Umgangsvereinbarungen völlig korrekt befolgt, sie hatte ihm, was das betraf, größtmögliche Freiheiten eingeräumt. Regelmäßig hatte er den Jungen zu Ausflügen abgeholt und später, als Michael alt genug gewesen war, auch die Ferien mit ihm verbracht. Es hatte keinerlei Unstimmigkeiten deswegen gegeben, auch nicht mit Gudruns zweitem Ehemann, der ein wirklich netter und großmütiger Kerl gewesen war. Michael hatte bei ihnen zweifellos ein wunderbares Zuhause gehabt. Es war so ein verdammter Jammer, dass sie gestorben waren, eine furchtbare Katastrophe für den Jungen.

Tobias wusste, dass manche Leute allen Ernstes glaubten, der Herrgott habe alles so gefügt, damit der arme betrogene Vater endlich das Kind für sich allein hatte.

Er hätte jedem, der es wagte, ihm derlei krude Ansichten ins Gesicht zu sagen, sofort die Tür gewiesen. Doch solches Geschwätz über die vermeintliche göttliche Gerechtigkeit kursierte ausschließlich hinter seinem Rücken, meist wurde es ihm von Beatrice zugetragen, oder über drei Ecken von anderen, und Tobias musste jedes Mal tief durchatmen, um nicht vor Ärger aus der Haut zu fahren. Vor dem Unfalltod seiner Exfrau war die ganze Situation bestimmt nicht ideal gewesen, wo gab es das schon bei Scheidungskindern, aber jetzt war sie es ganz sicher auch nicht. Das Trauma des schweren Verlustes steckte Michael immer noch in den Knochen.

In diesem Augenblick war allerdings davon nicht viel zu bemerken, der Junge lachte gerade lauthals über einen Scherz von Helene. Tobias hatte gar nicht mitbekommen, was sie gesagt hatte; er hatte sich mal wieder zu sehr von seinen unersprießlichen Gedanken vereinnahmen lassen.

Das schien auch ihr nicht entgangen zu sein. Sie betrachtete ihn forschend. »Alles in Ordnung?«

»Ja, sicher«, sagte er leichthin, nur um im nächsten Moment aufzustöhnen. Bei dem Versuch, sein Gewicht zu verlagern, spürte er auf ziemlich unangenehme Weise das rechte Knie. Vor ein paar Jahren hatte er sich dort beim Skifahren eine Zerrung zugezogen, die ihm bei ungewohnter Belastung immer noch zu schaffen machte. Halb fluchend, halb lachend richtete er sich auf und rieb sich die schmerzende Stelle. »Als alter Mann sollte man anscheinend besser nicht so lange auf dem Boden hocken!«

Grinsend blickte sie zu ihm hoch. »Dann bin ich wohl auch alt, mir tun nämlich gerade ebenfalls die Knie weh.«

Tobias streckte ihr die Hand hin, um ihr aufzuhelfen. Dabei zog er offenbar ein bisschen zu kräftig. Der ungeplante Schwung ließ sie fast gegen seine Brust prallen. Sie fing sich gerade noch. Tobias bemerkte die sanfte Röte, die ihre Wangen überzog, sichtbares Zeichen ihrer Verlegenheit. Aber es schien ihr nicht unangenehm zu sein, so dicht vor ihm zu stehen, denn sie wich nicht zurück, jedenfalls nicht abrupt, sondern eher zögerlich, fast so, als machte es ihr nichts aus, ihm noch ein wenig länger nah zu sein.

Sie räusperte sich und wirkte immer noch befangen.

»Können wir jetzt vielleicht unser Gespräch über das … Geschäftliche führen?«, fragte sie. Es klang entschlossen, aber gleichzeitig auch unsicher.

»Klar. Wollen wir nach unten in mein Sprechzimmer gehen? Da haben wir mehr Ruhe.«

»Natürlich, gern.«

Michael setzte sein Spiel allein fort, während Tobias mit Helene hinunter in seine Praxis ging. Er rückte ihr den Stuhl zurecht, auf dem sonst immer die Patienten saßen, bevor er selbst hinter dem Schreibtisch Platz nahm. Dabei merkte er sofort, dass sich ihre Befangenheit dadurch eher noch verstärkte. Kein Wunder, so ein Effekt trat unweigerlich ein, wenn Menschen bei einer Besprechung durch einen Schreibtisch getrennt waren. Schreibtische, vor allem solche in offizieller Umgebung, waren Symbole der Macht. Auf der einen Seite saß derjenige, der die Entscheidungen traf, auf der anderen der Bedürftige.

Tobias stand wieder auf und zog seinen Stuhl halb um den Schreibtisch herum, sodass sich nur noch eine Kante des Möbelstücks zwischen ihm und Helene befand. Ihre Knie berührten sich fast, und er hätte problemlos ihre Hand ergreifen können, die locker neben seiner auf der Schreibtischplatte lag. Natürlich tat er es nicht. Aber allein die Möglichkeit reichte aus, eine vertrauliche Basis herzustellen. Sie saßen beisammen wie Gleichberechtigte.

Doch Helene zögerte immer noch, ihre ganze Haltung war sichtbar angespannt. Zweifellos war das, was sie von ihm wollte, von enormer Bedeutsamkeit.

»Ich denke, ich weiß schon, dass du nach einer Lehrstelle für Agnes fragen willst, und ich sage Ja«, platzte er heraus, denn er ertrug es nicht länger, sie nach Worten ringen zu sehen.

Perplex sah sie ihn an, mit großen Augen und leicht geöffneten Lippen, die sie in diesem Moment mit der Zungenspitze befeuchtete. Es war vollkommen natürlich, sich kurz über die Lippen zu fahren, wenn einem infolge von Nervosität oder Unsicherheit der Mund trocken wurde. Ein ganz normaler Reflex. Tobias wusste das selbstredend, doch der kurze Anblick dieser unschuldigen Zungenspitze auf ihren perfekt geformten Lippen fachte auf der Stelle sein Begehren an. Erschrocken bemerkte er, dass er eine Erektion bekam. Hastig schlug er die Beine übereinander.

»Woher wusstest du denn, dass ich dich danach fragen wollte?«, erkundigte sie sich verwundert. Ihre Stimme war ein wenig rau. In Tobias weckte der Klang eine Assoziation von Samt, der gegen den Strich gerieben wird. Er öffnete den obersten Knopf seines Hemdes, um besser atmen zu können.

»Na ja, du kamst ja vorhin direkt von den Hahners hierher, und dass du überhaupt bei denen warst, zu Kaffee und Kuchen wohlgemerkt, konnte nur damit zusammenhängen, dass Anton und Hilde ihrer ältesten Tochter nach der Schule keine Weiterbildung ermöglichen wollen. Es sei denn, man serviert ihnen auf dem Silbertablett eine akzeptable Chance. Darum geht's doch, oder?«

»Ja.« Helene wirkte immer noch restlos konsterniert und offensichtlich beeindruckt von seiner Kombinationsgabe. »Dass du so schnell einverstanden bist, habe ich ehrlich gesagt nicht erwartet!«

»Ich auch nicht«, gab er trocken zurück. »Ich hatte noch nie eine Auszubildende in der Praxis.«

»Warum eigentlich nicht?«

»Weil es eine Menge zusätzlicher Verantwortung bedeutet. Und viel Arbeit, vor allem für die bereits vorhandene Sprechstundenhilfe. Die muss nämlich erst mal bereit und fähig sein, die jüngere unter ihre Fittiche zu nehmen. Das liegt nicht automatisch jeder Arzthelferin im Blut, weißt du. Frau Seegmüller ist eine tüchtige Mitarbeiterin, aber ob sie große Lust hat, eine Neue mit auszubilden, wird sich noch zeigen.«

»Agnes wird es ihr garantiert leicht machen. Es ist bestimmt kein Experiment mit ungewissem Ausgang. Nicht bei einem Mädchen wie ihr!«

»Tja, darauf baue ich natürlich ebenfalls. Es ist nicht so, als könnte ich keine zweite Hilfe in der Praxis brauchen. Im Gegenteil. Vor allem der Schreibkram ufert immer mehr aus, die Abrechnungen mit der Krankenkasse werden immer aufwendiger und zeitraubender. Doch eigentlich bräuchte ich dafür eine ausgebildete Fachkraft, am besten eine mit Berufserfahrung. Das lernt sich alles nicht von allein. Bis Agnes so weit ist, dauert es Jahre.«

»Höchstens Monate«, widersprach Helene.

Es kam wie aus der Pistole geschossen. Tobias musste lachen, er konnte nicht anders. »Wenn du es sagst«, meinte er.

Sie sah ihn mit ihren strahlend blauen Augen an, und er versank gebannt in den Tiefen ihres Blicks. Es dauerte nur einen Herzschlag lang, dann löste sich der spannungsgeladene Moment.

»Warum hast du trotz deiner Bedenken zugestimmt?«, wollte sie wissen. »Weil du es Agnes zutraust und weil sie mehr verdient als ein Schicksal zwischen Küche und Stall?«

»Natürlich, warum sonst?«

Ob sie ihm die Lüge glaubte? Kurz war er versucht, ihr die Wahrheit zu sagen. Dass er es an erster Stelle für sie tat. Weil er es einfach verdammt schlecht aushielt, sie unglücklich zu sehen. Weil er wollte, dass sie ihn so anschaute wie gerade jetzt. So offen, so voller Wärme und Zuneigung.

An ihrem Hals klopfte eine kleine Ader, und in diesem Augenblick hätte Tobias schwören mögen, dass sie körperlich auf ihn reagierte, ganz ähnlich wie er selbst auf sie.

Er hätte einfach ihre Hand nehmen und sie streicheln können. Ein vorsichtiger Versuch, mehr daraus zu machen. Herauszufinden, ob es auch sie zu ihm hinzog. Wer konnte schon wissen, wann sie wieder einmal allein miteinander wären? Das nächste Mal ergab es sich vielleicht erst wieder in Wochen oder gar Monaten. In seinen Fingern zuckte es von dem Bedürfnis, ihre Haut zu spüren. Sie zu berühren. So wie ein Mann eine Frau berührt.

Gerade noch rechtzeitig fiel ihm ein, wie es auf sie wirken würde – sie musste unweigerlich denken, dass er auf eine intime Gegenleistung für die soeben gewährte Lehrstelle aus war. Fast entsetzt rückte er ein wenig mit seinem Stuhl nach hinten, weg von ihr. Das war verflucht knapp gewesen!

Prompt stand sie auf. »Ich danke dir sehr!« Ein bewegter Ausdruck stand in ihren Augen, sie empfand zweifellos eine Menge aufrichtiger Dankbarkeit, aber gewiss nicht mehr.

Tobias nickte bemüht verbindlich. »Alles Weitere werde ich dann am besten mit Agnes und ihren Eltern besprechen«, sagte er. Dann sah er auf die Uhr und erklärte, dass er nun aber dringend losmüsse, zu seinen Hausbesuchen, und das war nicht mal vorgeschoben.

Doch nachdem sie gegangen war, blickte er minutenlang auf die Tür, die sie hinter sich zugezogen hatte, und er fragte sich, ob er vorhin nicht doch einfach ihre Hand hätte nehmen sollen.

KAPITEL 10

In der zweiten Märzwoche hatte Helene zum ersten Mal seit Monatsbeginn keine einzige Vertretungsstunde in den unteren und oberen Klassen, sie konnte sich völlig der ihr ursprünglich zugewiesenen Dritten und Vierten widmen – ein ebenso ungewohnter wie angenehmer Zustand. Beim morgendlichen Betreten des Klassenraums zu Beginn der Woche konnte sie es zuerst kaum glauben: Die Tische und Bänke standen in ungewohnten Abständen hintereinander in Reih und Glied, das Hin- und Herschieben für die Bildung einzelner Lerngruppen war erstaunlich schnell erledigt und ging deutlich leiser vonstatten als üblich.

Die Ouvertüre aus Beten und Singen lag ebenfalls unterhalb des gewohnten Geräuschpegels, es kam Helene schon beinahe unnatürlich vor. In bester Stimmung sang sie das Morgenlied mit den Kindern, *Jeden Morgen geht die Sonne auf,* mit einer eigenen Abteilung für die zweite Stimme. Der Chor klang wunderbar harmonisch, und es hörte sich noch netter an, als zwischendurch die Kirchenglocken läuteten.

Doch so erfreulich sich der Beginn der Schulstunde auch gestaltete – beim Abhaken der Anwesenheitsliste erfuhr ihre Stimmung sogleich einen empfindlichen Dämpfer. Der kleine Karl saß mit eingezogenem Kopf in der hintersten Ecke des Raums und kämpfte mit den Tränen. Dass etwas mit ihm nicht stimmte, fiel ihr jetzt erst auf.

»Was ist los, Karl?«, fragte Helene besorgt. Sie kannte Karl als robusten kleinen Burschen, der ziemlich viel einstecken konnte und normalerweise niemals heulte, nicht mal, wenn es schlimme Prügel setzte, so wie vor zwei Tagen von Herrn Göring. Der werte Herr Kollege benutzte zwar nicht mehr den Rohrstock – das von Helene lancierte Gerücht über das angebliche Stockverbot hielt sich immer noch hartnäckig, und Helene hatte es zusätzlich befeuert, indem sie einen Artikel aus der Frankfurter Rundschau im Lehrerzimmer aufgehängt hatte, in welchem über einen Prozess gegen einen Lehrer berichtet wurde, der wegen Körperverletzung im Amt angezeigt worden war. Um ganz sicherzugehen, hatte sie den Stock einfach eines Tages verschwinden lassen und bei einem Spaziergang irgendwo ins Feld geworfen.

Doch Herr Göring hatte eine andere Methode gefunden, mit renitenten Schulkindern umzugehen: Er schlug sie neuerdings mit dem Klassenbuch, meist hart von oben auf den Kopf, aber im Eifer des Gefechts wohl auch schon mal ins Gesicht. Dabei hatte er vorgestern Karl vor der Sportstunde eine blutige Nase verpasst – vermutlich aus Versehen, aber bei Göring konnte man nie wissen.

Helene war fuchsteufelswild geworden, als die Kinder ihr davon berichteten. Sie hatte den Kollegen Göring vor dem versammelten Kollegium abgekanzelt, das blutbefleckte, von der sachfremden Benutzung bereits stark aus dem Leim geratene Klassenbuch als *Corpus Delicti* in den Händen, und sie hatte ihm offen gedroht, mit dem Buch schnurstracks zum Schulrat zu gehen, wenn ihr noch einmal dergleichen zu Ohren käme.

»Das geht aber wirklich nicht, Herr Kollege«, hatte Rektor Winkelmeyer ihr sekundiert. »Wir wollen doch schließlich saubere Klassenbücher, die bis zum Ende des Schuljahres halten. Gehen Sie doch bitte in Zukunft pfleglicher damit um.«

Göring hatte stumm die Schultern gehoben und dann – mit erkennbarem Widerstreben – genickt, denn Rektor Winkelmeyer erwartete eine Antwort. Doch als wenig später alle wieder in ihre Pausenbeschäftigungen vertieft waren, hatte Göring Helene einen Blick zugeworfen, der sie frösteln ließ. *Das werden Sie mir büßen,* schienen seine Augen ihr zu sagen, aber vielleicht ging auch bloß die Fantasie mit ihr durch, und er fühlte sich einfach nur auf die Füße getreten.

Helene musterte den verstörten Drittklässler voller Sorge. Göring hatte doch wohl nicht schon wieder … Nein, das hier war ja die erste Stunde, der nächste Sportunterricht bei Göring fand erst übermorgen statt.

»Min Opa is dot«, sagte Karl mit ungewohnt dünner Stimme.

»Oje!« Helene war bestürzt. »Das tut mir schrecklich leid! Da hätten dich deine Eltern doch heute daheim behalten können!«

»Vorhin hot e ebber noch gelaat. Är is grod erscht gestorbe. Ols die Glocke geloit hot. Die Modder hot heut morä gesöt, bann heut die Glocke bimmelt, is e dot.«

Helene schluckte. Die Glocke hatte vorhin während des Gesangs tatsächlich geläutet. Ganz außer der Reihe. Heute war kein Feiertag, es fand keine Morgenmesse statt, und auch sonst war kein besonderer öffentlicher Anlass für das Geläut ersichtlich.

Außer natürlich, wenn es die Totenglocke war.

Sie kannte es noch aus ihrer eigenen Kindheit, wie hatte sie das nur vergessen können? Freilich, in Berlin war dergleichen nicht vorgekommen, aber früher in Weisberg dafür umso öfter. Wenn die Glocke außer der Reihe läutete, war jemand gestorben. Oft wusste man dann gar nicht, wen es hinweggerafft hatte, außer, es handelte sich zufällig um jemanden aus der Nachbarschaft oder der eigenen Verwandtschaft, der schon vorher krank gewesen war. So wie Karls Opa, der in der vergangenen Woche einen Schlaganfall erlitten hatte und nicht mehr auf die Beine gekommen war.

»Komm mal her zu mir, Karl«, sagte sie mit möglichst gefasster Stimme.

Sie ging dem Kind entgegen, als es mit hängendem Kopf auf sie zukam. Behutsam nahm sie den Jungen bei der Hand, ehe sie sich der übrigen Klasse zuwandte. »Ihr macht jetzt bitte alle mal Stillarbeit, bis ich wiederkomme. Schreibt die Namen der Häuser im Dorf auf, alle, die euch einfallen. Wir reden später darüber.«

Sie ging mit dem Jungen zum Klassenraum der Oberstufe, wo sie kurz klopfte, ehe sie die Tür öffnete. Rektor Winkelmeyer schritt laut deklamierend vor der Tafel auf und ab, er hatte sie nicht bemerkt. Unterrichtet wurde gerade in Biologie, es ging um die Ansteckungswege der Cholera.

»Herr Rektor, bitte entschuldigen Sie die Störung.«

Er nahm sie immer noch nicht wahr, sodass sie zur Erheiterung der anwesenden Siebt- und Achtklässler gezwungen war, die Stimme zu heben und ihm ins Wort zu fallen, während er gerade sehr ausführlich beschrieb, auf welchem Weg die Cholerabakterien aus den Körperausscheidungen der Infizierten in den Verdauungstrakt der bisher Gesunden gelangten.

»Rektor Winkelmeyer, entschuldigen Sie die Störung«, wiederholte sie laut. »Könnte jemand von den älteren Kindern unseren Karl nach Hause bringen? Vielleicht Agnes? Es scheint, dass sein Großvater gestorben ist.«

Der Rektor war überrascht, erklärte sich jedoch einverstanden, und Agnes beeilte sich, Helenes Bitte Folge zu leisten. Ein Ausdruck tiefen Mitgefühls spiegelte sich in ihren Zügen wider, als sie dem Jungen die Hand auf die Schulter legte und ihn zum Ausgang führte. Auf dem Flur brachen bei Karl alle Dämme, er begann, ungehemmt zu schluchzen. Der Junge musste seinen Opa sehr geliebt haben. Beim Portal blieb Agnes mit Karl stehen und zog ihn tröstend in ihre Arme, so wie sie es bei einem ihrer jüngeren Brüder auch getan hätte.

Helene stand vor der Tür zu ihrem eigenen Klassenraum und sah den beiden nach. In ihrer Kehle hatte sich ein schmerzhafter Kloß gebildet, sie musste selbst gegen die Tränen ankämpfen. Nicht nur aus Mitleid mit Karl, sondern auch, weil sie an ihr eigenes Kind dachte. Wie sehr Marie gelitten haben musste, als sie vom Tod des Vaters erfahren hatte! Sicherlich hatte ihr niemand Trost gespendet, niemand sie in den Arm genommen …

Helene musste ein paarmal tief durchatmen, bevor sie so weit war, den Unterricht fortsetzen zu können. Der Stundenplan sah Heimatkunde vor, und die Hausnamen, welche die Kinder auf Helenes Geheiß gesammelt hatten, fügten sich sinnvoll in das Thema ein.

Im Dorf hatte fast jedes Wohngebäude einen eigenen Hausnamen. Meist leitete er sich vom Vor- oder Zunamen des Erstbesitzers her, manchmal aber auch von dessen Beruf und gelegentlich von der Lage des Hauses.

Dieser Hausname blieb auch bei einem Besitzerwechsel erhalten, häufig sogar über mehrere Generationen hinweg.

Helene ließ sich von den Kindern eine Reihe der gesammelten Hausnamen vorlesen und schrieb sie an die Tafel, bis sie ein rundes Dutzend beisammenhatte.

»Wer von euch kann mir nun sagen, was das Besondere an diesen Hausnamen ist?«, fragte sie in die Runde.

Als sich auf Anhieb niemand meldete, präzisierte sie die Frage: »Heißen denn in Kirchdorf nur die Häuser so?«

Augenblicklich schossen mehrere Arme in die Höhe, und Helene nahm das Kind dran, das als Erstes aufgezeigt hatte. Zufällig war es Michael, dessen mündliche Mitarbeit im Unterricht sich in den letzten Wochen erfreulich gesteigert hatte.

»Ja, Michael?«

»In Kirchdorf heißen viele Leute nach den Häusern, in denen sie wohnen. Sogar, wenn sie ganz andere Nachnamen haben.« Er deutete nacheinander auf drei seiner Mitschüler. »Zum

Beispiel der *Krische* Josef. Oder der *Diegelmanns* Hans. Oder der *Domeniks* Elmar. Die heißen in Wirklichkeit Wiegand, Kerber und Schrimpf.«

»Das hast du schön zusammengefasst, Michael«, lobte sie ihn.

Er errötete vor Freude, seine Wangen nahmen beinahe die Farbe seines Haarschopfs an.

Auch die anderen Kinder hatten noch etwas zum Thema beizusteuern, etwa, wie es in früheren Jahren in den alten Häusern ausgesehen hatte: »Da woar kei Radio on au kei Wasserleitung on kei elektrisch Licht.«

So verging die restliche Stunde mit nostalgischer Stoffsammlung, und Helene sorgte dafür, dass jedes Kind etwas über die Geschichte des heimatlichen Dorfs zu erzählen hatte.

Zur nächsten Stunde erschien der Pfarrer zum Religionsunterricht, und mit ernster Miene bestätigte er Helene den Tod von Karls Großvater, der im Alter von gerade mal siebenundfünfzig Jahren entschlafen war.

Helene nahm es betroffen zur Kenntnis. Sie hatte nicht gewusst, dass der Mann noch vergleichsweise jung gewesen war. Mit siebenundfünfzig starb man doch nicht!

Aber bekanntlich kam der Tod nicht nur zu alten Menschen, oft riss er auch Jüngere mitten aus dem Leben. So wie ihre Mutter und ihren Stiefvater, und schließlich auch Jürgen. Letztlich suchte er jeden heim, eines Tages.

Das Einzige, was der Mensch dem entgegensetzen konnte, war die Hoffnung auf die Zeit, die ihm bis dahin blieb.

*

In der neuen Schule fand Marie es halbwegs erträglich, jedenfalls war es hier deutlich besser als in der letzten, die sie während ihrer Zeit im Heim besucht hatte. Dort waren die Lehrkräfte alle ziemlich streng gewesen, fast nie hatten sie gelacht, es sei denn über die eigenen Witze. Ständig hatten sie über den Kampf der Weltsysteme gesprochen und darüber, dass die DDR das bessere Deutschland war und der Sozialismus die Kraft der Zukunft. Über die Sowjetunion, den großen Bruder, Garant für den Weltfrieden und den Fortschritt der Menschheit. Und natürlich über die historische Mission der Arbeiterklasse.

Auch über den Westen war im Unterricht viel geredet worden. Über den dortigen Sittenverfall, den hemmungslosen, hohlen Konsum. Den Versuch der faschistischen Kriegstreiber, bei ihren Bevölkerungen Hass gegen die Kräfte des Friedens zu schüren.

In jener Schule war es Marie so vorgekommen, als sei sie im Begriff, allmählich zu einem bedeutungslosen, langsam vor sich hinsterbenden Nichts zu schrumpfen, und nur wenn sie abends unter ihrer Bettdecke hatte weinen können, hatte sie das Gefühl gehabt, dass ein Teil von ihr noch lebte. Man hatte ihr gesagt, dass Papa an Herzversagen gestorben war, und schuld daran war Mama, die ihn zum Verrat am Sozialismus angestiftet hatte. Jetzt war sie drüben, ohne Marie, denn die war ihr in ihrem neuen Leben nur im Weg.

Nach ein paar Wochen waren die Tränen versiegt, zurückgeblieben war eine Art von Abgestumpftheit, die ihr jedoch auch geholfen hatte, irgendwie durchzuhalten. Ganz tief in ihrem Inneren hatte sich neben dem Schmerz über Papas Tod ein winziger, aber unzerstörbarer Kern aus Hoffnung erhalten. Der Mann, der ihr erzählt hatte, dass Mama sie verlassen hätte, musste gelogen haben. Dass war die einzige Wahrheit, an die sie sich immer geklammert hatte. Zu Recht, wie sich schließlich gezeigt hatte.

Die Schule in Weisberg, in die sie jetzt ging, war eigentlich ganz in Ordnung, und die Klassenlehrerin war sogar richtig nett. Sie hieß Frau Simmerling, und Opa Reinhold hatte erzählt, dass sie vor zwanzig Jahren auch schon Mamas Lehrerin gewesen war.

Frau Simmerling sprach ebenfalls viel über den Sozialismus, das taten alle Lehrerinnen und Lehrer, ganz unabhängig von den jeweiligen Fächern, aber bei ihr klang es lange nicht so streng oder gar einschüchternd wie bei anderen. Sie erklärte alles so, dass es einem praktisch von allein einleuchtete und man daran glauben konnte.

Marie wusste nicht genau, worauf diese Überzeugungskraft sich gründete. Vielleicht hing es damit zusammen, dass Frau Simmerling im Gegensatz zu vielen anderen Lehrkräften den Westen nicht dauernd verteufelte. Sie hob einfach nur bestimmte wichtige Vorzüge des sozialistischen Systems hervor und ließ die Kinder dann selbst entscheiden, worauf es im Leben ankam: auf ein friedliches Miteinander und die Gleichbehandlung aller Menschen – oder aber auf pausenloses Wettrüsten, ständiges Konsumstreben und kapitalistische Ausbeutung?

Frau Simmerling war eine glühende Verfechterin der Gleichberechtigung von Mann und Frau, und allein die himmelschreiende Ungerechtigkeit, dass die Frauen in der BRD nicht ohne die Zustimmung ihres Ehemanns erwerbstätig sein durften, hatte Marie auf Anhieb davon überzeugt, dass die DDR die besseren, moderneren Ideale vertrat. Im Sozialismus durften Frauen jeden Beruf ergreifen, sie konnten *alles* werden. Ingenieurin, Maschinistin, sogar Kosmonautin! Und kein Mann durfte es ihnen verbieten.

Erst in der Vorwoche hatte Marie entschieden, Tierärztin zu werden. Kürzlich hatte sie Opa Reinhold zu einem seiner Einsätze begleitet, ein Kälbchen war auf die Welt gekommen, und sie hatte es hinterher eigenhändig trockenreiben dürfen – sie konnte sich nicht erinnern, jemals etwas so Wundervolles erlebt zu haben.

Um Veterinärmedizinerin werden zu können, musste sie natürlich zunächst einmal eine gute Sozialistin sein, das verstand sich von selbst. Es war – neben entsprechenden schulischen

Leistungen – die Voraussetzung für den Besuch der Oberstufe und das spätere Studium.

In der Schule war sie immer schon prima mitgekommen, im Rechnen, Schreiben und Lesen machte ihr kaum einer was vor. Und hier in Weisberg war sie auch Mitglied bei den Jungen Pionieren. Mit Stolz trug sie das blaue Halstuch und sammelte fleißig die bunten Wimpel und Abzeichen.

Warum Mama und Papa versucht hatten, in die kapitalistische BRD zu fliehen, wusste sie immer noch nicht genau, denn keiner hatte es ihr richtig erklärt. Auch nicht der Mann, der behauptet hatte, Mama hätte sie im Stich gelassen. Er hatte gesagt, Papa habe vor seinem Tod Staatsgeheimnisse in den Westen geschmuggelt.

Doch das hatte Marie ebenso wenig glauben wollen wie die erste Lüge. Solche Menschen waren ihre Eltern nicht. Aber warum hatten sie dann unbedingt fliehen wollen?

Opa Reinhold hatte auf Maries Fragen hin nur vage erläutert, dass die beiden sich wohl *eingeengt* gefühlt hätten, aber genauer hatte er das nicht ausführen wollen. Tante Christa war ein wenig deutlicher geworden.

»Es war ihnen alles einfach nicht genug«, hatte sie gesagt, und dabei fast zornig ausgesehen, jedenfalls bis zu dem Moment, als Opa Reinhold sie mit gerunzelter Stirn angeschaut hatte. Falls Tante Christa noch etwas hatte sagen wollen, ließ sie es nach diesem Blick lieber sein. Seither war das Thema erledigt.

Marie hätte zu gern mehr darüber erfahren, doch sobald sie neue Fragen stellte, wich Opa Reinhold ihr aus, und auch Tante Christa war nicht bereit, darüber zu reden.

Tante Christas alte Mutter, von Marie wie schon bei ihren früheren Besuchen *Omchen Else* genannt, erlegte sich indessen weniger Zurückhaltung auf, allerdings immer nur dann, wenn Opa Reinhold und Tante Christa gerade nicht in Hörweite waren.

»Überleg mal, du bist doch ein schlaues Kind«, sagte sie dann beispielsweise. »Im Westen haben die Leute Autos und Telefone. Hier haben das nur die Parteibonzen. Wenn überhaupt.«

»Aber Opa Reinhold hat doch auch ein Auto und ein Telefon!«

»Das Auto ist mindestens fünfundzwanzig Jahre alt und besteht nur noch aus Ersatzteilen. Wenn es irgendwann ganz kaputtgeht, muss er aufs Fahrrad umsteigen. Und Telefon hatte er schon immer. Schließlich ist er Tierarzt, wie sollen ihn die Bauern sonst rufen? Mit der Flüstertüte?« Die alte Frau stieß ein blechern klingendes Lachen aus, was Marie zum Rückzug auf ihr Zimmer veranlasste, weil sie sich unbehaglich fühlte.

Republikflucht, so nannte man das, was Papa und Mama getan hatten, und es war eine schlimme Straftat, die anscheinend auch auf Marie abfärbte. In der Schule gab es Kinder, die hinter ihrem Rücken darüber tuschelten, dass ihre Eltern Feinde des Sozialismus seien, und ein Teil der Lehrerschaft schien die Ansicht zu vertreten, dass die zurückbleibenden Kinder von Geflohenen eine Last waren.

»Und wir haben dann die Arbeit am Hals, die Bälger dieses Gesindels umzuerziehen!«, hatte sie mal im Schulflur einen Lehrer zum anderen sagen hören.

»Hauptsache, der Opa ist ein anständiger Sozialist«, hatte der andere Lehrer erwidert. »Für so jemanden kann man auch mal was tun. Er ist einer von den Menschen, mit denen man politisch viel auf die Beine stellen kann, wenn man sie erst mal richtig auf seiner Seite hat.«

»Heißt das, du hast dich dafür starkgemacht, dass seine Enkelin zu ihm durfte?«

»Na ja, direkt entschieden hab ich's nicht, das kam aus Berlin, aber sagen wir mal so: Ich war nicht dagegen. Der Mann hat Potenzial, für die Partei ist er von echtem Nutzen.«

Den Rest der Unterhaltung hatte Marie nicht mehr gehört,

aber das, was sie mitbekommen hatte, passte zu dem ganzen Gerede darüber, dass sie aus dem Kinderheim zu ihrem Opa hatte ziehen dürfen. Das hatte er anscheinend nur geschafft, weil er in die SED eingetreten war.

Der Lehrer, der ihren Opa für einen anständigen Sozialisten hielt, hieß Horst Sperling. Marie war froh, dass sie keinen Unterricht bei ihm hatte, denn sie konnte ihn nicht leiden. Er hatte seltsam starre, leicht hervortretende Augen, von denen sie sich oft beobachtet fühlte, und jedes Mal, wenn sie seine hagere Gestalt auch nur von Weitem sah, versuchte sie, sich möglichst unauffällig zu verdrücken.

Neben seiner Arbeit an der Schule bekleidete er einen führenden Posten in der örtlichen SED. Er hatte dafür gesorgt, dass Opa Reinhold schneller als üblich in die Partei aufgenommen wurde. Normalerweise musste man sich zuerst bis zu zwei Jahre als Kandidat bewähren, bevor man richtiges Mitglied werden durfte, aber bei Leuten, die der Partei wichtig waren, wurde auch mal eine Ausnahme gemacht.

Gelegentlich kam Herr Sperling zusammen mit ein oder zwei anderen Genossen, manchmal auch allein, zu Opa Reinhold nach Hause, um mit ihm Maßnahmen der Agitation zu besprechen. Opa Reinhold nannte ihn *Horst* oder *Genosse,* und Herr Sperling redete ihn ebenfalls mit Vornamen an, aber bei den Gesprächen wurde immer wieder deutlich, dass Opa Reinhold nicht mit allem einverstanden war. Das Haus war hellhörig, und wenn die Fenster offen standen, verstand man auch bei zugezogenen Zimmertüren fast jedes Wort, vor allem wenn es laut wurde.

Meist ging es um politische Aktionen zur Stärkung des Sozialismus, so viel wusste Marie bereits. Sie kannte diese Dinge schon aus der Schule, sowohl aus der neuen als auch aus den zwei vorherigen – Plakate kleben, Aufmärsche, Versammlungen und dergleichen mehr.

Opa Reinhold schien die mit der Agitation verbundenen Aufgaben nicht immer sinnvoll zu finden.

»Meine Güte, Horst, wenn der Sozialismus wirklich so allein selig machend ist – wieso muss man ihn den Leuten dann unaufhörlich mit der Brechstange einbläuen?«, hatte Marie ihn einmal frustriert ausrufen hören.

Herr Sperling hatte darauf aus dem Stand mit einer Rede geantwortet, die sich anhörte wie gedruckt, jedes Wort hatte gesessen, und daraufhin hatte Opa Reinhold nichts mehr gesagt. Marie hatte in heimlicher Anspannung gewartet, dass er Gegenargumente vorbrachte, aber er war stumm geblieben und hatte die anderen reden lassen. Vielleicht war es wirklich besser so.

Einmal hatte sie Opa Reinhold gefragt, ob Herr Sperling sein Freund sei, und Opa Reinhold hatte aufgelacht. Es war ein kurzes, hartes Lachen gewesen, nicht so, wie man über etwas Witziges lacht.

»Er ist kein Mensch, mit dem man befreundet ist, Marie. Sondern eher jemand, vor dem man sich in Acht nehmen sollte.«

Marie war sofort mit der nächsten Frage herausgeplatzt. »Hast du Angst vor ihm?«

»Vor ihm nicht. Aber vor dem, wofür er steht. Vor der Macht, die er verkörpert. Das ist eine Macht, die Menschen vernichten kann. Deswegen müssen wir uns vorsehen, Marie.«

Sie verstand nur teilweise, was er meinte, aber sie war froh und erleichtert, dass Herr Sperling nicht Opa Reinholds Freund war.

*

In der Woche vor Ostern verteilte Frau Simmerling in der Klasse Briefe für die Eltern.

»Oder die jeweiligen Erziehungsberechtigten«, sagte sie mit einem Seitenblick auf Marie.

Es handelte sich um ein Schreiben der Schulleitung. Das untere Viertel war durch eine gestrichelte Linie abgetrennt. Dieser Teil sollte abgeschnitten und – unterzeichnet von den Erziehungsberechtigten – wieder zur Schule mitgebracht werden.

Frau Simmerling wirkte ein wenig unglücklich beim Austeilen, es kam Marie beinahe so vor, als sei sie mit dem Inhalt des Schreibens nicht ganz einverstanden.

Marie überflog es kurz. Tatsächlich war es keine der üblichen Mitteilungen, wie sie auch in ihrer früheren Schule gelegentlich verteilt worden waren, etwa Informationen über bevorstehende Klassenfahrten oder sonstige Veranstaltungen. Der heutige Elternbrief enthielt allerlei amtliche Formulierungen, es wurde auf Verordnungen und Gesetze Bezug genommen, etwa auf das Gesetz zum Schutze des Friedens sowie zur sozialistischen Entwicklung des Schulwesens, sogar die Verfassung wurde erwähnt.

Die Schulleitung habe wiederholt festgestellt, dass Schüler in den Pausen sowie im Unterricht Informationen westlicher Rundfunk- und Fernsehstationen verbreiteten und so die Erziehungsarbeit erschwerten. Im Zuge dessen wurden alle Eltern aufgefordert, die Kinder vor diesem schädlichen Einfluss zu bewahren.

Die Schulleitung wollte den Empfang westlicher Rundfunk- und Fernsehsendungen verbieten. Und die Eltern sollten unterschreiben, dass sie damit einverstanden waren.

Eine Schülerin meldete sich mit einer Frage. »Wird es bloß uns Kindern verboten oder auch unseren Eltern?«

Neben ihr zeigte ein anderes Kind auf. »Und wenn meine Mutter dann trotzdem Westradio hören will – muss ich dann rausgehen, oder darf ich mithören?«

Um Frau Simmerlings Mundwinkel zuckte es kurz. »Diese Fragen solltet ihr wohl besser euren Eltern stellen, denn letztlich ist es deren Entscheidung.«

Nach dem Unterricht sprach Marie mit ihrem Banknachbarn Edmund Krause über den Brief. Edmund wohnte in derselben Straße wie sie, sie gingen immer von der Schule zusammen nach Hause.

»Wir haben gar kein Westfernsehen«, sagte Edmund. »Wir haben überhaupt keinen Fernseher.« Er war ein stiller, schmaler Junge, dessen Gesicht von Sommersprossen übersät war. Beim Gehen zog er leicht das rechte Bein nach, da er vor Jahren Kinderlähmung gehabt hatte. Die anderen Jungs aus der Schule hänselten ihn oft, weil sein Vater überall in der Gegend die Gülle ausfuhr. Manche Kinder hielten sich demonstrativ die Nase zu oder wedelten sich mit angewiderter Miene vor dem Gesicht herum, sobald Edmund auftauchte, und manche verpassten ihm auch gemeine Spitznamen, beispielsweise *Hinker-Stinker.*

»Mein Opa hat auch keinen Fernseher«, sagte Marie. Nach kurzem Zögern setzte sie hinzu: »Meine Eltern auch nicht. Ich meine, sie *hatten* keinen, als wir noch in Berlin gewohnt haben. Da hatte auch sonst niemand einen.«

»Hier auch nicht«, bestätigte Edmund. »Jedenfalls kenne ich keine Leute mit Fernseher.«

Auch Marie kannte keine, aber es musste wohl welche geben, sonst müsste man ihnen ja nicht verbieten, Sendungen aus dem Westen anzusehen.

Ein Radiogerät besaßen allerdings praktisch alle Leute, meist sogar mit UKW-Empfang. Und Westsender hörte bestimmt jeder, in Berlin ebenso wie in Weisberg.

Die Kinder sangen auf dem Pausenhof sogar manchmal die Hits, die gerade aktuell waren.

Ob die Schulleitung sich daran störte und deswegen das Schreiben aufgesetzt hatte?

Marie hörte die meisten Lieder von drüben sehr gern, zum Beispiel die von Conny Froboess oder Freddy Quinn. Die waren toll, sie kannte die Texte alle auswendig. Ein wenig ratlos fragte sie sich, was daran so böse sein sollte, dass man ein Verbot aussprach.

Edmund wusste es auch nicht, er mochte dieselben Lieder wie Marie. »Vielleicht liegt's daran, weil die Sender den Faschisten und Kriegstreibern gehören«, mutmaßte er.

Das war natürlich eine einleuchtende Begründung. Außerdem wurden im Radio ja nicht nur Lieder gespielt, sondern auch politische Sendungen übertragen, zum Beispiel *Der Internationale Frühschoppen* mit Werner Höfer, den Opa Reinhold immer gern hörte. Vielleicht wurden da faschistische Ansichten verbreitet.

Zu Hause übergab sie nach dem Mittagessen den Schulbrief Tante Christa, die ihn stirnrunzelnd überflog. »Um Himmels willen, was soll *das* denn?«

»Man muss den unteren Teil abschneiden und unterschreiben«, erklärte Marie.

Tante Christa presste die Lippen zu einem schmalen Strich zusammen und legte das Schreiben auf den Küchentisch, wo Omchen Else es sich schnappte und durchlas – und ohne jede Vorwarnung ihr typisches bellendes Gelächter ausstieß, von dem sich einem die Nackenhaare aufstellen konnten. Doch anders als sonst verzog Marie sich nicht nach oben in ihr Zimmer.

»Was ist daran so komisch?«, fragte sie. Nicht schnippisch oder ungezogen, sondern mit aufrichtigem Interesse.

Omchen Else warf ihr einen langen, bedeutungsvollen Blick zu, der alles Mögliche aussagen konnte. In ihren Augen funkelte es wie von verstecktem Hohn. »Wenn du das nicht selber merkst, kann dir keiner mehr helfen«, antwortete sie mit ihrer kratzigen, von böhmischem Dialekt gefärbten Stimme.

Marie verkniff sich weitere Fragen, denn im Grunde hatte sie auch so verstanden, was Omchen Else darüber dachte. Es war so ähnlich wie bei allem, was die alte Frau am Sozialismus auszusetzen hatte – sie hasste ganz einfach das System und mochte nichts davon wissen, dass man sich manchmal zusammenreißen musste, um höheren Werten zu dienen.

So wollte Marie nicht sein. Wenn es für den Sozialismus wichtig war, kein Westradio mehr zu hören, war sie bereit, darauf zu verzichten.

»Ich kann ja demnächst vor die Tür gehen, wenn ihr westliche Sender hören wollt«, sagte sie tapfer zu Tante Christa.

Doch die machte sich nur stumm an der Spüle zu schaffen. Als Opa Reinhold eine gute Stunde später für eine verspätete Mittagspause hereinschneite, blieb der Brief unerwähnt. Er lag nicht mehr auf dem Tisch, Tante Christa hatte ihn weggeräumt.

Marie schnitt das Thema nicht mehr an, auch nicht, als sie später am Nachmittag mit Opa Reinhold zu einem Bauernhof fuhr. Ein Pferd litt unter Koliken, es hatte irgendetwas Falsches gefressen, und Marie hatte darum gebettelt, mitfahren zu dürfen. Die Hausaufgaben hatte sie schon vorher erledigt, und sie war lieber mit Opa Reinhold unterwegs, als daheim bei Tante Christa und Omchen Else zu hocken. Edmund, mit dem sie heute wie sonst zum Spielen losgezogen wäre, musste seinem Vater beim Reparieren des Weidezauns helfen.

Natürlich hätte sie auch einfach in ihrem Zimmer bleiben und lesen können, aber die paar Bücher und Comichefte, die Tante Christa ihr besorgt hatte, waren längst alle ausgelesen. Außerdem nutzte sie liebend gern jede Gelegenheit, Opa Reinhold bei der Arbeit über die Schulter zu schauen. Schließlich wollte sie später mal denselben Beruf erlernen wie er.

Auf der Fahrt zu dem Bauernhof lauschte sie eine Weile dem Knattern und Spucken des Motors und hoffte dabei, dass der Wagen noch lange hielt. Möglichst für den Rest von Opa Reinholds Berufsleben. Denn sollte er tatsächlich aufs Fahrrad umsteigen müssen, würde er die viele Arbeit wahrscheinlich nicht mehr schaffen. Er hatte ja jetzt schon so viel um die Ohren, dass der Tag kaum dafür reichte.

Papa war auch immer mit dem Rad zur Arbeit gefahren. Sie sah ihn noch vor sich. Wie er sich morgens das Hosenbein mit einer Klemme befestigt hatte, ehe er aufs Fahrrad gestiegen und losgefahren war. Nach ein paar Metern hatte er sich immer zu ihr umgedreht und ihr zugewinkt, und ein Stück weiter, bevor er um die Ecke bog, ein zweites Mal, und dazu hatte er fünfmal hintereinander die Fahrradklingel gedrückt, was bedeutete: *Ich hab dich lieb, Marie.* Einmal Klingeln für jedes Wort.

Mit einem Mal merkte Marie, dass sie kaum noch Luft bekam. Es geschah ganz plötzlich. Sie musste sich mit beiden Händen vorn am Armaturenbrett abstützen und den Kopf vorbeugen, um besser atmen zu können. Ihre Brust hob und senkte sich ruckartig, aber irgendwie schaffte sie es nicht mehr, richtig Luft zu holen.

Opa Reinhold bremste abrupt und fuhr rechts ran.

»Um Himmels willen, Kind!«, rief er entsetzt. Er packte ihre Schultern und drehte sie zu sich herum. Sie keuchte und wollte sich losreißen, doch er hielt sie fest. Er zog sie zu sich heran, umschlang sie mit einem Arm und zerrte sie auf der Fahrerseite aus dem Wagen ins Freie.

»Nicht so schnell atmen!«, beschwor er sie. »Langsam und tief!« Er gab ihr den Rhythmus vor, in dem sie Luft holen sollte. »Ein. Aus. Ein. Aus. Noch langsamer, versuch es! Du kannst es! Ein! Aus! Ein! Aus!«

Sie gehorchte und merkte, dass es allmählich besser wurde. Die frische Frühlingsluft half ihr beim Durchatmen. Die Luftnot war überwunden.

»Hattest du das schon mal?«, erkundigte Opa Reinhold sich. Sein Gesicht war ungewohnt bleich, sie hatte ihm wohl einen Riesenschreck eingejagt.

Marie schüttelte stumm den Kopf. Nein, so was hatte sie noch nie gehabt. Und es war auch noch nicht vorbei. Atmen konnte sie zwar wieder, ihre Lungen füllten sich wie immer ganz normal mit Luft. Aber ihre Kehle war trotzdem so eng, als würde sie gewürgt.

Und dann brach es urplötzlich und mit aller Gewalt aus ihr heraus – ein Schrei, der so gewaltig war, dass sie sicher war, davon taub zu werden. Es war ein Schrei, der nicht aufhören wollte, eigentlich war es nicht nur ein einziger Schrei, sondern viele aufeinanderfolgende, bei denen einer in den anderen überging, wie Perlen aus Schmerz, die an einer Kette hingen. Eine Kette, die ihre Seele abschnürte, ehe sie plötzlich zersprang und zu Klagelauten zerstob.

In die Schreie mischten sich auch Worte, auch die kamen von ihr. *Papa! Papa! Papa!* Sie schrie und weinte und stammelte es heraus, immer wieder, ohne dass sie zunächst den Grund verstand.

Dann erst begriff sie, dass sie um ihren Vater weinte. *Richtig* weinte. Nicht so wie vorher in dem Kinderheim, das war ein anderes Weinen gewesen und eher aus Trostlosigkeit und Verzweiflung, weil sie so allein gewesen war. Es hatte nicht so wehgetan wie dieses hier. Hatte sich nicht so angefühlt, als würde sie entzweigerissen. Papas Tod war irgendwie nicht … real gewesen. Nichts, was man ganz hätte begreifen können. Jetzt auf einmal sprang es sie an wie ein Monster mit Klauen und spitzen Zähnen, das ihre Seele verschlingen wollte. Papa würde nicht mehr wiederkommen. Nie mehr.

Opa Reinhold hielt sie in seinen Armen. Er weinte ebenfalls.

»Kind!«, sagte er mit rauer Stimme. »Mein armes Kind! Es wird alles gut, glaub mir!«

Wie sollte sie das glauben? Wie? Papa war tot. Nichts konnte je wieder gut werden. Außer …

»Ich will zu Mama«, stieß sie zwischen zwei abgehackten Schluchzern hervor. »Ich will zu Mama!«

Auch das konnte sie zum ersten Mal sagen. Hilflos lauschte sie ihren eigenen Worten nach. Warum hatte sie diesen Wunsch nicht bereits vorher über die Lippen gebracht? Sicher, in dem

Heim hatte sie sich nicht getraut, und man hätte sie sowieso nicht gelassen. Es war ja verboten, in den Westen zu gehen, und zurückkommen durfte Mama nicht, weil sie sonst wieder im Gefängnis gelandet wäre. Opa Reinhold hatte es ihr erklärt. Aber ihm hätte sie sich doch schon eher anvertrauen können, oder nicht? Er hatte sie lieb und wollte, dass sie ein gutes Leben hatte, das hatte er selbst zu ihr gesagt!

Es gab nichts auf der Welt, was sie mehr gewollt hätte, als wieder bei ihrer Mutter zu sein. Die ganze Zeit hatte diese unterdrückte Sehnsucht in ihrem Inneren gebrannt und darauf gewartet, hervorzubrechen. Nur hatte sie es aus irgendwelchen Gründen gerade erst richtig verstanden.

»Ich will zu meiner Mama«, wiederholte sie mit bebender, tränenerstickter Stimme.

Opa Reinhold hielt sie fest an sich gedrückt. Er strich ihr sanft übers Haar und sprach leise zu ihr. »Das wirst du, Marie, du wirst sie wiedersehen, ich schwöre es dir, so wahr mir Gott helfe!«

Dass er bei Gott schwor, hätte sie verwundern sollen, er ging sonntags nicht in die Kirche. Aber manchmal, wenn Omchen Else in ihrer umständlichen Art ihren abgegriffenen alten Rosenkranz hervorholte und vor sich hin betete, verfiel er in Schweigen und sah ihr zu, ganz in Gedanken versunken. Vielleicht dachte er dabei an eine Zeit, in der er selbst noch Gebete gesprochen hatte.

Marie hörte auf zu weinen, fast schämte sie sich für diesen Ausbruch. Sie gab sich immer solche Mühe, sich zusammenzureißen, nur diesmal war es ihr nicht gelungen. Sie vermisste ihre Mutter so sehr, dass es wehtat. Und daher stellte sie jetzt die wichtigste Frage von allen.

»Wie?«

Was sie meinte, war: Wie kann ich wieder mit Mama zusammenkommen?

Opa Reinhold verstand sie, auch ohne dass sie es genauer darlegen musste.

»Ich kümmere mich um alles«, sagte er nur. In seiner Stimme schwang große Überzeugungskraft mit. »Überlass das nur mir.« Er musterte sie ernst. »Du weißt, dass du nicht mit anderen darüber sprechen darfst, oder? Unter gar keinen Umständen, davon hängt alles ab.«

Sie nickte und erwartete weitere Erklärungen, doch es schien, als wollte er jetzt nichts mehr dazu sagen, und Marie respektierte es, in der stillschweigenden Erkenntnis, dass, was auch immer er planen mochte, verboten war.

Mama konnte nicht zurück in die DDR, das war eine unabänderliche Tatsache, also konnten sie nur wieder zusammen sein, indem sie selbst in den Westen ging. Wenn auch wohl um den Preis, keine gute Sozialistin zu sein. In der BRD stand man dem DDR-Sozialimus feindlich gegenüber, das wusste jedes Kind. Da galten völlig andere politische Grundsätze und Ansichten. Denen musste man sich anpassen, wenn man da leben wollte.

Ob sie denn dann als DDR-Flüchtling in der BRD überhaupt Tierärztin werden konnte?

Sie platzte mit der Frage heraus, ohne groß nachzudenken, und Opa Reinhold, der sich eben noch die Tränen von den Wangen gewischt hatte, warf den Kopf in den Nacken und lachte befreit auf. »Ach, Marie, so was hätte früher auch deine Mutter fragen können, sie war genau wie du! Und die Antwort ist ganz einfach. Du kannst dort studieren, was immer du willst. Dafür werde ich schon sorgen.«

Sie stiegen wieder in den Wagen und fuhren weiter zu dem Bauernhof. Und unausgesprochen teilten sie ab diesem Tag ein Geheimnis, bei dem alles darauf hinauslief, dass in nicht allzu ferner Zukunft in ihrem Leben nichts mehr so sein würde, wie es mal war.

KAPITEL 11

April 1961

Wie schon am Vortag wurde Helene von dem Geräusch der Holzklappern wach. In der Karwoche zogen die Klapperkinder schon in aller Herrgottsfrühe mit ihren Holzratschen durch die Gassen des Dorfs und rissen die Leute aus dem Schlaf. Die Kirchenglocken, die sonst immer zur Frühmesse riefen, blieben vor den Ostertagen stumm, als Sinnbild für die Passion Christi. Diese Gepflogenheit erinnerte Helene, wie so vieles in der letzten Zeit, an ihre Kindheit in Weisberg, wo in den Tagen vor Ostern ebenfalls Klapperjungen umhergezogen waren.

Sie wälzte sich im Bett herum und versuchte wieder einzuschlafen, doch der durchdringende Lärm der Holzklappern hielt sie wach. Draußen war es noch nicht mal richtig hell, eigentlich hätte sie noch stundenlang liegen bleiben können. Es war Karsamstag, das Schuljahr vorbei, die Zeugnisse verteilt – sie hatte frei.

Helene hatte schon Pläne für den Tag, es stand wieder eine ausgedehnte Wanderung an. In der letzten Zeit hatte sie unterschiedliche Grenzabschnitte erkundet, nicht nur in der näheren Umgebung, sondern auch in anderen Ortschaften der hessischen Rhön. Zu manchen fuhr sie mit dem Bus, andere erreichte sie zu Fuß. Sonntags nahm sie sich meist längere Strecken vor, was auch schon mal einen ganzen Tag in Anspruch nehmen konnte – das geriet zuweilen zu richtigen Gewaltmärschen, mit einem Rucksack voller Proviant und einer Wanderkarte zur besseren Orientierung.

Immer wieder stieß sie dabei auf Stellen, die ihr für eine Flucht von drüben geeignet erschienen, doch leider hatte sie feststellen müssen, dass der erste Eindruck meist trog. Gerade dort, wo zuvor weit und breit kein einziger Wachsoldat zu sehen gewesen war, konnte ohne jede Vorwarnung eine Patrouille auftauchen. Oder ein harmlos wirkender kleiner Hügel entpuppte sich urplötzlich als getarnter Erdbunker, der einer Überwachungseinheit als Beobachtungsposten diente. Die Grenzanlagen wurden überall scharf kontrolliert, auch an den verlassen wirkenden Abschnitten.

Wenn sie nur irgendwas Nützliches zu einem etwaigen Fluchtplan hätte beisteuern können! All ihre Erkundungsgänge entlang der Zonengrenze verfolgten den Zweck, genauere Erkenntnisse über die jeweiligen Sicherungsmaßnahmen zu gewinnen, doch je verbissener sie es anging, desto mehr schien sie auf der Stelle zu treten.

Hinzu kam die Sehnsucht nach ihrem Kind, die immer schlimmer wurde, seit sie wusste, dass Marie nur einen Katzensprung entfernt war. Was hätte sie dafür gegeben, wenigstens einmal selbst am Telefon mit ihr sprechen zu können. Nur ein einziges Mal wieder die Stimme ihrer Tochter hören! Aber dieses Risiko wollte ihr Vater nicht eingehen, und sosehr es Helene schmerzte, musste sie ihm beipflichten. Bei der Übermittlung der Informationen war er in jüngster Zeit noch vorsichtiger geworden. Wenn er mit Auguste telefonierte, wurde nur das Nötigste besprochen und alles in unverfängliche Worte gekleidet, denn niemand konnte ausschließen, dass die Stasi die Gespräche abhörte – was zugleich auch der Grund dafür war, dass er nicht direkt mit Helene sprechen konnte.

Es war kein Geheimnis, dass die Stasi Angehörige von Republikflüchtigen besonders scharf im Auge behielt. Helene hatte mittlerweile erfahren, wie sehr man ihrem Vater im vergangenen Jahr zugesetzt hatte. Sie selbst war natürlich auch schon vor ihrer Flucht besorgt deswegen gewesen, aber sie hatte gehofft, dass es schon nicht so schlimm werden würde. Noch ein Punkt, in dem sie sich geirrt hatte.

Der Lärm der Klapperkinder war mittlerweile verstummt. Helene hätte noch ein Stündchen weiterschlafen können, doch ihre Müdigkeit war verflogen. Von draußen waren andere Geräusche zu hören, wie sie für den dörflichen Morgen typisch waren. Fensterläden, die aufgestoßen wurden. Das durchdringende Krähen von Hähnen, die auf den umliegenden Bauernhöfen ihren Herrschaftsanspruch bekundeten. Das dumpfe Muhen der Kühe, die im Stall aufs Melken warteten. Hier und da meckerten auch Ziegen, die nach Futter verlangten. Ganz in der Nähe rumpelte ein Pferdefuhrwerk vorbei, und der Hufschlag des Ackergauls, der es zog, tönte durch die Gassen.

Als Helene das Fenster öffnete, zog mit der Morgenkühle ein Schwall Landluft ins Zimmer, jenes unverkennbare erdige Gemisch aus frischem Dung und Sauerstoff. Es war ein Geruch, bei dem man nicht auf Anhieb wusste, ob man das Fenster lieber wieder schließen oder es weit aufreißen sollte, um mehr davon hereinzulassen.

Helene entschied sich, das Fenster halb offen zu lassen, während sie ihr Bett machte, einen Kessel Kaffeewasser aufsetzte und Kleidung zum Anziehen bereitlegte.

In den benachbarten Zimmern herrschte Stille, es machte sich angenehm bemerkbar, dass der männliche Teil des Kollegiums verreist war.

Herr Göring war nach Hanau gefahren, zu seiner Mutter, bei der er bis zum Ende der Osterferien bleiben wollte. Das konnte Helene nur recht sein. Abgesehen davon, dass ihn – außer vermutlich seiner Mutter – niemand richtig leiden konnte, blockierte er morgens oft unverhältnismäßig lange das einzige Bad auf der Etage. Erstaunlicherweise war der Kollege Wessel, der das Zimmer am Ende des Flurs bewohnte, trotz seines krankhaften Waschzwangs in der Hälfte der Zeit fertig. Auch er war über die Ostertage verreist, zu irgendwelchen Verwandten in der Bayerischen Rhön.

Fräulein Meisner war in den Ferien hiergeblieben; sie hatte niemanden, den sie besuchen konnte, und für eine Urlaubsreise, so ihre felsenfeste Überzeugung, war sie nicht gesund genug.

Helene zog sich ihren Morgenmantel über und klemmte sich Handtuch und Kulturbeutel unter den Arm, bevor sie ins Badezimmer ging. Der Badeofen funktionierte nicht richtig, das Wasser war eisig, und Helene merkte es erst, als sie in der Wanne stand und die Handbrause benutzte, um sich von Kopf bis Fuß abzuduschen. Frierend und zitternd stand sie da, aber das Beben, das ihren Körper durchlief, kam nicht nur vom kalten Wasser. Schlagartig war eine Erinnerung an die Haft zurückgekehrt. Erst nach endlosen Wochen hatte man sie damals duschen lassen – wie sehr sie sich darüber gefreut hatte! Und dann der Schock, als das Wasser eiskalt auf sie niedergeprasselt war. Die höhnische Stimme der Wärterin, die den Hahn aufgedreht und Helene in den harten Strahl geschubst hatte, mit der Bemerkung, sie solle froh sein, dass aus der Brause kein Gas käme.

Helene beendete ihre Morgentoilette in ungewohnter Hast. Als sie das Badezimmer verließ, stand Fräulein Meisner schon draußen im Gang, den altrosa geblümten Morgenrock fest zugebunden und eine Vielzahl kleiner Lockenwickler im Haar. Sie wünschte Helene mit bemühter Freundlichkeit einen guten Morgen. Ihr leidender Gesichtsausdruck sprach Bände.

»Wieder Kopfweh?«, erkundigte Helene sich höflich.

»Nein, die Blase«, sagte Fräulein Meisner mit tiefem Aufseufzen. »Ich habe mich wohl verkühlt.«

»Oh, dann gehen Sie wohl besser zum Doktor.« Helene bezweifelte nicht, dass Fräulein Meisner das sowieso vorhatte. Die Arztpraxis war sozusagen ihr zweites Zuhause.

Fräulein Meisner legte in einer schützenden Geste die Hand in die Nähe ihres Unterleibs. »Es ist wirklich kein Wunder! Der kaputte Badeofen, das kalte Wasser ...« Bedeutungsvoll ließ sie das Ende des Satzes in der Luft hängen, was bei ihr öfters vorkam. Sie schien zu glauben, es sei Sache ihrer jeweiligen Gesprächspartner, genügend Einfühlungsvermögen aufzubringen, um sich den Rest hinzuzudenken. »Sie stehen doch auf so gutem Fuß mit dem Bürgermeister, vielleicht könnten Sie da ...? Ich habe schon eine schriftliche Eingabe bei Rektor Winkelmeyer gemacht, aber ... Er und seine Frau haben ja unten in der Wohnung ein eigenes Bad, wahrscheinlich ist denen unser Badeofen hier oben gleichgültig.«

»Ich sag's dem Bürgermeister, wenn ich ihn treffe«, versprach Helene. Sie rang sich ein tröstliches Lächeln ab, was Fräulein Meisner sichtlich guttat.

Die Frau ging Helene auf die Nerven, aber eigentlich konnte sie einem nur leidtun. Sie war schon viel zu lange allein. Einmal hatte sie bei einem Gespräch im Lehrerzimmer mit leiser Schüchternheit erwähnt, dass es früher einen Verehrer gegeben hatte. Aber heiraten – nein, das hatte sie sich aus dem Kopf schlagen müssen, denn Lehrerinnen mussten zu jener Zeit ledig bleiben. Wer trotzdem heiratete, wurde aus dem Schuldienst entfernt. Da sei die Beziehung dann leider auseinandergegangen.

Auch der Kollege Wessel war einst verlobt gewesen, vor vielen Jahren, noch vor dem Krieg, doch seine Beinahe-Angetraute sei an Tuberkulose gestorben, und danach habe sich nichts mehr ergeben. Bei diesen Worten hatte er auf seine roten, rissigen Hände geblickt, die sichtbar zitterten, bevor er hastig die Arme vor der Brust verschränkt hatte.

»Und bei Ihnen …?«, hatte Fräulein Meisner anschließend den Kollegen Göring gefragt, der bis dahin auffallend still geblieben war. Die Augen aller Anwesenden hatten sich erwartungsvoll auf ihn gerichtet. Er war aufgesprungen und hatte unter einem gestammelten Vorwand das Lehrerzimmer verlassen, worauf Fräulein Meisner mit seltener Offenheit die Vermutung geäußert hatte, dass Herr Göring sich nicht für Frauen interessiere.

Als die Reihe an Helene kam, hatte sie notgedrungen zwei, drei Sätze über ihre eigene Ehe beigesteuert, doch dabei hatte sie sich kurzgefasst und die Lügen wiederholt, die sie schon im Aufnahmelager und später beim hessischen Kultusministerium vorgebracht hatte. Demnach sei ihr Mann bei einem Unfall ums Leben gekommen, seither stehe sie völlig allein da. Fragen zu ihrer Flucht tat sie mit nichtssagenden Antworten ab – sie habe das System als einschränkend empfunden, der Westen sei ihr freier erschienen.

Schließlich hatte es zum Ende der Pause geklingelt, und Helene war froh gewesen, dass das Gespräch damit vorbei war.

In ihrem Zimmer schlüpfte sie in die bereitgelegten Kleidungsstücke und brühte sich anschließend frischen Kaffee auf, den sie Schluck für Schluck am offenen Fenster trank und dabei hinausschaute. Die Aussicht von hier aus war alles andere als spektakulär, aber dafür auf wohltuende Weise vertraut und beruhigend. Man sah einen Teil des Friedhofs sowie ein Stück der Kirchenmauern, außerdem einen Abschnitt des Dorfplatzes mit dem darauf befindlichen Denkmal, und wenn man sich ein wenig hinauslehnte, öffnete sich der Blick auf einen nahen Hügel, auf dessen Kuppe sich eine Kapelle befand.

Helene spülte die benutzte Kaffeetasse ab und richtete sich die heutige Wegzehrung her. Es war noch ein großes Stück altbackenes Brot da, das verbraucht werden musste. Auch von der Konfitüre gab es noch einen Vorrat. Die Schulkinder hatten ihr immer wieder selbst gemachte Marmelade mitgebracht, ebenso wie eingewecktes Obst, Räucherwurst und Schmalz.

Wenigstens musste Helene sich hier im Lehrerhaus keine Gedanken mehr über die Haltbarkeit ihrer Vorräte machen, denn zur Ausstattung ihres Zimmers gehörte eine kleine Küche mit einem Kühlschrank. Auch an Inventar war das Nötigste vorhanden. Helene war ausgesprochen dankbar, dass sie kein Geld für Töpfe, Geschirr und Besteck hatte ausgeben müssen.

Die Wäsche konnte im Keller gewaschen werden, wobei die Waschtage nach einer festen Hausordnung zugeteilt waren.

Auch die Reinigung des Treppenhauses war in regelmäßigem Turnus durchzuführen, es gab einen Putzplan, der für alle galt. Anders als bei der Nutzung des Waschkellers war es hier jedoch bereits zu Unstimmigkeiten gekommen, was hauptsächlich daran lag, dass Herr Göring nicht selbst putzte, sondern eine Frau aus dem Dorf dafür bezahlte. Die fiel allerdings häufig aus, weil sie anderweitig zu tun hatte – beispielsweise im Gasthof, wo sie ebenfalls Putzdienste erledigte. Fräulein Meisner, die laut Putzordnung immer nach Herrn Göring an der Reihe war, beklagte sich dann bitterlich darüber, dass sie ständig die doppelte Arbeit am Hals hatte. Einmal hatte sie sich sogar rundweg geweigert, das Treppenhaus durchzuwischen. In der darauffolgenden Woche war wieder Herr Wessel mit der Reinigung dran gewesen. Er hatte seine Pflichten klaglos und zuverlässig erfüllt, so wie immer, aber hinterher hatte er tagelang im Lehrerzimmer vor sich hin geschmollt und auf keinerlei Ansprache reagiert. Lediglich Helenes Gruß hatte er noch erwidert.

Auch über das Sauberhalten des Badezimmers und dessen jeweilige morgendliche Belegungsdauer war schon mehrfach diskutiert worden. Nach Ansicht von Fräulein Meisner müsse dringend gegen Herrn Göring interveniert werden, da dieser ständig die vereinbarte Zeit von zwanzig Minuten pro Person überschreite.

Helene hielt sich konsequent aus allen Querelen heraus; sie wollte sich nicht in irgendwelche kindischen Auseinandersetzungen hineinziehen lassen. Auch aus diesem Grund war sie froh, dass endlich Ferien waren. Wer nicht da war, musste nicht putzen und blockierte auch nicht das Bad, folglich musste sich auch keiner drüber streiten.

Für den heutigen Ausflug packte sie das restliche Brot und ein Stück Räucherwurst als Proviant in ihren Rucksack. Dann füllte sie ihre Thermoskanne mit dem Pfefferminztee, den sie schon am Vorabend zubereitet hatte. Vor dem Spiegel an der Innentür des Kleiderschranks fuhr sie sich noch einmal rasch mit dem Kamm durchs Haar und stellte dabei fest, wie sehr es seit ihrer Ankunft bereits gewachsen war.

Im Aufnahmelager von Marienfelde hatte sie sich das Haar kurz schneiden lassen. In der Haft hatte es arg gelitten, es war dünn und stumpf geworden, man hatte gleichsam zusehen können, wie es nach und nach ausfiel.

Nun, da es nachgewachsen war, fühlte es sich wieder kräftig und gesund an, und es glänzte wie früher. Sie hatte schon entschieden, es wieder länger zu tragen. Vielleicht nicht mehr ganz so lang wie vor der Haft, aber auf jeden Fall noch eine Handbreit mehr als jetzt, dann konnte sie es wieder im Nacken zusammenstecken. Oder es nach hinten kämmen und ein elastisches Stirnband tragen, das kam gerade in Mode und sah nett aus.

Überhaupt, sie sollte sich endlich ein paar schicke Sachen zulegen, damit sie nicht immer nur in diesem biederen dunklen Zeug herumlaufen musste, vor allem jetzt, da es Frühling wurde. Ein bunt geblümtes Kleid, dazu Nylonstrümpfe und Pumps sowie eine dazu passende Handtasche … Vielleicht würde sie sich in neuer Kleidung weiblicher fühlen. Ein bisschen so wie in dem Zwanzigerjahre-Kostüm auf der Rosenmontagsfeier.

Nicht dass sie es darauf anlegte, von Männern angestarrt zu werden, nein, das wollte sie wahrhaftig nicht. Im Gegenteil. Je weniger sie hier auffiel, desto besser. Zusätzliche Aufmerksamkeit konnte sie nicht brauchen. Und dennoch … Sie wollte einfach nur wieder hübsch aussehen, auf diese unbefangene, sorglose Art wie früher. So wie das Mädchen, das sie mit siebzehn gewesen war, ehe sie Jürgen kennengelernt hatte. Sie war vor die Tür getreten, in einem geblümten Sommerkleid, das Haar in offenen Locken auf den Schultern wippend, die Sonne auf der Haut, und sie hatte mit jeder Faser ihres Körpers gespürt, wie lebendig sie war.

Ob sie sich je wieder so fühlen würde? Sie wusste es nicht, aber immer, wenn sie Tobias Krüger begegnete, kam es ihr vor, als sei sie ganz nah dran. Als bräuchte sie dafür nur so ein Kleid und die Sommersonne in ihren offenen Haaren.

Doch wie üblich verbannte sie solche Bilder aus ihren Gedanken, bevor sie sich dort festsetzten. Sie konnte es sich nicht erlauben, Tobias anzuschmachten, nicht mal im Geiste. In ihrem Leben gab es nur ein festes Ziel, eine einzige Bestimmung: ihr Kind zurückzubekommen.

Entschlossen schulterte sie den Rucksack und machte sich auf den Weg.

Draußen fuhr gerade Isabella auf ihrem Motorroller vorbei. Sie hielt an, als sie Helene sah.

»Morgen, Lenchen!«, rief sie.

»Morgen, Isa«, grüßte Helene zurück.

Die beiderseitigen Kosenamen hatten sich bei ihren Begegnungen wie von allein eingeschlichen, es war wie eine zusätzliche Bekräftigung ihrer Freundschaft, die sich in den vergangenen Wochen weiter vertieft hatte.

»Du bist ja wieder früh unterwegs«, meinte Isabella.

»Na ja, ich hab Urlaub.«

Isabella lachte. »Die meisten Leute, die Urlaub haben, ruhen sich erst mal aus. Du schwingst sofort die Hufe und wanderst in der Weltgeschichte herum. Wohin soll es denn heute gehen?«

»Nach Tann.«

Isabella runzelte die Stirn. »Schon wieder an die Grenze?«

Sofort war Helene auf der Hut. Offenbar hatte sie, indem sie mit Isabella über die bisherigen Ziele ihrer Wanderungen gesprochen hatte, schon zu viel verraten. Sie musste einfach noch besser aufpassen!

Sie gab sich ahnungslos. »Anscheinend ist die Grenze hier überall, oder? In dem Wanderführer stand, dass es da schöne historische Gebäude gibt.«

Isabella zuckte die Achseln. »Wenn du mich fragst, ist in der ganzen Gegend ein Kaff so öde und langweilig wie das andere. Um historische Bauten anzusehen, fährst du besser nach Fulda oder Bad Hersfeld, da gibt's genug davon. Und dort kann man auch abends noch was unternehmen.« Sie betrachtete Helene lächelnd. »Es bleibt doch bei unserem Tanzabend heute, oder?«

Helene nickte. »Klar. Ich hab's nicht vergessen.«

In Wahrheit hatte sie es mehr oder weniger verdrängt. Es war schon fast vierzehn Tage her, dass sie sich für heute Abend verabredet hatten. Oder genauer: Isabella hatte Helene so lange bekniet, bis diese sich endlich hatte breitschlagen lassen, besagte amerikanische Tanzbar in Bad Hersfeld mit ihr zu besuchen.

Seit dem Rosenmontag ließ Isabella nichts unversucht, sie auf weitere Unternehmungen mitzuschleppen, doch Helene hatte sich bisher erfolgreich gedrückt. Klassenarbeiten, Zeugniskonferenzen, die vielen Unterrichtsvertretungen – an Ausreden hatte es nicht gefehlt. Doch damit war jetzt Schluss. Es waren Osterferien. Die Schule fing erst in der übernächsten Woche wieder an.

»Also sei bloß rechtzeitig zurück«, sagte Isabella. »Bis dann, fröhliches Wandern!« Mit einem Lächeln startete sie ihren Motorroller und fuhr davon.

*

Während ihrer Fahrt durchs Dorf dachte Isabella über das Gespräch nach. Sie hatte Helene ins Herz geschlossen wie selten einen Menschen zuvor, weshalb sie es ziemlich bedrückend fand, dass Helenes Gesicht sich während einer Unterhaltung manchmal von einem Moment auf den anderen verschloss.

Es geschah immer dann, wenn bestimmte Themen angeschnitten wurden, über die Helene ganz offensichtlich nicht sprechen wollte. Zum einen betraf es ihren Ehemann, zum anderen die näheren Umstände ihrer Flucht aus der Ostzone. Für Isabella stand außer Frage, dass Helene Geheimnisse mit sich herumtrug, die mit ihrer DDR-Vergangenheit zusammenhingen, und zwar solche, die ihr das Leben schwermachten. Auch die ausgedehnten Wanderungen schienen dabei eine Rolle zu spielen.

Anfangs hatte Isabella sich nichts dabei gedacht, wenn Helene ihr auf Fragen nach dem Ausflugsziel den jeweiligen Ort genannt hatte, nicht einmal vorhin, als von Tann die Rede gewesen war. Erst als Helene bei dem Wort *Grenze* sichtlich zusammengezuckt war, hatte das ihre Neugier geweckt.

Spontan überlegte Isabella, ob Helene vielleicht eine Spionin sein könnte. Eine Ostagentin auf geheimer Mission.

Doch sofort verwarf sie diesen absurden Gedanken. Ein Kichern gluckste in ihr hoch, weil es wirklich zu verrückt war. Anscheinend hatte sie zu viele Agentenfilme gesehen. Kirchdorf war nicht Berlin oder Wien, und Helene war ganz bestimmt keine Figur aus *Der dritte Mann.* Sie war einfach die beste Freundin, die man sich nur wünschen konnte, ein Mensch voller Güte und Herzenswärme.

Isabella wusste, dass sie nicht die Einzige war, die so dachte. Im Dorf hielt man große Stücke auf die Lehrerin, allen voran Tobias Krüger. Der war, man konnte es kaum noch übersehen, nach Strich und Faden in sie verschossen. Was allerdings auf Gegenseitigkeit beruhte, so viel war sicher. Wenn Tobias und

Helene sonntags in der Kirche nebeneinandersaßen, sah man fast die Funken, die zwischen den beiden hin und her sprühten. Wieder musste Isabella kichern. Im Ort gab es Leute, die bereits Wetten darauf abgeschlossen hatten, wann die Lehrerin und der Dorfarzt wohl endlich zusammenfanden. In jedem Fall würden die zwei ein wirklich schönes Paar abgeben.

Früher mal hatten die Leute das auch über Isabella und den Bürgermeister gesagt. Auch darauf war gewettet worden, und manche glaubten immer noch, dass sie und Harald eigentlich zusammengehörten. Als sie vorhin von zu Hause aufgebrochen war, hatte sie vor der Haustür wieder mal ein spezielles Osternest gefunden. Ein rundes Gebilde aus Stroh, in dem sich ein paar Leckereien befanden, auf den ersten Blick einfach nur eine nette Aufmerksamkeit. Doch die eigentliche Botschaft bestand in der Spur aus Sägespänen, die von dem Nest wegführte, zur Haustür desjenigen, von dem die Gabe scheinbar stammte – Harald Brecht. Isabella hatte dieser Spur gar nicht erst folgen müssen, um zu wissen, wo sie endete, denn letztes Jahr war es auch schon so gewesen.

Beim ersten Mal hatte sie noch allen Ernstes geglaubt, er selber hätte das Nest deponiert und die Sägespäne ausgestreut, denn zu der Zeit hatte er noch versucht, den Bruch zwischen ihnen zu kitten. Die Sache mit dem Osternest war in dieser Gegend ein alter Brauch – ein heimlicher Verehrer übermittelte seiner Angebeteten auf diese Weise seine romantischen Absichten.

Doch für das Nest vor ihrer Tür waren in Wirklichkeit bloß ein paar ungezogene Halbwüchsige verantwortlich. Die hatten anscheinend ihren Spaß daran, die Sache am Kochen zu halten. Oder den Finger in die Wunde zu legen, je nach Betrachtungsweise.

Isabella unterdrückte die aufkommende Frustration. Es brachte nichts, zu oft zurückzublicken. Sie lebte in der Gegenwart und schaute lieber nach vorn. Worüber beschwerte sie sich eigentlich? Es ging ihr doch gut! Beruflich war sie ausgelastet, die Arbeit machte Freude, da gab es nicht viel zu meckern. Na gut, privat hätte manches besser laufen können, beispielsweise bei ihren Männerbekanntschaften. Anscheinend hatte sie ein Händchen für die falschen Kerle, sie fiel zu häufig auf Blender herein. Aber eines Tages würde schon noch jemand auftauchen, der zu ihr passte und damit klarkam, dass sie sich nicht bevormunden ließ.

Sie fuhr zum Gehöft der Wiegands und stellte den Motorroller vor der Haustür ab. Eins der Kinder ließ sie ein. Drinnen herrschte ein Höllenlärm, er kam aus dem Obergeschoss. Offenbar stritten sich zwei der Wiegand-Sprösslinge, es klang ganz danach, als hätte Ernst eine seiner Schwestern geärgert, denn eins der Mädchen – entweder Renate oder Rita – rief ihn zornig beim Namen und kündigte an, ihn die Treppe runterzuschmeißen.

In der Küche werkelte die Großmutter herum, umgeben von den kleineren Kindern der Familie. Sie nickte Isabella zu und deutete mit dem Kinn nach oben.

»Sie hott sich higeläht, sie is zu nüscht mee zu gebrouche«, erklärte die Alte. Ihr faltiges Gesicht war sorgenvoll verzogen – kein gutes Zeichen.

Isabella ging die Treppe hoch und scheuchte Ernst und Rita zur Seite, die im oberen Flur herumtobten und sich zankten.

»Nous mit euch, spielt douse! Des Wäder es zu schö, öm im Hous zu blinn!«

»De Vodder hot ebber gesöt, mir sonn nei geh, weil de Ernst in de Deich gefalle is!«, widersprach Rita.

Das erklärte wohl, warum Ernst nasse Haare hatte und zudem eine Spur von Wassertropfen hinter sich herzog. Anscheinend hatte Eugen Wiegand vergessen, einen ausdrücklichen Befehl zum Umziehen auszusprechen. Und der Großmutter war das Malheur offenbar auch entgangen, die hatte alle Hände voll mit den jüngeren Kindern zu tun.

»Zieh der trockene Klamotte o, un dann get ihr widder nous«, ordnete Isabella kurz entschlossen an. Sie ging weiter ins Elternschlafzimmer, wo Liesel Wiegand im Bett lag. Das Baby schlief friedlich daneben in der Wiege. Eigentlich hatte die Abschlussuntersuchung schon vor zwei Wochen stattgefunden, da war noch alles in Ordnung gewesen, doch heute Morgen war unerwartet Eugen Wiegand bei Isabella aufgetaucht.

»Die Liesel blutt. Sie määnt, dos wär net normal«, hatte er gesagt.

»Da bin ich, Liesel«, sagte Isabella zu der Frau im Bett. »Was machst du denn für Sachen?«

Liesel Wiegand wandte den Kopf zu ihr, und beim Anblick des bleichen, eingefallenen Gesichts fuhr Isabella der Schreck in die Glieder. Bei der Untersuchung bestätigten sich ihre Befürchtungen. Liesel hatte Fieber und erhöhten Puls, und der übel riechende, blutige Ausfluss ließ Schlimmes ahnen.

»Wie lange hast du das schon?«, fragte sie.

»Seit fürnächte. Ich honn erscht gedoacht, ich hät min Kroom. Ebber es dut mer olles weh, un es richt komisch!«

Isabella hatte ihre Entscheidung bereits getroffen. Liesel musste sofort ins Krankenhaus, es duldete keinen Aufschub.

»Ich bestell den Krankenwagen«, sagte Isabella, ohne zu zögern, während sie sich hastig vom Bett erhob. »Deine Mutter soll dir ein paar Sachen zusammenpacken.«

»Ebber die Klää, ich still se doch noch!«

»Ich besorge Säuglingsmilch und Fläschchen und kümmere mich darum, dass du im Krankenhaus abpumpen kannst. Hinterher helf ich dir, dass sie wieder an der Brust trinkt.«

»Ess es e Blutvergiftung?«, fragte Liesel Wiegand ängstlich.

Isabella murmelte irgendwas Beruhigendes, aber für sie sah tatsächlich alles nach einer beginnenden Sepsis aus. Normalerweise hätte sie Tobias benachrichtigen und ihn bitten müssen, rasch herzukommen, um ihre Diagnose zu bestätigen und die Einweisung ins Krankenhaus vorzunehmen, doch er war mit seinem Sohn und seiner Tante in Urlaub gefahren – zum ersten Mal seit Jahren. Bis seine Vertretung da war, konnten Stunden vergehen, damit wäre nur wertvolle Zeit vergeudet worden.

»Mach dir nicht so viele Sorgen«, sagte sie aufmunternd zu Liesel. »Das wird wieder. Du wirst gründlich untersucht und bekommst die richtige Medizin, und ruckzuck bist du wieder auf dem Damm.«

Isabella hoffte inständig, dass sie recht behielt. Alles andere wäre eine Katastrophe.

Die alte Frau in der Küche nickte nur stoisch, als Isabella ihr mitteilte, dass Liesel zur Behandlung in die Klinik musste und dass das Baby Flaschennahrung brauchte.

In der folgenden Stunde leitete Isabella alles Nötige in die Wege. Die Gemeindeschwester sagte zu, sich sofort um die Versorgung des Säuglings zu kümmern, und die Klinik schickte einen Krankenwagen, der Liesel Wiegand abholte.

Das Mittagessen nahm Isabella wie jeden Samstag mit ihren Eltern ein. Dabei gab es zu ihrem Verdruss eine Debatte über das Osternest. Ihre Eltern nahmen es mal wieder zum Anlass, Isabella die Trennung von Harald Brecht vorzuhalten, gerade so, als wäre die Sache mit ihm erst gestern zu Ende gegangen statt schon vor zwei Jahren.

»Wenn er dir doch das Nest gebracht hat!«, rief ihre Mutter vorwurfsvoll.

»Mama, wie oft soll ich dir noch sagen, dass das nur ein Dummejungenstreich war?«, gab Isabella ungeduldig zurück.

»Du könntest aber so *tun,* als wär's von ihm«, warf ihr Vater ein. »Er wird's bestimmt nicht abstreiten, wenn du zu ihm rübergehst und dich bedankst. Es wäre eine gute Gelegenheit, wieder mit ihm ins Gespräch zu kommen. Alle wissen, dass er dir nachtrauert.«

»Aber ich ihm nicht.« Damit war für Isabella das letzte Wort gesprochen. Sie half ihrer Mutter nach dem Essen pflichtschuldig beim Abwasch und musste dabei weitere Versuche abwehren, die ihr den Bürgermeister schmackhaft machen sollten.

»Er ist so tüchtig! Und er sieht gut aus! Außerdem – du wirst nicht jünger. Und ich auch nicht. Ich würde gern noch Großmutter werden. Hier im Dorf sind alle Frauen in meinem Alter schon Oma.«

»Dann sag doch dem Willi, dass er heiraten und Kinder in die Welt setzen soll.«

Isabellas Bruder Wilfried war zwei Jahre jünger als sie und im vergangenen Jahr nach Amerika ausgewandert, um dort als Maurer sein Glück zu machen. Er hatte es gut getroffen. Mittlerweile war er sogar dabei, ein eigenes kleines Bauunternehmen aufzuziehen. Nur mit der Liebe hatte es bislang nicht geklappt, sehr zum Leidwesen der Eltern.

Ihre Mutter war beleidigt wegen ihrer letzten Bemerkung. Auf ähnliche Weise endeten nahezu alle Gespräche über das Thema. Nicht zum ersten Mal fragte Isabella sich, ob sie nicht endlich einen eigenen Hausstand gründen sollte. Wenn es nicht so praktisch und günstig gewesen wäre, noch im Elternhaus zu leben, würde sie schon längst auf eigenen Füßen stehen!

Dabei musste es früher mal eine Zeit gegeben haben, in der ihre Eltern noch über den eigenen Tellerrand hinausgeschaut und sogar beinahe unkonventionell gedacht hatten. Isabellas Vorname war der Beweis dafür, er stammte aus irgendeinem Roman, den ihre Mutter mal gelesen und sich dabei unsterblich in den klangvollen Namen verliebt hatte. Trotz allerlei Einsprüchen von Verwandten und Bekannten hatte sie darauf bestanden, ihre Tochter so zu nennen, eine schon fast schillernde Abweichung von den sonst in dieser Region üblichen Taufnamen.

Immerhin war sie dann beim zweitgeborenen Kind bescheidener geblieben, gegen *Wilfried* hatte niemand was einzuwenden gehabt.

Den restlichen Samstagnachmittag verbrachte Isabella damit, liegen gebliebenen Papierkram abzuarbeiten. Als freiberufliche Hebamme war sie ihre eigene Bürokraft und musste sich selbst um alle Abrechnungen, Fallberichte und Materialbestellungen kümmern.

Anschließend rief sie in der Klinik an und erkundigte sich nach ihrer Patientin, doch es gab noch nichts Neues. Immerhin hatte Liesel Wiegands Zustand sich nicht verschlechtert, was schon viel wert war. Spätestens morgen würde man mehr wissen.

Isabella verdrängte die Sorgen und legte sich noch für ein Stündchen hin, um am Abend ausgeruht zu sein. Sie freute sich unsagbar auf den Klubbesuch mit Helene. Endlich wieder tanzen gehen, ohne sich vor den Eltern dafür rechtfertigen zu müssen und von den Nachbarn schief angesehen zu werden! Das Getuschel ließ merklich nach, wenn man nicht allein loszog, sondern mit einer Freundin. Die Kirchdorfer waren einfach zu spießig, das galt fast für alle. Bestimmt hätten viele im Dorf sie gern aus moralischen Gründen gemieden, aber sie war die einzige Hebamme weit und breit, da mussten die Leute sich notgedrungen damit abfinden, dass sie gern feiern ging und kein Talent zum Mauerblümchen hatte.

Bevor sie einschlummerte, fiel ihr ein, dass sie später, wenn sie Helene im Lehrerhaus abholte, unbedingt was zum Anziehen mitnehmen musste. Es kam nicht infrage, dass Helene in ihrem altbackenen Lehrerinnenzeug in der Tanzbar aufkreuzte! Was für ein Glück, dass sie beide dieselbe Größe hatten.

Das würde bestimmt ein toller Abend werden!

KAPITEL 12

Das ist wirklich schön geworden, du malst sehr gut!« Beifällig betrachtete Christa die fantasievoll gestalteten Ostereier, die wie kleine Kunstwerke aussahen. Einen Teil der Eier hatten sie und Marie schon am Vortag angestochen und vorsichtig mithilfe einer Kolbenspritze aus Reinholds Instrumentarium ausgeleert. Zum Malen hatte Marie Farben benutzt, die seit Jahrzehnten in einer Kiste auf dem Dachboden verstaubten. Reinhold hatte gemeint, dort oben müssten noch Malutensilien liegen, und tatsächlich hatte Christa sie nach kurzer Suche entdeckt. Sie stammten noch aus Lenis Schulzeit; Reinhold hatte in seiner Sentimentalität einfach alles von damals aufgehoben.

Einen weiteren Teil der Eier hatte Christa hart gekocht und zusammen mit Marie mit einer Farbe überzogen, die sie selbst hergestellt hatten, aus Essig und Zwiebelschalen, was ein sattes Orange ergab.

»Die Woche gibt's dann wohl öfters mal Eier zu essen«, sagte Christa augenzwinkernd zu dem Mädchen. »Ich hoffe, du magst das.«

»Ja klar«, beteuerte Marie. Sie strahlte. »Rühreier. Verlorene Eier. Eiersalat. Eier auf dem Butterbrot. Ess ich alles gern!«

Christa betrachtete sie wohlwollend. Die Augen des Kindes blitzten hell in dem gebräunten Gesicht. In den vergangenen Wochen war Marie viel an der frischen Luft gewesen, das Landleben tat ihr gut. Kein Vergleich mit dem blassen kleinen Gespenst vom vorletzten Monat.

Spontan strich Christa dem Mädchen über die blonden Locken. Es war eine unbedachte Geste, die einem inneren Bedürfnis entsprang. Ein beinahe albernes Glücksgefühl erfüllte sie, weil dem Kind das Bemalen der Eier so viel Freude bereitet hatte.

Die Anregung war von Christas Mutter gekommen, aus heiterem Himmel.

»Mal doch Ostereier mit der Kleinen an, haben wir früher ja auch immer gemacht«, hatte sie vorgeschlagen, und Christa hatte die Idee spontan in die Tat umgesetzt. Sie selbst hatte vorher keinen Gedanken daran verschwendet. Ostern, das war für sie ein Sonntag wie jeder andere, und Reinhold hatte eh nur dann frei, wenn gerade keine Kälber oder Fohlen auf die Welt kamen.

Früher, als Leni noch ein kleines Kind gewesen war, war er sicher wie jeder Vater mit ihr zu Ostern auf die Suche nach Eiern gegangen, die er selber zuvor versteckt hatte. Christa hatte ihn nicht danach gefragt, aber sie ging fest davon aus, dass es so gewesen war. Machten das nicht alle guten Väter so? Auch ihr Vater war früher an Ostern mit ihr spazieren gegangen, daran erinnerte sie sich noch genau. Natürlich hatten sie zum Schluss keine Eier mehr gesucht, da war sie ja schon lange erwachsen gewesen. Aber den letzten Ostertag mit ihm hatte sie nicht vergessen. Sein gutmütiges Lachen, das Licht des Himmels, das sich in seinen blauen Augen widerspiegelte. Die widerspenstige Haarsträhne, die ihm immer in die Stirn fiel.

In ihrer Erinnerung würde er immer so aussehen wie damals an jenem letzten Ostersonntag. Das war in dem Jahr gewesen, in dem er an der Ostfront gefallen war. Es gab ein Foto von genau diesem Ostersonntag, Christa holte das Album manchmal hervor und sah es sich an, so wie auch die übrigen Aufnahmen von früher. Manchmal kam es ihr dabei so vor, als hätte sie zwei unterschiedliche Leben gehabt – das vor der Vertreibung und das danach.

Vertreibung.

Wann hatte sie angefangen, wieder häufiger daran zurückzudenken und dabei das verpönte Wort zuzulassen? Sich die Erinnerung an das zu gestatten, was damals mit ihr und ihrer Mutter geschehen war? Vermutlich spätestens seit Marie hier war. Vertreibung und Flucht, das waren wie zwei Seiten ein und derselben Münze. Das eine ging mit dem anderen einher, keinem Menschen sollte das widerfahren.

Aber hatte sich dieses Thema nicht schon vor Maries Ankunft wieder in ihr Leben gedrängt? Vor allem in der Zeit, als Reinhold sich vor der Stasi dafür rechtfertigen musste, dass Leni geflohen war. Als wäre er dafür verantwortlich gewesen! Erst nach seinem Parteieintritt hatten sie von ihm abgelassen, und es war wieder etwas Ruhe eingekehrt.

Womöglich waren sie aber auch einfach nur zu einer subtileren Methode übergegangen. Etwa, indem sie sein Telefon überwachten. Christa bildete sich manchmal ein, ein seltsames Knacken in der Leitung zu hören, wenn sie den Hörer abnahm. Oder hatte es dieses Knacken schon immer gegeben? Sie wusste es nicht. So häufig benutzte sie das Telefon auch wieder nicht, weil es kaum jemanden gab, den sie anrufen konnte. Die wenigsten Leute besaßen zu Hause einen Anschluss, und die paar, die einen hatten, telefonierten meist nur innerhalb des Orts. Für Ferngespräche, erst recht welche in die BRD, gab es nicht automatisch freie Leitungen. Solche Telefonate mussten erst umständlich vorher angemeldet werden, oft mit stundenlanger Wartezeit. Nicht selten brach die Verbindung dann trotzdem mitten im Gespräch zusammen, man musste eine Menge Geduld aufbringen.

Reinhold telefonierte einmal die Woche mit seiner Tante, um Neuigkeiten auszutauschen. Mithilfe sorgfältig durchdachter Formulierungen, die in Christa immer das Gefühl weckten, dass die von der Stasi unmöglich so blöd sein konnten, nicht sofort Verdacht zu schöpfen, falls sie mithörten.

Aber bis jetzt war ihnen keiner auf die Pelle gerückt. Vielleicht warteten sie auch erst mal ab, was noch alles so passierte. Oder es gab in Wahrheit gar keine angezapfte Leitung, und sie litt schon unter Verfolgungswahn.

Immerhin hatte Reinhold mittlerweile eingesehen, dass es sich positiv auf seine Glaubwürdigkeit auswirkte, wenn er sich stärker bei den Maßnahmen der Kollektivierung einbrachte, egal wie viel Überwindung es ihn kostete. Er führte nun des Öfteren Gespräche mit den Bauern, die sich noch gegen die Aufnahme in die LPG sträubten, und hinterher fertigte er Protokolle von diesen Unterredungen an, die Christa persönlich abtippte und mit einigen sozialistischen Wendungen anreicherte, damit es so aussah, als sei das Ende der privaten Landwirtschaft dank Reinholds Einsatz im Bezirk so gut wie besiegelt.

Horst Sperling hatte sich jedenfalls schon mehrfach anerkennend über Reinholds wachsendes Engagement geäußert. Dummerweise hatte er im Gegenzug begonnen, Reinholds Freundschaft zu suchen. Er tauchte immer häufiger bei ihnen zu Hause auf, zum Quatschen, auf ein Bier, einfach nur so. Gelegentlich titulierte er Reinhold gar mit *Kamerad* statt mit *Genosse,* was Christa an das Gerücht erinnerte, das über Horst Sperling kursierte. Er war erst Anfang der Fünfzigerjahre nach Weisberg gezogen, vorher hatte er angeblich im Rheinland gelebt. Im Krieg hatte er eigenen Schilderungen zufolge im Widerstand mitgewirkt, doch Genaueres war darüber nicht in Erfahrung zu bringen.

Irgendwer wollte Horst Sperling kürzlich auf einer alten Fotografie wiedererkannt habe, dem Vernehmen nach zeigte sie eine SS-Einheit im damals besetzten Polen, wo Hitlers Schlächter besonders blutrünstig gewütet und gemordet hatten. Christa hatte über drei Ecken davon erfahren; den Namen des Fotobesitzers kannte sie nicht. Sie hatte keine Ahnung, ob es tatsächlich so eine Aufnahme gab, auf der Sperling zu sehen war, aber der fanatische Glanz, den Christa manchmal in seinen Augen wahrnahm, ließ diese Möglichkeit keineswegs ausgeschlossen erscheinen. Unwillkürlich erinnerte sie sich an ihre jüdische Jugendfreundin Ruth, die mitsamt Ehemann und ihren drei Kindern in irgendeinem KZ umgebracht worden war. Die Vorstellung, dass Sperling bei derartigen Gräueltaten mitgewirkt haben könnte, rief bei Christa ein Schaudern hervor.

Als hätten ihre Gedanken sein Erscheinen heraufbeschworen, stand er kaum fünf Minuten später wieder einmal vor der Tür, eine Aktentasche unterm Arm und ein erwartungsvolles Lächeln auf den Lippen.

»Guten Tag, Genossin«, begrüßte er sie.

»Guten Tag, Genosse Sperling«, gab sie förmlich zurück.

»Ach, ich bin in der letzten Zeit doch so oft hier, nennen wir uns doch einfach beim Vornamen«, forderte er sie leutselig auf. »Ich bin der Horst.«

»Christa.« Sie war unangenehm berührt und hoffte, dass er es ihr nicht anmerkte.

Er spähte über ihre Schulter in die Küche, wo Marie am Tisch saß und einem Osterei eine letzte Verschönerung angedeihen ließ.

»Da ist ja auch mal das Enkelkind zu Hause. Sonst war sie bisher immer unterwegs, wenn ich kam. Du bist Marie, oder?«

Marie nickte stumm. Sie wirkte eingeschüchtert und verunsichert. Reinhold hatte dem Kind eingeschärft, sich bloß nichts anmerken zu lassen. Wenn irgendwer herausbekam, was sie vorhatten, waren sie alle miteinander geliefert. Marie wusste ganz genau, was auf dem Spiel stand. Die Nervosität stand ihr ins Gesicht geschrieben. Sperling war nicht nur ein umtriebiger Parteigänger, sondern auch Lehrer an ihrer Schule. Zum Glück hatte die Kleine keinen Unterricht bei ihm. Der Kerl war Christa nicht geheuer. Er hatte weder Frau noch Kind, weshalb er vermutlich auch so viel Zeit erübrigen konnte, um anderen

Leuten auf die Nerven zu gehen. Sie biss die Zähne zusammen, in ihrem Magen rumorte es. Die Unruhe des Kindes übertrug sich auf sie. Hoffentlich ging das auf Dauer gut!

»Marie wollte gerade zum Spielen raus«, sagte sie. Dabei ließ sie ihre Stimme betont gleichmütig klingen.

Sperling trat in die Küche. »Wie gefällt es dir denn in Weisberg bei deinem Opa? Hast du dich gut eingelebt?«

»Ja«, antwortete Marie leise. Hilfe suchend sah sie Christa an, dann holte sie Luft und platzte unvermittelt heraus: »Ich bin bei den Jungen Pionieren.«

Sperling lächelte wohlwollend. »Bereit für Frieden und Sozialismus?«

»Immer bereit«, erwiderte Marie wie aus der Pistole geschossen.

»So ist es recht«, lobte Sperling sie. »Jetzt aber raus mit dir an die frische Luft!«

Er sah dem Mädchen nach, als es durch die Hintertür nach draußen rannte. »Mir scheint, sie fühlt sich wirklich wohl hier. Ich hab's mir mit meiner Zustimmung nicht leicht gemacht, aber ich wusste, wie wichtig es für Reinhold ist.« Er hielt inne und sah Christa direkt in die Augen. »Es *ist* doch wichtig für ihn, oder?«

Sie hielt unwillkürlich die Luft an. Schon vorher hatte er keinen Hehl daraus gemacht, dass er Reinholds Vormundschaftsantrag befürwortet hatte. Der Bescheid selbst war von höherer Stelle ergangen, auf Veranlassung von jemandem in Berlin, den keiner von ihnen kannte, aber Horst Sperling hatte seinen Segen dazu gegeben und betonte das bei jeder Gelegenheit. So, als wäre es ein Leichtes für ihn, alles wieder rückgängig zu machen.

Vor lauter Nervosität begann Christa zu schwitzen.

»Ja, es ist sehr wichtig für Reinhold«, erwiderte sie. »Und für das Kind auch.«

»Was will der Mann schon wieder?«, kam es mit Reibeisenstimme von der Treppe her. Christas Mutter war von oben heruntergekommen und beäugte den Besucher misstrauisch. »Weiß er denn nicht, dass Reinhold arbeiten muss?«

Horst Sperling runzelte ein wenig verstimmt die Stirn und sah auf seine Armbanduhr. »Nun ja, um diese Zeit hätte er eigentlich Feierabend.«

»Schön wär's.« Christa konnte sich diesen Seitenhieb nicht verkneifen. Auf dem Papier dauerte Reinholds Arbeitswoche genauso lange wie bei allen anderen Werktätigen – achtundvierzig Stunden, einschließlich Samstag. Aber das war nur die Theorie.

Horst Sperlings Stirnrunzeln vertiefte sich, und Christa beeilte sich, ihre spitzzüngige Bemerkung zu relativieren. »Er war vorhin schon kurz hier, aber dann wurde er zu einem Notfall gerufen. Wieder einmal eine Pferdekolik.«

Im Hintergrund ließ ihre Mutter ein rostiges Kichern hören. Anscheinend fand sie die Unterredung amüsant.

»Mutter, du solltest dich vielleicht besser wieder hinlegen«, meinte Christa mit vorgetäuschter Fürsorglichkeit. Sie packte ihre Mutter mit eisernem Griff beim Arm und geleitete sie zurück zur Treppe.

»Was denn!«, protestierte die alte Frau. »Ich will in die Küche! Ich hab Hunger!«

»Essen gibt es erst nachher. Schaffst du es allein hoch? Ich bringe dir gleich deine Tabletten!« Sie drängte ihre Mutter die ersten Stufen hinauf, bis der Widerstand aufhörte und sie von selbst weiter die Treppe hochstieg, nicht ohne entrüstetes Gemurmel, das zum Glück nicht zu verstehen war.

»Es wird immer schlimmer mit ihrer Demenz«, erklärte Christa dem pikiert dreinblickenden Besucher. Sie verabscheute sich für die Lüge, aber in dieser Situation schien es ihr der einzige Ausweg zu sein, um das Benehmen ihrer Mutter zu rechtfertigen.

»Ah, das erklärt wohl, warum sie immer so … schrullig wirkt. Ich wusste gar nicht, dass sie Alzheimer hat.«

»Meist kann sie es gut verbergen«, behauptete Christa.

»Hm, na so was. Kocht sie denn nicht noch für euch?«

»Ja, das schafft sie meist gerade noch so. Aber gedanklich lebt sie noch in den alten Zeiten.«

»Du meinst … im Dritten Reich?« Eine Spur von Argwohn zeigte sich in Sperlings Miene.

»Eher im Kaiserreich«, meinte Christa vage.

Sie fragte sich, wie er wohl reagieren würde, wenn sie ihn auf das Gerücht ansprach, das über ihn in Umlauf war. Bestimmt würde er sofort wissen wollen, wo sie das herhatte. Sperling war einer der ranghöheren örtlichen Kader in der Partei, er konnte nicht zulassen, dass so über ihn geredet wurde, zumal er ja auch Lehrer war. In der BRD, so hörte man, waren viele von dem früheren braunen Gesocks wieder an den Schulen untergekrochen, da hatte man wegen des Lehrermangels einfach beide Augen zugedrückt. In der DDR war man hingegen mit Recht stolz darauf, sich Hitlers faschistischer Hinterlassenschaften vollständig entledigt zu haben. Die Jugend hatte wahrlich was Besseres verdient. Kein ehemaliger Nazi von Rang und Namen hatte in der DDR noch irgendwas zu melden, schon gar nicht im Bildungswesen. Abgesehen vielleicht von denen, die ihre Vergangenheit erfolgreich verheimlichten.

Falls Horst Sperling wirklich bei der Waffen-SS gewesen war … Er würde mit aller Kraft verhindern, dass das herauskam.

Unwillkürlich musste Christa daran denken, was Reinhold über die *Aktion Ungeziefer* gesagt hatte. Angeblich wurde bereits eine Wiederholung dieser Aktion erwogen – eine Information, die von Horst Sperling stammte und die dieser sich bestimmt nicht einfach nur aus den Fingern gesaugt hatte. Wahrscheinlich gehörte er sogar zu denen, die federführend dabei mitwirken würden, falls es tatsächlich dazu kam. Dann wäre er womöglich auch berechtigt, jene zu bestimmen, die hier unerwünscht waren. Schließlich kannte er die Leute und wusste genau, wer die Aufsässigen waren. Christa ballte die Fäuste, ihre Anspannung nahm immer mehr zu. Sie sollte sich vielleicht mehr Mühe geben, freundlicher zu ihm zu sein.

Sperling stand immer noch in der Küche und machte keine Anstalten zu gehen. »Dauert es wohl noch lange, bis Reinhold nach Hause kommt?«

»Das weiß man vorher nie«, antwortete sie diplomatisch. Für den Fall, dass er auf die Idee käme, hier auf Reinhold warten zu wollen, fügte sie hinzu: »Bei der letzten Pferdekolik war er fast drei Stunden weg.«

»Oh. Na, dann gehe ich wohl lieber. Aber ich komme sicher heute Abend noch mal her. Es ist nämlich sehr wichtig.«

Das war es bei ihm immer, aber Hauptsache, er verschwand erst mal wieder. Christa empfand in seiner Gegenwart ein körperliches Unbehagen. Sie atmete erleichtert aus, als sie endlich die Haustür hinter ihm zumachen konnte. Durch das Flurfenster sah sie, wie er vorm Haus in sein Auto stieg – eines der wenigen neueren Privatfahrzeuge weit und breit, er musste wirklich gute Beziehungen haben. Ärger wallte in ihr auf – Reinhold hätte so dringend einen besseren Wagen gebraucht! An der alten Klapperkiste funktionierte kaum noch was. Theo Krause aus der Nachbarschaft verstand was von Motoren, er hielt auch immer eigenhändig den alten Traktor in Schuss, mit dem er übers Jahr die Gülle ausbrachte, aber erst neulich hatte er gemeint, bei Reinholds Wagen müssten unbedingt endlich neue Bremsen her, da gäb's nicht mehr viel zu richten. Christa hatte schon Anfang des Jahres bei der Bezirksleitung einen Antrag eingereicht, den sie nach Theo Krauses Warnung extra wiederholt hatte, diesmal mit noch mehr Nachdruck.

Gegen ihren Willen fragte sie sich, ob es wohl schneller gehen würde, wenn Reinhold sich deswegen an Horst Sperling wandte. Und als Gegenleistung für neue Bremsen ein paar Bauern für die LPG gewann.

Zwischen Sarkasmus und Bitterkeit schwankend schüttelte sie über sich selbst den Kopf. Wozu noch mit Horst Sperling über das marode Auto reden? Bald brauchte Reinhold es sowieso nicht mehr, die kurze Zeit würde es schon noch halten. Er hatte den Weg für sie beide ja nun bereits gewählt, und sie konnte sich nur wundern, warum sie das erst so spät begriffen hatte. Unter keinen Umständen würde er das Kind allein über die Grenze schicken. Sie standen alle miteinander vor vollendeten Tatsachen. Er würde nicht hierbleiben. Und sie hatte keine andere Wahl, als ihm zu folgen.

Prinzipiell hätte es ihr natürlich freigestanden, ihn allein ziehen zu lassen. Vorausgesetzt, sie sagte sich nach seiner Flucht öffentlich von ihm los und schwor jeden Eid, dass sie von seinen Plänen weder gewusst noch sie unterstützt hatte. Doch das würde niemals funktionieren. Lügen konnte sie, damit hatte sie gewiss kein Problem. Aber ohne ihn leben – nein, das war unmöglich. Und sie wollte es auch gar nicht. Dabei glaubte sie immer noch an den Sozialismus und war bereit, dafür einzustehen. Aber ihre Liebe galt allein ihrem Mann. Diese Liebe stand an erster Stelle, dagegen kam kein politisches System an. Erst recht keines, das sich in immer mehr Bereichen von seinem einst so reinen und großartigen Ursprung zu entfernen schien. Das sich einspann in einen Kokon aus Phrasen, mit denen es von dem allgegenwärtigen Mangel ablenken wollte. Der war mittlerweile auch auf dem Land schon zu spüren. Zu essen gab es noch, die Leute hatten ihre Gärtchen und ihr Kleinvieh, aber immer mehr Felder lagen brach, weil die enteigneten Bauern sie nicht mehr bestellen wollten und die eilends herangekarrten LPG-Helfer nicht genug von der Landwirtschaft verstanden. In den Ställen verkam das Vieh, für das sich niemand zuständig fühlte, die Milchproduktion lahmte, die Aussaat war kaum richtig in Gang gekommen. Und überall wurde geklaut – Lagerbestände, Saatgut, Ersatzteile für Maschinen, sogar Vieh.

Bis vor Kurzem hatte Christa noch angenommen, dass es nur an den Umstellungsschwierigkeiten lag. Dass es sich um eine vorübergehende Phase handelte und dass bald alles richtig in Schwung käme, besser als je zuvor in den Zeiten der Privatwirtschaft. Aber in diesem Frühjahr zeigte es sich so deutlich wie nie zuvor: Statt besser wurde es immer schlimmer, davor konnte auch sie selbst die Augen nicht länger verschließen, egal wie hart es sie ankam.

Seufzend räumte sie in der Küche die Malsachen weg und legte die bunt gefärbten Eier vorsichtig in einen Korb. Dann schmierte sie eine Stulle mit Margarine und Marmelade und brachte sie zusammen mit einer Tasse Tee nach oben.

Ihre Mutter saß auf dem Bett und las einen ihrer angejahrten Groschenromane. Zuerst nahm sie Christas Friedensangebot nur ungnädig an, taute dann aber etwas auf. Sie ließ sich das Brot schmecken und schlürfte geräuschvoll von dem heißen Tee, den Christa ihr auf dem Nachttischchen serviert hatte.

»Genieß ihn«, sagte Christa. »Es war der Rest.«

Sie hatte versucht, neuen Tee zu besorgen, aber es gab keinen mehr. Jedenfalls nicht diese Sorte, die ihre Mutter so gern trank.

Ihre Mutter kicherte. »Ich kann ja einfach zu Bohnenkaffee übergehen.«

Christa lachte mit, sie konnte nicht anders.

»Mutter, du hast wirklich Haare auf den Zähnen.«

Die alte Frau betrachtete sie mit ungewohnter Eindringlichkeit. »Ihr nehmt mich doch mit, oder?«

Christa sah ihre Mutter erschrocken an. »Ich weiß nicht, was du meinst«, behauptete sie.

»Stell dich nicht blöder, als du bist«, kam es barsch zurück. »Seh ich vielleicht aus, als hätte ich keine Augen und Ohren im Kopf? Ich weiß genau, dass ihr rübermachen wollt, du und Reinhold und das Kind.«

Christa holte Luft, dann erwiderte sie mit erzwungener Ruhe: »Mutter, darüber sprechen wir nicht. Aber falls du denkst, dass wir jemals ohne dich irgendwohin gehen würden, ganz egal wohin, irrst du dich gewaltig.«

Ihre Mutter nahm es mit einem zufriedenen Nicken zur Kenntnis und schob sich den letzten Bissen von dem Marmeladenbrot in den Mund. Kauend meinte sie: »Bist ein gutes Kind. Oder?«

»Natürlich.«

Die alte Frau deutete auf den leeren Teller. »Dann mach mir doch schnell noch ein Brot.«

*

Das Städtchen Tann, idyllisch im Ulstertal gelegen, befand sich in einem Gebiet, das pilzförmig in die DDR hineinragte. Die Grenzanlagen umschlossen es von drei Seiten wie eine Zange und schnitten es auf diese Weise gleichsam aus der natürlich gewachsenen Umgebung heraus.

Schon beinahe gewohnheitsmäßig suchte Helene während ihres Ausflugs nach Stellen, die unbewacht aussahen, zumindest leichter passierbar. Doch auch hier fanden sich überall Anzeichen dafür, dass die Grenzsoldaten nicht weit waren.

Sie setzte sich auf einen umgestürzten Baumstamm und aß von ihrem Proviant, während sie über die Sperranlagen hinweg nach Thüringen blickte. Das Wetter hätte nicht besser sein können, für Anfang April war es außergewöhnlich warm. Sie hatte zum Wandern ihre Jacke ausgezogen und über ihren Rucksack gelegt.

Von dort, wo sie saß, konnte sie beobachten, wie ein Traktor den Kontrollstreifen befuhr. Die angehängte Egge zog schnurgerade Furchen in die sorgsam von allem Bewuchs befreite Erde. Bewacht von einem Kontingent mehrerer Grenzsoldaten fuhr der Traktor auf und ab, Meter für Meter ordentliche Rillen zurücklassend. Dahinter, auf dem Gelände des angrenzenden Schutzstreifens, war ebenfalls ein Traktor unterwegs, allerdings im Dienst der Landwirtschaft. Auch auf den hatten die Grenzer ein wachsames Auge. Es hätte ja sein können, dass der Fahrer plötzlich Gas gab und gewaltsam die Sperrvorrichtungen durchbrach. Weder Graben noch Stacheldraht hätten ihn aufhalten können.

Aus einem Impuls heraus verließ Helene ihren Beobachtungsposten und spazierte ein Stück weit die Grenze entlang, bis der Motorenlärm hinter ihr in der Ferne verklang. Plötzliche Aufregung hatte sie erfasst – vielleicht war sie gerade eben der langersehnten Lösung auf der Spur! Um diese Jahreszeit waren ständig irgendwo Traktoren im Einsatz, auch auf den Feldern drüben im Osten, und wenn die Soldaten sich die ganze Zeit darauf konzentrieren mussten, sie im Auge zu behalten, konnten sie nicht zugleich an anderer Stelle die Grenze überwachen. Nur ein paar hundert Meter weiter waren die Sperranlagen vielleicht unbeaufsichtigt!

Helenes Herz schlug heftig, als sie nach einer Weile stehen blieb. Warum probierte sie es nicht einfach an Ort und Stelle aus? Wenn es hier funktionierte, dann sicher auch in Kirchdorf!

In einer Aufwallung von Tollkühnheit näherte sie sich dem Zaun, der sich, wie sie wusste, auf DDR-Gebiet befand. Der von urwüchsigem Grün bedeckte Landstreifen auf der westlichen Seite, auf dem sie sich gerade aufhielt, gehörte nicht etwa zur Bundesrepublik, sondern war noch Teil der Ostzone – sogenanntes Niemandsland, das gleich hinter den Warnschildern anfing.

Mehrere Reihen von Stacheldraht verliefen zwischen den Holzpfosten, bewehrt mit tödlich spitzen Krampen. Vorsichtig streckte Helene die Hand durch den Zaun und achtete darauf, nirgends hängen zu bleiben, denn dabei hätte sie sich schwer verletzen können. Ohne entsprechendes Werkzeug kam hier keiner durch, aber das hatte sie ja auch nicht vor. Sie wollte nur sehen, ob …

»Halt! Zonengrenze!«, brüllte eine Männerstimme sie aus kurzer Entfernung an.

Entsetzt riss Helene die Hand zurück. Der Soldat, der auf DDR-Seite den Warnruf ausgestoßen hatte, war nicht auf Anhieb zu sehen, doch gleich darauf tauchte er hinter einer grasbewachsenen Erhebung auf – zweifellos ein Erdbunker, der ihm als Deckung gedient hatte. Mit dem Gewehr im Anschlag stand er breitbeinig da und zielte auf Helene.

Panisch hob sie die Hände, dann drehte sie sich blitzschnell um und lief weg. Nur fort von hier!

Sie rannte mit jagendem Pulsschlag, bis sie Seitenstechen bekam und stehen bleiben musste, um durchzuatmen. Auch danach dauerte es lange, bis der Schock nachließ. Sogar noch während der Rückfahrt wirkte das Entsetzen in ihr nach.

Erst gegen Ende der Busfahrt wurde sie ruhiger. Eine tiefgreifende Erschöpfung bemächtigte sich ihrer. Es war keine normale Müdigkeit, wie man sie sonst nach einem anstrengenden Tag verspürt, sondern eine alles umfassende Schwäche. Körper und Geist waren gleichermaßen davon durchdrungen, jeder Nerv, jede Muskelfaser, jede Sehne schien wie erstarrt. Es war ein Gefühl von unüberwindlicher Lethargie, begleitet von dem Bedürfnis, bis ans Ende aller Tage nur noch zu schlafen.

Die Hoffnung, die sie in der Frühe beim Aufstehen noch beflügelt hatte, wirkte auf einmal seltsam abgenutzt und stumpf, wie ein selbst gemaltes Trugbild, das schleichend alle Farben verloren hatte.

*

Als sie in Kirchdorf eintraf, dämmerte es bereits. Im Erdgeschoss des Lehrerhauses begegnete sie Rektor Winkelmeyer und seiner Frau, die ihr in aufgeräumter Stimmung entgegenkamen.

»Kegelabend?«, erkundigte Helene sich höflich, nachdem sie einander einen guten Abend gewünscht hatten. Samstags trafen die Winkelmeyers sich immer mit Freunden im *Goldenen Anker*, wo es im Untergeschoss eine Kegelbahn gab.

Frau Winkelmeyer nickte. Ihre Wangen glänzten in einem leicht unnatürlichen Rosa, sie hatte zu viel Rouge aufgetragen, das sich mit dem orangefarbenen Ton ihres Oberteils biss.

Sie sah Helene freundlich an. »Und Sie waren wohl wieder wandern, wie? Was für eine schöne Freizeitbeschäftigung! Aber eine so junge Frau wie Sie sollte auch samstagabends was unternehmen. Wissen Sie, Ignaz und ich fragen uns schon die ganze Zeit, ob Sie nicht vielleicht Lust hätten, mal zum Kegeln mitzukommen. Wir sind so eine nette Runde! Da würden Sie prima hineinpassen!« Mit vertraulich gesenkter Stimme fügte sie hinzu: »Mal unter uns, als Einzige vom Kollegium. Die anderen würde ich gewiss nicht fragen. An unserer Schule sind Sie ein echter Lichtblick, das wollte ich Ihnen die ganze Zeit schon sagen. Übrigens – Ignaz macht weiter, zumindest noch für ein halbes Jahr! Der Schulrat hat ihn überredet, er hat einfach niemand anderen gefunden. Was sagen Sie dazu? Ist das nicht großartig?«

»Das ist … perfekt«, erwiderte Helene verblüfft, und sie meinte es wirklich so. In ihrer Vorstellung hatte sie sich für das kommende Schuljahr bereits als Dauervertretung in der Oberstufe gesehen, denn der Kollege Wessel hatte vor den Ferien über die bisher schlimmsten Rückenschmerzen seines Lebens geklagt und sogar die Bemerkung fallen lassen, beim Amtsarzt wegen etwaiger Berufsunfähigkeit vorsprechen zu wollen. Die Aussicht, demnächst kommissarisch die Stelle des Rektors ausfüllen und daneben noch seine eigene Stundenzahl ableisten zu müssen, hatte ihn wohl nachhaltig belastet.

Den Rektor schien die vorläufige Verlängerung seiner Dienstzeit mit heiterer Gelassenheit zu erfüllen, er sah recht zufrieden aus. Seine Gattin wirkte sogar regelrecht euphorisch. Vermutlich hatte sie der Pensionierung ihres Mannes bereits mit gemischten Gefühlen entgegengesehen, so wie viele Frauen, die den Tag lieber ohne einen ständig anwesenden Ehemann verbrachten.

»Was ist, wollen Sie nicht einfach spontan mitgehen?« Abermals senkte Frau Winkelmeyer die Stimme. »Es sind übrigens auch andere alleinstehende Kegelfreunde mit von der Partie, zum Beispiel Hanno Wiedeholz. Der Mann ist so *nett.*«

Hanno Wiedeholz war der örtliche Apotheker, ein Witwer Anfang fünfzig. Es war kein Geheimnis, dass er sich gern wieder neu binden wollte. Im Dorf machte man sich schon darüber lustig, weil er ständig Kontaktanzeigen aufgab. Um sich mit den Damen zu treffen, die für ihn in die engere Auswahl kamen, fuhr er immer eigens in die benachbarten Städte, aber natürlich hatte sich in Kirchdorf längst herumgesprochen, dass er auf Freiersfüßen wandelte.

Dem ist keine schön genug, hieß es.

Manche meinten jedoch, es sei womöglich umgekehrt, wegen seiner extrem dicken Brille, vor allem in Kombination mit dem unvorteilhaft fliehenden Kinn.

»Wie ein Frosch im weißen Kittel«, hatte eine Verkäuferin im Kolonialwarenladen einmal zu einer Kundin gesagt, während Helene gerade in Hörweite gewesen war.

»Wir warten auch gern zehn Minuten, damit Sie sich noch ein bisschen frisch machen können«, bot Frau Winkelmeyer an. »Umziehen müssten Sie sich nicht extra, wir sind da immer ganz leger.« Sie deutete auf ihre eigene Aufmachung, Twinset und Steghose, beides eine Nummer zu klein für ihre rundliche Figur. »Stimmt's, Ignaz?«

Ihr Mann reagierte nicht sofort, weshalb sie ihm einen Rippenstoß verpasste. »Ignaz? Sie kann doch so bleiben, oder?«

»Ja, natürlich kann sie das«, sagte er. »Einen schönen Menschen kann nichts entstellen«, fügte er nach kurzem Nachdenken hinzu.

Seine Frau machte ein Gesicht, als hätte sie in eine Zitrone gebissen, doch er schien gar nicht zu merken, dass er ins Fettnäpfchen getreten war.

»Heute kann ich leider nicht.« Helene wählte einen Tonfall angemessenen Bedauerns. »Ich bin …«

Zu müde, hatte sie sagen wollen, aber da erschien Isabella hinter ihr in der offenen Haustür und vervollständigte den Satz. »Helene ist schon anderweitig verabredet.« Sie lächelte die Winkelmeyers sonnig an. »Wir beide machen heute Abend nämlich zusammen Hersfeld unsicher.«

Das stieß bei Frau Winkelmeyer erkennbar auf Missbilligung, was Isabella nicht zu entgehen schien. Mit unschuldigem Augenaufschlag fügte sie hinzu: »Wir gehen ins Kino, das ist schon ganz lange geplant.«

»Ach so«, sagte Frau Winkelmeyer. »Welcher Film läuft denn gerade?«

»Einer mit Heinz Rühmann«, behauptete Isabella.

»Na ja, vielleicht klappt das mit dem gemeinsamen Kegeln dann nächstes Mal«, sagte Frau Winkelmeyer zu Helene. Sie hängte sich bei ihrem Mann ein. »Komm, Ignaz. Wiedersehen, die Damen! Und viel Spaß im Kino!« Im Weggehen sagte sie zu ihrem Mann: »Eventuell wäre der Film auch was für uns, was denkst du? Wir waren ewig nicht im Kino, und du magst Heinz Rühmann doch so gern!«

Helene wartete, bis sich die Haustür hinter den Winkelmeyers geschlossen hatte. »Was machen wir, wenn gerade gar kein Film mit Heinz Rühmann läuft und sie es rausfindet?«

Isabella grinste. »Das ist ziemlich unwahrscheinlich.«

»Dass sie es rausfindet?«

»Dass gerade kein Film mit Heinz Rühmann im Kino läuft.

Der spielt doch praktisch überall mit.« Isabella deutete zur Treppe. »Mach schon, rauf mit dir! Zuerst steht Umziehen auf dem Programm, und dann geht's los! Ich habe mir extra die Karre von Vati geborgt. Und keine Sorge, ich schwöre, dass ich höchstens zwei Gläser trinke.« Sie schwenkte eine mitgebrachte Tüte. »Du darfst mein Lieblingskleid anziehen, das steht dir bestimmt tausend mal besser als mir.«

Helene seufzte. »Isa, hör mal, ich …«

Die Freundin schnitt ihr sofort das Wort ab. »Sag es nicht, Lenchen! Abgemacht ist abgemacht, komm mir ja nicht mit irgendwelchen faulen Ausreden!« Sie ließ es scherzhaft klingen, aber Helene hörte die Bestürzung heraus. Isabella freute sich seit zwei Wochen so sehr auf diesen Abend, es wäre nicht fair gewesen, ihr das zu ruinieren. Helene seufzte erneut und ergab sich in das Unabwendbare.

»Na schön, gehen wir rauf und schauen, ob das Kleid wirklich so gut passt.«

*

Marie stromerte seit Stunden mit Edmund durch die Gegend. Überall gab es Stellen, die sie noch nicht kannte, und besonders aufregend fand sie das Gelände entlang des Kontrollstreifens. In der Schule hatte man ihnen erklärt, dass die Grenzanlagen die Menschen in der DDR vor den Faschisten schützen sollten, doch inzwischen wusste Marie, dass das höchstens die halbe Wahrheit war. Die Grenzsoldaten waren hauptsächlich damit beschäftigt, Leute aus Weisberg zu überwachen und sie daran zu hindern, dem Kontrollstreifen zu nahe zu kommen. An diesem Tag waren Marie und Edmund auch schon von einem der Wachleute angeblafft worden. »Was treibt ihr euch hier rum?! Geht woanders spielen!«

Manche der Soldaten waren freundlicher, vor allem die Russen waren nett und ließen sie gewähren. Einer von denen hatte Marie und Edmund sogar eine Handvoll Pfefferminzbonbons und ein Stück Dauerwurst gegeben und ihnen ein Bild von seinen Kindern gezeigt. Er hatte sie nach ihren Namen gefragt und sich selbst als Mikhail vorgestellt. Er war groß und breit gebaut und hatte einen riesigen kupferfarbenen Schnurrbart, und als er mit ihnen gesprochen hatte, hatte er sein Gewehr zur Seite gelegt, damit sie sich nicht davor ängstigten.

Mittlerweile zog die Dämmerung herauf, die Sonne war vorhin untergegangen, und dann musste man zu Hause sein. Nicht nur die Kinder, sondern alle Leute, darüber gab es eine Verordnung. Die hatte Tante Christa ihr gezeigt, und tatsächlich stand es da drin, in Paragraf 10, den Marie sich gemerkt hatte.

Innerhalb des 500-Meter-Schutzstreifens ist der Aufenthalt auf Straßen und Feldern, der Verkehr aller Art von Transportmitteln und die Ausführung von Arbeiten aller Art außerhalb der Wohnungen nur von Sonnenaufgang bis Sonnenuntergang gestattet.

Verstöße wurden nach Paragraf 12 bestraft, und zwar *mit aller Strenge des Gesetzes.*

Wie genau, stand nicht dabei, aber Marie stellte sich vor, dass man mindestens ins Gefängnis kam, wenn man erwischt wurde. Oder, wenn man ein Kind war, ins Heim.

Komm im Hellen nach Hause, hatte Tante Christa gesagt, darauf müsse sie sich verlassen können, sonst würde sie sich Sorgen machen, und Opa Reinhold erst recht.

Gerade gingen im Ort schon die Laternen an, höchste Zeit zum Heimgehen.

Bei den Krauses gab es keine feste Regel, wann Edmund zurück sein musste, aber er war sowieso meist vor dem Dunkelwerden zu Hause, weil er Hunger hatte und das Abendessen nicht verpassen wollte. Wenn er nach dem Abendbrot kam, gab's nichts mehr, das war ja irgendwie auch eine Regel.

Heute hatte er die Dauerwurst von Mikhail gegessen und

war nicht mehr hungrig, deshalb hatte er es an diesem Tag nicht so eilig damit, schon heimzugehen, aber Marie bestand darauf. Sie wollte nicht, dass Tante Christa und Opa Reinhold sich um sie sorgten. Doch als sie in ihrer Straße ankamen, erschrak sie gewaltig, denn das Auto von Herrn Sperling stand vorm Haus. Er war immer noch da! Oder war er zwischendurch weg gewesen und noch mal wiedergekommen? Egal, es war so oder so fürchterlich. Er würde sehen, dass sie erst nach dem Sonnenuntergang nach Hause kam, das konnte Ärger geben! Sie wollte ihm nicht begegnen. Sicher würde er sie wieder mit seinen stechenden Augen anstarren, als könnte er ihre geheimsten Gedanken erraten.

»Der Kerl wird immer penetranter«, hatte sie vor ein paar Tagen Opa Reinhold zu Tante Christa sagen hören. »Als würde er was riechen.«

Bei diesen Worten war Marie von Beklemmung erfasst worden, seither hatte sie noch mehr Angst vor Herrn Sperling. Natürlich wusste sie, dass man Pläne nicht riechen konnte, das war unmöglich. Aber man konnte sie erahnen. Einen Verdacht haben. Oder sogar davon wissen. Geheimnisse waren nur so lange geheim, wie niemand Fremdes davon erfuhr. Doch konnte man das immer mit Sicherheit verhindern? Wohl eher nicht. Mama und Papa hatten ja auch geglaubt, keiner wisse von ihren Fluchtplänen. Sie hatten es ganz gewiss niemandem erzählt. Nicht mal Marie hatte mitbekommen, was sie vorhatten. Als sie mit Mama zu diesem Bahnhof gegangen war, hatte sie allen Ernstes geglaubt, dass sie einen Besuch im Zoo machen wollten. Der war nur ein paar Haltestellen weiter, im Westen, da konnte man von Ostberlin aus mit der S-Bahn hinfahren, viele Leute taten das.

Aber dann waren die Männer gekommen und hatten Mama abgeführt. Marie hatte vor Angst geweint und sich sogar gewehrt, sie wollte unbedingt bei Mama bleiben, aber einer der

Männer hatte sie mit Gewalt in ein Auto gezerrt und zu dem Heim gefahren. Marie hatte den Mann wieder und wieder gefragt, wann sie zu Mama dürfe.

»Später«, hatte er gesagt. »Wenn du jetzt brav den Mund hältst und keine dummen Fragen mehr stellst.« Sie hatte den Mund gehalten, aber da hatte sie ja auch noch nicht gewusst, dass *später* eigentlich *nie* heißen sollte.

Unschlüssig stand sie mit Edmund vor Opa Reinholds Haus und überlegte, wie sie ungesehen auf ihr Zimmer kam. Dummerweise hatte sie keinen Schlüssel, sie musste klingeln, um hineinzugelangen.

Da sah sie voller Erleichterung Opa Reinholds Auto weiter oben in der Straße um die Ecke biegen. Er kam nach Hause! Das war die Rettung! Wenn er da war, konnte sie mit ihm zusammen reingehen. Dann wäre Herr Sperling sofort abgelenkt, und sie konnte gleich rauf in ihr Zimmer laufen und musste nicht mit ihm reden.

Zusammen mit Edmund blieb sie auf der Straße neben Herrn Sperlings Auto stehen und wartete. Opa Reinholds Wagen hätte längst langsamer werden müssen, aber statt beim Näherkommen abzubremsen, wurde er immer schneller. Das Haus stand in einer Senke, die Straße führte ziemlich steil bergab. Marie sah Opa Reinhold hinter der Windschutzscheibe gestikulieren, er schien etwas zu rufen, doch sie konnte nicht verstehen, was er sagte, die Scheiben waren ja geschlossen. In vollem Tempo kam der Wagen die Straße hinuntergerast, direkt auf sie zu.

Und dann verstand sie endlich, was Opa Reinhold schrie, obwohl sie seine Stimme nicht hören konnte.

Weg da! Weg da!

Er konnte das Auto nicht anhalten! Die Bremsen waren kaputt!

Sie packte Edmund und warf sich mit ihm zusammen zur

Seite, während Opa Reinholds Auto gegen den Wagen von Herrn Sperling krachte, genau da, wo sie und Edmund eben noch gestanden hatten.

Vor Schreck und Angst schrie Marie auf, genauso wie Edmund, aber schon in der nächsten Sekunde hatte sie sich hochgerappelt, um nach Opa Reinhold zu sehen. Die Fahrertür war aus den Angeln gerissen worden, er selbst durch den Aufprall aus dem Wageninneren ins Freie geschleudert worden. Verkrümmt lag er auf der gegenüberliegenden Straßenseite, ein Bein seltsam verdreht, das Gesicht abgewandt. Unter seinem Kopf breitete sich eine Blutlache aus.

Tante Christa kam aus dem Haus gerannt, sie ging neben Opa Reinhold in die Knie und stieß ebenfalls einen Schrei aus. Herr Sperling war ihr gefolgt, er warf einen schockierten Blick auf sein Auto.

»Ach du Scheiße«, sagte er. Dann ging er zu Opa Reinhold hinüber und beugte sich über ihn. »Ist er tot?«

Tante Christa ignorierte ihn, sie sprang auf und rannte ins Haus zurück, wo man sie gleich darauf hektisch telefonieren hörte.

»Einen Rettungswagen, bitte sofort!«, rief sie. Ihre Stimme schallte bis auf die Straße hinaus. Sie nannte die Adresse, dann kam sie zurück nach draußen, wo sich inzwischen die halbe Nachbarschaft versammelt hatte. Erschrocken standen die Leute um die Unfallstelle herum.

»Er lebt noch«, sagte einer. Es war Edmunds Vater, Herr Krause. »Gerade hat er sich bewegt.«

»Lass mich mal sehen.« Herr Sperling versuchte, Opa Reinhold herumzudrehen, aber Tante Christa schubste ihn zur Seite. »Fass ihn nicht an!«

»Also hör mal …«

»Sie hat recht«, meldete sich jemand von den Umstehenden. »Unfallopfer darf man bei einer Kopfverletzung nicht bewegen.«

»Der Rettungswagen braucht bestimmt ewig. Bis dahin kann er dreimal tot sein.«

Unter den Leuten entspann sich ein Wortwechsel, was zu tun war.

»Wir sollten ihn auf eine Bahre legen und reintragen. Man kann ihn doch nicht einfach hier draußen auf der Straße liegen lassen wie ein sterbendes Tier!«

»Es heißt *Trage,* nicht Bahre. Bahre sagt man nur, wenn einer tot ist.«

»Das wird nicht mehr lange dauern, wenn wir jetzt nicht was unternehmen.«

Die Diskussion ging hin und her. Marie stand stumm am Straßenrand und wusste nicht, was sie denken sollte. Vor lauter Angst um Opa Reinhold war ihr schlecht.

Jemand nahm sie bei der Hand und führte sie ins Haus. Es war Omchen Else. »Da, nimm das«, sagte sie und hielt ihr einen gefüllten Esslöffel hin. Die Flüssigkeit brannte in der Kehle. Marie verschluckte sich fast daran und schnappte nach Luft. War das Schnaps? Kinder durften doch keinen Alkohol trinken!

Sie sagte es Omchen Else, doch die brummte nur: »Ist bloß Tonikum, das ist gut für die Nerven.«

Falls es gegen die Angst helfen sollte, merkte Marie nichts davon.

»Lass uns zur heiligen Jungfrau beten, Kind.« Omchen Else holte ihren Rosenkranz aus der Tasche ihrer Kittelschürze. »Gegrüßet seist du, Maria, voll der Gnade. Der Herr ist mit dir. Du bist gebenedeit unter den Weibern, und gebenedeit ist die Frucht deines Leibes, Jesus …« Sie betete leise vor sich hin. Schließlich sah sie ungeduldig auf. »Was ist mit dir?«

Marie schaute sie hilflos an. »Ich kenne das Gebet nicht.«

»Du trägst ihren Namen und kannst kein Ave-Maria beten?«

Marie hob stumm die Schultern. Niemand hatte es ihr beigebracht.

»Dann hör gut zu, so lernst du es schnell, denn es wiederholt sich immer wieder, so wie der Kreislauf des Lebens.«

Mit gebeugtem Kopf lauschte Marie den Worten der alten Frau, die heiser ihre Gebete sprach und dabei Perle um Perle ihres Rosenkranzes durch die Finger gleiten ließ. Nach einer kleinen Weile kannte Marie den Text auswendig und betete mit. Murmelnd und im immer gleichen Rhythmus, der etwas Beschwörendes an sich hatte, als läge darin ein Weg zu einer anderen Welt begründet, in der alles möglich war.

Und vielleicht war es ja auch tatsächlich so, denn als Tante Christa in den frühen Morgenstunden aus dem Krankenhaus zurückkehrte, brachte sie die Nachricht mit, dass Opa Reinhold über den Berg war. Er hatte das Bewusstsein wiedererlangt und war ansprechbar. Am Kopf hatte er eine schlimme Platzwunde, aber die würde heilen, auch der Schädelbasisbruch. Anders sah es mit seinem Bein aus. Tante Christa schluchzte auf, als sie es ihnen erzählte. Die Ärzte wussten noch nicht, ob sie es retten konnten. Und selbst wenn es ihnen gelänge, würde er wahrscheinlich nie wieder richtig laufen können.

Teil 3

KAPITEL 13

Das Tanzlokal platzte aus allen Nähten. Nach Helenes flüchtiger Einschätzung waren ungefähr die Hälfte der Besucher GIs und die andere Hälfte Mädchen und Frauen aus der Gegend. Von denen wiederum waren die meisten jünger als Helene, viele sahen aus, als seien sie kaum dem Teenageralter entwachsen. Und jede Einzelne von ihnen schien ganz wild darauf zu sein, sich ins Vergnügen zu stürzen. Wohin man auch sah, überall nur strahlende Gesichter. Am liebsten hätte Helene gleich auf dem Absatz kehrtgemacht. Was sollte sie denn hier? Sie fühlte sich schlichtweg fehl am Platze. Doch Isabella hängte sich bei ihr ein und zog sie mitten in das Gewimmel hinein, lachend und nach allen Seiten grüßend.

Die Musik war ohrenbetäubend, auf der Tanzfläche bewegten sich die Paare in wilder Ausgelassenheit zu den Klängen von *The Twist,* ein Hit, den Helene schon im Radio gehört hatte. Nicht im Lehrerhaus – sie besaß gar kein Radio –, sondern bei Großtante Auguste, die sie morgen in Frankfurt besuchen wollte.

»Ist das nicht eine Bombenstimmung hier?«, rief Isabella mit leuchtenden Augen. Sie wippte im Takt der Musik auf und ab und sah sich suchend um. Der Lärm schien sie nicht im Geringsten zu stören. Rufe und Gelächter schallten durch den überfüllten Raum, und immer wieder winkte Isabella irgendwelchen Bekannten zu.

»Hi, Bob! Hallo, Margarete!«

Das Paar winkte fröhlich zurück.

»Freunde von dir?«, fragte Helene.

»Ach wo, die kenn ich einfach bloß vom Sehen. So wie die anderen hier auch.«

Isabella besorgte Getränke an der Bar, Cola mit Rum, oder *Cuba Libre,* wie es hier genannt wurde.

Helene war durstig und trank zu schnell. Der Alkohol stieg ihr sofort zu Kopf. Sie hätte besser vorher noch was essen sollen. In dem Lokal wurde zudem viel geraucht, der Qualm verpestete die Luft und biss in den Augen.

Einige Leute gesellten sich zu ihnen, und Isabella machte Helene mit ihnen bekannt.

»Hi Brad, this is my girlfriend Helene. Lenchen, das ist Brad. Er stammt aus Ohio. Oh, und da ist ja auch Anita! Die ist aus Hünfeld. Grüß dich, Anita, schön, dich zu sehen! Übrigens, das ist Helene, sie ist die neue Lehrerin bei uns in Kirchdorf!«

So ähnlich ging es eine Weile weiter, Isabella schien ziemlich beliebt zu sein. Ein wenig verkrampft schüttelte Helene etliche Hände, lächelte angestrengt in die Runde und beantwortete alle möglichen Fragen.

Ein Soldat mit freundlichen Gesichtszügen und sanfter Stimme stellte sich als Archibald vor und fragte Helene, ob sie gern tanzen wolle. Sie stimmte spontan zu, um nicht länger herumstehen und sich unterhalten zu müssen, zumal das bei dem Geräuschpegel ein mühseliges Unterfangen war.

Archibald war in Helenes Alter und ein außergewöhnlich versierter Tänzer. Auf ihre Frage, wo er das gelernt habe, erzählte er ihr, dass seine Mutter in Chicago eine Tanzschule betrieb, da hatte er sich vieles abgeschaut.

Isabella tanzte unterdessen Rock'n' Roll mit Brad. Das Kleid flog ihr um die Ohren, als er sie in gewagten Drehungen und Hebungen herumschwang, und jedes Mal entwich ihr ein begeistertes Lachen. Sie war ganz in ihrem Element, ihr Gesicht strahlte nur so.

Archibalds Art zu tanzen war eher geschmeidig als draufgängerisch. Er führte lässig und gleichzeitig routiniert, sodass Helene, die weit weniger Tanzerfahrung hatte als er, problemlos die Schrittfolge einhalten konnte und dabei eine gute Figur machte. Anfangs noch gehemmt, begann sie nach einer Weile, Spaß daran zu haben. Beim dritten Tanz fühlte sie sich so frisch und lebendig, als hätte es die Müdigkeit am frühen Abend gar nicht gegeben.

Da fiel ihr Blick auf einen ungewöhnlich großen Soldaten, der am Rand der Tanzfläche stand. Helene hatte ihn schon mal gesehen – es war Jim, der junge Offizier, dem sie am Rosenmontag an der Grenze begegnet war.

Freudestrahlend streckte er ihr die Hand hin und begrüßte sie. »Helen! Wie schön, dass du da bist! How are you?«

»Thank you, fine.« Lächelnd erwiderte sie seinen Händedruck.

Archibald hatte sich bei Helene für den Tanz bedankt und war im Gewühl an der Bar verschwunden. Isabella ließ Brad auf der Tanzfläche stehen und kam zu Helene. Neugierig sah sie Jim an.

»Hi, Jim. Du kennst Helene?«

»Ja, ich ihr gesehen at the Border«, erklärte Jim radebrechend. Er sah sich suchend um. »Where is your husband, Helen?«

»He is …« Krampfhaft suchte Helene nach einer passenden Erklärung.

»He is dead«, warf Isabella hilfreich ein.

»Oh my God!«, rief Jim erschrocken aus.

»Schon seit einem Jahr«, führte Isabella beruhigend aus.

Helene bemühte sich um einen unbeteiligten Gesichtsausdruck. Jim musterte sie aufmerksam, dann zog er die Brauen hoch, allerdings eher amüsiert als gekränkt. Er schien es ihr nicht krummzunehmen, dass sie ihn angeschwindelt hatte. Vielleicht glaubte er aber auch nur, sie falsch verstanden zu haben, als sie ihm erzählt hatte, sie sei verheiratet. Oder er nahm an, sie habe lediglich die falsche Vokabel gewählt, so was konnte bei einer fremden Sprache ja leicht passieren.

Er bestand darauf, Helene auf einen Drink einzuladen. Sie standen in einer Ecke, wo die Musik nicht ganz so laut war, und unterhielten sich, während Isabella sich wieder auf der Tanzfläche austobte, offenbar hatte sie viel nachzuholen.

Jim erwies sich als unerwartet unterhaltsamer Gesprächspartner, er hatte einen ausgeprägten Sinn für Humor und schaffte es immer wieder, Helene zum Lachen zu bringen. Nebenbei erfuhr sie, dass er nicht ganz so grün hinter den Ohren war, wie sie zuerst gedacht hatte; er war nur knapp vier Jahre jünger als sie – im März war er sechsundzwanzig geworden.

Der zweite Drink schien ihre Sprachkenntnisse in Schwung zu bringen, das Reden fiel ihr immer leichter, sie unterhielten sich mittlerweile nur noch auf Englisch. Jim erzählte ihr, dass er aus Washington stammte, dem Staat, nicht der Stadt. Aufgewachsen war er in einem Nest nahe der kanadischen Grenze, wo es in der Wildnis noch jede Menge Bären und Luchse gab, die er als Junge mit seinem Vater gejagt hatte. Allerdings, so bekannte er augenzwinkernd, hatte er dabei immer nur danebengeschossen. Sein Vater hatte deswegen angenommen, Jim habe was an den Augen, folglich könne er immer noch kaum fassen, dass sein Sohn heute ausgebildeter Scharfschütze der US-Army war, ein *Sniper*.

Mit ungewohntem Ernst fügte Jim hinzu, dass er diese Fähigkeit hoffentlich niemals außerhalb der Schießtrainings anwenden müsse.

Die Musik war leiser und langsamer geworden, gerade wurde ein Blues gespielt. Helene sah hinüber zur Tanzfläche, wo Isabella sich in Brads Arme schmiegte und sich hingebungsvoll zu den Klängen von *Love me tender* bewegte.

»Möchtest du auch tanzen?«, fragte Jim.

Helene zögerte, aber nur kurz. »Im Moment nicht«, sagte sie dann. Bisher hatte er keinerlei Bestrebungen gemacht, mit ihr zu flirten, sondern sich einfach nur mit ihr unterhalten. Sie mochte ihn und wollte gern, dass es so blieb.

»Dein Glück«, sagte Jim vergnügt. »Ich tanze grauenhaft. Vor allem im Vergleich zu Archie. Das wäre ziemlich peinlich geworden.«

Sie lachten beide, und dann erzählte er wieder von sich, auf seine erfrischend lockere Art. Er hatte das College absolviert und plante, nach dem Ende seiner Dienstzeit noch Jura zu studieren, um vielleicht eines Tages Richter zu werden, so wie sein Vater.

Zwischendurch, wenn es gerade passte, gab Helene auch das eine oder andere von sich selbst preis, etwa, dass sie aus Ostberlin in den Westen geflohen war – in Kirchdorf wusste das ohnehin jeder –, dass sie häufig wandern ging und dass sie für ihr Leben gern amerikanische Schriftsteller las. Auch das war einer der Gründe für ihren Ärger über den Umgang mit Kultur in der DDR gewesen – manche Übersetzungen wurden dort verlegt, andere waren schwer zu beschaffen oder einfach nicht erhältlich. Offiziell gab es keine Zensur, aber was sollte es denn sonst bedeuten, wenn Werke von Weltgeltung in den Giftschränken der Bibliotheken aufbewahrt und nur unter Aufsicht gelesen werden durften?

In der DDR herrschte eine große Lesefreude, ein unstillbarer Hunger nach Geschichten von überallher, und das wurde von der Regierung bereitwillig gefördert. Kultur sollte für das ganze Volk da sein, Bücher waren im Vergleich zu westlicher Literatur sehr günstig und für jedermann erschwinglich. Aber Helene war es dennoch oft so vorgekommen, als sollten die Menschen bevormundet werden, als müsse unbedingt verhindert werden, dass sie mit womöglich kritischem Blick Vergleiche zwischen den Systemen anstellten.

Sie sprach mit Jim darüber, zu ihrer eigenen Überraschung, denn bisher war ihr Mann der einzige Mensch gewesen, dem sie diese Gedanken anvertraut hatte. Mit Jürgen hatte sie über all das reden können. Er hatte die Beschränkungen genauso belastend empfunden wie sie, wenn auch auf einer anderen Ebene. Als Wissenschaftler war er auf beständigen Austausch mit anderen Forschenden angewiesen, Wissenschaft *bestand* gleichsam aus diesem Austausch, nur so konnte sie sich fortentwickeln und Ergebnisse hervorbringen. Doch an maßgebliche Veröffentlichungen aus dem Westen war ähnlich schwierig heranzukommen wie an manche Werke aus der Literatur. Hinzu kam der ständige ideologische Druck von oben, wonach die Forschung nicht Selbstzweck war, sondern im Dienst der Produktivität zu stehen hatte.

An dieser Stelle erwähnte Helene auch kurz Jürgens Tod. Ein Unfall, kurz nach der Flucht. Dieselbe Version, die sie bisher überall erzählt hatte. Mehr sagte sie nicht dazu. Jim nickte nur taktvoll und hakte nicht nach.

Stattdessen kam er von sich aus darauf zu sprechen, dass auch in den USA nicht immer alles so freiheitlich war, wie manch einer glaubte. Als Beispiel nannte er den berühmt-berüchtigten US-Senator Joseph McCarthy, der eine regelrechte Hatz auf vermeintliche Kommunisten veranstaltet hatte und dabei auch nicht davor zurückgeschreckt war, hochdekorierte Offiziere der Army als Sympathisanten des Ostblocks zu verdächtigen. Jim berichtete es mit einiger Entrüstung, er schien sich davon persönlich angegriffen zu fühlen.

Helene hatte bereits vor geraumer Zeit von diesem Ausschuss für unamerikanische Umtriebe gehört, auch davon, dass namhafte deutsche Künstler und Wissenschaftler zu den Verfolgten gehörten, unter anderem Bertolt Brecht, Thomas Mann und Albert Einstein.

»Es ist die Angst«, konstatierte Jim. »Bei uns ist es die Angst vor den Roten, bei den Kommies die Angst vor den Faschisten. Jeder fürchtet sich vor den Bomben der anderen.« Ironisch schloss er: »Die Frage ist bloß – wessen Angst besteht zu Recht?«

Dieselbe Frage hatte Helene sich auch schon gestellt, zuletzt an dem Tag, als sie Jim zum ersten Mal begegnet war. Anscheinend war sie weit verbreitet, diese Angst vor dem größten und schlimmsten aller Kriege, die beide Seiten nicht nur voneinander trennte, sondern sie zugleich auch auf eine paradoxe Art vereinte.

»Im Westen denken viele, unser Land sei frei«, fuhr Jim fort. »Wie sehr sie sich irren!«

Helene nahm an, er beziehe sich immer noch auf die wechselseitige, von der Politik geschürte Kriegsangst, doch er deutete auf die Tanzfläche. »Wie sieht das für dich aus, Helene?« Mittlerweile nannte er sie nicht mehr *Helen,* sondern hatte sich an die richtige Aussprache ihres Namens gewöhnt.

»Nach tanzenden Leuten«, antwortete sie achselzuckend.

»Nein, ich meine: Fällt dir nichts auf? An den GIs? Sieh dir zum Beispiel meinen Freund Brad an.«

Stirnrunzelnd musterte Helene den jungen GI auf der Tanzfläche, der gerade mit Isabella zu einem weiteren, diesmal schnelleren Elvis-Song tanzte. »Was ist mit ihm?«

»Na, er ist schwarz. Und er tanzt mit einem weißen Mädchen. Genauso wie ein halbes Dutzend von den anderen schwarzen Jungs auch.«

»Ja, und?« Helene verstand nicht, worauf Jim hinauswollte.

»In den USA könnte er das nicht«, erklärte er lapidar. »Schwarze dürfen da nicht in die Klubs von Weißen gehen.«

Es war Helene bekannt, dass in den USA gesetzlich legitimierter Rassismus herrschte, alle Welt wusste das. Die Attitüde einer Gesellschaft ehemaliger Sklavenhalter. Schon vor Jahren hatte sie in einem Zeitungsartikel gelesen, dass in Amerika die

Schwarzen im Bus hinten sitzen mussten, und wenn der Bus voll besetzt war, mussten sie für Weiße ihren Platz räumen, so lauteten da die Vorschriften.

Es hatte Helene an die Judenverfolgung der Nazis erinnert, auch wenn das ganz andere Dimensionen gehabt hatte. Aber Deutschland hatte daraus gelernt, diese Art von Ausgrenzung war heutzutage ausdrücklich verboten, sowohl in der DDR als auch in der BRD. Den Beweis sahen Jim und sie doch gerade vor sich. Sie sagte es ihm, aber er schüttelte den Kopf.

»Solange sie nur tanzen, ist es in Ordnung«, erklärte er. »Aber wehe, es wird mehr daraus.«

An dieser Stelle endete das Gespräch, denn Isabella und Brad kamen von der Tanzfläche zu ihnen rüber. Die Männer holten Bier und Cocktails von der Bar, und in der Folge sprachen sie über andere Dinge, als hätte es die vorangegangene Unterhaltung zwischen Helene und Jim nicht gegeben. Doch Helene nahm hinter seiner unbekümmerten Heiterkeit die ernsteren Wesenszüge wahr. Sein Verständnis für grundlegende menschliche Fragen berührte sie auf eigentümliche Weise. Trotz seiner jungen Jahre war er keineswegs der unbedarfte Junge, für den sie ihn anfangs gehalten hatte.

Als er sie nach einer Weile noch einmal zum Tanz aufforderte, stimmte sie zu. Seine Qualitäten als Tänzer waren nicht so miserabel, wie er es dargestellt hatte. Er hielt den Takt und trat ihr kein einziges Mal auf die Füße, und im Übrigen versuchte er auch nicht, den Körperkontakt über das gebotene Maß hinaus zu vertiefen.

»Sehen wir uns wieder, Helene?«, fragte er, als es irgendwann zwischen Mitternacht und Morgengrauen endlich an der Zeit war, zu gehen.

»Warum nicht«, gab sie zurück, eine Antwort, die alles oder nichts besagen konnte. Sie verabschiedeten sich mit einem festen Händedruck. Flüchtig kam Helene dabei in den Sinn, dass es womöglich nützlich sein könnte, die Bekanntschaft mit ihm zu vertiefen. Als Grenzsoldat der U.S. Army hatte er vielleicht bessere Einblicke in die Sicherheitsmaßnahmen aufseiten der DDR. Aber falls dem wirklich so war, würde er bestimmt nicht einfach der nächstbesten Zivilistin davon erzählen. Und sie selbst war ganz sicher keine Mata Hari, die sich darauf verstand, Männer zu umgarnen, um an Geheiminformationen zu gelangen.

»Jim ist ein netter Kerl, oder?«, fragte Isabella auf der Rückfahrt. Sie war noch ganz aufgekratzt, ihre Wangen glühten. Es war nicht bei den zwei Drinks geblieben. Das Auto ihres Vaters war ein biederer alter Opel, aber sie steuerte ihn durch die stockdunkle Nacht wie einen Rennwagen; beim Schalten gab sie Zwischengas und drückte in den Kurven auf die Tube. Helene klammerte sich am Griff auf der Beifahrerseite fest und hoffte inständig, dass sie heil nach Hause kamen.

»Wusstest du, dass Jims Daddy die halbe Gegend gehört, aus der er stammt?«, fuhr Isabella fort. »Schwerreiche Leute, schon seit Generationen. Eigentlich heißt er James irgendwas der Dritte.«

Nein, das hatte Helene nicht gewusst. »Warum ist er dann bei der Armee?«

»Das gehört sich in Jims Familie so. Sein Vater wollte, dass er zur Navy geht, aber Jim hat es nicht so mit Schiffen, weil er auf denen sofort seekrank wird.«

»Hm«, machte Helene. Sie war nicht in der Stimmung, sich jetzt noch groß zu unterhalten. Die Müdigkeit, die sie schon während des Tages übermannt hatte, war schlagartig zurückgekehrt, sie wollte nur noch ins Bett.

»Bleibst du eigentlich länger in Frankfurt bei deiner Großtante oder nur über Ostern?«, erkundigte sich Isabella.

»Das steht noch nicht fest«, erwiderte Helene. »Bis Dienstag aber wohl auf jeden Fall.«

Großtante Auguste hatte ihr angeboten, ruhig die ganzen Osterferien bei ihr zu verbringen, aber Helene mochte nicht zu lange wegbleiben. Wenn ihre Tochter über die Grenze gebracht wurde, auf welchen Wegen auch immer, wollte sie in der Nähe sein. Ihre ganze Hoffnung richtete sich darauf, dass es nun bald so weit war. Vielleicht würde sie schon morgen bei Großtante Auguste mehr darüber erfahren.

Sie ließ sich von Isabella vorm Lehrerhaus absetzen und wünschte der Freundin eine gute Nacht.

*

Das Osterwetter hätte deutlich besser sein können, der Himmel war von grauen Regenwolken verhangen, und während der Zugfahrt nach Frankfurt am Main gab es immer wieder vereinzelte Schauer. Helene hatte sich bei Fräulein Meisner einen Schirm geborgt, um trockenen Fußes den Weg durch die Frankfurter Innenstadt zurücklegen zu können. Großtante Auguste wohnte im Westend, einem noblen Stadtteil mit vielen Prachtvillen, die um die Jahrhundertwende erbaut worden waren. Ihre Wohnung befand sich im Erdgeschoss eines altehrwürdigen Gründerzeithauses, das ihr selbst gehörte. Die beiden oberen Geschosse waren vermietet, eines an einen Rechtsanwalt, das andere an ein älteres Ehepaar.

Das Haus hatte Auguste von ihrem Mann geerbt, der als Vorstandsvorsitzender einer Frankfurter Privatbank viel Geld verdient hatte. Er war schon vor über dreißig Jahren verstorben. Nach seinem Tod hatte sich allerdings herausgestellt, dass das vermeintliche Vermögen längst ausgegeben war – er hatte einen heimlichen Hang zum Glücksspiel gehabt, und einen Teil des Geldes hatte er wohl auch mit wechselnden Mätressen durchgebracht, wie Auguste nicht ohne einen gewissen Grimm angemerkt hatte. Immerhin hatte sie noch das Haus und die damit verbundenen Mieteinnahmen, und auch ihre Witwenrente war alles andere als bescheiden, weshalb sie bestens über die Runden kam.

»Es gibt Königsberger Klopse«, hatte sie bei ihrem letzten Telefonat angekündigt, und Helene freute sich schon aufs Essen, während sie mit tief eingezogenem Kopf unter ihrem Regenschirm vom Frankfurter Hauptbahnhof zum Westend eilte. Doch als Großtante Auguste ihr die Tür öffnete, war sofort klar, dass etwas Schlimmes passiert sein musste. Die alte Dame hatte rot geweinte Augen, und ihre Lippen zitterten vor Kummer.

»Lenchen, du musst jetzt ganz stark sein«, sagte sie mit bebender Stimme, während sie Helene in ihre Arme zog.

Helene fasste ihre Großtante bei den Schultern und schob sie ein Stück von sich weg. »Ist was mit Marie?«, entfuhr es ihr. Nacktes Entsetzen hatte sie erfasst.

»Nein, ihr geht es gut. Aber dein Vater … Er hatte einen schweren Autounfall.«

Helenes Inneres schien zu Eis zu erstarren. »Ist er …?«

»Nein, nein! Er lebt!«

»Was ist passiert?«, fragte Helene drängend.

»Die Bremsen haben wohl versagt. Sein Bein … Sie haben es operiert, aber man weiß immer noch nicht, ob …« Großtante Auguste stockte, sie tupfte sich mit einem Spitzentaschentuch die Augen ab, ein ungewohnter Gefühlsausbruch. Normalerweise achtete sie stets auf Contenance. Helene kannte sie seit ihrer Kindheit als ausgesprochen sachlich veranlagte Person.

Sie wagte kaum zu fragen. »Muss sein Bein amputiert werden?«

»Das kann man noch nicht sagen. Aber er kommt auf alle Fälle durch, so viel steht inzwischen fest.«

Helene atmete ruckartig aus. Er hatte es überlebt. Marie war wohlauf. Niemand war gestorben. Das war erst mal das Wichtigste! Mit wackligen Knien zog sie die Jacke aus und stellte den nassen Schirm im Vestibül ab.

Großtante Auguste nahm sie beim Arm und zog sie mit sich in den mit Antiquitäten vollgestopften Salon. »Komm, setz dich erst mal und trink einen Schluck, ich erzähle dir in der Zwischenzeit alles.« Sie nötigte Helene in eines der samtenen Fauteuils. Auf einem Tischchen stand bereits eine Karaffe mit Cognac und zwei hauchdünnen Schwenkern bereit. Sie schenkte eine großzügig bemessene Menge ein und bestand darauf, dass Helene davon trank, für die Nerven und überhaupt, damit lasse sich alles viel besser ertragen.

Auguste setzte sich ebenfalls in einen Sessel und erzählte ihr alles, was sie wusste. Christa hatte gestern Abend aus Weisberg hier angerufen. Ein knappes, förmliches Gespräch.

»Reinhold ist mit seinem Wagen gegen ein stehendes Auto geprallt und wurde hinausgeschleudert. Er hat einen Schädelbruch erlitten, aber das kommt wieder in Ordnung, sagte sie. Um das Bein machen sie sich mehr Sorgen. Es ist mehrfach gebrochen, ganz schlimm. Die Ärzte haben es irgendwie zusammengeflickt, aber es gab auch schwere Schäden am Gewebe. Erst im Laufe der kommenden Woche wird sich entscheiden, ob es richtig verheilen kann. Wenn nicht, muss es abgenommen werden. So oder so, er wird viele Wochen außer Gefecht gesetzt sein.«

Helene starrte ihre Großtante stumm an. Erst jetzt drang zu ihr durch, was der Unfall ihres Vaters in letzter Konsequenz für sie bedeutete. Er würde Marie nicht über die Grenze bringen können. Jedenfalls nicht in nächster Zeit. Vielleicht sogar überhaupt nicht mehr.

Großtante Auguste beugte sich vor und strich beruhigend über Helenes Hände. »Christa sagte noch einen wichtigen Satz. Er lautete: ›Aufgeschoben ist nicht aufgehoben.‹«

Helene blickte auf. »Was wollte sie denn damit zum Ausdruck bringen?«, fragte sie mühsam beherrscht. »Dass es mit der Flucht doch noch klappt?«

»Ja, das glaube ich. Ganz sicher sogar.«

»In welchem Zusammenhang hat sie es gesagt?«

»Na ja, im Zusammenhang mit dem Gartenzaun.«

»Dem *Gartenzaun?*«, vergewisserte Helene sich ungläubig.

Auguste nickte. Ein Ausdruck von Konzentration trat auf ihr Gesicht, als sie sich den genauen Inhalt des Gesprächs in Erinnerung rief. »Wörtlich sagte Christa: ›Eigentlich wollte Reinhold unbedingt den Gartenzaun anstreichen. Nun muss das leider warten. Aber er macht es sicher, sobald er wieder auf den Beinen ist. Aufgeschoben ist nicht aufgehoben.‹«

Helene rang nach Worten. Schließlich platzte sie heraus: »Und wenn sie wirklich nur den Zaun gemeint hat?«

»Mein liebes Kind, das glaubst du doch selber nicht!«

»Wir brauchen Gewissheit! Eine Gewähr, wie es weitergehen soll! Irgendeine!« Verzweifelt blickte Helene ihre Großtante an. Die nickte nur begütigend.

»Glaub mir, daran habe ich auch schon gedacht. Christa will für mich noch mal einen Besuchsantrag einreichen. Beim letzten Mal vor zwei Jahren haben sie es noch abgelehnt, aber Reinhold ist ja jetzt in der Partei, und außerdem hatte er den schweren Unfall, da lassen sie mich vielleicht endlich zu ihm. Schließlich bin ich seine Patentante.«

»Das wird nicht funktionieren. Weisberg liegt im Sperrgebiet, da kommt keiner aus der BRD rein.«

»Wir können es aber wenigstens versuchen, oder? Womöglich klappt es ja doch!«

Helene nahm einen Schluck von ihrem Cognac. »Das könnte nach hinten losgehen. Bei der Stasi wissen sie bestimmt längst, dass du in Kontakt mit mir stehst. Für die bin ich nicht nur eine x-beliebige Republikflüchtige. Sondern eine aus dem Gefängnis entflohene Verräterin von Staatsgeheimnissen. Du könntest im Fall deiner Einreise als meine Komplizin festgenommen werden.«

»Aber ich bin Bürgerin der Bundesrepublik!«

»Das können sie erst recht gegen dich verwenden.«

»Wie denn?«

»Indem sie dich als Spionin anklagen. Darauf steht in der DDR die Todesstrafe.«

Nun wirkte Großtante Auguste doch leicht verunsichert. »Du meinst also, ich sollte mir diese Idee besser aus dem Kopf schlagen?«

»Ganz genau«, sagte Helene. Sie kippte den restlichen Cognac herunter, er brannte in ihrer Kehle wie Feuer, doch das bittere Gefühl von Hoffnungslosigkeit ging davon nicht weg. Ihr Vater verlor womöglich sein Bein, und sie selbst sah Marie vielleicht nie wieder.

»Wir dürfen die Hoffnung nicht aufgeben, Lenchen.« Auguste sah sie ernst an, eine feingliedrige alte Frau mit perfekt onduliertem weißen Haar und hochgeschlossener dunkler Bluse. Um den Hals trug sie eine klassische zweireihige Perlenkette, die noch von ihrer Mutter stammte. Ihre wirklich wertvollen Preziosen verwahrte sie in einem Safe, sie hatte Helene im Januar die Schatulle gezeigt. »Das erbst du alles mal, Lenchen«, hatte sie gesagt. »Steht als Vermächtnis in meinem Testament.«

Es war eine ganze Menge Schmuck, lauter kostspielige Geschenke von Augustes verstorbenem Mann, die er ihr, so jedenfalls ihre feste Überzeugung, samt und sonders nur aus schlechtem Gewissen gemacht hatte. Deshalb legte sie nie eines dieser Stücke an.

Helene wusste nicht recht, was sie damit anfangen sollte. Sie selbst besaß so gut wie keinen Schmuck, eigentlich nur ihren Ehering, den hatte sie immer noch, auch wenn sie ihn mittlerweile nicht mehr trug. Während der Haft hatte sie ihn niemals abgelegt, aus Sorge, dass einer der Beamten ihn in ihrer Zelle konfiszierte, während sie zum Hofgang draußen war oder in einem der stundenlangen Verhöre saß. Der Ring war ihre einzige greifbare Erinnerung an Jürgen, die wollte sie nicht auch noch verlieren. Außer dem Ring besaß sie buchstäblich nichts mehr aus ihrem alten Leben.

Alles, was sich über die Jahre an Erinnerungsstücken angesammelt hatte, war weg. Es gab nur noch die Fotos, die ihr Vater besaß. Sie hatte ihm hin und wieder Bilder geschickt. Marie als Baby, als Krabbelkind, bei ihren ersten eigenen Schritten. Marie auf der Schaukel, vorm Weihnachtsbaum, am Tag der Einschulung, auf einem Karussellpferdchen. Einmal auch ein Familienbild, mit Jürgen, Marie und ihr selbst, dafür waren sie extra bei einem Fotografen gewesen. Helene wusste, dass ihr Vater sehr an diesen Bildern hing, deshalb könnte man sie vielleicht abfotografieren, irgendwann mal.

Irgendwann.

KAPITEL 14

Der letzte Ferientag fiel auf einen Sonntag. Tobias hatte sich vorgestellt, den Urlaub gemütlich zu Hause ausklingen zu lassen, doch daraus wurde nichts. Er kam nicht mal dazu, in Ruhe den Koffer auszupacken. Kaum hatte er nach der Rückkehr das Gepäck ins Haus getragen, als auch schon der erste Notfall vor der Tür stand.

»Der Krische Ewald hat sich die Hand verletzt«, informierte Beatrice ihn, ehe sie nach oben verschwand, um eine Kleinigkeit zu essen herzurichten. Sie hatten eine lange Fahrt hinter sich und waren entsprechend hungrig.

Der Krische Ewald, der eigentlich Ewald Diegelmann hieß, aber landläufig mit dem Namen seines Hauses gerufen wurde, hatte sich die Finger am Kochtopf verbrannt.

Sie hatten Gäste zum Essen dagehabt, die ganze Verwandtschaft war gekommen, weil heute Weißer Sonntag war und eine Tochter zur Erstkommunion ging, und da hatten sie den großen Suppentopf benutzt.

»Bis oben hin voll«, erzählte Ewald unter Schmerzen.

Der Topflappen war ihm beim Auftragen verrutscht, aber er hatte den Henkel heroisch festgehalten, denn die Suppe sollte ja nicht auf den Gästen landen. Entsprechend übel sahen die Finger seiner rechten Hand aus.

Tobias verabreichte eine Injektion gegen die Schmerzen und behandelte die Wunden mit reichlich Brandsalbe, bevor er einen sterilen Verband anlegte. Für daheim gab er dem Patienten noch Schmerztabletten sowie ein striktes Arbeitsverbot mit auf den Weg, versehen mit der Anweisung, am übernächsten Tag wiederzukommen.

Anschließend hatte Tobias es sich gerade mal für eine Viertelstunde oben in seinem Wohnzimmer bequem gemacht, als erneut die Türglocke durchs Haus schrillte.

»Ich frag mich, wie die alle klargekommen sind, während ich weg war«, brummte er.

»Vielleicht war da ja ausnahmsweise niemand krank«, meinte Beatrice.

»Oder die Leute haben extra alle mit dem Krankwerden gewartet, bis du wieder da bist«, warf Michael mit spitzbübischem Grinsen ein. Tobias fuhr ihm lachend durchs Haar, bevor er nach unten ging. Ein Gefühl von Wärme erfüllte ihn. In letzter Zeit war sein Sohn häufiger zu Scherzen aufgelegt, und immer öfter war er in fröhlicher Stimmung. Es verging kaum noch ein Tag, an dem man ihn nicht kichern oder lachen hörte.

Der Urlaub in Tirol hatte Michael sichtlich gutgetan. Der Kleine hatte zum ersten Mal auf Skiern gestanden und sich wacker geschlagen. Egal, wie oft er auch hingefallen war – er hatte sich jedes Mal unverdrossen wieder aufgerappelt und weitergemacht. Ein gutes Zeichen.

Die Noten auf seinem Versetzungszeugnis waren – jedenfalls im Vergleich zu denen des ersten Schulhalbjahres – ganz passabel gewesen. Helene hatte dazu für Tobias noch eine kurze private Notiz verfasst, die sie Michael mitgegeben hatte.

Der Junge macht sich. Das wird bald noch besser!

Unterschrieben hatte sie es mit einem einfachen *H.*

In Gedanken noch ganz bei ihr, öffnete er die Tür. Und da stand sie vor ihm, völlig unerwartet. Bei ihrem Anblick schien sein Herzschlag einen Takt auszusetzen, und ihm blieb buchstäblich die Spucke weg. Sie sah so umwerfend hübsch aus! War ihm eigentlich schon vorher aufgefallen, dass ihre Augen die

Farbe von blauem Flieder hatten? Kein Wunder, dass sie ihm auch während seines Urlaubs kaum aus dem Kopf gegangen war.

»Helene, du bist es!«, brachte er hervor, und bestimmt klang es nicht nur in seinen eigenen Ohren sehr dämlich. Er riss sich zusammen und gewann seine ärztliche Souveränität zurück. »Grüß dich! Was führt dich zu mir? Hoffentlich keine Erkrankung!«

»Leider doch. Ich störe dich nur ungern, zumal ich weiß, dass ihr gerade aus dem Urlaub zurück seid und bestimmt erst mal richtig ankommen möchtet. Aber ich fürchte, es ist ziemlich dringend.«

Alarmiert blickte er sie an, diesmal ein bisschen genauer. Sie machte tatsächlich keinen gesunden Eindruck. Ihr Gesicht war blass, unter den Augen lagen dunkle Schatten. Es ging ihr ganz und gar nicht gut.

Sofort riss er die Tür weit auf. »Komm doch herein. Ich kümmere mich sofort um dich.«

»Nein, nein, es geht gar nicht um mich. Sondern um Fräulein Meisner.«

Tobias musste an sich halten, nicht die Augen zu verdrehen. Helene schien zu ahnen, was er dachte.

»Diesmal ist es, glaube ich, wirklich ernst. Sie ist die Treppe runtergefallen und kann nicht mehr aufstehen. Es könnte sein, dass sie sich was gebrochen hat.«

*

Helene wartete draußen auf ihn, während Tobias rasch seinen Arztkoffer holte. Gemeinsam eilten sie zum Lehrerhaus. Dabei blieb noch Zeit für eine kurze Unterhaltung.

»Hast du schöne Tage bei deiner Großtante in Frankfurt verbracht?«, erkundigte er sich.

Sie nickte stumm und fragte sich, ob er ihr wohl ansah, was

für eine grauenhafte Woche sie hinter sich hatte, mit schlaflosen Nächten und Tagen voller Verzweiflung. Erst seit gestern ging es ihr wieder etwas besser. Christa hatte ein weiteres Mal bei Großtante Auguste angerufen. Helenes Vater würde das Bein behalten, wenigstens *ein* Grund zum Aufatmen. Trotz aller ärztlicher Bemühungen würde es allerdings verkrüppelt bleiben, er brauchte künftig zum Gehen sicherlich einen Stock, die erste Zeit auch Krücken. Aber zumindest die Amputation blieb ihm erspart.

Außerdem hatte Christa laut Auguste noch einmal ausdrücklich betont, wie sehr ihr Maries Wohl am Herzen liege und dass sie alles für das Kind tun wolle. *Egal, was es uns kostet* – das waren ihre Worte gewesen.

»Ich schwöre dir, sie meinte die Flucht«, hatte Großtante Auguste beteuert, nachdem sie Helene über den Anruf ins Bild gesetzt hatte. »Das habe ich eindeutig herausgehört.«

Helene war immer noch nicht restlos davon überzeugt, aber zumindest war sie inzwischen wieder bereit, daran zu glauben. Was blieb ihr auch anderes übrig?

»Du bist so still, hast du Sorgen?«, fragte Tobias.

»Aber nein«, behauptete sie.

Sie bemerkte seinen zweifelnden Gesichtsausdruck.

Hastig fuhr sie fort: »Außer natürlich wegen Fräulein Meisner.«

Er schien zu spüren, dass sie nur von ihren eigenen Befindlichkeiten ablenken wollte und nicht wirklich an die schwere Verletzung ihrer Kollegin glaubte. Womit er völlig richtiglag, denn Helene hegte in der Tat den Verdacht, dass Fräulein Meisner wieder mal viel Wind um nichts machte und sich gleich zu Beginn des neuen Schuljahres vor der Arbeit drücken wollte. Auf sie warteten über zwanzig neue Erstklässler, und die verlangten einer Lehrkraft bekanntlich alles ab. Das lag der armen Frau wahrscheinlich schon seit Wochen im Magen. Sie hatte mal erwähnt, wie schrecklich anstrengend sie die kleinen Schulanfänger fand, und in diesem Jahr waren es besonders viele.

Bestimmt war Fräulein Meisner nicht absichtlich die Treppe runtergefallen, so viel Abgebrühtheit traute Helene ihr nun wirklich nicht zu. Aber da es nun schon mal passiert war, hatte sie darin vielleicht eine Chance gewittert, sich den Trubel der Einschulung vom Hals zu halten, wenigstens für die ersten paar Tage. Das würde zu ihrem Krankheitsfimmel passen.

»Zum Glück ist der Doktor wieder da«, hatte sie wehklagend hervorgestoßen, als Helene sie inmitten ihrer verstreut herumliegenden Schmutzwäsche am Fuß der Treppe gefunden hatte. Der heruntergefallene Korb war bis zum Ende des Flurs gerollt. »Ich fühle, dass ich mir den Hüftknochen gebrochen habe. Oh mein Gott, diese *Schmerzen!*«

Natürlich war Helene sofort losgerannt, um ärztliche Hilfe zu holen.

Als sie mit Tobias im Lehrerhaus eintraf, lag Fräulein Meisner schmerzverkrümmt in scheinbar unveränderter Position immer noch genau da, wo Helene sie vorhin zurückgelassen hatte. Allerdings war die Schmutzwäsche, die vorhin noch um sie herumgelegen hatte, sorgsam wieder im Korb verstaut, und der stand jetzt direkt neben ihr. Da es nicht die Heinzelmännchen gewesen sein konnten und sich auch von den übrigen Bewohnern gerade niemand im Haus aufhielt, musste Fräulein Meisner alles eigenhändig eingesammelt haben, vermutlich getrieben von der Befürchtung, jemand könne ihre getragene Leibwäsche sehen.

Helene seufzte innerlich. Fast hatte sie ein schlechtes Gewissen, weil sie solche Panik verbreitet hatte, ausgerechnet an einem Sonntag, der obendrein auch noch Tobias' letzter Urlaubstag war.

Tobias ließ sich indessen nichts anmerken. Er untersuchte die Gestürzte sorgfältig, während Helene den beiden diskret den Rücken zuwandte. Unter Einsatz seiner Körperkraft sowie mit vielen guten Worten brachte er die Patientin anschließend dazu, sich wieder auf die Füße zu stellen und ein paar Schritte auf und ab zu gehen.

»Scheint mir nur eine Prellung zu sein«, konstatierte er schließlich.

»Es tut aber so weh«, jammerte Fräulein Meisner. »Ich kann kaum auftreten! Morgen kann ich unmöglich arbeiten gehen!«

»Ich schreibe Sie für einen Tag krank«, sagte Tobias ergeben.

»Muss ich nicht geröntgt werden?«

»Nein, wohl eher nicht. Kommen Sie morgen früh in meine Sprechstunde, ich schau's mir dann noch mal an. Bis dahin können Sie die Salbe zum Einreiben verwenden, die ich Ihnen für den Rücken verordnet hatte. Gute Besserung!«

»Aber …« Fräulein Meisner setzte zu einer Erwiderung an, doch Tobias entfernte sich bereits in Richtung Haustür.

Fräulein Meisner verzog in stiller Verzweiflung das Gesicht. Die Gedanken der Ärmsten waren nicht schwer zu erraten. Warum konnte der Doktor sie nicht gleich die ganze Woche krankschreiben statt bloß morgen? Die neuen Erstklässler kamen immer erst am zweiten Schultag, also übermorgen, und da wäre sie doch ganz bestimmt noch nicht wieder auf dem Damm!

Von Mitleid erfüllt ergriff Helene ihren Arm. »Kommen Sie, ich helfe Ihnen mal die Treppe rauf.« Über die Schulter sagte sie zu Tobias: »Hast du noch fünf Minuten Zeit für mich? Ich wollte kurz was mit dir besprechen.«

»Na klar«, sagte Tobias. Er sah erfreut aus. »Ich warte draußen auf dich.«

Die Haustür fiel hinter ihm zu, und sofort hörte das schmerzvolle Stöhnen auf. Von Helene gestützt, hielt Fräulein Meisner sich am Geländer fest und kam auf diese Weise ganz gut die Treppe hoch. Eigentlich hätte sie, so jedenfalls Helenes Eindruck, überhaupt keine Hilfe gebraucht.

»Sie sind wohl sehr vertraut mit dem Herrn Doktor, oder?«, fragte Fräulein Meisner unverhohlen neugierig. »Ich meine, wenn Sie ihn schon duzen …«

»Ach, das hat sich so ergeben.«

»Den Bürgermeister duzen Sie auch.«

»Das hat gar nichts zu bedeuten. Er duzt sich mit dem halben Dorf.«

»Haben Sie ihm das mit dem Badeofen schon gesagt?«

»Sicher.« Helene ging die Notlüge glatt von den Lippen.

»Ich danke Ihnen«, sagte Fräulein Meisner, und es klang, als würde sie es aus tiefster Seele auch so meinen. Ein wenig hölzern fügte sie hinzu: »Sie sind weit und breit der einzige Mensch, auf den man sich hier noch verlassen kann.«

Helene schluckte und nahm sich dringend vor, wirklich sehr bald mit Harald Brecht über den blöden Boiler zu reden. Irgendwann wollte sie selbst schließlich auch mal wieder warm duschen.

Sie räusperte sich. »Falls es Ihnen übermorgen noch nicht besser geht – ich kann Ihnen bei den ABC-Schützen gern unter die Arme greifen. Wenn alle Stricke reißen, tauschen wir einfach die Stunden.« Das Angebot fiel Helene nicht weiter schwer. Die Einschulung der Erstklässler hatte sie schon immer als herzerfrischende Abwechslung vom Arbeitsalltag empfunden.

Fräulein Meisner konnte so viel Großmut kaum fassen, ihr stiegen tatsächlich die Tränen in die Augen. »Das würden Sie wirklich …? Also ich kann gar nicht beschreiben, wie sehr Sie mir damit …« Ihre hilflos abgebrochenen Sätze stürzten Helene in Verlegenheit.

»Ich tu's gern«, sagte sie nur knapp.

»Ihr Gemeinsinn ist … Vielleicht, weil Sie vorher in der DDR gearbeitet haben … Im Sozialismus zählt wahrhafte Kollegialität noch was, oder?«

Helene zuckte mit den Schultern, denn sie wusste nicht, was

sie auf diese Äußerung erwidern sollte. Sie hatte an mehreren Schulen unterrichtet, sowohl während der Ausbildung als auch später im Beruf, aber was die Kolleginnen und Kollegen betraf, so gab es überall solche und solche. Manche waren auf Anhieb liebenswürdig, andere unerträglich, und die meisten irgendwas dazwischen. Im Grunde entsprach es Gauß'scher Normalverteilung. Man sah sich regelmäßig einem Querschnitt unterschiedlicher Charaktere gegenüber, so wie man sie in allen Belegschaften und sonstigen Gruppen berufstätiger Menschen fand. Für die Schule in Kirchdorf galt nichts anderes. Mit den verschiedenen politischen Systemen hatte es nicht das Geringste zu tun. Dass sie mit ihren hiesigen Kollegen wohl niemals warm werden würde, war reiner Zufall. Hätte sie hier mit vierzig Lehrern zusammengearbeitet statt nur mit vieren, wären fraglos etliche richtig nette darunter gewesen. Bei so wenigen Personen war die Skala einfach zu klein, da konnte auch Gauß nicht viel ausrichten.

Sie wünschte Fräulein Meisner eine rasche Genesung und versprach außerdem, noch schnell den Korb mit der Schmutzwäsche in den Keller zu tragen.

Wenig später trat sie wieder vors Haus und sah, dass Tobias sich gerade mit Rektor Winkelmeyer und dessen Gattin unterhielt, die soeben von einem Spaziergang zurückkehrten. Tobias beendete das Gespräch sofort, als Helene sich näherte.

»Kommen Sie doch einfach in den nächsten Tagen zu mir in die Praxis, dann können wir ausführlich die Medikation besprechen«, sagte er freundlich zu Rektor Winkelmeyer.

»Natürlich«, stimmte Frau Winkelmeyer anstelle ihres Mannes zu. Eifrig machte sie Anstalten, ein neues Gespräch in Gang zu bringen, diesmal unter Einbeziehung von Helene. Dem schob Tobias jedoch sofort einen Riegel vor, indem er behauptete, er müsse noch etwas Dringendes erledigen. Mit diesen Worten zog er Helenes Hand über seinen Unterarm und spazierte mit ihr davon.

Sie konnte es sich nicht verkneifen, einen kurzen Blick zurückzuwerfen. Frau Winkelmeyer stand da wie vom Donner gerührt und starrte ihnen hinterher.

»Damit liefern wir jetzt wohl eine Menge Gesprächsstoff«, meinte Helene. Ihre Stimme klang ein wenig atemlos. Der unerwartete Körperkontakt mit Tobias war verwirrend und aufwühlend zugleich.

»Soll ich dich besser loslassen?«, fragte Tobias.

»Na, dann würden sie doch sofort merken, dass wir bloß ein Schauspiel aufführen, oder?«, gab sie leichthin zurück.

Er lachte und hielt ihre Hand auf seinem Unterarm fest. Im Gleichschritt gingen sie weiter, quer über den großen Dorfplatz. Wahrscheinlich wurden sie in diesem Moment von ein paar Dutzend Leuten beobachtet. Beispielsweise von den angeheiterten Schützenbrüdern, die gerade aus dem *Goldenen Anker* kamen. Oder von Herrn Göring, der soeben mit sauertöpfischer Miene an der Haltestelle aus dem Bus stieg und schwer an seinem Reisekoffer schleppte. Oder vom Pfarrer, der sich vor der Kirche mit dem Küster unterhielt und mitten im Gespräch verstummte, als er den Doktor mit der Dorflehrerin vorbeigehen sah.

Es war viel los in Kirchdorf an diesem Sonntag, sogar noch abends. Zur Erstkommunion der Kinder waren auch Besucher von auswärts gekommen, zumeist Verwandte aus den umliegenden Ortschaften.

Am Morgen war auch Helene in der Kirche gewesen. In sich gekehrt hatte sie dagesessen und die Jungen in den dunklen Anzügen und die Mädchen in ihren weißen Kleidern betrachtet, die vor Aufregung und Glück um die Wette strahlten und so erfüllt waren von ihrem tiefen Glauben und ihrer Ehrfurcht vor dem Herrn.

Ihre eigene Tochter war zwar getauft, aber es hatte keine Erstkommunion gegeben. Irgendwann hatten sie als Eltern den richtigen Zeitpunkt verpasst, Marie religiös zu erziehen. Die ersten Jahre hatte man noch Tisch- und Nachtgebete zusammen gesprochen, aber nach und nach damit aufgehört, weil es keine Rolle mehr gespielt hatte.

Doch den Schritt in die andere Richtung hatten sie auch nicht getan. Hatten Marie nicht zu den Treffen der Jungpioniere oder ins Ferienlager geschickt, hatten stattdessen versucht, die ganze politische Indoktrination von dem Kind fernzuhalten. Mit der Folge, dass Marie sich darüber beklagt hatte, weil sie gern dazugehören wollte. Inzwischen war sie doch noch da gelandet. Trug das Pionierhalstuch und bald das Blauhemd der FDJ. Und war vielleicht froh darüber, dass sie nun Teil dieser Gemeinschaft war.

»Alles in Ordnung mit dir?«, fragte Tobias an ihrer Seite.

Sie wandte sich ihm zu, und ihr Herz machte einen Satz, weil sie sich jäh seiner Nähe bewusst wurde. Eine Fülle irritierender Eindrücke schien gleichzeitig auf sie einzustürmen. Aus der kurzen Distanz konnte sie sehen, dass in der Iris seiner Augen hellgoldene Pünktchen tanzten. Seine Wangen waren dunkler als der Rest seines Gesichts, was am Bartschatten lag, der eine andere Färbung aufwies als sein Haar. Seine Brauen waren buschig, aber zu perfekten Bögen geformt, die seine klare Stirn betonten.

Er hatte die Ärmel seines Hemds hochgekrempelt, sodass sie unter ihren Fingern die Wärme seiner nackten Haut fühlte, ebenso die leicht kratzige Textur der Behaarung. Bei jedem Atemzug nahm sie seinen Geruch wahr, den sie ihm inzwischen wohl auch mit geschlossenen Augen hätte zuordnen können, ohne indessen genau beschreiben zu können, was daran so besonders war. Auf einer unbewussten Ebene schien dieser Geruch sich direkt mit ihren am tiefsten verborgenen Sinnen zu verbinden. Sie wusste nur eins: Es sprach sie auf eine Weise an, die sie nervös machte.

Sein Blick hielt den ihren unerwartet lange gefangen, und am Ende war sie diejenige, die gehemmt die Augen niederschlug.

Er hielt ihre Hand immer noch auf seinem Unterarm fest, und sie musste daran denken, was irgendwer in ihrer Jugend mal über diese Art des Flanierens gesagt hatte.

Die Dame hängt sich nur beim Herrn ein, wenn sie mit ihm verlobt oder verheiratet ist.

Ihr fiel auch wieder ein, wo sie diese Benimmregel gehört hatte – in der Tanzschule. Die hatte sie mit fünfzehn besucht, damals, als in Berlin noch alles kaputt gewesen war vom Krieg. Doch die Menschen hatten da schon längst wieder angefangen zu leben. Hatten hinter den zerbombten Wänden bunte Lampions aufgehängt und auf uralten Grammofonen Musik abgespielt, um den jungen Leuten das Tanzen beizubringen. Und natürlich waren nicht alle Pärchen, die nach der Tanzstunde zum Knutschen in den dunklen Parks verschwanden, verlobt oder gar verheiratet gewesen.

Aber wer in diesem erzkatholischen Nest in der tiefsten Rhön untergehakt über den belebten Dorfplatz spazierte, sollte vielleicht nicht ganz so unbekümmert darüber denken. Vor allem nicht sie. Wie oft sie sich schon vorgenommen hatte, nicht aufzufallen, und dann passierte schon wieder genau das!

Unvermittelt ließ Tobias sie los, als hätte er gespürt, womit sie sich in Gedanken beschäftigte. Im nächsten Moment blieb er stehen, und jetzt erst bemerkte sie, dass sie bei seinem Haus angekommen waren.

»Wollen wir reingehen?«, fragte er. »Da können wir uns in Ruhe unterhalten.«

Sie nickte nur. Richtig, sie hatte ja mit ihm reden wollen, das hatte sie ganz vergessen. Seltsam, dass es ihr von einer Minute auf die andere entfallen war. Es konnte nur daran liegen, dass er sie durcheinanderbrachte. Und das schien wirklich ständig zu geschehen, sogar dann, wenn sie, wie in dieser Woche, weder ein noch aus wusste vor lauter Sorgen.

Halb und halb erwartete sie, dass er sie mit nach oben nahm, in seine Wohnung, und sie befürchtete schon, wieder Unmengen essen zu müssen. Doch Tobias führte sie in sein Sprechzimmer, wo sie sich bereits das letzte Mal unter vier Augen unterhalten hatten, über Agnes. Auch heute wollte sie mit ihm über das Mädchen sprechen.

Anders als Hilde Hahner es sich zuerst vorgestellt hatte, sollte Agnes mit der Ausbildung nicht erst im Herbst anfangen, sondern möglichst bald, weil sie ja auch zur Berufsschule musste und beides parallel zu absolvieren war. Helene hatte sich genauer darüber informiert und es vor ein paar Tagen Agnes erklärt, die es daraufhin ihren Eltern mitgeteilt hatte. Hilde Hahner war alles andere als erfreut darüber gewesen, sie hatte es sich in den Kopf gesetzt, dass Agnes ihr den Sommer über noch uneingeschränkt zur Verfügung stand. Ihr Mann hatte sodann den Vorschlag gemacht, das Ganze einfach auf nächstes Jahr zu verschieben. Daraufhin hatte Agnes, die sonst immer von so fügsamem Wesen war, den Eltern angedroht, von zu Hause wegzulaufen, da sie es satthabe, immer nur als Putzmagd und Kindermädchen ausgebeutet zu werden. Überhaupt habe sie *alles* satt, genug sei genug.

Unter Tränen hatte sie Helene davon berichtet, auch davon, dass ihre Mutter sie nicht ernst nahm. Demnach hatte Hilde Hahner bloß lapidar geäußert, dass sie ein Maul weniger zu stopfen hätten, wenn Agnes fortliefe.

Das war der aktuelle Stand der Dinge. Helene machte sich Sorgen um das Mädchen, und sie hielt nicht damit hinter dem Berg, als sie Tobias die ganze Geschichte erzählte.

»Ich wollte zuerst mit dir darüber reden und deine Meinung einholen, bevor ich noch mal zu den Hahners gehe«, erklärte sie.

Er sah sie an. »Vielleicht gehen wir einfach zusammen hin.«

Helene verspürte tiefe Erleichterung. »Das würdest du tun?«

»Natürlich.«

In diesem Augenblick wusste sie, dass sich für Agnes alles zum Guten wenden würde. Sie hatte nicht darauf zu hoffen gewagt, dass er es von sich aus vorschlug, aber er hatte nicht eine Sekunde gezögert.

»Mir ist klar, dass es für Agnes hier um alles geht«, sagte er. Um seine Mundwinkel spielte ein Lächeln. »Ich könnte bei dem Gespräch ja beispielsweise hervorheben, wie dringend ich eine weitere Kraft in der Praxis brauche. Und dass ich auf keinen Fall ein ganzes Jahr darauf warten kann. Und du kannst aus pädagogischer Sicht erläutern, wie ungeheuer wichtig eine lückenlose Ausbildung für einen jungen Menschen ist.« Jetzt grinste er Helene offen an. »Es wäre doch gelacht, wenn wir das nicht zusammen hinkriegen!«

Ihr Blick tauchte in seinen, und sie spürte, dass auch er voller Unruhe war. Als müsste er sich irgendwie beschäftigen, legte er die Fingerspitzen gegeneinander, sodass seine Hände eine Art Dach bildeten, durch dessen Schrägen sie seine Hemdbrust sah. Er trug ein schlichtes, kariertes Baumwollhemd. Die hochgeschobenen Ärmel betonten die Muskelstränge an seinen Schultern und Oberarmen.

Wie beim letzten Mal saßen sie über Eck an seinem Schreibtisch. Er legte seine Hände wieder auf den Tisch, seine Fingerspitzen nur Millimeter von ihren entfernt.

Ihr Herz raste schon die ganze Zeit wie verrückt, und um ein Haar wäre sie aufgesprungen und hinausgelaufen, weil sie die Anspannung kaum noch ertrug.

Wieso zum Teufel war sie mit ihm reingegangen, statt einfach alles vorm Haus durchzusprechen?

Im nächsten Moment wusste sie, warum.

»Helene«, sagte er mit rauer Stimme. Er nahm ihre Hand, und sie begriff, dass sie genau darauf die ganze Zeit gewartet hatte. Nein, das traf es nicht – sie hatte sich danach gesehnt. Unbewusst zwar, aber in einem solchen Ausmaß, dass es sie ängstigte.

Sie wandte den Kopf ab und ließ ihren Blick durch den Raum schweifen, vielleicht in dem Versuch, dem Unaufhaltsamen auszuweichen. Das Regal hinter ihm mit den einschüchternd dicken medizinischen Fachbüchern. Der auf einem Metallstab ruhende Plastiktorso in der Ecke, der einen Querschnitt von Herz und Lunge zeigte. Der Kunstdruck an der Wand, ein Aquarell mit einer malerischen Gartenlandschaft.

Tobias war aufgestanden und zog sie ebenfalls vom Stuhl hoch. Sie stand dicht vor ihm, und als er zögernd seine rechte Hand auf ihre Wange legte, wich sie nicht zurück, im Gegenteil – ihr Gesicht schien sich der Berührung entgegenzuheben, so wie eine Blume sich der Sonne zuwendet. Er hob die Linke und legte sie gegen ihre andere Wange, hielt ihr Gesicht in seinen Händen. Sie sagten beide kein Wort.

Er beugte sich vor, langsam, zögerlich, als traute er seiner Courage nicht, und sie schloss die Augen, weil ihr plötzlich schwindlig war vor erwartungsvollem Verlangen. Sie spürte seinen Atem auf ihren Lippen, gleich würde er sie küssen, und es gab nichts, was sie in diesem Moment mehr wollte. Ein ihr fremdes Zittern durchlief ihren Körper, es reichte bis in die Fingerspitzen, wie eine Art seltsame Elektrizität oder ein geheimnisvoller Magnetismus, jenseits all ihrer bisherigen Erfahrungen.

»Tobias? Abendbrot ist fertig!«, ertönte in diesem Moment die Stimme seiner Tante aus dem Vorzimmer.

Er ließ Helene sofort los und trat zwei Schritte zurück.

»Tante Beatrice?«

Sie erschien in der Durchgangstür. »Oh, du hast Besuch!« Freudestrahlend kam sie auf Helene zu und reichte ihr die Hand. »Guten Abend, Frau Werner. Geht es Ihnen gut?«

»Danke, ja. Guten Abend, Frau Krüger.« Helene versuchte, das Krächzen in ihrer Stimme mit einem Räuspern loszuwerden. Ihre Wangen brannten. Ob ihr Gesicht wohl sehr rot aussah?

»Ich störe doch nicht?«, erkundigte sich Beatrice. Forschend blickte sie von Helene zu Tobias.

Der reagierte mit beispielhafter Nonchalance. »Nein, wir waren gerade fertig, Tante Beatrice. Wir sprachen über unsere neue Auszubildende, Agnes Hahner. Wie es scheint, bedarf es bei den Eltern noch einiger Überzeugungsarbeit.«

»Ach du je«, meinte Beatrice. »Die Hahners können ziemlich dickköpfig sein, das weiß hier jeder. Aber wenn irgendjemand sie umstimmen kann, dann bist du es, Tobias. Und natürlich diese großartige Lehrerin hier.« Mit einem breiten Lächeln wandte sie sich an Helene. »Ich hoffe, Sie bleiben noch zum Essen! Es gibt nichts Besonderes, nur Pellkartoffeln und Spiegeleier und dazu saure Gurken, ich konnte ja heute nicht einkaufen gehen, weil Sonntag ist und wir in Urlaub waren. Aber trotzdem sind Sie herzlich eingeladen!«

Helene brannte der Boden unter den Füßen, die Situation war ihr unsagbar peinlich. Du lieber Himmel, sie waren wie zwei mondsüchtige Teenager vorm ersten Kuss ertappt worden! Unter gesenkten Lidern blickte sie Tobias an. Seine Miene war undurchdringlich, doch seine Wangen waren von einer leichten Röte überzogen, und seine Augen sprachen eine eigene Sprache. Er wünschte sich, dass sie blieb, doch er überließ die Entscheidung ihr.

»Danke für die Einladung«, sagte sie. Ihre Stimme klang immer noch kratzig. »Aber ich habe schon zu Abend gegessen. Außerdem fängt morgen das neue Schuljahr an, dafür müssen ganz dringend noch ein paar Dinge vorbereitet werden. Also dann – vielen Dank für das Gespräch, Tobias. Einen schönen Abend noch allerseits!«

Ihr Aufbruch vollzog sich in gerade noch akzeptabler Eile, und hinterher war sie heilfroh, der Lage entronnen zu sein. Aufgewühlt lief sie zurück zum Lehrerhaus. Unterwegs begegnete sie mehreren Leuten, die ihr freundlich einen guten Abend wünschten, und es kostete sie einige Mühe, ebenso freundlich zurückzugrüßen. Sie musste sich zügeln, nicht einfach loszurennen, um möglichst rasch anzukommen. Als sie endlich allein in ihrem Zimmer war, streifte sie die Schuhe von den Füßen und legte sich aufs Bett. Sie starrte an die Decke, die von der Abendsonne in rotes Licht getaucht war. Ihre Vernunft war zurückgekehrt, sie verfluchte sich für den Moment der Schwäche in Tobias' Sprechzimmer. Und doch fühlte sie immer noch das wilde Pochen ihres Herzens, wenn sie daran dachte, wie sehr sie sich nach diesem Kuss gesehnt hatte.

KAPITEL 15

Christa biss die Zähne zusammen, als sie das Krankenzimmer betrat. An die Atmosphäre von Krankheit und Tod, die hier vorherrschte, würde sie sich nie gewöhnen. Sie atmete tief durch, dann eilte sie an Reinholds Bett und nahm seine Hand. Er lächelte sie an, voller Freude, sie zu sehen. Dieser Augenblick entschädigte sie wenigstens zum Teil dafür, dass sie ihn immer noch leiden sehen musste. Er erholte sich zwar, aber es dauerte so verdammt lange. Sie besuchte ihn täglich und hätte allmählich damit zurechtkommen müssen, doch es bedeutete jedes Mal eine übermenschliche Anstrengung, nicht in Tränen auszubrechen, wenn sie Reinhold dort liegen sah. Über seine Stirn schlängelte sich eine wulstige rote Narbe, erst gestern hatten sie den Verband entfernt. Es sah schlimm aus, ebenso wie der Rest seines Gesichts, bei dem es kaum eine Stelle gab, die nicht grün und blau verfärbt war. Wenigstens waren die Schwellungen zurückgegangen, anfangs war er bis zur Unkenntlichkeit entstellt gewesen.

Doch richtig schlimm war die Sache mit seinem Bein. Es steckte hochgelagert in einer komplizierten Vorrichtung aus Schienen, Gipsverbänden und Seilzügen fest. Er war dazu verdammt, unbeweglich auf dem Rücken zu liegen, und das für Wochen.

Christa hörte immer wieder von allen Seiten, was für ein Glück es doch sei, dass er das Bein nicht verloren hatte, auch wenn es steif und lahm bleiben würde. Am liebsten hätte sie sich jedes Mal die Ohren zugehalten und verlangt, sie mit so einem Mist doch bitte zu verschonen.

Sie haderte immer noch damit, dass er überhaupt hier lag, so zerschunden und versehrt. All das hätte sich so leicht verhindern lassen. Ein einziger Federstrich hätte dafür ausgereicht. Nur eine Unterschrift, ein Häkchen, eine kommentarlose Genehmigung. Für den Einbau eines Satzes neuer Bremsen.

Nicht das Schicksal oder irgendeine Verkettung unglücklicher Umstände war für den Unfall verantwortlich, sondern ein Mensch. Christa kannte ihn nicht persönlich, die Leute von der Bezirksleitung konnten ihr sowieso gestohlen bleiben, aber da musste einer sitzen, der ihre wiederholten Eingaben wegen der Bremsen in voller Absicht ignoriert hatte.

Sie hatte versucht, sich diesen Menschen vorzustellen, diesen Gebieter über Leben und Tod, und sie hatte sogar erwogen, eine Strafanzeige gegen Unbekannt einzureichen, wegen fahrlässiger Körperverletzung. Das war nicht mal ihre eigene Idee gewesen, sondern die von Horst Sperling. Er hatte ihr diesen Floh ins Ohr gesetzt, denn sein Zorn über den Unfall hatte keine Grenzen gekannt.

Christa zweifelte indessen nicht daran, dass er in erster Linie über den Totalschaden an seinem Auto außer sich war. Mit Wut in der Stimme hatte er ihr erzählt, dass es bestimmt ewig dauern würde, bis er einen Ersatzwagen bekäme. Sie hatte an sich halten müssen, ihn nicht anzuschreien. Andere mussten zehn Jahre warten! Oder gleich bis zum Sankt-Nimmerleins-Tag. Und wieder andere bekamen nicht mal vernünftige Bremsen.

Gleichwohl schien Horst Sperling sich auch sehr um Reinhold zu sorgen. Er hatte ihm sogar schon drei Besuche am Krankenbett abgestattet und ihm versprochen, sich persönlich darum zu kümmern, dass alle Anträge auf Krankengeld und Invalidenrente reibungslos durchgingen. Allein wegen dieses Versprechens ertrug Christa sein ständiges Auftauchen. Erst gestern war er wieder hier gewesen, hatte sich hinter dem Stuhl aufgebaut, auf dem sie immer saß, wenn sie ihren Mann besuchte. Er hatte ihr von oben in den Nacken geatmet, sie hatte es kaum aushalten können.

Ohnehin herrschte in dem Krankenzimmer eine unerträgliche Enge. Reinhold musste sich den Raum mit drei anderen Patienten teilen, aber Gespräche, die ihn vielleicht ein bisschen von der täglichen Langeweile abgelenkt hätten, konnte er mit keinem seiner Leidensgenossen führen. Sie waren allesamt noch schlechter dran als er, auch wenn man das anfangs kaum für möglich gehalten hätte.

Einer hatte Krebs im Endstadium, die Krankenschwester hatte Christa vor zwei Tagen erzählt, dass man ihn noch im Laufe der Woche in ein separates Zimmer verlegen werde, wo er in Ruhe sterben konnte. Doch noch war er hier und stöhnte ständig vor Schmerzen. Ab und zu bekam er eine Dosis Morphium, aber die Vorräte waren gerade mal wieder knapp, wie die Schwester gemeint hatte.

Im Bett neben Reinhold lag ein Schlaganfallpatient. Seine Fähigkeit, sich mitzuteilen, war auf ein hilfloses Zucken der Augen und ein unartikuliertes Lallen beschränkt. Der dritte Mitpatient war schon hoch in den Achtzigern, auch er war dem Tod näher als dem Leben. Eine Leberzirrhose hatte seine Haut quittegelb gefärbt, ihm war nicht mehr zu helfen. Man hatte der Familie ans Herz gelegt, ihn zum Sterben nach Hause zu holen.

Verglichen mit diesen Jammergestalten war Reinhold gleichsam das blühende Leben, schließlich war er im Gegensatz zu den anderen auf dem Wege der Besserung. Christa bemühte sich redlich, diesem Umstand mehr Zuversicht abzugewinnen, aber sie war noch nie besonders geduldig gewesen. Er lag jetzt seit zwei Wochen hier, und in den nächsten sechs Wochen würde sich daran gewiss nichts ändern, das hatte man ihnen schon klargemacht. Die Heilung brauchte nun mal Zeit. Zeit, die sie eigentlich nicht hatten. Marie verging fast vor Sehnsucht nach ihrer Mutter. Seit Reinhold der Kleinen ein Wiedersehen versprochen hatte, kreisten ihre Gedanken nur noch um den Tag, an dem es endlich wahr werden würde. Christa sah es jeden Tag in den Zügen des Kindes, sah, wie es litt und hoffte und verzweifelt auf ein Wunder wartete.

Aber nicht nur das Leid der Kleinen erhöhte den Druck, der auf ihnen lastete: Irgendwas lag in der Luft. In der Politik gärte es wie nie zuvor. Keiner in ihrem Bekanntenkreis sprach offen darüber, aber Christa spürte es überdeutlich – Entscheidungen bahnten sich an. Etwas Großes schien im Gange zu sein. Die Grenztruppen waren in der letzten Zeit verstärkt worden, als wollten die Verantwortlichen vorbereitet sein – worauf auch immer. Irgendwas würde passieren, und zwar schon bald.

Die Erkenntnis war langsam bei Christa eingesickert, aber jetzt unterlag sie keinem Zweifel mehr: Es musste schleunigst ein Fluchtplan her. Aber wie sollte der genau aussehen?

Bei dieser Frage setzten ihre Gedankengänge aus. Sie fühlte sich nicht imstande, über Details nachzudenken. Nicht, solange ihr Mann ans Bett gefesselt war.

Reinhold wiederum schien schon einen Schritt weiter zu sein als sie. Vor ein paar Tagen hatte er gemeint, er hätte eine Idee. Ganz leise hatte er es erwähnt, nicht ohne sich vorher nach allen Seiten umzusehen, obwohl rechts und links von ihm nur die drei todgeweihten Männer lagen, die sowieso nichts mehr mitbekamen. Doch er hatte es bei seiner Andeutung belassen. Es sei noch zu unausgegoren, er müsse zuerst wieder zu Hause sein, und außerdem bräuchten sie dazu Hilfe.

»Wessen Hilfe?«, hatte sie ihn gefragt, doch er hatte nur den Kopf geschüttelt und sich in Schweigen gehüllt.

Reinhold blickte zu ihr auf, und das Herz wurde ihr weit vor bedingungsloser Liebe. Sie strich ihm vorsichtig über das schüttere Haar, darauf bedacht, nicht die Stelle zu berühren, wo die Narbe verlief.

»Ich hab dir eingemachte Birnen mitgebracht«, sagte sie zärtlich. »Du kannst sie gleich essen, wenn du willst.« Sie machte Anstalten, das Weckglas aus ihrer Tasche zu holen, doch Reinhold hielt ihren Arm fest.

»Hast du mit meiner Tante telefoniert?«

»Ja, natürlich.«

Er atmete auf, sichtlich erleichtert.

Sie hatte ihm in die Hand versprechen müssen, die Anrufe im gewohnten Rhythmus fortzusetzen, damit der Kontakt nach drüben nicht abriss. Und so meldete sie weiterhin regelmäßig Ferngespräche nach Frankfurt an, damit seine Tante und Leni nicht alle Hoffnung verloren. Es dauerte jedes Mal endlos lange bis zur Freischaltung, aber damit hatte man sich abzufinden. Die Leitungen waren alt, und es gab zu wenige.

»Was hat sie gesagt?«

»Sie lässt dir liebe Grüße ausrichten und wünscht weiterhin gute Besserung.« Sie beugte sich vor und flüsterte ihm ins Ohr: »Leni weiß Bescheid, sie hat sich wieder gefangen und weiß, dass es noch dauert.«

Wörtlich hatte Auguste gesagt: »Hier hilft nur Geduld, meine Liebe, das wissen doch nicht nur wir beide. Der Gartenzaun läuft ja nicht weg. Bald wird er in frischer Farbe erstrahlen, und dann können wir uns alle gemeinsam darüber freuen.«

Fast wäre Christa bei diesem komisch-konspirativen Wortwechsel in hysterisches Gelächter ausgebrochen, und wieder einmal hatte sie sich gefragt, ob sie sich nicht lächerlich machte. Die ganzen Gerüchte, die man sich über Abhörwanzen der Stasi erzählte, waren wahrscheinlich maßlos übertrieben. Andererseits … Hatten die Schnüffler vom MfS nicht auch irgendwie spitzgekriegt, dass Jürgen in den Westen abgehauen war und Leni ihm mit Marie folgen wollte? Die hatten garantiert alle möglichen Methoden, um Leute zu überwachen!

So wurde beispielsweise viel über die sogenannten Geheimen Informatoren gemunkelt, kurz GI genannt. Keiner wusste, wer diese Denunzianten waren, außer natürlich die Stasioffiziere, die für die Rekrutierung zuständig waren. Praktisch jeder konnte ein GI sein, ein Spitzel von Ulbrichts Gnaden. Der nette Nachbar, der gerne mal einen ausgab. Der Kollege bei der Arbeit. Die Friseurin, von der man sich die Haare machen ließ und dabei über private Dinge plauderte. Die Krankenschwester, der immer alle ihr Herz ausschütteten.

Alle konnten theoretisch Zuträger der Stasi sein, sogar Familienmitglieder, enge Freunde …

Es hieß, dass man diese Leute mit Vergünstigungen lockte, auf die andere vergeblich warteten. Ein Platz auf der Oberschule für das Kind. Ein Urlaub am Plattensee. Ein Telefonanschluss. Geld.

Manche wurden auch erpresst. Man drohte ihnen mit Schwierigkeiten, wenn sie sich weigerten, ihre Mitmenschen auszuhorchen. Plötzlich waren sie ihre Stelle im Büro los und saßen im Industriekombinat am Fließband. Oder wurden in eine kleinere Wohnung gesteckt, weil die, in der sie seit dreißig Jahren lebten, angeblich auf einmal zu groß war.

All das war Christa schon früher zu Ohren gekommen, aber noch bis vor ein paar Monaten hatte sie nicht viel darauf gegeben. So was erzählten doch nur Leute, die den Sozialismus schlechtmachen wollten!

Mittlerweile dachte sie anders darüber. Sie ahnte, dass es dieses Spitzelwesen wirklich gab, und womöglich war es sogar noch viel umfassender, als manch einer glauben mochte, ein wachsendes Geflecht verborgener, sich überall hineinschlängelnder Wurzeln, aus denen das System seinen Lebenssaft saugte – Informationen. Geheimnisse von Menschen, ihre Meinungen, Sehnsüchte, Pläne, Wünsche.

Christa ahnte auch, dass die Stasi so jemanden auf ihren Mann angesetzt hatte. Jemand, der seit Wochen auffallend oft bei ihnen hereinschneite und beharrlich Reinholds Nähe suchte. Christa wollte einen Besen fressen, wenn sie sich irrte: Horst Sperling war garantiert ein Geheimer Informator.

Sein bemühtes Entgegenkommen, die oft aufgesetzt wirkende Fröhlichkeit, die ständigen Versuche, eine Freundschaft zu Reinhold aufzubauen – es gab keine andere Erklärung. Folglich mussten sie alle miteinander noch vorsichtiger sein, bis der verdammte Gartenzaun angestrichen werden konnte. Mit grimmigem Sarkasmus dachte sie, was für ein glücklicher Zufall es doch war, dass sie wirklich einen Zaun hatten, der ziemlich heruntergekommen aussah und dringend einen neuen Anstrich bräuchte. Sonst wäre man ihnen vielleicht schon längst auf die Schliche gekommen.

Reinhold riss sie aus ihren düsteren Gedanken. »Wie geht es der Kleinen?«

»Vergleichsweise gut«, antwortete Christa. »Sie hat einen starken Willen.«

»Wie ihre Mutter.« Reinhold hielt immer noch ihre Hand. Sein Griff war wie sonst auch, vertraut und warm und fest.

»Sie ist viel draußen«, erzählte Christa. »Du kannst dir nicht vorstellen, wie braun gebrannt sie schon ist, und dabei haben wir noch nicht mal Mai.« Sie holte Luft, dann erzählte sie ihm von dem Anmeldeformular, das Marie gestern aus der Schule mitgebracht hatte. »Drei Wochen Ferienlager, an der Ostsee. Vielleicht würde es ihr guttun. Sie käme mal auf andere Gedanken. Auch, wenn sie sich tapfer gibt – dein Unfall hat sie schwer mitgenommen. Schon wieder die Angst, jemanden zu verlieren …« Fragend sah sie ihn an. »Ein bisschen Erholung im Ferienlager wäre da nicht verkehrt, was meinst du?«

Reinhold antwortete, ohne zu zögern. »Nein. Es sei denn, sie will es unbedingt.«

Im Moment wollte Marie zweifellos nur eins – rüber in den Westen, sie dachte an nichts anderes mehr. Dauernd strolchte sie mit dem Krause-Jungen in der Nähe der Grenzbefestigungen herum. Es fiel zwar nicht allzu sehr auf, weil viele Kinder aus der näheren Umgebung dort spielten; schließlich standen da ihre Elternhäuser. Aber davon wurden Christas Sorgen nicht kleiner. Manchmal hatte sie Angst, dass das Mädchen eines Tages einfach losrannte. Schreckliche Bilder geisterten ihr dann durch den Kopf. Marie, wie sie blutend im Stacheldraht hängen blieb. Wie sie von scharfen Hunden zerfleischt wurde oder eine Kugel in den Rücken bekam, weil die Grenzer erst zu spät merkten, dass da nur ein Kind fortlief.

Christa ließ die Sache mit dem Ferienlager auf sich beruhen. Stattdessen holte sie das Glas mit den Birnen aus ihrer Tasche. Sie half Reinhold beim Essen und achtete darauf, dass nichts danebentropfte. Er aß das süße Obst bedächtig und mit sichtlichem Genuss, und Christa war glücklich, weil es ihm so gut schmeckte.

Sie hatten einen schönen großen Birnbaum im Garten, der auch dieses Jahr wieder reichlich Früchte trug. Christa hatte sich bereits gefragt, ob sie wohl schon weg sein würden, wenn im Sommer die Birnen reif wurden. In diesem Fall würden sich bestimmt die Nachbarn darüber hermachen.

So viel musste zwangsläufig zurückgelassen werden. Haus, Garten, Obstbäume. Die alte Küche, die noch von Reinholds Großeltern stammte. Der liebevoll aufgearbeitete Schreibtisch von seinem Vater. Die Bücher und Schallplatten, die sie im Laufe der Jahre angeschafft hatten.

Ihr Zuhause.

Man musste bereit sein, ganz von vorn anzufangen. Mit buchstäblich nichts außer einem neuen Gefühl von Freiheit, was auch immer man sich darunter vorstellte.

Fürs Erste würden sie bei Auguste wohnen können, die hatte jede Menge Platz und konnte sie mit ihrer dicken Rente alle durchfüttern. Aber eine dauerhafte Lösung war das ganz sicher nicht, für keinen in der Familie. Christa wollte sich gar nicht erst ausmalen, wie ihre Mutter sich mit Auguste herumzankte, weil ihr dieses und jenes nicht passte. Sie fand immer was zu meckern, das war ihre Natur.

Solche Gedanken verdrängte Christa meist rasch wieder, es hatte ja keinen Sinn, den zweiten Schritt vor dem ersten zu tun. Solange sie keinen Plan hatten, wie sie von Weisberg nach Frankfurt gelangen sollten, waren das lauter ungelegte Eier.

Die Krankenschwester kam ins Zimmer und wies sie darauf hin, dass die Besuchszeit vorbei war.

Christa küsste ihren Mann auf die Wange. »Bis morgen, mein Lieber.«

»Bis morgen, Schatz. Grüß die Kleine von mir. Und pass gut auf sie auf.«

Dieser letzte Satz klang eindringlich, fast flehend, und wieder spürte Christa die Last der Verantwortung auf ihren Schultern wie ein schweres Joch. *Natürlich* würde sie gut aufpassen. Was dachte er denn! Aber sie hätte sich gewünscht, nicht dafür zuständig zu sein. Wenn irgendwas passierte, wäre es ihre Schuld.

»Mach dir keine Sorgen, werde einfach nur schnell gesund«, gab sie zurück und zwang sich zu einem Lächeln. Als sie ging, fragte sie sich bedrückt, wo das alles noch enden sollte.

*

Marie war immer noch ganz aufgeregt. Der sowjetische Kosmonaut Juri Gagarin war als erster Mensch ins Weltall geflogen! Mit seinem Raumschiff hatte er einmal die ganze Erde umrundet und war wieder sicher gelandet. Das ganze Land spielte verrückt, hatte Frau Simmerling in der ersten Stunde lachend gesagt, es stehe in allen Zeitungen, werde dauernd im Radio durchgegeben und sei auch sonst in aller Munde. Sie sprach über die Schwerelosigkeit und darüber, wie die Erde vom Weltraum betrachtet aussah, ein blauer Planet mit weißen Schattierungen, wunderschön und friedlich und für alle da, wenn das doch nur jeder Mensch auf der Welt als großes Geschenk der Natur würdigen könnte!

Das Beste war – die Sowjetunion hatte es als erstes Land der Erde geschafft, einen Menschen ins Weltall zu bringen, noch vor den Amerikanern, die sich so viel auf ihre Raketentechnik einbildeten! Darauf wurde die Klasse in der zweiten Stunde vom Mathematiklehrer hingewiesen, der ihnen auch erklärte, wie der Rückflug der Landekapsel funktioniert hatte, mit Sonnensensoren, Bremsraketen, Fallschirmen und Schleudersitz.

In der dritten Stunde wurde eine Klassenarbeit geschrieben, ein Aufsatz über die Mitwirkung der Jungpioniere in der Landwirtschaft. In einer LPG gab es das ganze Jahr über viel zu tun, und es war, wie die Kinder im Unterricht gelernt hatten, eine ehrenvolle Aufgabe, mit dabei zu sein.

Marie hatte noch nicht auf dem Feld gearbeitet, aber dafür in Opa Reinholds und Tante Christas Garten, wo sie beim Umgraben, Jäten und Aussäen geholfen hatte. Auch um Tiere hatte sie sich schon gekümmert. Die Krauses besaßen drei Kühe und ein halbes Dutzend Schweine sowie Hühner und Kaninchen, die musste Edmund immer füttern, und Marie durfte ihm dabei helfen. Das machte ihr großen Spaß, fast so viel wie die Besuche mit Opa Reinhold in den größeren Ställen, wo er bis zu seinem Unfall kranke Pferde und Rinder behandelt hatte.

In dem Aufsatz schilderte sie getreulich alle von ihr bisher verrichteten landwirtschaftlichen Arbeiten und wie viel Freude sie daran hatte. Die Freude war ein wichtiger Punkt, der Lehrer hatte es mehrmals hervorgehoben, sie schien beinahe so wichtig zu sein wie die Arbeit selbst.

... weil es ein wertvoller Beitrag für den Frieden und den Zusammenhalt im Sozialismus ist.

Das hatte er mal im Unterricht gesagt, und Marie hatte es sich gemerkt. Sie fand, dass es sich gut als Schlusssatz machte. Nachdem sie alles noch mal gründlich durchgelesen hatte, klappte sie das Heft zu und betrachtete müßig die Ermahnung auf der Rückseite.

Zahnkontrollen zweimal jährlich
sind nicht viel, nun sei mal ehrlich.
Doch sie schützen, nimm's zu Herzen,
dich vor Krankheit und vor Schmerzen.

Die dazugehörige Zeichnung zeigte einen Jungen in kurzen Hosen, der sich gegen seine Zahnschmerzen ein Tuch um den Kopf gebunden hatte und vor der Zahnarztpraxis eines Dr. Hilfreich stand. Ein bezopftes Mädchen im Faltenrock zeigte auf ein Schild neben der Tür, auf dem stand: *Sei klug – gehe jährlich 2x zum Zahnarzt.*

Marie schluckte, ihr Mund fühlte sich plötzlich schmerzhaft trocken an. Im Heim hatte auch ein Arzt ihre Zähne kontrolliert. Er hatte eine von den Betreuerinnen angeblafft, weil mehrere Kinder schlechte Zähne hatten.

»Sie müssen besser putzen«, hatte er wütend ausgerufen. »Verdammt noch mal, darauf muss geachtet werden! Was herrscht hier für ein Schlendrian!«

Ein Junge war daraufhin so eingeschüchtert gewesen, dass er bei der Untersuchung den Mund nicht aufmachen wollte. Der Arzt hatte nichts gesagt, er hatte einfach das nächste Kind drangenommen. Aber später, als er schon längst wieder gegangen war, hatten alle Kinder eine Stunde mit dem Gesicht zur Wand stehen müssen, und hinterher ging es ohne Abendbrot ins Bett. Es kam häufig vor, dass alle für das Vergehen eines Einzelnen mitbestraft wurden; dadurch sollten sie lernen, dass schlechtes Benehmen nicht nur einem selbst, sondern auch anderen schaden konnte.

Marie fuhr mit der Zunge über ihre Zähne und hoffte, dass sie in Ordnung waren. Im Heim waren sie es noch gewesen, der Arzt hatte sie sich angesehen und keine Löcher gefunden.

Edmund, der neben ihr saß, war noch mit dem Aufsatz beschäftigt. Tief über sein Heft gebeugt saß er da und mühte sich mit dem klecksenden Füller ab, säuberliche Zeilen aufs Papier zu bringen. Aus den Augenwinkeln sah sie, dass er ein Wort falsch schrieb, und gerade wollte sie ihn anstupsen und es ihm zuflüstern, als wie aus dem Nichts der Lehrer neben ihr auftauchte.

»Wenn du fertig bist, kannst du abgeben«, sagte er.

Sie reichte ihm hastig ihr Heft.

Der Lehrer blickte Edmund über die Schulter. »Noch drei Minuten, Edmund. Komm besser zum Ende!«

Edmund ließ ein Seufzen hören, Aufsatzschreiben war nicht seine Stärke, er wurde oft nicht fertig. Diktate fielen ihm leichter, und im Rechnen war er richtig gut. Aber irgendwie schaffte er es diesmal gerade so. Knapp vor dem Einsammeln der Hefte ließ er stöhnend den Stift fallen.

Danach folgte noch eine Doppelstunde Sport, auch nicht gerade sein Lieblingsfach, weil er wegen seines schwachen Beins nicht richtig schnell laufen konnte. Trotzdem gehörte er nicht zu den Letzten, die beim Völkerball in die Mannschaft gewählt wurden, denn im Werfen war er einer der Besten.

Marie hatte an diesem Tag den Eindruck, dass Edmund irgendwas bedrückte. Er wirkte schon seit dem Morgen niedergeschlagen und redete nicht viel, auch nicht auf dem Heimweg nach der Schule.

»Was ist denn los mit dir?«, wagte sie schließlich zu fragen.

Er hob die Schultern und sagte nichts. Sie wollte ihm nicht

lästig fallen und fragte nicht weiter. Stattdessen nahm sie ihren Ranzen vom Rücken und zog zwei Comichefte hervor, die sie schon gelesen hatte, ein *Atze* und ein *Mosaik.* Tante Christa hatte sie für Marie beschafft, über eine Bekannte, die beim Zeitungskiosk arbeitete. Die hatte die Hefte für sie zur Seite gelegt, weil sie immer gleich vergriffen waren.

»Da, leih ich dir, hab beide schon ausgelesen.«

Edmund strahlte, sein Kummer war vergessen. Genauso wie Marie liebte er die Abenteuer von Dig, Dag und Digedag, aber auch die Geschichten der Mäuse Fix und Fax. Im Weitergehen blätterte er direkt die Hefte durch. Irgendwann meinte er unvermittelt: »Mein Vater soll die Kühe und die Schweine abgeben. Und unsere Äcker. Die haben gesagt, es reicht, dass wir die Hühner und die Karnickel haben.«

»Wer sind *die?*«

»Na, die Kader. Sie sagen, es soll keine privaten Kühe und Schweine mehr geben, auch keine privaten Felder. Weil die dem Volk gehören.«

Marie runzelte die Stirn. »Aber die Tiere haben es doch gut bei euch! Ihr füttert sie jeden Tag! Die Kühe geben Milch, die Schweine kriegen Ferkel, daraus werden große Schweine, und am Ende kann man Schnitzel und Schinken und Wurst davon machen!«

Edmund zuckte die Achseln. »Ich weiß ja auch nicht. Vielleicht geben sozialistische Kühe mehr Milch.«

Das konnte Marie nicht glauben, ganz im Gegenteil. »Den LPG-Kühen geht's nicht so gut wie euren. Mein Opa sagte neulich, es wäre ein Trauerspiel, weil in der Viehhaltung alles den Bach runtergeht. Und so viel Land habt ihr doch gar nicht, bloß die drei kleinen Äcker!«

»Das ist egal. Man soll überhaupt nichts mehr haben dürfen, bloß noch Garten am Haus.«

Marie schwieg betroffen. Sie hatte in der letzten Zeit öfter darüber nachgedacht, warum die Landwirte sich lieber um ihr eigenes Vieh und ihre eigenen Felder kümmerten als um die Tiere und Äcker der Genossenschaft. Vielleicht lag es daran, dass die Erzeugnisse der LPG für die Allgemeinheit bestimmt waren. Sie wurden auf Lastwagen geladen und fortgeschafft, nur das Nötigste blieb im Ort. Obst und Gemüse vom eigenen Land konnte man hingegen entweder selbst essen oder es verkaufen, genauso wie das Fleisch der Tiere oder Milch und Eier, so konnte man sich Geld verdienen und hatte immer eine gute Mahlzeit auf dem Teller.

Die Leute, die für die Genossenschaft arbeiteten, bekamen natürlich Lohn, keiner musste sich umsonst abmühen. Aber sie schienen daran nicht dieselbe Freude zu haben wie die anderen Landwirte, die sich freie Bauern nannten und ihre Höfe nicht hergeben wollten. Als Marie heute den Aufsatz geschrieben hatte, war ihr diese Widersprüchlichkeit aufgefallen, und ihr war in den Sinn gekommen, dass es wohl unterschiedliche Arten von Arbeitsfreude geben musste. Die eine, die daher rührte, dass man etwas für die Gemeinschaft und den Frieden tat. Und die andere, die einen erfüllte, wenn man sich und seine Familie selbst mit Nahrung versorgte und eigenes Land bestellte.

Es hätte Marie gefallen, wenn beides nebeneinander möglich gewesen wäre, ohne dass sich jemand daran störte.

Horst Sperling hingegen wünschte sich, dass die Staatsführung bei den vielen noch verbliebenen Kleinbauern endlich *Tabula rasa* machte. So hatte er es ausgedrückt. Marie hatte ihn mit Opa Reinhold darüber reden hören. Im nächsten Satz hatte er dann erklärt, was konkret gemeint war. »Schluss mit den nutzlosen Überredungsversuchen. Schluss mit den Privilegien. Sofortige Enteignung von sämtlichem Land und allen Produktionsmitteln, genauso wie damals bei den Großgrundbesitzern. Auch noch der letzte Rest muss kollektiviert werden, ohne einen Pfennig Entschädigung. So sieht wahrer Sozialismus aus, Reinhold!«

Omchen Else, mit der Marie in der Küche gesessen und der nebenan geführten Unterhaltung zugehört hatte, war ein krächzendes Lachen entwichen. »Dagegen kämpfen selbst Götter vergebens«, hatte sie gemurmelt.

»Wogegen?«, hatte Marie wissen wollen.

»Das wirst du eines Tages schon selber rausfinden.«

Marie sah Edmund an. »Was macht dein Vater denn jetzt?«

Erneut zuckte er die Achseln. »Er sagt, es reicht ihm langsam.«

»Was meint er denn damit?«

Edmund warf ihr über den Rand des *Atze*-Hefts einen stummen Blick zu, und da wusste sie, worum es ging. Und irgendwie war es ja auch einleuchtend. Wenn Herr Krause sein Vieh und sein bisschen Land hergeben musste, blieb ihm nur noch das Güllefahren. Es war sicher schwer, dabei Freude zu empfinden, egal wie nützlich es für die Gemeinschaft war. Da wäre wohl jeder gern weggelaufen.

Beinahe wäre sie damit herausgeplatzt, dass sie auch wegwollte. Zu ihrer Mutter in den Westen, am liebsten so schnell wie möglich. Gerade noch rechtzeitig fiel ihr ein, dass sie damit alles ruinieren konnte. Auch wenn Edmund ihr hoch und heilig schwören würde, es geheim zu halten, so konnte es ihm doch aus Versehen rausrutschen, irgendwo und bei irgendwem, und schon war es kein Geheimnis mehr. Und was dann passieren würde, hatte sie ja am eigenen Leib erlebt.

Sie durfte mit *wirklich* niemandem darüber reden.

Deshalb wechselte sie sicherheitshalber das Thema.

»Melden deine Eltern dich fürs Ferienlager an?«

»Nein, da darf ich nie mitfahren, im Sommer ist ja Ernte und Grummet, da muss ich helfen. Und du?«

»Ich fahr wohl auch nicht mit.«

»Warum nicht?«

Marie biss sich auf die Lippe, das war schon wieder das gefährliche Thema. Sie durfte ihm nicht verraten, dass sie lieber in der Nähe der Grenze bleiben wollte. Zum Glück hatte sie eine andere Erklärung parat.

»Im Sommer ist mein Opa wieder zu Hause, aber sein Bein ist ja kaputt. Die erste Zeit kann er nur an Krücken gehen. Da braucht er bestimmt viel Hilfe.«

Edmund nickte verständnisvoll. Damit kannte er sich aus. »Ich hab nach der Polio auch die erste Zeit Krücken gebraucht«, erzählte er. »Aber dann wurde es schnell besser. Jetzt geht's wieder ganz gut.«

Marie wusste, dass viele Kinder an Polio gestorben waren, auch drei an ihrer alten Schule in Berlin. Ein Mädchen war sogar mit ihr in dieselbe Klasse gegangen. Doch seit dem letzten Jahr musste kein Kind mehr daran sterben. Da hatten sie alle ein besonderes Stück Zucker bekommen, und seitdem waren sie gegen die Krankheit geschützt. Der große Bruder Sowjetunion hatte das möglich gemacht, von dort kam der Impfstoff. So blieben die Kinder in der DDR gesund. Im Gegensatz zur BRD, wo man sie immer noch zu Tausenden sterben ließ, weil man keinen russischen Impfstoff wollte.

All das war ausführlich in der Schule besprochen worden, und anfangs war Marie dankbar gewesen, dass die DDR ihre Kinder so viel besser beschützte als der Westen. Aber dann war sie ins Heim gekommen, wo die Kinder für Dinge bestraft wurden, an denen sie nicht schuld waren.

»Gehen wir nach den Hausaufgaben spielen?«, fragte sie.

»Klar«, sagte Edmund.

Wenigstens eine Sache, auf die sie sich noch verlassen konnte.

KAPITEL 16

Der große Baum, an dem zur Einschulung die ganzen bunten Schultüten gehangen hatten, sah wieder aus wie immer, aber in diesen ersten Wochen des neuen Schuljahres schien über Kirchdorf noch ein Hauch von frischer, unverbrauchter Zuversicht zu schweben, wie sie jedem Neuanfang zu eigen ist. Draußen in der Natur zeigte der Frühling sich in sprießender Vielfalt. Der Mai stand vor der Tür, überall in den Gärten hatte es zu grünen und zu blühen begonnen. Die Kühe und Schafe wurden auf die Weiden getrieben, auf den Wiesen sah man die Hasen hoppeln.

Helene hatte wie versprochen die Anfangsklasse zusätzlich übernommen, damit Fräulein Meisner in Ruhe ihre geprellte Hüfte auskurieren konnte. Mittlerweile war sie jedoch genesen und konnte seit zwei Wochen wieder nach Plan unterrichten.

Auch Helene hatte neue Schüler bekommen, die Kinder aus der vormaligen zweiten Jahrgangsstufe kamen jetzt zu ihr in die dritte. Die aus der dritten hatte sie behalten, das war nun die vierte. Die neuen Kinder kannte sie infolge der vielen vorangegangenen Vertretungsstunden fast so gut wie all jene, die sie schon vorher unterrichtet hatte, von daher gab es bei der geänderten Zusammensetzung der Doppelklasse kaum Umstellungs- oder Eingewöhnungsschwierigkeiten.

Sie hatte sich voller Entschlusskraft in die Arbeit gestürzt, das schien ihr immer noch die beste Möglichkeit, sich von der bohrenden Ungewissheit wegen ihrer Tochter abzulenken.

Beim letzten Anruf hatte Großtante Auguste ihr in freudiger Stimmung berichtet, dass ihr Vater zwar noch im Krankenhaus liege, aber dort bereits eifrig überlege, in welcher Farbe er den Gartenzaun anstreichen werde, und dass er es kaum erwarten könne, sich ans Werk zu machen.

Helene hatte es hoffnungsvoll zur Kenntnis genommen und konzentrierte sich einstweilen darauf, für die Kirchdorfer Schulkinder da zu sein, die hatten schließlich auch ein Recht auf ihre Aufmerksamkeit. Für die Unterrichtsplanung des laufenden Halbjahres hatte sie große Sorgfalt aufgewandt und viele abwechslungsreiche Themen ersonnen.

In Heimatkunde nahm sie mit den Kindern unterschiedliche Dorfformen durch, die naturgetreu im Sandkasten nachgebildet wurden: Haufendörfer, Straßendörfer, Reihendörfer, Rundlinge, Streusiedlungen.

Auf dem heimatlichen Kirchdorf lag dabei besonderes Augenmerk, und die Kinder lernten, dass es sich, anders als der Name vermuten ließ, um ein Angerdorf handelte, gekennzeichnet durch den ungewöhnlich großen Dorfplatz, der den Mittelpunkt des dörflichen Lebens bildete.

Mit Feuereifer bastelten die Kinder aus Holz und bemaltem Pappmaschee Häuser und Kirchen, formten Hügel und Straßen, Bäume und Bäche, und nebenher lernten sie viel über die Geschichte dieser unterschiedlichen Ortsformen.

In der letzten Aprilwoche hatte sich der Unterricht mit der neu zusammengesetzten Doppelklasse ohne Vertretungsstunden eingependelt, und so musste Helene kurz die Zähne zusammenbeißen, als eines Morgens plötzlich doch wieder mehr Stühle und Bänke im Klassenraum standen. Die Frau des Hausmeisters erschien und informierte Helene persönlich: Der Kollege Göring falle für eine Woche aus. Seine Mutter sei unerwartet verstorben.

Die sechste Klasse musste Herr Wessel übernehmen, die fünfte Klasse wurde Helene zugewiesen. Inzwischen hatte sie feste Abläufe für den klassenübergreifenden Unterricht erarbeitet, vieles war schon zur Routine geworden. Beten und Singen wie immer zuerst, dann in Mathematik kleines und großes Einmaleins und hinterher Kopfrechnen nach Gruppen und in unterschiedlichen Schweregraden sowie anschließende vertiefende Stillarbeit mit Aufgaben an der Tafel. Im Deutschunterricht zu Beginn der Stunde Gedichte aufsagen, möglichst oft ein neues. Jede Stufe bekam eins zugeteilt, die Jüngeren ein kurzes, die Älteren ein entsprechend längeres. Um das Ganze etwas abwechslungsreicher zu gestalten, ließ Helene manchmal jedes Kind nur eine Zeile des Gedichts aufsagen, sogleich gefolgt vom nächsten mit einer weiteren Zeile. So ging es im raschen Wechsel bis zum Ende des Gedichts weiter und dann wieder von vorne los, sodass der Reihe nach alle drankamen. Es war eine gute Konzentrationsübung, dabei wurden auch die Schläfrigsten hellwach.

Zur allgemeinen Verbesserung der Rechtschreibung führte sie regelmäßige Kurzdiktate ein, wofür sie die Gruppen nicht nach Jahrgangsstufen, sondern nach Leistungsstand einteilte. Manche Schüler aus der Dritten waren so weit fortgeschritten, dass sie einigen aus der Fünf noch was vormachen konnten.

Die stärkeren Gruppen kontrollierten die Texte der schwächeren, und alle, die null Fehler hatten, durften in die nächsthöhere Gruppe aufsteigen. Zusätzlich bekamen sie von Helene mit roter Tinte ein Lachgesicht ins Heft gemalt.

Dabei stellte sie fest, dass Michael sich von Mal zu Mal besser schlug – binnen Wochen hatte er mit den guten Schülern gleichgezogen. Tobias hatte, wie schon angekündigt, seinem Sohn Nachhilfe erteilen lassen, von einem pensionierten Lehrer aus dem Nachbarort. Anscheinend hatte das eine Art Initialzündung ausgelöst, denn der Mann hatte insgesamt nur ein halbes Dutzend Mal kommen müssen. In dieser Zeit hatte Michael so viel Lerneifer entwickelt, dass eine zusätzliche Unterstützung neben der Schule nicht mehr nötig war. Wenn er so weitermachte, würde es am Ende des Schuljahres problemlos eine Empfehlung fürs Gymnasium geben.

Bei dem rauflustigen kleinen Karl hatte Helene hingegen eine beklagenswerte Lese- und Rechtschreibschwäche festgestellt, welcher auch mit den sonst hilfreichen Wiederholungen kaum beizukommen war. Beim Vorlesen geriet er regelmäßig ins Stocken und musste neu ansetzen. Beim Schreiben purzelten ihm die Buchstaben durcheinander wie Kraut und Rüben. Ein und dasselbe Wort konnte er nacheinander auf zehn unterschiedliche Arten falsch schreiben.

Es war nicht ungewöhnlich, dass Kinder anfangs viele Fehler machten, doch das wurde normalerweise mit der Zeit besser. Bei Karl schien indessen nichts voranzugehen. Wenn sich das nicht bald besserte, würde er wohl die Klasse wiederholen müssen.

Helene war entschlossen, das zu verhindern. Sie hatte im Studium die Arbeiten von Ranschburg gelesen, ein aus Ungarn stammender Psychiater, der für diese Art von Lernschwäche den Begriff *Legasthenie* geprägt hatte. Für ihn waren solche Kinder geistig minderbemittelt, ein Ansatz, dem Helene nach ihrer eigenen Erfahrung in keiner Weise zu folgen vermochte. Schon in der DDR hatte sie Kinder unterrichtet, die mit diesen Problemen gekämpft hatten, aber keines davon war im landläufigen Sinne zurückgeblieben gewesen, im Gegenteil – sie waren nach Helenes Eindruck allesamt nicht dümmer gewesen als die anderen Kinder, sondern von ganz normaler Intelligenz. Manche waren sogar ausgesprochen aufgeweckt, bis eben auf jenes selten auftretende Phänomen, das vielen auch unter der Bezeichnung *Wortblindheit* geläufig war.

Karl beispielsweise war alles andere als unbegabt. Immer dann, wenn er keine Wörter schreiben oder vorlesen musste, waren seine Leistungen einwandfrei. Im Rechnen lagen sie sogar deutlich über dem Durchschnitt.

Helene hatte sich bei ihm für eine Methode entschieden,

von der sie hoffte, dass sie ihm half: Sie ließ ihn noch mal ganz von vorn anfangen, indem sie ihn anwies, die Buchstaben des Alphabets zu malen, und außerdem zu jedem Buchstaben ein passendes Bild. Zum A malte er einen Apfel, zum B eine Banane, zum C einen Clown, zum D ein Dach und so weiter. Mit Wachsmalkreide, mit Buntstiften, mit Wasserfarben – Helene gab ihm immer etwas anderes, einmal sogar Knetmasse, mit der er besonders gern hantierte. Als er mit den großen Buchstaben fertig war, kamen die kleinen dran, die jeweils den großen zugeordnet waren. Danach gab es eigene Bilder für Um- und Zwielaute, alles mit passender Illustration. Auf diese Weise konnte er das gesamte Alphabet noch einmal grundlegend verinnerlichen und würde so vielleicht ein besseres Gefühl für die richtige Schreibweise von Wörtern und Sätzen entwickeln können.

Während Helene den anderen Kindern die üblichen altersgerechten Texte diktierte oder sie aus dem Lesebuch vorlesen ließ, beschäftigte Karl sich still mit seinen Buchstaben. Er legte damit Wörter zusammen, die Helene ihm ins Heft schrieb, und anschließend versuchte er sich auch an solchen, die sie ihm mündlich vorgab. Sie beließ ihm sein eigenes Lerntempo und lobte ihn auch für die kleinsten Fortschritte, denn es war nicht zu übersehen, wie viel Mühe er sich gab. Welchen Zweck hätte es auch gehabt, ihm im Wettbewerb mit den anderen ständig seine Schwäche vor Augen zu halten? Das würde bei dem Jungen nur zu dauerhafter Frustration und Versagensängsten führen, bis er die Schule am Ende bloß noch als feindliches Schlachtfeld wahrnahm.

Auch wenn sie nicht wusste, ob sie noch lange genug in Kirchdorf bleiben würde, um seinen weiteren Weg verfolgen zu können – solange sie hier war, würde sie ihm zur Seite stehen.

*

Ein anderes Problem hatte sich inzwischen zu Helenes Zufriedenheit erledigt: Agnes' Ausbildungsvertrag war in trockenen Tüchern, das Mädchen hatte bereits in der Arztpraxis angefangen. Tobias war wie versprochen mit Helene bei den Hahners gewesen. Er hatte dort kaum ein Wort sagen müssen, der Besuch hatte keine fünf Minuten gedauert. Bei Agnes' Eltern hatte es nicht den geringsten Widerstand gegeben. Allein Tobias' Erscheinen hatte das Ehepaar so überwältigt, dass sie einem sofortigen Beginn der Lehre zugestimmt hatten. Helene hatte nur erstaunt danebengestanden und bei sich gedacht, dass sie ihn wohl besser gleich schon beim ersten Mal zur Unterstützung mitgenommen hätte.

Ein kleines bisschen hatte sie sich allerdings auch über Anton und Hilde Hahner geärgert. Was hatte sie sich bei den beiden den Mund fusselig geredet! Aber nein, da musste erst extra noch der Herr Doktor höchstpersönlich kommen, bei dem sie sofort in Ehrfurcht erstarrten, ohne dass er sein Ansinnen groß begründen musste.

Aber letztlich war es egal, Hauptsache, Agnes durfte endlich einen Beruf erlernen, der sie weiterbrachte.

An den Wochenenden half das Mädchen allerdings immer noch im *Goldenen Anker* aus. Von Helene darauf angesprochen, hatte Agnes jedoch bloß gemeint, diese bezahlte Arbeit sei ihr immer noch sehr viel lieber, als daheim pausenlos Windeln zu wechseln und Fläschchen zu geben. Und mit ihren Eltern hätte sie ausgemacht, dass sie ab sofort die Hälfte von ihrem Verdienst für sich behalten dürfe.

Ohne Frage, Agnes war im Begriff, erwachsen zu werden.

Helene dachte an den Tag zurück, als sie mit Tobias bei den Hahners gewesen war. Zu einer privaten Unterhaltung war es gar nicht gekommen. Er hatte nur wenig Zeit gehabt, in der Praxis hatten schon wieder Patienten gewartet, und nach dem Gespräch mit den Hahners hatte er schnell fortgemusst.

Seither war sie ihm noch einige Male begegnet, aber nie allein. So sahen sie sich beispielsweise nach wie vor immer sonntags in der Kirche. Aus irgendwelchen Gründen ergab es sich jedes Mal, dass sie während der Messe nebeneinandersaßen, etwa, weil sie schon draußen auf dem Kirchplatz ins Gespräch kamen und anschließend gewohnheitsmäßig auf dieselbe Bank zusteuerten, oder auch, weil Tobias ihr vor den Bankreihen höflich den Vortritt ließ und dann nachrückte.

Einmal war sie nach einer Wanderung im *Goldenen Anker* eingekehrt, sie hatte mal wieder Appetit auf eine große Portion von Martha Exners unübertrefflichen Bratkartoffeln gehabt. An einem Ecktisch hatte Tobias mit Beatrice und Michael zu Abend gegessen. Ein Winken, ein Lächeln, und schon hatte Tobias ihr den Stuhl direkt neben seinem zurechtgerückt und sie zum Essen eingeladen.

Bei solchen Begegnungen wurde sie oft von einer inneren Stimme ermahnt, dass das ganz sicher noch zu Problemen führen würde. Aber Helene ignorierte diese Stimme. Es war fast, als sei sie von einer Art Instinkt besessen, der sie zwang, die Nähe zu diesem Mann auszukosten, sobald sie ihn traf.

Sie beruhigte sich damit, dass es ja ohne ihr Zutun geschah, sie lief ihm schließlich nicht hinterher. In einem so kleinen Ort wie diesem ließ es sich zudem kaum vermeiden, einander zu sehen. Es gab nur eine Kirche, ein Gasthaus, einen Kaufmannsladen, eine Bank, eine Apotheke, eine Post, alles aufgereiht um ein und denselben Dorfplatz – es hätte beinahe an ein Wunder gegrenzt, wenn sie sich nicht alle paar Tage über den Weg gelaufen wären.

Doch insgeheim kannte sie die Wahrheit. Sie fühlte sich mit aller Macht zu ihm hingezogen, welchen Sinn hatte es, das leugnen zu wollen? Dieses innere Beben, wenn ihr Puls in seiner Gegenwart hochschoss, das schwache Zittern ihrer Knie, wenn er sie berührte. All das war so aufregend und neu, manchmal kam es ihr vor, als sei sie aus einer Art Dornröschenschlaf erwacht. Einer dunklen Zeit entronnen, in der es für sie nur Trauer und bedrückende Freudlosigkeit gegeben hatte.

War es nicht ihr gutes Recht, diese wundervollen neuen Gefühle zuzulassen? Und ihm ging es genauso, jeder Blick, jede Geste von ihm bewiesen es ihr. Er wollte sie, so wie sie ihn.

Zwischendurch meldete sich jedoch auch immer wieder ihr Gewissen, sie musste an Jürgen denken und daran, dass er sein Leben für sie und Marie hingegeben hatte. So viel selbstlose, sinnlose Tapferkeit! Wie unmoralisch musste sie sein, ihm dieses Opfer so zu vergelten? In solchen Momenten fühlte sie sich beschämt und traurig.

Dann wieder fragte sie sich, was wohl Jürgen selbst dazu gesagt hätte, und dabei gelangte sie irgendwann zu der Einsicht, dass er es ihr von Herzen gegönnt hätte. Er war immer so voller Liebe gewesen, ein Mensch, der für jeden Verständnis aufbrachte und alles verzieh. Er hätte gewollt, dass sie jede Minute ihres Lebens darauf verwendete, glücklich zu sein.

Diese Erkenntnis half ihr letztlich, sich selbst besser zu verstehen. Sie machte ihren Frieden damit, dass sie einen anderen Mann begehrte. Dass sie von ihm geküsst und in den Armen gehalten werden wollte, auch wenn es sicher unpassend war und ihre Pläne störte und auch sonst gänzlich ungelegen kam.

Nachdem sie das endlich als Tatsache akzeptiert hatte, war ihr leichter ums Herz, und das war nach Lage der Dinge auch nötig: Als sie Tobias das nächste Mal sah – zufällig traf sie ihn am Bankschalter –, lud er sie ein, mit ihm zur Maifeier zu gehen, und Helene sagte zu, im vollen Bewusstsein, dass sie sich beide dabei näherkommen würden. Sie wollten sich um acht Uhr abends auf dem Dorfplatz treffen. Es würde Musik und Tanz und Spießbraten geben, ein zünftiges Fest für das ganze Dorf. Sie würden bestimmt eine Möglichkeit finden, miteinander allein zu sein, und dann würden sie da weitermachen, wo sie beim letzten Mal unterbrochen worden waren. Bei dem Gedanken daran verspürte Helene einen Hauch von Furcht. Doch dadurch erschien es ihr erst recht unausweichlich, und mit einem gewissen Trotz wehrte sie alle Gedanken ab, die an den Skrupeln festhalten wollten.

Das Leben bestand nur zum Teil aus der Vergangenheit. Mindestens genauso wichtig war die Zukunft, denn nur dort konnte ein Mensch das zu finden hoffen, worum sich alle Sehnsüchte drehten – eine Verheißung auf Glück.

*

Isabella hatte Helene versprochen, sie abzuholen, damit sie zusammen zur Maifeier gehen konnten. Sie freute sich wie ein kleines Kind auf den Abend, war dies doch eine der wenigen Gelegenheiten im Jahr, bei der sie ihrem liebsten Freizeitvergnügen mit offizieller Billigung frönen konnte. Niemand würde über sie herziehen, wenn sie auf dem Tanzboden ihren Spaß hatte. In der Walpurgisnacht gab es keine Sperrstunde, keine bösen Blicke und kein dummes Gerede.

Isabella war entschlossen, jeden Augenblick auszukosten und bis in die Puppen zu tanzen.

Sie klingelte beim Lehrerhaus, und wenig später öffnete Helene ihr die Tür, schon fix und fertig zum Ausgehen.

Isabella fiel die Kinnlade herab, sie konnte es kaum glauben.

»Allmächtiger, bist das wirklich du? Du bist wunderschön!«

Das war nicht nur so dahingesagt. Helene sah atemberaubend aus, Isabella blieb förmlich die Spucke weg.

»Wenn ich ein Mann wäre, würde ich dich vom Fleck weg heiraten!«, erklärte sie im Brustton der Überzeugung. »Lass doch mal sehen!«

Helene drehte sich auf ihre Aufforderung hin einmal mit Schwung um die eigene Achse und lachte dabei.

Isabella pfiff durch die Zähne. »Du bist eine Wucht, Lenchen!«

In ihren Augen war Helene sowieso die schönste Frau, die sie je persönlich kennengelernt hatte, und sie kannte nicht gerade wenige. Helene gehörte zu den Frauen, die weder Schminke noch besonders schicke Klamotten brauchten, um einem sofort ins Auge zu stechen. Zusätzlich zu ihren ebenmäßigen Gesichtszügen besaß sie das, wovon die meisten nur träumen konnten – eine pfirsichzarte Haut und makellose Zähne. Das hellblonde Haar kam ohne Tönung und ohne Lockenschere aus, es war seit dem Ende des Winters merklich gewachsen und lockte sich dekorativ um das schmale Gesicht. Im Frisiersalon hätte man das nicht besser hinbekommen.

Außerdem hatte Helene sich offenbar ein bisschen Schminkzeug zugelegt, Grundierung, Puder, Lidstrich, Mascara, Rouge, Lippenstift – Isabella erkannte es sofort mit professionellem Blick. Doch es war sehr sparsam zur Anwendung gebracht worden, von allem nur ein Hauch. Wer nichts davon verstand, sah es überhaupt nicht, und das galt für die allermeisten Leute. Besonders für Männer, die selbst kein Make-up benutzten und deshalb keine Ahnung hatten, was für ein unglaublicher Effekt sich damit erzielen ließ.

Allein das bisschen, das Helene ihrem Gesicht gegönnt hatte, ließ sie mindestens so strahlend und glamourös aussehen wie die bekannten Titelschönheiten auf den Illustrierten. Isabella glaubte sogar, eine entfernte Ähnlichkeit mit Ingrid Bergman auszumachen, mit einer jungen wohlgemerkt. Wie bei Bergman waren Helenes Gesichtszüge nicht von belangloser Lieblichkeit, sondern auf unverwechselbare Weise prägnant und charaktervoll.

Von ihrer Figur ganz zu schweigen. Als sie in Kirchdorf angekommen war, hatte sie schmal gewirkt, viel zu dünn für ihre Größe, doch davon war nichts mehr zu sehen. Dank der permanenten Versorgung durch die Bauern mit selbst geräucherter Wurst und allen möglichen Backerzeugnissen hatten sich Rundungen gebildet, die in dem Kleid bestens zur Geltung kamen.

Bis jetzt hatte Helene ihre Reize immer unter ihrem langweiligen, dunklen Alltagszeug versteckt, bis auf jenes eine Mal auf der Rosenmontagsfeier sowie letzten Monat im Klub, als sie sich mit Isabellas Sachen in Schale geworfen hatte. Welche allerdings nicht mal im Ansatz an das Kleid heranreichten, das sie heute trug, ein traumhaft schönes, zartgelbes Cocktailkleid, vorn züchtig hochgeschlossen, aber mit einem gewagten Rückenausschnitt. Es umschmeichelte Helenes Figur perfekt, fast wie eine zweite Haut.

»Das Kleid ist …« Isabella musste innehalten und nach einer angemessenen Beschreibung suchen. »Es ist wie für dich gemacht.«

Und tatsächlich war es das auch, denn als Isabella sich erkundigte, aus welchem Laden es stammte, erzählte Helene, dass es von ihrer Großtante aus Frankfurt sei.

Isabella war baff. »Deine Großtante trägt *solche* Kleider? Ist sie denn nicht schon über achtzig?«

Helene lachte und sah dabei noch hübscher aus, obwohl Isabella eben noch geschworen hätte, dass das unmöglich war.

»Sie hat's nicht getragen. Sondern es für mich genäht, als ich über Ostern bei ihr zu Besuch war. Hab ich dir nicht mal erzählt, dass sie gelernte Maßschneiderin ist? Sie hat früher für das Frankfurter Opernhaus gearbeitet.«

Ja, Isabella erinnerte sich, dass Helene es erwähnt hatte. Doch dass die Frau solche Kleider nähen konnte, wäre ihr nicht im Traum eingefallen.

»So eine Großtante hätte ich auch gern«, sagte sie. »Oh, und die Schuhe! Die sind aber nicht von deiner Tante, oder?«

Helene lachte abermals. »Eigentlich doch. Sie waren ein Geburtstagsgeschenk, zusammen mit dem Kleid. Und der Handtasche.« Sie deutete auf die Tasche, ein schönes Stück aus Nappaleder, farblich passend zu den Riemchensandaletten.

»Du hattest Geburtstag?«, entfuhr es Isabella. »Wann war das, und wieso wusste ich nichts davon?«

»Na ja, es war am Ostermontag, und ich hab nicht dran gedacht, es dir zu erzählen. Vermutlich, weil du nicht gefragt hast.«

»Stimmt auch wieder«, räumte Isabella ein. Im Geiste notierte sie sich schon mal das Datum, damit sie es im nächsten Jahr nicht gleich wieder verpasste. »He, das war dein dreißigster, oder?«

Helene nickte lächelnd. »Ab jetzt hör ich auf zu zählen.«

»Ach wo, die dreißig kauft dir eh keiner ab, du siehst keinen Tag älter aus als fünfundzwanzig«, widersprach Isabella. »Und wir stoßen nachher auf alle Fälle noch nachträglich auf deinen runden Geburtstag an, klar?«

»Von mir aus«, erwiderte Helene in nachsichtigem Ton.

»Meiner ist am zwanzigsten September«, teilte Isabella Helene mit. »Nur mal so, vielleicht willst du es dir ja merken.«

»Ich werde dran denken. Übrigens siehst du sehr hübsch aus. Auch ein neues Kleid?

Isabella nickte und vollführte eine Pirouette, damit unter dem bauschig ausgestellten Saum der Unterrock hervorblitzen konnte. Sie hatte das himmelblaue Sommerkleid in einem Fuldaer Modehaus gekauft, für sündhaft viel Geld, aber das musste manchmal eben sein. Ein gewisser Bürgermeister sollte ruhig sehen, was ihm vor zwei Jahren durch die Lappen gegangen war.

Sie wollte Helene gerade einhaken und mit ihr zur Maifeier aufbrechen, als Herr Göring in ihrem Blickfeld auftauchte. Er kam von der Bushaltestelle und schleppte sich schwitzend an seinem Koffer ab.

»Mein Beileid«, sagte Helene, als er bei ihnen vor der Haustür stehen blieb, und tatsächlich hörte Isabella eine Spur von echtem Mitleid heraus. Helene war einfach zu gut für diese

Welt, sie hätte vermutlich sogar für den schlimmsten Verbrecher noch nette Worte gefunden.

Klar, seine Mutter war gestorben, er hatte sie gerade erst unter die Erde gebracht, das steckte keiner einfach so weg, aber musste man ihn deswegen weiß Gott wie bedauern? Jemand, der Kinder mit einem Stock schlug, rangierte für Isabella ganz weit unten. Dem geschah es nur recht, wenn das Schicksal ihm zeigte, wo der Hammer hing.

Doch der Lehrer machte gar nicht den Eindruck, als würde er allzu sehr unter dem Tod seiner Mutter leiden. Er nickte nur gleichmütig. »Danke sehr. Sie war gar nicht meine richtige Mutter«, fügte er dann unvermittelt hinzu.

»Ach«, entgegnete Helene, was wiederum alles heißen konnte, angefangen von *Ach du je* bis hin zu *Ach so.* Für Isabella hätte es auch *Ach wie gut für Ihre Mutter* bedeuten können.

Herr Göring hatte offenbar das Bedürfnis, sich mitzuteilen. »Ich bin im Alter von fünf Jahren adoptiert worden«, erklärte er. »Vorher war ich in einem Heim.«

Helene sah bestürzt aus. »Das tut mir sehr leid für Sie. Sicher war es keine leichte Zeit.«

Er zuckte mit den Schultern. »Man lernte Zucht und Ordnung. Es gab jeden Tag Prügel.«

Dann wissen wir ja jetzt, woher du den Hang zur Gewalt hast, du Drecksack, dachte Isabella in spontanem Sarkasmus.

Helene schien hingegen aufrichtiges Mitgefühl mit Herrn Göring zu empfinden. »Sie waren sicher sehr froh, als Sie von lieben Menschen adoptiert wurden und in ein freundliches Elternhaus kamen!«

Er schüttelte den Kopf. »Nein, da fing mein Martyrium erst an. Ich habe sehr leiden müssen.«

»Schlimmer als unter den Prügeln?«, entfuhr es Isabella.

Er bedachte sie mit einem nachsichtigen Lächeln. »Wissen Sie, umsichtig eingesetzte Schläge haben noch keinem Kind geschadet. Kinder lernen auf diese Weise Disziplin und Gehorsam, und sie verinnerlichen dabei, dass sie sich falsch verhalten haben. Die Prügel im Heim waren gewiss hart für mich, aber auch wichtig. Was mir im Heim fehlte, war nicht Milde. Sondern liebevolle Zuwendung. Das, was Eltern ihren Kindern entgegenbringen, um ihnen ein Gefühl von Sicherheit und Geborgenheit zu vermitteln.« Er hielt inne, ehe er in bedeutungsvollem Ton fortfuhr: »Meine Stiefeltern konnten mir das nicht geben. Sie taten … das Gegenteil.«

Ach du je, dachte Isabella, während sie inständig hoffte, dass Helene nicht groß nachfragte.

Doch natürlich tat Helene genau das.

»Ihre Stiefeltern waren dann wohl doch nicht so gut zu Ihnen, oder?«, erkundigte sie sich sanft.

Herr Göring schüttelte den Kopf. Der Drang zu reden war anscheinend verflogen. Seine Lippen bildeten eine dünne Linie, als könnte er sie unmöglich auseinanderbringen, um die allerschlimmsten Dinge aus seiner Kindheit zu schildern. Isabella schloss daraus, dass sie *wirklich* schlimm gewesen sein mussten. Aber so genau wollte sie es gar nicht wissen.

»Wir sollten dann los«, sagte sie angelegentlich zu Helene.

»Gehen die Damen zur Maifeier?«, fragte Herr Göring, als hätte er sich nicht eben noch in dunklen Andeutungen über seine Stiefeltern ergangen.

»Ganz recht«, erwiderte Helene. Ihre Stimme klang gleichbleibend freundlich. Sie nickte Herrn Göring zu. »Auf Wiedersehen, Herr Kollege, und noch einen geruhsamen Abend!«

Endlich!, dachte Isabella erleichtert. Sie nahm Helene beim Arm und zog sie fort. Bevor sie zu sprechen begann, sah sie über die Schulter zurück und vergewisserte sich, dass Herr Göring ins Haus gegangen war und sie nicht mehr hören konnte.

»Was für ein furchtbarer Mensch!«, sagte sie mit tief empfundener Abneigung.

»Ja, er ist schrecklich«, gab Helene zurück. »Aber jetzt wissen wir, warum er so geworden ist. Ich hatte schon die ganze Zeit so was vermutet.« Ihre Stimme war leise und traurig.

»Denkst du, dass er als Kind … missbraucht wurde?«

»Gut möglich. Ihm wurde sicher übel mitgespielt. Es würde vieles erklären. Er ist so ein bedauernswerter Mann.«

»So jemand sollte nicht Lehrer werden dürfen«, platzte Isabella heraus.

»Man kann den Menschen nicht hinter die Stirn schauen, Isa.«

»Trotzdem.« Isabella hatte das Gefühl, aufbegehren zu müssen. »Warum kann man Leute, die Kinder unterrichten, nicht vorher genau prüfen?«

»Du meinst eine Charakterprüfung?« Helene schüttelte den Kopf. »Dann gäb's bestimmt noch viel weniger Lehrkräfte als jetzt. Die fehlen ja sowieso an allen Ecken und Enden. Man kann schon froh sein, wenn fachlich alles passt.«

»Hm«, machte Isabella. Helene hatte zweifellos recht. Der Lehrermangel hatte extreme Ausmaße angenommen. Schon während ihrer eigenen Schulzeit war es teilweise sehr chaotisch zugegangen. Nach dem Krieg hatte auf einmal das halbe Kollegium gefehlt – die waren alle in der NSDAP gewesen und mussten sich erst einen Persilschein besorgen. Nicht jeder war anschließend wieder an die Schule zurückgekehrt. Zu braun zum Weißwaschen, so hatte es geheißen. Heute schien das keinen mehr zu interessieren. Da schaute man eher darauf, dass keine verkappten Kommunisten an die Schulen kamen. Vor den Roten fürchtete man sich wie der Teufel vorm Weihwasser, da forschte man nur zu gern die Gesinnung aus. Die Braunen ließ man mittlerweile weitgehend unbehelligt, die waren einfach ein notwendiges Übel.

»Lenchen, du bist mit Leib und Seele Lehrerin, oder?«, fragte sie, von unvermittelter Neugier erfüllt. Diese Frage hatte sie Helene bisher nie gestellt, was seltsam war, weil es doch zu den Dingen gehörte, über die Helene recht bereitwillig sprach. Ganz im Gegensatz zu jenem Teil ihres Lebens in der DDR, der sich außerhalb der Schule abgespielt hatte. Dieser Bereich blieb für Isabella ein blinder Fleck.

»Ich liebe meinen Beruf«, entgegnete Helene schlicht.

»Deshalb bist du auch so verdammt gut darin«, sagte Isabella.

Helene lachte. »Das weißt du doch gar nicht.«

»Doch. Alle sagen es. Du bist die Beste. Darauf sollten wir ebenfalls einen trinken. Also einen auf deinen Dreißigsten, einen auf dich als Lehrerin, und einen auf …« Ihr fiel auf Anhieb nichts ein, aber der Abend war ja noch jung. »Auf irgendwas anderes Schönes«, schloss sie gut gelaunt, während sie ihre Blicke über den Dorfplatz schweifen ließ. Schon am Vortag war hier alles für die Feier vorbereitet worden. Der Maibaum stand festlich geschmückt an zentraler Stelle, der Tanzboden war mit bunten Lampions dekoriert, und die Biertische mit den langen Bänken luden zum geselligen Beisammensein ein.

Harald Brecht hatte dieselbe Tanzkapelle angeheuert, die schon am Rosenmontag aufgespielt hatte. Die Musiker saßen bereits auf ihren Plätzen neben dem erhöhten hölzernen Tanzboden.

Auf großen Bratrosten am Rand des Dorfplatzes wurden Spanferkel und Würstchen zubereitet, es roch schon köstlich nach frisch gegrilltem Fleisch. Isabella lief das Wasser im Mund zusammen, sie hatte extra auf das Abendessen verzichtet, um hier zuschlagen zu können.

An den Getränkeständen gab es Fassbier, Wein und Limonade. Isabella und Helene bestellten Wein und ließen sich mit ihren Gläsern an einem der langen Tische nieder. Isabella schaute unternehmungslustig in die Runde. Das halbe Dorf war schon da, es war ein einziges Winken, Schulterklopfen und Rufen. Überall sah man Gruppen von fröhlichen Menschen.

Auch Helene blickte suchend über den Platz. Isabella räusperte sich. »Hältst du nach unserem Herrn Doktor Ausschau?«

Helene sagte nichts, wurde aber rot. Damit weckte sie Isabellas Neugier.

»Er hat dir gesagt, dass er heute auch herkommt, oder? Habt ihr euch etwa verabredet?«

Helene nickte widerstrebend. »Für acht Uhr.«

Isabella grinste verhalten. »Na endlich!«

»Ist es so offensichtlich?«, erkundigte Helene sich erkennbar verlegen.

»Lenchen, im Dorf wetten sie schon, wann das endlich was wird mit euch beiden.«

Das wiederum schien Helene zu erschrecken. »Heißt das, die Leute reden über mich?«

»Hier auf dem Dorf reden sie über *jeden*«, erwiderte Isabella. »Was dachtest du denn? Klatsch und Tratsch ist hier so was wie ein Lebenselixier. Frag lieber nicht, was die Leute seit Jahren über mich erzählen.«

»Was denn?«, wollte Helene wissen, Isabellas Aufforderung kurzerhand ignorierend.

Isabella hatte kein Problem damit, das Kind beim Namen zu nennen. Sie zählte es an den Fingern ab. »Erstens: Die Försterstochter hüpft mit dem Bürgermeister in die Kiste. Zweitens: Sie treibt sich mit GIs herum. Drittens: Sie säuft wie ein Loch. Viertens: Sie fährt dauernd in die Stadt, um sich neue Schuhe zu kaufen. Fünftens: Sie rast mit dem Roller durch die Gegend wie eine Verrückte und bricht sich eines Tages noch den Hals.« Sie hielt inne, weil sie kichern musste. »Noch mehr gefällig? Wenn ich nachdenke, fällt mir sicher noch was ein.«

»Fürs Erste reicht das, würde ich meinen«, gab Helene trocken zurück. »Ziemlich viele Laster für eine anständige junge Dame vom Land.«

»Stimmt.« Isabella lachte vergnügt. »Zumal ja nichts davon gelogen ist.«

Helene sah sie an. »Wie war das eigentlich genau mit dir und Harald? Hat er dir wirklich nichts bedeutet?«

Jetzt war Isabella diejenige, die rot wurde. Sie war froh, dass sie nicht antworten musste, denn in diesem Augenblick tauchte mit zehn Minuten Verspätung Tobias Krüger auf. Er machte einen leicht abgehetzten Eindruck.

»Entschuldige die Verspätung, ich hatte noch einen Notfall«, sagte er, während er zuerst Helene und dann Isabella die Hand zur Begrüßung reichte.

»Das macht doch nichts«, erwiderte Helene. Wieder war ihr eine sanfte Röte in die Wangen gestiegen. Auch der Herr Doktor war rot geworden, wie Isabella mit Interesse registrierte. Zwischen den beiden würde es nicht mehr lange beim Händeschütteln bleiben, so viel war sicher.

KAPITEL 17

Tobias versuchte mannhaft, seine Nervosität unter Kontrolle zu bringen. Er fühlte sich wie ein Pennäler, der zum ersten Mal ein hübsches Mädchen zum Tanz auffordert. Seine Gedanken überschlugen sich. Würde er sich überhaupt an die vorgeschriebene Schrittreihenfolge erinnern? Was, wenn er ihr auf die Füße trat? War er vielleicht gerade im Begriff, sich lächerlich zu machen?

Er hatte sie auf der Rosenmontagsfeier tanzen sehen, so elegant und leichtfüßig wie eine Fee. Keine Frage, sie hatte Tanzerfahrung, jedenfalls deutlich mehr als er. Natürlich hatte er selbst auch schon jede Menge Feste besucht und dort getanzt, aber in den letzten Jahren waren solche geselligen Betätigungen eher selten geworden. Mit der Folge, dass er sich nicht mehr sicher sein konnte, es heute Abend richtig hinzukriegen. Tanzen war nicht zu vergleichen mit Fahrradfahren oder Schwimmen. Irgendwo hatte er mal gelesen, dass das Gehirn eines Menschen nichts so schnell vergaß wie die vorgegebenen Schrittfolgen beim Gesellschaftstanz. Wer nicht in Übung blieb, verlernte es innerhalb erschreckend kurzer Zeit nahezu vollständig. Sogar die Grundschritte wurden dann zum Problem. Er hatte es vor zwei Tagen festgestellt, als er nach der Vormittagssprechstunde im Untersuchungszimmer mit sich selbst geübt hatte. Der Gipfel der Peinlichkeit hatte jedoch darin bestanden, dass Frau Seegmüller ihn nach ihrer Rückkehr aus der Mittagspause bei seinen Bemühungen ertappt hatte. Immerhin hatte sie von sich aus vorgeschlagen, einen Probewalzer mit ihm zu tanzen. Nicht ganz schlecht, hatte sie hinterher gemeint. Was sich für ihn angehört hatte wie *Unter aller Kanone.*

Und der erste Tanz mit Helene war zu allem Überfluss ein Foxtrott. Vielleicht hätte er besser *den* üben sollen, denn schon während der Anfangsrunde übers Parkett – genauer: über die Holzbohlen des Tanzbodens – geriet er ins Stolpern und hätte sie fast umgerissen. Er fing sich gerade noch. Immerhin schaffte er es, einfach weiterzutanzen, statt wie ein Idiot stehen zu bleiben – was er im ersten Impuls am liebsten getan hätte. Verdammt, er war so ein Tollpatsch! Aber natürlich hing seine Ungeschicklichkeit auch damit zusammen, dass sie selbst viel besser tanzte als er. Und dass sie so hinreißend war. Er war elf Jahre älter als sie und spürte jedes einzelne davon, wie eine knorrige Eiche, direkt vor sich der biegsame junge Flieder.

Der im Geiste angestellte Vergleich brachte ihn zum Lachen, immerhin hatte er trotz aller Unsicherheiten seinen Humor nicht verloren. Gleichzeitig stellte er fest, dass das Tanzen allmählich besser klappte. Irgendwann schaffte er es sogar, sie dabei anzusehen, statt zwischendurch ständig auf seine Füße zu schauen. Wobei ihm allerdings ihr Anblick in so unmittelbarer Nähe auch nicht gerade dabei half, im Takt zu bleiben. Doch nach einer Weile hörte er auf, an seine Füße und die Reihenfolge der Schritte zu denken. Obwohl der Tanzboden um sie herum rappelvoll war, kam es ihm so vor, als seien sie völlig allein auf der Welt. Der von allen Seiten heranbrandende Festlärm wurde zu einem Murmeln, sobald er ihr in die Augen sah. Nicht mal die Rempler, die sie wegen der Enge inmitten der vielen anderen Paare gelegentlich einstecken mussten, konnten ihn von ihr ablenken. Ihn interessierte nicht mehr, wie gut oder schlecht er sich beim Foxtrott oder Walzer schlug. Dafür wuchs seine Erregung. Er fing an, sie mit allen Sinnen wahrzunehmen, auf einer körperlichen Ebene, die weit über den Kontakt beim Tanzen hinausging. Der Duft ihrer Haut, die Wärme, die ihr Körper ausstrahlte. Sein Wunsch, sie endlich richtig in den Armen zu halten, wurde übermächtig.

Er sah die kleine Ader an ihrem Hals klopfen, sichtbares Zeichen, dass auch sie in dieser Situation nicht ganz so gelassen war, wie es für andere vielleicht den Anschein hatte.

Nach einigen Tänzen gingen sie zurück zu dem Tisch, den sie sich mit einem halben Dutzend anderer Gäste teilten, darunter auch der Bürgermeister, der sich kurzerhand zu ihnen gesellt hatte – nicht gerade zur reinen Freude von Isabella. Es entging Tobias nicht, dass sie das Gesicht verzog, als Harald Brecht auftauchte und sich neben sie setzte. Wie alle anderen Leute im Dorf rätselte er, was die beiden wohl vor zwei Jahren auseinandergebracht hatte. Jeder, den er kannte, hätte damals geschworen, dass die Hebamme und der Bürgermeister sich demnächst verlobten. Aber dann war es aus irgendwelchen Gründen zu Ende gewesen, wobei allerdings aus Tobias' Sicht keineswegs feststand, dass es für immer war. Dafür gab es zu viele Blicke zwischen ihnen, meist dann, wenn einer glaubte, der jeweils andere sähe gerade nicht her.

Harald Brecht versorgte Isabella ungefragt mit einer Portion Spießbraten und brachte ihr auch ein volles Glas Wein, was sie mit einem ungnädig klingenden *Danke* quittierte. *Bild dir bloß nichts ein,* schienen ihre Augen zu sagen.

Dann kam einer der jungen Burschen aus dem Dorf an ihren Tisch und forderte Isabella zum Tanzen auf. Sie sprang sofort auf und ging mit ihm. Harald machte gute Miene zum bösen Spiel, er tat so, als ginge ihn das Ganze nichts an. Mit einem aufgesetzt klingenden Lachen riss er einen Witz über den leicht schief stehenden Maibaum und kippte anschließend sein Bier in einem Zug herunter.

Tobias holte zwei Portionen Spießbraten für sich und Helene, und anschließend zog er gleich noch einmal los, um frische

Getränke zu besorgen. Er setzte sich wieder neben sie, Hüfte an Hüfte, eigentlich gehörte es sich nicht, einer Dame so auf die Pelle zu rücken, aber sie hatten beide schon was getrunken, und außerdem war Walpurgisnacht. Sie unterhielten sich ungezwungen, sowohl miteinander als auch mit den übrigen Leuten am Tisch. Die Laune war prächtig, auch Haralds Verstimmung war offenbar verflogen, er lachte ebenso herzlich wie die anderen.

Helene nutzte die Gunst der Stunde – er musste ihr in seiner amtlichen Funktion als Bürgermeister mit allem Nachdruck versprechen, sich endlich um den kaputten Boiler im Badezimmer des Lehrerhauses zu kümmern.

»Sag's noch mal, aber bitte ein bisschen lauter«, forderte sie ihn mit gespielter Strenge auf. »Damit ich Zeugen dafür habe.«

Harald verdrehte die Augen zum Himmel und hob scherzhaft drei Finger. »Ich schwör's!«

Helene nickte schmunzelnd, aber sie war noch nicht zufrieden. »Wenn wir schon dabei sind … In der Schule brauchen wir dringend eine neue Stoppuhr. Die alte ist kaputt. Und eine vernünftige Matte fürs Bodenturnen kann auch nicht schaden.«

Harald seufzte in gespielter Theatralik. »Hört ihr diese Frau? Sie treibt das Dorf noch in den Ruin!«

Die Leute am Tisch lachten. Jemand gab eine Runde aus, und der fröhliche Umtrunk setzte sich fort. Hanno Wiedeholz, der Apotheker, kam an den Tisch und wollte mit Helene tanzen, doch Tobias behauptete kurzerhand, er hätte sie schon vorher gefragt und sei daher als Erster dran. Kurz darauf fanden sie sich tatsächlich erneut auf dem Tanzboden wieder, sogar zu einem Twist, bei dem seine alte Knieverletzung sich schmerzhaft bemerkbar machte. Doch es war ihm egal. Für ihn zählten nur ihr unbeschwertes Lachen und das Leuchten in ihren Augen.

»Wo hast du so gut tanzen gelernt?«, fragte er sie, als sie nach einer Weile wieder zum Tisch zurückgingen.

Ein Schatten glitt über ihr Gesicht, und er verfluchte sich, dass er davon angefangen hatte. Ihm war doch schon vorher klar gewesen, dass ihr Leben in der DDR nicht zu den Dingen gehörte, über die sie gern sprach. Man konnte über alles mit ihr reden. Die Schule, das Dorf, die Leute aus der Gegend. Über bestimmte Bücher oder über Musik, sogar über die Themen, die sonst eher die Männerwelt für sich gepachtet hatte – Fußball und Politik. Sie las die Tageszeitung stets von der ersten bis zur letzten Seite, das hatte sie mal erzählt.

»Um mitreden zu können«, hatte sie gemeint. »Ist sehr wichtig, wenn man Kinder unterrichtet.«

Und mitreden konnte sie wirklich. Ihre Interessen waren erstaunlich breit gefächert, ihre Äußerungen durchdacht. Stammtischparolen wurden von ihr ignoriert, und wenn sich jemand über Menschen lustig machte, die behindert oder in sonstiger Weise unterprivilegiert waren, ergriff sie auf die ihr eigene Weise für die Betroffenen Partei. Nicht wütend oder von oben herab, sondern mit souveräner Freundlichkeit, wie ein Mannschaftskapitän, der auf Augenhöhe an seine Mitspieler appelliert, die Fairness nicht zu vergessen.

Das zeigte sich auch an diesem Abend, als der alte Bertram auftauchte, ein Landstreicher ohne festes Zuhause. Er schlief in den Ställen der Bauern, im Sommer auch unter freiem Himmel, und das, was er zum Leben brauchte, erbettelte er bei den Leuten im Dorf. Manchmal sammelte er auch Lumpen und versuchte, sie zu verkaufen. Meist fand sich eine mitleidige Seele, die sie ihm für ein paar Groschen abnahm.

Bertram lebte schon seit vielen Jahren im Dorf. Geistig war er kaum weiter entwickelt als ein Kleinkind. Er befand sich in einem zutiefst verwahrlosten Zustand. Gebadet hatte er vermutlich seit Jahren nicht mehr, und mindestens ebenso lange hatte er keinen Friseur oder Barbier aus der Nähe gesehen. Das graue Haar hing ihm verfilzt über den Rücken, der zottige, schmutzige Bart verbarg einen großen Teil seines Gesichts. Nicht selten war er schon am Vormittag in eine Schnapswolke gehüllt.

Tobias hatte ihn im Laufe der Jahre schon mehrmals ärztlich behandelt – etwa einmal, als sein schlimmer Husten durchs halbe Dorf geschallt hatte, ein anderes Mal wegen einer schmerzhaften Furunkulose. Er hatte den alten Mann einfach bei der Hand genommen und ihn mit sich in die Praxis gezogen.

An diesem Abend ging Bertram zwischen den Tischen herum und bettelte. Einige der Festbesucher steckten ihm ein paar Pfennige zu. Aber längst nicht alle ließen sich erweichen, von manchen wurde er rüde verscheucht. So auch von einer Frau am Nachbartisch. Tobias kannte sie nicht, offenbar kam sie von auswärts oder war bei irgendwem zu Besuch.

»Ist das etwa der Dorfdepp?«, fragte sie abfällig. »Der stinkt ja wie ein Jauchefass! Los, verzieh dich, du Widerling! Glaubst du etwa, wir geben dir noch Geld fürs Saufen?«

Der alte Mann stolperte weiter, lallend und schielend und ganz sicher sternhagelvoll. Tobias war bereits im Begriff, sich zu erheben. Bertram hatte eindeutig genug, es wurde Zeit, dass er sich irgendwo hinlegte und seinen Rausch ausschlief. Ein Heuschober, eine windgeschützte Ecke auf einer Wiese – jede halbwegs bequeme Unterlage war für den Moment gut genug. Die Luft war mild, auch über Nacht würde es sich nicht sonderlich abkühlen.

Tobias war schon halb aufgestanden, aber Helene kam ihm zuvor. Sie schwang die Beine gelenkig über die Bank und erhob sich, als wäre es eine ihrer leichtesten Übungen. Rasch hängte sie sich ihre Handtasche über die Schulter, während sie mit langen Schritten auf den alten Bertram zuging und ihn beim Arm nahm. »Kommen Sie mal mit«, sagte sie zu ihm.

Er sah sie aus trüben Augen an, vergeblich bemüht, sie mit seinem unsteten, vom Schielen beeinträchtigten Blick zu fixieren. Tobias zögerte keine Sekunde. Er eilte an Bertrams andere

Seite, und gemeinsam mit Helene führte er den Alten zwischen den Tischen hindurch zum Rand des Dorfplatzes, vorbei an lauter neugierigen Festbesuchern. Die Leute reckten die Hälse, um auch ja nichts zu verpassen. Helene schien es nicht zu stören. Mit hocherhobenem Kopf ging sie weiter und hielt Bertram dabei fest.

»Wa… Was«, stammelte der arme Alte, mittlerweile völlig orientierungslos.

»Wir suchen Ihnen einen gemütlichen Schlafplatz«, sagte Helene. »Da können Sie sich richtig ausruhen.« Ihr Mitleid war fast mit Händen zu greifen, beinahe glaubte Tobias, Tränen in ihren Augen zu sehen.

Er musste kurz die Luft anhalten. Für die Dauer eines Atemzugs schien die Zeit stillzustehen. Es war, als würde die ganze Umgebung plötzlich verblassen und wie bei einem Schattenriss nur Helene sichtbar bleiben. Jede Linie ihres Körpers, ihres Gesichts, ihrer Mimik, alles war wie unter einem Brennglas. Mit einem Mal klopfte sein Herz so laut, dass er sich einbildete, jeder, an dem er vorbeikam, müsse es hören können. Und das war nicht etwa beim Anblick ihres bezaubernd gerundeten Busens oder ihrer nicht minder sehenswerten Beine passiert. Sondern in dem Augenblick, als sie diesen hilflosen Landstreicher unter ihre Fittiche genommen hatte und dabei so entschlossen wirkte, als müsste sie gegen den Rest der Welt antreten.

Genau das war der Moment, in dem Tobias begriff, was er schon längst hätte merken sollen. Er hatte sich eindeutig in diese Frau verliebt.

*

Schweigend führte Helene den alten Mann vom Dorfplatz weg. Sie schlug einen Weg ein, der in Richtung Ortsrand führte. Der Lärm und die Musik der Maifeier waren nur noch entfernt zu hören. Vereinzelt begegneten sie Leuten aus dem Dorf, zumeist zu irgendwelchem Schabernack aufgelegte Jugendliche, die sich kichernd hinter Zäune und Hausecken verdrückten, als Helene und Tobias mit dem alten Mann näher kamen. Es war Hexennacht, da gehörte es hier in der Gegend zur Tradition, allerlei Unsinn anzustellen. Unwillkürlich erinnerte Helene sich an die Maifeiern aus ihrer Kindheit, in der Zeit vor dem Krieg. Damals hatte sie sich auf den Tag gefreut, an dem sie das erste Mal lange genug aufbleiben dürfte, um mit den älteren Mädchen und Jungs in der Hexennacht um die Häuser zu ziehen und Blödsinn anzustellen. Äpfel in Auspuffe stecken, Zäune in Klopapier einwickeln, rohe Eier auf Scheunen werfen, die Hausklingeln mit Honig einschmieren, Zucker in Autotanks schütten – manche dieser Streiche waren hart an der Grenze zur Sachbeschädigung gewesen.

»Hast du ein bestimmtes Ziel vor Augen?«, erkundigte Tobias sich bei Helene. Er stützte den Alten von der anderen Seite und blickte sie fragend an. »Sonst hätte ich nämlich vorgeschlagen, wir bringen ihn zu den Hahners. Deren Scheune liegt am nächsten, und sie haben nichts dagegen, wenn Bertram da übernachtet. Er schläft ab und zu dort.«

»An die Scheune der Hahners dachte ich auch«, sagte Helene.

Sie war froh, dass er mitkam. Die vielen Blicke von vorhin schienen immer noch auf ihrer Haut zu brennen. Und dabei waren es nicht einmal abschätzige oder gar verächtliche Blicke gewesen, sondern vornehmlich solche, in denen so manch einer sich gern sonnte – voller Bewunderung, teilweise sogar mit einem Anflug von Verehrung. Die Menschen in Kirchdorf achteten und mochten sie, man gab was auf ihre Meinung. Und das weckte besonderes Interesse. Inzwischen konnte sie anscheinend kaum noch in der Öffentlichkeit auftreten, ohne dass sie auffiel wie ein bunter Hund. Vorfälle wie der von eben befeuerten immer wieder aufs Neue ihre Furcht, es könne sich längst bis nach Weisberg herumgesprochen haben, dass sie jetzt hier auf der anderen Seite der Grenze lebte – praktisch in Sichtweite zu ihrem Kind. Und wenn erst jemand in Weisberg von ihrem Aufenthalt hier wusste, würde es auch der Stasizentrale in Ostberlin nicht lange verborgen bleiben. Dann wären alle Hoffnungen auf Maries Flucht für immer dahin.

Schlimmer noch – Helene selbst wäre dann vielleicht nicht mehr sicher. Die Stasi verfolgte und beschattete die Leute nicht nur in der DDR. Eine erfolgreiche Flucht in den Westen bedeutete nicht, dass man sich fortan in Sicherheit wiegen durfte. Es hatte schon Entführungen gegeben, Nacht- und Nebelaktionen, bei denen ehemalige DDR-Bürger auf dem Gebiet der Bundesrepublik betäubt und verschleppt worden waren. Angeblich hatte man einige sogar ermordet, auf höchsten Befehl der Staatsleitung.

Im Aufnahmelager war über solche Schreckensszenarien gemunkelt worden. Es gab offizielle Warnungen davor, Menschen zu vertrauen, die sich einem plötzlich als Freunde andienten. Hinter jedem dieser lächelnden neuen Bekannten konnte ein Spitzel des MfS stecken. Sogar unter den Aufnahmebeamten im Lager gab es welche, jedenfalls hatte Anselm das erzählt, bevor er sie in Ostberlin in die S-Bahn gesetzt hatte. Bloß nicht zu viel sagen, so hatte von Anfang an seine Direktive gelautet. Nicht auffallen, nicht reden, immer schön den Kopf einziehen und den Mund halten.

Keinen Wind machen.

Eine Direktive, die sich anscheinend in einem Dorf wie diesem so gut wie gar nicht einhalten ließ.

»Alles in Ordnung?«, wollte Tobias wissen. Er musterte sie über den gesenkten Kopf des alten Mannes hinweg.

»Ja, sicher«, behauptete sie. Dabei war überhaupt nichts in Ordnung. Nicht nur wegen der unerwünschten Aufmerksamkeit, die sie ständig auf sich zog. Sondern auch wegen ihrer Gefühle. Die standen schon wieder Kopf. Sie konnte nicht mal mit ihm tanzen oder einfach nur neben ihm sitzen, ohne dahinzuschmelzen wie ein Stück Butter in der Sonne. Sogar jetzt flatterten ihre Magennerven, weil er sie auf diese bestimmte Weise ansah. Inzwischen konnte sie seine Blicke ziemlich gut deuten.

Die Scheune der Hahners hatte eine eigene Zufahrt zur Straße hin. Vor dem großen Tor stand der Trecker der Familie. Sie umrundeten das Gefährt und schleppten den Alten mit vereinten Kräften zum Tor, das unverschlossen war. Von der nahen Straßenlaterne fiel ein bisschen Licht in die Scheune, gerade genug, um nicht ziellos im Dunkeln herumstolpern zu müssen.

Inzwischen konnte Bertram sich kaum noch auf den Beinen halten, er musste mehr oder minder vorwärtsgeschleift werden. Sein Kopf baumelte hin und her, er gab ein unverständliches Grunzen von sich.

Helene hatte ihn schon öfters durchs Dorf schlurfen sehen. Die Gemeindeschwester hatte ihr erzählt, dass sie den Alten bereits mehrmals in ein Obdachlosenasyl nach Fulda verfrachtet hatte, aber von dort war er jedes Mal abgehauen und wieder nach Kirchdorf zurückgekommen. Anscheinend fühlte er sich hier auf merkwürdige Art heimisch.

In der Scheune roch es durchdringend nach Heu. Tobias klaubte mehrere Armvoll aus einem Ballen und verteilte es auf dem Boden, während Helene sich nach Kräften bemühte, den alten Mann in der Zwischenzeit aufrecht zu halten. Endlich war das provisorische Lager fertig, und Bertram ließ sich, unterstützt von Tobias und Helene, aufseufzend auf die bereitliegende Schütte fallen. Nur Sekunden später ertönte ein aus tiefster Brust kommendes Schnarchen.

»Das war wohl wirklich höchste Zeit«, kommentierte Tobias mit nachsichtiger Belustigung.

»Der arme Mann.« Helene betrachtete den schlafenden

Bertram voller Mitgefühl. »Wie furchtbar es sein muss, zu niemandem zu gehören. Keinen Menschen zu haben, dem man sich verbunden fühlen kann.«

Tobias nickte nur stumm. Sie verließen die Scheune und blieben in der angrenzenden Zufahrt stehen.

»Wollen wir zurück aufs Fest?«, fragte er. »Oder gehen wir ein Stück spazieren?«

Helene zögerte. Ihre Freude am Feiern war verflogen, und sie wäre jetzt sehr gern spazieren gegangen. Es gab kaum etwas, das ihr besser half, einen klaren Kopf zu bekommen. Aber wenn sie jetzt zustimmte, würde er es ohne Frage als Einladung auffassen, endlich zur Sache zu kommen.

Tobias schien zu ahnen, was ihr durch den Kopf ging.

»Wirklich nur spazieren gehen«, sagte er. »Ich sehe doch, dass du irgendwelche Sorgen mit dir herumträgst. Wir können reden. Oder uns irgendwo auf die Wiese setzen und den Mond anschauen. Oder gar nichts sagen und einfach bloß laufen.« Er grinste ein bisschen schief. »Du brauchst keine Angst zu haben, dass ich über dich herfalle. Außer du forderst mich vorher ausdrücklich dazu auf.«

Helene musste lachen. »Gut. Dann gehen wir ein Stück.«

Sie schlenderten eine Weile schweigend nebeneinanderher. Die Nacht war ungewöhnlich hell, der Weg war von mattsilbernem Licht überzogen, man sah jeden Stein und jede Unebenheit. Am Himmel stand ein überdimensional wirkender Vollmond, umringt von unzähligen glitzernden Sternen.

Tobias hatte die Hände in die Hosentaschen geschoben. Er trug kein Sakko, sondern hatte einen Pulli dabei, den er lose über die Schultern gelegt hatte, die Ärmel vor der Brust verknotet.

Helenes neue Schuhe waren eigentlich nicht zum Wandern gedacht, doch sie konnte halbwegs gut damit ausschreiten, weil die Absätze nicht allzu hoch waren und sie beim Kauf darauf geachtet hatte, dass sie sehr bequem saßen. Am Dienstag nach

Ostern war sie mit Großtante Auguste in einem Frankfurter Schuhsalon gewesen und hatte mindestens zwanzig Paar anprobiert, bis sie endlich welche gefunden hatte, die perfekt passten. Sie waren sündhaft teuer gewesen, am liebsten hätte Helene der Verkäuferin gesagt, dass sie nicht infrage kamen, aber Auguste hatte anscheinend ihren Einwand vorausgeahnt und sofort erklärt, dass sie diese Schuhe kaufen wollten.

»Du nimmst öfters diesen Weg, oder?« Tobias riss sie aus ihren Gedanken. »Ich meine, wenn du wandern gehst.«

Helene merkte, dass sie ihre Schritte unbeabsichtigt gen Osten gelenkt hatte, in Richtung Zonengrenze, so wie immer, wenn sie zu ihren Erkundungen aufbrach. Wortlos hob sie die Schultern. Es gab keine unverfängliche Antwort auf seine Frage. »Wir können auch gern woanders langlaufen«, meinte sie schließlich, weil es unhöflich gewesen wäre, gar nichts zu sagen.

»Nein, nein, der Weg gefällt mir. Früher als Junge bin ich ihn öfters gegangen. Bei Weisberg lebte ein Onkel von mir, da bin ich manchmal hin, um ihn zu besuchen. Er hatte einen Gutshof mit vielen Pferden. Ich habe da reiten gelernt.«

Helene schluckte. Sie hatte nicht gewusst, dass er familiäre Bindungen in den Osten hatte. »Das war sicher eine schöne Zeit«, meinte sie lahm.

»Ja, das war's. Leider ist er früh gestorben. Meine Mutter meinte, vor lauter Kummer.«

»Warum?«, fragte Helene, obwohl sie es sich denken konnte.

»Das Gut wurde zwangskollektiviert, weil er als Großgrundbesitzer eingestuft wurde. Er durfte nicht mal das Haus behalten, es war wohl zu groß. Sie haben ein Erholungsheim für Stadtkinder daraus gemacht. Das fand er immerhin nicht ganz so schlimm. Aber dass sie ihm das Land und die Pferde weggenommen haben – das hat er nicht verwinden können. Natürlich ist er trotzdem nicht vor Kummer gestorben, sondern an Magenkrebs«, schloss Tobias trocken.

Eine Frage drängte sich auf Helenes Lippen, sie stellte sie, ehe sie darüber nachdenken konnte. »Hast du noch Verwandte drüben?«

Er schüttelte den Kopf. »Mein Onkel war unverheiratet und hatte keine Kinder. Und auch sonst ist meine gesamte Verwandtschaft sehr überschaubar. Tante Beatrice und Michael sind alles, was ich noch an Familie habe.« Er hielt kurz inne. »Und du? Hast du noch jemanden drüben?«

Hast du noch jemanden drüben?

Seine Frage hallte in ihren Ohren nach. Sie konnte nicht sprechen. Vor ihnen hörte der Weg auf, sie blieben beim Warnschild stehen. Helene starrte blicklos die Großbuchstaben an. *ACHTUNG! ZONENGRENZE!*

Im Hintergrund schimmerten die Lichter von Weisberg. Es war beinahe, als könnte sie die Hand danach ausstrecken. Da drüben war ihr Kind. Ihre Seele, ihr Leben.

Hast du noch jemanden drüben?

»Ja«, sagte sie. Nur dieses eine Wort. Ihre Stimme klang brüchig.

Sie hörte, wie er tief Luft holte, ehe er leise fragte: »Wen?«

»Meine Tochter.«

»Mein Gott. Du hast …«

»Ja. Sie haben sie mir weggenommen, als sie mich eingesperrt haben, vor über einem Jahr. Jetzt ist sie da drüben in Weisberg. Unten im Tal.« Sie hob die zitternde Hand und wies nach Osten. Und dann brach es in einem Wortschwall aus ihr heraus, wie Wasser aus einem berstenden Damm. »Man sieht das Haus von hier aus nicht. Es liegt zu tief in der Senke. Aber sie ist da. Bei meinem Vater, er hat sie aus dem Heim rausgeholt und zu sich genommen. Er passt auf sie auf und beschützt sie. Und er … Er wird sie mir bringen. Bald. Wenn er …« Sie hielt inne, entsetzt schlug sie sich die Hand vor den Mund. Wie hatte sie sich nur so vergessen können?!

Im nächsten Augenblick verlor sie völlig die Kontrolle, und gleichzeitig schien jegliche Kraft aus ihr zu weichen. Ihre Knie gaben nach, sie geriet ins Taumeln und musste sich an dem Pfosten des Warnschildes festklammern, weil sie sonst hingefallen wäre. Ein unvermitteltes Schluchzen entrang sich ihr, so heftig, dass es ihren ganzen Körper erschütterte. Sie konnte nichts mehr sehen und an nichts mehr denken, nur noch an diesen Schmerz, der sie von innen heraus auffraß wie eine tödliche Säure.

»Lieber Gott, Helene!« Tobias löste ihre Hände von dem Schild, umfing sie mit beiden Armen und zog sie an sich. »Ich wusste ja nicht … Mein liebes, armes Mädchen, was haben sie dir angetan?« Seine Stimme klang zutiefst erschüttert.

Sie weinte an seiner Brust. Tränen strömten ihr übers Gesicht, rannen über ihre Lippen und ihr Kinn. »Du darfst es niemandem verraten! Keiner darf davon erfahren! Es ist ein Geheimnis! *Es ist ein Geheimnis!*« Sie wiederholte es wie eine Beschwörung, unterbrochen von tiefen Schluchzern.

»Keine Angst, von mir erfährt niemand was! Meine Güte, ich habe ja nicht geahnt …« Er hielt inne und sagte nichts mehr. Stattdessen strich er ihr sanft über den Rücken und ließ sie eine Zeit lang weinen. Es schien ihr, als würde sie nie wieder damit aufhören können. Nie hätte sie geglaubt, noch so viele Tränen zu haben, ein schier unerschöpfliches Reservoir.

Nach einer Weile begannen sie zu versiegen, das Schluchzen ebbte ab. Zugleich spürte sie, wie eine eigentümliche Empfindung von Frieden über sie kam. Es war, als hätte jemand einen Felsblock von ihr genommen, der ihr eine halbe Ewigkeit die Luft abgedrückt hatte.

Wie zur Bekräftigung dieses Eindrucks sagte Tobias in ihre Gedanken hinein: »Du musst das nicht allein tragen, Helene. Ich werde dir beistehen, so gut ich kann. Am besten redest du dir alles von der Seele. Vielleicht fühlst du dich dann besser.«

»Ich fühle mich schon jetzt etwas besser«, murmelte sie wahrheitsgemäß, das Gesicht immer noch an seiner Brust vergraben. »Aber ich erzähle dir trotzdem alles, wenn du willst.«

»Natürlich will ich.« In einem schwächlichen Versuch zu scherzen fügte er hinzu: »Und weitersagen darf ich sowieso nichts, da gibt's gar keinen Grund zur Sorge. Du weißt schon, die ärztliche Schweigepflicht.«

Das Gefühl einer seltsamen Befreiung, das sie eben so unerwartet überkommen hatte, verstärkte sich. Doch zugleich schien es sich auch mit völlig anderen Empfindungen zu verbinden, blind und namenlos noch, aber im Begriff, sich zusehends zu festigen und die Vorherrschaft zu übernehmen. Ihre Nase drückte sich gegen seinen Hemdkragen, schob sich wie von allein unter den dort baumelnden wollenen Ärmel des Pullis. Sein unverwechselbarer männlicher Geruch umfing sie mit unvermittelter Intensität, und jäh erwachten ihre Sinne. Da, wo vor nur wenigen Augenblicken noch herzzerreißende Verzweiflung gewesen war, wuchs etwas Neues heran, in einem derart atemberaubenden Tempo, dass es sich ihrer Kontrolle mindestens ebenso sehr entzog. Helene benötigte nur den Bruchteil einer Sekunde, um es einzuordnen – es war reine Begierde. Eine machtvoll drängende Hitze erfüllte sie, breitete sich in ihrem ganzen Körper aus. Sie wollte alles auf einmal. Ihn fühlen, schmecken, in sich spüren … Das Verlangen, das sie erfüllte, erschien ihr fremdartig und verstörend, eine Urgewalt, gegen die sie sich nicht wehren konnte, selbst wenn sie es gewollt hätte. Nur am Rande gewahrte sie, dass sie begonnen hatte zu zittern, denn ihre so plötzlich aufflackernden Gefühle waren Tobias nicht verborgen geblieben. Wie mit einem verborgenen Seismografen hatte er die eindeutige Veränderung erfasst. Er hielt sie immer noch in den Armen, aber dieser Berührung haftete nichts Tröstliches mehr an.

Als er den Kopf neigte, um sie zu küssen, kam sie ihm mit

stürmischer Wildheit entgegen. Sein Mund verschlang den ihren förmlich, ihre Zungen trafen sich zu einem betäubend heißen Tanz.

Ihre Gedanken verloren sich in einem unzusammenhängenden Chaos. In einer letzten Aufwallung von Vernunft kam ihr in den Sinn, dass man sie hier vielleicht sah. Von drüben aus. Da waren immer irgendwelche Soldaten auf Patrouillengang.

Spontan stemmte sie sich gegen Tobias' Schultern und löste sich aus seinen Armen.

»Was …?«, protestierte er, keuchend und genauso wie sie aufs Äußerste erregt.

Ohne ein Wort fasste sie nach seiner Hand und zog ihn hinter sich her, zu dem nahen Wäldchen. Sie stolperten beide in ihrer Hast, möglichst rasch dorthin zu gelangen. An einem Baum blieben sie stehen. Tobias packte sie und erstickte sie fast in seiner Umarmung, während sie sich erneut küssten. Sein Körper verströmte eine Hitze, an der sich ihr eigenes Begehren entzündete wie an einer brennenden Fackel. Zwischen ihren Schenkeln fühlte sie eine fließende Wärme, pulsierend im Takt ihres hämmernden Herzschlags.

Sie wollte ihn sofort. Darauf zu warten, bis er so weit war, erschien ihr unmöglich. Fieberhaft nestelte sie an seinem Gürtel herum, fand die Schnalle nicht. Seine Hände schoben ihre Finger beiseite, er öffnete selbst seine Hose, während sie sich hastig den Schlüpfer abstreifte. Mehr auszuziehen war nicht nötig.

Er nahm sie gegen den Baum gelehnt. Eins ihrer Beine angehoben und um seine Hüfte geschlungen, ihre Pobacken gegen die rissige Borke des Stammes in ihrem Rücken gepresst. Ihre Erregung war schon vorher fast auf dem Gipfel gewesen, sie kam bereits zum Höhepunkt, als er das erste Mal in sie eindrang.

Überrollt von einer Woge glühender Lust warf sie den Kopf

zurück. Ein Schrei stieg aus ihrer Brust, so urtümlich und wild und hemmungslos wie nichts, was sie jemals zuvor erlebt hatte. Tobias stieß weiter in sie, aber nur Sekunden später war es auch um ihn geschehen. Sein Orgasmus war von einem lang gezogenen, kehligen Stöhnen begleitet, an seinem Hals spannten sich die Muskeln an wie Stahlseile. Wie aus weiter Ferne nahm sie wahr, dass er sich vor dem Samenerguss aus ihr zurückzog. Ein Teil der warmen Flüssigkeit landete auf ihren Beinen, der Rest im Stoff ihres hochgeschobenen Kleides.

Keuchend ließ er seine Stirn gegen ihre sinken. »Himmel, Helene! Bei Gott, das war …« Er brach ab, offenbar fehlten ihm die Worte.

Benommen hing sie in seinen Armen, den Baumstamm im Kreuz, das Bein immer noch hochgebogen. Sie hatte nur noch einen Schuh an. Wo der zweite wohl gelandet war?

Wie seltsam, dass ihr erster halbwegs klarer Gedanke diesem banalen Detail galt. Ein hysterisches Kichern gluckste in ihr hoch, aber es blieb ihr sofort im Hals stecken. Hatte sie wirklich diesen Mann gerade dazu gebracht, es ihr hier im Stehen zu besorgen wie einer …?

Sie weigerte sich, an das Wort zu denken. So eine war sie nicht! Niemals!

Aber warum hatte sie es dann unbedingt so und nicht anders gewollt?

Vage erinnerte sie sich an etwas, das sie mal irgendwo gelesen hatte. Über Menschen und ihre Instinkte. Und den animalischen Trieb, sich zu paaren, besonders in Momenten, die auf schwere Gefahren folgten. Oder nach existenzbedrohenden Ausnahmesituationen.

Menschen taten das, um sich zu vergewissern, dass sie noch lebten. Dass sie stärker waren als der Tod, über den sie mit der rauschhaften Vollziehung des Akts gleichsam triumphieren konnten. Es war wie eine körperlich besiegelte Wette auf die

Zukunft, mit all ihren Erwartungen und Hoffnungen. Ein barbarisches, wildes Bekenntnis, das man nicht aufgab. Jetzt nicht und niemals.

Tobias hatte es irgendwie geschafft, ihre ineinander verschlungenen Körper auf behutsame Weise voneinander zu lösen. Sacht zupfte er Helenes Kleid zurecht, schloss seine Hose nebst Gürtel und hob anschließend den Schuh auf, der hinter seinem Rücken zu Boden gefallen war.

Er kniete sich mit gesenktem Kopf vor sie hin und streifte ihr den Schuh vorsichtig über den Fuß, wie der Märchenprinz bei Aschenputtel.

Impulsiv streckte sie die Hand aus und strich ihm übers Haar. Es fühlte sich erstaunlich weich an, überhaupt nicht so borstig, wie es bei dem militärisch kurzen Schnitt immer aussah. Stoppelig war dafür der Bartschatten auf seinen Wangen, als sie sanft mit den Fingerspitzen darüberfuhr. Sicher hatte er sich heute noch ein zweites Mal rasiert, aber sein Bart wuchs schnell, den sah man nur wenige Stunden später schon wieder sprießen.

Mit einer fließenden Bewegung erhob er sich. Sie konnte sein Gesicht kaum erkennen. Um sie herum war es dunkel, hier im Schatten der Bäume war das Mondlicht nur ein diffuser, entfernter Schimmer.

»Helene, es gibt keine Worte für das, was ich gerade getan habe.« Seine Stimme war rau und klang fast verzweifelt, in jedem Fall aber sehr reumütig. »Mein Verhalten ist durch nichts zu entschuldigen. Mir bleibt nur, dich in aller Form um Verzeihung zu bitten.«

Diesmal konnte sie das Kichern, das sich in ihrer Kehle bildete, nicht zurückhalten, es entschlüpfte ihr wie von selbst. »Du bittest *mich* um Verzeihung?«

»Nun ja, das tue ich«, erwiderte er ein wenig steif. Die Haltung seines Kopfes drückte seine Verwunderung aus. Er hielt kurz inne, bevor er zweifelnd hinzufügte: »Sollte ich denn nicht?«

»Nein, natürlich nicht«, antwortete sie kurz angebunden. »*Ich* war doch diejenige, die es unbedingt dermaßen überstürzt wollte. Hast du das etwa nicht gemerkt?«

»Äh … doch.« Es klang verunsichert. »Aber ich wollte es auch«, stellte er klar.

»Dann ist wohl alles genau so, wie es sein sollte«, erwiderte sie scheinbar beiläufig. Doch gleich darauf wurde sie ernst. »Tobias, das ist sonst nicht meine Art. Ich möchte, dass du das weißt. Es war nur … Die ganze Situation …« Sie suchte nach Worten.

Er kam ihr zu Hilfe. »Elementare Gefühle haben dich überwältigt.«

Sie musste lachen, obwohl sie eigentlich nichts von alldem auf die leichte Schulter nehmen sollte. »Genau so war es.«

»Meine Art ist es übrigens auch nicht«, erklärte er ein wenig verlegen. »Normalerweise … Also da lasse ich mir mehr Zeit. Und ich bin nicht so grob und rücksichtslos und …«

Erneut streckte sie die Hand aus, diesmal, um ihm den Zeigefinger auf die Lippen zu legen und ihn so zum Schweigen zu bringen.

»Es war wundervoll«, sagte sie leise. »Du musst wissen, dass … Dass ich das noch nie erlebt habe. Nicht so.«

Diese Äußerung schien ihm zu gefallen, seine Schultern reckten sich, aber Helene spürte auch seinen starken Wunsch, mehr über sie zu erfahren. Über ihre Vergangenheit, all das, was ihr passiert war. Sie hatte schon entschieden, ihm die ganze Geschichte zu erzählen. Es war genau so, wie er gesagt hatte – sie konnte das alles nicht mehr allein tragen, und sie wollte es auch nicht.

Und so taten sie das, was er vorhin schon vorgeschlagen hatte – sie setzten sich abseits des Wäldchens auf eine Wiese, über ihnen der abnorm groß wirkende, ungewöhnlich helle

Vollmond und vor ihnen das vom funkelnden Sternenhimmel abgegrenzte Hügelland der Rhön. Tobias legte den Arm um sie, und sie bettete ihren Kopf an seine Schulter. Es dauerte noch eine Weile, bis sie so weit war, aber dann ging es auf einmal wie von selbst. Den Blick in die Ferne gerichtet, begann sie mit leiser Stimme zu erzählen.

KAPITEL 18

Mai 1961

Den Mai über drohte ihr die Arbeit öfters über den Kopf zu wachsen. Ständig war jemand vom Kollegium krank, manchmal sogar mehrere gleichzeitig. Es verging kaum noch ein Tag, an dem Helene beim Betreten des Klassenraums nicht mindestens die doppelte Menge an Bänken und Stühlen vorfand.

Herr Göring tat sich durch ungewöhnlich häufige Fehlzeiten hervor, und dabei war er bisher der einzige Kollege gewesen, der immer recht zuverlässig zum Dienst erschienen war. Im Lehrerhaus sah man ihn kaum noch außerhalb seines Zimmers, sogar im Bad war er neuerdings viel schneller fertig als sonst. Einmal hatte Helene ihn abends durch die geschlossene Tür seines Zimmers weinen gehört. Sie kam gerade aus dem Bad, als sein lautes Schluchzen ertönt war. Erschrocken hatte sie dem herzzerreißenden Geräusch ein paar Sekunden lang gelauscht, ehe sie eilig in ihr Zimmer zurückgekehrt war. Anscheinend hatte der Tod seiner Mutter ihn doch schlimmer mitgenommen, als er zugeben wollte. Er brauchte einfach noch Zeit für sich allein.

Fräulein Meisner, die einen Teil seiner Schüler mitübernehmen musste, war dem erhöhten Druck erwartungsgemäß kaum gewachsen, sie war noch öfter krank als ohnehin schon, doch ihre Abwesenheit dauerte immer nur ein bis zwei Tage. Was zweifellos Tobias zu verdanken war, er schrieb sie einfach nicht länger krank. Zwar hatte er Helene gegenüber nichts dergleichen verlauten lassen – er nahm die ärztliche Schweigepflicht wirklich sehr ernst –, sie konnte sich ihren Teil allerdings denken.

Herr Wessel wiederum, sonst auch von wenig robuster Gesundheit, versah seinen Dienst mit geradezu heroischem Durchhaltevermögen. Frühmorgens nach dem obligatorischen Händewaschen im Lehrerzimmer klemmte er sich seine Aktentasche unter den Arm und strebte mit gequältem Gesicht in Richtung seines Klassenraums, jeden Tag in der Woche außer sonntags. Helene hatte schon angefangen, sich über diese Einsatzbereitschaft zu wundern, aber einmal, als sie ihn zufällig allein im Lehrerzimmer antraf, teilte er ihr ganz ungefragt den Grund dafür mit.

»Es geht nicht, dass mehr als zwei von uns fehlen. Denn dann würde alles komplett an Ihnen hängen. Das wäre furchtbar ungerecht. Ich kann Sie doch nicht auch noch im Stich lassen!«

Helene hatte diese unter starkem Lispeln hervorgestoßene Erklärung perplex zur Kenntnis genommen und bereits angesetzt, ihm für seine liebenswürdige Kollegialität zu danken, doch da war er schon mit abgewandtem Gesicht zur Tür hinausgeeilt.

Tatsächlich fand die Umverteilung der Klassen ohne Einbeziehung von Rektor Winkelmeyer statt – er war der Einzige, der davon verschont blieb. Irgendwann hatte er das offenbar selbst so verfügt. Und so schritt er weiterhin vergnügt schwadronierend vor seiner Oberstufe auf und ab, bis der Schultag vorbei war.

Davon abgesehen konnte das gesamte Kollegium wohl dankbar sein, dass er überhaupt noch Unterricht erteilte, denn wie man hörte, hatte der Lehrermangel zwischenzeitlich noch schlimmere Ausmaße angenommen, obwohl das Kultusministerium pausenlos neue Anstrengungen unternahm, diesem Zustand abzuhelfen. Gerade erst hatte die Landesregierung ein Gesetz zur Einrichtung einer pädagogischen Fakultät an der Frankfurter Universität erlassen, an der künftig mehr Lehramtskandidaten ausgebildet werden sollten. Doch bis die Früchte dieser Maßnahme zum Tragen kamen, würden Jahre vergehen, solange war kein Ende der Misere in Sicht.

Trotz der anhaltend hohen Arbeitsbelastung war Helene die meiste Zeit in aufgeräumter Stimmung, was fraglos daran lag, dass sie bis über beide Ohren verliebt war. Wäre nicht immer wieder ihre Verzweiflung wegen Marie aufgeflammt, hätte der Himmel für sie voller Geigen hängen können. Doch die Sehnsucht nach ihrem Kind trübte ihr neues Glück nachhaltig, und die gleichzeitige Existenz dieser so unterschiedlichen Gefühle war nur schwer zu vereinbaren. Dennoch begann sie, wieder ein wenig Freude am Leben zu verspüren. Das wiederum befähigte sie, ihren Alltag zu meistern und in der Schule zurechtzukommen, auch bei höchster Klassenstärke.

Bisher hatten Tobias und sie die Beziehung nicht publik gemacht. Sie waren beide längst über das Alter hinaus, in dem man »miteinander ging«. Nur Teenagern sah man es nach, wenn sie Händchen haltend und gelegentlich vielleicht sogar verstohlen knutschend in der Öffentlichkeit gesichtet wurden; die Jugend musste sich nun mal umtun, die Hörner abstoßen. Doch jenseits der zwanzig bekam eine solche Verbindung zwischen Frau und Mann etwas Anrüchiges, ja sogar Schlüpfriges. Der gute Ruf der Beteiligten war schnell dahin und ließ sich nur auf eine Weise dauerhaft retten – mit einem Ring am Finger.

Als Alternative dazu gab es nur die Heimlichkeit. Natürlich nicht eine von der Art, bei der kein Mensch etwas ahnte – das war praktisch unmöglich –, aber doch wenigstens so, dass niemand offiziell Anstoß nehmen konnte.

Solche nur bedingt heimlichen »Verhältnisse« gab es zuhauf, auch im erzkatholischen Kirchdorf. Die Witwe in mittleren Jahren, die sich in aller Stille von ihrem Geliebten in ihrem Haus besuchen ließ, ihn aber unter keinen Umständen ehelichen konnte, weil sie sonst ihre Hinterbliebenenrente verloren hätte. Der Sägewerksbesitzer, der eine Affäre mit der Frau des Postvorstehers angefangen hatte, weil der fast fünfundzwanzig Jahre älter als sie und infolge eines Prostataleidens impotent war. Der alte Albert Exner, der seit jeher mit unverdrossener Begeisterung die Frauen umwarb, obwohl er nur noch ein Auge und einen Arm hatte – wie es hieß, hatte er sich in der Walpurgisnacht mit einer zusammengetan, die aus dem Nachbardorf stammte und angeblich vor Kurzem von ihrem Mann verlassen worden war.

Und jetzt auch noch der Landarzt und die Dorfschullehrerin, hatte man es doch kommen sehen!

Tobias und Helene machten sich in dieser Hinsicht nichts vor. Ihnen war klar, dass ihre Romanze den Leuten nicht verborgen bleiben konnte. Aber sie achteten darauf, keinen Grund zu liefern, über sie herzuziehen oder sie gar öffentlich der Unzucht anzuprangern. Sie gingen weiterhin gemeinsam in die Sonntagsmesse, und hin und wieder aß Helene bei ihm zu Mittag, natürlich zusammen mit seiner Tante und seinem Sohn, wogegen es nicht das Geringste einzuwenden gab. Doch ihre intimen Begegnungen fanden unter verschwiegenen Umständen statt, stets außerhalb des Orts.

Einmal war Helene mit dem Bus nach Hünfeld gefahren, dort hatte Tobias sie mit dem Wagen abgeholt und war mit ihr die weite Strecke bis nach Frankfurt gefahren, wo er telefonisch ein Hotelzimmer gebucht hatte, für sich und seine angebliche Ehefrau. Es war ein prickelndes und verbotenes Abenteuer für sie beide gewesen – und eine unvergessliche Liebesnacht.

Auf der Rückfahrt hatte er sie wieder an der Bushaltestelle in Hünfeld aussteigen lassen, eine im Grunde lächerliche Taktik, aber nach Lage der Dinge ging es nicht anders, sonst hätten sie den Skandal, den sie unbedingt vermeiden wollten, auf der Stelle entfesselt.

Offiziell hatte Helene an diesem Tag ihre Großtante besucht, und Tobias einen früheren Kollegen in Wiesbaden.

Ein anderes Mal hatten sie sich zum Wandern verabredet, ebenfalls weitab vom Dorf. Er fuhr wieder mit dem Wagen hin, sie mit dem Bus, und dann waren sie gemeinsam kilometerweit durch die Rhön marschiert, ein herrlicher Spaziergang bei schönstem Sonnenschein. Sie hatten einander an den Händen gehalten wie Teenager, und nach einem Picknick in verträumter ländlicher Idylle hatten sie sich inmitten von Klee und Sommerblumen stundenlang geliebt.

Diese Zusammenkünfte erfüllten Helene immer noch mit Staunen. Nie hätte sie geglaubt, dass sie zu derart ungezügelter Leidenschaft fähig war, und dasselbe galt für die lustvolle Zärtlichkeit, die sie ohne jede Scheu miteinander teilten. Die Erfüllung, die sie in Tobias' Armen fand, erschien ihr beinahe wie ein Wunder. Er meinte, dass es keineswegs immer so sei zwischen Mann und Frau. Dass für das, was sie beide miteinander verband, eine seltene und ganz besondere Übereinstimmung vorliegen müsse.

»Es muss überall passen. Hier, hier, und hier«, hatte er gesagt, während er sie sanft mit dem Finger berührte, zuerst ihre Stirn, dann ihr Herz und zuletzt die Stelle zwischen ihren Beinen.

Sie war sicher, dass er recht hatte, und das half ihr, die alltäglichen Sorgen zu bewältigen und über sich selbst hinauszuwachsen. Mit seinen Küssen und Berührungen verlieh er ihrer Hoffnung Flügel, und in seiner Umarmung fühlte sie sich stark und gegen alles gewappnet.

Wiederholt steuerte er auch Überlegungen bei, wie sich die Flucht ihrer Tochter vielleicht forcieren ließe, angefangen von diplomatischen Bemühungen auf höherer Ebene (er kannte einen Landtagsabgeordneten, mit dem er früher recht gut befreundet gewesen war) bis hin zu schnöder Bestechung der DDR-Grenzsoldaten, wofür er, ohne zu zögern, seine gesamten Ersparnisse einsetzen wollte. Doch letztlich taugten all diese gut gemeinten Ideen nicht viel. Jeder Versuch in eine derartige Richtung hätte nur dazu geführt, die verantwortlichen Stellen erst auf die Lage aufmerksam zu machen. Ihnen blieb nichts anderes übrig, als abzuwarten, bis sich Helenes Vater erholt hatte.

Inzwischen war er aus dem Krankenhaus entlassen worden.

»Dein Vater ist wieder daheim, Lenchen!«, hatte Großtante Auguste im letzten Telefonat frohlockend berichtet. Aber gleich darauf erfuhr Helenes spontane Freude einen Dämpfer. »Er sitzt leider noch im Rollstuhl. *Noch*«, hatte Auguste mit Betonung wiederholt. »Reinhold ist davon überzeugt, dass er bald wieder auf den Beinen ist. Die Krücken hat er schon. Er versucht jeden Tag, ein paar Schritte damit zu gehen. Glaub mir, es wird alles gut!«

Und Helene glaubte es. Denn nun war sie nicht mehr allein, sondern hatte Tobias als Verbündeten.

*

Juni 1961

Hin und wieder stellte Marie sich immer noch vor, wie es wohl wäre, wenn sie versuchte zu fliehen. Hinter dem Kontrollstreifen lag ein hessisches Dorf, es war gar nicht weit weg. Vom Rand des Schutzstreifens aus konnte man die Kirche und die Häuser sehen. Früher hatte es eine Straße zwischen Weisberg und dem Dorf im Westen gegeben, aber jetzt endete sie zu beiden Seiten der Zonengrenze. Sie war praktisch durchgeschnitten worden, von den Sperranlagen und dem dahinterliegenden Niemandsland, so nannte man dieses von Gestrüpp und Wildblumen überwucherte Gelände jenseits des Zauns. Viele glaubten, das Niemandsland gehöre schon zum Westen. Aber es war Teil der DDR, was die meisten Leute hier nicht ahnten. Opa Reinhold wusste es jedoch, er hatte es ihr erklärt.

»Manche, die rüber wollten, sind im Niemandsland geschnappt und zurückgeholt worden«, hatte er gesagt und sie dabei eindringlich angesehen. Marie hatte Gewissensbisse bekommen. Irgendwie schien er zu spüren, wie oft sie schon überlegt hatte, einfach loszurennen. Durch den Zaun zu schlüpfen und zu dem Dorf auf der anderen Seite zu laufen. Vielleicht hätte sie es schon längst getan, wenn sie nur gewusst hätte, wo Mama sich gerade aufhielt. Marie hatte Opa Reinhold danach gefragt, aber er hatte nur gemeint, Mama sei mal hier und mal dort, er kenne ihre Adresse nicht, da sie weder schreiben noch anrufen dürfe. Weil sie doch aus dem Gefängnis abgehauen sei, und wegen der Stasi.

Marie verstand die ganzen Zusammenhänge nicht richtig, doch immer wenn sie versuchte, der Sache genauer auf den Grund zu gehen, stieß sie auf eine Mauer aus Schweigen und Ausflüchten. Man verheimlichte ihr etwas, so viel war sicher.

Einmal sagte Omchen Else zu ihr, je weniger sie wisse, desto besser sei es für sie alle, weil Kinder nun mal nicht dichthalten könnten. Marie hätte wenigstens gern einen kleinen Fingerzeig gehabt, *worüber* sie dichthalten sollte, aber das war jedes Mal der Punkt, an dem sie mit ihren Fragen nicht weiterkam.

Manchmal hörte sie Opa Reinhold mit seiner Tante in Frankfurt telefonieren, Frankfurt am Main, nicht die Stadt an der Oder, und dabei glaubte sie herauszuhören, dass Mama vielleicht bei dieser Frankfurter Tante war. Sie fragte Tante Christa danach, aber die zuckte bloß mit den Schultern und meinte, sie wisse darüber am allerwenigsten Bescheid, da sie schon früher kaum was mit Mama zu tun gehabt hätte. Was wohl die traurige Wahrheit war, denn es stimmte mit Maries Erinnerungen an die

Zeit in Berlin überein. Immer, wenn für Mama Briefe aus Weisberg gekommen waren, stammten sie von Opa Reinhold. Tante Christa hatte ihnen nie geschrieben.

An einem Tag im Mai, als Opa Reinhold noch im Krankenhaus gewesen war, hatte Tante Christa Marie beiseitegenommen und ihr eingeschärft, sie dürfe unter gar keinen Umständen einfach allein über die Grenze gehen. Marie hatte mit brennenden Wangen vor ihr gestanden und nichts gesagt, doch Tante Christa war noch nicht fertig gewesen. »Sie sperren uns ein, wenn du das tust«, hatte sie gesagt. »Das würde dein Großvater nicht überleben.«

Ein furchtbarer Schreck hatte Marie bei diesen Worten erfasst, sie war in Tränen ausgebrochen, sosehr hatten die Schuldgefühle sie überwältigt, weil sie schon so oft daran gedacht hatte, wirklich rüberzulaufen.

Tante Christa hatte sie in den Arm genommen. »Ich weiß, Kind, ich weiß«, hatte sie gestammelt, und dabei ganz verzweifelt ausgesehen.

Seitdem wünschte Marie sich, mit diesen Gedanken aufhören zu können. Sich nicht mehr vorzustellen, allein loszuziehen, um Mama zu finden. Doch sie brachte es nicht fertig. Sie dachte immer noch manchmal daran.

Aber in die Tat umsetzen würde sie es natürlich dennoch nicht. Es war schrecklich genug, dass man Mama so viele Monate ins Gefängnis gesperrt hatte, das durfte Opa Reinhold auf keinen Fall auch noch passieren. Gerade er mit seinem kaputten Bein, das ihm ständig solche Schmerzen bereitete!

Tante Christa hatte ihm eine Matratze mit seinem Bettzeug ins Wohnzimmer gelegt, da schlief er jetzt immer, weil er die Treppe nicht mehr hochkam. Vor dem Hauseingang lagen lange Bretter, damit er eine Rampe für den Rollstuhl hatte. Zum Glück war das Klo im Erdgeschoss, darauf schaffte er es, wenn Tante Christa ihm half. Und wenn samstags in der Küche die große Zinkwanne zum Baden aufgestellt wurde, kam er mit reichlich Hilfe da auch hinein und wieder raus. Das warme Wasser tat seinem Bein gut, es linderte die Schmerzen etwas. Nach so einem Bad war sein Gesicht immer ganz entspannt, er sah dann fast wieder so aus wie früher. Bis auf die Narbe natürlich. Sie schlängelte sich wulstig und tiefrot vom Nasenrücken bis hoch ins Haar, es war fast, als wäre sein Gesicht dort in zwei Teile geschnitten worden. Und doch hieß es, die Narbe sei von all seinen Verletzungen noch die harmloseste, viel schlimmer sei das mit seinem Bein. Zuerst hatte Marie es kaum glauben wollen, aber mit der Zeit hatte sie begriffen, dass es stimmte. Nicht mehr laufen zu können musste wahrlich furchtbar sein.

Einmal setzte sie sich auf ihr Bett und stand stundenlang nicht auf, obwohl es sie mit Macht nach draußen zog. Das Wetter war schön, sie hatte mit Edmund und ein paar anderen aus der Schule schwimmen gehen wollen. In der Nähe gab es einen Bach, der war extra für die Kinder aufgestaut worden, sodass sich ein richtiger Schwimmteich gebildet hatte. Alle trafen sich da, es war ein Riesenspaß. Außer man konnte nicht richtig laufen, da musste man notgedrungen daheimbleiben.

Marie wollte von dem Bett aufstehen und rausgehen, von Minute zu Minute wuchs das Verlangen danach, doch sie bezwang es eisern und stellte sich mit aller gebotenen Traurigkeit vor, nur noch ein Bein zu haben. So sehr steigerte sie sich in diese beklemmende Fantasie hinein, dass sie sich irgendwann doch erhob und auf einem Bein herumhüpfte, quer durchs Zimmer und dann sogar die Treppe hinunter.

So schwer war es eigentlich gar nicht gewesen, sie hatte sich nur richtig am Geländer festhalten müssen. Unten angekommen überlegte sie, ob sie wohl auf einem Bein bis zum Badeteich käme, natürlich ohne zu schummeln, da ertönte mitten in ihre Gedanken hinein Omchen Elses heiseres Lachen.

»Wenn du so weitermachst, brichst du dir die Beine, und dann kannst du wirklich mal ausprobieren, wie es ist!«

Marie merkte, dass sie rot wurde. Sie tat so, als wäre sie ganz normal die Treppe heruntergekommen.

»Wieso bist du nicht längst weg zum Schwimmen?«, fragte Omchen Else.

»Eigentlich wollte ich gerade gehen«, erwiderte Marie lahm.

»Dann nix wie los. Aber auf zwei Beinen.«

Marie flitzte nach oben, um ihre Schwimmsachen zu holen.

*

Christa schob den Rollstuhl ein Stück die Straße hoch. Es war gar nicht so einfach. Der Bürgersteig war an manchen Stellen gerissen, es wurde von Jahr zu Jahr schlimmer. Auf der Straße war es kaum besser, ein Schlagloch reihte sich ans nächste. Manchmal kam jemand mit der Dampfwalze vorbei und besserte die schlimmsten Schäden aus, dann stank es in der ganzen Straße tagelang nach frischem Teer. Aber kaum war irgendwo eine Stelle geflickt, brach ein paar Meter weiter das nächste Loch auf. Da war es nur ein schwacher Trost, dass die Leute im Westen es auch nicht viel besser hatten. Erst neulich war in den Radionachrichten darüber gesprochen worden, wie armselig der Zustand der Straßen in weiten Teilen der BRD war. Es hing wohl unter anderem mit den Zuständigkeiten zusammen – es gab Bundes-, Landes- und Kommunalstraßen, und je nachdem, wo die Schäden aufgetreten waren, musste jemand anderes die Kosten tragen. Wenn es sich nicht gerade um Durchgangsstraßen handelte, konnten die Ausgaben für die überfällige Sanierung auch leicht an den Leuten hängen bleiben, die zufällig in der jeweiligen Straße wohnten. Da konnte so mancher Hausbesitzer schnell vor dem Ruin stehen. Das hatten sie jedenfalls in der Nachrichtensendung erzählt.

»Das können sie mit uns hier zum Glück nicht machen«, hatte Christa zu Reinhold gesagt, woraufhin ihre Mutter nur laut gelacht hatte – dieses sarkastische, höhnische Altweiberkichern, bei dem sich Christas Magen jedes Mal zusammenzog.

»Ja, weil die Straße hier erst gar nicht repariert wird«, hatte Omchen Else süffisant angemerkt. »Oder weil sie einen schon vorher aus dem Haus schmeißen, weil zu wenig Leute drin wohnen.«

Christa hatte es vorgezogen, keine Antwort darauf zu geben. Sie wohnten mit vier Personen im Haus, keiner würde sie rauswerfen. In der Gegend herrschte außerdem zum Glück keine Wohnraumnot. Hier hatte jeder seine angestammte Bleibe. In den größeren Städten sah das anders aus, da war immer noch viel zerstört, man hatte seit dem Krieg nicht alles wieder aufbauen können. Aber auch darin unterschied sich die DDR nicht sehr vom Westen. Drüben herrschte in den Städten ebenfalls Wohnungsknappheit. Allerdings waren die Leute in der BRD oft auf sich gestellt, vor allem die Flüchtlinge aus dem Osten. Wer nicht bei Verwandten unterkriechen konnte, wurde in scheußliche Asyle außerhalb der Stadt gesteckt, Christa hatte mal einen Zeitungsartikel darüber gelesen.

Hier in der DDR kümmerte sich der Staat darum, dass keiner auf der Straße saß. Es kam nicht vor, dass irgendwelche Bonzen mit ihren dicken Ärschen große Luxusvillen blockierten, nur weil sie zufällig in Reichtum schwammen.

Das gab es im Sozialismus nicht.

Wo sie wohl am Ende wohnen würden, da drüben im Westen? Sie würden ja nicht ewig bei Reinholds Tante bleiben können. Ob sie jemals wieder ein eigenes Haus haben würden? Aber woher sollte das kommen? Dafür musste ja erst mal genug Geld her! Reinhold würde ganz sicher keins mehr verdienen. Jedenfalls nicht in absehbarer Zeit. Er kam ja kaum noch aus eigener Kraft aufs Klo! Ob es für ihn im Westen wohl Hilfe geben würde? Eine Rente oder dergleichen? Vielleicht sollte er mal seine Tante danach fragen, wenn er das nächste Mal mit ihr telefonierte.

Ihr Mann riss sie aus ihren grimmigen Gedanken.

»Geht's noch?«, fragte er. Es klang leicht besorgt.

Christa merkte, dass sie ins Schnaufen gekommen war, wobei sich schwer sagen ließ, ob das von der Anstrengung des Schiebens kam oder eher von ihrem stillen Groll über die unwägbaren Zukunftsaussichten im Kapitalismus.

Sie bemühte sich, ein wenig gemäßigter zu atmen. »Das kurze Stück schaff ich schon noch, keine Sorge.« Sie legte ihm die Hand auf die Schulter und spürte seine Anspannung. Sanft strich sie ihm übers Haar, ehe sie wieder den Griff des Rollstuhls umfasste. Wenn es ihr möglich gewesen wäre, hätte sie mit ihm getauscht, wenigstens für einen Tag. Oder eine Woche. Doch er musste das ganze Leid allein tragen, keiner konnte es ihm abnehmen. Die ständigen Schmerzen, die Unbeweglichkeit. Und über allem die drängende Verpflichtung, endlich sein Versprechen an Leni zu erfüllen. Seiner Tochter das Kind zu bringen. Er war inzwischen ganz besessen davon, es hatte sich zur fixen Idee ausgewachsen. Lieber heute als morgen, das hätte er wohl gern zu seiner Maxime erkoren. Aber das war nicht möglich. Alles musste zunächst sondiert, abgewägt, vorbereitet werden. Keine Hauruckaktion, sondern ein minuziös geplantes Vorgehen.

Noch hatte er sie nicht vollständig eingeweiht. »Wir überlegen noch«, hatte er gesagt, und mit *wir* meinte er sich und Theo Krause.

Christa schob den Rollstuhl weiter die Straße hoch.

»Drüben feiern sie wieder«, sagte sie.

»Ich weiß«, gab er nur lapidar zurück.

Natürlich wusste er es. Wie sollte es ihm auch entgangen sein? Die Orchestermusik von Kirchdorf war gut zu hören.

Im Westen nannte man es den Tag der Deutschen Einheit. Sie entfachten Mahnfeuer direkt an der Grenze und veranstalteten Fahnenstafetten, im Gedenken an den Volksaufstand vom 17. Juni, der in der Bundesrepublik ein Nationalfeiertag und hier dieses Jahr nur ein normaler Samstag war.

»Irgendwann feiern das vielleicht alle zusammen«, meinte sie betont hoffnungsvoll. »Ich meine, Ost und West.«

»Vielleicht«, räumte Reinhold ein. »Wenn hier jemand anders das Sagen hat.«

Das Haus der Krauses war nur noch etwa hundert Meter entfernt, die schlimmste Steigung hatte sie bereits bewältigt. Theo Krause ging gerade mit der Sense über die Wiese hinter seinem Haus, Christa sah ihn schon von Weitem. Als er sie bemerkte, legte er die Sense sofort beiseite, kam zur Straße und näherte sich im Eilschritt. »Komm, ich helf dir!«

Erleichtert überließ sie es ihm, den Rollstuhl das letzte Stück zu schieben.

Von weiter unten in der Straße war Motorengeräusch zu hören. Christa blickte über die Schulter zurück und sah den Wagen von Horst Sperling in der Senke anhalten, direkt bei ihnen vorm Haus.

Reinhold hatte ihn auch gesehen. »Verflucht«, sagte er. »Der Kerl ist schon wieder da!«

Christa strich ihm über die Wange. »Lass nur. Ich kümmere mich drum. Geht ihr nur schnell rein.«

Theo Krause schob den Rollstuhl rasch die restlichen Meter zu seinem Haus, während Christa eilig den Berg hinablief. Horst Sperling war bereits ausgestiegen und machte Anstalten, durch den Vorgarten zur Haustür zu gehen. Als er Christa näher kommen sah, blieb er stehen.

»Grüß dich, Christa«, sagte er.

»Tag, Horst.« Sie zwang ein falsches Lächeln auf ihr Gesicht. »Reinhold ist leider nicht zu Hause.«

»Ach? Wo ist er denn?«

Das geht dich einen Dreck an, dachte sie wütend, ehe sie mit aufgesetzter Freundlichkeit antwortete: »Bei Theo Krause.«

»Bei Theo Krause? Was macht er denn da?«

Das ging ihn noch viel weniger an, aber Christa kämpfte ihren Ärger nieder. »Ach, er sieht sich nur mal eine Kuh an, bei der ist wohl das Euter entzündet, und es ist ja nur ein Stück die Straße rauf, da hab ich ihn schnell hingeschoben.«

»Holst du ihn dann gleich wieder ab, oder bringt Theo ihn nach Hause?«

»Ich gehe in einer Stunde hin und hole ihn.«

Christa riss sich zusammen, anderenfalls hätte sie ihn angeblafft, sich zu verziehen. In Momenten wie diesen war ihr Zorn regelmäßig größer als ihre Furcht, aber sie musste unbedingt vermeiden, ausfallend zu werden. Es ging nicht an, dass sie ihn gegen sich aufbrachte, das konnten sie in der derzeitigen Phase nicht auch noch brauchen.

Wenn der Kerl nur nicht so aufdringlich gewesen wäre! Seit Reinhold an den Rollstuhl gefesselt war und nur mühsam wieder auf die Beine kam – er konnte gerade mal ein halbes Dutzend Schritte zurücklegen, und auch das nur unter Schmerzen sowie mithilfe der Krücken –, ließ Horst Sperling nichts unversucht, *ihn aufzumuntern und ihm die Lebensfreude zurückzugeben.* So bezeichnete er seine vielfältigen Bemühungen, Reinhold zu irgendwelchen Veranstaltungen mitzuschleppen oder ihn zu Parteiversammlungen zu chauffieren. Er hatte sogar schon angeregt, das eine oder andere Treffen einfach bei ihnen zu Hause zu veranstalten.

»Warum nicht bei euch im Garten? Ich kann uns auch eine Kiste Bier organisieren!« – Christa hatte es ihm kaum ausreden können.

Horst Sperling hielt mit seinem Ärger über Reinholds Abwesenheit nicht hinterm Berg. »Zu dumm, dass Reinhold jetzt nicht da ist! Ich hab was wirklich Wichtiges mit ihm zu besprechen.«

»Sag's doch einfach mir, ich erzähle es ihm dann später.«

»Das geht nicht. Ich sagte doch, es ist *wichtig*. Also wichtig im Sinne von vertraulich.«

In seinem Blick lag etwas, das sie zum Frösteln brachte. Es war seine Art, sich selbst und seine Kompetenzen in der Partei aufzublasen. Aber diesmal war es nicht nur bloße Schaumschlägerei. Irgendwas schien ihn stark zu beschäftigen, was bei Christa automatisch ein mulmiges Gefühl weckte. Anscheinend ging es über das hinaus, womit er sonst gern angab. Etwa das fast neue Auto, das er nur wenige Wochen nach dem Unfall bekommen hatte. Oder die Belobigung für seinen unermüdlichen Einsatz bei der Kollektivierung, angeblich von Ulbricht persönlich unterzeichnet.

»Reinhold kann dich ja anrufen, wenn er wieder zu Hause ist«, schlug Christa vor, während sie fieberhaft überlegte, was der Grund für Sperlings Besuch sein könnte.

Sperling erklärte sich widerstrebend einverstanden und wollte gerade wieder in seinen Wagen steigen, als Marie aus dem Haus kam, die ausgeleierte alte Tasche mit ihren Badesachen über der Schulter. Sofort blieb Sperling stehen, wie ein Tier, das Witterung aufnahm.

»Da schau einer her, die kleine Marie! Mit gepackter Tasche! Wo soll's denn hingehen?« Er grinste breit. »Doch nicht etwa gen Westen, so wie die Frau Mama?«

Marie stand da wie angenagelt. Ein Hauch von Panik zeigte sich in den zarten Gesichtszügen.

Sofort brach Christa in schallendes Gelächter aus. Ihre Anstrengung, es echt klingen zu lassen, schien zu wirken. Maries verkrampfte Haltung löste sich.

»Ich geh nur schwimmen«, sagte sie schnell.

»Das weiß ich doch, es war bloß ein Scherz«, versetzte Sperling. Sein Tonfall war fröhlich, aber Christa hatte den vagen Eindruck, dass ein Lauern in seinem Blick lag.

»Triffst du dich wieder mit dem Krause-Jungen?«, wollte er von dem Mädchen wissen. »Wie heißt er gleich – Edgar?«

»Edmund«, sagte Marie leise. Es kam beinahe als Flüstern heraus.

»Sie spielt mit vielen Kindern«, warf Christa mit gleichmütiger Stimme ein. »Und jetzt lauf schon los, sonst ist der Nachmittag vorbei, bevor du auch nur einen Fuß ins Wasser setzen kannst!«

Marie nickte erleichtert und stürmte los. Ihr zu Zöpfen geflochtenes blondes Haar flog im Wind, ebenso wie das kurze Röckchen, während sie mit klappernden Sandalen davonrannte.

Christa entging nicht, dass Horst Sperling dem Mädchen nachschaute. Um ein Haar hätte sie ihn angeschrien, was ihm denn einfiele, die Kleine mit seinen geschmacklosen Scherzen über ihre Mutter zu quälen. Aber vielleicht war ja genau das seine Absicht gewesen. Dem Kind Angst zu machen, es zu verunsichern, um es auf diese Weise aus der Reserve zu locken. Ob die schon was ahnten? Nein, ausgeschlossen!

Aber seine nächsten Worte weckten ihre Befürchtungen aufs Neue.

»Christa, ihr solltet euch besser nicht so viel mit den Krauses abgeben.«

»Was meinst du mit *abgeben?* Marie geht mit Edmund in eine Klasse, sie haben denselben Schulweg. Und Theo ist unser Nachbar.«

»Ich weiß. Das macht es aber leider nicht besser.«

»Was zum Teufel willst du damit sagen? Was hast du gegen die Krauses? Haben die irgendwas ausgefressen?«

»Komm schon. Du musst doch mitgekriegt haben, dass sie dauernd alles schlechtreden!«

»Na ja, es gefällt Theo und seiner Frau nicht, dass ihnen das

Vieh und das letzte Stück Land weggenommen werden soll«, sagte sie vorsichtig. »Der Besitz ist seit Generationen in Theos Familie. Schon sein Ururgroßvater hatte den Bauernhof.«

Sperlings Augen verengten sich. »Fängst du jetzt etwa auch schon so an?«

»Wie denn?«

»Das muss ich dir ja wohl nicht erst erklären.«

»Ich sag nur, wie es ist«, entfuhr es ihr. Sofort besann sie sich, bevor sie einen Fehler machen konnte, den sie später sicher bereuen würde. »Man muss die Leute auch mal verstehen, Horst. Sie haben Angst vor der Zukunft.«

»Die muss in unserem Land keiner mehr haben. Der Sozialismus kümmert sich um die Menschen, Christa. Bei uns findet jeder einen Platz, es gibt niemanden ohne Arbeit oder ohne ein Dach über dem Kopf!«

»Gewiss, damit hast du völlig recht«, antwortete sie mit gespielter Demut, heldenhaft gegen den Drang ankämpfend, vor ihm auszuspucken. Oder vielleicht auch vor sich selbst, weil sie vor kaum fünf Minuten noch etwas ganz Ähnliches gedacht hatte wie das, was er hier gerade von sich gab.

»Glaubst du, den Krauses steht irgendwelcher Ärger ins Haus?«, wollte sie wissen. Sie fragte es scheinbar beiläufig, beobachtete dabei aber jede seiner Regungen genau.

Horst Sperling hob nur die Schultern. »Das sind Dinge, die ich lieber mit Reinhold bespreche«, teilte er ihr mit. »Ich sagte ja schon, es ist vertraulich.«

Verflucht, was führte der Kerl im Schilde?! Der wusste doch was! Ob es mit der geplanten Flucht zu tun hatte? Oder doch bloß mit Theo Krauses offen zur Schau getragener Unzufriedenheit? Mit seinem Gerede hatte Theo sich in der letzten Zeit bei den örtlichen Genossen nicht gerade beliebt gemacht.

Christa gab sich betont gelassen. »Ich sag Reinhold, dass du hier warst.«

»Tu das«, meinte Sperling nur knapp, und dann bequemte er sich endlich zu gehen.

Düster blickte sie dem davonfahrenden Wagen hinterher. Sicherheitshalber wartete sie, bis er um die nächste Ecke gebogen war, bevor sie wieder die Straße hochstapfte, zurück zum Hof der Krauses. Was auch immer Reinhold gerade mit Theo besprach – sie sollten schleunigst erfahren, dass es womöglich unerwartete Schwierigkeiten gab.

*

Tobias war schon zweimal von Beatrice zum Essen gerufen worden, weshalb er nach Kräften versuchte, mit der Arbeit fertig zu werden, aber es klappte einfach nicht. Dabei war die Praxis an diesem Tag gar nicht geöffnet. Aber bis zum Mittag hatten ihn schon fünf Patienten rausgeklingelt, von denen er die letzten drei noch nie gesehen hatte. Eine Frau mit Kreislaufproblemen, eine mit Migräne, ein junger Mann mit einer Zerrung am Knöchel.

Sie kamen von auswärts, wie so viele Menschen an diesem Tag. Das beschauliche Kirchdorf hatte sich in eine Art politischen Wallfahrtsort verwandelt. Die Gedenkfeiern zum 17. Juni fanden in einem für den kleinen Ort ungewöhnlich großen Rahmen statt, mit Tausenden Besuchern, die teilweise von weither angereist waren. Ganze Busladungen von ihnen waren im Laufe des Vormittags eingetroffen. Menschenmassen strömten auf den Dorfplatz und füllten ihn bis in den letzten Winkel aus. Hochgestellte Würdenträger hielten Ansprachen an die versammelten Menschen, und zwischendurch spielten Kapellen auf. Auch direkt an der Grenze fanden Großkundgebungen statt, drüben sollten es so viele Leute wie möglich mitbekommen, und die Berichterstattung sollte die Botschaft in die Welt hinaustragen – der Wunsch nach einer friedlichen Wiedervereinigung war ungebrochen, er bestimmte nicht nur die Schlagzeilen, sondern war auch seit jeher fest in den Herzen der Menschen verankert. Doch in der politischen Realität verloren die Hoffnungen allmählich ihren Glanz.

Vor wenigen Wochen hatten sich Kennedy und Chruschtschow in Wien getroffen, sie hatten die Begegnung als *nützlich* bezeichnet, aber alle Welt wusste, dass nichts dabei herausgekommen war. Die Fronten waren verhärtet, vor allem rund um den ewigen Zankapfel Berlin. Der DDR rannten die Bürger in Scharen davon, momentan waren es Hunderte jeden Tag, und es schienen immer noch mehr zu werden, wie bei einem Fass, dem man den Boden herausgeschlagen hatte.

Tobias dachte unentwegt darüber nach, wie man diesen Massenexodus ausnutzen und Helenes Tochter rüberholen konnte. Ende Mai hatte in Berlin ein Ärztekongress getagt, auch mit vielen Kollegen aus der DDR. Er hatte überlegt, sich da anzumelden und die Kleine in seinem Wagen rauszuschmuggeln. Aber als Westdeutscher kam man nicht in die Sperrzone, jemand hätte das Kind also zuerst nach Berlin schaffen müssen. Das war das entscheidende Hindernis – es gab im Grunde nur die Möglichkeit, das Kind über die Zonengrenze zu bringen. Direkt von Weisberg nach Kirchdorf. Somit lag die ganze Sache nach wie vor in den Händen von Helenes Vater, der sich immer noch von dem schweren Unfall erholte.

Tobias vermied es, mit Helene darüber zu sprechen, denn er spürte jedes Mal, wie schwer es sie belastete. Doch insgeheim befürchtete er, dass es für erfolgreiche Fluchtpläne vielleicht schon zu spät sein könnte. Die aktuelle Berichterstattung über die Ost-West-Beziehungen verhieß nichts Gutes. Der Ton wurde schärfer, das Bestreben des Ostblocks, sich gegen den Westen abzuschotten, immer klarer erkennbar.

Tobias hatte den lädierten Knöchel des jungen Mannes verbunden und ihm die Empfehlung mit auf den Weg gegeben, vorläufig auf sportliche Betätigungen zu verzichten. Der Patient hatte kaum die Praxis verlassen, als es schon wieder klingelte. Verflixt, nahm das denn heute gar kein Ende?

Frau Seegmüller und Agnes hatten selbstredend an diesem Tag frei, also bequemte er sich selbst zur Eingangstür.

Draußen stand Helene. Sein Herz setzte für einen Schlag aus. Himmel, sie war so schön! Und er war immer noch jedes Mal hin und weg, wenn sie erschien.

Sie verzog keine Miene. »Guten Tag, Herr Doktor. Ich weiß, heute ist Feiertag, aber ich fürchte, ich bin ein ganz schlimmer Notfall …«

Er hatte sie bereits bei der Hand gefasst und mit sich gezogen, durch den Flur ins Vorzimmer und von da in den Behandlungsraum. Der hatte im Vergleich zum Sprechzimmer den entscheidenden Vorteil, dass darin eine Liege stand, die zudem hinter einem Wandschirm verborgen war.

Tobias konnte nicht warten, er schlang beide Arme um Helene und küsste sie wie ein Verdurstender. Von der Wucht seines körperlichen Verlangens war er wie betäubt, es war schon wieder viel zu lange her. Und ihr erschien es nicht viel anders zu ergehen – sie erwiderte seine heißen Küsse voller Leidenschaft, ihre Begierde stand der seinen in nichts nach. Er knöpfte ihre Bluse auf und befreite ihre Brüste aus dem BH, während sie seinen Arztkittel hochstreifte und sich an seinem Gürtel zu schaffen machte. Nur Sekunden später war er in ihr. Sie saß mit gespreizten Beinen auf der Liege, und er stand vor ihr, blind und taub für den Rest der Welt. Ihre Vereinigung war wild und hitzig und dauerte nicht lange, es glich eher einer unbeherrschten Kopulation als einem zärtlichen Akt der Liebe. Doch als er sie anschließend in den Armen hielt, seine schweißnasse Stirn gegen ihre gelehnt, barst sein Inneres förmlich vor Gefühlen. Nie hätte er geglaubt, zu derart überschäumenden Empfindungen in der Lage zu sein, und in diesem einen Augenblick, in dem nur sie beide existierten, war sein Leben vollkommen.

Die Worte drängten sich wie von allein auf seine Lippen, zum allerersten Mal in seinem Leben, was eigentlich absurd war – schließlich hatte er schon die vierzig hinter sich gelassen.

»Ich liebe dich«, sagte er, und dann lauschte er ein wenig bange diesen Worten nach, fragte sich, ob es der richtige Zeitpunkt war, ob er nicht zu viel von sich preisgab. Seine Seele lag offen vor ihr, schutzlos und verletzlich.

»Ich liebe dich auch«, gab sie zurück, leise und beinahe widerstrebend, als hätte sie nie vorgehabt, es zuzugeben.

Er atmete aus, langsam und zitternd, und wäre in diesem Moment die Welt untergegangen, wäre er mit Freuden gestorben.

Ein Ring musste her! So bald wie möglich würde er einen kaufen und sie dann fragen, ob sie seine Frau werden wollte. Das Leben hatte ihm diese unverhoffte Chance auf Glück geboten, und er würde alles tun, um es mit beiden Händen festzuhalten.

*

Später am Tag saß Helene in der Wanne, die Arme fest um die angezogenen Beine geschlungen und die Stirn auf die Knie gelegt. Durch das geschlossene Fenster drang der Lärm der Feierlichkeiten zum 17. Juni herein, doch sie nahm kaum etwas davon wahr. Das Badewasser war längst kalt geworden. Der Boiler funktionierte wieder einwandfrei, Harald Brecht hatte sein Versprechen gehalten und ihn reparieren lassen, aber Helene verspürte nicht das geringste Bedürfnis, heißes Wasser nachlaufen zu lassen. Wie erstarrt hockte sie da, blicklos vor sich hin starrend und außerstande, aufzustehen und sich abzutrocknen.

Fräulein Meisner hatte schon zweimal an die Tür geklopft, offenbar in der Annahme, Herr Göring blockiere mal wieder unvertretbar lange das Badezimmer, und als keine Reaktion kam, hatte sie in einer ungewohnten Aufwallung von Angriffslust verkündet, es im Büro des Bürgermeisters zu melden, das Amt sei ja Vermieter der Lehrerwohnungen, wohlgemerkt inklusive Badbenutzung. Vielleicht werde sie sich sogar mit einer Beschwerde ans Schulamt wenden, es sei ja auch eine Sache der beamtenrechtlichen Fürsorgepflicht, und sie *müsse* jetzt endlich mal rein.

Helene hatte das Lamento stumm an sich vorbeiziehen lassen. Wie von ferne hatte sie schließlich mitbekommen, dass Fräulein Meisner die Treppe runtergestapft war, vermutlich um unten bei den Winkelmeyers deren Bad zu benutzen.

Es war ihr völlig gleichgültig. Ihre gesamten Gedanken kreisten darum, dass Tobias ihr heute seine Liebe gestanden hatte. Und als wäre das noch nicht genug, hatte sie diese Katastrophe auch noch komplett machen und ihm ihrerseits offenbaren müssen, dass sie seine Gefühle erwiderte.

Wäre sie doch gar nicht erst hingegangen! Hätte sie sich bloß nicht dazu hinreißen lassen, spontan ihrer Sehnsucht nachzugeben. Dem Verlangen, in seinen Armen die Welt zu vergessen, in diesen kurzen, besinnungslosen Minuten der Lust zu verglühen und alles andere auszulöschen. Den Kummer, die Sorgen, die Angst – nichts davon war mehr existent, solange er sie umarmte. So war es auch heute wieder gewesen.

Aber das Elend, das sie hinterher erfasst hatte, war niederschmetternd. Wie sollte es denn jetzt weitergehen mit ihnen beiden? Wie sollte es *überhaupt* weitergehen?

Verdammt, ja, sie liebte ihn, aber war das nicht für sich betrachtet schon ein Fehler? Eine Falle aus Gefühlen, in die sie sehenden Auges hineingetappt war, ohne Rücksicht auf die Konsequenzen? Das Schlimme war – sie konnte es nicht einfach ungeschehen machen. Die Falle war bereits zugeschnappt, und sie saß unrettbar darin. Tobias war nicht einfach irgendwer, der sie von ihren Problemen ablenkte. Er war kein Lückenbüßer, sondern der Mann, den sie mit Haut und Haaren wollte, jetzt mehr denn je. Aber es würde darauf hinauslaufen, dass sie ihm das Herz brechen musste. Denn in erster Linie war sie Mutter, und ihr Kind ging in jeder nur denkbaren Weise vor. Wenn Marie erst hier war, würde in Helenes Leben für nichts anderes mehr Platz sein.

Wenn …

An diesem Punkt ihrer Gedanken entrang sich ihr ein raues, verzweifeltes Schluchzen. Wann würde ihr Vater endlich so weit sein? Würde er es überhaupt in absehbarer Zeit schaffen? Wenn sie doch nur direkt Kontakt zu ihm aufnehmen könnte! Sich mit ihm über Grenzabschnitte, Wachpatrouillen und Beobachtungsposten austauschen könnte. Über Zeiten, Wege, Möglichkeiten. All die Einzelheiten, die sie im Laufe der Monate auf ihren Wanderungen entlang der Zonengrenze ausbaldowert hatte. Wüsste sie doch nur, was er plante!

Doch wenn es stimmte, dass die Stasi ihre Augen und Ohren überall hatte – und Helene hatte daran keinerlei Zweifel –, würde sie damit nur selbst alle noch verbliebenen Chancen zunichtemachen, und das würde sie sich nie verzeihen. Sie musste ihrem Vater vertrauen, so schwer es auch war.

Und es war so *verflucht* schwer! Sie wusste nicht, wie lange sie das noch ertragen konnte.

Draußen war die Sonne untergegangen, rötliche und kurz darauf bläuliche Schatten durchzogen das Badezimmer, bis es schließlich nur noch aus trostlosen schwarzen Umrissen bestand. Als Helene irgendwann mit letzter Kraft aus dem eisigen Wasser aufstand, kam es ihr vor, als sei eine ewige Nacht hereingebrochen, eine Finsternis, aus der es kein Entrinnen gab.

Teil 4

KAPITEL 19

Juli 1961

Helene nahm die Poesiealben entgegen und bedankte sich freundlich. Gleich zwei der Drittklässlerinnen wollten heute einen Eintrag von ihr haben. Sie legte die Alben zur Seite, um sie sich in der nächsten Pause vornehmen zu können. Für solche Gelegenheiten hatte sie immer eine Sammlung von Sinnsprüchen auf Lager, ebenso wie eine kleine Schachtel mit den beliebten Ribbelbildern, wunderhübsche bunte Glanzbildchen, entweder mit Blumen oder Püppchen oder Engelchen, möglichst mit Glitter an den Rändern. Von den Jungs besaß kein einziger ein Poesiealbum, eigentlich ein Jammer, denn es war eine so zauberhafte Erinnerung an die Kindheitsjahre. Helene hatte das ihre immer gehütet; sie hatte es zusammen mit dem Fotoalbum und ihren wichtigsten Unterlagen in jene kleine Reisetasche gepackt, die man ihr am Tag ihrer Verhaftung weggenommen hatte. Was man wohl damit gemacht hatte? Alles auf den Müll geworfen, weil es nur sinnloser Ballast aus dem Leben einer Staatsfeindin war? Oder verwahrte man es in irgendeinem Archiv, zusammen mit den angeblichen Beweisen ihrer Schuld?

Ein Mädchen aus der Fünften hatte heute Geburtstag, und Helene begann den Unterricht mit einem Ständchen, das sie gemeinsam mit den anderen Kindern darbrachte. Eigentlich wäre das Herrn Görings Aufgabe als Klassenlehrer gewesen, aber er hatte sich wieder einmal kurzfristig entschuldigen lassen, eine wichtige behördliche Angelegenheit. Rektor Winkelmeyer hatte es anscheinend nicht hinterfragt, sondern einfach nur weitergegeben, ebenso wie die Anweisung, Bänke und Stühle in Helenes Klassenraum zu schaffen, so wie immer. Für ihn waren das keine besonderen Umstände.

Inzwischen focht es sie kaum noch an, sie hatte es aufgegeben, sich über die vielen Vertretungen zu ärgern. Es half ja doch nichts.

Und schon hatte sie wieder einen passenden Sinnspruch für die Poesiealben, diesmal von Schiller.

Wohl dem Menschen, wenn er gelernt hat, zu ertragen, was er nicht ändern kann, und preiszugeben mit Würde, was er nicht retten kann.

Ja, sie konnte vieles ertragen, so manches fiel einem leichter, wenn man auf den Flügeln der Liebe schwebte.

Doch den Augenblicken des Glücks folgte unweigerlich allzu oft die Verzweiflung. Heute Morgen beim Aufwachen hatte es wieder so einen rabenschwarzen Moment gegeben, sie hatte mit einem Weinkrampf auf ihrem Zimmer gesessen und ernsthaft erwogen, ausnahmsweise nicht zum Dienst zu gehen. Es war Maries Geburtstag. Ihr Kind wurde heute zehn Jahre alt.

Sie stimmte einen Kanon an, für das Mädchen aus der Fünften, das heute elf wurde. Aber das Lied war auch für Marie.

Viel Glück und viel Segen, auf all deinen Wegen, Gesundheit und Frohsinn sei auch mit dabei.

Die Kinder trugen es mit leuchtenden Augen vor, sie liebten es, mit Helene im Kanon zu singen. Alle Gruppen waren perfekt aufeinander eingestimmt, jeder Einsatz folgte taktgenau auf den vorangegangenen, sie hatten es schon so oft geübt. Hinterher gab es für jedes Kind ein Karamellbonbon. Martha Exner machte regelmäßig welche und gab sie Helene für die Geburtstage der Schulkinder.

Helene verteilte sie und versuchte sich vorzustellen, wie ihre Tochter wohl heute ihren Geburtstag beging. Momentan hatte Marie schulfrei, den Juli und August über waren in der DDR Sommerferien, aber bestimmt sorgten ihr Vater und Christa dafür, dass Marie es an diesem Tag schön hatte. Mit einem hübschen Geschenk und einem leckeren Kuchen, vielleicht sogar einer kleinen Feier mit anderen Kindern, entweder aus der Nachbarschaft oder aus der Schule. Marie hatte immer schnell Freundschaft geschlossen, sie war ein kleiner Sonnenschein, bei allen beliebt.

Helene kämpfte mit den Tränen, als das Lied endete. Um es vor der Klasse zu verbergen, stellte sie sich vor die Tafel und schrieb einen längeren Text hin, der die Grundlage für die Deutschstunde bildete. Abschreiben, Satzteile definieren, Silbentrennung vornehmen, Umlaute einkreisen – es war wie immer für jede Altersstufe was dabei.

In der großen Pause ging Helene ins Lehrerzimmer, sie brauchte einen Kaffee. Während der Tauchsieder das Wasser erhitzte, sah sie aus dem Fenster. Draußen rannten die Kinder über den Schulhof, und Fräulein Meisner stand auf verlorenem Posten am Rand und bemühte sich mit fuchtelnden Armen, Ordnung in das wimmelnde Chaos zu bringen.

Rektor Winkelmeyer saß am Tisch und schmökerte in aller Ruhe in einem Landser-Heft. Herr Wessel gab sich seiner Lieblingsbeschäftigung hin – dem Händewaschen.

»Ist noch heißes Wasser da?«, fragte er anschließend. Er hatte etwas Nescafé in seine Kaffeetasse gegeben, wie immer versetzt mit einem gestrichenen Teelöffel Milchpulver.

»Natürlich«, antwortete Helene freundlich. »Soll ich Ihnen welches in die Tasse füllen?«

Es war immer besser, ihn vorher zu fragen. Vor allem musste man darauf achten, dabei seine Tasse nicht zu berühren, denn dann konnte es passieren, dass er den Kaffee stehen ließ.

Er nickte, und Helene goss heißes Wasser in seine Tasse.

Gemeinsam stellten sie sich ans Fenster und tranken ihren Kaffee. Sie unterhielten sich über aktuelle Geschehnisse, und Helene stellte wieder einmal fest, was für ein angenehmer Gesprächspartner er doch war. Sein Lispeln und sein Hygienetick konnten leicht darüber hinwegtäuschen, dass er auch andere Seiten hatte. Sein Charakter war von einer feinsinnigen Nachdenklichkeit geprägt, und auf seine zurückhaltende Art konnte er durchaus zugewandt sein. Er liebte die Oper und hörte oft Schallplatten mit klassischer Musik in seinem Zimmer. Schon lange hegte er den Wunsch, diese Welt auch seinen Schülerinnen und Schülern zu erschließen.

Helene hatte, nachdem er das ihr gegenüber einmal schüchtern geäußert hatte, sofort einen Antrag für einen Opernbesuch der Abschlussklasse eingereicht. Damit Rektor Winkelmeyer nicht vergaß, ihn zu bearbeiten, hatte sie außerdem auch gleich mit seiner Frau gesprochen, damit die sich beim Kreisschulamt dahinterklemmte.

Herr Wessel freute sich über ihre Initiative, aber er machte keinen Hehl aus seinen Bedenken. Mit so vielen Jugendlichen nach Frankfurt fahren, womöglich sogar abends? Wer würde da die Verantwortung tragen? Es gehörte zu seinen schlimmsten Ängsten, dass auf einer Klassenfahrt etwas Unvorhergesehenes passierte. Erst als Helene ihm beteuerte, dass selbstverständlich mehrere Aufsichtspersonen mitfahren würden, war er beruhigt.

An diesem Morgen sprachen sie über Ernest Hemingway, der sich vor wenigen Tagen das Leben genommen hatte. Ein herber Verlust für die Weltliteratur, befand Herr Wessel. Helene war ganz seiner Meinung. Sie hatte Hemingways Bücher mit Begeisterung gelesen und den Autor für seinen prägnanten, klaren Erzählstil bewundert. Er gehörte zu den Schriftstellern, deren Bücher einem im Osten aus der Hand gerissen wurden, wenn es denn mal welche gab.

Die Schulglocke läutete zum Ende der großen Pause, der Unterricht ging mit Sachkunde weiter. Jahrgangsübergreifend drehte sich diese Woche alles um das Thema »Post«, dazu konnten alle Kinder etwas beitragen. Helene hatte beim Postamt Formulare besorgt, die sie durch die Reihen wandern ließ. Paketkarten, Zahlungsanweisungen, Telegrammbögen, Portoübersichten. An der Tafel wurde gezeigt, wie man einen Brief schreibt und eine Postkarte aufteilt, mit Datum, Anrede, Grußformeln und Text. Die unterschiedlichen Briefmarken wurden herumgereicht und ausgiebig betrachtet – welche Marke kommt auf welches Poststück? Einiges zu lernen gab es auch über die Geschichte der Post. Wann und wie hatte alles angefangen? Wie sah damals ein Tag im Leben eines Postreiters oder Postkutschers aus? Was musste man über die Herren von Thurn und Taxis zu Kaiserzeiten wissen?

Als Hausaufgabe sollten die Kinder bis zum nächsten Tag einen Brief schreiben, in dem sie einem Freund oder einer Freundin erzählten, was sie in den Sommerferien vorhatten. In Hessen standen die großen Ferien ebenfalls bevor, schon übermorgen war der letzte Schultag. In den Klassenräumen herrschte bereits eine entspannte Stimmung – sämtliche Arbeiten waren geschrieben, man konnte es langsam ausklingen lassen.

Helene wusste allerdings nicht so recht, ob sie sich auf die freie Zeit freuen oder sich davor fürchten sollte. Mit dem Unterricht hatte sie sich bisher wenigstens teilweise von ihrer Sehnsucht und ihren Kümmernissen rund um ihre Tochter ablenken können – diese Möglichkeit würde nun erst mal entfallen. Für die kommenden Wochen hatte sie noch keine festen Pläne; sie hoffte einfach nur, dass es nicht mehr so lange dauerte, bis sie Marie endlich wieder in die Arme schließen konnte.

»Fahr mit mir weg!«, hatte Tobias vor ein paar Tagen gesagt. »Nur für eine Woche! Tante Beatrice kann auf Michael aufpassen. Offiziell wäre ich auf Fortbildung. Wir beide brennen heimlich durch, in den Süden, und machen uns ein paar schöne Tage!«

Sie hatte kurz gezaudert mit der Antwort, denn die Vorstellung, ihn einmal für mehrere Tage ganz für sich allein zu haben, ohne ständig auf ihren Ruf achten zu müssen, hatte etwas sehr Verlockendes. Doch dann wäre sie zwangsläufig nicht hier, falls ihr Vater ausgerechnet in dieser Zeit eine Fluchtgelegenheit fand. Folglich musste sie Tobias' Einladung ablehnen, wenn auch mit einigem Bedauern. Er hatte seine Enttäuschung nicht verbergen können, und sie ahnte, dass er diesen gemeinsamen Urlaub gern genutzt hätte, um ihr einen Antrag zu machen. Schon seit einer Weile spürte sie, dass er sich mit dieser Absicht trug und nur auf die passende Gelegenheit wartete.

Was das anging, so war sie buchstäblich hin- und hergerissen. Sie liebte Tobias von ganzem Herzen, daran gab es für sie gar nichts zu deuten. Aber ihre gesamten Lebensumstände waren derzeit nicht von der Art, die es ihr ratsam erscheinen ließ, sich so bald wieder fest zu binden. Zu viel war noch im Ungewissen, nicht nur, was sie selbst betraf. Sie hatte ein Kind, für das sie verantwortlich war, und sie wusste außerdem nicht, ob sie ihrer beider Zukunft so ohne Weiteres in die Hände eines anderen Menschen legen wollte. Tobias kannte Marie schließlich überhaupt nicht, und umgekehrt galt dasselbe. Manche Dinge brauchten einfach Zeit.

Am letzten Schultag trat das Kollegium vollzählig zum Dienst an, auch Herr Göring hatte sich wieder eingefunden. Er war ungewöhnlich blass und in sich gekehrt und mied alle fragenden Blicke. Im Dorf hieß es, er hätte irgendwelchen juristischen Ärger, vielleicht im Zusammenhang mit dem Erbe seiner Mutter. Genaueres wusste jedoch niemand, außer, dass es ihm offenbar eine Menge Arbeit bescherte. Er brütete ständig über irgendwelchen amtlichen Korrespondenzen, sogar während der großen Pausen im Lehrerzimmer.

Alle Schülerinnen und Schüler wurden planmäßig in die Sommerferien entlassen und strebten lärmend ins Freie.

Von den Lehrkräften wollten diesmal alle – mit Ausnahme von Helene – in den Ferien verreisen, wenn auch mit den unterschiedlichsten Zielen. So teilte etwa Herr Göring mit abgewandtem Gesicht mit, dass er sich um Nachlassangelegenheiten kümmern müsse; er werde aber nur einige Tage wegbleiben. Rektor Winkelmeyer und seine Frau hatten vor, ihre Tochter zu besuchen, die mit Mann und Kindern in Österreich lebte. Herr Wessel wollte eine Bildungsreise nach Italien antreten. Sogar Fräulein Meisner hatte Pläne für den Sommer – zum Erstaunen aller wollte sie einen Badeurlaub auf Sylt verbringen, zusammen mit einer alten Schulfreundin, mit der sie nach langer Zeit wieder Kontakt aufgenommen hatte.

Helene schüttelte zum Abschied allen die Hand, nur nicht Herrn Wessel, der aber in der Folge trotzdem als Letzter ging, weil er sich noch einmal die Hände waschen musste.

Draußen war es sommerlich warm, aber nicht zu heiß. Gerade passend zum Wandern. Helene brachte ihre Tasche mit den Schulsachen in ihre Wohnung und brach dann zu ihrem obligatorischen Spaziergang auf. Sie hatte sich angewöhnt, unterschiedliche Strecken zu wählen und dabei auch längere Umwege in Kauf zu nehmen, damit es nach außen hin nicht so aussah, als würde sie ständig zur Grenze gehen. Manchmal stieg sie auch einfach nur auf den Hausberg von Kirchdorf und besah sich die Gegend von dort oben aus. An anderen Tagen ging sie in Richtung Westen und schlug irgendwo außerhalb des Dorfs einen Bogen, bis sie wieder auf die Sperranlagen stieß.

Diese Wanderungen waren inzwischen weit mehr für sie als nur bloße Erkundungsgänge. Die idyllische Landschaft der Rhön schien sie immer mehr in Bann zu schlagen. Jenseits aller Gedanken an Flucht und Teilung wurden dabei Gefühle in Helene wach, die sie in diesem Maße bisher nicht gekannt hatte.

Die einsamen Höhen hatten etwas Erhabenes, der weite Blick in die Ferne war wie Balsam für die Seele. Die Stille der Wälder, die verborgenen Hochmoore, die grünen Täler – alles verband sich zu einer ganz eigenen friedlichen Welt.

Manchmal, wenn sie während eines Spaziergangs stehen blieb und zum Himmel hinaufschaute, war es fast, als würde ihre Seele sich mit dem Atem aus ihrer Brust loslösen und fortfliegen, hoch über diesen Hügeln, dorthin, wo sämtliche Grenzen verschwammen und alles mit allem eins war.

Sie spürte die Kraft, die sie aus der Natur schöpfte, und in solchen Momenten empfand sie tiefe Dankbarkeit. Sie war einen langen Weg gegangen, durch Dunkelheit und Leid, doch jeder Schritt, der vor ihr lag, führte sie ein Stück weiter ins Licht.

Ihre stetig wachsende Zuversicht hatte vielleicht damit zu tun, dass sie wieder angefangen hatte zu beten. *Richtig* zu beten, tief aus dem Herzen, nicht nur jenes mechanische Zitieren irgendwelcher alter Texte, die sie noch von früher kannte und morgens mit den Schulkindern zum Unterrichtsbeginn hersagte.

Wenn sie auf den Hausberg stieg, besuchte sie gern die Kapelle dort und hielt Zwiesprache mit der Muttergottes. Sie betete Marienpsalter, so wie einst als kleines Mädchen, und anschließend fragte sie sich, warum sie nie genauer darüber nachgedacht hatte, dass ihr eigenes Kind den Namen der heiligen Jungfrau trug. Sie und Jürgen hatten ihn damals nur deshalb ausgewählt, weil er ihnen gefiel und einen so schönen Klang hatte. Doch neuerdings schien dem Namen eine besondere Verheißung innezuwohnen, gespeist aus ihren Gebeten und der damit verbundenen Hoffnung.

Tief in Gedanken versunken, ging Helene an diesem letzten Schultag abermals auf verschlungenen Wegen hinüber zur Grenze. In dem kleinen Wäldchen, fast genau an der Stelle, wo Tobias und sie sich das erste Mal geliebt hatten, bezog sie wieder Posten und spähte an Bäumen und Sperranlagen vorbei hinüber nach Weisberg.

Drüben sah sie, stark vergrößert durch das Fernglas, eine zwei Mann starke Grenzpatrouille, wieder Russen, so wie schon beim letzten Mal. Man wusste vorher nie, wer gerade an der Reihe war. Manchmal waren es Vopos, manchmal Militärs, gelegentlich auch gemischte Kommandos. In der letzten Zeit waren es immer mehr geworden. Auch auf westlicher Seite war der Grenzschutz verstärkt worden. Allerdings ließen sich die GIs und die Soldaten vom BGS[5] nach wie vor nur sporadisch blicken, sie waren nicht annähernd so allgegenwärtig wie die Grenzwächter auf östlicher Seite.

Unlängst war auf DDR-Seite sogar ein Wachturm errichtet worden, ein hölzernes Ungetüm am Rand des Kontrollstreifens, mit direkter Sicht auf Kirchdorf. Das Innere des Wäldchens war jedoch den Blicken von dort entzogen, die Bäume standen zu dicht beieinander und waren zu stark belaubt. Helene hatte sich erst neulich Gewissheit darüber verschafft, indem sie aus entsprechender Entfernung mit dem Fernglas herübergeschaut hatte.

Einer der beiden Wachsoldaten, ein Bär von einem Mann mit feuerrotem Schnäuzer, entfernte sich von dem anderen und ging ein Stück vom Rand des Kontrollstreifens weg, zu einem in der Nähe befindlichen Acker. Er winkte jemandem zu, und als Helene seiner Blickrichtung mit dem Fernglas folgte, war zu sehen, dass es sich um zwei Kinder handelte. Doch der Soldat scheuchte sie nicht etwa weg. Stattdessen ging er zu ihnen. Sie rannten nicht vor ihm davon, sondern kamen auf ihn zugelaufen – anscheinend kannten sie ihn, denn das Kind, das vorangging, lächelte ihm vertrauensvoll entgegen. Es war ein Junge, vielleicht zehn oder elf Jahre alt, der leicht das rechte Bein nach-

[5] Bundesgrenzschutz

zog. Ihm auf dem Fuße folgte ein Mädchen, das im nächsten Moment voll zu sehen war, mit blond gelocktem Haar und einem zarten, engelhaften Gesicht.

Oh mein Gott! Das war Marie!

*

Es war wie ein Tritt in die Kniekehlen, die Beine knickten unter ihr weg. Das Fernglas fiel ihr aus den Händen und baumelte vor ihrer Brust, während sie vornüberfiel und sich kniend auf dem bemoosten Waldboden abstützte, um nicht vollends niederzusinken. In ihren Ohren rauschte es, ein Anfall von Übelkeit brachte sie zum Würgen.

Doch der Moment der Schwäche war schon im nächsten Atemzug vorbei. Durch ihre Adern peitschte das Blut, sie sprang schneller auf die Füße, als sie denken konnte, und sie rammte sich das Fernglas so fest vor die Augen, dass die Einfassungen hart gegen ihre Wangenknochen stießen. In fieberhafter Hast richtete sie es neu aus, nahm die drei Gestalten dort drüben im Acker in den Fokus, bis sie ihre Tochter wieder scharf umrissen vor sich sah.

Ja, das war Marie! Lieber Himmel, sie war so schön! Und wie groß sie geworden war! Ein heftiges Schluchzen nahm ihr die Luft, in ihren Augen sammelten sich Tränen. Doch sie durfte jetzt auf gar keinen Fall weinen, dann konnte sie nicht mehr richtig sehen! Ungeduldig rieb sie mit dem Handrücken die Flüssigkeit weg und zwinkerte mehrmals, bis ihre Sicht sich wieder klärte. Wie gebannt starrte sie ihre Tochter an, mit aller Macht darauf konzentriert, sich nicht zu bewegen und nicht zu zittern. Nur ihrem Herzen konnte sie nicht Einhalt gebieten. Es raste wie eine außer Kontrolle geratene Dampflok, die kurz davorstand, aus den Schienen zu fliegen. Tok-tok, tok-tok, toktok, es hämmerte im Stakkato gegen ihre Rippen, und für einen furchterregenden Moment glaubte sie, es werde ihr den Dienst versagen und in der Brust zerspringen.

War Jürgen vielleicht auf diese Weise gestorben, wehrlos in einem Augenblick jähen Erschreckens, buchstäblich an einem gebrochenen Herzen?

Doch mit jedem weiteren Schlag, den ihr eigenes Herz brauchte, um sich zu beruhigen und wieder in den gewohnten Rhythmus zurückzufinden, tat sie dieses Szenario als naiv ab. Was auch immer ihn umgebracht hatte – es war ganz sicher kein zu schwaches Herz gewesen.

Der Soldat mit dem roten Schnurrbart reichte den Kindern etwas, offenbar eine Leckerei, denn die beiden ließen es sich schmecken. Marie und der Junge strahlten übers ganze Gesicht, ebenso wie der Soldat. Zu dritt standen sie beieinander und unterhielten sich, hauptsächlich unter Zuhilfenahme von Gesten, wohl um die Sprachbarrieren auszugleichen. In der DDR lernten die Kinder Russisch als erste Fremdsprache in der Schule, aber damit fingen sie erst in der fünften Klasse an, und Marie hatte drüben ja eben erst die vierte hinter sich gebracht.

Helene schluckte hart. Wann hatte sie angefangen, von ihrem Geburtsort als *drüben* zu denken? Es konnte noch nicht lange her sein. Dieses Stückchen Land dort hinter den Sperranlagen war immer ihre Heimat gewesen. Ihr angestammtes Zuhause. Das Regime, das ihr das Leben in Ostberlin zur Hölle gemacht hatte, war nur ein böser Teil des Ganzen. Der Ort ihrer Kindheit war davon die ganze Zeit seltsam unangetastet geblieben, ebenso wie die Gefühle, die sie damit verband. Das alte, von Efeu umrankte Haus mit dem großen Garten, das Städtchen in seiner mittelalterlichen Gemütlichkeit – all das hatte sich für sie immer noch heil und unberührt angefühlt. Weisberg war ein Stück von ihr, das sie niemals ganz losgelassen hatte.

Nun war es *drüben.*

Der zweite Soldat näherte sich dem anderen, es schien ihm zu missfallen, dass sein Kamerad den Kindern so viel Aufmerksamkeit widmete. Zwischen den beiden Männern entspann sich ein Disput, Helene konnte es durch das Fernglas beobachten. Der Inhalt des Wortwechsels war nicht schwer zu erraten. Der Aufenthalt von Zivilisten so dicht beim Kontrollstreifen war nicht gestattet, es gab jede Menge Vorschriften darüber. Wer dem Bereich ohne Erlaubnis zu nahe kam, wurde normalerweise unverzüglich aufgefordert, sich zu entfernen, und wer mehr als einmal erwischt wurde, lief Gefahr, deswegen bestraft zu werden.

Der rotbärtige Soldat schien nachzugeben, wenn auch widerwillig. Auf seine Geste hin räumten die Kinder das Feld und marschierten zurück in Richtung Weisberg. Mit brennenden Augen verfolgte Helene jeden Schritt ihrer Tochter, und erst als der blonde Schopf hinter einer Erhebung verschwunden war, ließ sie das Fernglas sinken.

Die extreme Anspannung fiel schlagartig von ihr ab, wie bei einem Ballon, aus dem auf einmal alle Luft entweicht. Sie sackte gegen den nächststehenden Baum und brach von einer Sekunde auf die andere in Tränen aus. Wie hatte sie es nur die ganze Zeit ohne Marie ertragen? Der Schmerz über die Trennung zerriss sie förmlich, sie konnte es nicht mehr aushalten! Der Drang, einfach loszulaufen, irgendwie diesen Zaun zu überwinden und Marie zu sich zu holen, war so stark, dass sie sich an dem Baum festklammern musste, weil sie sonst vielleicht wirklich losgestürmt wäre. Laut schluchzte sie ihr Elend hinaus, und erst nach einer Weile wurde ihr bewusst, dass man sie auf der anderen Seite vielleicht hörte.

Doch nicht die Russen wurden auf sie aufmerksam, sondern Amerikaner auf Patrouillengang.

»Who's there?«, hörte sie eine vertraute Stimme von außerhalb des Wäldchens rufen. Das war Jim!

»Wait! They could be armed«, warnte ihn eine zweite Männerstimme.

Hastig wischte Helene sich die Wangen mit dem Ärmel ab und verstaute das Fernglas in ihrer Handtasche. Dann zwang sie sich, Jim und dem anderen GI entgegenzugehen, ehe sie womöglich auf die Idee kämen, mit vorgehaltener Waffe nach Feinden zu suchen.

Verflixt, das hatte ihr noch gefehlt! Wie sollte sie jetzt erklären, warum sie sich hier versteckte und weinte?

Als sie aus dem Wald heraustrat, sah sie Jim und den anderen GI mit gezückten Pistolen dort stehen. Der zweite Soldat war Brad, Isabellas Tanzpartner aus dem Klub. Der offene Geländewagen, mit dem die beiden Männer unterwegs waren, parkte nicht weit entfernt auf dem Feldweg. Helene hatte keine Motorengeräusche gehört, was nur bewies, wie laut ihr Schluchzen gewesen sein musste.

Jim steckte die Waffe weg und kam zu ihr geeilt. Die Überraschung in seiner Miene verwandelte sich in Betroffenheit. Helenes desolater Zustand blieb ihm anscheinend nicht verborgen. Auch Brad wirkte besorgt.

»Oh my God, Helene!« Jim blieb vor ihr stehen und sah sie eindringlich an. »Are you okay?«

Sie nickte nur stumm, doch natürlich glaubte er ihr nicht, zumal sie im nächsten Moment schon wieder anfing zu weinen. Es war einfach alles zu viel für sie. Sie wollte so gern stark sein, aber nachdem sie gerade zum ersten Mal seit über einem Jahr ihr Kind wiedergesehen hatte, war in ihrem Inneren ein Damm geborsten, und die Gefühle, die sie dahinter festgehalten hatte, waren wie eine unbezähmbare Flut. Verzweifelt schluchzend stand sie da, die Hände vors Gesicht geschlagen.

Mit einem Ausruf der Bestürzung zog Jim sie in seine Arme. Tröstend hielt er sie umfangen und strich ihr ein wenig linkisch übers Haar.

Als Nächstes wollte er wissen, ob da irgendwer sei, der sie verletzt hätte. Offenbar nahm er an, sie sei Opfer eines Überfalls geworden. Dasselbe schien auch Brad zu denken. Er schickte sich an, mit der Pistole im Anschlag das Waldstück abzusuchen.

Helene beeilte sich, ihnen zu beteuern, dass da niemand gewesen war außer ihr. Und dass sie nur deshalb geweint habe, weil sie im letzten Jahr liebe Menschen verloren habe. Drüben, in der DDR. Und dass sie manchmal hierher zur Grenze gehe, um sich ihnen näher zu fühlen.

Das verstanden sie beide und waren voller Mitleid. Sie fluchten auf die Kommunisten, und Jim meinte, Helene könne jederzeit auf ihn zählen, wenn sie mal jemanden zum Reden brauche. Vermutlich ging er davon aus, dass sie um ihren verstorbenen Mann trauerte, denn er fragte nicht, wen sie verloren hatte.

Brad zog eine Feldflasche hervor und reichte sie ihr, allerfeinster Bourbon, wie er versicherte, und weil ihm so viel daran zu liegen schien, nahm sie einen kleinen Schluck.

Der Whiskey brannte in ihrer Kehle, sie musste husten, aber die Enge in ihrem Hals war anschließend nicht mehr ganz so schlimm. Sie hatte das Gefühl, wieder freier atmen zu können. Die Tränen waren endlich versiegt, ab sofort würde sie sich zusammenreißen.

Jim bestand darauf, sie ins Dorf zurückzufahren. Helene konnte es ihm nur mit Mühe ausreden. Die Lehrerin im Schlepptau von zwei schneidigen jungen GIs, wie würde das wohl für die Leute aussehen? Es dauerte eine Weile, bis sie Jim und Brad verständlich machen konnte, was sie zum Ausdruck bringen wollte. Zum Glück waren sie nicht beleidigt, sondern lachten nur darüber. Helene musste Jim versprechen, sich bald wieder mal in der Tanzbar blicken zu lassen. Und sich jederzeit bei ihm in der Kaserne zu melden, falls sie Hilfe brauchte.

Beim Abschied hielt er ihre Hand etwas länger als nötig, und dann strich er ihr in einer spontanen Geste eine Haarsträhne aus dem Gesicht. Seine Berührung war behutsam und freundschaftlich, aber in seinen Augen erkannte sie eine unbestimmte Sehnsucht.

Brads Händedruck war fest und energisch. »See you later, Alligator«, sagte er breit lächelnd, die Zähne strahlend weiß in dem dunklen Gesicht.

Die beiden gingen zum Jeep, während Helene sich Richtung Dorf aufmachte. Über die Schulter winkte sie ihnen noch einmal zu, dann blickte sie nach vorn und sah nicht mehr zurück.

KAPITEL 20

»Da ist Besuch für dich«, sagte Isabellas Mutter. Ihre Wangen waren zartrosa angelaufen, und in ihren Augen stand ein erwartungsvolles Funkeln.

Isabella setzte sich alarmiert in ihrem Bett auf. Sie hatte gerade mal zehn Minuten geschlafen. Na gut, vielleicht auch dreißig. Aber länger ganz sicher nicht. Die Entbindung im Nachbardorf hatte sich bis in die Morgenstunden hingezogen. Zweimal rund um die Uhr, ohne Unterbrechung, einer dieser seltenen, aber frustrierenden Fälle, bei denen man immer wieder dachte, dass es nun endlich voranging, nur um dann akzeptieren zu müssen, dass es wohl doch noch ein paar Stunden länger dauern würde. Und gekrönt worden war das Ganze am Ende durch einen massiven Wehensturm, der ihr alles abverlangt hatte. Sie war völlig gerädert nach Hause gekommen und brauchte dringend Schlaf.

»Sag jetzt bloß nicht, dass es Harald ist.« Sie musterte ihre Mutter mit scharfem Blick.

Deren Wangen verfärbten sich noch ein bisschen röter.

Also *war* es Harald. Isabella stöhnte unhörbar. Sie wollte jetzt nicht mit ihm sprechen! Vor allem nicht über sie beide! Sie war über ihn hinweg. Schluss, aus, Ende!

Er hatte sich mittlerweile selbst reingelassen und klopfte pro forma an ihre offen stehende Zimmertür. »Stör ich?«, fragte er höflich.

»Ja«, sagte sie ungnädig, doch er schien es überhaupt nicht zu registrieren.

Verdammt, wenn er bloß nicht so unverschämt gut ausgesehen hätte! Die Lodenjacke, die er quasi als Amtskleidung trug, stand ihm prima, er sah ein bisschen aus wie Rudolf Prack in *Grün ist die Heide.* Seine Halbschuhe waren wie immer makellos blank gewienert, dafür sorgte schon seine Mutter, die ihm immer noch die Schuhe putzte. Und nebenher für ihn kochte, wusch, bügelte und ihm vermutlich auch liebevoll die Brote schmierte, die er in seinem Amtszimmer zum Frühstück aß.

An dieser Stelle brachen ihre Gedanken ab. Sie war gerade die Richtige, hier mit zweierlei Maß zu messen! Schließlich hing auch sie noch am Rockzipfel ihrer Mutter. Ließ sich bekochen, die Wäsche machen und das Bett frisch beziehen. Bloß ihr Zimmer und ihre Schuhe putzte sie selbst. Aber das machte den Kohl auch nicht gerade fett. Sie hatte kein Recht, sich als Pharisäerin aufzuspielen, nicht mal im Geiste.

»Was ist denn so wichtig?«, wollte sie wissen. Sie stand vom Bett auf und schlüpfte in ihre Hausschuhe. Vor dem Spiegel ihrer Schminkkommode glättete sie ihre zerzausten Haare flüchtig mit dem Kamm.

»Können wir irgendwo ungestört reden?«, fragte er. Dabei sah er niemanden an, aber es war klar, wen er meinte.

Im Hintergrund wartete immer noch ihre Mutter, die sich auf Isabellas entnervten Blick hin nur äußerst widerstrebend zurückzog – jedoch nicht etwa aufgrund moralischer Bedenken, sondern einzig und allein wegen ihrer unbefriedigten Neugier.

Isabella setzte sich auf den Schminkschemel und deutete auf den Stuhl an ihrem Schreibtisch. Ein Mindestmaß an Höflichkeit durfte schon sein. »Setz dich doch.« Ihre gerade noch so üble Laune wegen der Störung hatte sich gelegt. Jetzt war sie hellwach und gespannt, was er zu sagen hatte. Es musste etwas wirklich Wichtiges sein, das konnte sie ihm ansehen. Wegen irgendeiner Bagatelle hätte er sie bestimmt nicht zu Hause aufgesucht.

Harald ging zu ihrem Schreibtisch und schaltete das dort stehende Radio ein. Anscheinend wollte er sicherstellen, dass ihre Mutter nichts hörte, falls sie – was durchaus im Bereich des Möglichen lag – an der Tür lauschte. Er drehte die Musik lauter, gerade sang Bill Ramsey *Pigalle*.

»Es geht um Helene Werner«, sagte Harald, während er Platz nahm.

Isabella war ganz Ohr. Schweigend wartete sie darauf, dass er zur Sache kam.

»Wusstest du, dass sie aus Weisberg stammt?«, fragte er.

Perplex schüttelte Isabella den Kopf. »Was? So ein Unsinn, sie kommt aus Berlin.«

»Das stimmt. Aber aufgewachsen ist sie in Weisberg. Praktisch direkt vor unserer Haustür.«

»Wie kommst du denn darauf? Hat sie dir das erzählt? Kann ich mir kaum vorstellen.«

»Nein, ich hab's auf anderem Wege erfahren. Jemand hat sie wiedererkannt.«

»Wiedererkannt?«, echote sie stirnrunzelnd.

»Ja, von früher. Sie ist die Tochter des Tierarztes, der damals hier in der Gegend praktiziert hat. Genau genommen praktiziert er immer noch, aber jetzt bloß noch drüben, in Weisberg. Die haben ja jetzt diese Kombinate. Oder LPGs oder wie sie das nennen. Früher hatte er auch hier auf der hessischen Seite der Grenze zu tun, einem der Bauern ist es wieder eingefallen. Helene kam ihm gleich irgendwie bekannt vor, und als sie am Rosenmontag am Grenzschild mitgesungen hat, hat er sich erinnert. Sie kam als Mädchen öfters mit ihrem Vater zu den Bauernhöfen, hat ihm bei der Arbeit zugesehen und ein bisschen geholfen. Das war noch während des Krieges. Dann ist sie mit ihrer Mutter nach Berlin gezogen. Muss an die zwanzig Jahre her sein.«

»So lange? Wie kann der Bauer sich nach all den Jahren noch

an sie erinnern? Das ist doch Blödsinn!« Isabella hielt inne, ehe sie nachhakte. »Wer ist dieser Bauer denn überhaupt?«

»Eugen Wiegand.«

»Aber der war doch damals selber noch ein kleiner Junge!«

»Eben. Er hatte sich unsterblich in sie verguckt, das hat er mir unter dem Siegel der Verschwiegenheit verraten. Sie muss schon als Kind sehr hübsch gewesen sein. Und ihren Namen hat er nie vergessen. Also natürlich den Vornamen. Helene.« Harald griente. »Erzähl es bloß nicht der Liesel. Die wäre sicher nicht erfreut, immerhin hat sie ja ihre Jüngste nach ihr benannt.«

»Na ja, so selten ist der Name Helene auch wieder nicht, das kann genauso gut Zufall sein. Und warum kommt der Eugen erst jetzt damit an, wenn's ihm doch schon am Rosenmontag wieder eingefallen ist?«

»Er ist ja nicht erst jetzt damit gekommen, sondern gleich am nächsten Tag. Wollte von mir wissen, ob sie es wirklich ist. Tja, sie ist es, inzwischen weiß ich es.«

»Wie kannst du dir da so sicher sein? Vielleicht ist es nur eine zufällige Ähnlichkeit. Viele schöne Frauen heißen Helene und haben blonde Locken.«

»Sie hat neulich erwähnt, dass ihr Vater Tierarzt ist.«

Verdattert sah Isabella ihn an. Das hatte sie nicht gewusst!

»Es ist ihr wohl nur so rausgerutscht«, meinte Harald. »Ich hatte sie gefragt, ob ihr Vater etwa auch Lehrer sei, weil sie so in der Arbeit aufgeht, dass man denken könnte, sie hätte die Freude am Beruf geerbt. Und da sagte sie, nein, er wäre Tierarzt. Als ich mehr darüber erfahren wollte, hat sie schnell das Thema gewechselt. Es war ihr sichtlich unangenehm, dass sie es überhaupt erwähnt hatte. Das sagt doch wohl alles, oder?«

Isabella starrte ihn an. Ihre Neugier wurde allmählich von handfestem Ärger überlagert. »Worauf willst du eigentlich hinaus? Und wieso kommst du damit zu mir? Solltest du das alles nicht besser direkt mit Helene besprechen? Soweit es überhaupt was zu besprechen *gibt*«, fügte sie mit Betonung hinzu. »Es ist ja wohl ganz allein ihre Angelegenheit, woher sie stammt!« Ironisch schloss sie: »Außer natürlich, sie wäre eine kommunistische Geheimagentin und betreibt hier vom Dorf aus Spionage.«

Statt es mit einem Lachen abzutun, machte Harald ein finsteres Gesicht.

Isabella blickte ihn ungläubig an. »Du denkst das wirklich!«

Doch noch während sie das sagte, entsann sie sich, dass sie das sogar schon selbst gedacht hatte. Natürlich nicht ernsthaft, du lieber Himmel, es war völlig absurd! Aber sie fand es nach wie vor befremdlich, dass es Helene ständig an die Grenze zog.

Harald sprach es aus. »Hast du eine Ahnung, wie oft sie an die Zonengrenze geht? Und nicht nur hier beim Dorf. Sondern auch woanders. Da fährt sie manchmal sogar extra mit dem Bus hin. Neulich hat die Krische Erna sie in Tann gesehen.«

»Helene wandert halt gern.«

»Aber ausgerechnet immer an der Grenze?«

Isabella zog unbehaglich die Schultern hoch. Ja, es war wirklich seltsam. Warum hatte sie Helene eigentlich noch nicht konkreter darauf angesprochen? Sie redeten doch oft über private Dinge!

Aber nicht über die *wirklich* privaten. Bei Licht betrachtet wusste sie fast gar nichts über ihre neue Freundin.

Beispielsweise erwähnte Helene nie ihren Mann. Und bisher hatte sie auch nichts über die Umstände erzählt, unter denen sie in den Westen gekommen war. Isabella war längst klar, dass da bei Weitem nicht alles so glattgegangen war, wie Helene es dargestellt hatte – von wegen, einfach mal eben mit der S-Bahn rübergekommen, eine kurze Zeit im Aufnahmelager und dann ab nach Frankfurt zu ihrer Großtante. Mittlerweile hatte Isabella immer mehr Zweifel, ob diese Flucht tatsächlich so abgelaufen war. Helene hatte fraglos ihre Geheimnisse.

Aber Spionage? Eine Agentin der Stasi oder gar der Russen?! Nie und nimmer!

Sie kleidete ihre Skepsis in Worte. »Mal ernsthaft, Harald, was soll es denn hier bei uns auf dem Dorf zum Spionieren geben?«

Damit berührte sie einen wunden Punkt, sie sah es ihm an. Diese Frage hatte ihm zweifellos schon Kopfzerbrechen bereitet. Kirchdorf war tiefste Provinz, alles andere als ein Zentrum von Politik und Wissenschaft. Gewiss, menschliche Abgründe gab es zuhauf, daran fehlte es hier genauso wenig wie anderenorts. Aber wen interessierte denn außerhalb dieses Nests schon, wer mit wem schlief oder wer wen übers Ohr haute?

»Na ja, die wollen wahrscheinlich herausfinden, wen sie rekrutieren können«, meinte Harald.

»Rekrutieren?«

»Anheuern. Als Spitzel.«

»Ich *weiß*, was rekrutieren bedeutet«, erwiderte Isabella verärgert. »Mir entgeht leider bloß der Sinn dahinter. Wieso zum Teufel sollten sie hier irgendwen als Spitzel rekrutieren?«

»Damit der ein Auge auf alles hat. Auf Meinungen, politische Strömungen, Entscheidungen. Und auf Personen. Jemand aus dem Dorf könnte beispielsweise mal wichtig werden.«

Isabella grinste. »Wer denn? Etwa du?«

Er sah ein wenig trotzig aus. »Wäre das denn wirklich so weit hergeholt?«

Sie war drauf und dran, ihn auszulachen, aber das verkniff sie sich lieber. Nein, es war ganz und gar nicht ausgeschlossen, dass er in der Politik noch Karriere machte. Auf lokaler Ebene war er schon lange eine führende Größe, saß seit Jahren im Vorstand der Jungen Union. Neulich hatte er davon gesprochen, für den Landtag kandidieren zu wollen. Jemand aus dem Wiesbadener CDU-Präsidium hatte ihn schon deswegen angesprochen. Da suchte man ständig kompetente Nachwuchspolitiker, die was bewegen wollten. Er konnte es noch weit bringen, keine Frage.

Aber dass verborgene Drahtzieher aus dem Osten deswegen extra eine als Dorfschullehrerin getarnte Agentin aussandten – haha, nein, das war bekloppt!

Aber wieso ging Helene dann so oft zur Grenze? Was um alles in der Welt hatte sie da verloren?

Harald schien ihre Gedanken zu lesen. »Die häufigen Ausflüge an die Grenze könnten dazu dienen, die gesammelten Informationen zu übermitteln.«

Diesmal musste Isabella wirklich lachen. »Indem sie ihre geheimen Berichte über den Zaun schmeißt, oder wie?«

»Hast du schon mal den Begriff *toter Briefkasten* gehört?«

»Meine Güte, für wie blöd hältst du mich eigentlich?«

»Ich halte dich für ziemlich schlau. Deshalb komme ich ja mit der ganzen Sache zu dir.«

»Ich verstehe«, spottete sie. »Ich soll sie wohl für dich enttarnen, was?«

»Exakt«, sagte er nur. Sonst nichts.

Sie musterte ihn ungläubig. »Du spinnst.«

»Zur Polizei kann ich mit meinem Verdacht ja schlecht gehen.«

»Ja, weil die sich wahrscheinlich totlachen würden«, versetzte Isabella sarkastisch. »Mal abgesehen davon, dass es üble Nachrede wäre und du sofort überall unten durch wärst, weil du die beliebteste Einwohnerin von ganz Kirchdorf verleumdet hättest.«

Er machte gar nicht erst den Versuch, es zu relativieren oder abzustreiten. »Wie gesagt, deshalb komme ich zu dir. Du bist ihre beste Freundin. Ihre einzige enge Vertraute hier im Dorf.«

Das stimmte offenbar nur sehr eingeschränkt, wie Isabella vorhin erst wieder festgestellt hatte. Von *vertraut* konnte gar keine Rede sein. Sie hatte Helene aufrichtig gern, und sie wusste, dass es auf Gegenseitigkeit beruhte. Aber in Helenes Leben gab es Bereiche, die anscheinend für jeden tabu waren.

Ob sie sich bei Tobias wohl ähnlich geheimniskrämerisch verhielt? Die zwei waren inzwischen ein Liebespaar, das konnte kaum jemandem entgangen sein. Noch hielten die beiden sich bedeckt. Irgendwer wollte jedoch neulich gesehen haben, dass Tobias in Bad Hersfeld bei einem Juwelier gewesen war. Wahrscheinlich hatte er den Verlobungsring schon in der Tasche.

»Was ist?«, fragte Harald in ihre Gedanken hinein. »Tust du's? Kriegst du raus, ob Helene für die Stasi arbeitet?«

Isabella versuchte, in aller Konsequenz zu erfassen, was er da von ihr verlangte. Es widerstrebte ihr zutiefst, auch nur daran zu denken. So ein Mensch war sie nicht! Leuten hinterherschnüffeln, und dazu noch der besten Freundin – das kam nicht infrage!

Aber dann dachte sie daran, wie strikt Helene immer darauf bedacht war, Dinge aus ihrem Leben vor ihr zu verbergen. Dinge, über die sie nicht sprechen wollte, obwohl sie sich doch inzwischen wirklich gut verstanden. Und Isabella hätte für ihr Leben gern gewusst, um was es sich dabei handelte.

»Wie soll das denn deiner Meinung nach gehen?«, hörte sie sich gegen ihren Willen fragen.

Auch das hatte er sich schon überlegt.

Schweigend hörte sie zu, als er es ihr erklärte.

*

Manchmal stellte Agnes sich vor, schon einundzwanzig zu sein. Es gehörte zu ihren liebsten Tagträumen, endlich großjährig zu sein. Dann könnte ihr niemand verbieten, einfach ihre Tasche zu packen und in die Stadt zu ziehen. In eine eigene Wohnung, vom eigenen Geld bezahlt. Sie würde nur für sich kochen, ihre persönliche Wäsche waschen und ihre Lieblingssender im

Radio hören. Vielleicht sogar Schallplatten auf einem eigenen Plattenspieler. Niemand würde mit schmutzigen Fingern ihre Sachen anfassen, sie würde nur ihren eigenen Dreck aufwischen müssen. Keine Fläschchen kochen, keine stinkenden Windeln wechseln, keine zänkischen kleinen Kinder hüten. Sie würde unter der Woche in der Arztpraxis arbeiten, und die Abende und Wochenenden hätte sie für sich allein.

Auf einem Bauernhof hatte man keinen einzigen Tag in der Woche frei. Es gab keine Ferien und keine richtige Erholung. Tagsüber wurde gearbeitet, nachts geschlafen. Außer man musste auch da noch aufstehen und sich um weinende Babys kümmern.

Das Schweinefüttern war noch recht schnell erledigt, das konnte man quasi im Vorbeigehen machen, meist abends. Die Sauen bekamen Garten- und Küchenabfälle und fraßen dankbar alles auf, was man ihnen hinwarf. Zusätzlich wurden in einem großen Dämpfer Kartoffeln fürs Schweinefutter gegart, entweder solche, die bei der Ernte zu klein ausgefallen waren, oder die eingeschrumpelten, von Trieben und Augen verunstalteten Reste vom Vorjahr.

Richtig mühsam war dagegen das Melken. Es konnte schier endlos dauern, bis man damit durch war, vor allem, wenn man es allein am Hals hatte, so wie Agnes an diesem Sonntag. Der Vater trug einen Verband um die Hand, er hatte sich einen Splitter eingezogen, und die Stelle war übel entzündet. Der Doktor hatte sie aufschneiden und den Eiter herauslassen müssen, Agnes hatte dabei zugesehen. Anschließend hatte er dem Doktor hoch und heilig versprechen müssen, den Stall zu meiden, wegen der Keime.

Doch mit dem dicken Verband hätte ihr Vater sowieso nicht melken können, dafür brauchte man zwei starke, gesunde Hände, also blieb es mal wieder an Agnes hängen. Die Mutter hatte genug im Haus zu tun, mit den beiden Babys, dem Kochen und den Riesenbergen von Abwasch in der Küche.

Agnes fragte sich, wie es in der kommenden Woche auf dem Feld funktionieren sollte, wenn der Vater wegen der Hand nicht richtig arbeiten konnte. Wahrscheinlich würde es darauf hinauslaufen, dass sie selbst nach dem Dienst in der Praxis mit dem Leiterwagen loszockeln musste. In diesen Tagen ging es überall raus zum Heueinfahren.

Haushoch wurde das getrocknete Gras auf den Wagen geladen, und zwischendurch kletterten die Bauernkinder immer wieder wie kleine Affen nach oben und stampften es aus Leibeskräften zusammen, damit so viel wie möglich draufpasste. *Demmeln* nannte man das, es war Platt, was Agnes bis vor Kurzem gar nicht gewusst hatte. Sie hatte immer gedacht, das sei nur ein anderes Wort für Trampeln. Was es wohl auch war, aber eben nicht im Hochdeutschen.

Viele Wörter, die sie als Kind immer wie selbstverständlich benutzt hatte, entstammten regionaler Mundart. Erst im Laufe der letzten Jahre war sie nach und nach dahintergekommen, und mit dem richtigen Einordnen war sie immer noch nicht fertig. Womöglich würde es bis an ihr Lebensende dauern, eine Vorstellung, die ihr zu schaffen machte. Sie war beseelt von dem Gedanken, eines Tages gebildet genug zu sein, um sich sprachlich auf so sicherem Gelände zu bewegen wie der Herr Doktor oder die Frau Lehrerin. Vielleicht würde sie es irgendwann in ferner Zukunft ja sogar schaffen. Sofern sie jemals genug Zeit zum Lesen fand.

Agnes schleppte den halb vollen Milcheimer zur nächsten Kuh und platzierte den Melkschemel an der passenden Stelle. Die Kuh schlug ihr den Schwanz um die Ohren, und Agnes fluchte verhalten. Es war drückend heiß im Stall, und dabei hatte der Tag noch nicht mal richtig angefangen. Überall schwirrten dicke blau schillernde Schmeißfliegen herum, die sich auf alles setzten – vorzugsweise auf ihre Nase, wenn sie gerade beide Hände am Euter hatte.

Nach der Arbeit im Stall trieb sie die Kühe hinaus auf die Weide, und dann wurde es auch schon Zeit für die Kirche, für Agnes ebenfalls kein reines Vergnügen. Während der Predigt musste sie sich manchmal zwingen, nicht einzunicken, so wie es den alten Leuten regelmäßig passierte. Oft stand sie ganz dicht davor. Aber sie verkniff es sich. Denn sonst würde sie es beichten müssen, so wie die ganzen anderen Sünden, die sie schon auf dem Kerbholz hatte, und der Pfarrer würde ihr noch mehr Gebete als Buße aufbrummen. Das Fluchen, die Missgunst (die eingebildete Elvira hatte schon wieder neue Schuhe!) und vor allem die Unkeuschheit (vor drei Tagen hatte sie sich im Halbschlaf wieder unter der Bettdecke berührt, es war einfach so geschehen) – die allwöchentlichen Gänge zum Beichtstuhl wurden immer lästiger, und sie fragte sich, ob es nicht bald reichte, wenn sie einmal im Monat oder nur alle sechs Wochen hinging, so wie die meisten Leute. Dann würde sich das Beichten viel eher lohnen, man könnte die Sünden gewissermaßen auf Vorrat begehen und sie alle auf einmal bereuen.

Bevor sie ins Haus zurückkehrte, holte sie für das Sonntagsfrühstück der Familie ein halbes Dutzend Eier aus dem Hühnerstall, und anschließend stieg sie hoch auf den Dachboden. Sie nahm eine der harten Würste aus dem Räucherschrank und ging damit runter in die Küche. Ihre Mutter stand schon am Herd und kochte Haferbrei für die Kleinen.

In dem Zimmer, das sie sich mit zwei ihrer Schwestern teilte, füllte Agnes frisches Wasser in die große Emailleschüssel. Während sie sich gründlich von Kopf bis Fuß wusch, dachte sie wieder an den Herrn Doktor und die Frau Lehrerin. Tobias und Helene, wie sie die beiden in ihren geheimsten Gedanken nannte. Ihr Herz schlug schneller, wenn sie daran dachte, wie verliebt die zwei waren. Beide glaubten vermutlich, sie hätten es gut genug verborgen, aber es wusste wohl mittlerweile praktisch jeder. Ständig wurde Agnes von den unterschiedlichsten Leuten gefragt, wie es zwischen dem Doktor und der Lehrerin lief. Ob sie vielleicht was gehört oder gesehen hätte? Ob da wohl bald eine Verlobung ins Haus stand?

Agnes gab sich jedes Mal unbedarft und vollkommen ahnungslos. Dabei hätte sie allerhand erzählen können. Die Kirchdorfer würden Bauklötze staunen! Aber natürlich würde sie kein Sterbenswörtchen verraten, denn es ging niemanden was an. Außerdem hatte sie es auf unredliche Weise erfahren. Sie hatte es sogar gebeichtet (»Ich habe heimlich gelauscht!«), aber das hatte den Pfarrer nicht sonderlich interessiert, sie hatte ihn an dieser Stelle ihrer Bekenntnisse sogar auf der anderen Seite des Beichtstuhls gähnen gehört, weshalb sie direkt zur Unkeuschheit übergegangen war. Trotzdem stand besagtes Lauschen für Agnes in der Rangordnung ihrer Sünden ziemlich weit oben, sogar noch vor dem Fluchen.

Tobias und Helene hatten sich im Sprechzimmer unterhalten, Helene war kurz zuvor eingetroffen, weil Tobias' Tante sie zum Essen hergebeten hatte. Gewiss glaubten die beiden, dass Agnes in die Mittagspause gegangen war – was ja sogar stimmte. Frau Seegmüller war schon seit ein paar Minuten weg gewesen, und Agnes hatte sich ebenfalls auf den Weg nach draußen gemacht. »Wiedersehen, bis nachher!«, hatte sie noch rüber ins Sprechzimmer gerufen, aber dann hatte sie vorn beim Ausgang gemerkt, dass sie ihren Kittel noch anhatte. Rasch war sie ins Vorzimmer zurückgekehrt, um ihn auszuziehen, und dabei hatte sie Tobias und Helene durch die angelehnte Tür reden gehört. Über Helenes Tochter, die Marie hieß und die sie in den Westen holen wollten. Aus der DDR, wo sie festsaß.

Erschüttert hatte Agnes dagestanden, wie gelähmt vor Schreck und unfähig, sich zu rühren, und so hatte sie zwangsläufig auch den Rest mitgehört. Dass das Kind in Weisberg bei Helenes Vater lebte, in der Sperrzone, wo die Menschen besonders scharf überwacht wurden. Dass Helene aus dem Stasigefängnis geflohen war, wo sie wegen angeblichen Hochverrats gesessen hatte. Dass die da ihren Mann umgebracht hatten.

Agnes hatte sich all diese Fakten später Stück für Stück zusammengereimt, aus einzelnen Bemerkungen, die in ungeordneter Reihenfolge in dem Gespräch angeklungen waren.

Dann war oben eine Tür aufgegangen, und gleich darauf hatte die durchdringend laute Stimme von Tobias' Tante durchs Haus getönt: »Das Essen ist fertig, ihr Lieben!«

»Lass uns raufgehen, bevor sie runterkommt«, hatte Tobias nebenan zu Helene gesagt. »Hoffentlich hast du guten Hunger mitgebracht.«

Da endlich war wieder Leben in Agnes gekommen, sie war in Windeseile hinausgehuscht, gerade noch rechtzeitig, bevor jemand sie sah. Seither schämte sie sich furchtbar für ihr indiskretes Verhalten und hätte es gern ungeschehen gemacht. Oder es wenigstens irgendwie ausgeglichen, und sei es nur, indem sie Mitgefühl und Anteilnahme zeigte. Doch gerade das war ihr verwehrt, denn dabei wäre ihr schändliches Lauschen offenkundig geworden. Also tat sie das Einzige, was ihr übrig blieb: Sie hütete Helenes Geheimnis, als wäre es ihr eigenes.

KAPITEL 21

August 1961

In der letzten Zeit sprach Marie häufiger mit Edmund über die Flucht. Sie hatten sich ein Wort dafür überlegt, das weniger verdächtig klang – *Ausflug*. Und statt *nach drüben* oder *in den Westen* sagten sie *ins Grüne.*

Maries eiserner Vorsatz, nur ja mit keiner Silbe über das Thema zu reden, war mit der Zeit gebröckelt. Nicht etwa, weil sie nicht dichthalten konnte – das konnte sie sehr wohl, egal, was Omchen Else darüber dachte –, sondern weil Edmund von sich aus davon angefangen hatte. Nicht nur einmal, sondern immer wieder.

Wenn wir erst drüben sind, hatte er beispielsweise gesagt. Oder auch: *Sobald mein Vater mit deinem Opa alles klargemacht hat.*

Solche Dinge kamen wie selbstverständlich aus seinem Mund, wenn er sich mit Marie unterhielt, und irgendwann hatte auch sie ihre Zurückhaltung aufgegeben. Warum sollte sie etwas geheim halten, was er sowieso schon wusste?

Natürlich redete er nur mit ihr so, sonst mit keiner Menschenseele. Und auch nur unter vier Augen, es durfte niemand dabei in Hörweite sein. Trotzdem hatten sie vorsorglich ausgemacht, Ersatzwörter zu verwenden, denn neulich hatte Marie etwas aufgeschnappt, das ihr Angst eingejagt hatte.

Herr Sperling war wieder mal bei Opa Reinhold gewesen, die beiden hatten sich über Abhörtechnik unterhalten. Anscheinend verstand Herr Sperling einiges davon, er hatte Opa Reinhold erzählt, dass er im Krieg *bei der Abwehr* gewesen war und deshalb Ahnung davon hatte. Er selber hatte das Gespräch auf die Überwachungsmethoden der Stasi gebracht.

Opa Reinhold hatte ihn gespielt scherzhaft gefragt, ob denn wohl alle privaten Telefone von der Stasi abgehört würden, worauf Herr Sperling sich fast totgelacht hatte. »Schön wär's«, hatte er schließlich nur gemeint. Und dann hatte er Opa Reinhold gefragt, ob er denn Geheimnisse hätte. Herrn Sperlings Stimme hatte bei dieser Frage scherzhaft geklungen, aber auch irgendwie ... listig.

Darauf hatte Opa Reinhold dieselbe Antwort gegeben wie zuvor Herr Sperling: »Schön wär's.«

Im nächsten Moment hatten sie beide gelacht, zwischen ihnen schien wieder alles im Lot zu sein.

Aber sie sprachen weiter über das Thema, denn Herr Sperling interessierte sich sehr für Elektrotechnik. In der Schule unterrichtete er Physik in der Oberstufe. Marie hatte ihn einmal im Fachraum bei einer Versuchsvorbereitung gesehen, umgeben von lauter Drahtspulen, Steckbuchsen und Stromkabeln, weshalb er wohl auch so auf dem Gebiet bewandert war.

Als er sich mit Opa Reinhold darüber unterhalten hatte, war von einer neuen Abhörmethode die Rede gewesen, die sogar aus der Ferne anwendbar war.

»Richtmikrofone, basierend auf Interferenztechnik«, hatte Herr Sperling gemeint. »Macht die operative Überwachung viel flexibler. Kriegen die Zielpersonen gar nicht mit.«

Seit Marie das gehört hatte, geisterten in ihrer Vorstellung Leute von der Stasi mit Richtmikrofonen durch die Gegend, immer ein kleines Stück außer Sichtweite. Deshalb auch die Ersatzwörter, die sie mit Edmund ausgemacht hatte. Zur Grenze gingen sie trotzdem immer wieder zum Spielen, oder genauer: so nah ran wie nur möglich. Aktuell fielen sie damit auch gar nicht sonderlich auf, denn jetzt im August waren die Leute aus der ganzen Umgebung bei der Ernte. Auf den Feldern innerhalb des Schutzstreifens wimmelte es nur so von ihnen, auch die Kinder mussten mithelfen. Gearbeitet wurde von früh bis spät, nur mit kurzen Essenspausen dazwischen. Die Luft war voller Getreidestaub und roch durchdringend nach Stroh und Heu.

Keiner meckerte, wenn die Kinder in der Pause mal zum Feldrand liefen und sich mit den Wachsoldaten unterhielten, zum Beispiel mit Mikhail, der in diesen Wochen öfters hier draußen Wache schob. Einmal schickte Edmunds Vater sie sogar mit einer halb vollen Flasche Doppelkorn zu ihm rüber.

»Der arme Kerl sieht durstig aus, er freut sich sicher«, meinte er. Und so war es auch. Mikhail nahm gleich einen tüchtigen Schluck aus der Flasche und ließ auch seinen Kollegen davon trinken. Anschließend nickte er Herrn Krause dankend zu und wollte Edmund die Flasche zurückgeben. Doch Herr Krause winkte sofort ab, also behielt Mikhail sie.

Am Abend trafen sich Opa Reinhold und Edmunds Vater, sie saßen zusammen auf dem Hof hinterm Haus und tranken Bier, und dabei unterhielten sie sich. Über die Flucht – das vermutete Marie jedenfalls ganz stark.

Opa Reinholds Krücken lehnten an der Gartenbank, inzwischen brauchte er keinen Rollstuhl mehr. Auch auf die Krücken versuchte er in der letzten Zeit immer häufiger zu verzichten und verwendete stattdessen einen Spazierstock, so wie ihn auch Omchen Else benutzte, wenn sie zur Kirche oder zum Einkaufen ging. Er hinkte stark, und das Bein tat ihm immer noch weh, aber er hatte schon mehrfach mit fester Stimme erklärt, dass nichts ihn daran hindern würde, eines Tages wieder richtig laufen zu können. So wie Edmund, dessen Beine nach der Polio zuerst vollständig gelähmt gewesen waren; er hatte fast ein Jahr gebraucht, bis er wieder aus eigener Kraft umhergehen konnte, und jetzt sah man es ihm bis auf das leichte Humpeln gar nicht mehr an.

»Junge, du bist mein großes Vorbild«, hatte er mal zu Edmund gesagt, und Edmund war vor lauter Stolz ganz rot geworden.

Die große Narbe auf Opa Reinholds Stirn sah immer noch schlimm aus, aber für Marie hatte sie ihren Schrecken verloren. Die Narbe war wie ein Symbol, sie stand für seinen Mut und seinen festen Willen. Je besser er laufen konnte, desto näher rückte die Flucht.

An diesem Abend setzte sich nach einer Weile auch Tante Christa zu den Männern an den Gartentisch und beteiligte sich an der Unterhaltung, für Marie ein Zeichen, dass der Plan nun immer mehr Gestalt annahm. Sie konnte es kaum noch erwarten, ihre Mutter endlich wiederzusehen.

»Auf jeden Fall noch diesen Monat«, hörte sie Opa Reinhold noch sagen, ehe Tante Christa sie auf ihr Zimmer schickte.

»Ihr sollt doch nicht reden, wenn die Kleine es hören kann«, ermahnte sie Opa Reinhold und Herrn Krause.

Marie hätte ihnen gern versichert, dass sie auf alle Fälle dichthalten würde, doch sie fügte sich widerspruchslos und verschwand nach oben, wo sie eins von Opa Reinholds alten Karl-May-Büchern weiterlas, *Der Schatz im Silbersee.* Sie liebte die Figuren Old Firehand, Old Shatterhand und Winnetou und fieberte mit ihnen, wenn sie von einem Hinterhalt in den nächsten gerieten.

Es gab noch andere Bücher rund um die Abenteuer dieser Helden, aber leider besaß Opa Reinhold sie nicht. Marie hatte sich weitere Karl-May-Bücher zum Geburtstag gewünscht, doch in der DDR wurden sie nicht gedruckt, weil der Schriftsteller ein Imperialist gewesen war. Wahrscheinlich stimmte es, so was dachten sich die Leute, die das beurteilen mussten, ja nicht einfach aus, auch wenn Marie in dem Buch auf Anhieb keine Stellen fand, wo man es direkt hätte merken können. Aber vielleicht lag das nur daran, dass sie nicht genau wusste, woran man imperialistisches Verhalten erkannte. Trotzdem fand sie die Geschichte sehr spannend, und sie verstand auch alles, was darin beschrieben wurde. Irgendwann wollte sie auch die anderen Abenteuer lesen. Spätestens, wenn sie im Westen war.

Bei dem Gedanken, dass es noch im Laufe der Sommerferien passieren würde, erfüllte sie eine fieberhafte Unruhe, die so stark war, dass sie das Buch zur Seite legen musste. Sie versuchte sich vorzustellen, wie es sein würde, wenn sie Mama wiedersah. Statt eines Karl-May-Buchs hatte sie eine Fotografie zum Geburtstag bekommen, eine vergrößerte Aufnahme von einem älteren Familienbild, es stand jetzt schön gerahmt auf ihrem Nachttisch. Auf dem Foto war sie selbst zu sehen, als kleines Kind von knapp vier Jahren, zusammen mit Mama und Papa. Das gleiche stand auch unten im Wohnzimmer auf der Anrichte, nur etwas kleiner. Auch in Berlin hatten sie dieses Bild gehabt, da hatte es bei ihnen daheim an der Wand gehangen. Ein Berufsfotograf hatte es damals aufgenommen; zu dritt hatten sie in die Kamera gestrahlt, und manchmal, wenn Marie sich ganz stark konzentrierte, glaubte sie sich sogar noch an den Tag erinnern zu können, an dem sie mit ihren Eltern bei diesem Fotografen gewesen waren. Da waren vage Eindrücke von einem unaufgeräumten Studio mit gemalten Landschaften als Kulissen für die Bilder. Mit Hockern und Sesseln und staubigen Spielsachen, so wie dem Teddy, den sie auf dem Bild im Arm hielt, obwohl sie so einen gar nicht besessen hatte – den hätte sie sicher nicht vergessen, wenn es ihrer gewesen wäre.

Auf dem Bild sahen Mama und Papa jung und fröhlich aus, so glücklich, als würde ihnen niemals irgendwas zustoßen können.

Marie war froh, dass sie das Foto in ihrem Zimmer hatte. Es war schön, jeden Tag vorm Einschlafen Mamas Gesicht zu betrachten und sich daran zu erinnern, wie es mit ihr gewesen war. Eine Zeit lang hatte sie Angst gehabt, dieses Gesicht könnte aus ihren Erinnerungen verschwinden; an manchen Tagen im Heim hatte sie sich verzweifelt anstrengen müssen, es sich ins Gedächtnis zurückzurufen. Es war immer undeutlicher geworden, so wie eine Fußspur im Sand, die nach und nach vom Wind mitgenommen wurde. Das konnte ihr jetzt nicht mehr passieren.

Sie nahm das Buch von Karl May erneut zur Hand und wollte gerade weiterlesen, als die Hausklingel ertönte. Rasch stand sie auf und sah aus dem Fenster. Unten parkte Herrn Sperlings Wagen. Er war schon wieder da!

»Ein notwendiges Übel«, so hatte Opa Reinhold diese Besuche genannt. »Wir brauchen ihn, weil wir Informationen benötigen. Wenn uns jemand auf die Schliche kommt, weiß er es zuerst.«

Maries Herz klopfte heftig. Opa Reinhold hatte gerade Herrn Krause zu Besuch da, das sollte Herr Sperling besser nicht mitbekommen.

Sie rannte nach unten, wo Omchen Else eben die Haustür öffnen wollte.

»Es ist Herr Sperling«, flüsterte Marie ihr warnend zu.

»Was?«, rief Omchen Else. Eigentlich hörte sie noch ganz gut, aber im Augenblick lief in der Küche das Radio. Die Musik war ziemlich laut. Ein Westsender, auch das noch!

Für eine weitere Warnung war es zu spät, Omchen Else hatte schon die Haustür aufgemacht.

»Ich möchte zu Reinhold«, hörte Marie Herrn Sperling sagen.

»Ich weiß gar nicht, ob der überhaupt da ist«, entgegnete Omchen Else.

Da war Marie auch schon in die Küche und von dort durch die Hintertür hinaus auf den Hof geflitzt, wo Opa Reinhold und Tante Christa zusammen mit Herrn Krause am Gartentisch saßen, jeder eine Bierflasche vor sich.

»Herr Sperling ist da«, stieß sie atemlos hervor.

Edmunds Vater sprang sofort auf. »Verflucht, schon wieder! Der Kerl ist schlimmer als jede Zecke!« Und schon lief er los, durch den Garten und die Büsche hinten am Zaun, wo er im selben Augenblick außer Sicht geriet, als Herr Sperling aus der Küche ins Freie trat.

»Sieh an, Reinhold ist ja doch da«, sagte er.

Omchen Else tauchte hinter ihm auf. »So was nennt man Hausfriedensbruch«, sagte sie mit grimmiger Miene. »Aber wenn man in der Partei ist, darf man anscheinend jederzeit durch fremder Leute Häuser marschieren.«

»Aber Mutter, was soll das denn«, meinte Tante Christa. »Horst ist uns doch jederzeit willkommen! Setz dich zu uns, Horst!« Sie hatte ein Lächeln aufgesetzt, das entschuldigend wirkte, aber zugleich bei Marie den Eindruck erweckte, als sei es von fremder Hand aufgemalt.

»Ihr hattet wohl gerade Besuch, oder?«, erkundigte Herr Sperling sich, während er die halb volle Bierflasche betrachtete, aus der eben noch Herr Krause getrunken hatte.

»Welchen Besuch?« Omchen Else schnappte sich die Flasche von Herrn Krause und nahm einen Schluck.

Herrn Sperlings Gesicht sah aus, als wäre es zu Eis erstarrt. »Wem wollt ihr denn hier was vormachen? Ich weiß, dass Theo Krause gerade noch bei euch war. Reinhold, du begehst einen schweren Fehler. Hab ich dir nicht gesagt, dass du dich besser von ihm fernhältst?«

Opa Reinhold war blass geworden, aber er ließ sich nicht in die Enge treiben. »Und wenn schon«, sagte er mit barscher Stimme. »Theo ist unser Nachbar, und das schon immer. Da trinkt man schon mal ein Bierchen zusammen. Ist das jetzt etwa auch schon verboten?«

Herr Sperling ging nicht darauf ein. Anklagend stand er da, die Hände in die Hüften gestemmt. »Ich mein's nur gut mit dir, Reinhold, das weißt du, deshalb sag ich es dir klipp und klar. Sei auf der Hut. Sonst nimmt es ein böses Ende, und ihr sitzt ruckzuck allesamt im Bau.« Er wies auf Marie. »Du solltest auch an das Kind denken. Wenn du so weitermachst, landet sie unweigerlich wieder da, wo sie vorher war. Und dort wird sie dann bleiben, bis sie schimmelig ist.«

»Hört, hört«, kommentierte Omchen Else.

Herr Sperling würdigte sie keines Blickes, er sah die ganze Zeit unverwandt Marie an. Ihr Herz klopfte zum Zerspringen. Er wusste Bescheid! Irgendwie hatte er es herausgefunden! Hatte sie sich verraten? Oder kam es vielleicht doch eher von Edmund? Der war die ganze Zeit schon so leichtsinnig gewesen, hatte sich längst nicht so sehr in Acht genommen wie sie!

»Horst, du solltest in Gegenwart der Kleinen nicht solche Reden schwingen«, meinte Tante Christa. Auch ihr Gesicht hatte jede Farbe verloren. »Keine Ahnung, was du uns da unterstellen willst! Wenn du uns irgendwas zu sagen hast, dann solltest du es offen aussprechen oder besser sofort gehen.«

Opa Reinhold saß einfach nur schweigend da und starrte vor sich hin.

»Ich gehe«, informierte Horst Sperling ihn. »Aber sag hinterher nicht, ich hätte dich nicht gewarnt. Was auch immer ihr vorhabt – ihr befindet euch mitten im Fadenkreuz. Und das ist im Ernstfall nicht nur bildlich gesprochen, wenn ihr versteht, was ich meine.«

Mit diesen Worten drehte er sich um. Er stapfte durch die Küche und anschließend zur Haustür hinaus. Kurz darauf hörte man, wie sein Wagen wegfuhr, aber nur, weil das Lied, das gerade im Radio gespielt worden war, im selben Moment zu Ende war. Ein paar Sekunden später fing ein neues an. Ralph Bendix sang den Babysitter-Boogie.

»Ich hab dichtgehalten, das schwöre ich!«, entfuhr es Marie. In ihren Augen brannten Tränen. Würde man sie nun wieder ins Heim bringen? Bis jetzt hatten Opa Reinhold und Edmunds Vater doch noch gar nichts getan! Bloß geredet! Oder reichte das schon aus, um bestraft zu werden?

Tante Christa war aufgestanden, sie kam zu Marie und nahm sie in den Arm. »Hab keine Angst!« Zu Opa Reinhold sagte sie: »Er weiß es. Das war's dann wohl.«

»Der weiß einen Dreck, er will uns mit seinem Gerede nur mürbe machen«, kommentierte Omchen Else. Sie sah furchtbar wütend aus, so hatte Marie sie noch nie gesehen.

Das Baby in dem Babysitter-Boogie gurgelte fröhlich vor sich hin, während Marie wie betäubt dastand. Sie wollte nicht wieder ins Heim. Eher würde sie sterben. Rauslaufen, rüber zum Zaun, und dann erschossen werden. Im Fadenkreuz von irgendeinem Gewehr.

»Hab keine Angst«, wiederholte Tante Christa mit beschwörender Stimme. »Es wird alles gut!«

Daran hatte Marie bis zu diesem Abend noch geglaubt. Jetzt nicht mehr.

*

Tobias richtete die Zimmerantenne neu aus und fluchte ein bisschen, weil der Empfang nicht klappte, obwohl der Monteur bei der Lieferung gemeint hatte, in Verbindung mit der Dachantenne müsse alles bestens funktionieren.

»Ah, jetzt geht es!«, frohlockte Tante Beatrice. Sie stand hinter ihm und beobachtete den Bildschirm des funkelnagelneuen Fernsehgeräts, auf dem mit einem Mal ein gestochen scharfes Testbild erschienen war.

Michael saß im Schneidersitz auf der Perserbrücke und bestaunte es in allen Einzelheiten.

»Kommt dann gleich ein Film?«, fragte er.

»Nein, erst heute Abend, und da bist du schon im Bett«, erklärte Tante Beatrice. Sie hatte eine Programmzeitschrift besorgt und blätterte darin herum. Die Sendungen, die sie sich anschauen wollte, hatte sie bereits angekreuzt. Sie war in aufgeräumter Stimmung und mehr als bereit, auf diesen neuen Zug der Zeit aufzusteigen – so hatte sie es genannt. Zuerst war sie ausgesprochen skeptisch gewesen. Fernsehen, das sei doch unterste Schublade, kein Hauch von Kultur und außerdem ganz schlecht für die Augen.

Doch neulich hatte sie bei einer Bekannten in deren brandneuem Fernsehgerät eine Sendung gesehen, die sie begeistert hatte – *Die Firma Hesselbach,* eine Fortsetzungsreihe rund um eine sympathische hessische Familie. Und nachdem sie ein paarmal zum Fernsehgucken bei ihrer Bekannten gewesen war, hatte sich ihre Meinung gewandelt – sie wollte unbedingt auch so ein Gerät im Haus haben.

Tobias war sowieso schon drauf und dran gewesen, endlich eins anzuschaffen, immer mehr Leute besaßen einen Fernseher. In jedem Fall war es ein netter Fortschritt, Fußballspiele auf dem Bildschirm zu betrachten, statt sie bloß, kommentiert von einem Sprecher, im Radio mitzuverfolgen. Und für die Kinder gab es auch spannende Sendungen, vor allem am Wochenende. Als Alternative zum Kinobesuch konnte man sich auch daheim einen Film zusammen anschauen. So hatte die ganze Familie was davon.

Insgeheim stellte er sich vor, es sich mit Helene auf dem Sofa gemütlich zu machen. Die Beine hochgelegt und aneinandergekuschelt, könnten sie gemeinsam ganz entspannt den Tag ausklingen lassen. In seiner Vorstellung wäre Tante Beatrice zu dieser Tageszeit schon im Bett (sie ging ohnehin immer früh schlafen), und dasselbe galt natürlich auch für seinen Sohn. Niemand hätte also daran Anstoß nehmen können, wenn

Helene und Tobias sich, vielleicht angeregt durch einen romantischen Fernsehfilm, zu einem Kuss hinreißen ließen, vielleicht auch zu mehr, bevor sie es vorzogen, doch lieber ins Schlafzimmer zu wechseln, wo sie völlig ungestört waren …

Beatrice erklärte, sich jetzt um den Nachmittagskaffee kümmern zu wollen, und Tobias begab sich unverzüglich nach unten in die Praxis. Auf seinem Schreibtisch häufte sich die Büroarbeit, und er wollte so viel wie möglich davon erledigen, um an den kommenden Tagen wieder mehr Zeit für Helene zu haben. Wenn nicht jetzt, wann dann? Nächste Woche ging die Schule wieder los, sie hatte nur noch wenige freie Tage, und die galt es auszunutzen. Auch wenn sie momentan nicht mit ihm wegfahren wollte – eine gemeinsame Wanderung in der Umgebung sollte auf alle Fälle bis zum Schulbeginn noch drin sein. Diese Stunden mit ihr bedeuteten ihm viel, und er setzte alles daran, sich die Zeit dafür freizuschaufeln, weshalb er in der Praxis so gut wie möglich vorarbeitete und zumindest den Schriftkram komplett erledigte – den konnte er im Gegensatz zum Patientenaufkommen immerhin kontrollieren.

Gern hätte er schon dieses Wochenende etwas mit Helene unternommen, aber da konnte sie nicht, weil ihre Großtante aus Frankfurt zu Besuch kam. Die hatte sich extra ein Zimmer im *Goldenen Anker* genommen und wollte zwei Tage bleiben.

Tante Beatrice rief ihn zum Kaffee nach oben, aber Tobias lehnte ab, weil er zuerst fertig werden wollte. Fürsorglich, wie sie war, kam sie runter und stellte ihm Kaffee und Kuchen auf den Schreibtisch. Völlig in seiner Arbeit versunken, ließ er den Kuchen unberührt stehen, und von dem Kaffee trank er höchstens zwei Schlucke.

*

Großtante Auguste war nicht allein gekommen. Es traf Helene wie ein Boxhieb in den Magen, als sie sah, wer die alte Dame begleitete: Es war Anselm, der frühere Stasibeamte und Jürgens heimlicher Freund. Er führte Auguste sorgsam am Arm in die Gaststube und hielt mit ihr auf den Tisch zu, an dem Helene saß.

Mit zitternden Knien stand sie auf, um die beiden zu begrüßen. Sie war so durcheinander, dass sie einen Moment brauchte, um sich zu fangen. Eilig umarmte sie ihre Großtante, ehe sie sich Anselm zuwandte.

Mit ernster Miene reichte er ihr die Hand. »Helene. Wie schön, dich wiederzusehen.«

Nie hätte sie gedacht, ihm überhaupt noch einmal zu begegnen. Der Kontakt war schon im Laufe des Frühjahrs eingeschlafen. Einmal noch hatte er eine Karte an Großtante Auguste geschrieben – über sein Vorankommen in Köln, seine neue Arbeitsstelle als Verkäufer in einem Autohaus, die Vorteile, die er daraus zog. Eigene Wohnung, eigener Wagen – er war binnen kürzester Zeit auf die Füße gefallen.

Die Stimmung war alles andere als entspannt. Warum war er mitgekommen? Es musste irgendwelche Neuigkeiten geben!

In Helene verkrampfte sich alles, während sie sich niedersetzten. Zwischen ihnen herrschte lastendes Schweigen. Niemand unternahm den Versuch, eine Unterhaltung in Gang zu bringen. Wie aus einer unausgesprochenen Übereinkunft heraus warteten sie zunächst auf die Bedienung, um ihre Bestellungen aufzugeben. Agnes erschien am Tisch und begrüßte sie freundlich. Sonntagnachmittags half sie immer noch stundenweise im *Goldenen Anker* aus – die reinste Erholung von zu Hause, wie sie Helene anvertraut hatte. Und ihre Eltern nahmen zudem gern ihren Anteil von dem Geld, das sie von Martha Exner fürs Servieren und Spülen bekam.

Agnes empfahl ihnen *breite Koche,* Pflaumen mit Streuseln, und sie bestellten welchen, dazu für jeden ein Kännchen Kaffee.

Dann erkundigte Großtante Auguste sich behutsam, ob Helene schon gehört habe, was gerade in Berlin passiert sei – dass da seit heute Morgen Stacheldrahtzäune hochgezogen wurden, um den Ostsektor abzuriegeln.

Ja, das wusste sie bereits. Inzwischen besaß sie ein Radio. Ein schäbiges altes Ding, Rektor Winkelmeyer hatte es ihr geschenkt. Er und seine Frau hatten sich kürzlich ein neues gekauft.

Helene hatte die Nachrichten erschüttert aufgenommen, doch sie war deswegen nicht annähernd so schockiert wie über Anselms unvermutetes Erscheinen. Das, was gerade in Berlin geschah, war eine zwangsläufige Folge der Massenabwanderung in den letzten Wochen und Monaten. Es waren einfach zu viele abgehauen, jeden Tag mehr. Allein in der vergangenen Woche waren es bis zu zweitausend pro Tag gewesen. Die Zeitungen im Westen hatten schon fast triumphierend darüber berichtet, ständig wurden die aktuellen Zahlen veröffentlicht. Alle sollten sehen, welcher Teil Deutschlands der bessere und begehrtere war. Rückblickend lag es auf der Hand, warum das SED-Regime das nicht so weiterlaufen lassen konnte und deshalb die Sektorengrenze dichtmachte.

Aber die brennende Frage, was Anselm hier verloren hatte, interessierte Helene im Moment viel mehr.

»Du willst sicher wissen, warum ich hier bin«, leitete er das Gespräch ein, bevor sie ihn danach fragen konnte. Mit bedrückter Miene sah er sie an. »Helene, ich habe leider keine guten Neuigkeiten für dich.«

In Helene zog sich alles zusammen. »Ist irgendwas mit Marie? Oder meinem Vater?«

»Nein, es betrifft eher dich.« Während er sprach, blickte er sich beiläufig nach allen Seiten um, aber die Gaststube war fast leer. Nur an einem Tisch in der gegenüberliegenden Ecke des Raums saßen einige Männer, Wanderer in zünftiger Kleidung, die Herrengedecke vor sich stehen hatten. Sie unterhielten sich lautstark über Fußball.

»Helene, die Stasi weiß, dass du hier bist. Du wirst beobachtet, sie haben jemanden auf dich angesetzt.«

Eine eiserne Klammer schien sich um ihren Hals zu legen, sie konnte kaum noch atmen. »Wen?«, brachte sie mühsam flüsternd heraus.

»Das weiß ich leider nicht. Diese Geheimen Informatoren werden in den Observierungsakten nicht unter Klarnamen geführt. Die werden in einer anderen Abteilung erfasst.«

Er hatte es, wie er als Nächstes berichtete, von seinem Berliner Freund bei der Stasi erfahren, der damals auch dabei geholfen hatte, Marie aus dem Heim zu holen und zu ihrem Großvater nach Weisberg zu bringen.

Helene zwang sich, tief durchzuatmen. »Seit wann läuft das?«

»Noch nicht sehr lange. Der erste Bericht kam vor gut sechs Wochen.«

Mein Gott! Sechs Wochen! Wie oft war sie in dieser Zeit an der Grenze gewesen und hatte durch das Fernglas hinüber nach Weisberg gespäht? War dabei etwa jedes Mal jemand in der Nähe gewesen und hatte sie dabei beobachtet? Womöglich sogar während ihrer heimlichen Zusammenkünfte mit Tobias?

In ihrem Entsetzen nahm Helene kaum wahr, wie Großtante Auguste ihre Hand ergriff und sie tröstend drückte. »Lenchen, noch ist nichts verloren! Von den Fluchtplänen wissen sie nichts! Darüber stand nichts in der Akte! Sie haben es noch nicht mit Marie in Zusammenhang gebracht. Sagen Sie es ihr, Anselm!«

Helene starrte ihn an. »Was genau steht in der Akte?«

Er wand sich ein wenig. »Lauter private Dinge, fürchte ich. So ist beispielsweise bekannt, dass du eine … sexuelle Beziehung zu dem hiesigen Arzt unterhältst und dass eure Treffen in der freien Natur stattfinden. Aktenkundig ist außerdem, dass du dich mit amerikanischen Soldaten triffst, beispielsweise zum gemeinsamen … ähm, Zechen.«

Helene merkte, dass sie rot wurde. Nicht nur vor Verlegenheit, sondern auch vor Wut. »Was meinen die mit *Zechen?* Nur weil ich ein einziges Mal einen Schluck aus einer Feldflasche …« Sie brach ab und schüttelte den Kopf, denn soeben war ihr bewusst geworden, dass sie auch bei ihrem letzten Abstecher an die Grenze beobachtet worden war. An jenem Tag, als sie Marie durch das Fernglas gesehen hatte. Irgendwer musste zur selben Zeit wiederum sie betrachtet haben, zweifellos ebenfalls durch ein Fernglas. Die beobachtete Beobachterin. Fast hätte diese absurde Dopplung komisch sein können, wenn es nicht so grauenhaft gewesen wäre.

»Wie kann es sein, dass nichts über Marie in der Akte steht?«, entfuhr es ihr.

»Du kannst sicher sein, dass es darüber auch eine Akte gibt, aber im Moment hat noch keine Zuordnung stattgefunden. Das ist allerdings kein Zufall. Mein Bekannter beim MfS hat die Berichte über dich zurückgehalten, sie sind im Zuge einer Urlaubsvertretung auf seinem Schreibtisch gelandet – was wiederum eine überaus glückliche Fügung ist. Im Moment sind noch Sommerferien, da kann in den Büros schon mal was liegen bleiben. Aber wahrscheinlich nicht mehr sehr lange. Das wollte ich dir sagen.« Anselm sah sie voller Mitgefühl an. »Für mich war es eine Frage des Anstands, es dir persönlich zu erzählen. Und dir … ja, meine Hilfe anzubieten, soweit es in meinen Möglichkeiten steht.«

»Welche Möglichkeiten sollen das denn sein?« Ihre Worte klangen bitter, sie konnte es nicht verhindern.

»Er hat sich auch ein Zimmer hier im Gasthaus bestellt«, sagte Großtante Auguste eifrig. Ihre von zahlreichen kleinen Falten umrahmten blauen Augen funkelten unternehmungslustig. »Von hier aus wird er Ausschau nach dem Spitzel halten und ihn entlarven.«

Helene bedachte Anselm mit ungläubigen Blicken. War das wirklich sein Ernst? Wie wollte er das denn anstellen? Den Verfolger verfolgen? Gegen ihren Willen gluckste ein hysterisches Kichern in ihr hoch, doch sie konnte es unterdrücken, bevor es ihr entwich.

Agnes brachte den bestellten Kuchen und die Kaffeekännchen. Routiniert balancierte sie das Tablett durch die Schwingtür, die zur Küche führte, und kam zu ihnen an den Tisch. Mit elegantem Schwung goss sie Kaffee in die bereitgestellten Tassen und rückte noch einmal die Kuchenteller sowie die perfekt gefalteten Servietten zurecht. »Bitte sehr, die Herrschaften. Darf es noch etwas sein?« Aus ihren Augen sprach unverhohlene Neugier, Helene kannte die Kleine zu gut, als dass es ihr hätte entgehen können.

Das Mädchen sah und wusste vermutlich mehr als die Hälfte aller Leute im Dorf, vor allem seit sie als Sprechstundenhilfe Einblick hinter alle möglichen privaten Kulissen bekam. Sie war bei vielen ärztlichen Untersuchungen und Behandlungen dabei, reichte Tupfer und Verbandsmaterial und Instrumente an, hielt die Patientenakten bereit und tippte hinterher die Abrechnungen für die Privatversicherten und die Krankenkasse ab. Unterm Strich leistete sie schon fast so viel wie Frau Seegmüller, die überhaupt nichts dagegen hatte, dass Agnes ihr einen Teil dieser Aufgaben abnahm. Tobias hatte gemeint, er könne kaum fassen, wie gut das Mädchen sich binnen kürzester Zeit eingearbeitet habe.

»Danke, das wäre für den Moment alles, Agnes«, sagte Helene. Unwillkürlich überlegte sie, was Agnes wohl antworten würde, wenn man sie fragte, ob ihr jemand im Dorf verdächtig vorkam. Oder genauer: wer sich ihrer Ansicht nach womöglich als Stasispitzel eignete. Und angenommen, Agnes hätte jemanden im Auge und es gelänge Anselm tatsächlich, denjenigen dingfest zu machen … Was konnte man überhaupt gegen so jemanden unternehmen? Dem Betreffenden mitteilen, dass man Bescheid wusste? Ihn anzeigen? Das würde voraussetzen, dass man Beweise in der Hand hatte, oder nicht? Sonst wäre es ja ein Leichtes, einfach alles abzustreiten.

»Die Kleine aus der Küche … Kennst du sie?«, fragte Anselm.

Aus ihren wirren Überlegungen gerissen, blickte Helene ihn perplex an. »Du glaubst, sie könnte … Nein!«

»Du ahnst nicht, wer sich alles dafür hergibt, wenn erst der Rubel rollt.«

»Nicht Agnes. Sie ist gerade erst fünfzehn geworden!«

»Was macht sie, außer Servieren?«

»Sie ging bis vor Kurzem zur Schule und erlernt jetzt den Beruf der Sprechstundenhilfe.«

»Bei besagtem Arzt?«

Erneut spürte Helene, dass sie errötete. »Ich sag doch, Agnes ist über jeden Verdacht erhaben.«

»Ich verdächtige sie ja gar nicht. Aber wenn sie im Gasthaus arbeitet und obendrein auch noch in der Arztpraxis, kennt sie sicher jede Menge Leute. An solchen Orten hört und sieht man viel, was anderen verborgen bleibt.«

Helene musste sich eingestehen, dass sie eben noch fast genau dasselbe gedacht hatte, aber das behielt sie für sich.

»Sieht so dein Plan aus?«, wollte sie stattdessen von Anselm wissen. »Dass du hier im Dorf herumläufst und Leute ausfragst, wer ihnen verdächtig vorkommt? Dann werden die meisten wohl mit dem Finger auf mich zeigen.« Ihre Schlussfolgerung mochte sarkastisch klingen, aber wahrscheinlich traf sie damit voll ins Schwarze. Die Dorflehrerin aus der DDR kannte inzwischen jeder. Ihre unkonventionellen Unterrichtsmethoden hatten sich ebenso herumgesprochen wie ihr verruchtes Verhältnis mit dem Landarzt.

»Geh doch nicht so hart mit dir ins Gericht, Kind!« Großtante Auguste strich Helene sanft über die Hand. »Wie ich hörte, bist du ausgesprochen beliebt hier im Dorf! Die Menschen mögen und achten dich!«

»Wer sagt das?«

»Nun, die Wirtin dieses Gasthauses zum Beispiel.«

Als hätte Martha Exner gehört, dass von ihr die Rede war, erschien sie im nächsten Moment in der Gaststube und kam zu ihnen an den Tisch.

»Ah, dos senn wohl die Herrschafte ous Frankfurt!«, begrüßte sie Auguste und Anselm in schönstem Rhöner Platt. »Die zwä Kommern senn schon fertich, die hot die Agnes grod frösch gebotzt. Honn Se a Gepäck? Die Agnes konn's schnäll nouf gedrö!«

»Also putzen und Gepäck befördern kann sie auch, gut zu wissen«, murmelte Anselm vor sich hin.

Martha Exner achtete zum Glück nicht darauf. Strahlend kündigte sie an, für die Gäste eine deftige Abendmahlzeit herrichten zu wollen, beispielsweise ein Jägerschnitzel. »Gern auch für drei Personen«, fügte sie mit Blick auf Helene hinzu.

Agnes erschien, um das benutzte Geschirr und die leeren Kännchen abzuräumen, und Anselm zückte ganz selbstverständlich seine Brieftasche, um die Bezahlung zu übernehmen. Er gab Agnes ein außergewöhnlich hohes Trinkgeld, sie schnappte kurz nach Luft, als er »Stimmt so!« sagte. Ihr Angebot, die Koffer der Gäste auf die Zimmer zu bringen, lehnte er freundlich, aber entschieden ab.

»Das schaff ich schon noch selber, Mädchen. Aber danke!«

Er und Auguste waren mit seinem Wagen gekommen; er hatte sie in Frankfurt abgeholt und hierherchauffiert. Als er kurz nach draußen ging, um das Gepäck aus dem Auto zu holen, sah Helene durch die offene Tür, was für eine Luxuskarosse er sein Eigen nannte – einen gediegenen Mercedes neuester Bauart.

Sie konnte sich einen Kommentar nicht verkneifen. »Schon so richtig angekommen im Kapitalismus, was?«

»Der Wagen gehört mir nicht, ist quasi ein Dienstfahrzeug von dem Autohaus, bei dem ich arbeite«, antwortete Anselm mit unbewegter Miene. »Und ich könnte gut drauf verzichten, denn nichts kann mir das ersetzen, was ich verloren habe.«

Da war sie still, denn in seinen Augen stand seine Trauer, und zum ersten Mal machte sie sich klar, dass sein Schmerz dem ihren vielleicht in nichts nachstand.

KAPITEL 22

Erst zum Abendbrot ging Tobias zurück nach oben. Tante Beatrice und Michael fieberten schon dem Moment entgegen, in welchem er endlich wieder den Fernseher anschaltete – sie selbst hatten wohl noch zu viel Respekt davor. Beatrice hatte einen Film über die Insel Reichenau herausgesucht, den wollte sie unbedingt sehen.

»Ah, jetzt kommen die Nachrichten!« Sie hatte sich in einen Sessel gesetzt und fuhr mit dem Finger über die Ankündigungen in der Programmzeitschrift. »Es sind wohl die Zwanziguhrnachrichten.«

Dass es sich um eine Nachrichtensendung handelte, ließ sich bereits unschwer an dem Wort *Tagesschau* erkennen, das auf dem Bildschirm inmitten des spiralförmig verschlungenen Sendersymbols erschien. Tobias setzte sich aufs Sofa und lehnte sich müßig zurück. Im nächsten Moment richtete er sich fassungslos auf. Der Sprecher berichtete mit ernster Miene über unerwartete Geschehnisse in Berlin. Seit den frühen Morgenstunden wurden dort massive Sperranlagen errichtet. Undurchdringliche Stacheldrahtverhaue zwischen hastig aufgestellten Betonpfeilern – überall waren Arbeiterkolonnen aufmarschiert, die binnen Stunden den Ostsektor abriegelten, während ein Riesenaufgebot von Volkspolizisten und Ordnungstruppen die Menschen in Schach hielt, die noch zu fliehen versuchten. Durchgangsstraßen wurden zu Sackgassen, von den Sektorenübergängen blieben nur noch wenige offen, die mit Panzern abgesichert wurden und nur noch mit amtlicher Erlaubnis passiert werden durften.

Die ganze Aktion war für die westlichen Alliierten völlig überraschend gekommen, ebenso wie für die Einwohner der geteilten Stadt. Ein Eklat sondergleichen, das Entsetzen war groß.

»Die armen Menschen«, sagte Beatrice mitleidig. »Jetzt sind sie für immer da drüben eingesperrt.«

»Lassen die Russen jetzt keinen mehr raus?«, wollte Michael wissen. »Werden die Leute, die in den Westen wollen, jetzt alle erschossen?«

Tobias schluckte hart. Berlin, die letzte geschützte Enklave inmitten der kommunistisch beherrschten Ostzone, eine Insel der Freiheit! Damit war es jetzt vorbei.

Hatte Ulbricht mit Bedacht gelogen, als er noch vor Kurzem in einer Pressekonferenz bekräftigt hatte, niemand habe vor, eine Mauer zu errichten? Hatte er sich von Chruschtschow heimlich die Erlaubnis geben lassen, endlich für klare Verhältnisse zu sorgen und die Alliierten vor vollendete Tatsachen zu stellen? War es ein generalstabsmäßig und von langer Hand vorbereitetes, abgefeimtes Unterfangen oder eher eine spontane, von Panik bestimmte politische Entscheidung?

Und wie hatten Kennedy, de Gaulle und Macmillan reagiert, die führenden Regierungsoberhäupter der freien Welt? Warum hörte man nichts von Adenauer, war der zu beschäftigt mit dem Bundestagswahlkampf?

Am liebsten wäre Tobias aufgesprungen und sofort zu Helene geeilt, um diese erschreckende neue Entwicklung mit ihr zu besprechen. Doch sie saß sicher gerade gemütlich mit ihrer Großtante beisammen, das erste Treffen seit Monaten, und er wollte bestimmt nicht derjenige sein, der ihr diese Familienzusammenkunft verdarb. An dem ganzen Geschehen ließ sich ja sowieso nichts ändern.

Er brachte seinen Sohn zu Bett und saß nach dem Nachtgebet eine Weile bei ihm, bis er eingeschlafen war.

Der Fernseher lief noch, es gab eine Sondersendung, die noch einmal die Hintergründe beleuchtete und versuchte, wenigstens ansatzweise Erklärungen zu liefern sowie Stimmungen einzufangen. Die Besorgnis war beinahe mit Händen zu greifen, ebenso wie die Empörung über diesen Akt politischer Willkür.

Tante Beatrice war längst in ihrem Sessel eingedöst – kein Wunder, die Ereignisse in Berlin betrafen sie nicht unmittelbar, das war weit weg. Hauptsache, der Frieden blieb gewahrt und es fielen keine Bomben mehr.

Irgendwann war auch die Sondersendung vorbei, und die Übertragung endete mit dem Testbild. Tobias machte den Fernseher aus und weckte seine Tante, die sich gähnend vom Sessel hochrappelte und in ihrem Zimmer verschwand.

Er selbst ging ebenfalls zu Bett, aber in dieser Nacht fand er lange keinen Schlaf.

Irgendwann musste er doch eingenickt sein, denn er schrak orientierungslos hoch, als das Telefon klingelte. Es stand direkt neben seinem Bett und hatte ihn schon so manche schlaflose Nacht gekostet. Aber so lief es nun mal in seinem Beruf. Er hatte sich im vergangenen Jahr extra ein Nebengerät im Schlafzimmer anschließen lassen, um in Notfällen sofort drangehen zu können, ohne dass jedes Mal seine Tante und sein Sohn von dem Klingeln aufgeweckt wurden. Die Durchwahl für das Gerät gab er nicht an jeden heraus, sie stand auch nicht im Telefonbuch. Nur wenige Menschen kannten sie, beispielsweise Isabella, für die er schnell erreichbar sein musste, wenn es nachts bei einer Entbindung Probleme gab.

Und natürlich Helene. Wann auch immer sie ihn brauchte – er wollte für sie da sein können. Falls es bei der Flucht ihrer Tochter zu unvorhergesehenen Zwischenfällen kam, war möglicherweise ärztliche Hilfe vonnöten, ganz egal ob tagsüber oder nachts.

Es war tatsächlich Helene!

Augenblicklich sprang Tobias aus dem Bett. Sein Herz raste.

»Ist es so weit?«, fragte er. »Kommt sie heute Nacht rüber?«

»Nein. Es ist …« Ihre Stimme brach ab, er hörte ihr zitterndes Atmen durch die Leitung.

»Helene, was ist los?«, fragte er drängend.

»Ich wollte nur mit dir reden.« Ihre Stimme klang ganz dünn und mutlos. »Tut mir leid, wenn ich dich störe … Hast du schon geschlafen? Ich hab von draußen gesehen, dass noch Licht in deinem Zimmer brennt.«

Er hatte vergessen, vorm Einschlafen die Nachttischleuchte auszuknipsen.

»Du störst mich niemals«, versicherte er. »Ich bin schon so gut wie unterwegs. Bist du gerade in der Telefonzelle? Wir treffen uns hinter der Kirche, ja? In drei Minuten!«

Er legte auf, schlüpfte aus der Pyjamahose und zog sich die Jeans über, die zerknüllt neben seinem Bett gelegen hatte. Unten in seiner Praxis hatte er es gern ordentlich, aber hier im Schlafzimmer durfte auch mal was auf dem Boden herumliegen. Meist räumte er morgens vor dem Frühstück noch notdürftig auf, aber nur, weil er seiner Tante keine zusätzliche Arbeit aufhalsen wollte. Bei ihr musste immer jedes Ding an seinem Platz liegen, sie verabscheute Unordnung.

Rasch streifte er die Sandalen über seine Füße, ohne Socken, es war Hochsommer und auch nachts warm genug draußen. Dazu ein frisches kurzärmeliges Hemd aus dem Schrank und danach schnell zum Pinkeln und Händewaschen ins Bad. Er erschrak flüchtig über sein Gesicht im Spiegel. Wann hatte er denn diese tiefen Falten bekommen, die sich von den Nasenflügeln bis zu den Mundwinkeln eingegraben hatten? Oder lag das nur an der gnadenlos hellen Beleuchtung?

Er schöpfte sich mit beiden Händen kaltes Wasser ins Gesicht und trank dann in tiefen Zügen, ehe er einen Blick auf seine Armbanduhr warf. Noch eine Minute, das war zu schaffen, wenn er einen Zahn zulegte.

Lautlos schlich er die Treppe runter, nahm den Türschlüssel vom Haken und verließ das Haus.

*

Das nächtliche Dorf wirkte wie ausgestorben, die Gassen waren menschenleer. Die wenigen Laternen ließen den Dorfplatz in einem geisterhaft blassen Licht erscheinen. Hinter der Kirche war es jedoch stockfinster, und Tobias verfluchte sich stumm, weil er nicht daran gedacht hatte, eine Taschenlampe einzustecken. Als er über ein Hindernis stolperte und fast gestürzt wäre, durchfuhr ihn ein jäher Schreck – an den Umrissen zu seinen Füßen war zu erkennen, dass es sich um einen menschlichen Körper handelte, und eine angstvolle Sekunde glaubte er, es sei Helene.

Doch im nächsten Moment hatten seine Augen sich etwas besser an die Dunkelheit angepasst, und er konnte sehen, dass es sich um den alten Bertram handelte. Hastig bückte er sich über die hingestreckt daliegende Gestalt und tastete am Hals des Mannes nach dem Puls. Nein, Bertram war nicht tot, sondern schlief nur wieder mal einen gewaltigen Rausch aus. Was durch den schnapsgeschwängerten Rülpser, den er gleich darauf von sich gab, bekräftigt wurde.

»Er lag schon hier, als ich kam«, sagte Helene aus der Dunkelheit hinter Tobias. »Ich wäre auch fast über ihn gefallen. Zum Glück ist er nicht aufgewacht.«

Tobias richtete sich auf. »Na ja, er hat sicher genug Doppelkorn intus, und normalerweise hätte er sonntagnachts in diesem stillen Winkel ja auch seine Ruhe. Tut mir leid für die Umstände, der Treffpunkt war eine blöde Idee von mir – ich hab nicht daran gedacht, wie dunkel es hier ist.«

Im nächsten Moment hatte er sie in seine Arme gezogen. Ihr Duft überwältigte ihn, er hätte für alle Zeit darin versinken mögen. Sein Herz schlug schmerzhaft, die Sehnsucht nach ihr war kaum zu ertragen. Aber dann spürte er, wie angespannt ihr Körper war. Er fasste sie bei den Schultern und versuchte, im Dunkeln ihr Gesicht zu erkennen.

»Was ist passiert?«, wollte er wissen. »Geht's um die Abriegelung von Ostberlin? Ich hab's heute in der Tagesschau gesehen und kann's immer noch kaum fassen. Bist du deswegen so fertig? Es ist furchtbar, oder?«

»Ja, das ist es. Wer weiß, auf welche Ideen die noch kommen.« Ihre Antwort klang mechanisch, fast so, als gingen ihr ganz andere, mindestens ebenso schlimme Dinge im Kopf herum.

Er hatte richtig vermutet. Sie holte tief Luft, dann platzte sie heraus: »Tobias, ich werde überwacht.«

»Was?!« Er hatte mit allem Möglichen gerechnet, aber nicht damit. »Du meinst – von der Stasi?«

Sie nickte an seiner Schulter.

Er nahm ihre Hand und zog sie mit sich. »Komm, wir gehen zu mir, da können wir in Ruhe reden.«

Es scherte ihn nicht, ob irgendwer sie gemeinsam über den Dorfplatz gehen sah. Vereinzelt schimmerte noch Licht hinter den Fenstern, aber mittlerweile wussten sowieso alle Leute Bescheid.

Allerdings schien es Helene keineswegs einerlei zu sein, denn sie entzog ihm ihre Hand, kaum dass sie den von Laternen erleuchteten Bereich des Platzes erreicht hatten.

Ein Gefühl von Kränkung erfasste ihn, aber dann schalt er sich einen Einfaltspinsel. Hatte sie ihm nicht gerade erzählt, dass sie bespitzelt wurde? Da hätte sich wohl jeder in Acht genommen.

Er wurde von einem glühenden Zorn auf dieses Stasipack erfüllt. Was maßten diese Leute sich an?! Sie befanden sich hier auf dem Boden der Bundesrepublik Deutschland! Unwillkürlich sah er sich nach allen Seiten um. Sein Blick fiel auf einen Kerl mit Hut, der rauchend vorm *Goldenen Anker* auf und ab ging und ihm auf Anhieb verdächtig vorkam. Doch zu seinem grenzenlosen Erstaunen kam der Mann näher, sobald er ihn und Helene bemerkt hatte. Freundlich lüpfte er seinen Hut. »Einen guten Abend wünsche ich. Herr Doktor Krüger, nehme ich an?«

Verständnislos sah Tobias zwischen dem Mann und Helene hin und her. »Ihr kennt euch?«

Sie nickte. »Ein alter Freund aus Ostberlin, er hat mir bei der Flucht geholfen. Ich hatte dir von ihm erzählt.«

»Ach, Sie sind das«, meinte Tobias.

Helene räusperte sich. »Anselm hat noch Kontakte nach drüben, von ihm habe ich heute erfahren, dass ich bespitzelt werde.«

Der Mann reichte Tobias höflich die Hand. »Gestatten, Feuerbach.«

»Anselm Feuerbach – ist das ein Deckname?«, konnte Tobias sich nicht verkneifen zu fragen.

Anselm lachte. »Nein, ich heiße wirklich so. Meinen Eltern gefiel es, dass ihr Sohn einen berühmten Maler als Namensvetter hat.« Aufmerksam blickte er sich nach allen Seiten um. »Wir stehen hier wie auf dem Präsentierteller. Ich gehe mal besser wieder rein. Dasselbe solltet ihr auch tun. Man kann nie wissen. Wir sehen uns morgen im Gasthaus zum Frühstück, acht Uhr!« Mit diesen Worten zog er sich in Richtung *Goldener Anker* zurück und war gleich darauf im Eingang verschwunden.

Schweigend setzten Tobias und Helene den vorhin eingeschlagenen Weg zu seinem Haus fort. Leise schloss er die Tür auf. Beim Betreten der Praxisräume machte er kein Licht an. Den Weg in sein Sprechzimmer hätte er auch blind gefunden.

Drinnen vergewisserte er sich zuerst, dass die Rollläden vollständig herabgelassen waren, bevor er die Stehleuchte auf seinem Schreibtisch anknipste.

Er bestand darauf, dass Helene sich in seinen bequemen ledergepolsterten Drehsessel setzte, während er selbst auf der Schreibtischkante Platz nahm und ihre Hand hielt. Dann fiel ihm ein, dass sie vielleicht einen Schluck Cognac vertragen konnte. Oder genauer: *Er* konnte jetzt auf alle Fälle einen vertragen, und sicher ging es ihr ebenso.

Im Schrank hinter seinem Schreibtisch stand eine Flasche Dujardin. Ab und zu schenkte er sich ein kleines Glas davon ein, vor allem, wenn an manchen Tagen der Schreibtisch von Patientenakten überquoll, weil er wegen der vielen Hausbesuche nicht mit dem Schriftkram hinterherkam.

Cognacschwenker hatte er hier unten in der Praxis nicht, nur zwei Schnapspinnchen, aber die taten es auch. Er füllte sie beide und reichte Helene eines davon.

»Auf den Schreck«, sagte er. Er kippte seinen Cognac auf einmal runter und schenkte sich gleich nach. In dieser Nacht war einer nicht genug.

Helene trank einen Schluck und sah ihn unverwandt an. Im Licht der Stehlampe waren ihre Augen von einem fast unwirklichen Blau. Bisher hatte er geglaubt, es wäre die Farbe von Flieder, aber eigentlich ähnelte es eher einer besonderen Sorte von Edelsteinen, die einen Hauch von Violett in sich trugen.

»Besser?«, fragte er sie sanft.

Sie nickte stumm.

»Verdammt, ich liebe dich so!«, entfuhr es ihm.

»Ich dich auch«, gab sie leise zurück.

Um ein Haar wäre er mit dem Heiratsantrag herausgeplatzt, und vielleicht hätte er es getan, wenn er den Ring in der Tasche gehabt hätte. Aber der lag oben in seiner Nachttischschublade. Außerdem spürte er tief im Inneren, dass diese Nacht nicht der richtige Zeitpunkt war. Helenes Angst war fast mit Händen zu greifen, und er würde gewiss keines ihrer Probleme lösen, indem er ihr jetzt die Ehe antrug. Zuerst musste alles andere in Ordnung kommen. Doch im Moment sah sie furchtbar verzweifelt aus.

Er stellte sein Glas weg und griff nach ihrer Hand.

»Sag mir, was passiert ist«, bat er sie.

Helene holte tief Luft, dann fing sie an zu erzählen.

*

Großtante Auguste und Anselm blieben wie besprochen zwei Tage in Kirchdorf. Anselm hielt sich *im Hintergrund*, wie er es nannte, während Helene und Auguste Zeit zusammen verbrachten.

Am zweiten Tag waren sie beide in der Arztvilla eingeladen, Beatrice hatte Michael mit einer Einladung zum Mittagessen rübergeschickt. Sie war regelrecht entzückt von Großtante Auguste und wollte alles über deren frühere Arbeit als Kostümschneiderin beim Frankfurter Opernhaus erfahren. Im Austausch berichtete sie von ihrer einstigen Tätigkeit als Stenotypistin bei den Farbwerken Hoechst. Helene hörte mit Staunen davon, sie hatte gar nicht gewusst, dass Tobias' Tante früher einen Beruf ausgeübt hatte. Zur Bewunderung aller führte Beatrice ihre Kenntnisse nach dem Essen vor – Michael wollte es unbedingt, denn er war sichtlich stolz darauf, dass seine Großtante so schnell schreiben konnte. Er kam mit Block und Bleistift angelaufen und diktierte ihr ein Stück aus einem Zeitungsartikel. Sie behauptete, wahrscheinlich längst alles verlernt zu haben, machte aber gutmütig mit. Der Stift flog nur so übers Papier, und als sie hinterher ihre kurzschriftlichen Notizen vorlas, stimmte jedes Wort mit dem Zeitungstext überein.

Sorgsam sparten sie während ihrer Unterhaltung alles aus, was mit der DDR zusammenhing. Beatrice setzte zwar einmal an, die Ereignisse in Berlin anzusprechen, schließlich wusste sie, dass Helene von dort kam, und mittlerweile war der Mauerbau in aller Munde. Doch Tobias lenkte das Gespräch sofort geschickt in eine andere Richtung. Seine Tante wirkte daraufhin ein wenig schuldbewusst – offenbar hatte er sie vorher instruiert, das Thema außen vor zu lassen, was ihr aber wohl im Eifer des Gefechts entfallen war.

Am Nachmittag machte Helene sich schließlich zu einer Wanderung auf. Sie achtete darauf, dass es möglichst viele Leute mitbekamen. Im Flur des Lehrerhauses traf sie Frau Winkelmeyer, der sie es als Erster erzählte.

»Heute ist der letzte Ferientag, da muss ich noch mal raus«, meinte sie, woraufhin Frau Winkelmeyer ihr einen schönen Ausflug wünschte.

Beim Hinausgehen begegnete Helene sodann Herrn Wessel und Herrn Göring, die vorm Haus standen und über den neuen Stundenplan sprachen. Zu ihrer beider Leidwesen hatte Rektor Winkelmeyer seine Stundenzahl reduziert, auf Drängen seiner Frau hin. »Es wird jetzt doch langsam alles zu viel für ihn«, hatte sie Helene anvertraut. »Wenn er es den Herbst und den Winter über noch mit der Schule schaffen soll, muss er jetzt unbedingt ein bisschen kürzertreten. Der Schulrat sagt, er schickt jemand Neues, aber wir wissen ja alle, wie lange das dauern kann.«

Die Folge war, dass bis auf Weiteres die oberen Klassen wieder zusammengelegt und einige Fächer auf Herrn Wessel und Herrn Göring übertragen wurden. Dass gleichzeitig auch von deren Unterrichtsstunden ein Teil an Helene und Fräulein Meisner überging, schien demgegenüber kaum ins Gewicht zu fallen, weil es sich dabei »nur« um Deutsch handelte.

Diesen Teil der Unterhaltung bekam Helene im Näherkommen gerade noch mit, bevor die beiden verlegen verstummten.

»Na, geht's wieder auf Wanderschaft?«, fragte Herr Göring gewollt launig.

»Ja, das schöne Wetter muss ausgenutzt werden«, antwortete sie im Vorbeigehen, den Rucksack über der Schulter.

»Viel Spaß«, rief Herr Wessel ihr nach.

Sie nahm den beiden das Genörgel wegen der Umverteilung der Unterrichtsstunden nicht übel, denn es war nichts im Vergleich zu der Reaktion von Fräulein Meisner.

»Da muss doch nur wieder einer vom Lehrkörper fehlen!«, hatte sie entsetzt ausgerufen. »Es würde sofort Chaos ausbrechen!«

Den Hinweis, dass Fräulein Meisner zu diesem Chaos gehörig beitrug, hatte Helene sich höflich verkniffen.

Bevor sie den Weg einschlug, der aus dem Ort hinaus in Richtung Grenze führte, schlenderte sie noch über den Dorfplatz. Sie ging in die Apotheke und kaufte sich Pfefferminzdrops. Hanno Wiedeholz überschlug sich fast in seinem Eifer, die gewünschte Menge abzuwiegen, und mehrmals hob er dabei hervor, dass er die Drops eigenhändig hergestellt hatte, nur aus den allerbesten Rohstoffen. Er verstaute den kleinen Zellophanbeutel in einer Extratüte und legte noch ein Päckchen Papiertaschentücher dazu.

»Kann man immer brauchen, wenn man wandern geht«, bemerkte er.

Sie bedankte sich höflich und suchte anschließend das Postamt auf, wo sie Briefmarken erstand, und danach betrat sie die Raiffeisenbank, um etwas Geld von ihrem Konto abzuheben. Überall traf sie Leute, die sie begrüßten und ihr viel Spaß beim Wandern wünschten. Zu guter Letzt spazierte sie noch durch das örtliche Kaufhaus, wo sie Schnürsenkel besorgte – hier war außer ihr mindestens ein halbes Dutzend Kunden zugegen, darunter sogar einige, die sie nicht kannte. Es war ja nicht in Stein gemeißelt, dass der Spitzel aus Kirchdorf stammte. Vielleicht kam er auch von außerhalb. Falls dem so war, hatte er sie jetzt sehr wahrscheinlich gesehen.

Nach dem Einkauf machte sie sich gemächlich auf den Weg. Wer auch immer sie ausspionierte, hatte reichlich Zeit gehabt, ihr zu folgen.

Es war Anselms Idee gewesen.

»Du musst ihn aus der Deckung locken. Er wartet bestimmt schon die ganze Zeit, dass du dich wieder auf die Socken machst. Auch mich hat er sicher längst bemerkt und weiß, dass wir uns kennen. Umso besser, denn nun hofft er, dass ein konspiratives Treffen bevorsteht.«

»Muss ich Angst vor ihm haben?«

»Nein, keine Sorge, das ist nicht *diese* Art von Spion. So einer hätte schon längst kurzen Prozess gemacht. Und außerdem bin ich ja immer in der Nähe. Sobald er sich an deine Fersen heftet, bin ich ihm auf der Spur.«

»Dein Wort in Gottes Ohr.«

»Etwas mehr Zuversicht, bitte!« Seine Augen blitzten. »Wer nicht wagt, der nicht gewinnt!«

Er hatte dabei so abenteuerlustig und draufgängerisch ausgesehen, dass Helene eine Vorstellung davon gewonnen hatte, was Jürgen zu ihm hingezogen hatte. Ihr liebenswerter, zurückhaltender, immer etwas schusseliger Ehemann, der stets dreimal überlegt hatte, ehe er eine Entscheidung traf! Verdammt, er fehlte ihr so! Jäh war wieder der Schmerz in ihr erwacht. Die Lücke, die er hinterlassen hatte, fühlte sich in ihrem Inneren immer noch wie eine offene Wunde an.

Tief durchatmend konzentrierte sie sich auf ihr Vorhaben. Ihr Ziel war es, den Spitzel zu entlarven, am besten heute noch.

»Nicht zurückschauen, denn was hinter dir ist, habe ich im Blick«, hatte Anselm ihr eingeschärft, also richtete sie die Augen nur nach vorn. Da gab es genug zu beobachten. Auf den umliegenden Feldern war die Ernte in vollem Gange. Traktoren ratterten umher und wirbelten Ährenstaub durch die Luft. Ein Teil der Felder war bereits kahl bis auf die Stoppeln. Hier und da standen die Garben zu Pyramiden aufgerichtet abholbereit in der Sonne.

Bei dem Anblick kam Helene ein Kanon in den Sinn, den sie als Kind gern gesungen hatte. *Hejo, spann den Wagen an, denn der Wind treibt Regen übers Land …* Sie summte es vor sich hin. Morgen fing die Schule wieder an, es war genau das richtige Lied zum Auftakt der ersten Stunde. Und im Unterricht konnte sie das Thema Ernte voranstellen, dazu hatten die Kinder sicher viel zu erzählen. Im Sommer mussten sie alle mithelfen. Wer nicht mit den Eltern auf dem Feld arbeitete, wurde zum Beerensammeln eingeteilt. Brombeeren, Blaubeeren, Hagebutten – am Wegesrand und im Wald waren die wilden Früchte jetzt in Hülle und Fülle reif und warteten darauf, in die Eimerchen und Körbchen zu wandern, mit denen die Kinder unterwegs waren.

In der Hochrhön wurde auch Arnika gepflückt. Daraus wurde im Dorf unter Hinzugabe von gereinigtem Schmalz eine Salbe hergestellt, die gegen allerlei Wehwehchen half. Helene hatte selbst damit schon erfolgreich diverse Blasen behandelt, die sie sich beim Wandern gelaufen hatte.

Hinter ihr ertönte ein spitzer Aufschrei, und allen guten Vorsätzen zum Trotz fuhr Helene augenblicklich herum. In einiger Entfernung sah sie eine Frau, die mit einer Handtasche auf einen Mann einschlug. Erst auf den zweiten Blick erkannte Helene, um wen es sich handelte – Isabella und Anselm.

Im Eilschritt legte Helene die rund hundert Meter zurück, die sie von den beiden trennten.

»Isa!«, rief sie.

Isabella blickte nur kurz über die Schulter und fuhr dann fort, Anselm ihre Tasche über den Kopf zu ziehen. Er schützte sich mit erhobenen Armen und versuchte halbherzig, sie wegzuschubsen.

»Sofort aufhören, alle beide!«, rief Helene.

Anselm wich ein paar Schritte zurück.

In Isabellas Gesicht loderte es vor Zorn. »Ich sorge schon dafür, dass du kriegst, was du verdienst!« Zu Helene sagte sie mit wutbebender Stimme: »Dieser Kerl steigt mir schon die ganze Zeit nach! Und dann packt er mich auf einmal von hinten und will mir an die Wäsche!«

»Davon kann gar keine Rede sein«, widersprach er, nicht weniger empört als Isabella. »Und wenn hier einer was zu erklären hat, dann ganz sicher nicht ich!«

Isabella ignorierte seine Bemerkung. Über die Schulter meinte sie zu Helene: »Wenn wir ihn zu zweit zu fassen kriegen, können wir ihm vielleicht den Ausweis abnehmen.«

»Nicht nötig. Ich kenne ihn.«

Isabella sah sie entgeistert an. »Das ist nicht dein Ernst!«

»Doch, und er ist nicht das, was du denkst. Sein Name ist Anselm, er hat mir bei der Flucht geholfen. Und er hat herausgefunden, dass jemand mich bespitzelt. Im Auftrag der Stasi.«

»Moment. Warte mal.« Man sah förmlich, wie es hinter Isabellas Stirn arbeitete. »Wenn du von der Stasi bespitzelt wirst, dann heißt das, dass du selber *nicht* bei der Stasi bist, oder?«

»Natürlich nicht!« Helene runzelte die Stirn. »Was soll dieser Blödsinn?«

Isabella wirkte unendlich erleichtert. »Ich *wusste* es!«

»Kannst du das vielleicht genauer erklären? Was wusstest du?«

Anstelle einer Antwort deutete Isabella auf Anselm. »Was ist mit ihm? Ist *er* einer von denen?«

»Früher mal«, räumte Anselm unumwunden ein. »Aber ich bin abgehauen, genau wie Helene. Bleibt noch die Frage: Was ist mit dir?«

»Was soll mit mir sein?«

»Na, du könntest die Person sein, die wir suchen.«

»Hast du mich etwa deshalb angegriffen? Weil du glaubst, ich würde Lenchen hinterherschnüffeln? Das ist der größte Quatsch, den ich je gehört habe! Sie ist doch meine beste Freundin!«

Sie schien noch mehr sagen zu wollen, aber dann hielt sie inne und schluckte schwer.

»Sie ist es«, konstatierte Anselm.

Isabellas Kopf ruckte hoch. »Halt bloß die Klappe!«, fuhr sie ihn an. Aus ihren Augen schossen Zornesblitze. »Was nimmst du dir eigentlich raus? Du kennst mich doch überhaupt nicht!«

»Eben«, sagte Anselm. »Und selbst wenn – es sind oft die, von denen man es am wenigsten glaubt. Manchmal sogar die besten Freunde.«

Isabella brach in Tränen aus. »Es tut mir so leid, Lenchen! Ich wollte schon die ganze Zeit mit dir sprechen! Aber irgendwie … ich hab's immer rausgeschoben, weil ich nicht ganz sicher war, ob du nicht vielleicht doch … Deshalb hab ich mich auch in den letzten Wochen gar nicht mehr mit dir verabredet, weil ich … Ich *konnte* es einfach nicht, verstehst du?! Ganz egal, was Harald gemeint hat, ich hab's nicht über mich gebracht, es zu tun!«

Helene versuchte, dem verworrenen Wortschwall einen Sinn zu entnehmen, aber es waren mehrere Anläufe nötig, bis sie Isabella alles aus der Nase gezogen hatte. Demnach hatte Harald Brecht sie offenbar aufgefordert, nach Beweisen zu forschen, dass Helene eine DDR-Agentin war.

»Er glaubt immer noch, ich würde mitmachen, aber ich hab's nicht mal versucht«, bekannte Isabella schniefend. »Kein einziges Mal.«

»Und warum bist du Helene vorhin gefolgt?«, wollte Anselm wissen. Er machte keinen Hehl aus seinem Argwohn.

»Um ihr reinen Wein einzuschenken!« Isabella erdolchte ihn förmlich mit Blicken. »Und um ihr klarzumachen, wie verdächtig es ist, dass sie sich dauernd an der Grenze herumtreibt. Harald sieht sich das garantiert nicht mehr lange tatenlos an. Irgendwann rennt er doch noch zur Polizei, und diesen Ärger wollte ich Lenchen gern ersparen.« Sie wandte sich Helene zu. Mit dem Handrücken wischte sie sich die Tränen aus den Augen. »Ich hätte schon viel früher damit zu dir kommen sollen. Bitte verzeih mir, dass ich dir nicht genug vertraut habe!«

Helene glaubte ihr vorbehaltlos. Anselm wirkte noch skeptisch. »Warum läuft sie dir dann nach? Sie hätte dich doch auch einfach zu Hause besuchen und da ungestört mit dir reden können!«

Isabella funkelte ihn an. »Es war eine spontane Entscheidung! Ich hab vorhin gesehen, wie sie schon wieder in Richtung Grenze losmarschiert ist, da bin ich halt hinterher!«

Helene zweifelte nicht an ihrer Beteuerung. Sie kannte Isabella gut genug. Jemand anders musste der Übeltäter sein.

Wortlos holte sie ihr Fernglas aus dem Rucksack und suchte damit sorgfältig die zurückgelegte Wegstrecke ab. In der Ferne machte sie eine Gestalt aus, kaum mehr als ein dunkler Fleck, viel zu weit weg, um zu erkennen, wer es war. Der Betreffende entfernte sich eilig in Richtung Dorf und war gleich darauf hinter einer Wegbiegung verschwunden.

An diesem Tag würden sie sicherlich keinen Spitzel mehr entlarven.

KAPITEL 23

Isabella marschierte am nächsten Morgen unangemeldet in Haralds Amtszimmer im Dorfgemeinschaftshaus. Eigentlich hatte sie vernünftig mit ihm reden wollen, aber als sie ihn dort sitzen und das Frühstücksbrot seiner Mutter verdrücken sah, wurde sie von Ärger übermannt. »Ich hab's gleich gewusst, wie hirnrissig diese Idee war!«, fuhr sie ihn an. »Du und deine dämlichen Verdächtigungen!«

Er legte das Schinkenbrot zur Seite und blickte sie erstaunt an. »Was ist los mit dir?«

»Helene ist gar keine Spionin, *das* ist los!«

Harald wirkte peinlich berührt. »Du hast ihr doch nicht etwa erzählt, dass ich sie verdächtige, oder?«

Sie hob die Schultern. »Das hast du dir selbst zuzuschreiben.« Sie hielt inne, um ihre nächsten Worte besser wirken zu lassen. »Übrigens – es gibt jemanden in Kirchdorf, der für die Stasi arbeitet und Helene bespitzelt. Da staunst du, was?«

Sein erschrockener Blick entschädigte sie für einiges.

Harald schluckte. »Wer soll das denn sein?«

»Das weiß keiner.«

»Und von wem hast du davon erfahren?«

»Von Helene höchstpersönlich. Und sie hat's von einem Freund. Der hat gute Kontakte nach drüben und ist extra hergekommen, um sie zu warnen.«

»Meinst du den Kerl, der gestern und vorgestern mit Helenes Großtante da war?«

»Sieh an, du hast ja ausnahmsweise auch selbst ein paar Informationen eingeholt«, stellte sie sarkastisch fest.

Harald runzelte die Stirn. »An der Sache ist was faul. Wenn wirklich jemand auf Helene angesetzt wurde, muss das einen Grund haben. Die verfolgen nicht irgendwelche harmlosen Leute, nur weil sie aus der DDR abgehauen sind. Da muss mehr dahinterstecken. Und du weißt es, oder?«

Gegen ihren Willen bewunderte sie ihn für seine Kombinationsgabe, und sie bereute auch bereits, dass sie ihrem Ärger nachgegeben hatte. Statt hier einfach reinzustürmen und ihn mit Vorwürfen zu überhäufen, hätte sie es auch sachlicher angehen können. Helene hatte ihr gestern Abend noch alles erzählt, die ganze Geschichte. Von ihrer Tochter, ihrem Mann, ihrem Vater. Von den furchtbaren Monaten im Gefängnis.

»Weißt du, was besonders schlimm war?«, hatte Helene gesagt. »Dass man niemanden ansehen durfte. Das war Vorschrift. Man musste immer wegschauen. Zum Boden, gegen die Wand. Immer weg von den Gesichtern der anderen. Wenn man aus der Zelle zum Verhör geholt wurde. Im Gang. Im Vernehmungsraum. Meist begegnete man ja sowieso niemandem außer den Wärtern, aber das war egal. Es wurde darauf geachtet, dass man woanders hinschaute. Immer. Sobald man versucht hat, jemandem in die Augen zu sehen, wurde man zusammengebrüllt wie ein Tier.«

Isabella hatte hinterher fast eine ganze Stunde lang geweint. Sie hatte noch zu einer Entbindung gemusst und der armen kreißenden Frau die Hucke vollgeflennt, weil sie nicht aufhören konnte, sich Helene in dieser Zelle vorzustellen. Wie sie dort saß, einsam und verzweifelt, ohne zu wissen, was aus ihrem Kind und ihrem Mann geworden war.

Harald meldete sich ungeduldig zu Wort. »Du bist mir noch eine Antwort schuldig.«

Isabella atmete durch und zwang sich zu einem gemäßigten Tonfall. Sie war ja nicht zum Streiten hier.

»Harald, ich sag dir jetzt mal was, und das mache ich, weil ich weiß, dass du nicht nur ein verdammt guter Bürgermeister, sondern auch ein anständiger Mensch bist. Und weil ich glaube, dass du in wirklich schlimmen Situationen immer das Richtige tust.«

Er hob die Brauen. »Ich hoffe, du willst mich nicht verleiten, irgendwelche krummen Dinger mit dir zu drehen.«

Sie setzte sich ihm gegenüber auf den Besucherstuhl. »Sei still und hör mir zu.«

*

Schon am ersten Schultag nach den Ferien fehlte jemand vom Kollegium, was für Helene unschwer an den überzähligen Tischen und Bänken in ihrem Klassenraum zu erkennen war. Ihre Vermutung, dass Fräulein Meisner dem zu erwartenden Arbeitsdruck nicht gewachsen war, bestätigte sich jedoch nicht – es war Herr Göring, der nicht zum Dienst erschienen war.

Unentschuldigt, wie Herr Wessel in der großen Pause mit einiger Entrüstung hervorhob. Als amtierender Konrektor war er für die Überwachung und Organisation der Unterrichtspläne zuständig, auch diese Aufgabe hatte er von Rektor Winkelmeyer übernommen. Wer krank wurde, musste frühmorgens, besser noch am Vorabend, beim Hausmeister Bescheid geben, so lautete die interne Vereinbarung. Bisher hatten sich immer alle getreulich daran gehalten. Dass jemand ohne Begründung fernblieb, war noch nie vorgekommen. Kein einziges Mal, seit er an der Schule war, bekräftigte Herr Wessel. Entsprechend wuchs die Sorge, dass etwas nicht in Ordnung sein könnte.

Der Hausmeister wurde losgeschickt, um im Lehrerhaus an Herrn Görings Zimmertür zu klopfen, aber er traf niemanden an. In der dritten Stunde meldete sich eins der Schulkinder, es habe Herrn Göring schon vor Unterrichtsbeginn in Richtung Hausberg davongehen sehen.

Das war der Stand der Dinge, als während der vierten Stunde plötzlich die Polizei anrückte. Zwei uniformierte Beamte fuhren in einem Streifenwagen vor, was in Helenes Klassenraum sofort helle Aufregung auslöste. Die Polizei, leibhaftig in Kirchdorf! Die sah man hier praktisch nie. Das konnte nur bedeuten, dass etwas Schlimmes passiert war.

Helene hatte Mühe, die entstandene Unruhe zu dämpfen. Die Rechenstunde war vergessen. Alle redeten durcheinander. Manche hielt es nicht länger auf dem Platz. Einige der Kinder waren aufgesprungen und drückten sich die Nasen am Fenster platt.

»Die komme här! In onser Schul!«, rief Karl aufgeregt. Die einfallende Sonne ließ seine abstehenden Ohren aufleuchten wie zwei Signalfackeln.

Kurz darauf betrat ein hochaufgeschossener, von Pubertätspickeln gezeichneter Junge namens Alfons den Klassenraum, ein Schüler aus der Achten.

»Sie sonn sofort ins Lehrerzimmer gekömm, die Polizäi ist do. Ich soll solang hier oufpass.«

»Blos net där, där ärchert uns ümmer!«, rief Rita Wiegand protestierend.

Helene nahm Alfons streng ins Visier. Wehe!, bedeutete sie ihm stumm. Er zog unwillkürlich den Kopf ein.

Sie wandte sich an die Klasse. »Es wird sicher nicht lange dauern. Holt eure Malblöcke raus und zeichnet alle ein Bild von der Polizei.«

»Aa mit Ganove?«, erkundigte sich eins der Kinder eifrig.

»Alles, was ihr wollt.«

Im Lehrerzimmer war das Kollegium vollständig versammelt, bis auf Herrn Göring, von dem offenbar immer noch jede Spur fehlte.

Einer der beiden Polizisten erläuterte mit ernster Miene, dass man nach Herr Göring fahnde.

Helene griff sich an den Hals, ihre Kehle war wie zugeschnürt. Ging es bei der ganzen Sache auch um sie? War Göring der Spitzel? Welche Konsequenzen hätte es für sie, wenn die Polizei dahinterkam?

Doch die nächsten Worte des Beamten machten deutlich, dass sie aus einem anderen Grund nach ihm suchten.

Seine unlängst verstorbene Mutter hatte nicht etwa wegen einer Krankheit das Zeitliche gesegnet – sie war ermordet worden. Ihre Schwester hatte eine Exhumierung erwirkt. Sie stritt sich mit Göring um das Erbe und hatte ihn schon die ganze Zeit in Verdacht gehabt, beim plötzlichen Tod seiner Mutter die Hände im Spiel gehabt zu haben. Die Untersuchung hatte die wahre Todesursache zutage gefördert: Görings Mutter war an einer großen Menge E 605 gestorben.

»Ich weiß, was das ist!«, erklärte Rektor Winkelmeyer, offensichtlich erfreut, einen kompetenten Kommentar beisteuern zu können. »Ein Pflanzenschutzmittel!«

Der Beamte, der soeben von dem Fall berichtet hatte, sah ihn ein wenig irritiert an, bevor er nacheinander alle Anwesenden befragte, wo sich ihrer Meinung nach Herr Göring jetzt aufhalten könnte, beziehungsweise was ihn wohl dazu veranlasst haben mochte, seiner Mutter Böses zu wollen.

Sofort platzte Fräulein Meisner damit heraus, dass Herr Göring ihr schon immer unsympathisch gewesen sei, allein die Tatsache, wie lange der Mann immer im Bad brauchte – das sagte doch schon alles! Dazu befragt, was genau sie damit meine, zuckte sie nur errötend die Achseln.

Herr Wessel wusste nichts Negatives über den Kollegen zu sagen, abgesehen von dessen Erziehungsmethoden, da er selbst körperliche Züchtigungen ablehne.

Darüber wollte der Beamte mehr erfahren, woraufhin Rektor Winkelmeyer sofort auf den angeblichen Erlass des Kultusministeriums zum Gebrauch des Rohrstocks zu sprechen kam.

»Mit dieser amtlichen Weisung wollte sich der Kollege Göring wohl nicht so recht anfreunden. Frau Werner weiß Genaueres darüber, sie hat das immer besonders mitverfolgt.«

Helene versuchte sich irgendwie unsichtbar zu machen, doch als Nächstes wandte sich der Beamte an sie. »Hatten Sie ebenfalls den Eindruck, dass er gewalttätig ist?«

Sie nickte nur stumm.

Nervös machte sie sich auf weitere Fragen gefasst, aber es kamen keine. Die Unterredung war damit so gut wie beendet. Die Polizisten baten darum, sofort die Behörde zu verständigen, falls sich etwas Neues ergab; anschließend verabschiedeten sie sich.

»Der ist doch längst über alle Berge«, meinte Fräulein Meisner. Sie schüttelte sich angewidert. »Mein Gott, wir haben die ganze Zeit mit einem Mörder unter einem Dach gelebt! Man stelle sich nur vor, er würde auch einen von uns um die Ecke bringen wollen!«

»Vielleicht will er das ja tatsächlich«, bemerkte Herr Wessel mit mildem Sarkasmus.

»Der Mann war ein ganz armes Schwein«, warf Rektor Winkelmeyer unerwartet einsichtsvoll ein. »Der hatte so viele Probleme, dass man Stunden bräuchte, sie alle aufzuzählen.«

Er sprach über Göring, als gäbe es ihn nicht mehr, womit er auf beinahe hellseherische Weise richtiglag. Noch am selben Tag wurde Göring oben auf dem Hausberg gefunden. Er hatte sich im Wald hinter der Kapelle erhängt.

*

Helene verbrachte eine schlaflose Nacht, sie stellte sich die ganze Zeit vor, dass man bei der Sicherstellung von Görings persönlichen Sachen Beweise für seine Spitzeltätigkeit finden würde, die sie selbst in den Mittelpunkt behördlicher Nachforschung rückten. Vielleicht hatte er den nächsten Bericht über sie schon in seinem Zimmer liegen. Vernehmungen würden folgen, bohrende Fragen nach ihren Absichten, Motiven, Plänen. Warum sie sich ausgerechnet hierher beworben hatte, an die Zonengrenze, die so oft das Ziel ihrer Wanderungen war … Man würde unweigerlich auf die vielen Halbwahrheiten und Auslassungen in den Aufnahmeformularen stoßen. Bestimmt schmiss man sie auf der Stelle raus.

Doch nichts davon geschah. Rektor Winkelmeyer berichtete zwei Tage später, dass nichts Besonderes unter Herrn Görings Sachen entdeckt worden sei. Und am selben Tag bekam Helene einen Brief ohne Absender, der in Hünfeld abgestempelt worden war. Als sie ihn in ihrem Zimmer öffnete, erkannte sie voller Entsetzen, dass er von Göring stammte.

Es waren nur wenige Zeilen.

Sehr verehrte Frau Kollegin!

Es tut mir leid, dass ich Sie ausgeforscht habe, bitte verzeihen Sie mir. Sie haben das nicht verdient, Sie sind ein guter Mensch. Aber man hat mich erpresst. Gestern habe ich noch einen letzten Bericht abgesetzt. Darin steht, dass Sie in den Herbstferien von hier fortziehen werden, weit weg von der Grenze. Dann lässt man Sie bestimmt in Ruhe.

Hochachtungsvoll, F. G.

Sie musste kurz überlegen, wofür das *F* stand, dann fiel es ihr wieder ein. Friedhelm. Sein Name war Friedhelm gewesen. Ob es wohl jemals in seinem Leben einen Menschen gegeben hatte, der ihn liebte?

In ihrer kleinen Küche hatte sie eine Schachtel Streichhölzer liegen, sie zündete eins an und verbrannte den Brief mitsamt Umschlag in der Spüle. Als das Papier zu Asche zerfiel, hatte sie das Gefühl, gerade noch einmal davongekommen zu sein.

KAPITEL 24

September 1961

Dreht euch nicht rum, der Plumpsack geht herum!«, sangen die Mädchen auf dem Pausenhof. Mehrere von ihnen standen im Kreis, während ein anderes Mädchen außen um sie herumging. »Wer sich umdreht oder lacht, kriegt den Buckel vollgemacht!«

Eine andere Gruppe spielte *Machet auf das Tor*, wieder andere übten sich im Seilspringen. Es waren immer die Mädchen, die sich mit diesen braven, manierlichen Pausenspielen befassten, als wäre es ihnen in die Wiege gelegt worden, in der Freizeit nur ja nicht über die Stränge zu schlagen. Helene hatte in ihrer Anfangszeit als Lehrerin gelegentlich Versuche unternommen, Jungen in diese Spiele mit einzubeziehen, doch auch die wenigen, die sich gutmütig hatten breitschlagen lassen, waren ihr schnell wieder von der Fahne gegangen. Spätestens dann, wenn die anderen Knaben sie gehänselt hatten, was meist nicht lange auf sich warten ließ.

Nirgendwo in der Schule wurde der Unterschied zwischen den Geschlechtern so sichtbar wie auf dem Pausenhof. Die Jungs rannten im Zickzack herum, brüllten und kreischten, balgten sich, kickten Steine durch die Gegend. Und als müssten sie zwischendurch auch noch ihre Eigenschaft als unerschrockene Teufelskerle beweisen, flitzten sie immer wieder zu den Mädchen rüber und piesackten sie.

»Deckel hoch, der Kaffee kocht!«, hieß es dann etwa, und schon wieder wurde einem arglosen Mädchen von hinten der Rock hochgelupft, bis das Unterhöschen zu sehen war. Oder aus dem Hinterhalt kam ein Gummiring durch die Luft geschossen, vorzugsweise in die nackten Kniekehlen eines Mädchens.

In Helenes Beisein wagte das allerdings keiner der Jungs mehr – alle wussten genau, dass sie dafür stundenlang nachsitzen und endlos lange Strafarbeiten schreiben mussten.

Helene fragte sich oft, ob diese Rollenverteilung wirklich von der Natur vorgegeben war oder ob sie nicht vielmehr nur einem Muster folgte, das man den Kindern vorlebte. Wenn es nach ihr gegangen wäre, hätten Jungen wie Mädchen einfach mal die Spiele tauschen sollen, und sei es nur für einen Tag. Man könnte den Jungs Puppen geben und den Mädchen Autos, was wäre daran so schlimm?

Sie hatte Tobias gefragt, warum Michael keine Puppen besaß, woraufhin er sie zunächst nur verblüfft angesehen hatte. »Weil es mir nie in den Sinn gekommen ist, ihm eine zu schenken«, hatte er schließlich eingeräumt. Und dabei sehr nachdenklich ausgesehen.

Er hatte nicht etwa spontan gesagt: *Weil Jungs nun mal nicht mit Puppen spielen* – immerhin hätte genau das der gängigen Meinung entsprochen. Dass er sich stattdessen einen Moment Zeit genommen hatte, um über die Frage nachzudenken, rechnete sie ihm hoch an. Wenn sie nicht sowieso schon so in ihn verliebt gewesen wäre, hätte sie sich in diesem Augenblick gewiss sofort in ihn verguckt.

Sie hatte Rektor Winkelmeyer vorgeschlagen, dass man doch einmal die starre Unterteilung in Handarbeitsunterricht und Werken abmildern könne, im Sinne einer moderneren Pädagogik. Es gebe sicher auch Mädchen, die gern mit der Laubsäge arbeiteten, statt immer nur Pudelmützen und Topflappen zu produzieren. Und umgekehrt hätte vielleicht mancher Junge Spaß daran, Nähen oder Stricken zu lernen.

Sie hatte ihr Ansinnen mit Nachdruck vorgetragen, hatte aus neuerer Fachliteratur zitiert – aus bundesdeutscher, wohlgemerkt, sodass er nicht denken konnte, sie wolle ihm sozialistisches Gedankengut unterjubeln –, und er hatte mit mildem Lächeln gemeint, er wolle sehen, was er für sie tun könne. Passiert war seither nichts.

In der Folge hatte sie sich auch mit Herrn Wessel darüber ausgetauscht, schließlich würde er über kurz oder lang die Stelle des Rektors übernehmen, und zu ihrem Erstaunen hatte er erklärt, sich für eine Änderung einsetzen zu wollen.

In manch anderer Hinsicht war natürlich auf die Unterschiede zwischen Mädchen und Jungen Rücksicht zu nehmen, etwa bei den Leistungen im Sport. Abgesehen von einigen Ausnahmen konnten Jungen meist schneller rennen sowie weiter werfen und springen als gleichaltrige Mädchen. Aber das galt nur für die größeren Kinder ab ungefähr elf Jahren. Bis dahin gab es nach Helenes Erfahrung praktisch keine Unterschiede.

Bei den Bundesjugendspielen, die im September stattfanden, wurde jedoch nach hergebrachter Methode verfahren. Jungen und Mädchen mussten wie üblich getrennt voneinander antreten, und ihre Leistungen wurden jeweils nach eigenen Tabellen bewertet. Für die Mädchen waren die Lehrerinnen zuständig, für die Jungs die Lehrer.

Und so betreute Helene zusammen mit Fräulein Meisner bei den Wettkämpfen die Mädchengruppe aus ihrer Volksschule, während Herr Wessel und der neue Junglehrer, der als Ersatz für Herrn Göring das Kollegium verstärkte, sich um die Knabenriege kümmerten. Mit Stoppuhr, Trillerpfeife, Maßband, Bleistift und Vordrucken bewaffnet, standen sie am Rand, gaben Startsignale, feuerten an, maßen Entfernungen, trösteten bei Fehlversuchen.

Das Sportfest fand unter Beteiligung anderer Volksschulen aus der Umgebung statt, mehrere hundert Kinder tummelten sich auf dem Platz. Es war ein warmer Tag, der Himmel wolkenlos klar – das ideale Wetter für ein Sportereignis wie dieses. Der September war bisher außergewöhnlich trocken gewesen, seit Wochen hatte es nicht geregnet. Sehr zu Helenes Leidwesen, denn sie konnte kaum noch an etwas anderes denken.

Beim nächsten richtigen Regen.

So lautete die Botschaft, die Auguste ihr zuletzt übermittelt hatte. Sie hatte endlich wieder einen Anruf von Christa erhalten, und die hatte wörtlich gesagt: »Wir wollen unbedingt bald die Kartoffeln ernten. Aber der Garten ist im Augenblick viel zu trocken. Wir warten noch auf einen anständigen Regenguss. Beim nächsten richtigen Regen geht's los.«

Anscheinend war der Gartenzaun gegen ein anderes Codewort ausgetauscht worden. Der Grund dafür ließ sich nur erahnen, aber Helene ging ebenso wie Auguste davon aus, dass ihr Vater und Christa noch mehr Vorsicht walten lassen mussten als zuvor.

Beim nächsten richtigen Regen.

Eigentlich lag es nahe, es bei Regen zu versuchen. Wenn es richtig schüttete, spazierte keiner gern draußen herum. Die Leute blieben bei schlechtem Wetter lieber in ihren Häusern. Niemand arbeitete auf den Feldern. Auch die Grenzsoldaten stellten sich womöglich wenigstens zeitweise irgendwo unter und sahen nicht so genau hin wie sonst.

Als Helene nach der Sportveranstaltung heimging, konnte sie kaum der Versuchung widerstehen, das Fernglas aus ihrem Zimmer zu holen und damit zur Grenze hinüberzulaufen. Vielleicht war Marie ja wieder zum Spielen da draußen auf den Feldern. Nur noch ein einziger Blick auf ihr Kind, und wenn es nur für ein paar Sekunden war!

Die Sehnsucht war in den letzten Tagen noch quälender geworden. Seit Helene wusste, dass es jetzt bloß noch vom Wetter abhing, verbrachte sie kaum eine ruhige Minute.

Abends wertete sie in ihrer Wohnung die Tabellenergebnisse der Bundesjugendspiele aus, um später die Teilnehmerurkunden erstellen zu können. Im Hintergrund lief das Radio. Unwillkürlich dachte sie: Wenn sie heute noch *das* Lied spielen, dann regnet es diese Woche.

Es war ein dummer, abergläubischer Gedanke, eine kindische Wette mit dem Schicksal. Dennoch blieb sie lange auf und ließ das Radio laufen, sogar dann noch, als sie schon im Bett lag. Lied um Lied wurde gespielt, doch dieses eine, auf das sie wartete, war nicht dabei.

Aber dann, als hätten sich höhere Mächte ihrer erbarmt, ertönte es doch noch – kurz vor Mitternacht. Dalidas sanfte Stimme klang leise durch das Zimmer.

Am Tag, als der Regen kam, lang ersehnt, heiß erfleht …

Über Helenes Gesicht liefen Tränen, fast war es, als wollte sie damit einen Teil des erhofften Regens vorwegnehmen. Sie faltete die Hände wie ein Kind und begleitete die Zeilen des Lieds mit einem stummen Gebet, bis in ihrem Inneren beides auf wundersame Weise eins zu werden schien.

*

KAPITEL 25

Oktober 1961

Am zweiten Oktober sah es abends so aus, als könnte es vielleicht in der Nacht regnen, doch das war an den vorangegangenen Tagen auch schon so gewesen. Immer wieder hatten Christa und Reinhold draußen im Garten gestanden und zum Himmel hochgeschaut, hatten die Wolken betrachtet und sich vorgestellt, dass sie sich dichter zusammenballten, dunkler wurden und irgendwann das durstige Land mit all dem Regen durchtränkten, der schon so lange auf sich warten ließ.

»Wir können nicht länger warten, Wetter hin oder her«, sagte Christa an diesem Abend zu Reinhold. Sie hätten längst reingehen können, inzwischen war es spät geworden, den Himmel sah man sowieso nicht mehr. »Sie wollen nächste Woche hier mit der Verlegung der Minen anfangen.«

Der Russe mit dem roten Bart hatte den Kindern von den Minen erzählt, dieser Mikhail, den alle gern mochten, weil er freundlich und hilfsbereit war wie kaum ein anderer unter den Wachsoldaten.

Aber dass sich an der Grenze einiges änderte, merkten die Leute in Weisberg ja schon selbst. Bagger und Traktoren mit Pflugscharen knatterten seit Tagen durch die Gegend und rodeten das Gelände, teilweise bis zu einer Breite von zweihundert Metern. Planierraupen bereiteten die aufgerissene Erde für weitere Baumaßnahmen vor, deren Zweck auf der Hand lag: Kolonnen von Lastern hatten Material an die Grenze gekarrt, vorwiegend riesige Pfosten und endlose Rollen von Stacheldraht – allen war klar, was damit geschehen sollte.

Die Grenze sollte erneuert und verstärkt werden. Es durfte kein Durchkommen mehr geben, so ähnlich wie in Berlin.

Und dann auch noch die Minen.

»Wir müssen endlich weg«, sagte Christa eindringlicher, weil von Reinhold keine Antwort kam. »Am besten gleich morgen. Wenn wir noch länger warten, wird es höchstens schlimmer.« Sie wunderte sich über sich selbst. Noch vor einiger Zeit hatte sie ganz anders darüber gedacht, aber sie konnte die Augen nicht mehr vor der Realität verschließen.

Reinhold war in Gedanken versunken und schrak zusammen, als sie die Hand auf seine Schulter legte. Doch er hatte ihre letzte Bemerkung gehört. »Ich weiß«, sagte er. Nur diese beiden Worte.

Sie standen draußen in ihrem Garten beim Gemüsebeet und sahen zum nächtlichen Himmel hinauf. Vielleicht regnete es ja doch noch.

Oben im Schlafzimmer standen fertig gepackt ihre Sachen. Nur ein Rucksack für jeden, bloß das Allerwichtigste. Papiere, Fotos, etwas Kleidung. Nichts, was einen beim Weglaufen behinderte. Eine kleine Umhängetasche für das Kind, darin eine Garnitur frische Unterwäsche, Zahnbürste, Nachthemd, das Foto von ihrem Nachttisch, ein Teddybär, der früher Leni gehört hatte.

Christas Mutter hatte am meisten einpacken wollen, es war ein harter Kampf gewesen, ihr bestimmte Dinge auszureden, beispielsweise das Silberbesteck von Reinholds Mutter, das bei Kriegsende vergraben und so vor marodierenden Soldaten gerettet worden war. Oder die einst von Reinholds Vater geschnitzten Heiligenfiguren, an denen Christas Mutter einen Narren gefressen hatte.

Mindestens zehnmal hatten sie alles ein- und wieder ausgepackt, bis das Gepäck auf einen im wahrsten Sinne des Wortes tragbaren Umfang zusammengeschmolzen war.

Auch die Krauses standen in den Startlöchern. Theo wartete nur noch auf das vereinbarte Zeichen. Es war genau die richtige Jahreszeit für die Ausführung des Plans. Im Herbst wurde überall Gülle ausgefahren und untergepflügt, keiner würde sich groß was denken, wenn er mit dem alten Bulldog nebst angehängtem Jauchewagen aufs Feld fuhr.

Reinhold konnte wieder ganz ordentlich laufen, zumindest ein Stück weit. Natürlich nur mit dem Stock und sicher nicht die ganze Strecke über die Grenze, aber dafür hatten sie ja Theos Trecker.

Im Grunde wären sie schon längst so weit gewesen. Christa konnte nicht mal mehr sagen, wie sie überhaupt auf die Sache mit dem Regen gekommen waren und wer die Idee zuerst aufgebracht hatte. Rückblickend fragte sie sich, ob sie sich damit kein Eigentor geschossen hatten. Eine selbst gezimmerte Barriere in Gestalt einer besonderen Bedingung, von der keiner genau sagen konnte, ob sie rechtzeitig eintrat. Bis dahin gab es womöglich bereits andere unüberwindliche Hindernisse. Etwa einen neuen Zaun, doppelt oder dreimal so hoch wie der alte. Und einen Grenzstreifen voller tödlicher Minen.

Je länger sie es hinauszögerten, desto mehr gute Gründe würden sich ergeben, es besser nicht zu tun. So wie im Sommer, als Horst sie mit seinem Gefasel vom Fadenkreuz derartig eingeschüchtert hatte, dass sie wochenlang wie gelähmt dagesessen hatten, immer in Erwartung ihrer Festnahme. Die darauffolgende Zeit der Ungewissheit war furchtbar gewesen, aber ein Gutes hatte sie immerhin gehabt: Reinhold hatte mit geradezu fanatischer Verbissenheit das Gehen trainiert. Seine Schultern und Arme wiesen Muskeln auf, wie Christa es vorher nicht für möglich gehalten hätte, und er war unter Einsatz des Stocks mit dem einen gesunden Bein so behände unterwegs wie manche Männer seines Alters nicht mit zweien.

Und letztlich hatte ihre Mutter wohl recht gehabt: Horst Sperling wusste einen Dreck, sonst hätte er sie bestimmt schon verhaften lassen. Seit jenem Abend war er nicht mehr bei ihnen aufgetaucht, was Christa der Notwendigkeit enthoben hatte, ihn achtkantig hinauszuwerfen.

Sicherlich war ihm inzwischen endgültig klar, dass seine Freundschaft mit Reinhold nur in seiner Fantasie existiert hatte. Sogar der Dümmste musste irgendwann merken, dass sie seine ständigen Besuche nur widerwillig ertrugen.

»Diese Woche versuchen wir es, ob es nun regnet oder nicht«, sagte Reinhold leise in ihre Gedanken hinein. »Bis nächsten Sonntag sind wir hier weg.«

Es hätte sie nicht überraschen sollen, dennoch verschlug es ihr den Atem. Nun war es also so weit. Endgültig.

»Wie spät ist es?«, fragte sie ihren Mann.

Sie saßen jetzt schon lange hier draußen im Hof. Es war nicht kalt, die Wärme vom September hielt immer noch vor, aber außerhalb des Lichtscheins, den die kleine Gartenlaterne in der Ecke des Hofs verbreitete, herrschte tiefe Finsternis.

Reinhold sah auf seine Armbanduhr. »Gleich halb elf. Wir sollten schlafen gehen.«

Und das taten sie dann auch. Im Bett zog er sie an sich, und sie kam ihm bereitwillig entgegen. In der letzten Zeit hatten sie sich wieder häufiger geliebt, es war beinahe, als könnten sie auf diese Weise gemeinsam zu einer geschützten Insel flüchten, auf der es nur sie beide gab. Fernab von allen Ängsten und Bedrängnissen fanden sie dort etwas von dem innigen Glück wieder, das früher immer fester Bestandteil ihres Lebens gewesen war.

Sie schlief in den Armen ihres Mannes ein, mit der tröstlichen Gewissheit, dass sie zusammengehörten, komme, was wolle.

KAPITEL 24

Marie wurde von einem Geräusch wach, ohne dass sie hätte sagen können, woher es kam. Sie setzte sich in ihrem Bett auf und lauschte. Es war noch nicht Tag, aber auch nicht mehr Nacht, denn zwischen den Ritzen der zugezogenen Fensterläden war es nicht mehr ganz so dunkel wie im Zimmer. Leise stieg sie aus dem Bett. Ob es draußen regnete? Sie lauschte erneut, doch es war kein Regengeräusch zu hören. Vorsorglich öffnete sie das Fenster und drückte einen Fensterladen auf. Kein Regen.

Ihr Blick fiel auf die Straße. Weit und breit kein Mensch, alle Häuser waren dunkel.

Im nächsten Moment fuhr sie entsetzt zurück – unten vorm Haus parkte das Auto von Herrn Sperling! Sie stolperte in ihrem Bemühen, schnell vom offenen Fenster wegzukommen. Dabei wäre sie fast über ihre Schuhe gefallen, die griffbereit vor ihrem Bett standen. Auch ihre Kleidung lag jetzt immer so auf dem Stuhl, dass sie sofort hineinschlüpfen konnte.

Ohne Licht zu machen, zog sie sich an, bis auf die Schuhe. Die nahm sie in die Hand und schlich damit nach nebenan, zum Schlafzimmer von Opa Reinhold und Tante Christa. Die Tür war zugeschlossen, sie merkte es, als sie versuchte, die Klinke niederzudrücken. Zaghaft klopfte sie an und wartete danach mit heftig pochendem Herzen in der Dunkelheit des Gangs. Sie traute sich nicht, laut nach Opa Reinhold zu rufen, denn sie hatte das Fenster in ihrem Zimmer offen gelassen, vielleicht könnte man sie dann unten auf der Straße hören. Sie hatte Herrn Sperling zwar nicht im Auto sitzen sehen, aber so genau hatte sie nicht hingeschaut. Was, wenn er ausgestiegen war und direkt vor der Haustür stand? Dann würde er sie ganz sicher hören.

Ob er gekommen war, um Opa Reinhold festzunehmen? Nein, das ging ja nicht, er war kein Polizist, bloß Delegierter bei der SED, das war nicht dasselbe. Aber dann erinnerte Marie sich an die zwei Männer, die sie und Mama voriges Jahr vom Bahnsteig weggezerrt hatten. Der eine hatte Mama sogar Handschellen angelegt. Keiner der beiden hatte eine Uniform getragen oder einen Polizeiausweis vorgezeigt. Sie standen im Dienst der Stasi, so viel wusste Marie inzwischen. Aber vielleicht galt das ja auch für Herrn Sperling. Womöglich konnte man auch im Nebenberuf bei der Stasi sein und war dann befugt, andere Leute festzunehmen.

An dieser Stelle wurden Maries konfuse Gedanken unterbrochen, denn vor ihr ging die Tür auf, und Tante Christa erschien. Sie hatte ihre Nachttischlampe angeknipst und sah sehr verschlafen aus. Opa Reinhold hatte das Klopfen anscheinend nicht gehört, er lag auf seiner Seite des Bettes und schnarchte hörbar.

»Was ist los, Kind? Kannst du nicht schlafen?«, fragte Tante Christa mit gedämpfter Stimme. Dann fuhr sie beunruhigt fort: »Warum hast du dich angezogen? Regnet es?«

»Nein, kein bisschen, ich hab gerade schon nachgesehen. Aber Herr Sperling ist da. Sein Auto steht unten.«

Tante Christa zuckte zusammen, ihr Gesicht wurde bleich.

Hastig fuhr Marie fort: »Ich weiß nicht, ob er im Wagen sitzt oder draußen herumsteht, aber er könnte uns vielleicht hören, wenn wir zu laut sind, weil ich das Fenster aufgemacht habe.«

Tante Christa eilte zurück zum Bett und rüttelte Opa Reinhold an der Schulter. »Wach auf«, flüsterte sie ihm ins Ohr. »Wir müssen sofort los! Der Sperling lungert draußen vorm Haus herum! Dafür kann's nur einen Grund geben – gleich kommen die Vopos und verhaften uns! Komm, steh schon auf!«

Dann lief sie nach nebenan in das Schlafzimmer von Omchen Else, um auch die zu wecken. Sie waren alle so leise wie möglich, und Tante Christa hatte auch wieder das Licht ausgemacht, sodass sie sich im Dunkeln zurechtfinden mussten. Aber irgendwie gelang es ihnen trotzdem, sich fast geräuschlos anzuziehen und mitsamt ihrem Gepäck die Treppe hinunterzuschleichen. Sogar Opa Reinhold schaffte es, ohne mit dem Stock irgendwo anzustoßen.

Zum Glück hatten sie schon alles fix und fertig zusammengepackt, keiner von ihnen musste mehr was suchen. Im Flüsterton hatten sie besprochen, sich nach hinten rauszuschleichen, durch den Garten und über die Äcker hoch zum Haus der Krauses. Dann würde Herr Sperling sie gar nicht zu Gesicht bekommen.

Doch als sie nach unten kamen, ging auf einmal in der Küche das Licht an. Wie erstarrt blieb Tante Christa, die auf der Treppe vorausgegangen war, im Flur stehen.

Die Küchentür stand offen. In der Küche saß Herr Sperling am Tisch und blickte ihnen entgegen.

»Na, soll's losgehen?«, fragte er in einem beinahe fröhlichen Tonfall.

Opa Reinhold schob sich an Marie und Tante Christa vorbei und betrat die Küche. Tante Christa folgte ihm, und auch Marie ging zögernd hinterher. Omchen Else blieb in der Küchentür stehen.

»Wie kommst du in mein Haus, Horst?« Auf den Stock gestützt, trat Opa Reinhold an den Tisch. Sein Gesicht war blass vor Schreck, aber auch vor Wut.

»Die Hintertür war nicht abgeschlossen«, erklärte Herr Sperling. Er saß mit verschränkten Armen da. »Wieso setzt ihr euch nicht zu mir an den Tisch und wartet mit mir zusammen? Es kann nicht mehr lange dauern, bis die Wagen kommen.«

»Welche Wagen?«, fragte Opa Reinhold.

»Na, die Lastwagen.« Herr Sperling wies auf die Rucksäcke, die sie in der Diele gelassen hatten. »Wie gut, dass ihr euren Kram schon gepackt habt. Das erspart euch nachher eine Menge Zeit.« Plötzlich entwich ihm ein Lachen, es klang wie das Meckern eines Ziegenbocks, nur viel unheimlicher. Als Marie es hörte, bekam sie Gänsehaut.

Doch er hörte abrupt damit auf, und das erschien ihr noch gruseliger als das Lachen.

»Dachtet ihr, ich wüsste nichts davon? Von euren kindischen Geheimnissen? Den albernen Telefonaten? Euren kleinen nachbarschaftlichen Intrigen? Eurem Versuch, mich reinzulegen? Für wie dämlich haltet ihr mich eigentlich?« Die letzten Worte schrie er beinahe. In seinen Augen flackerte es auf, plötzlich sah er aus, als litte er unter Schmerzen. »Ich versteh's nicht, Reinhold! Hast du nicht gespürt, dass ich es immer gut mit dir gemeint habe? Wie wichtig mir unsere Abende waren? Unsere Gespräche, die gemeinsamen Aktionen für die Kollektivierung! Wir waren doch ein gutes Gespann, du und ich!« Er hielt inne und sah Opa Reinhold fast flehend an. Marie glaubte sogar für einen Moment, Tränen in seinen Augen zu sehen. »Ich hätte alles Mögliche für dich getan! Dir geholfen, wo es nur geht! Wer hat sich denn um deine Rente gekümmert, als du im Krankenhaus warst? Sich für deine Aufnahme in der Partei eingesetzt? Du hättest nur ...« Er brach ab, denn etwas in Opa Reinholds Miene schien ihn davon abzuhalten, weiterzusprechen. Unwillkürlich blickte Marie ihren Großvater an, und sie erschrak, als sie den Ausdruck von Abscheu in seinem Gesicht erkannte.

Herr Sperling sah es bestimmt auch, seine Stimme nahm wieder den höhnischen, gehässigen Tonfall von vorher an.

»Wisst ihr eigentlich, wie lange ich bereits darauf warte, dass ihr euch endlich aufmacht?«, fragte er mit einem gemeinen Grinsen. »Ihr habt mich wirklich auf die Folter gespannt!«

»Warum hast du uns denn nicht längst verhaften lassen, wenn du's doch angeblich schon so lange weißt?«, wollte Tante Christa wissen. Ihr Gesicht war kalt und unbewegt.

»Weil ich eure dummen Gesichter sehen wollte, wenn ihr geschnappt werdet. Aber heute endet es auf andere Weise, das ist sogar noch besser, und deshalb sitze ich hier in der ersten Reihe, um es aus nächster Nähe mitzukriegen.« Er sah sich beiläufig in der Küche um. »Ich habe schon überlegt, was man mit dem Haus anstellen kann, wenn ihr weg seid. Da gibt's ein paar verdiente Genossen, die sicher gern hier wohnen würden.« Wieder stieß er dieses meckernde Lachen aus. »Zum Beispiel ich.«

Marie zitterte am ganzen Körper, sie hatte Angst. Von welchen Lastwagen hatte er eben gesprochen?

Sie hatte es kaum gedacht, als von draußen Motorbrummen ertönte, von großen Fahrzeugen, die näher kamen.

Er hob den Kopf. »Hört ihr's auch? Ich glaube, sie sind schon so gut wie da!« Ein Lächeln trat auf sein Gesicht. »Wollt ihr hören, wie die Aktion heißt? Sie hat einen netteren Namen als die vor neun Jahren, die hieß damals ja ›Ungeziefer‹. Die heutige nennen wir ›Festigung‹, hier in Thüringen auch ›Blümchen‹. Obwohl der alte Name eigentlich viel besser passt. Vor allem auf euch. Denn auf der Liste der Leute, die wegmüssen, steht ihr ganz oben.« Geschmeidig stand er vom Stuhl auf. »Ihr könnt ja schon mal in Reih und Glied draußen vortreten, dann seid ihr bei den Ersten und kriegt vielleicht einen besseren Platz auf der Ladefläche.« Mit diesen Worten wandte er sich zur Tür.

Da kam mit einem Mal Leben in Omchen Else. Die ganze Zeit hatte sie regungslos dagestanden, aber als Herr Sperling an ihr vorbeigehen wollte, holte sie unversehens aus und hieb ihm mit aller Kraft einen klobigen Gegenstand gegen den Kopf. Dabei brüllte sie etwas mit ihrer rauen Stimme, es klang wie »Verrecke, du Bolschewist!«.

Wie vom Blitz gefällt brach er zusammen und blieb reglos auf dem Boden liegen. Omchen Else stand mit dem heiligen Christophorus in der Hand da und sah auf ihn hinab.

Dann blickte sie entschlossen in die Runde. »Jetzt sollten wir uns aber wohl besser sputen!«

Marie konnte kaum atmen vor Schreck, ihr Herz klopfte wie verrückt. Sie rannte mit den anderen nach draußen. Doch die Lastwagen waren bereits in die Straße eingebogen und blockierten alles, auch den Weg über die Felder. Einer nach dem anderen hielt an. Bewaffnete Männer sprangen heraus und sicherten die Umgebung.

Viele Menschen aus der Nachbarschaft kamen aus ihren Häusern, fast alle in Schlafanzügen und Nachthemden, die Gesichter voller Angst.

Erst in diesem Moment begriff Marie richtig, was hier geschah. Die Laster waren gekommen, um die Leute fortzubringen.

*

Isabella war hundemüde, als sie nach Hause zurückfuhr. Die Entbindung hatte zwar nicht lange gedauert, nur gut drei Stunden, was für eine Erstgebärende schon fast sensationell kurz war. Aber das Baby hatte sich mitten in der Nacht auf den Weg gemacht, und dann war zum Schluss trotz aller Bemühungen noch ein Dammriss hinzugekommen. Darüber hatte Isabella sich besonders geärgert, denn sie hatte sich wie eine Verrückte abgerackert, um es zu verhindern. Um ein Haar hätte es geklappt, vielleicht hätte sie sich einfach nur noch ein bisschen mehr anstrengen müssen. Sie hatte gesehen, wie die Haut sich beim Durchtritt des Köpfchens gedehnt hatte, und in derselben Sekunde, als sie gedacht hatte, *Mist, jetzt reißt es gleich!*, war's auch schon passiert.

Manche Geburtshelfer waren rigorose Verfechter von großzügigen, sauberen Schnitten, aber von dieser Art Prophylaxe hielt Isabella wenig. Kleinere, ordentlich genähte Risse verheilten oft besser, ganz zu schweigen von den Fällen, in denen der Damm dank ausreichender Unterstützung einer versierten Hebamme standhielt.

Ihr Roller tuckerte über die Landstraße, und leicht besorgt fragte sie sich, ob der Sprit noch bis Kirchdorf reichte. Die Fahrt vom Nachbarkaff nach Hause war nicht allzu weit, aber sie hatte gestern vergessen zu tanken. Irgendwann demnächst sollte sie endlich darüber nachdenken, sich einen Wagen zuzulegen, vielleicht einen guten gebrauchten. Wozu hatte sie den Führerschein? Dann wäre sie auch unabhängiger vom Wetter – wobei sie im letzten Monat wirklich Glück gehabt hatte, es hatte den ganzen September über nicht geregnet.

Das Scheinwerferlicht ihres Rollers schnitt einen Kegel in die Dunkelheit, doch die Nacht neigte sich bereits dem Ende zu. Am Horizont waren die ersten Tagesboten aufgezogen, ein geisterbleicher Saum über den Hügeln, der sich immer weiter ausdehnte. Die Sonne würde erst in ungefähr einer Stunde aufgehen, aber die einsetzende Morgendämmerung ließ die Umrisse der Umgebung schon recht deutlich hervortreten.

Isabella schaffte es problemlos nach Hause und atmete auf, weil sie das letzte Stück nicht hatte schieben müssen.

Auch ihr Vater kam soeben von der Frühpirsch heim. Als Revierförster war er zugleich Jäger und daher gelegentlich auch nachts und im Morgengrauen unterwegs.

Sie stieg vom Roller und wollte ihm gerade einen guten Morgen wünschen, als sie sah, dass er völlig aufgelöst und verschwitzt war. Offenbar war er gerannt.

»Drüben geht was vor!«, rief er keuchend.

»Meinst du in Weisberg?«, erkundigte sie sich alarmiert.

Er nickte schwer atmend. »Da herrscht eine Riesenaufregung! Eine ganze Kolonne von Lastwagen, inklusive Vopo-Kompanie mit Gewehren. Überall Leute, die da wohnen, teilweise nicht mal angezogen, das ist ein richtiger Volksauflauf! Irgendwas passiert da gerade! Warte – wo willst du hin?«

Isabella war bereits wieder auf den Roller gestiegen und brauste los. Hoffentlich reichte der verfluchte Sprit!

*

Helene fuhr hoch, als sie das Prasseln hörte. Regen! Innerhalb eines Herzschlags war sie aufgesprungen und zum Fenster gerannt, doch das Geräusch hatte schon wieder aufgehört. Ungläubig stieß sie die Läden auf – und prallte zurück, als eine Ladung Kies direkt vor ihr gegen die Scheibe flog.

Hastig öffnete sie das Fenster. Unten vorm Haus stand Isabella neben ihrem Roller und winkte hektisch. Ihre Locken umrahmten wild aufgeplustert ihr Gesicht, anscheinend war sie durch Wind und Wetter gefahren. »Komm schnell runter, Lenchen! Drüben passiert irgendwas!«, rief sie.

Helene streifte sich mit fahrigen Bewegungen ihre Kleidung über. Kleid, Jacke, Sandalen. Es dauerte keine dreißig Sekunden, sie hatte es extra in den letzten Wochen geübt, und sie schlief immer in ihrer Unterwäsche, das sparte Zeit. Der Griff zu Taschenlampe und Fernglas, beides lag schon bereit. Dann aus dem Zimmer und durch den Flur zur Treppe. Sie musste sich zwingen, keine Stufen zu überspringen, sonst hätte sie sich am Ende noch was gebrochen, bevor sie einen Fuß vors Haus setzen konnte.

Im nächsten Moment war sie draußen und sprintete los. Eilig schloss Isabella zu ihr auf und lief neben ihr her. »Mist«, stieß sie keuchend hervor. »Ich hätte gestern wirklich tanken sollen, dann könnten wir jetzt fahren! Aber wenigstens hat's auf den Meter genau bis zum Lehrerhaus gereicht, besser als nichts!«

»Isa, was meintest du gerade mit ›Drüben passiert irgendwas‹?« Helenes Stimme zitterte. Sie konnte nicht klar denken. Adrenalin schoss durch ihre Adern und jagte ihren Puls in schwindelnde Höhen. Trotzdem rannte sie weiter, nichts hätte sie aufhalten können.

Isabella erzählte atemlos irgendwas von Lastwagen und Soldaten und einem Volksauflauf, den ihr Vater vom Hochsitz aus beobachtet hatte. Helene konnte sich keinen Reim darauf machen.

Dann hatten sie endlich das Grenzschild erreicht. Sie schaute durchs Fernglas.

In dem Moment kam auf bundesdeutscher Seite ein Jeep angebrettert. Nach einem halsbrecherischen Bremsmanöver hielt er an, und Jim und Brad sprangen heraus.

»What the hell is going on over there?«, rief Jim.

Helene wünschte, sie hätte es ihm sagen können.

Und nun fingen auf einmal hinter ihnen die Glocken von Kirchdorf an zu läuten, es schallte weithin übers Land. Es war kein getragenes, frommes Geläut, das die Menschen zur Kirche rief, sondern heftig und schnell, wie es sonst nur bei Großbränden oder anderen Katastrophen zu hören war.

Helene konnte nicht darüber nachdenken, was es damit auf sich hatte. Sie starrte unentwegt durch das Fernglas, versuchte, irgendwie in dem Menschengewimmel ihre Tochter zu erspähen, aber das Gedränge war zu dicht. Ein ganzer Pulk hatte sich von den Lastwagen entfernt, strebte in Richtung Grenze, zu ihr herüber.

Einer der Soldaten schoss in die Luft, der Knall peitschte über die Hügelkuppe, und die Menschen schrien wie aus einer Kehle auf, es ließ einem das Blut in den Adern gefrieren. Auch Helene schrie. Einige Leute blieben verängstigt stehen, doch die meisten liefen todesmutig weiter. Immer wieder fielen welche hin, rappelten sich hoch, rannten weiter. Manche schleppten Säcke mit sich, andere hielten Kleinkinder in den Armen, die selbst noch nicht laufen konnten.

Der rotbärtige sowjetische Soldat, den Helene schon mehrmals an der Grenze gesehen hatte, stellte sich gestikulierend einem der Vopos in den Weg, man sah, wie der Russe den Mann niederbrüllte. Daraufhin hob dieser nach kurzem Zögern mit befehlsgewohnter Geste die Hand und hielt die Männer aus seinem Zug davon ab, den Flüchtenden zu folgen.

Von weiter hinten kam ein großer Traktor angefahren. Er durchquerte das Stoppelfeld jenseits des Kontrollstreifens, und die Menge der fliehenden Menschen teilte sich vor ihm wie Wasser.

Noch einmal hob ein Soldat das Gewehr und legte an, aber wieder griff der Russe ein, indem er vor den Mann hintrat und so das Schussfeld blockierte. Weitere Diskussionen folgten, aber niemand unternahm mehr den Versuch, die davonlaufenden Menschen aufzuhalten.

Bis auf einen. Ein hagerer Mann in Zivil. Er drängte sich zwischen den Uniformierten durch und rannte den Fliehenden nach, eine Pistole in der ausgestreckten Hand. Er hatte sich offenbar am Kopf verletzt, denn über sein Gesicht lief Blut, so viel konnte Helene gerade noch im matten Licht des anbrechenden Tages durchs Fernglas erkennen.

Und dann sah sie ihre Tochter. Da war sie! Da war Marie! Neben ihr lief Christa, und nur zwei Schritte versetzt dahinter ihr Vater, humpelnd und auf einen Stock gestützt.

Der Mann mit der Pistole, obschon weit hinter den dreien, nahm Helenes Familie ins Visier. Nicht im Laufen – er war extra stehen geblieben und hielt die Waffe kaltblütig mit beiden Händen umfasst, peilte sein Ziel sorgfältig über Kimme und Korn an.

Helene schrie ihr Entsetzen hinaus, doch es war zu spät.

Der Knall des Schusses war gewaltig und ließ sie für Sekunden taub zurück. Aber der Mann, der eben noch auf die Flüchtenden angelegt hatte, stand auf einmal ohne Pistole da, zuerst reglos, dann gekrümmt vor Schmerzen, die rechte Hand von sich streckend, die nur noch ein blutiger Klumpen war.

Helene nahm neben sich eine Bewegung wahr. Jim senkte soeben sein Gewehr. Er wirkte sichtlich zufrieden, genauso wie Brad, der ihm beifällig auf die Schulter klopfte.

Sie hörte ein Aufschluchzen und begriff erst Augenblicke später, dass es von ihr selbst kam.

Der Traktor hielt an, nur kurz, gerade so lange, dass ihr Vater zusammen mit Marie aufsteigen konnte. Dann tuckerte er weiter, mühte sich über den an dieser Stelle aufgeschütteten Wall, erreichte den ersten Zaun vor dem Kontrollstreifen und walzte ihn nieder. Dahinter drängten sich die Menschen durch die entstandene Lücke, rannten dem Traktor hinterher, der in diesem Moment die Balkensperre wegfegte und gleich darauf die zweite Stacheldrahtbarriere aufriss, um den Flüchtenden den Weg zu bahnen.

Helene presste beide Hände gegen den Mund. Die Taschenlampe und das Fernglas hatte sie fallen lassen.

Der Traktor kam mit den Flüchtenden im Schlepptau über das Niemandsland gerumpelt, das gehörte noch zur DDR. Noch war er nicht im Westen.

Und dann vernahm sie auf einmal all die Stimmen hinter sich, die begeisterten Schreie, die Anfeuerungsrufe, und als sie über die Schulter zurückblickte, sah sie die vielen Menschen von Kirchdorf, die ihr zur Grenze gefolgt waren, angeführt vom Bürgermeister. *Das* war der Grund für das Glockengeläut gewesen! Zu Dutzenden waren sie gekommen, vielleicht sogar zu Hunderten. Gemeinsam bildeten sie eine Phalanx, Taschenlampen und Laternen in den Händen, sie winkten und schrien, applaudierten und lachten. Der Pfarrer war da, Eugen und Liesel Wiegand, Anton Hahner und seine Tochter Agnes, der Tränen der Freude übers Gesicht liefen. Frau Seegmüller, Tobias' Tante und sein Sohn, mindestens die Hälfte der größeren Schulkinder, Fräulein Meisner, Herr Wessel, Rektor Winkelmeyer und seine Frau. Und viele, viele mehr … Ein Empfangskomitee.

»Im Ernstfall ist auf Harald Verlass«, sagte Isabella, aber Helene hörte es nur wie von ferne. Ebenso das Rufen von Tobias, der sich gerade am Apotheker und der Frau des Kaufhausbesitzers vorbeidrängte und zu ihr herübergerannt kam.

Sie hatte sich wieder dem Traktor zugewandt, der immer näher kam. Er fuhr nur noch im Schritttempo, als wollte der Fahrer sicherstellen, dass keiner von den Menschen, die ihm hinterherliefen, im Niemandsland zurückblieb.

Es waren nicht so viele, wie es zuerst den Anschein gehabt hatte, vielleicht um die fünfzig. Aber sie waren alle heil durchgekommen.

Helene setzte sich in Bewegung und lief los.

Blind vor Tränen rannte sie dem Traktor entgegen.

Er bremste dicht vor ihr ab, ihre Tochter sprang mit einem großen Satz herunter.

»Mama! Mama!«

Helene sank mit einem Schrei der Erlösung auf die Knie und breitete die Arme aus, und ihr Kind warf sich aufschluchzend hinein und vergrub das Gesicht an ihrer Schulter. Dann war auch ihr Vater da, er kniete neben ihnen, umschlang sie beide gleichzeitig und weinte.

»Gott im Himmel«, hörte sie ihn stammeln. »Gott im Himmel!«

Sie selbst konnte nicht reden. Dafür war später noch genug Zeit. Sie fühlte den Herzschlag ihrer Tochter, ganz nah an ihrem eigenen, und für einen Atemzug war es, als hätte jemand die Zeit zurückgedreht, bis zum Tag von Maries Geburt. Man hatte Helene das kleine warme Bündel auf die Brust gelegt, dahin, wo ihr Herz schlug. Wenn es je in ihrem Leben einen Augenblick von Vollkommenheit gegeben hatte, so war es jener eine gewesen. Aber heute, an diesem trüben Morgen, da sie hier im Schmutz am Rande des Niemandslands kniete, war ihr dieses Geschenk noch einmal zuteilgeworden.

Die Erde schien für einen besonderen Moment stillzustehen, und als sie sich weiterdrehte, war nichts mehr wie zuvor. Sie bewegte sich nun in eine neue Richtung, weg von all dem, was vorher gewesen war.

Helene hob die Hand und strich ihrer Tochter über den Kopf, in der Annahme, dass die Feuchtigkeit in Maries Haaren von ihrer Tränenflut stammte. Doch dann spürte sie einen Tropfen auf ihr eigenes Haar fallen, und gleich darauf einen zweiten, und als sie zum Himmel hinaufblickte, sprenkelten noch mehr Tropfen ihr Gesicht.

Es hatte angefangen zu regnen.

In ihr wuchs unaufhaltsam ein Lachen heran, es perlte aus ihrer Kehle und auf dann ihren Lippen, so wie der Regen, der auf sie niederfiel.

Sie rappelte sich hoch, half auch ihrem Vater aufzustehen, und die ganze Zeit hielt sie Marie bei der Hand. Immer mehr Menschen sammelten sich um sie, auch Christa und deren Mutter, es gab Umarmungen und Begrüßungen und wechselseitige Vorstellungen, und all das im strömenden Regen. Harald Brecht organsierte bereits die Unterbringung der Flüchtlingsfamilien im Dorfgemeinschaftshaus sowie im *Goldenen Anker*. Er bedankte sich bei Agnes, die auf seine Bitte hin den Küster aus dem Bett geworfen hatte, damit der die Glocken läutete. Zwischendurch schüttelte er Jim die Hand und wollte alles über das Präzisionsgewehr wissen, während Brad darauf bestand, dass Helene zur Beruhigung einen Schluck aus seiner Feldflasche nahm.

Ihr Vater hatte den Arm um seine Frau gelegt und erzählte, wie die Leute sich drüben gegen die Deportation gewehrt hatten, einer sogar mit einer Mistgabel. Dann seien sie einfach alle gemeinsam losmarschiert, nach Westen, Schulter an Schulter. Nicht nur die, die man hatte fortschaffen wollen, sondern die halbe Straße und noch mehr. Alle, die genug hatten von dem Leben im Arbeiter- und Bauernstaat.

Aber den Vogel hätte zuvor seine Schwiegermutter abgeschossen, das würde ihnen kein Mensch glauben …

Tobias stand dicht neben Helene und hörte aufmerksam zu, ernst und gleichzeitig glücklich aussehend, das brachte wohl nur er fertig. Dann fiel sein Blick auf einen blonden Jungen, der auch auf dem Traktor mitgefahren war und der beim Gehen das Bein etwas nachzog, und sofort fragte Tobias ihn besorgt, ob er sich verletzt habe. Helene hätte ihm sagen können, dass sie den Kleinen neulich hinter der Grenze gesehen hatte, zusammen mit Marie, und dass er da auch schon gehumpelt hatte. Doch dazu kam sie nicht mehr, denn gerade gesellte sich Isabella zu ihnen, aufgedreht und pausenlos redend, etwa darüber, dass Harald eigentlich kein übler Kerl sei und dass sie unbedingt einen Wagen brauche, aber zuallererst sollten sie jetzt rasch ins Trockene.

Helene griff fester nach der Hand ihrer Tochter. Ja, es war höchste Zeit, nach Hause zu gehen, wo auch immer das künftig sein würde.

Ein letztes Mal drehte sie sich zur Grenze und nach Weisberg um. Der Regen fiel immer dichter, man konnte das Städtchen kaum noch erkennen. Seine Umrisse verschwammen mit dem Himmel, der grau und bleiern über der Rhön hing.

Es gab nichts mehr zu sehen da drüben.

*

Erst am nächsten Nachmittag fand Helene Zeit, unter vier Augen mit Tobias zu sprechen. Sie kam zu ihm ins Sprechzimmer der Praxis. Frau Seegmüller und Agnes hatten vorhin Feierabend gemacht, der letzte Patient war gegangen,

Schon beim ersten Blick in Helenes Gesicht sank ihm das Herz, und es tat weh, auch wenn es nicht unerwartet kam. Er kannte sie inzwischen so gut und spürte auch ohne Worte, was sie ihm sagen wollte.

Dass sie ihn liebte. Dass sie für ihr Leben gern mit ihm zusammen war. Aber dass es nicht die richtige Zeit für sie beide war. Ihre Tochter war nun da, außerdem ihr Vater mit Frau und Schwiegermutter. Entwurzelt und heimatlos, traumatisiert und zurückgeworfen auf eine nackte Existenz ohne festen Halt. Diese Menschen hatten nur einander. Und Helene.

Für ihre Familie war Helene der sprichwörtliche Fels in der Brandung, das war Tobias schon gestern an der Grenze klar gewesen, als er zutiefst aufgewühlt zugesehen hatte, wie sie alle wieder zueinandergefunden hatten.

Jeder einzelne Blick, jede Geste hatte ihm offenbart, wie wichtig sie nun für die Ihren war, als Mutter, als Tochter, als Mensch.

Es war ihre Großherzigkeit, ihre bedingungslose Hingabe, wofür er sie so liebte, und selbst wenn er ihre ganze Familie in sein Haus aufgenommen und alle versorgt hätte – was er ohne zu zögern und mit Freuden getan hätte! –, wäre es nicht das gewesen, was sie brauchte und wollte.

Er wusste es, aber trotzdem musste er sie fragen.

»Du weißt, dass ihr alle unter meinem Dach willkommen seid, oder? Platz wäre genug da. Und um Geld braucht sich niemand zu sorgen. Ihr müsst nicht nach Frankfurt ziehen.«

»Es ist die bessere Lösung«, sagte sie weich.

Sie hielten einander bei den Händen, und er spürte voller Traurigkeit, dass es vorläufig das letzte Mal war.

»Wann wollt ihr los?«

»Kommende Woche, zum Beginn der Herbstferien.«

Es gab ihm einen Stich. So bald schon!

»Musst du nicht zuerst deine Stelle an der Schule kündigen?«

»Nein, die läuft einfach aus, sie war bis zum Ende des Halbjahres befristet, und ich habe keine Verlängerung beantragt.«

»Du wirst eine ziemliche Lücke hinterlassen.«

»Ach, die kommen da auch ohne mich klar. Der neue Junglehrer macht sich ziemlich gut, und nach den Ferien stößt noch eine volle Kraft dazu, eine Frau, etwas jünger als ich, aber mit viel Erfahrung. Wie ich hörte, wird sie selten krank.«

Tobias musste lachen, aber der Anflug von Heiterkeit erlosch sofort wieder. »Was hast du in Frankfurt vor?«

»Erst mal müssen wir uns wohl alle zusammenraufen. Eine richtige Familie werden. Der Rest wird sich finden. Ein paar Dinge stehen schon fest. Marie soll ab sofort ein Gymnasium besuchen.« Leise Bitterkeit schwang in ihrer Stimme mit. »Diese Chance hätte sie in der DDR als Kind von Dissidenten nicht gehabt.«

»Und du? Willst du weiter unterrichten?«

»Natürlich. Aber nicht als SBZ-Lehrerin.«

»SBZ? Wofür steht diese Abkürzung?«

»Für *sowjetisch besetzte Zone.* Für halb so viel Gehalt. Für die wiederkehrende zeitliche Befristung von Stellen. Für die Diskriminierung von Menschen, die mit der ganzen Kraft ihrer Seele nichts anderes tun möchten, als Kindern was beizubringen, und deren einziger Makel darin besteht, dass sie unter einem sozialistischen System studiert haben.«

Von alldem hatte er nichts gewusst, sie hatte nie darüber gesprochen. Während er noch nach Worten suchte, um sein Mitgefühl auszudrücken, erklärte sie freimütig: »Ich nehme es niemandem krumm, so sind halt die Vorschriften. Also gehe ich noch mal zum Studieren an die Uni, bis das Problem behoben ist.«

Er versuchte, sie sich als Studentin vorzustellen, und bei dem Gedanken musste er grinsen, weil er jetzt schon wusste, wie es ablaufen würde. »Du wirst sie alle in die Tasche stecken, Professoren eingeschlossen.«

Sie lachte. »Das muss sich erst erweisen.« Dann wurde sie ernst. Tief bewegt sah sie ihn an. »Ich schulde dir so unendlich viel, Tobias. Es gibt nicht genug Worte, um zu beschreiben, was du für mich getan hast. Du hast mich ins Leben zurückgeholt, weißt du das? Bei dir zu sein, deine Liebe zu spüren – das hat mir die Kraft und den Mut gegeben, weiterzumachen. Ohne dich wäre ich verloren gewesen.«

Er hätte ihr sagen können, dass es ihm nicht anders erging, aber das hätte sie beide auch nicht weitergebracht. Unverwandt erwiderte er ihren Blick. »Ist das nun ein Lebewohl, Helene? Oder sehen wir uns wieder?«

»*Natürlich* sehen wir uns wieder!« Es schien sie zu verwundern, dass er etwas anderes annehmen könnte. »Wir lieben uns doch, oder nicht? Ich kann dich jetzt bloß nicht heiraten.« Sie wurde rot. »Also für den Fall, dass du mich hättest fragen wollen. Was du ja zum Glück nicht getan hast.«

Tobias hielt es für sicherer, den Ring gar nicht erst zu erwähnen. Er war von jäher Hoffnung erfüllt. Für sie war es gar nicht das Ende! Sondern ein neuer Anfang, bloß unter anderen Bedingungen. Sie wollte ihr Leben neu ordnen, studieren, mit ihrer Familie zusammen sein. Ein Ehemann hatte in diesen Plänen momentan keinen Platz – jedenfalls vorläufig nicht. Aber ihre Beziehung hatte eine Chance. Das war alles, was für ihn zählte. Der Ring wurde ja nicht schlecht.

Er holte tief Luft. »Was hältst du davon, wenn wir die Zukunft einfach auf uns zukommen lassen?« Er besann sich kurz. »Und wenn wir vielleicht Weihnachten zusammen feiern – natürlich im Kreis der Familie, deiner und meiner. Wie fändest du das?«

»Das fände ich großartig!« Sie strahlte ihn an. Dann schlang sie beide Arme um ihn und hob ihm das Gesicht entgegen. »Und wie fändest *du* es, mich jetzt endlich zu küssen?«

Das ließ er sich nicht zweimal sagen.

Er hielt sie in seinen Armen und dachte bei sich, dass es im Leben wohl immer wieder Wunschträume gab, von denen man sehnsüchtig hoffte, dass sie wahr wurden. Manchmal musste man sich lange gedulden, ohne voraussehen zu können, wie es ausging. Doch letztlich spielte das keine Rolle, solange man aus voller Überzeugung wusste, dass es das Warten wert war.

ENDE

RHÖNER PLATT

aa	auch
Aach	Auge
Ässe	Essen
ban	wann
blinn	bleiben
bos	was
breite Koche	»breiter Kuchen« = Blechkuchen
Deich	Teich
ebber	aber
fürnächte	vorgestern
gelat	gelebt
gesöt	gesagt
Klää	Kleine
Kroom	Kram (hier für Monatsblutung)
lei	(ausgesprochen: le-i) liegen
Mellich	Milch
mimm	meinem
sonn	sollen
stär	sterben
verbeinste Säuwäntzt	hier: verflixte Rasselbande
Vodder	Vater
Wäder	Wetter

NACHWORT

Während ich diese Zeilen schreibe, jähren sich die Ereignisse rund um den Bau der Berliner Mauer gerade zum sechzigsten Mal. Ein trauriges Jubiläum, das zugleich den Blick auf weitere schicksalhafte Ereignisse lenkt, die sich ebenfalls im Jahr 1961 zugetragen haben, und zwar an der sogenannten Zonengrenze, die sich schon in den Jahren vor dem Bau der Berliner Mauer als scharf bewachtes Hindernis mitten durch das Land zog. Als jemand, der selbst seit Jahrzehnten im ehemaligen »Zonenrandgebiet« lebt, fand ich es an der Zeit, mich dem Thema der deutschen Teilung einmal näher zu widmen und es zum Gegenstand eines Romans zu machen.

Was die zeitgeschichtlichen Hintergründe angeht, sollte ich allerdings vorab erwähnen, dass es die im Buch beschriebenen Ortschaften Kirchdorf und Weisberg so nicht gibt (es existieren natürlich gleichnamige Orte, aber die liegen alle woanders).

Teilweise sind sie wirklichen Schauplätzen nachempfunden, aber in ihrer Gesamtheit sind sie fiktiv. Ebenso wie alle handelnden Figuren, weshalb – ich muss es immer wieder betonen – etwaige namentliche oder sonstige Übereinstimmungen mit echten Personen reiner Zufall wären.

Die im Roman erwähnten Operationen *Ungeziefer* und *Festigung* haben indessen tatsächlich stattgefunden. Im Zuge dieser Zwangsumsiedlungen kam es in Thüringen vereinzelt auch zu Massenfluchten, wenngleich diese nicht den realen Hintergrund für die entsprechende Szene im Roman darstellen.

Auch bei der Einbeziehung weiterer historischer Begebenheiten – zu nennen sind hier insbesondere die allgegenwärtige Stasikontrolle sowie die Inhaftierung sogenannter Republikflüchtlinge und das damit einhergehende Auseinanderreißen von Familien – konnte ich gewissermaßen nur an der Oberfläche schürfen; den vielen erschütternden Einzelschicksalen kann kaum Rechnung getragen werden. Ich schäme mich aber nicht, zuzugeben, dass ich bei der Recherche manchmal in Tränen ausgebrochen bin. Deshalb war es mir auch ein Anliegen, während des Schreibens etwas von diesen Gefühlen zu übermitteln und Fakten in Bilder zu verwandeln, die einen Teil von dem widerspiegeln mögen, was den Menschen damals angetan wurde. Wenn Sie also an irgendeiner Stelle des Buchs beim Lesen weinen mussten, sind das sozusagen unsere gemeinsamen Tränen.

Zuletzt wie immer – in ungeordneter Reihenfolge – eine Danksagung an alle, die mich unterstützt haben:

Stefanie dafür, dass sie als Lektorin nie die Übersicht verliert und immer alles souverän im Griff hat – auch meine gelegentliche Schwarzmalerei. Ohne dich gäbe es das Buch jetzt ganz sicher nicht!

Anna für die wie immer fabelhafte Textredaktion. Es ist ein unerhörter Luxus, wenn man als Autorin jedes Mal alle Änderungsvorschläge einfach unbesehen durchwinken und sich dann beruhigt zurücklehnen kann. Anna, mit dir ist man immer ein Dream-Team!

Petra dafür, dass sie die beste Agentin der Welt ist.

Gabi für das unschätzbare Coaching in Sachen Dorfleben und die »Übersetzungen« in Rhöner Platt. Man kann selbst noch so lange am Rand der Rhön leben (in meinem Fall seit über dreißig Jahren) – hier gilt das Sprichwort: Was Hänschen nicht lernt, lernt Hans nimmermehr. Gabi, du warst ohne Übertreibung meine Rettung!

Britt für das Gegenlesen aus »DDR-Sicht«. Geboren und aufgewachsen im Westen Deutschlands, fand ich es sehr schwierig, mich in Menschen einzufühlen, die im Sozialismus der DDR lebten. Britt, ohne dich hätte ich ziemlich alt ausgesehen. Und viel weniger gelacht.

Renate für den klaren zeitgeschichtlichen Blick – von mir mit vielen Fragen und einem halb fertigen Manuskript in einer Hauruckaktion quasi überfallen, war sie die Erste, die mich ermutigt und mir versichert hat, dass ich in der Spur liege. Renate, du warst mein Engel!

Natürlich gibt es noch viele andere, die bei der Entstehung des Buchs mitgewirkt haben, vor allem im Verlag, aber es würde den Rahmen sprengen, sie alle aufzuzählen. Deshalb hier ein globales und großes Dankeschön an das ganze restliche Team von Lübbe. Ihr wisst ja, dass ohne euch nichts geht!

Danke auch hier wieder an meine Freundinnen und Kolleginnen Kerstin, Katharina und Sabine für die lustigen und glücklich machenden wöchentlichen Telefonate, die wir auch außerhalb diverser Corona-Lockdowns fortgeführt haben. Von mir aus können wir das ewig so beibehalten, ihr Lieben!

Den allergrößten Dank schulde ich wie immer meiner Familie. Bücher zu schreiben ist manchmal ein anstrengender Job voller Selbstzweifel, Versagensängsten und Vermeidungsstrategien (und gelegentlichen Rückenschmerzen). Da braucht man immer wieder eine Quelle, um Kraft zum Weitermachen zu tanken. Dank meiner Mutter, meiner Kinder und meiner Enkelchen sprudelt diese Quelle für mich ohne Unterlass. Mit euch bin ich gesegnet. Ihr seid mein größtes Glück.

Eva Völler, August 2021

Von Liebe und Mut in einem gespaltenen Land

Eva Völler
DIE DORFSCHULLEHRERIN
Was das Schicksal will

ISBN 978-3-7857-2782-9

1964: Als Helene das Angebot erhält, an die Schule in Kirchdorf zurückzukehren, zögert sie zunächst. Sie befürchtet, dass ihre Gefühle für den Landarzt Tobias ihr Leben erneut durcheinanderwirbeln könnten. Doch die berufliche Herausforderung lockt, und sie geht das Wagnis ein. Bei ihrer Ankunft muss sie feststellen, dass die Stationierung amerikanischer Truppen die Spannungen in dem kleinen Ort an der deutsch-deutschen Grenze noch verstärken. Helenes Freundin Isabella erwartet ein Kind von einem schwarzen GI, den die Nachbarn mit Argwohn behandeln. Und auch beruflich kommen auf die junge Lehrerin Probleme zu, mit denen sie nicht rechnen konnte …

Eine Frau und ihr Traum vom Glück in einer zerrissenen Zeit

Eva Völler
EIN TRAUM VOM GLÜCK
Die Ruhrpott-Saga
Roman

464 Seiten
ISBN 978-3-404-18476-7

Essen 1951: Nach der Flucht aus der Kriegshölle Berlin hat die junge Katharina Unterschlupf bei der Familie ihres verschollenen Mannes gefunden. Aber das Zusammenleben mit der barschen, zupackenden Schwiegermutter auf engem Raum fällt der lebenshungrigen Frau schwer. Sie will ein besseres Leben für sich und ihre beiden Töchter. Mit trotziger Entschlossenheit versucht sie, ihrem ärmlichen Umfeld zu entfliehen. Doch dann begegnet sie dem traumatisierten Kriegsheimkehrer Johannes ...

Auftakt der großen Saga aus dem Ruhrpott, dem Ort, wo es immer ein neues Morgen gibt

Lübbe

Michaela Grünig erzählt mit Einfühlsamkeit und Wucht von Schuld, Verlust und Menschlichkeit in dunklen Zeiten

Michaela Grünig
BLANKENESE -
ZWEI FAMILIEN
Licht und Schatten
Roman

496 Seiten
ISBN 978-3-7857-2817-8

Hamburg, 1919. John Casparius glaubt nicht mehr an das Gute im Menschen. Die grausamen Erfahrungen des Krieges verfolgen ihn, die einst so florierende Reederei, seit Jahrzehnten in Familienbesitz, ist durch die politischen Turbulenzen angeschlagen. Von Schuldgefühlen geplagt kreisen seine Gedanken darum, ins Wasser zu gehen. Nach einer durchgrübelten Nacht trifft er im Morgengrauen am Elbufer auf die junge Leni Hansen. Zwei Fremde, die der Zufall für einen kurzen, aber schicksalshaften Moment zusammenführt und die nicht ahnen, dass von nun an ihr Leben und das ihrer Familien über Generationen miteinander verwoben sein wird.

Lübbe